KB142219

내 심장을 향해 쏴라

내 심장을 향해 쏴라

마이클 길모어 지음 | 이빈 옮김

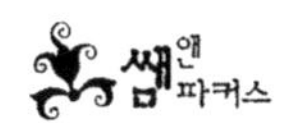

내가 이 이야기를 하기까지 많은 아픔을 견디어준

나의 형 프랭크 길모어 2세에게 이 책을 바칩니다.

차례

PROLOGUE

악몽 14

PART 1 모르몬의 악령들

1. 형제들 26

2. 혈통 35

3. 조던 길의 집 58

4. 알타와 죽은 인디언의 영혼 77

PART 2. 집안의 말썽꾼과 거부당한 아들

1. 집안의 말썽꾼 96

2. 거부당한 아들 113

3. 페이의 비밀 142

4. 방랑의 세월 152

5. 정착 196

PART 3. 형제들

1. 이방인들 226

2. 궁지에 몰린 소년 264

3. 탈선 293

4. 아버지와 지내던 시절 311

PART 4. 죽음의 방식

1. 형제들: 두 부류 342

2. 언덕 위의 집 378

3. 어느 세일즈맨의 죽음 398

4. 죽은 이를 위한 노래 419

5. 폭행 강도 429

6. 뿔뿔이 흩어지다 445

7. 귀향 459

8. 반란 475

9. 걸어 다니는 시체 495

PART 5. 피의 역사

1. 전환점 522

2. 악명을 떨치다 545

3. 마지막 인사 574

PART 6. 눈물의 골짜기

1. 가족의 종말 612

2. 새 가족과 옛 망령들 630

3. 비밀과 유골 656

4. 고향에서 온 편지 679

EPILOGUE

재판 686

감사의 말 691

옮긴이 후기 697

PROLOGUE

존슨 크릭의 집. 오리건 주 포틀랜드, 1956년경

죽은 자들에게는 모종의 숨겨진 비밀이 있다.

로버트 프로스트

악몽

악몽을 꾸었다.

그 꿈에서는 언제나 밤이다. 우리는 어릴 때 살던 집에 있다. 1950년대에 지어진, 널빤지로 지붕을 댄 그 이층집은 비바람에 시달려 누렇게 빛이 바래고 낡았다. 미국 어느 빈민촌의 바깥 변두리, 치솟아오른 공장의 굴뚝들과 야간조명등 사이에서 옴짝달싹 못한 채 자리 잡고 있는 집이다. 집 앞에는 기찻길 하나가 달빛을 반사하며 쭉 뻗어 있는데, 그것은 내게 금지된 저 숲을 가로막는 경계선이다. 꿈속에서는 밤새도록 저 멀리서 기적소리가 들려온다. 외부 세계로부터 손님을 실은 기차 한 대가 오고 있음을 알리는 것이다. 그런데 어쩐 일인지 기차는 오지 않는다. 기적소리만 울릴 뿐.

캄캄한 바깥과 마찬가지로 어두컴컴한 집 안을 오가며 움직이는 사람들이 있다. 이 사람들은 우리 가족이다. 모두 죽음의 세계에서 돌아왔다. 내 어머니 베시 길모어가 있다. 한 많은 상실의 삶을 살아온 사람, 피를 토하고 죽어가면서 그토록 오랫동안 두려워하던 어둠의 통로를 더듬으며, 오래전 자신의 희망과 사랑을 잔혹하게 짓밟아버린 아버지와 남편의 이름을 애타게 부르던 이. 그리고 나의 형 게일렌. 그는 깊은 상처로 병을 앓다가 젊은 나이에 죽었다. 곁에는 새 신부가 그의 손을 잡고서 수척한 그 얼굴에서 생명이 스쳐가는 것을 지켜보고 있다. 게리 형도 있다. 자신에게서 너무 많은 시간과 너무 많은 사랑을 앗아가버린 삶에 분노해, 죄 없는 사람들을 죽이고, 일제히 쏟아지는 탄환에 격정으로 고통받던 그 심장이 산산이 부서지면서, 그는 죽었다. 프랭크 형도 보인다. 그는 죽음을 한 번씩 맞이할 때마다 점차 과묵해지고 또 냉담해졌다. 마지막으로 보았을 때, 그는 수심이 가득한 얼굴로 두 손을 주머니에 깊이 찌른 채 이 꿈속의 집 근처 길을 걷고 있었다. 또 암과 싸우다 돌아가신 아버지 프랭크 1세도 있다. 꿈속에 나타나는 가족 중에서는 아버지가 가장 드물게 나오는 편이다. 그래서 꿈속에 아버지가 나타나면, 나는 아버지에 대한 죄책감을 해소한다. 꿈에서 나는 아버지가 거기 있다는 사실에 늘 행복해한다. 그러나 다른 사람들은 그렇지 못하다. 그들은 현실에서 그랬듯, 꿈속에서도 그를 두려워하기 때문이다. 아버지가 분노와 파멸을 일으켜서 더 이상 가족들이 살아남을 수 없는 지경으로 몰아갈 것 같은 두려움, 이미 값비싼 대가를 치르고 죽은 자들을 그가 또다시 죽일 것만 같은 두려움이다. 아버지가 나타날 때, 그 꿈은 아버지를 설득하는 내용일 때가 많다. 그 모든 고통과 억울하게 흘린 피를 치유하는 유일한 방법은, 아버지가 죽음의 세계로 다시 돌아가는 길뿐이라고 설득한다. 아버지, 누워 계세요. 다시 묻어드릴게요, 하고 우리는 말한다.

마지막으로 내가 있다. 나는 꿈속에서 가족들을 바라보고 있는데, 형제의 우애 따위는 전혀 느껴지지 않는다. 내가 늘 아쉬워하던 형제 간의 사랑이나 배려에 대한 갈등 때문인 것 같다. 그래서 나는 형들이 왔다 갔다 하는 모습을 그저 보고만 있다. 창밖으로 그들이 바깥 어둠 속에서 움직이는 모습, 작은 나무들을 지나 마당을 가로질러서 차도 쪽으로 가는 모습을 본다. 자동차들이 기찻길을 가로지르고는 멈춰 선다. 나는 그 자동차들이 형들을 싣고 되돌아가는 광경을 본다. 나는 알고 있다. 그들이 저승에서 와서 저승으로 가고 있다는 것을. 나는 갈 수 없는 그곳……나에게는 이 집을 떠날 수 없는 이유가 있기 때문이다.

그러던 어느 날 밤, 꿈속에서 몇 년의 세월이 지난 후, 게리 형은 내가 왜 이곳을 오가는 가족들과 함께 다닐 수 없는지, 왜 그들이 모두 떠나버린 이 집에 혼자 남아 있어야 하는지 내게 말해준다. 내가 아직 죽음의 문턱을 넘지 않았기 때문이다. 형은 내가 죽기 전에는, 그들을 따라 기찻길 건너편, 그들이 진정한 삶을 살고 있는 저 숲으로 함께 갈 수 없다고 말한다. 형이 코트 주머니에서 권총을 꺼낸다. 그리고 그것을 내 무릎 위에 내려놓는다. 방을 가로질러 형은 문 쪽으로 간다. 문 밖은 어두운 밤이다. 기찻길만이 달빛을 받아 번쩍인다. 그 뒤로 내 가족이 보인다. "저편 어둠 속에서 다시 만나자." 이 말을 남기고 형은 사라진다.

나는 망설이지 않는다. 권총을 집어, 총구를 입에 넣는다. 그리고 방아쇠를 당긴다. 뒤통수가 파열하는 것이 느껴진다. 예상했던 것보다는 부드러운 느낌이다. 이가 모두 부서져 내리고 입에서 피가 뿜어져 나온다. 순간, 내 생명이 입으로 뿜어져 나오는 것과 동시에, 나는 몸 전체가 무너져 내리며 무無로 화하는 느낌을 받는다. 암흑뿐, 그 너머엔 아무것도 없다. 거기엔 정말 아무것도 없고, 단지 갑작스럽고 분명한 단절이 덮쳐올 뿐. 나는 그것이 내가 느끼는 죽음이라는 걸 알고 있다. 죽음이란 진실로 이런 느낌이리라. 모든 것이 멈춘 정지 상태가 또 다른 하나의 가능성이 되는 그 너머의 영역, 그것이 내가 알고 있는 죽음이다.

나는 여러 번 이 꿈을 꾸었다. 그때마다 내용이 조금씩 달랐지만, 번번이 이 장면에 이르러서 잠이 깼다. 깨고 나면, 파멸한 나의 가족이 쉬고 있는 피난처로 가는 문 밖으로 나 혼자 떨어져 나왔다는 고통으로 나의 가슴은 걷잡을 수 없이 요동쳤다. 아니, 그 문은 혹시 지옥으로 가는 문이었을까? 피난처든 지옥이든, 나는 다시 꿈속으로 돌아가고만 싶다. 하지만 그 밤이 다 지새도록 돌아갈 수 있는 길을 찾을 수가 없다.

이제 이야기를 해야겠다. 이것은 살인에 대한 이야기이다. 육신의 살해와 영혼의 살해, 비탄과 증오, 그리고 복수의 살해다. 그 살해가 어디서 시작되었는지, 그리고 어떤 형태로 우리의 삶 속으로 들어와서 어떻게 인생을 바꿔놓으며, 그 유산들이 어떻게 우리를 둘러싼 세계와 역사 속으로 흘러 들어오는지 말하려 한다. 이 이야기는 또한 폭력과 살인이 어떻게 끝이 나는지—만일 정말로 과연 끝이 난다면—말해준다.

나는 이 이야기를 아주 잘 알고 있는 사람이다. 거기에 깊이 연루되었기 때문이다. 나의 온 생애 동안 그 원인과 결과들, 그리고 그 상세한 내용들과 영원히 지울 수 없는 깨달음을 내 가슴에 안고 살아왔다. 나는 이 이야기 속의 죽은 자들을 알고 있다. 또한 그들이 왜 다른 사람들과 자신들의 죽음을 초래했는지를. 이 세상을 떠나기 전에, 나는 내가 알고 있는 것을 말해야 한다.

그러므로 이제 이야기를 시작하겠다.

나는 무고한 사람들을 죽인 살인자의 동생이다. 그의 이름은 게리 길모어. 그는 현대 미국의 범죄자 중에 누구보다도 역사적인 인물로 기록될 것이다. 그러나 그의 악명을 드높인 것은 그가 저지른 범죄—즉 1976년 7월, 연이틀 젊은 모르몬 교도 두 명을 살해한 그 죄—때문이 아니었다. 게리가 유명해진 건, 바로 그가 자신의 처벌에 영향을 끼쳤다는 점 때문이다. 그가 살인을 저질렀던 시기는, 미국 대법원이 사형제도의 부활을 위한 조치를 취한 지 얼마 안 되었을 때다. 특히 당시 사건이 일어났던 유타 주는 앞장서서 사형제도의 부활법을 통과시킨 상태였다. 하지만 법의 집행은 또 다른 문제였다. 1977년 가을, 게리가 사형선고를 받았지만, 지난 10년 동안 미국에서는 한 번도 사형이 집행된 적이 없었다. 비록 법은 통과되었으나 사람들은 여전히 합법적인 살인행위에 찜찜함을 느끼고 있었다. 그런데 이 모든 것이 게리 길모어로 인해서 바뀌었다.

1976년 11월 1일, 게리는 항소를 포기하고 사형 날짜를 기다리겠다고 고집했다. 그의 태도는 즉각 전국의 이목을 집중시켰다. 그 후 몇 달 동안 그는 거의 매일 아침저녁으로 헤드라인 뉴스를 장식했다. 많은 논쟁들이 오갔고, 지연과 음모가 넘쳐났고, 심지어는 러브 스토리도 생겼다. 그러나 그 와중에도 게리는 죽겠다는 자신의 결심을 사납게 밀고 나갈 뿐, 조금도 수그러들지 않았다. 두 번이나 자살을 기도하기도 했다. 그의 그런 태도 때문에, 유타 주와 사형제도 옹호자들까지 갑자기 주목을 받았다.

게리는 그들을 단순히 동맹자로 만든 정도가 아니라 자신의 하수인으로 만들어버렸다. 파멸과 속죄에 대한 그의 숭고한 이상을 따르기 위해서라면, 그가 죽으라면 죽기라도 할 사람들로 말이다. 자신의 사형집행을 주장하면서, 그리고 사형을 집행할 법적인 기구를 사실상 좌지우지하는 과정에서, 게리는 이렇게 말하고 있는 듯했다. ―나를 처벌하기 위해 당신들이 할 수 있는 일은 아무것도 없다. 이것이야말로 바로 내가 원하는 바이고, 나의 의지이니까. 당신들은 나의 마지막 살인을 도와주는 셈이다.

온 나라가 게리를 증오했다. 그가 저지른 살인 때문이 아니라, 그가 도도하고 오만한 태도로 자신이 빠져나갈 길, 결국 자신을 승리자로 만들 방법을 이미 다 마련해놓고 있었기 때문이다.

여기까지는 이미 많이 알려진 이야기이다. 1976년과 1977년에 걸쳐서 전 세계의 주요 뉴스거리였고, 나중에는 《사형집행인의 노래》라는 제목으로 인기를 모았던 노먼 메일러의 소설과 텔레비전 영화의 주제가 되기도 했다. 그 소설이나 영화를 본 사람이라면, 게리가 보냈던 생의 마지막 몇 개월에 대해 잘 알고 있을 것이다. 그가 저버린 믿음들, 잃어버린 사랑, 파멸시킨 생명들, 그리고 그가 추구했던 자기부정의 이야기를. 그러나 게리가 저지른 난폭한 죄악의 뿌리가 무엇인지는, 아직 알려지지 않은 이야기들, 기록되지 못한 이야기들 속에 감춰져 있다. 그것은 바로 우리 가족사이다. 우리 집안의 어두운 비밀과 좌절된 희망의 덫이, 어떤 식으로 나의 형 게리에게 전해져서 그의 살해 충동을 만들어냈는지 보여줄 것이다.

이런 이야기들은 세상에 알려질 수 없었다. 아무도 말하고 싶어 하지 않았기 때문이다. 게리가 살아 있던 마지막 몇 주 동안, 게리의 사건에 대한 판권을 확보하고《사형집행인의 노래》에 실린 인터뷰를 진행했던 래리 실러는 게리에게서 어린 시절과 가정사에 대한 이야기를 끄집어내려고 했다. 실러는 게리의 과거에 뭔가 끔찍한 경험이 있음을 간파했다. 그러나 게리는 끝내 입을 다물었고, 집요하게 캐묻는 실러에게 때로는 조롱, 때로는 분노로 응수했다. 죽는 마지막 순간까지 게리는 마음을 바꾸지 않았다. 그리고 몇 달 후, 실러와 노먼 메일러는 나의 어머니 베시 길모어와 몇 시간에 걸쳐 인터뷰를 하는 자리에서 같은 문제를 꺼냈다. "게리가 어렸을 때, 그가 살인자가 되는 데 영향을 줬을 만한 어떤 사건이 혹시 있었습니까?" 두 사람은 이 질문에 대한 답을 얻어내기 위해 온갖 방법을 다 써보았지만, 어머니는 수수께끼 같은 대답을 몇 마디 감질나게 던지거나 노골적으로 대답을 회피했다. 그것은 우리 가족사에 커다랗게 드리운 어두운 그림자이다. 어머니는 그것을 감추고 미스터리로 남겨두고 싶어 했다. 우리 아버지와 관련된 그림자, 그가 어떤 삶을 살았으며, 또 네 아들을 어떻게 키웠는지. 게리도 어머니도 그것을 세상에 드러내고 싶어 하지 않았다. 두 사람 모두 비밀을 입속에 꼭 담아둔 채 무덤으로 갔다. 과거를 까발리느니 차라리 죽음을 택하겠다는 태도로.

나 역시 내 가족의 과거를 일일이 다 들춰내어 말하고 싶은 생각은 없다. 사실 그 후 15년 동안 나는 가족으로부터, 그리고 그 끔찍한 과거사와 불행한 운명으로부터 나 자신을 되도록 멀리 떼어놓기 위해 온갖 노력을 다했다. 나는 늘 수없이 되뇌었다. 게리 형을 살인자로 만든 그 핏줄이 무엇이든, 그건 내게는 흐르지 않는다. 내 가족의 희망이 산산조각이 나버린 것이 피할 수 없는 운명이었다 해도, 그것이 내 인생까지도 망가뜨릴 수는 없다. 나는 우리 가족과 분명코 다르다. 그렇게 생각했다. 나는 벗어나고 싶었다.

허나 이제 알 것 같다. 게리가 우리 가족 전체의 파멸을 짊어지고 있었다거나, 아니면 우리 가족이 쥐고 있던 타락과 죄악의 씨가 그날 아침 유타 주의 드레이퍼에서 그와 함께 사라져버렸다고 믿는 것은, 바로 그를 사형대에 서게 한 우리 집안 내력의 진정한 본질을 호도하는 것이었음을.

우리 가족에게 세습된 그 내력, 그것은 과연 무엇이며, 어디서 유래한 것일까.

PART 1

모르몬의 악령들

멜리사 브라운(베시를 안고 있음), 조지, 윌, 패타, 메리. 유타 주 프로보, 1951년경

죄인들이 있다. 그들이 자신의 죄를 잘 알고 있다면, 오로지 용서를 받을 수 있다는 조건으로 자신의 피를 뿌려달라고 형제에게 간청하리라. 거기에서 나오는 연기가 신에게 올라가 그들을 향해 달아오른 분노를 가라앉히는 제물이 되도록, 그리고 계율이 올바로 지켜지도록.

브라이엄 영, 《설교집》

모르몬들이 망령을 만들어냈다면, 그것은 시대를 위해서이다.

월러스 스테그너, 《모르몬 제국》

1

형제들

하나하나 그들이 죽어가는 것을 모두 지켜보았다. 처음에는 아버지, 그다음은 두 형, 게일렌과 게리. 마지막으로 비참하고 참혹한 생을 살았던 여인, 내 어머니. 결국 막내인 나와 맏형 프랭크만이 남았다. 그리고 어느 날, 우리 가족사의 고통이 더 이상 감당할 수 없을 정도로 무거워졌을 때, 프랭크 형은 어둠의 세계로 걸어 들어가더니 다시는 나타나지 않았다. 그를 찾으려고 무척이나 애를 썼지만 아무 소용이 없었다. 어쩌면 내 노력이 부족했던 것일까?

10년도 더 지난 일이다. 그동안 나는 내 가족의 영혼을 짓눌렀던 그 파

게리, 게일렌, 프랭크 2세. 애리조나 주 킹맨, 1947년경

멸의 힘에서 마침내 벗어났다고 믿고 있었다. 내 인생에 그 어떤 불행한 일이 일어나더라도 이제 그것은 나의 일일 뿐이라고. 나는 나에게 말했다. 마침내 나는 혼자다. 나는 나만의 꿈을 좇아 자유롭게 살 수 있다.

그러나 어느 날, 그 꿈은 악몽으로 변했다. 그 일이 일어나자, 내가 가족의 파멸에서 완전히 자유로운 몸이 아니었음을 깨달았다. 그 파멸이 끝없이 이어질 수 있다는 생각, 그 고리를 끊기 위해서는 오로지 우리 집안의 내력 자체를 끝장내야 한다는 사실, 그리고 그 방법은 바로 우리가 감춰왔던 그 엄청난 비밀을 깨뜨리는 것뿐이라는 확신이 절실하게 다가왔

다. 다만 내가 그 비밀들을 찾아낼 수만 있다면.

그리하여 이제 나는 내 가족의 역사를 거슬러 올라가보려고 한다. 우리 가족의 이야기, 그 신화 같은 이야기와 추억들, 그리고 그 유산 속으로. 내가 늘 옛집이 나오는 꿈속으로 돌아가고 싶어 했듯이, 이제 나는 우리 가족의 역사 속으로 거슬러 올라가고자 한다. 그곳에 가보면 무엇이 그 꿈을 악몽으로 만들었는지, 무엇이 그토록 많은 생명을 앗아갔는지 알게 될 터이다.

어쩌면 내가 알아낼 수 없는 일인지도 모른다. 과연 우리 집의 역사 어딘가에 이 모든 것을 풀어줄 열쇠가 있을까? 무엇이 그토록 많은 희생과 폭력을 만들어냈는지를 설명해줄 단서를 내가 찾아낼 수 있을까? 만일 내가 어떤 답을 찾아낼 수 있다면, 내 인생은 더 이상의 희생을 치르지 않아도 될지 모른다.

그러므로 나는 과거로 돌아간다. 한편으로는 결코 진실을 알아내지 못할 거라는 불안감, 다른 한편으로는 너무 많은 것을 찾아낼지도 모른다는 두려움을 안고서. 그러나 이것만은 확실하다. 우리가 태어나기도 전에 일어났던 일, 안다는 사실 자체가 금단의 영역이었던 그 어떤 사건에 대한 대가를 우리 가족 모두가 이미 충분히 치렀다는 사실이다.

어쩌면 어느 누구도 그 진실에 가까이 가지 못한 채 모든 것은 미스터리로 남겨질지도 모르지만 말이다.

내가 자란 집은, 나의 형들이 자랐던 집과 달랐다. 형들이 어렸던 시절, 부모님은 한 곳에서 길어야 두 달 남짓 살다가 다른 곳으로 옮기는 떠돌이 생활을 하고 있었다. 형들은 걸핏하면 아버지가 어머니 얼굴에 온통 시퍼렇게 멍이 들 정도로 두들겨 패는 모습을 보면서 자랐다. 형들에게 집이란 사소한 말실수나 잘못만 저질러도 무지막지하게 얻어맞거나 구박을 받는 무서운 곳이었다. 형들은 자기들만의 즐거움을 찾기 위해서 비밀스런 비행을 저질렀고 거기서 동지애를 느끼면서 자랐다.

내가 태어나 자라던 무렵에는 이미 형들이 집안에서 부모님만큼이나 비중을 차지하고 있었다. 그들은 내가 겪어야 할, 내 앞에 다가올 삶의 일부였으며, 또한 내가 배워야 할 삶의 일부였다. 그리고 무엇보다 내가 극복하고 회피해야 할 삶의 일부였다. 그들은 내 마음속에 하나의 열망을 심어준 장본인들이기도 하다. 이 운명에서 탈출하고야 말겠다는 강한 열망 말이다. 사실 내 가족이 나에게 준 교훈이 있다면, 그것은 바로 나에게 우리 집안의 좋은 것이든 나쁜 것이든, 혹은 집안의 전통이든 악습이든, 거기에서 벗어나야 한다는 생각을 심어준 것이다.

어찌 됐건 나는 완전히 다른 집이라고 해도 무방할 정도로 형들과는 전혀 다른 집안 분위기에서 자랐다. 그 점은 분명 감사할 일이다. 물론 그게 그리 간단한 문제는 아니었지만. 사실 형들이 겪었던 비참함과 내가 느낀 비참함은 너무나 다른 종류라서, 그들이 겪었던 그 지옥에서 내가 구원되었다는 안도감을 느끼기란 거의 불가능했다. 그것은 마치 제2차 세계대전을 겪지 않은 사람이 전쟁에서 살아남았다는 안도감을 느끼지 못하는 것과 같은 이치일 것이다.

두 개의 다른 집, 즉 형들이 자라났던 집과 내가 자랐던 집이 현격히 다르다는 건, 우리 집 앨범들을 들춰보기만 해도 금방 알 수 있다. 앨범은 거의 형들의 사진들로 채워져 있다. 같은 배경에서 함께 찍은 사진들이다. 어린 프랭크 형과 게리 형이 카메라 앞에서 서로 껴안고 활짝 웃고 있는 사진, 전쟁 중에 육군복과 해군복을 입고 나란히 서 있는 모습, 똑같은 바지에 멜빵, 흰 셔츠, 넓은 넥타이 차림의 사진 등등. 우리 가족이 애리조나 주의 사막에서 살던 무렵 사진들이었다. 그리고 게일렌 형이 태어난 후에는 세 형제가 함께 있다. 셋 다 진짜 카우보이 복장을 하고 손에는 번쩍이는 장난감 총을 들고 있는 폼이, 정말 꼬마 무법자들 같은 모습이다. 하지만 형들과 내가 함께 찍은 사진은 아무리 찾아봐도 몇 장 눈에 띄지 않는다. 몇 장 있는 사진이래 봐야 크리스마스트리 앞에서 한 줄로 늘어서서 그야말로 풀 죽은 죄수들 표정을 하고 있는 모습이다. 그렇다고 내 독사진이 많은 것도 아니다. 형들 독사진은 꽤 많은 데 비해, 내 독사진은 그 많은 앨범에서 불과 두세 장에 불과하다.

이 사진들은 한 가지 분명한 사실을 말해준다. 형들과 나는 같은 시간과 장소에서 살아오지 않았다는 사실이다. 우리는 서로를 잘 알지 못한다. 동일한 소속감 같은 것은 없다. 그나마 어린 시절 게일렌 형과 함께 놀았던 기억은 어슴푸레하게 남아 있다. 나와 나이 차가 가장 적기 때문이다. 맏형 프랭크가 나를 보살펴주고, 가끔 영화 구경을 시켜준 기억, 나를 귀여워해줬던 기억도 있다. 어머니가 기억하는 바와 달리 게리 형과의 기억은 별로 없다. 어른이 될 때까지 더듬어봐도 고작 두세 가지 정도의 기억뿐.

내 기억 속에서 나는 거의 혼자 장난감을 가지고 놀았다. 나도 형들처럼 총을 가지고 노는 서부극 놀이를 좋아했다. 형들은 번쩍번쩍 은빛으로 빛나는 자기들 장난감 총에 손도 대지 못하게 했고, 나는 그걸 무척이나 부러워했다. 하지만 내가 총보다 더 좋아했던 것은 성곽이다. 나에게는 아더 왕의 성이 있었다. 도개교와 몇 개의 뾰족탑까지 있는 완벽한 성곽 세트였다. 하지만 세트에 함께 들어 있었던 싸구려 플라스틱 기사 인형들은 마음에 들지 않아서 내다 버렸다. 나는 전에 이보다 훨씬 멋진 금속으로 된 기사 인형과 말을 본 적이 있었는데, 브리튼즈라는 영국 회사가 만든 고급제품이었다. 그 기사들은 섬뜩할 정도로 무서운 자세를 취하고 있었고, 손으로 꼼꼼히 페인트칠되어, 정말 멋있고 값도 꽤 비쌌다. 나는 어머니를 졸라서 기어이 그 인형들을 사고야 말았다. 형들에게 진줏빛 손잡이가 달린 6연발 권총이 있다면, 내게는 멋진 기사들이 있었다. 나는 그 기사들을 성 안에 들여보내고 도개교를 올려놓았다. 어느 누구도 해치지 못하도록, 그들을 성곽 안에서 안전하게 보호해주고 싶었다. 그리고 형들이 내 기사들을 건들지 못하게 철저히 지켰다. 물론 형들은 내 기사를 만지려 한 적이 없었다.

어쩌면 나와 형들이 함께 놀았던 경험은, 내가 기억하는 것보다는 많을지 모른다. 하지만 내 기억 속에 우리 네 형제가 다 함께 지냈던 경우는 손가락으로 꼽을 정도이다. 한번은 오리건 주의 포틀랜드에 살았을 때이다. 형들은 집 뒤뜰에 있는 나무에 판을 걸어놓고 다트 게임을 하고 있었고, 나는 구경을 하고 있었다. 나도 같이 다트를 던지고 싶었지만, 그들은 나 같은 꼬마가 놀이에 끼어드는 것을 원치 않았다. 하지만 나는 포기하지 않고 끈질기게 졸라댔고, 아마도 곧바로 울음을 터트릴 준비가 되어 있었을 것이다. 그러자 마침내 누군가가—내 기억이 맞다면, 게리 형이—봐준다는 듯이 말했다. "좋아. 너도 정 하고 싶으면 함께 하자. 자, 어떻게 하는지 가르쳐줄게." 그러고는 나를 과녁 앞에 세웠다. "누가 너한테 가장 가까운 곳에 던지는지 겨루는 거야."

그때 달아났어야 했지만, 나는 달아나지 않았다. 아니, 놀이에 같이 끼었다는 게 마냥 즐겁기만 했다. 게리 형이 첫 번째로 다트를 던졌고, 그것은 내 발에서 두 뼘 정도 떨어진 곳에 와서 박혔다. 다음은 프랭크 형이 느린 속도로 던졌는데 약간 더 가까운 곳에 떨어졌다. 게일렌 형의 다트는 내 발에서 불과 2, 3센티미터 떨어진 거리까지 왔다. 그때부터 나는 이 놀이에 끼고 싶은 마음이 없어지기 시작했다. 다음 차례로 게리 형이 던진 다트가, 기어이 표적을 맞혔다. 그것은 내 오른쪽 신발을 뚫고 들어가 엄지발가락 발톱 위에 정확하게 꽂혔다. 형들은 당황했고, 나는 비명을 질렀다. 어머니는 밖으로 나와서 내 발 위에 꽂힌 다트와 겁먹은 형들의 모습을 보고 기가 막힌다는 표정을 지었다.

그 후 나는 복수를 했다. 어느 화창한 여름날 오후였다. 게리 형은 우리 집 문 앞에 앉아서 여자친구 둘과 이야기를 나누고 있었고, 프랭크 형도 여자친구와 함께 거기에 있었다. 이번에도 나는 같이 어울리고 싶었지만, 역시 대답은 "저리 꺼져."였다. 나는 집 옆으로 돌아가서 정원에서 쓰는 기다란 호스의 한쪽 끝을 끌고 문 앞으로 갔다. 예쁜 금발머리 여자와 다정하게 이야기를 나누느라 정신이 팔린 게리 형에게 나는 호스를 쥐어주며 말했다. "형, 이것 좀 잡고 있어. 금방 올게." 게리 형은 내 말을 건성으로 들으며 호스 끝을 손에 쥔 채 여자친구들과 대화를 이어갔다.

나는 뒤뜰로 달려가서 호스가 연결된 수도꼭지를 최대로 틀었다. 결과는 내가 바라던 대로였다. 호스에서 뿜어져 나온 물길은 세차게 게리 형의 얼굴을 때렸고 그의 옷을 흠뻑 적셨다. 형의 고함소리와 여자들의 웃음소리가 뒤뜰까지 들렸다. 나는 당장 집 뒤에 있는 찔레나무 숲으로 달려갔다. 그러고는 몇 시간 동안 꼼짝 않고 숨어 있었다. 나중에 내가 숲에서 나왔을 때, 게리 형은 아직도 분이 가시지 않은 얼굴로 말했다. "널 절대로 용서하지 않겠어."

형들의 사진을 들여다본다. 그 사진들은 우리 가족이 남긴 낡은 스크랩북에 있는 그 어떤 사진들보다 내 마음을 아프게 한다. 형들은 사진 속에서 카메라를 향해 총을 들고 서 있다. 그들이 함께 공유하고 있는 세계가 느껴진다. 그들만이 속해 있는 세계. 내 시선을 사로잡은 것은 꼬마 무법자들의 거친 포즈가 아니다. 그들이 함께 지내면서 이런 행복한 미소를 지었던 순간이 얼마나 될까, 그들만의 세계에서 그들은 과연 얼마나 행복했을까 하는 생각이 내 마음을 아프게 한다. 내가 어렸을 때, 그들이 그런 미소를 짓는 모습을 본 기억이 없다. 물론 내가 기억하지 못하는 부분들이 많이 있으리라. 어쨌든 그 사진 속의 미소는 나에게 하나의 미스터리이다. 그 미소는 나에게, 내가 전혀 알지 못하는 우리 가족의 삶, 오늘날까지 그 어느 누구도 말해주지 않은 그들만의 삶이 있었다고 말해주고 있다.

형들은 함께 온갖 고통을 겪으며 살아왔기 때문에, 서로 진정한 형제애를 가지고 있었다. 적어도 한때는 말이다. 나는 사진 속의 얼굴들을 보면서 증오를 느낀다. 그러지 말아야겠다고 생각하면서도 어쩔 수 없다. 그 사진 속에서 그들은 나를 끼워주지 않았기 때문이다. 그들이 나를 같은 가족의 일원으로 끼워주지 않은 것이 원망스럽다. 그 대가가 아무리 끔찍한 것이었다 하더라도.

2

혈통

어머니를 그려본다. 눈을 감고 어릴 적 기억 속에서 어머니의 모습을 떠올린다. 아버지는 거의 집에 없었고, 형들은 연달아 밀어닥친 재난에 아직 휩쓸리지 않은 시절이었다. 어머니는 그 당시 늘 웃는 모습이었다. 아침에 눈을 뜨면, 내가 깨기를 기다리다 활짝 웃는 어머니의 얼굴이 눈에 들어왔다. 그런데 몇 년 후 어머니의 모습은 전혀 다르다. 언제나 격심한 분노로 가득 찬 얼굴, 때로는 광기 어린 듯 위태로워 보이던 그 얼굴은, 끝없이 이어지는 절망이 만들어낸 모습이었다. 나는 어머니의 그 얼굴을 두려워하게 되었다. 아버지가 "저건 무서운 얼굴이다."라고 말한 것도 원

마이클과 베시, 1958년경

인이 됐지만, 그로 인해 상황은 더더욱 안 좋은 방향으로 치달았다.

내 어머니 베시 길모어를 분노하게 하는 일들은 수없이 많았다. 아버지는 오랜 세월 어머니를 무시하고 구박하고 손찌검했으며, 형들은 일찌감치 동네에서 악명이 높았다.

그러나 어머니의 분노는 그 이전으로 거슬러 올라간다. 훨씬 오래전으로.

결국에는, 가족 중에서 나와 가장 많은 시간을 보낸 이는 어머니이다. 어머니처럼 나이가 들어가면서, 자신의 과거가 슬픔과 고독으로 가득하다고 믿든, 스스로를 추방당한 미치광이라고 여기든, 어머니와 내가 일종의 동질감을 공유하고 있다고 확신하고 있었다. 그런데 지금, 어머니를 한 인간으로서 그려내야 하는 이 시점에서, 나는 어머니가 입었던 상처의 깊이나 그 근원에 대해서 어쩌면 그 실체를 전혀 알지 못할 수도 있다는 생각이 든다. 어머니를 제외한 우리 가족은 모두 남자였다. 그 분위기가 풍겼던 독특한 천박함을 나는 잘 알고 있다. 발작적이고도 난폭한 분위기였다. 나는 우리 가족의 삶에 드리웠던 그 폭력성에 대해서 어느 정도는 이해를 하는 편이다. 적어도 한 인간이 자신을 거부하는 세상에 대해 어떤 식으로 증오심을 가지게 되는지, 자신은 결코 갖지 못할 행복을 누리는 이들을 어떤 식으로 응징하고 파괴하려 드는지 알고 있다. 그러나 어머니의 가슴에 새겨진 상처의 실체에 대해, 또 그 끝없는 증오심과 공포에 대해 생각해보면, 나는 두려워진다. 그 두려움은 우리들 가슴속 깊은 곳에 정체를 알 수 없는, 대대로 전해 내려온 내력이 자리 잡고 있다는 두려움, 그리고 어머니의 마음속에는 앞날에 대한 불길한 예감이 자리 잡고 있었다는 두려움이다. 결국 어머니를 젊은 시절 내내 괴롭혔던 저주와 그 후에 그녀가 겪어야 했던 가족 상실의 고통을 상상하면서, 어머니의 기억을 더듬어갈 뿐이다. 그것은 어머니의 삶에서 고통이라는 줄로 묶여 있던 부분을 풀어내는 것과 같다. 공포 속에서 살다가 공포 속에서 죽어간 어머니의 고통을.

하지만 분명한 사실이 하나 있다. 어머니는 나에게 자신감을 심어주려고 최선을 다했다. 다시 말해서 우리 집안의 저주에서 벗어날 수 있다는 희망을 가지게 해주셨다. 그리고 어머니는 내가 그 꿈을 이룰 수 있도록 어느 누구보다도 많은 도움을 준 사람이기도 하다. 그 대가로 나는 다른 가족들을 버리는 법을 터득했고, 어머니를 버렸다. 어머니는 내가 집안의 불행한 유산에서 벗어나기를 바라셨고, 나를 자신이 만든 최고의 걸작품이라 믿었다. 그러나 그러기 위해서는 어머니를 버리고 떠나야 했다. 그리고 그것은 당연히 어머니에게 상처를 주었다. 새로운 세계로 나아가면서 동시에 옛 세계가 요구하는 대로 머물러 있을 수는 없지 않은가? 더군다나 나는 스스로 늘 새로운 세계를 향해 나아가는 인물이라고 믿고 있었다.

그러나 어머니가 희망을 걸고 있었던 사람은 나뿐이 아니었다. 어머니는 게리 형에게도 어떤 기대를 걸었던 것 같다. 아니, 어쩌면 게리 형이야말로 어머니를 대신해서 분노를 갚아줄 사람, 유타 주에 사는 동안 어머니가 겪었던 학대와 소외의 세월을 복수해줄 유일한 희망이었다. 한 많은 어머니와 자신의 원한을 갚아줄 아들, 그것은 바로 어머니 베시 길모어와 아들 게리 길모어 사이의 동맹관계 같은 것이리라. 언젠가 어머니가 내게 이런 말을 한 기억이 난다. "게리는 범죄자였다. 넌 변호사가 되렴. 네 형들에게는 훌륭하고 헌신적인 변호사가 필요하단다."

어머니가 꼭 그렇게 되라고 강요한 건 아니었지만, 그 말투가 분명 농담이나 자조적인 것만은 아니었다.

나의 어머니 베시 길모어가 왜 자신의 혈족과 고향을 응징하고자 했는가에 대해 설명하려면, 그녀와 함께 자라온 사람들과 그 시절에 대해 잠시 이야기해야 할 것 같다. 어머니는 20세기 초, 모르몬교의 본토 유타에서 태어났다. 유타는 여러 가지 면에서 주변의 다른 고장과 전혀 다른 독특한 곳이었다. 모르몬 교도들은 오랜 세월 동안 강하고 독특한 남다른 의식과 유대감을 이어오고 있었다. 그들은 스스로를 신이 선택한 현대의 선민이라고 여겼을 뿐 아니라, 자신들의 신앙과 선민의식이 오랜 피의 역사 속에서 형성됐다고 믿고 있었다. 그들은 말하자면, 이 세상으로부터 동떨어진 민족, 자신들만의 신화와 목적의식, 그리고 경악할 만한 폭력의 역사를 지닌 사람들이었다.

어머니는 그 사람들의 전설과 같은 이야기들—그들이 일으킨 기적과 박해의 이야기—을 들으며 자랐고, 어린 시절 나와 형들에게 그 이야기를 그대로 들려주었다. 그중에서 초기 모르몬교가 살아남기 위해서 겪었던 고초들, 특히 교파의 창시자인 순교자 조셉 스미스의 이야기는 강렬하게 마음을 사로잡는 데가 있었다. 조셉 스미스는 뛰어난 상상력과 환상을 지닌 인물이었는데, 실제로 그는 미국 역사상 가장 혁신적인 신화 창조자 중의 한 명으로서, 가장 개인적인 자신의 환상을, 복잡하고 서사적인 신학과 민속학의 복합체로 바꾸어놓은 인물이기도 했다. 스미스는 본질적으로 혈통의 딜레마 위에 자신의 복잡한 신학체계를 세우고자 했다. 말하자면 한 인간이 자신의 혈통으로 물려받은 꿈과 죄의 구원을 어떻게 얻게 될지, 아니면 미처 끝나지 않은 저주의 결과로 어떻게 파멸하게 될지, 이런 것들을 신학체계로 설명하려 한 것이다. 바로 이 문제가 우리 집안에 덮쳤을 즈음엔, 그는 이미 굉장한 영향력을 갖고 있었다.

스미스의 저서 중 가장 꾸준히 읽히는 책은 말할 것도 없이 《모르몬경》이다. 1820년대 후반에 처음 출간된 《모르몬경》은, 당시 미국에서 출간된 소설을 포함한 모든 저술 중에서 비교 대상을 찾기 어려울 만큼 지속적인 영향력을 행사했다. 그리고 그 후 160여 년 동안, 모르몬교를 현대 역사상 가장 빠르게 교세를 확장한 교파의 하나로 만드는 데 핵심적인 역할을 했다. 그 책의 기원은 매우 흥미로우면서도 모순적인 데가 있다. 스미스의 주장에 따르면 《모르몬경》의 내용은 자신이 '모로니'라는 신의 천사에게서 받은 고대의 황금접시에 새겨진 글을 그대로 옮긴 것이라고 한다. 그 황금접시에는 미국의 고대 원주민의 역사와 그들이 섬겼던 이스라엘의 신에 대해 적혀 있었다는 것이다. 스미스는 자신이 구약성서와 신약성서를 이어줄, 오랫동안 사라졌던 성서를 발견했다고 주장했다. 그 책은 수많은 미국인들에게 엄청난 영향을 미쳤고, 또 지금까지도 그 영향력을 발휘하고 있는데, 그 파장의 핵심에 과연 무엇이 있는지를 이해하기란 그리 어렵지 않다. 《모르몬경》에서 성서적인 의미를 제거하고 나면, 남는 것은 다름 아닌 미국인들이 좋아하는 주제로 가득한 이야기, 즉 가족과 살인에 대한 이야기이기 때문이다.

킹 제임스 성서 번역을 모방한 스타일로 쓴—혹은 스미스가 구술한 것을 누군가 받아 적었겠지만—《모르몬경》은 어느 유대인 부족의 천 년에 걸친 연대기로, '레히'라는 한 청렴한 예언자와 그 가족의 역사를 담고 있다. 레히는 기원전 600년에 가족과 친지들을 이끌고 당시 타락의 도시 예루살렘을 탈출했다. 신이 이끄는 대로 아들들과 함께 배를 만들어 타고 새로운 땅으로 간 그는, 거기서 인생에 있어서 가장 큰 목적(그것은 곧 유일한 구원의 길이기도 했다)은 신의 명령에 복종함으로써 신의 사랑을 되찾는 것이라고 역설했다. 그러나 레히의 부족에는 늘 반목이 끊이지 않았다. 그리하여 예언자 레히가 늙어 죽게 되었을 때 작은아들인 '네피'가 족장이자 선지자로 임명되자, 형들인 '라만'과 '레무엘'의 분노로 부족 내의 갈등은 극에 달한다. 라만과 레무엘은 아버지가 자신들에게 물려준 유산에 대한 불만에다, 동생 네피의 경건한 신앙심과 그가 섬기는 구시대적 신에 대한 반발로 반감을 키워가고 있었다. 결국 라만과 레무엘의 위협적인 타도에, 네피와 그의 추종자들은 부족을 빼앗기고 쫓겨나고 만다. 신은 라만과 레무엘의 반란에 격노해, 그들의 오만함과 잔인함에 대한 벌로 붉은 피부라는 저주를 내리고, 그들의 자손들 역시 조상이 지은 죄에 대한 대가로 신에게 버림받았다는 인지를 대대로 지니게 되리라고 선언했다. 그리하여 네피 족과 라만 족 사이의 분열이 시작되었고, 바로 두 부족 간의 갈등의 역사가 바로《모르몬경》의 핵심을 이루고 있다.

그 후 천 년 동안 이 두 부족의 후손들은 그칠 새 없이 전쟁을 벌였다. 한쪽은 정통한 혈통을 물려받은 후손으로서 보복의 전쟁을 치러야 했고, 다른 한쪽은 죄지은 조상의 불순종적이며 살인적인 혈통을 물려받은 후손으로서 저주를 받았기 때문이었다. 그러다가《모르몬경》에서 가장 대담한 대목이라고 할 수 있는 시점에 이르러서 예수 그리스도가 등장하는데, 여기에서 예수는 십자가에 못 박히고 다시 부활한 후 이들에게 찾아와 구원의 교리와 평화의 권고를 남긴다. 그러나 평화는 오래가지 못했다. 폭력이 다시 찾아들고 죽음이 난무했다. 이 책의 끝부분에 다다르면 오로지 한 사람의 목소리만이 살아남는데, 바로 네피 족 최후의 생존자 모로니이다. 그는 타락한 자기 민족의 역사와 '폐허'라고 불렸던 도시에서 시작되었던 최후의 전투에 대해 회고하듯 기술하고 있다. 전쟁이 끝날 무렵, 수천 명의 네피 족 시체가 죽음의 땅을 피로 붉게 물들였고, 살아남은 몇몇 아이들은 죽지 않기 위해 아버지의 시체를 먹을 수밖에 없었다.

결국 모로니가 할 수 있는 일이란 라만 족이 오길 기다렸다가, 원수가 되어버린 형제의 손에 죽임을 당하는 것뿐이었다.

조셉 스미스가 그리고 있는 과거 미국 땅의 역사 곳곳에는 살인과 파멸이 난무하고 있다. 폭력이란 늘 해명과 해결을 요구하기 마련이며, 그렇기에 《모르몬경》 중 검증되지 않은 최고의 계시는 놀랍기 그지없는 내용이다. 모로니가 피로 붉게 물들인 땅을 바라보며 거대한 종말로 끝나버린 자신들의 역사를 돌이켜본 순간, 수세기에 걸친 그 모든 파멸의 역사에서, 모든 것을 조종한 힘은 바로 다름 아닌 신이라는 계시다. 방랑하는 부족을 이 주인 없는 땅으로 인도한 것도, 그 끔찍한 절멸만이 기다리는 운명의 혈통을 만들어낸 것도, 모두 신의 뜻이다. 미국 역사에서 가장 끔찍한 이 미스터리 소설의 중심을 이루는 모든 살해 뒤에 숨은 설계자는 바로 신이며, 수없이 많은 자손들에게 자신의 법과 명예를 지키지 않은 대가로 대대로 끝없는 파멸의 운명을 요구한, 성난 아버지 신이라는 것이다.

《모르몬경》 중 가장 강렬한 신성 모독 장면에서, '코리허'라는 이름의 적그리스도이자 카리스마적 무신론자는 신의 심판관과 왕들 앞에서 이렇게 주장한다. "그대들은 이 민족을 죄 많은 타락한 민족이라고 합니다. 단지 아버지의 뜻을 어겼다는 것만으로! 들으시오, 내 말하노니. 그 부모 때문에 아이가 죄인이 될 수는 없소."

신은 이런 괘씸한 말을 한 코리허를 벙어리로 만들고, 그가 아무리 깊이 회개해도 그를 용서하지 않았다. 코리허는 사람들에게 자비와 도움을 청하면서 온 나라를 떠돌아다니다, 결국 사람들에게 짓밟혀 죽는다.

《모르몬경》에 그려진 미국 파멸의 계시는, 사실상 가장 심중을 파고드는 예언서가 되었다. 폭력과 공포는 끝끝내 조셉 스미스와 그의 동족을 따라다녔다. 조셉 스미스 역시 피를 흘리며 죽어갔고, 그 후로도 모르몬의 역사를 이어온 것은 다름 아닌 살인이었다.

그럼에도 불구하고 수천 명의 사람들이 스미스를 믿고 추종했다. 그는 나중에 자신의 종교를 말일성도 그리스도교, 그 추종자들을 성도라고 칭했다. 그러나 그의 반대파들은《모르몬경》에 대한 반감에서 그들을 모르몬 교도라고 불렀다.

우리 어머니의 모르몬 혈통은 선조들의 행로를 따라 그 초기로 거슬러 올라간다. 당시 이들은 대부분 영국에서 가난을 견디다 못해 이곳 미국의 모르몬 집단으로 이주한 사람들이었다. 새로운 약속의 땅이라는 희망을 품고. 그러나 그들이 그곳에서 발견한 것은 공포와 폭력이었다. 1830년대 중반, 이미 모르몬 교도들은 그들이 정착하고 있던 땅에서 몇 차례 쫓겨난 신세였다. 그중에서 그들이 가장 크게 자리 잡고 있었던 곳은 오하이오 주의 커틀랜드와 미주리 주의 인디펜던스이다. 이곳에서 농장이 불타고, 남자들과 아이들은 살해되었으며, 여자들은 강간당했다. 때로는 이런 일들이 시민군의 주도로 자행되었다. 모르몬 교도들에 대한 다른 미국인들의 적의는, 대부분 그들의 신앙과 생활방식에 대한 못마땅한 마음 때문이다. 모르몬교 성도들은 일부다처의 생활을 하며, 유일신이 아닌 여러 신과 많은 천국을 믿는다고 알려져 있었다. (이런 생활과 신앙은 사실로 드러났다.) 그러나 무엇보다도 사람들을 동요시키고 반발을 불러일으킨 것은, 바로 조셉 스미스라는 인물 자체였다. 그는 사람들을 꾀어내는 유혹자일 뿐 아니라, 오만하고 야망에 찬 야심가였다. 정치가들과 신문기자들 사이에서 스미스가 미국 중부를 정복해 종교를 토대로 자신을 수장으로 하는 모르몬 제국을 건설하려는 면밀한 계획을 꾸미고 있다는 낭설이 나돌았다. 그리하여 1840년대에 이르기까지 스미스는 온몸에 타르 칠을 당하고 깃털이 꽂히는 수난을 겪는가 하면 저격과 투옥, 그리고 군사 처형의 협박 등을 받았으며, 많은 사람들이 그를 '미국 변경에서 가장 위험한 자'라고 불렀다. 미주리 주의 주지사였던 릴번 보그스는 모르몬 교도들을 공공의 적으로 규정하고, 그 지역에서 추방하든가 멸종시키겠노라 선포하기까지 했다. 이에 모르몬 교도들은 일리노이 주 서부의 강 건너 지역으로 자리를 옮겨 '노부'라는 새로운 도시국가를 세웠다. 스미스의 지도하에 노부는 미 중서부에서 가장 크고 훌륭한 도시로 성장하려는 참이었다. 그러나 아이러니하게도 그 성장은 오히려 스미스와 그의 추종자들에게 불리한 사태를 가져왔다. 모르몬 교도들이 주州 내에 하나의 왕국, 다른 지역과 비교도 안 되는 그들만의 멋진 세계를 건설하려 한다는 인상을 주었다. 1844년 무렵 일리노이 주민들은 미주리 주 사람들과 마찬가지로 스미스와 모르몬 교도들에 대해 막연한 두려움을 갖고 있었다. 그러던 중 스미스의 개인 경호원이었던 전설적인 서부의 총잡이 '오린 포터 록웰'이 미주리 전 주지사 릴번 보그스의 저격사건(그는 뒷머리에 총을 맞았으나 기적적으로 살아났다)의 용의자로 소문이 나돌자, 중서부에 건설하려던 왕국의 꿈은 사실상 물거품이 되었다.

그 후로도 몇 차례 말썽이 벌어졌고 스미스에 대한 분노가 폭발해, 마침내 일리노이의 주지사 토마스 포드는 그 예언자에게 시당국에 출두해 재판을 받으라 명하기에 이른다. 조셉 스미스는 순순히 이에 응했고 그의 동생 하이럼과 다른 몇몇 교파 지도자들과 함께 카르타고라는 작은 마을의 감옥에 수감되었다. 처음에는 마땅한 죄명을 찾지 못했으나, 곧 죄명이 만들어졌다. 주정부에 대한 반역죄, 사형으로 다스려야 할 죄였다.

주지사 토마스 포드는 스미스 일행에게 항복만 한다면 안전을 보장하겠다고 약속했지만, 카르타고 회색군이라는 시민군은 마을에 나타난 조셉 스미스를 보고 그를 죽이기 전에는 결코 놓아주지 않겠노라고 장담했다. 1844년 6월 27일, 소규모의 군대가 카르타고 감옥을 지키고 있을 때 100여 명의 폭도가 몰려왔다. 이 폭도들과 감옥을 지키던 경비대는 사실상 같은 시민군에 속한 동료들이었기 때문에, 폭도들은 별 저지를 당하지 않았다. 그중 몇 명이 감옥으로 쳐들어가 조셉과 하이럼이 있는 위층 감방으로 올라갔다. 그들은 문을 향해 머스킷 총을 몇 발 발사했고, 그중 한 발이 하이럼의 얼굴에 맞았다. 총알이 네 발 더 발사됐고, 그는 온몸이 갈가리 찢긴 채 형의 발 앞에 쓰러졌다. 조셉은 친구가 몰래 건네준 권총을 한 자루 갖고 있었다. 그는 문 뒤를 향해서 방아쇠를 여섯 번 당겼다. 세 발이 폭도들에게 맞고 공격이 늦춰지는 틈을 타서 그는 창문 쪽으로 달려갔다. 한쪽 발을 창틀에 걸치고 밑을 내려다본 순간, 그는 수많은 총검과 라이플 소총이 자신을 기다리고 있다는 것을 알았다. 그다음 상황에 대해서는 대체로 다음과 같이 전해진다. 그 순간 그는 자신의 비전으로 인해 치러야 할 대가가 무엇인지 알아차렸고, 바로 그때 문 쪽에서 그리고 동시에 창 아래쪽에서 날아온 총알들이 그의 몸을 벌집으로 만들었다. "오, 주여, 나의 하나님!" 그가 땅으로 떨어지면서 외친 마지막 말이었다. 밖에 모여 있던 폭도들은 그를 둘러싸고 어떤 이들은 발로 걷어찼고, 또 어떤 이들은 야유를 퍼부었다. 그가 다시는 일어나지 못할 것이라는 사실을 확인한 그들은 만족한 얼굴로 그 자리에서 도망쳤다.

이것이 내가 평생 동안 들어왔던 조셉 스미스의 순교에 관한 이야기이다. 그의 죽음에 대해 다른 이야기를 하는 사람들도 있다. 오랜 세월 동안 정설로 널리 알려져 있던 그 이야기를 나는 최근에야 알았다. 모르몬 교도 목격자들과 사건에 가담했던 한 폭도의 고백이 뒷받침된 이 순교담에 따르면, 조셉 스미스가 맞이했던 최후의 마지막 순간은 다음과 같다.

조셉 스미스가 창밖으로 뛰어내리려는 순간, 그는 총알 두 발을 맞고 밖에서 그를 기다리고 있던 폭도들 앞으로 떨어졌다. 그중 한 사람이 조셉을 감옥에서 몇 걸음 떨어진 곳에 있는 우물가로 끌고 가서 벽에 세워 놓았다. 시민군 대장의 명령에 따라, 조셉에게서 여덟 걸음 정도 떨어진 곳에 네 명의 저격수가 나란히 섰다. 그들은 일제히 조셉의 가슴을 향해 총을 쐈고, 그는 앞으로 고꾸라졌다. 그의 몸에서 피가 뿜어 나와 한때 그 비밀의 역사를 예언했던 땅을 적셨다. 그는 오랫동안 그곳에 홀로 버려진 채 죽어갔다.

조셉 스미스에게는 자식이 없었다. 그러나 나는 그에게서 내 조상들보다도 더 가까운 혈연과 같은 동질감을 느낀다. 그가 두려워했던 저주와 마침내 그 자신을 삼켜버렸던 오랜 운명의 불길한 예감을 통해서, 나는 그에게서 형제의 핏줄을 느낀다.

조셉 스미스의 죽음은 모르몬교의 종말을 예고하는 듯했으나, 사실상 종말 대신에 변화를 가져왔을 뿐이었다. 그가 살해된 지 몇 달이 지나지 않아서, 남은 교파는 새로운 예언자이자 지도자였던 '브라이엄 영'을 중심으로 결속했다. 그는 스미스만큼 강렬한 영감을 지닌 신학자는 아니었지만, 더 영리하고 재능이 많은 독재적인 지도자였다. 모르몬들은 그 후 2년 동안 노부에 머물면서 일리노이 주에서 가장 강력한 도시를 만들어갔다. 그러나 모르몬 교도들을 쫓아내려는 주변의 압력과 폭도들의 기습이 여전히 계속되었고, 연방군이 성도들을 파멸시키려는 음모를 계획하고 있다는 소문까지 나돌자, 브라이엄은 노부를 떠나는 것이 미국 땅에서 살아남기 위한 유일한 길이라는 결정을 내렸다. 1846년 2월 브라이엄이 이끄는 모르몬 교도들은 새로운 안식처를 찾아 오랜 순례의 길을 떠나야 했다. 18개월의 방랑 끝에 그들은 그레이트 솔트레이크(미국 유타 주에 있는 얕은 함수호) 유역에 자리를 잡고, 그곳을 데저레트라고 불렀다. (데저레트란《모르몬경》에 나오는 꿀벌을 지칭하는 말로, 마음이 맞는 사람들이 모인 공동체에서 열심히 일하는 근면한 노동자를 뜻한다.) 이 새로운 보금자리는 어느 면에서는 지상에 신의 왕국을 건설하겠다는 조셉 스미스의 꿈이 이루어진 것으로, 실상 지금까지 미국이라는 땅 위에 세워진 유일한 종교국인 셈이다. 후에 유타라고 이름이 바뀐 이 천년왕국의 땅 데저레트에서, 모르몬들은 체로키 족을 제외하고는 미국 땅에서는 유일하게, 그들을 멸종시키겠다고 위협하며 몰아낸 군대의 압박에서 벗어날 수 있었다. 나아가서 그들은 앞으로 어떤 시련과 탄압이 닥쳐온다 하더라도 그 약속의 땅에서 스스로를 지켜내고자 노력했다.

솔트레이크로 이주한 직후, 브라이엄 영은 전국에 있는 모든 성도들에게 움직일 수 있는 자들은 모두 솔트레이크로 와서 교회를 세우고 사람들을 모아 오랫동안 염원했던 왕국을 건설하자는 전언을 보냈다. 바로 이 포고령에 따라 나의 어머니로 이어지는 모르몬 조상인 프란시스 커비가 유타 골짜기로 옮겨 오게 되었고, 일설에 따르면, 그곳에서 그는 그 끔찍하고 환멸스러운 현실을 직면했다고 한다.

얼마 전에 나는 마이크로필름으로 보관된 프랜시스 커비가 쓴 오래된 수기체의 기록을 발견했다. (그것은 다른 말일성도들이 남긴 기록들과 함께 솔트레이크 시에 있는 모르몬 교도 역사도서관의 문서보관소에 보관되어 있었다.) 우리 조상들 중에서 시간과 장소까지 구체적으로 가장 상세한 기록을 남긴 인물은 프랜시스 커비(나의 외할머니의 조부)가 유일하다. 그는 1821년 프랑스 해안에 인접한 채널제도의 한 섬에 자리 잡은 귀족적인 분위기의 전통 깊고 독실한 영국교 집안에서 태어났다. 1849년 스물여덟이 되던 해, 프랜시스와 그의 아내 메리 르코뉴 커비는 한 말일성도 선교사의 설교를 듣고 《모르몬경》을 읽고는 모르몬교로 개종했다. 물론 그의 부모는 처음에는 펄펄 뛰며 격노했다. 인연을 완전히 끊지는 않았지만, 차차 아들에게 무관심해지다가 나중에는 아들과 손자들이 거의 알거지가 되도록 방관했다. 커비는 모르몬교 영국지회에서 입교 초기부터 매우 뛰어난 업적을 올렸고, 개종하고 며칠 지나지 않아서 교회 지도자의 제안을 받아들여 일일 활동과 주간 활동에 대한 기록을 남기기 시작했다. 그 기록은 읽기에 따라서는 매우 지루하면서도 동시에 대단히 흥미로운 내용을 담고 있었다. 1849년부터 1893년에 걸쳐 일기 형식으로 된 그의 기록은, 다른 모르몬 기록들과 다름없이 평범한 교회사에 대한 상세한 내용으로 가득 차 있다. 혹시나 있을 법한 부부싸움이나 이웃과의 말다툼, 아니면 누가 아팠다든가, 재미있는 우스갯소리라든가, 혹은 어떤 역사적인 순간을 목격하게 되었다든가 하는 사적인 기록들은 그의 일기에서 찾아볼 수가 없다. 매 장마다 그가 기록한 것은 교회 활동에 대한 것들, 예컨대 어떤 훌륭한 모르몬 교도와 식사를 했다거나 여러 가지 종류의 말일성도 행사에 참석했다는 따위의 내용이었다.

1857년 1월 1일, 프랜시스 커비는 아내와 아이들을 이끌고 미국으로 건너왔다. 그리고 3년 후, 그들은 유타를 향해 이주하는 모르몬들의 마지막 수레 대열에 동참했다. (이들은 말 그대로 짐을 실은 수레를 끌면서 도보로 대륙을 횡단했다.) 유타에 도착한 이후, 커비는 분명 전과 다른 사람이 되어 있었다. 영국에 있을 때 그는 자부심마저 느끼면서 교회 일들을 꼼꼼하게 기록했고, 교회 내에서도 제법 상위 계급에 속해 있었다. 그러나 유타로 온 이후의 기록을 보면 교회 활동들을 세세하게 기록하는 데 소홀할 뿐 아니라, 교회 활동 자체에 흥미를 잃은 듯이 보인다. 실제로 이후 33년 동안 기록된 내용들은 거의가 결혼이나 출산, 죽음 등의 일상사일 뿐, 영국에서 쓴 기록처럼 종교나 신앙에 대해 장황하게 서술한 글은 눈에 띄지 않는다.

어머니는 프랜시스 커비가 이런 변화를 보인 데 대해 나름의 견해를 갖고 있었다. 그에게 신앙의 위기가 왔기 때문이라는 것이다. 언젠가 어머니는 이런 말을 했다. "마운틴 메도우 학살사건 이후에 그는 변했어. 모르몬 교도들이 그런 짓을 저질렀다는 걸 믿을 수가 없었던 거야. 사실을 알고 나자, 한때는 자신의 온 마음을 바쳤던 교회에 대해서 결코 똑같은 마음을 가질 수 없었던 거지."

마운틴 메도우 학살은 1857년에 발생했다. 프랜시스 커비가 미국에 도착한 해였다. 그러나 사실상 그 비극의 뿌리는 모르몬교의 초창기, 즉《모르몬경》에 기록된 역사가 보여주듯 잔인한 피의 종교를 조셉 스미스가 창안했던 그 시절로 거슬러 올라간다. 좀 더 구체적으로 접근하면, 그 사건의 역사는 노부 시절에서부터 시작된다고 볼 수 있다. 당시 스미스는 '피의 속죄'라는 그 악명 높은 교리를 만들어 공표했다. 모르몬교의 교리 중 일부다처제를 제외한다면, 이처럼 혼란스럽고 모순적인 교리는 없다. 조셉 스미스가 제시한, 가장 일반적으로 알려진 그 교리의 내용은 이런 것이다. '만일 남의 생명을 빼앗거나 혹은 그에 상응하는 치명적인 죄를 범한 자는, 피로써 그 대가를 치른다. 교수형이나 감금만으로는 그에 대한 응징이나 죄의 보상으로 충분치 않다. 죽음의 방식은 신에 대한 사죄로 반드시 땅에 그 피를 뿌려야 한다.'

최근 들어, 무서운 복수의 족속이라는 자신들의 역사적 이미지를 바꾸기 위해 모르몬교 측은 이런 해석을 부인하는 데 심혈을 기울여왔다. 현대의 모르몬교 신학자들은 '피의 속죄' 원칙의 진정한 의미는 구원에 있는 것이지 복수가 아니라고 주장한다. 예수가 자신이 흘린 피로 세상의 죄를 씻었듯이, 신의 아들 예수를 믿고 그의 가르침을 따르고 그의 계율에 복종하는 자는, 그가 흘린 피를 통해서 죄를 씻을 수 있다는 것이다. 하지만 살인과 같이 큰 죄를 범했을 때는 예수의 속죄를 통해 용서받을 수 있는 한계를 넘어서기 때문에, 이런 죄인을 구원할 유일한 희망은 바로 그 죄를 저지른 죄인이 몸소 피를 흘리는 것이다. 물론 그것이 내세에서의 완전한 용서를 의미하지 않을 수도 있다. 그러나 피의 속죄가 제대로 이루어지기 위해서는, 시민의 법과 영혼의 법이 동일한 정부가 통치하는 좋은 세상이 오기를 기다려야 하는데, 아직 그때는 도래하지 않았다.

이것이 공식적인 해석으로 인정되는 피의 속죄 원칙이다. 그러나 미국 서부에서 떠도는 전설은 이와 달랐다. 전 주지사들과 유타 지역의 치안판사, 그리고 몇몇 사람들의 고백과 증언에 따르면 피의 속죄는 실제로 모르몬 교도들에 의해서 감행되었으며, 그것도 살인이 아닌 다른 죄까지 포함하는 큰 범주에 적용되었다고 한다. 어떤 죄들은 그로 인해 죽음의 대가를 치렀다고는 도저히 믿기 힘들 정도이다. 1800년대 중기에서 말기 사이에는, 브라이엄 영에게 강하게 반발했던 사람들과 진실과 비밀에 대한 모르몬 서약을 어긴 사람들이 머리에 총알이 박힌 채 외딴 곳에서 시체로 발견되거나 이름 없는 무덤에 묻혔다는 소문이 무성했다. 죽음을 초래했던 죄는 그뿐이 아니었다. 몇몇 기록에 따르면 간음, 근친상간, 매춘, 강간, 절도, 심각한 정신병(이는 종종 '마귀에 들렸다'는 식의 더욱 극적인 형태로 단죄되었다), 부모에 대한 악질적이고 고질적인 불복종 등이 그 대상에 포함되기도 했다. 전해지는 이야기는 이렇다. 한밤중에 모르몬 원로위원회가 흑의黑衣를 입고 계율을 어긴 죄인의 집으로 찾아간다. 죄인을 끌고 새로 파놓은 구덩이로 데려와서 무릎을 꿇게 하고 기도를 올린다. 그러고는 누군가가—아마도 피해 당사자의 남편이나 아버지, 혹은 강직한 교회 지도자쯤 될 것이다.— 몸을 숙여 죄인의 머리를 잡고 칼로 목을 벤다. 그리하여 죄인의 피로 그 땅을 물들인다.

모르몬 교도들이 살던 유타 지역에서 과연 이런 단죄 행위가 실제로 행해졌을까? 교회사가들은 지난 100년 동안 그 소문을 부인해왔고, 모르몬교 당국이 교회의 묵인하에 그런 식의 처형이나 피 흘림을 허락했다는 증거는 없다. 그러나 많은 심판단(모르몬교의 비밀경호원, 경찰, 복수단)들이 유타 지역에서 자행한 엄청난 충격과 살인, 구체적인 조사나 재판도 없이 저지른 자신들의 행위에 죄책감을 갖고 있는 것은 사실이다. 분명한 점은 초기 정착기에 모르몬들이 유타 지역 곳곳에서 아무런 저지를 받지 않고 시행했던 신정神政체제하에서, 역사가 진실을 추적해낼 수 없을 만큼 철통 같은 신성한 비밀에 둘러싸인 채 처형과 암살을 행했을 가능성이 있다는 것이다. 월리스 스테그너는 《모르몬 제국》에서 다음과 같이 기술하고 있다. "유타에서 신성한 살인은 없었고 (……) 피 흘림으로 죄인이 영혼을 구원받은 일도 없었으며 (……) 배교자나 계율을 어긴 이방인이 아무도 모르게 사라진 일도 없었다는 주장은 역사를 그릇되게 말하는 것이다."

피의 속죄에 대한 전설은 신화적인 동시에 윤리적인 목적을 위한 것이었다. 우선 이 전설적인 이야기가 널리 퍼진 것은, 두 가지 엄연한 사실을 보여준다. 반反모르몬들이 이야기의 전달자라는 관점에서 보면, 이는 미국이 어떤 식으로 말일성도들을 규정하고 있는지를 말해준다. 즉 그들은 종교를 제례적 폭력 체제로 바꾸어버린 악마들이라는 관점이다. 한편 모르몬들 스스로가 이 이야기를 꾸준히 전해가는 것은, 고난의 역사가 어떻게 그들을 강인한 족속으로 만들었으며, 그 강인함과 조악함이 어떻게 그들이 정착하고 있었던 땅에 흘러넘쳤는지를 말해준다. 뿐만 아니라 피의 속죄에 대한 소문은 모르몬들이 사람들을 통제하는 데 도움이 되었다. 어머니는 이따금 옛 유타 지역의 심판단들이 한밤중에 행한 무시무시한 일들에 대한 이야기를 들었던 기억을 회상했다. 그럴 때면 어머니는 이런 이야기들에 아이들에게 주는 어떤 암시적인 메시지가 숨어 있지 않나 하고 생각했다. 심판단과 그들이 행했던 피의 속죄 의식이, 어쩌면 20세기 초, 지금 이 순간에도 어디선가 자행되고 있을지도 모른다는 암시였다.

그러나 마운틴 메도우 학살사건은 신화도 소문도 아니다. 그것은 실제로 일어난 일이다. 그 무시무시한 사건에 대한 충분한 기록과 당사자의 고백도 있다. 여기 간단하게나마 그 사건을 소개하겠다.

1857년 9월, '베이커-팬처' 일행으로 알려진 아칸소 이주민의 마차 대열이 유타 남부 지역을 지나가고 있었다. 그들의 목적지는 캘리포니아였다. 공교롭게도 이들이 이 지역을 지나가던 바로 그때, 모르몬들은 연방군이 진격해오고 있다는 정보를 입수했다. 오랫동안 자신들과 동료들을 추방했던 연방군과의 결판을 벼르고 있었던 차에, 브라이엄 영은 연방군의 진격을 전쟁으로 간주하고 그들의 침략을 막는 데 도움을 줄 만한 주변의 몇몇 인디언 부족을 모아 방어 작전을 짰다.

베이커-팬처 일행이 '세다'라는 도시의 남쪽 변경 지역에 도착하자, 그 지역의 모르몬들은 이들을 경계의 눈으로 바라보았다. 혹 이들이 이주민으로 가장한 연방군의 선발대가 아닐까 하는 의심이 들었다. 그러던 중 이주민 몇몇이(후에 이들은 '미주리 무법자'라고 불린다) 자신들이 몇 년 전 조셉 스미스의 살해에 가담했던 시민군 소속이었고, 캘리포니아에 도착하는 대로 군대를 다시 조직해서 유타에 남아 있는 성도들을 소탕하는 데 협조하겠다고 떠들어대는 바람에 사태가 악화됐다. 이 미주리 무법자들이 약을 올리려 했던 모르몬들은, 폭도들에게 쫓겨 고향을 등지고 떠도는 신세가 어떤 것인지 그 누구보다도 똑똑히 기억하는 사람들이었다. 그들은 이자들이 자신들을 죽이려는 군대를 끌어들일 때까지 이곳을 결코 떠나지 않으리라 확신했다. 그들은 회의를 소집하고, 지금 마운틴 메도우라는 샘가에서 며칠째 머물고 있는 저 일행들을 과연 적으로 규정할 것인가에 대해 의논했다. 모르몬들은 솔트레이크 시에 있는 브라이엄 영에게 자문을 구하는 메신저를 보냈다. 브라이엄은 이 떠돌이 이주민들이 연방군의 무리가 아니므로 무사히 통과시키라는 답을 보냈다. 며칠 뒤 메신저가 세다 시에 도착했을 때는, 이미 베이커-팬처 일행 대부분이 살해된 후였다. 브라이엄 영은 그 소식을 듣고 자신의 백성들이 그와 같이 잔학한 행위를 저질렀다는 사실에 눈물을 흘렸다.

마운틴 메도우 학살 소식은 급속하게 퍼져나갔고, 결국 모르몬들을 향한 미국의 공격 수단이 되었다. 사건이 발생한 지 18년이 지난 후, 학살 사건의 지휘자로 알려진 존 D. 리(그는 명망 높은 모르몬 교도이자 이름난 심판단의 일원이기도 했다)라는 자가 체포되었다. 두 차례의 재판 과정을 통해서 모르몬 측과 미국 측 모두 마운틴 메도우 사건의 전모를 더욱 상세히 알게 되었다. 당시 존은 그 지역의 인디언 감독관이었는데, 그곳 인디언 부족의 말에 따르면, 그가 베이커-팬처 일행이 인디언들의 식량 창고에 독을 넣고 대대적인 습격을 계획하고 있다며 인디언들에게 접근했다고 한다. 존 본인의 증언에 따르면, 인디언들은 이주민들에 대해서 상당히 피해의식을 가지고 있었으며, 만일 그 수레 행렬 일당을 처분하는 일에 협조하지 않는다면 모르몬들이 위험해질 것이라고 존을 위협했다고 한다. 어쨌든 브라이엄 영에게 보내는 메신저가 출발한 직후, 모르몬과 인디언이 합세해 베이커-팬처 일행에 대한 공격을 감행했다. 전투가 며칠간 이어지자 존은 빨리 끝내겠다는 생각에, 인디언 부족에게 한 가지 제안을 했다. 이주민 중 여자와 아이들이 무사히 도망치도록 해준다면, 모르몬 측에서는 인디언이 남자들을 죽이는 걸 눈감아주겠다는 제안이었다. 존은 인디언이 이에 동의했다고 증언했다. 협상을 마친 존은 베이커-팬처 일행에게 만일 지금 항복을 하면 무사히 이 지역을 빠져나가게 해주겠다고 거짓 약속을 했다. 존은 우선 남자 이주민들을 캠프에서 나와 행군하게 한 후, 인디언들을 향해 죽이라는 신호를 보냈다. 하지만 일단 학살이 시작되자 살인자들은 자제력을 잃었고, 마침내 100명이 넘는 남자와 여자, 아이들의 시체가 유타의 흙먼지를 붉게 물들였다. 많은 사람들이 잔인하게 살해당했다.

전원 모르몬 교도인 배심원들은 학살의 책임을 물어 존에게 유죄 판결을 내렸고 사형을 선고했다.

존 D. 리가 유타 지역에서 법적인 처형을 받은 첫 번째 인물은 아닐 것이다. 그러나 존이 처형된 지 100년이 지난 뒤 처형된 나의 형만큼 유타 주의 사형제도의 의미를 뼈저리게 인식하게 만든 이는 없었다. 1850년대 초 모르몬 지역의 형법을 초안할 무렵, 사형제도는 특히 피의 속죄 원칙에 입각한 1급 살인죄에 대한 형벌로 고안되었다. 살인죄를 저지른 자는 총살형과 참수형 중 하나를 선택해야 했다. (참수형은 1888년에 폐지되었다. 그도 그럴 것이 참수형을 선택할 사람은 아무도 없었기 때문이다.) 피를 흘리고 싶지 않은 사람들이나 모르몬 교도가 아닌 경우, 비교화非教化적인 죽음을 택할 수도 있었다. 바로 교수형이다. 알려진 것처럼 그 시절 상당한 피가 유타의 대지를 적셨다. 1840년 후반부터 1977년에 이르기까지, 유타 주에서 사형당한 사람의 수는 약 50여 명이다. 그중 여덟 명이 교수형을 당했고, 할복으로 처형된 경우도 한 사람 있다고 전해지며, 두 명의 처형 방법은 기록이 남지 않았고, 나머지 서른아홉 명이 총살형을 받았다. 사실 다른 몇몇 주—특히 남부에 위치한—에서 같은 기간 동안에 훨씬 더 많은 사람들이 사형집행을 받았다. 그러나 유타 주처럼 기어이 피를 흘리는 처형 방법을 애써 택한 곳은 없었다. 게다가 종교적인 교리에 입각해 처형 방법까지 법으로 규정한 경우는 미국 어느 주에도 없다.

존 리에게 어떤 식으로 처형당할 것인지 선택하라고 했을 때, 그는 신앙에 따라 총살형을 선택했다.

1877년 3월 23일, 존은 마운틴 메도우 학살 현장으로 끌려갔다. "나는 죽음이 두렵지 않다." 그날 아침, 그는 이렇게 말했다. "지금 내가 있는 곳보다 더 나쁜 곳으로 가지는 않을 테니까." 그러고 나서 그는 조셉 스미스의 가르침대로 모르몬들을 제대로 이끌지 못한 브라이엄 영을 비난하며 다음과 같이 덧붙였다. "지금까지 나는 비겁하고도 비열하게 희생당하며 살아왔다. 나로서는 어쩔 수 없는 일이었다. 이것이 바로 내가 마지막으로 하고 싶은 말이다." 나중에 존 리의 이 말을 전해 들은 브라이엄 영은, 모르몬교의 방식에 따라 리와 그의 자손을 저주했다.

존 리는 그의 관에 몸을 기대고 앉은 채, 이렇게 말했다. "심장을 쏴주시오. 여기저기 망가뜨리지 말고."

집행자들은 그의 부탁을 들어주었다. 그들이 쏜 총알들은 모두 존 리의 심장을 관통했고, 그는 관 위로 쓰러져 그의 피가 유타의 땅을 적셨다. 20년 전에 대학살로 희생된 자들의 피로 물들었던 땅이었다. 그리고 그의 시신은 나무 관에 담겨 가족에게 넘겨졌다.

이 사건은 모르몬의 세계에 또 하나의 급격한 전환점을 가져왔다. 학살은 그들에게 치욕적인 과오였고, 모르몬의 세계에서 그 과오를 지우기 위해 존 리를 이용했던 방법 역시 수치스럽기는 매한가지였다. (그가 죽고 84년이 지난 후, 모르몬교 측은 마침내 존 리의 이름에 씌워졌던 오명을 벗기고, 그의 명예를 회복시켰다.)

마운틴 메도우 사건 이후, 모르몬들은 신이 약속한 땅 그 어디에도—버림받은 미국의 땅이든 앞으로 도래할 왕국이든—살인 행위가 존재한다는 사실에 직면해야 했다. 피는 멈추지 않고 흐를 것이다. 선택받은 자들은 자신들의 손에 묻은 핏자국을 발견했다.

3

조던 길의 집

이 이야기는 나의 어머니가 모르몬 유타 주에서 자라는 동안 들어온 전설이며, 어머니를 통해 우리에게 상속된 유산이었다. 또한 어머니가 자라온 가정의 이야기이기도 하다.

나의 외할머니 멜리사 커비는 프랜시스 커비의 손녀이자, 이매뉴얼 마스터즈 머피의 증손녀였다. 멜리사가 태어날 무렵, 머피와 커비 일가는 솔트레이크 시 남쪽으로 50마일 떨어진 곳에 있는 프로보라는 지역에 정착했다. 프로보는 1840년대 후반 브라이엄 영의 지시로 그 지역에 세워

진 모르몬의 두 번째 도시로서, 유타의 다른 어떤 지역보다도 격렬한 폭력의 역사를 가진 곳이다. 이 도시의 이름은 에티엔 프로보스트라는 탐험 대장의 이름에서 딴 것인데, 그의 탐험대는 수 년 전 조던 강 유역의 스네이크 인디언들에게 모두 살해되었다. 프로보라는 마을이 자리 잡은 뒤 10년 동안, 주민들과 원주민 인디언들 사이에 땅과 목초지를 놓고 무수한 충돌이 있었으며, 이 접전들로 인해 희생을 치렀던 쪽은 주로 인디언이었다.

유타 주에서 기록된 최초의—공식적인 것은 아니지만—처형은 프로보에서 일어났다. 1850년, 유트 인디언 중에 팻소위츠라는 한 대담하고 난폭한 자가, 그 지역에 이주해 온 정착민을 살해하고 모르몬들의 소와 말들을 몇 마리 죽였다. 그리고 지역 족장을 찾아가 모르몬들이 땅을 차지하도록 묵인했다며 족장을 죽이겠다고 협박까지 했다. 마침내 유트 인디언 두 명이 그를 체포했고, 새 정착민들과 우호적 관계를 원했던 유트족은 그를 그 지역 모르몬 당국에 넘겼다. 피의 속죄 원칙과 개척 원칙에 대해 특히나 왜곡된 신조를 갖고 있었던 그 지역 모르몬들은, 팻소위츠의 배를 갈라 그 속을 돌로 가득 채우고는 호수에 던져버렸다.

모르몬들 사이에 떠도는 수많은 미신과 인디언 관련 전설 중에서도, 유독 프로보는 망령이 떠도는 곳으로 알려져 있다. 한밤중 산과 들을 헤매는 망령들에 대한 이야기가 있었는데, 그 망령은 낯설고 새로운 의식을 지닌 모르몬들에 의해 땅과 목숨을 빼앗긴 사람들의 혼이라고 했다.

바로 이 지역이 나의 외할아버지와 외할머니, 어머니, 그리고 삼촌들과 이모들이 태어나서 자라온 곳이다. 외할머니 멜리사 커비는 조셉 커비와 메리 엘렌 머피 사이에 태어났다. 그들은 이웃 마을인 월즈버그에 살다가 1880년 이곳으로 이주해 왔다. 조셉 커비는 재능 있는 화가였다. 그는 캔버스와 화구들을 챙기고 나가 며칠씩 유타의 계곡에 묻혀 지내면서 그 장대한 자연을 화폭에 담곤 했다. 그는 종종 우울증에 빠지거나 갑작스러운 기분의 변화로 가족들을 힘들게 했다. 멜리사가 아홉 살 때의 일이다. 아버지 조셉은 자신이 데리고 있던 일꾼들 세 사람을 위해 요리도 하고 집을 지키라며 그녀를 이웃 마을인 헤버로 보내버린다. 그녀는 그곳에 있는 내내 향수병에 시달렸으며, 이런 외로움을 달래기 위해서 글을 쓰기 시작했다고 한다. 그리고 그 후로도 글쓰기는 그녀에게 포기할 수 없는 습관이 되었다. 그녀는 끊임없이 시와 희곡, 편지, 소설, 일기 등을 썼는데, 죽는 마지막 날까지 펜을 놓지 않았다.

멜리사가 쓴 시나 교회를 위해 쓴 글들은 전형적인 모르몬교의 경건한 신앙으로 넘쳐흐르는 데 반해, 단편소설들은 좀 성격이 달랐다. 이따금 그녀는 젊은 여성을 주인공으로 하는 1인칭 소설을 쓰곤 했다. 소설 속 주인공의 아버지는 고독하고 고뇌에 찬 인물이다. 그는 딸에게 아버지를 보살피면서 바깥세상으로부터 차단된 생활을 하도록 강요한다. 그는 술을 마시면 심한 자괴감에 빠져 폭력을 휘두르는데, 딸을 구타하고 집을 부수기도 한다. 그러나 그러고 나면 매번 고뇌에 몸부림치면서 딸에게 아버지를 절대로 저버리지 않겠다는 맹세와 동정을 구하곤 했다. 또 다른 종류의 이야기도 있다. 자기 주변에 있는 청년들—어떤 때는 둘 이상을 한꺼번에—로부터 헌신적인 사랑을 받으려고 애쓰다가, 사랑을 쟁취한 후에는 어김없이 그들을 차버려서 마음에 상처를 주는 젊은 여성에 대한 이야기이다. 이 소설들의 내용을 가지고 멜리사 커비의 젊은 시절을 추론해볼 수도 있겠지만, 그런 식의 해석이 과연 타당한지 나로서는 확인할 길이 없다. 다만 젊은 시절의 멜리사는 상당히 매력적인 여성이라 많은 청년들이 구애를 했고, 결국 그녀가 내치지 못한 한 남자를 만나기 전까지 몇몇 남자들의 가슴에 상처를 주었다는 이야기를 전해 듣기는 했다.

멜리사 커비는 윌리엄 브라운이라는 이름의 남자를 만났다. 수줍고 키가 호리호리한 그는 그녀보다 여섯 살 연하였으며, 지적인 면에서도 그녀보다 수준 이하였던 것으로 보인다. 윌리엄의 아버지 알마는 평생을 프로보에서 대장장이와 철도원으로 살아온 사람이었다. 그는 1875년 메리 앤

듀크와 결혼했고 모르몬의 이상적인 전통에 따라 열 명의 자녀를 두었는데, 윌(윌리엄)은 그중 다섯 째였다. 알마는 중년의 나이에 프로보의 철도원으로 일하다 발을 헛디디는 바람에 달리는 기차 바퀴에 다리 하나를 잃었다. 그 사고 후, 그는 매우 거칠고 광적일 정도로 독재적인 사람이 되었다고 한다. 한 차례 발작적인 분노가 몰아치면, 알마 브라운은 자기의 나무 의족을 빼들고 아이들이 보는 앞에서 아내 메리 앤을 패곤 했다. 어떤 때는 아내가 정신을 잃을 때까지 매질을 계속했고, 며칠간 병원에 입원할 정도로 때린 적도 있다. 한번은 윌이 어렸을 때, 어머니를 때리는 아버지를 말리려고 했다. 그러자 그 의족은 어머니 대신 윌에게 날아왔고, 결국 윌은 다리에 심한 상처를 입고 병원에 실려 갔다. 가족들은 윌이 말에서 떨어져 다리를 다쳤다고 사람들에게 말해야 했다. 그 일로 윌은 아버지에게 반항하지 않고 순종하는 법, 자신의 감정을 숨기고 조용히 침묵하는 법을 배웠다.

멜리사가 윌을 만났을 무렵은 알마의 기세가 한풀 꺾인 때였다. 사실 이 두 사람이 결혼하기 열흘 전에 그 노인이 숨을 거두었다. 두 사람이 처음 만났을 때 멜리사는 그 지역 교구에서 가장 손꼽히는 미인이었다. 그녀는 교구에서 연극을 연출했고 교구 내에서 시인으로 이름이 났으며, 여성청년협회의 회장을 맡고 있었고, 프로보의 큰 행사인 7월 24일 축제 행렬(솔트레이크에 성도들이 온 날을 기념하는 축제)에서 자유의 여신으로 뽑히기까지 했다. 윌은 그 축제에서 그녀가 연출을 맡은 연극 중 배역을 하나 맡아 출연하고 있었다. 수줍어하는 그의 모습, 대사를 말하려고 애쓰는 그의 수줍은 태도에 그녀는 마음이 끌렸다. 어쩌면 쓸쓸해 보이는 그의 모습에서 그녀가 감지해낸 무언가가 있었는지도 모른다. 어쨌든 이 남자야말로 그녀가 상처 줄 수 없는 사람이었다.

1907년 12월 4일, 1년 반의 연애 끝에 윌 브라운과 멜리사 커비는 프로보에서 결혼식을 올렸다. 첫 출발부터 그들은 경제적인 문제에 부딪쳤다. 아버지가 돌아가신 직후라, 윌은 어머니는 물론 형제들을 부양하고 농장을 유지할 책임을 떠맡은 데다가, 새로 식구까지 생겼기 때문이다. 게다가 어머니 메리 듀크 브라운은 자식들을 되도록이면 가까운 곳에 두고 싶어 했다. 윌은 경제적으로 독립하여 가정을 부양할 능력이 부족했기 때문에, 결혼 후에도 어머니의 집에 들어와 살면서 농장 일을 하는 방법 외에 다른 선택지는 없었다.

내 어머니의 말에 따르면, 메리 브라운은 엄격한 감독관이었다. 그녀는 마치 자신이 남편의 역할을 대신 해낼 수 있을지를 시험하기 위해 그 오랜 세월 동안 남편 알마 브라운이 죽기만을 기다려온 사람 같았다고 한다.

1908년 멜리사와 윌 사이에 첫 번째 사내아이가 태어나, 이름을 조지라고 지었다. 2년 후, 패타라는 여자아이가 태어났는데, 그때 멜리사는 난산으로 목숨을 잃을 뻔했다. 윌은 어머니의 농장에서 많은 식구들과 함께 지내면서 두 아이까지 돌보기란 멜리사에게 너무 큰 짐이라고 판단했다. 그는 어머니에게 이제는 그와 아내가 따로 살림을 내야 할 때가 온 것 같다고 말했다. 메리 브라운은 아들을 온전히 독립시키는 것이 아들을 잃는 것 같은 섭섭한 마음이 들었다. 그녀는 아들에게 한 가지 제안을 했다. 와새치 산맥을 바라보며 서 있는 야트막한 산꼭대기를 휘감아 도는 조던이라는 이름의 길을 따라 올라가면 프로보 계곡이 한눈에 내려다보이는 곳이 있는데(이름도 걸맞게 '장관'이라는 뜻의 그랜드뷰였다) 바로 그곳에 메리와 알마가 몇 년 전에 사놓은, 한때는 그곳으로 옮겨 가서 살 생각을 했던 훌륭한 농장지가 있었다. 메리는 아들과 며느리에게 그중에서 가장 좋은 땅을 주겠노라면서 조건을 붙였다. 윌이 계속해서 어머니를 도와 농장 일을 맡고, 아이들도 혼자 힘으로 물 양동이를 나르고 삽질을 할 수 있을 만큼 자라면 함께 농장 일을 해야 한다는 조건이었다. 윌은 이때야말로 프로보 지역에서 가장 좋고 가장 높은 곳에 있는 농장을 차지할 수 있는 기회라고 생각하고, 어머니의 제안을 받아들였다. 그리고 머지않아 윌은 조던 길의 꼭대기에 그와 아내, 그리고 아이들이 살아갈 방 두 칸짜리 집을 지었다.

패타가 태어난 지 1년 후, 세 번째로 여자아이 메리가 태어났고, 그리고 1913년 8월 19일, 나의 어머니 베시 브라운이 태어났다. 그러고도 몇 년에 걸쳐서 브라운 가족의 식구는 계속 늘어갔는데, 마크, 알타, 완다, 그리고 쌍둥이 아다와 아이다, 이렇게 다섯 명이다. 식구가 한 명씩 늘 때마다 방 두 칸짜리 집은 점점 비좁아졌고, 아이가 아홉이 되자 서로 몸이 부딪힐 정도였다. 윌은 방을 두 개 더 지었다. 하나는 부부의 침실이고, 다른 하나는 딸들의 방이었다. 집 뒤뜰에는 커다란 나무 두 그루가 서 있었는데 윌은 그 뒤에 창고를 하나 지어서, 아들들이 잘 침실을 만들었다. 창고 옆에는 커다란 헛간을 또 하나 지었다. 이렇게 해놓고 보니 윌과 멜리사의 집은 제법 웬만한 농장의 격식을 갖추게 된 셈이지만, 사실 그리 대단치는 못했던 것이, 윌과 아이들이 자기 집에서 일을 하는 것이 아니라 길 아래쪽에 있는 할머니 농장에 가서 일을 했기 때문이다.

프로보에 있는 작은 농장들이 대부분 그랬던 것처럼, 윌의 농장에서도 가족이 먹을 만한 과일이나 채소 등은 충분히 나왔지만, 그렇다고 남을 정도는 아니었다. 가족이 마실 우유를 대줄 암소도 한 마리 있었는데, 그 소의 이름은 베시였다. 내 어머니는 그 암소를 무척이나 미워했다. 그도 그럴 것이 자기 이름과 소 이름이 똑같으니 기분이 나쁠 만도 했을 것이다. 더욱 기분이 나빴던 이유는, 자기보다 소 이름이 먼저 지어졌기 때문이다. 그녀는 소 이름을 따서 이름 지은 아이라고 숱하게 놀림을 받았다. 그 후 오랜 세월 동안, 어머니가 죽기 직전까지, 어머니는 늘 자신의 이름이 소의 이름과 같지 않다는 주장을 해왔다. "내 진짜 이름은 베시가 아니라 베티였다구. 엘리자베스의 약칭 말이야. 내 이름은 영국 여왕의 이름을 따서 지은 거라니까." 나는 어머니께 두 엘리자베스 여왕 중에서 어느 엘리자베스를 말하는 것인지 물어본 적은 없지만, 그녀가 현대의 엘리자베스 여왕을 말하고 있다는 건 충분히 짐작하고 있었다. 비록 그 여왕은 1926년 태생으로 어머니 베시 브라운보다 13년이나 늦게 태어났지만 말이다.

세월이 흘러, 브라운가의 아이들은 스스로 생활할 수 있을 만큼 자라났다. 윌은 어머니의 농장일뿐 아니라 동네 학교에서 수위직을 맡고 있었고, 또 지역의 관개수로에 물 공급을 관리하는 그랜드뷰 고지의 물 관리자까지 겸하고 있었다. 거기다가 일감이 주어지면 대장장이 일도 했다. 한편 멜리사는 많은 아이들을 돌보느라 갈수록 정신을 차릴 수조차 없었다. 더욱이 쌍둥이를 낳은 후로는 멜리사의 청력이 급속히 약해지기 시작했다. 한마디로 말해서, 식구가 너무 많고, 할 일은 너무 많고, 시간은 너무 모자랐다. 윌과 멜리사가 그렇게 많은 아이들을 낳은 것은, 모르몬들이 다 그랬듯이, 그들의 의무였기 때문이다. 아이들에게는 개인 시간은 허용되지 않았다. 그들 사이에는 이런 인식이 주입되어 있었다. 아이들은 열심히 일을 하고 서로를 돌보아야 한다. 만일 정해진 행동 규칙을 어기고 제멋대로 행동하거나, 자기가 소속해 있는 공동체나 교회의 가치규범에 도전하고 반항하고 위반하는 사람이 있으면, 가차없이 추방한다. 이것은 예외없이 철저하게 지켜졌다.

어렸을 때, 나는 어머니가 농장에서 자랐다는 사실이 멋지다고 생각했다. 그러나 어머니는 노골적으로 싫은 표정을 지었다. "난 농장일이 정말 싫다. 손에 흙을 묻히는 일 말이다." 어머니는 '정말 싫다'를 강조하면서 손이 '고왔다'는 말에 힘을 주면서 이렇게 덧붙였다. "내 손은 아주 고왔지. 그 고운 손이 망가지는 건 차마 볼 수가 없을 정도였단다. 오이랑 콩 따위를 따느라고 말이야. 그런데 그 일은 오로지 인색한 할머니를 기쁘게 해드리기 위한 것이었어. 할머니는 고맙다는 말조차 할 줄 모르는 사람이었단다." 그래서 어머니는 틈만 나면 이 핑계 저 핑계를 대며 농장에서 도망쳐 나왔다. 그녀는 할머니의 농장에 자기만의 비밀 장소를 정해놓고 거기 숨어 있곤 했다. 그곳에는 자그마한 모래 수렁이 있었는데, 그녀는 거기에 나뭇가지며 돌멩이 따위, 때로는 동생들의 인형도 빠뜨리며 몇 시간이고 보냈다. 수렁은 밑도 끝도 없는 듯이 모든 것을 삼켰다.

베시는 가끔 조던 길 너머로 언덕을 내려가서 계곡 쪽으로 가보기도 했는데, 그곳에는 집시들이 한 철을 나기 위해 야영을 하며 머물고 있었다. 어느 누구도 베시를 따라 그쪽으로 가려고 하지 않았다. "집시는 아이들을 훔쳐 간다." 그녀의 어머니는 그녀에게 이렇게 말했다. "하지만 걱정할 건 없지. 예쁜 아이들만 훔쳐 가니까." 하지만 베시는 대체로 아버지 주변에서 놀기를 좋아했다. 아버지가 편자를 모루에 대고 망치로 두드리는 모습이나 그것을 말발굽에 대고 못을 박는 모습들을 지켜보면서. 그녀는 아버지의 큼직한 손과 일에 열중한 모습을 보는 것을 좋아했다. 베시는 자기가 윌 브라운이 가장 총애하는 딸이 되어야겠다고 마음먹고, 자신이 원하는 것은 아버지가 무엇이든 들어주리라고 믿었다. 어느 날, 그녀는 자신의 이러한 믿음을 시험해보기로 했다. 매일 아침 베시가 일어나서 문을 열고 밖으로 나왔을 때, 제일 먼저 눈에 들어오는 것은 와새치 산맥의 능선이다. 마치 신의 백성들을 외부 세계로부터 보호하려는 듯이 땅에서부터 솟아오른 듯한 기다랗고 높다란 산등성이의 모습. 그중에서도 유독 눈에 두드러지는 산봉우리 하나가 있다. 나중에 브라이엄 영 대학이 빛나는 흰 돌로 커다랗게 Y자를 새겨넣은 산이다. 대학 축구팀이 우승을 거두면, 그날 밤 선수들이 그 산에 올라가서 불타오르는 횃불을 Y(브라이엄 영을 뜻하는)자 모양으로 만들어 꽂고 온 계곡에 그 불빛이 비추게 한다. 베시는 유타에 있는 산 중에 그 산을 가장 좋아했다. 그녀는 몇 시간이고 산을 바라보면서, 말을 걸기도 하고 자신의 비밀을 털어놓기도 했다. 솔직히 말해 그녀는 신에게 기도할 때보다도 그 산을 향해서 더 열렬하게 기도했다. 마침내 그녀는 자기 아버지의 사랑처럼, 그 산도 오로지 자신에게만 주어진 선물로 생각하기로 마음먹었다.

어느 날 오후, 그녀는 망치질을 하는 아버지 곁에서 구경을 하고 있었다. "아빠, 저 산을 제가 가져도 될까요? 내 것으로 해도 되지요?"

그녀의 아버지는 잠시 망치질을 멈추고 산을 쳐다보더니, 어깨를 으쓱 올렸다. "그러렴. 안 될 것도 없지." 하고 그는 다시 망치질을 했다.

"그럼, 됐어요. 산이여, 그대는 이제 내 것이다." 하고 베시가 말했다.

그런 일이 있은 지 몇 주일이 흘렀다. 베시는 헛간에서 일하는 아버지 곁에서 놀다가, 낡은 나무상자를 발견했다. 그 상자는 뚜껑에 못이 박혀 열지 못하게 되어 있었다. "여기 뭐가 들었어요?" 하고 그녀가 물었다.

아버지는 성큼성큼 걸어와 상자 위에 박힌 못들을 뽑아내고는 말했다. "자, 열어봐라."

베시는 상자 뚜껑을 열었다. 거기에는 알마 브라운이 한때 아내와 자식을 때리는 데 썼던 의족이 들어 있었다. 베시는 순간 비명을 지르며 뚜껑을 꽝 닫고 울기 시작했다. 그녀의 아버지 윌 브라운은 울고 있는 딸 곁에 서서 껄껄거리며 웃고 있었다.

나는 우리 가족 중에서 유일하게 어머니의 고향 농장에서 지내본 적이 없었다. 형들은 아버지가 집을 여러 차례 떠나 있는 동안에, 어머니와 함께 몇 년씩 그곳에서 지내곤 했고, 그래서 어머니만큼 그곳의 분위기와 내력을 잘 알고 있었다.

1959년 초 어느 날, 어머니는 외할아버지가 뇌졸중으로 쓰러져서 오래 살기 어렵다는 소식을 들었다. 어머니는 나를 낳은 후로는 한 번도 고향집에 간 적이 없었기 때문에, 나에게 할아버지와 할머니가 사시는 고향집을 보여줘야겠다고 생각했고, 우리는 기차를 타고 유타로 갔다.

당시 나는 여덟 살이었다. 지금도 그 여행을 생생하게 기억하는 게 놀랍다. 어머니의 오빠인 조지 삼촌—내 가운데 이름은 그 삼촌의 이름을 딴 것이다.—이 밤중에 기차역으로 우리를 마중 나왔다. 그는 수줍어 보였지만 재미있는 사람 같았다. 몸매는 호리호리한 편이고 콧수염이 나 있는 중년의 남자였다. 그는 면 셔츠를 입고 귀마개가 달린 묵직한 모자에 겨울코트를 입고 있었다. 그는 우리를 바람막이가 잘 되어 있는 역마차에 태웠다. 프로보 근방의 산기슭에 다다랐을 무렵, 조지는 베시에게 어머니와 말할 때는 큰 소리로 똑똑히 말해야 한다고 했다. 그즈음 멜리사는 청력을 거의 상실한 상태라 보청기도 그다 도움이 되지 않았다.

우리를 태운 마차는 험한 길을 오래 달려갔고, 마침내 작은 집을 지나서 뒷마당에 멈췄다. 밝은 달빛 아래에 헛간과 내 것으로 점찍고 싶을 만큼 마음에 드는 커다란 나무들이 보였다. 뒷문을 통해 들어선 곳은 부엌이었다. 꽃무늬 벽지와 오래된 벽걸이 전화는 어머니가 자라던 때부터 있었던 것 같았다. 부엌 한구석에는 흔들의자가 있고 거기에 외할머니가 앉아 계셨다. 잠이 들어 머리는 약간 옆으로 기울었고, 돋보기 안경은 코에 반쯤 걸쳐 있었다. 조지 삼촌이 세상 모르고 주무시는 할머니를 가만히 흔들자, 그녀는 눈을 번쩍 떴다. 어쩐지 현실로 깨어나는 것이 고통스럽다는 듯 공포와 슬픔이 담긴 표정이 순간적으로 얼굴을 스쳤다. 그러나 딸의 얼굴을 보는 순간, 멜리사는 벌떡 일어나서 딸을 껴안았다. 그것은 일순간에 이루어진 화해였다. 두 사람 사이에 놓여 있었던 오랜 시련의 세월이 일시에 허물어지는 것 같았다. 그들은 밤이 깊도록 이야기를 했고, 그동안 조지 삼촌은 나에게 농장 구경을 시켜주었다.

잠자리에 들 시간이 되자 할머니는 우리를 침실로 안내했다. 그 방은 어머니와 이모들이 쓰던 방이었다. 자리에 누웠으나 나는 유타에 왔다는 흥분감에 몇 시간이 지나도록 잠이 오지 않았다. 어머니는 잠귀가 밝은 사람이어서 나는 되도록 몸을 뒤척이지 않으려 애썼다. 그러나 잠시 후, 어머니가 울고 있다는 것을 알았다. 나는 어머니 쪽을 쳐다보았다. 어머니는 등을 돌리고 누워 있었지만, 나는 어머니가 손으로 입을 막고 있다는 것을 알 수 있었다. 그 흐느낌은 내가 전에는 어머니에게서, 아니 다른 누구에게서도 들어보지 못했던 가슴속 깊은 곳에서 솟구쳐 나오는 처절한 울음이었다. 그 울음은, 나로서는 위로할 수 없는, 그대로 울도록 놔둘 수밖에 없는, 그런 울음이었다. 나는 어머니가 할아버지 때문에 울고 있다고 생각했다. 아마 할아버지의 임종 때문이었을 것이다. 물론 오랜만에 온 고향 집의 옛 추억이 어머니의 마음에 파장을 일으켰겠지만.

다음 날 아침 깨어보니, 어머니는 벌써 일어나 있었다. 어머니는 집 앞 마당에 서서, 오래전에 자기 것이라고 정해놓았던 산을 바라보고 있었다. 최근에 그 산을 다시 보고 나서 나는 어머니의 마음을 더 잘 이해할 수 있었다. 그것은 긍지와 고독의 상징이었다. 베시 브라운, 나의 어머니처럼.

"저게 엄마 산이에요?" 하고 내가 물었다.

"그래, 내 산이지. 엄마는 저 산과 이야기를 했단다. 산이 하는 말을 알아듣는 법을 알거든. 그런데 오늘 아침에는 할아버지가 그리 오래 사실 수 없다고 하는구나."

"저, 엄마. 할아버지는 괜찮아지실 거예요." 하고 말했지만, 나 역시 어머니 말이 맞을 거라고 생각했다. 할아버지의 죽음은 내가 가까이서 보는 첫 번째 죽음이 될 것이다. 나는 그것이 임박하다는 사실에 한편으로는 마음이 들뜨기도 하고 한편으로는 두렵기도 했다. 그러나 머지않아 그 죽음의 흥분은 나에게서 차차 사라지고 대신 두려움이 그 자리를 채워갈 터였다.

"아니다. 할아버지는 나아지지 않으실 거야. 돌아가실 때가 된 거지." 어머니는 이렇게 말하고 팔짱을 꼈다. 그녀가 더 이상 길게 이야기할 필요 없다는 태도를 취할 때 보이는, 익숙한 모습이었다. 그녀는 잠시 더 그 산을 바라보더니, 다른 곳으로 천천히 발걸음을 옮겼다. 시선은 땅으로 향한 채, 옛 고향 집 주변을 천천히 거닐었다. 나는 어머니를 따라가지 않았다. 그 자리에 서서 어머니의 산을 바라보며, 어떻게 하면 산과 이야기할 수 있으며, 어떻게 산의 계시를 들을 수 있는 걸까 생각했다.

그날과 그다음 날은 대부분 유타의 친척들을 만나면서 시간을 보냈다. 주로 이모들이었는데, 그들은 내게 무척 다정하게 대해주었지만, 식사 때나 기도할 때는 정말로 까다롭게 굴었다. 나는 사촌들하고 썩 잘 어울리지 못했다. 그들은 깐깐하면서도 인색해 보였는데, 한마디로 전형적인 모르몬 가정에서 자란 아이들 같았다. 그중 누군가와는 치고 박고 한판 크게 붙었던 기억이 난다. 그래도 어머니가 가장 좋아하는 동생이었던 아이다 이모는 좀 달랐다. 그 옛날, 멜리사가 아홉 아이들을 키우느라 힘이 부쳤을 때, 그녀는 쌍둥이 중 아다는 메리에게, 아이다는 베시에게 맡겼다. 메리는 아다를 부추겨서 사사건건 아이다와 경쟁을 붙였고, 둘 중에 아이다가 더 못생겼다고 놀렸다. (베시도 덩달아 놀림을 받았다.) 그러면 베시는 아이다를 감싸주면서 예쁜 옷을 입혀주거나 예쁜 머리 리본을 사주기도 했다. 그 후 많은 시간이 흐르면서 어머니와 아이다 이모의 관계는 약간 어긋났다. 부분적으로는 두 사람의 결혼생활의 차이가 원인이었다. 아이다는 양식 있고 건전한 남자를 만나 원만한 결혼생활을 하고 있으며, 아이들도 사랑스럽고 모범적이어서 사소한 말썽이야 있지만 별다른 문제없이 잘 크고 있었다. 반면에, 어머니와 결혼한 남자는 술주정뱅이에다 걸핏하면 집을 나갔고, 아이들로 말할 것 같으면…… 정말이지 우리 형제들은 저주, 그 자체였다.

그러나 유타에 머무는 동안, 서로의 다른 처지에 대해 아무도 입 밖에 내지 않았다. 자매 간의 옛정이 되살아난 듯 보였다. 베시와 아이다는 서로 얼굴을 보는 순간부터 웃다 울다 하면서 이야기를 그칠 줄 몰랐다. 그리고 이틀째 되는 날, 아이다는 한사코 우리를 남편 버논 다미코와 딸들이 있는 집으로 오라고 권했다. 이모부 버논은 키가 크고 몸이 마른 편이며 걸을 때는 다리를 절었다. 젊은 시절 전쟁터에서 얻은 상처 때문이었다. 그는 프로보의 중앙로에서 유명한 구두점을 운영하고 있었는데, 나는 그 가게에서 지낸 때가 유타에서 보낸 시간 중 가장 즐거웠다. 나는 그가 커다란 손으로 구두를 꿰매는 모습을 구경했다. 아마 어머니도 그렇게 그녀의 아버지가 일하는 모습을 구경했을 것이다. 버논은 이모부로서 정말 좋은 사람이었다. 크고, 다정하며, 자상하고, 마음씨가 좋았다. 그는 콧수염을 길렀는데, 그래서인지 코미디언 어니 코백스와 닮아 보였다. 후에 안 사실이지만, 그의 콧수염은 구개파열을 감추기 위한 것이었다. 그는 신체적 결함 때문에 늘 커다란 슬픔과 괴로움 속에서 지내야 했고, 그 결과 거친 사람으로 자라났다. 그러나 나는 그에게서 거친 면은 조금도 발견하지 못했다. 그는 그저 내게, 우리 아버지가 다른 사람이었으면 하는 소망을 처음으로 갖게 한 사람이었다.

버논과 아이다 사이에는 두 딸 브렌다와 토니가 있었는데, 그들은 당시 10대였다. 그때 내 나이는 여덟 살이었지만, '귀엽다'라든가 '매력 있다'는 말의 의미를 그 대상을 보는 순간 알아차릴 수 있었다. 브렌다와 토니는 틀림없이 그 말에 들어맞는 사람들이었다. 눈에 띄게 화려하거나 억지로 꾸민 듯한 부자연스러움은 없었다. 그들은 다정다감했으며, 내게 유일하게 누나라는 감정을 느끼게 해준 사람들이었다. 아이다 이모네 집에 있으면서 나는 마음이 편안했다. 내가 이런 생각을 했던 게 지금도 기억이 난다. 이런 집이야말로 함께 지낼 만한 좋은 가정이구나. 후에 알게 된 건, 나의 형들도 몇 년에 걸쳐서 몇 번이나 나와 똑같은 생각을 했다는 사실이다. 결국 그것은 먼 훗날 우리 모두에게 끔찍한 결과로 나타났다.

프로보에 온 지 사나흘째 되던 날이었다. 나는 어머니와 외할머니와 함께 외갓집 현관에 앉아 있었다. 브라이엄 영 대학의 축구팀이 그날 오후 우승을 거두었기 때문에, 선수들은 벌써부터 베시의 산에 횃불을 꽂기 위해 산을 오르고 있었다. 어머니는 내게 그 의식을 직접 보여줄 수 있어서 매우 흥분한 모습이었다. 우리는 Y자 모양의 불꽃이 다 사그라들 때까지 앉아서 산을 바라보았다. 그런데 잠시 후, 길 아래 메리 이모네 옛 농장이 있는 쪽 어둠 속에서 뭔가 흰 물체가 나타나더니 우리를 향해 다가왔다. 그 물체는 점차 빠른 속도로 다가왔다. 그것은 땅에서 한두 뼘 정도 떠 있었다. 좀 더 가까워졌을 때, 마치 밤바람에 펄럭이는 가운처럼 보이는 그 흰 형체 위에 두 눈이 반짝하고 빛을 내면서 우리 쪽을 보았다. 어머니와 할머니는 순간 벌떡 일어섰다. "유령이다!" 하고 할머니가 말하자, 어머니는 내 어깨를 감싸 안고 얼른 나를 집 안으로 밀었다. 나는 좀 더 가까이 가보고 싶었다. 한 번도 유령을 본 적이 없었기 때문이다. 유령의 앞길을 막아서면 어떻게 될지 궁금했다. 하지만 어머니와 할머니가 허락하지 않았기 때문에 현관 창문으로 내다보는 수밖에 없었다. 우리가 집 안으로 들어오자, 그 유령 같은 물체는 더 이상 집 쪽으로 오지 않고 멈춰 섰다. 그것은 마치 무슨 일이 일어나기를 기다리는 듯, 혹은 우리를 감시하는 듯, 길을 사이에 두고 몇 번인가 왔다 갔다 하더니, 1, 2분 정도 후에 갑자기 왔던 방향으로 몸을 돌리더니 어둠 속으로 사라졌다. 후에 내가 이 이야기를 아버지에게 했을 때, 그는 웃으면서 말했다. "그건 유령이 아니야. 아마 이웃에 사는 개였을 거야. 빨랫줄에 걸려 있던 흰 셔츠가 몸에 걸쳐져서 그걸 벗겨줄 사람을 찾아다녔던 거겠지. 네가 본 건, 구시대 모르몬들이 갖고 있던 어리석은 미신이야."

유령이 나타난 날 밤, 외할아버지 윌 브라운은 73세의 나이로 세상을 떠났다. 그의 침상은 교회 주교와 아내, 그리고 자식들이 지키고 있었다. 그 당시 할아버지의 죽음에 대해 내가 어떤 느낌을 가졌는지는 기억이 나지 않는다. 어쨌든 그를 대면할 기회가 끝끝내 없었으니까. 그런데 30여 년이 지난 후, 할머니의 마지막 일기장에서 본 단 한 줄의 문장이 내 마음을 아프게 했다. 나의 외할머니 멜리사가 남긴 일기장 중, 말년에 쓴 몇 권은 정말 지루한 내용들이었다. 넘기는 장마다 손녀들에게 레이스 받침을 떠준 일, 손님 접대를 위해 고기를 구운 일, 자잘한 장식품들에 앉은 먼지를 털며 청소한 일 등등 지루한 일상의 내용들이었다. 남편이 쓰러진 사건조차도 담담하게 사실적으로 기록되어 있었다. 그런데 남편 윌 브라운이 숨을 거두던 날, 멜리사는 어둠 속으로 사라져간 남편에 대해서 단 몇 마디 글로 적어놓았다. "그가 죽는 걸 지켜보았다. 너무나 고통스러웠다." 이 글을 읽고 나자 나는 그분들의 감정을 결코 가벼이 여길 수가 없었다.

윌 브라운의 장례는 프로보에서 유례없이 장대하게 치러졌다. 마을 모든 사람들이 과거에 학교 수위직을 맡았던 그를 존경했던 게 분명하다. 어떤 이유에서인지 손자, 손녀 들, 그리고 다른 어린아이들까지 교회의 맨 앞자리에 앉게 됐는데, 그 자리는 뚜껑이 열린 채 놓여 있는 할아버지의 관 바로 앞이었다. 죽은 사람을 그렇게 가까이서 본 것은 그때가 처음이었다. 나는 누워 있는 윌 브라운의 흰 머리칼을 열심히 들여다보며 뭔가 감정을 느껴보려고 애썼다. 하지만 내가 받은 느낌은, 죽은 사람을 바라보고 있다는 두려움뿐이었다. 주검을 그렇게 오래 쳐다본다는 게 뭔가 실감이 나지 않았고, 금지된 일을 하고 있다는 생각이 들었다. 마치 음란한 섹스를 보는 것 같다고나 할까. 후에 알게 되었지만, 죽음이 더 추잡한 것일 뿐.

장례식이 끝나자 리무진과 자동차의 긴 행렬이 프로보 시 공동묘지로 향했다. 우리는 새로 파놓은 무덤 주위에 둘러서서 할아버지의 관이 깊은 구덩이 속에 놓이는 것을 보았다. 관 위에는 화환들이 나란히 놓여 있었다. 윌 브라운의 자식들이 한 명씩 관으로 가서 화환 위에 꽃을 한 송이씩 놓았다. 조지 삼촌 차례가 되었을 때, 그는 자기 꽃을 어디다 두어야 할지 몰라 약간 허둥대는 것 같았다. 마침내 그가 꽃을 내려놓자, 단춧구멍에 꽂혀 있던 꽃도 스르르 미끄러져 나오더니 다른 꽃들 옆에 떨어졌다. 그 모습은 마치 할아버지가 죽음에서 깨어 일어나서 그 꽃을 살짝 빼가는 것처럼 보였다. 그 이미지는 그 후로도 오랫동안 내 머릿속에서 문득 문득 떠올랐다. 꿈속에서도 그 장면이 여러 번 나타났다.

묘지에서 걸어 나오면서, 나는 우연히 묘석 하나를 밟았다. 그리고 그 다음번부터는 일부러 묘석마다 발을 디뎠다. 아마도 죽은 자와 가까이 있다는 느낌을 통해 두려움을 떨쳐버리려는 행동이었던 것 같기도 한데, 글쎄…… 잘 모르겠다. 어쨌든 철없고 불경스러운 행동이었다. 이모들과 사촌들이 화들짝 놀라며 나를 말렸으니까. 다음 순간, 모르몬교의 엄격한 원로 한 사람이 와락 달려들더니, 나를 내동댕이치듯 밀어내고 내 얼굴에 손가락 하나를 들이대며 말했다. "고인들에게 불경스러운 짓을 하면 안 된다. 이 꼬마야." 이번엔 그 손가락이 내 얼굴을 찔렀다. "절대로 안 돼! 돌아가신 분들 덕분에 네가 살아 있다는 걸 명심해라."

4

알타와 죽은 인디언의 영혼

얼마 전에 나는 외갓집 농장을 몇 번 방문한 적이 있었다. 사촌 누나인 브렌다가 차로 그랜드뷰 주변을 구경시켜주었는데, 그곳은 이제 깨끗하게 단장된 반듯반듯한 집들이 가득 들어서 있었다. 예전의 조던 길은 이제 조던 가로 바뀌었고, 그 길 끝에는 외조부모의 소유였던 땅이 있다. 그 땅은 지금 내 사촌들 중 한 사람의 소유인데, 그는—혹은 다른 사람이 그랬는지도 모르지만—길 끝에 담을 두르고 표지판을 하나 세워놓았다. '막힌 길. 이곳부터는 사유지임'이라고 적힌. 그런데 그 표지판에서는 뭔가 상징적인 냄새가 난다. 그러니까 막히지 말아야 길이 막혀 있다고나 할까. 다

알타 브라운과 친구(이름 미상). 유타 주 프로보, 1930년경

시 말해서 막힌 것은 길이 아니고, 그래서 그 담 저편에 있는 것은 사유지가 아니라, 단절된 역사, 차라리 잊혀져야 할 역사라는 느낌이다. 역사란 눈앞에서 일어나는 일처럼 빤히 보이는 것이 아니다. 과거 한때 존재했던 것들은 모두 변형되거나, 파괴되거나, 혹은 현대의 도시화와 세속화의 물결에 휩쓸려 가버렸다. 물론 이러한 변화에 대해서 어느 누구에게도 책임을 물을 수 없다. 과연 누가 할아버지 할머니가 살았다는 이유만으로, 방 두 칸짜리 시골 오두막집에서 살고 싶어 하거나 혹은 그 집을 길이 보존하겠는가? 과연 누가 가난한 과거와 몰락한 가문의 흔적을 그대로 간직

한 채 아무도 찾지 않고 좋아하는 이도 없는 박물관 같은 그 유물을 간직하고자 하겠는가? 하지만 이 모든 변화에도 아랑곳 없이 변하지 않은 것이 있다. 백여 년이 지나는 동안에도 여전히 이 집이 주는 느낌은 상실감이다. 땅은 변했어도 그 무엇인가가 떠나지 않고 남아 집 주위를 감돌고 있었다.

브렌다와 나는 집 앞에서 차를 세웠다. 그곳은 본래 사유지라서 그 앞에서 놀고 있던 아이들의 호기심 가득한 눈이 우리를 따라왔다. 브렌다가 사촌의 이름을 부르자, 그는 집에서 나와 매우 공손하지만 그러나 경계하는 태도로 우리를 맞았다. 바로 나, 그러니까 그 집 앞마당 한쪽 끝에서 일어났던 그 끔찍한 역사를 상기시키는 불길한 존재인 나 때문이었다. 공포감에 몸을 떨 지경까지는 아니었지만 말이다. 우리는 잠시 이야기를 나누었는데, 정다운 듯하지만 공허한 이야기였다. 잠깐 안으로 들어오라거나, 농장이나 옛집을 구경해보라거나, 그런 초대는 끝내 없었다. 잠시 후 브렌다가 먼저 작별 인사를 꺼냈고 우리는 차로 돌아왔다. 차를 출발시키면서 브렌다는 집 앞쪽의 땅을 가리켰다. 그곳은 땅의 경사가 시작되는 곳으로 저 아래 골짜기까지 가파르게 비탈진 언덕으로 이어지는 곳이었다. "바로 저기였어." 나는 브렌다가 무슨 이야기를 하는 건지 금방 알아챘다. 60여 년 전, 끔찍한 비극이 순식간에 브라운 가를 덮친 곳, 결코 잊을 수도 지울 수도 없는 충격 속으로 집안을 휘몰아넣은, 바로 그 비극의 현장이었다. 마침 저물어가는 붉은 햇빛을 받아서일까, 그곳은 마치 아직도 붉은 핏자국이 남아 있는 듯 보였다. 그토록 많은 희망을 앗아가버렸던 피, 그리고 내 어머니의 마음속에서 그 아무리 오랜 세월이 지나도 지울 수 없는 명백한 파멸을 예고한 피였다.

세월이 흐르면서, 브라운 가의 아이들은 두 부류로 나뉘었다. 착한 아이들과 반항적인 아이들이다. 첫 번째 부류는 부지런히 농사일을 거드는 일꾼으로 부모와 교회에 복종했던 마크, 메리, 완다였다. 두 번째 부류는 고집과 자존심이 센 아이들로 조지와 패타, 그리고 내 어머니 베시도 포함되었다. 그런데 이 두 부류의 중간쯤에는 베시보다 다섯 살 아래인 알타가 있었다. 알타는 아홉 명의 아이들 중 나이뿐 아니라, 다른 면에서도 중간에 있는 입장이었다.

나는 알타의 사진을 본 적이 있는데, 개척자 집안의 아이들이 대개 경건한 표정을 짓고 있듯이 그녀 역시 평범하면서도 참해 보이는 인상이었다. 그러면서도 그녀의 눈에는 분명 놓칠 수 없는 총기의 빛이 보였다. 그러니까 알타는 전혀 티를 내지 않으면서 주위의 사람들을 능가하는 영리함을 지닌 그런 사람 같았다. 바로 그런 점 때문에 그녀는 브라운 가의 아이들 중에서도 유독 모든 사람의 사랑을 받았다. 그녀의 죽음이 프로보 지역 신문의 톱 기사였다는 사실만 봐도 알 수 있다. 브라운 부부의 눈에 비친 알타는 나무랄 데 없는 자식이었다. 겸손하고 순종적이며—군소리 없이 시킨 일을 잘 해내는—학교나 교회에서는 선생님에게 늘 칭찬을 받아 부모님을 기쁘게 하는 딸이었다. 그러나 내 어머니 베시의 말을 들어보면, 알타의 그런 모습 뒤에는 다른 면모가 있었다. 그녀는 자신의 겉모습을 연출할 줄 알았다. 그녀는 사람들에게 그들이 원하는 것을 주는 것처럼 보이는 방법을 알고 있었다. 그런 순종적인 모습 뒤에서 알타는 자기만의 삶을 살았다. 그녀는 패타나 베시처럼 자기가 원하는 것은 어떻게든 쟁취하고야 말았다. 단지 남들처럼 공공연히 도전하지 않고 비밀스럽게 했을 뿐이다. 베시나 패타가 부모님의 말을 거역하고 밤늦게까지 돌아다니다가 온갖 욕설을 면치 못했다면, 알타는 부모님이 잠들 때까지 기다렸다가 살그머니 나가서 언니들을 만나거나, 혹은 남자친구를 만나기도 했다. 그녀에게는 지극히 쉬운 일이었다. 어머니 멜리사의 귀는 점점 상태가 나빠져서 창문 소리나 옆방 문이 닫히는 소리는 이미 듣지 못했기 때문이다.

베시는 알타보다 다섯 살이나 많았지만, 다른 자매들보다 그녀를 더 친근하게 대했고, 알타 역시 그랬다. 혹은 나중에 베시가 그렇게 주장한 것인지도 모르지만. 그들은 서로 자신의 깊은 비밀을 터놓고 지냈는데, 베시는 알타의 그 사교적 기술을 흉내내지는 못했지만, 어쨌든 그녀의 훌륭한 장점으로 인정하고 있었다. "알타는 우리 중에서 가장 뛰어난 애였어."라고 언젠가 어머니는 말했다. "그 아이야말로 가장 장래성이 보이던 애였는데. 알타를 잃고서 우리 모두 그 충격을 극복할 수가 없었단다. 그 후로 우리 가족은 더 이상 한 가족이 될 수 없었어."

알타가 열두 살, 그리고 베시가 열여섯 살이던 1929년 10월 어느 일요일, 할로윈 축제를 며칠 앞두고 두 소녀는 가족들과 함께 교회에 앉아서 주교의 설교를 듣고 있었다. 그날 주교는 강신술에서 쓰는 점판이나 그 밖에 다른 도구들에 대해 엄격히 꾸짖었다. 모르몬들은 강신술을 특별히 경계해야 한다고 강조했다. 성도들은 누구보다도 영혼이 실재한다는 것을 잘 알고 있는 사람들이었다. 맨 처음 모르몬교가 생겼을 때 조셉 스미스에게 황금접시를 주었던 천사도 영혼이었고, 그 후로도 몇 세대에 걸쳐서 모르몬들에게 수없이 많은 형태의 영혼들이 무수히 나타났다. 그러나 영혼도 사람과 마찬가지로 고통에 시달리는 천한 부류가 있어서, 그런 영혼들은 점판이나 강신회 같은 수단을 통해서 산 사람들에게 접근하기도 하는데, 이런 식의 신비한 영교는 사탄의 짓이라고 주교는 경고했다. 그리고 일단 이런 영혼이 사람에게 침투하면, 그 사람을 제멋대로 끌고 다니면서 온갖 용서받지 못할 죄악을 저지르게 하거나, 끔찍한 죽음으로 인도한다고 했다. 주교는 실제로 몇몇 젊은 모르몬들이 이런 영혼에 침투당한 모습을 목격한 바 있었다. 그 젊은이들은 죽은 사람과 영교를 시도하다가, 결국 어떤 악한 영혼을 불러내고 말았다. 그리하여 그들 중 한두 명은 벽에 못 박히고 머리카락은 백발이 된 채 발견되었는데, 그때 그들의 발 밑에는 점판(심장 모양의 판으로 손가락으로 가볍게 스치면 자동으로 글씨가 나타나는 점치는 판-역자주)이 있었다고 한다.

"할로윈 축제를 잘 즐기시오." 주교는 이렇게 설교를 끝맺었다.

"복장을 차려입고 우리의 어리석음을 쫓아내도록 합시다. 그러나 명심하시오. 우리가 성도라는 것을, 그리고 성도는 사탄의 영혼을 집에 불러들이지 않는다는 것을."

그 후 일주일 정도 지나서, 베시와 알타, 그리고 다른 형제들은 함께 프로보 시내 중심가로 쇼핑을 갔다. 할로윈 축제에 쓸 장식을 사러 간 것이었는데, 베시가 한 잡화점에서 점판을 발견했다. 그녀는 그것을 사서 쇼핑백의 다른 물건들 틈에 살짝 끼워 넣고 몰래 집으로 가져왔다. 그날 밤 늦게 부모님이 모두 잠자리에 든 후, 베시와 알타는 딸들만 자는 침실에

촛불을 하나 켰다. 그들은 방바닥에 나란히 책상다리를 하고 앉아서 점판을 무릎 위에 올려놓았다. 다른 자매들은 침대에 앉아서 그들이 하는 양을 보고 있었다. 패타가 베시와 알타 곁으로 와서 함께 앉았다. 그러나 메리는 화를 버럭 냈다. "도대체 무슨 짓을 하는 거니? 주교님 말씀 못 들었어? 우리 집에 악마를 불러들이겠다는 거야?"

완다는 훌쩍거리기 시작했다. "엄마한테 말할 테야."

베시가 달려들 듯 그녀에게 말했다. "그러기만 해봐. 한대 얻어맞고 싶으면."

베시와 알타, 패타, 세 사람은 손가락을 모두 하트 모양의 점판 위에 올려놓았다. 다른 자매들은 주위에 서서 그들을 지켜보고 있었는데, 손가락 하나 까딱하지 못할 정도로 공포에 질린 모습이었다. "뭐라고 말해야 하지?" 패타가 물었다.

베시는 알타를 쳐다보며 어깨를 으쓱해 보였다. 알타가 눈을 꼭 감더니 머리를 뒤로 젖히고 읊조리듯 말했다. "거기 누가 있나요?"

방 안은 고요했다. 모두가 점판을 주시하고 있었다. 잠시 후 점판 위에서 무엇인가가 움직이기 시작했다. 손가락은 점판 위에 얹은 채 그대로였다. 천천히 혹은 빠르게 그것은 점판 위 한구석에 '예'라고 쓰여 있는 글자 쪽으로 움직였다.

베시와 패타, 알타는 두 눈을 크게 뜨고 서로를 바라봤다. 영교에 성공한 것이다. 그동안 올렸던 그 어떤 기도도 이렇게 즉각, 바로 눈앞에서 응답을 받은 적이 없었다.

알타는 다시 눈을 감고 말했다. "당신은 누구인가요?"

이번에는 좀 더 빠르게 점판이 움직이면서 철자들을 짚어 응답을 해왔다.

'ㄴㅏㄴㅡㄴㅈㅜㄱㅇㅡㄴㅇㅣㄴㄷㅣㅇㅓㄴㅇㅡㅣㅇㅕㅇㅎㅗㄴ'

"죽은 인디언의 영혼?" 베시가 말했다.

바로 그때 소녀들의 귀에 누군가 울부짖는 듯한 소리가 들려왔고, 그들은 모두 겁에 질려 넋을 잃을 지경이었다. 부들부들 몸을 떨다가 울음을 터뜨린 것은 완다였다. 누가 막을 겨를도 없이 완다는 비명을 지르며 방을 뛰쳐나갔다.

멜리사의 귀가 많이 어두워지기는 했지만 그 비명을 듣지 못할 정도는 아니었다. 그녀는 아이들의 침실로 황급히 뛰어 들어왔다. 그리고 딸들의 무릎에 놓인 점판을 보았다. "도대체 너희들, 이 집에 뭘 불러들인 거냐?" 그녀가 다그쳤다.

아무도 입을 열지 않았다.

멜리사는 알타를 보며 말했다. "분명히 패타하고 베시한테서 나온 생각이겠지. 본래 악마 같은 짓을 좋아하는 애들이니까. 그런데 알타, 너는 잘 알잖니? 집에 악마를 불러들이는 일에 어떻게 너까지 끼어들 수 있지? 이건 신을 모독하는 짓거리라는 걸 모르니? 신을 모독하면 어떤 대가를 치러야 하는지 몰라?"

알타는 침울한 표정으로 대답했다. "죄송해요, 엄마. 우리는 그냥 그걸 가지고 게임을 하고 있었어요. 이제 치울게요."

"아니, 그냥 치울 게 아니라 저 바깥 소각로에 가지고 나가서 태워버려. 지금 당장. 알타, 네가 해라. 너 혼자서!" 멜리사는 딸이 옷을 입는 동안 지켜보며 서 있다가, 알타를 따라 나가면서 방문을 꽝 닫았다.

멜리사가 방을 나가자마자 베시는 완다를 향해 말했다. "이 고자질쟁이!"

완다는 또다시 울먹였다. 그러자 메리가 베시에게 말했다. "그만해. 너 때문에 이 소란이 일어난 거잖아. 그 마귀 같은 물건을 집에 들여놓는 바람에."

30분 정도 지나서 알타가 돌아왔다. 모두가 잠이 들었을 때, 그녀가 베시에게 귓속말을 했다. "엄마는 자러 가셨어. 내가 헛간에 점판을 숨겨놨어."

점판 사건은 그 후 며칠 동안이나 브라운 가 아이들에게 고통과 설교를 가져다줬다. 죄인들을 묵묵히 그들의 죄의 대가를 받아들였는데, 그중에서 알타만이 참회의 빛을 역력히 드러냈다.

마침내 할로윈 축제의 밤이 왔다. 브라운 가 사람들도 할로윈 복장을 하고 그랜드뷰 교회 교구에서 열리는 파티에 참석했다. 모두들 춤추고 웃으며 현기증이 날 정도로 놀았다.

새벽 2시 무렵이었다. 알타와 베시는 살그머니 일어나 침실 창문을 넘어 헛간으로 갔다. 적막한 가을밤이었다. 베시가 등잔불을 켜고, 알타는 숨겨두었던 점판을 꺼냈다. 영혼을 불러낼 시간이었다.

헛간에서 베시와 알타 단 둘이 앉아서 무릎에 점판을 올려놓았다. 손가락을 점판에 올려놓고 지난번과 똑같이 물어보았다. 이번에도, 그들의 손가락 밑으로 철자들이 하나씩 짚어졌다. "나는 죽은 인디언의 영혼. 나는 한 사람을 죽였고 그 때문에 나도 살해당했다. 그는 내게서 도둑질을 했다. 나는 되돌아가고 싶……."

그때 헛간 문이 삐걱이는 소리가 났다. 어떤 물체가 문으로 들어오는가 싶더니 희미한 불빛 속으로 들어왔다. 아버지였다. 베시는 한순간 마음을 놓을 뻔했다. 그러나 그녀는 아버지를 잘 알고 있었다. 윌 브라운은 마음씨 좋은 사람이지만, 일단 화가 나면 완전히 딴사람으로 바뀐다.

그가 아이들 쪽으로 다가왔다. "이 한밤중에 영혼을 부르고 있는 거냐? 너희들이 내 자식이냐, 아니면 이미 악마에게 팔린 자식이냐?" 윌은 도끼를 들었다. 그리고 아이들 손에 들려 있던 점판을 빼앗아 부숴버렸다. "이런 짓을 하는 게 또다시 내 눈에 띄면, 그 즉시 너희들을 심판단에 넘겨버릴 테니 그리 알아라."

브라운 가에서 일어났던 점판 소동은 이렇게 끝이 났다. 그다음 주에 베시와 알타는 한두 번 더 영교를 시도했다. 한밤중에 집에서 멀리 떨어진 외딴 곳에서 손을 잡고 영혼을 불렀지만 아무런 일도 일어나지 않았다. 아무 소리도 들리지 않았고 모습도 보이지 않았다. 차라리 기도를 하는 게 좋을 걸 그랬다.

크리스마스가 왔고, 또 지나갔다. 그리고 새해가 왔다. 1930년 새해의 두 번째 주, 프로보에 큰 눈이 내려 산이며 골짜기며 온통 흰 눈으로 뒤덮였다. 눈은 일주일 내내 계속 내렸다.

온종일 눈이 내린 어느 날 밤, 흰말 한 마리가 브라운 가 집 뒷마당에서 서성이고 있었다. 그랜드뷰는 작은 마을이기 때문에 사람들은 다른 집에서 기르는 말을 훤히 알고 있는 터였다. 그런데 그 아름답고 유령 같은 암말은 도대체 처음 보는 말이었다. 베시는 다른 자매들과 함께 밖에 나가서 그 말을 살펴보았다. 알타도 주변을 왔다 갔다 하면서 말갈기를 쓰다듬어주기도 했다. 멜리사는 딸들이 낯선 말과 함께 있는 것을 보고는 딸들을 안으로 불러들였다. 그녀는 훠어이 하고 말을 쫓았으나, 말은 그저 그녀를 쳐다보기만 했다.

말을 그 후로도 몇 시간을 그곳에 서서 집을 쳐다보고 서 있었다. 흰말은 겨울 달빛을 받아 빛을 내고 있었다. 그때 윌 브라운이 학교에서 일을 마치고 집에 돌아오면서, 말을 멀리 쫓아냈다. 그날 밤 늦게, 내 어머니는 부모님이 두런두런 이야기하는 소리를 들었다. "흰말이 찾아오는 게 무슨 뜻인지, 당신 알아요?" 멜리사가 말했다. "그 집에 누군가 죽는다는 뜻이래요."

"글쎄…… 하나님이 그런 식으로 뜻을 보이실 것 같지는 않구려." 하고 윌이 대답했다.

다음 일요일, 이른 오후였다. 이웃에 사는 사람이 말에 썰매를 매달아 그랜드뷰 마을을 돌다가, 브라운 가의 딸들을 태워주겠다고 제안했다. 알타와 완다는 어머니에게 달려가 썰매를 타고 마을에 가도 되냐고 물었다. 멜리사는 그 이웃사람도 잘 알고, 그 말도 잘 알고 있었다. 얌전하고 순한 말이었다. 그러나 그녀는 고개를 저었다. "위험하지 않다는 건 안다. 그런데 허락하고 싶지 않구나. 어쩐지 이상한 느낌이 들어서 말이다." 딸들은 실망했지만 더 조르지 않았다. 멜리사가 하던 일을 하러 집으로 들어간 후에, 알타는 베시에게 갔다. "가자, 언니. 길 꺾어진 곳까지만 조심해서 가면 언덕 위에서 썰매를 탈 수 있어. 엄마는 모르실 거야."

베시의 직감이 엄마와 통했던 것은 그때가 처음이었다. "싫어. 별로 마음이 내키지 않아."

알타는 완다에게 돌아서서 말했다. "너, 나랑 같이 갈래?" 완다는 망설였다. 그녀는 어머니의 말을 거역하는 데 익숙치 않았다. 하지만, 뭐, 썰매 타는 게 어때서? 두 소녀는 앞마당으로 달려나가 언덕을 내려갔다. 집에서는 보이지 않는 곳이었다.

베시는 현관에 서서 아다와 아이다가 눈사람을 만드는 것을 보며, 썰매가 지나가기를 기다렸다. 잠시 후, 규칙적인 말발굽 소리를 내면서 길모퉁이를 돌아 말이 나타났다. 알타는 엎드린 자세로 썰매를 꽉 잡고 있었고, 완다는 알타 위에 앉아 있었다. 썰매가 집 앞을 지나칠 무렵이었다. 무엇엔가 놀란 듯, 말이 펄쩍 뛰어올랐다. 말에 타고 있던 주인이 진정시키려고 애를 썼지만, 말은 다시 앞발을 높이 쳐들었고 그 바람에 썰매는 공중으로 높이 치솟았다. 썰매에 타고 있던 두 소녀의 몸은 허공에 반원을 그리면서 돌다가, 전봇대에 부딪치며 떨어졌다. 완다의 왼쪽 어깨가 전봇대에 세게 부딪쳤고, 그 소리가 마당에까지 들렸다. 알타는 얼굴을 부딪쳐 처참하게 부숴진 채 바닥으로 떨어졌다.

누군가 집으로 달려가 멜리사를 불렀다. 허둥지둥 길가로 달려나온 멜리사는 눈 위에 피를 흘리며 쓰러져 있는 두 딸을 보았다. 완다는 의식이 없었고, 죽은 듯 보였다. 그러나 알타는 몸을 일으키느라 몸부림치고 있었다. 멜리사는 그 옆에 무릎을 꿇고 앉아서 알타의 머리를 무릎 위에 얹고 안았다. 알타의 이마가 깨져서 뼈가 드러나 있었다. "어, 엄마…… 죄송해요. 엄마 말을 들었어야 하는데……." 이렇게 말하고 알타는 울기 시작했다. 알타의 얼굴을 지탱해줄 뼈가 얼마 남아 있지 않았기 때문에, 울음의 충격으로 눈알이 빠져나오기 시작하더니 마침내는 두 뺨 위로 내려왔다.

멜리사는 그대로 눈 위에 앉은 채, 사랑하는 딸을 안고 머리를 쓰다듬으며 그녀의 생명이 완전히 빠져나갈 때까지 마치 잠재우듯 딸의 몸을 가만히 흔들어주었다.

베시의 남동생 마크가 마구간에 있던 말을 타고 교회로 달려가서 아버지를 찾았다. 윌과 마크가 주교와 의사를 모시고 집에 도착했을 때는 두 딸들은 집 안으로 옮겨져 있었다. 의사는 알타를 보더니 사망을 선고했다. 그는 완다를 면밀히 검진한 후 말했다. "이 아이는 아직 살아 있어요. 하지만 빨리 병원으로 옮기지 않으면 이 아이도 얼마 살지 못할 겁니다."

완다는 결국 살아났다. 그러나 그녀는 평생 왼쪽을 쓰지 못하는 반신불수의 몸으로 살아가야 했다.

며칠 후, 알타의 장례를 치를 때가 되었지만 땅이 온통 꽁꽁 얼어 있었다. 그래서 관을 묘지 자리 옆에 둔 채 땅이 녹기를 기다렸다. 브라운 가의 아이들은 이틀 동안 줄곧 묘지를 오가며 관을 둘러싸고 죽은 자매의 영혼을 위해 기도했다.

그리고 몇 주 후에, 마침내 영혼이 나타났다. 내 사촌 누나인 브렌다가 내게 들려준 이야기이다. "한밤중에 자매들이 침실에서 잘 준비를 하던 때였어. 갑자기 어두운 방 안에 밝은 불빛이 나타났대. 그 불빛은 점점 침대 쪽으로 다가왔어. 그건 알타였어. 알타는 언니들과 함께 침대에 걸터앉아서 이야기를 했어. 자기는 괜찮다고. 아픈 데도 없고, 지금 매우 행복하다고. 그걸 언니들에게 알려주고 싶었다는 거야. 사랑한다는 것도. 그리고 불빛이 점점 희미해지더니 알타는 사라졌대. 하지만 자매들은 그녀가 침대 위에 앉았던 자국을 분명히 볼 수 있었다는 거야."

어둠이 찾아들 무렵의 그 겨울날 오후, 과연 무엇이 그 말을 놀라게 했는지는 아무도 몰랐다. 그러나 내 어머니만은 알고 있었다. 그것은 바로 어머니와 알타가 불러낸 죽은 사람의 악령이었으며, 이제 그 혼이 브라운가의 집안에 늘 떠돌게 될 거라고 어머니는 믿고 있었다.

오랜 세월이 흐른 후, 내가 그 이야기에 대한 자세한 내막을 모르던 시절, 어느 날 내가 어머니에게 점판을 하나 갖고 싶다고 말했다. 그때는 아버지가 돌아가신 후였고, 당시 나는 에드거 앨런 포나 브램 스토커 같은 작가의 소설이나 19세기 시대의 유령소설에 푹 빠져 있었다. 섬뜩하면서도 신비스러운 내용의 소설을 읽으면 어쩐지 알 수 없는 편안함과 전율을 느끼곤 했는데, 어머니는 그런 나의 독서 취향을 몹시 못마땅해했다. 어머니는 당연히 나의 요구를 들어주지 않았고, 나는 어머니가 오래전에 그랬던 것처럼, 몰래 점판을 하나 사서 집으로 가져왔다. 그런데 문제는, 함께 둘러앉아서 점칠 사람이 필요한데, 형들을 끌어들일 수가 없었다. 그래서 나는 바보처럼 혼자 앉아서 무릎 위에 점판을 놓고 그 위에 손가락을 올려놓았다. 그러나 영혼들로부터 어떤 응답을 받았던 기억은 없다.

어느 날 오후, 나는 그 점판을 놓고 열심히 몰두해 있는 모습을 어머니에게 들키고 말았다. 어머니는 순간 납처럼 창백해진 얼굴로 내게 말했다. "당장 그 저주받을 물건을 내 집 밖으로 내다 버리고, 다시는 집 안에 들여놓지 마라. 그리고 네가 읽는 그 음침한 소설들, 유령이니 공포니 죄악 같은 이야기가 나오는 그 책들도 이젠 제발 그만 읽어. 내 자식들이 악마에 물들지 않고 자라는 게 이 어미의 소망이다." 이렇게 말하면서 어머나는 울음을 터뜨렸다. 그 울음은 차마 옆에 앉아서 듣고 있기 어려울 정도로 서럽고 길게 이어졌다. 나는 밖으로 나갔다. 어머니의 울음소리가 들리지 않는 곳까지.

PART 2

집안의 말썽꾼과 거부당한 아들

프랭크와 베시, 게일렌, 게리, 프랭크 2세(왼쪽부터 시계 방향). 오리건 주 포틀랜드, 1950년경

자식은 부모를 사랑하며 인생을 시작하고,

자라나면서 그들을 비판하게 되며,

때로는 용서하기도 한다.

오스카 와일드, 《도리안 그레이의 초상》

1

집안의 말썽꾼

베시 길모어는 늘 자신의 아버지를 아주 이상적인 사람으로 표현했다. 그는 과묵하고 겸손한 사람으로, 친구든 친지든 어려움에 처해 있는 사람을 위해서 어떤 희생도 마다하지 않을 사람이었다. 그렇다고 무슨 대가를 바라는 것도 아니었다. 그는 아버지로서도 깊은 애정을 지닌 사람이었다. 아이들을 입히고 가르치기 위해 열심히 일했고, 아이들에게는 이웃에게나 모르는 사람에게나 똑같이 베풀며 살라고 가르쳤다.

그런데 어머니가 죽기 몇 해 전부터, 외할아버지 윌 브라운에 대한 어머니의 태도가 갑자기 달라졌다. 그러니까 게리 형이 처형을 당한 직후

베시 브라운과 친구(이름 미상). 유타 주 프로보, 1933년경(사진 제공: 래리 실러)

일 것이다. 그 당시 어머니는 자꾸만 과거로 과거로 침잠해 들어가고 있었다. 내가 어머니에게 전화를 하거나 방문하는 횟수가 점차 줄어들게 된 것은, 어머니의 그런 상태 때문이었다고 할 수 있다. 어머니는 입만 열면 우리 집안에 있었던 과거의 비극적 사건들을 꺼내 되새기곤 했다. 지금도 나는 어머니가 겪었던 절망과 죽음들이 결국 그녀를 미쳐버리게 한 것이 아닐까 생각한다. 어머니는 마음속에서 옛일들을 떠올리고, 그 비극의 실마리들을 하나하나 추적해서 그 모든 것들이 어디서부터 시작되었는지, 그 비밀을 풀어줄 열쇠를 찾고 싶어 했다. 바로 최근 몇 년 동안, 내가 노력해온 일이기도 하다. 어쩌면 어머니는 이 모든 것들이 애초부터 운명으로 정해진 것이라는 결론을 내렸던 것 같다. 그리고 한평생 끝끝내 오지 않을 희망과 해방의 기다림 속에서 살게 한 잔인한 운명의 장난에 대해 생각하지 않을 수 없었으리라. 어쨌든 과거를 다시 회상하기 시작한 이후로, 어머니는 자신의 어린 시절에 대해 예전과는 전혀 다르게 이야기하기 시작했다.

특히 주목할 만한 점은, 자신의 아버지에 대한 이야기이다. 브라운가의 아이들이 점차 자라날수록 윌 브라운의 성미는 점점 더 까다로워져서 자기 아버지의 전설적인 불 같은 성미를 그대로 닮아갔다. 주로 그의 화풀이 대상이 된 아이들은, 바로 내 어머니 베시와 그녀의 오빠 조지였다. 조지와 윌 사이에 무슨 문제가 있었는지는 모른다. 다만 가족들에게나 그랜드뷰 마을에서나, 조지는 브라운 가에서 가장 특이한 인물로 소문이 나 있었다. 그가 매사에 수줍고 서툴렀으며(마치 젊은 시절 윌을 보는 듯했는데, 바로 그 점이 윌의 성미를 돋우기도 했을 것이다) 동네 아이들까지 그의 못생긴 얼굴과 모자란 듯 수줍음 타는 모습을 놀려댔다. 그래서 조지는 주로 혼자서 지냈으며, 할아버지인 조셉 커비가 그랬던 것처럼, 예술적 재능을 갈고 닦으며 외로움을 달랬다. 그는 프로보 지역의 멋진 자연 경관을 그림으로 옮겼고, 또한 활을 깎는 솜씨가 뛰어나서 주 전체의 활잡이들에게 인정을 받기도 했다.

하지만 때때로 조지의 고독이 그의 내부에 숨어 있는 격렬한 그 무엇을 자극하는 것 같았다. 그럴 때면 그는 옷을 벗어서 집 앞 마당에 차곡차곡 개어놓고는 조던 길을 따라 냅다 달렸다. 어떤 때는 프로보 중심가까지 그렇게 벌거벗고 달리는 바람에 사람들 눈이 휘둥그레지고, 경찰에 연행되어 윌 브라운이 찾아가서 데리고 오기도 했다. 이런 일이 있고 나면, 조지는 윌에게 매를 얻어맞기 일쑤였다. 그러나 대부분의 매질은 별 이유 없이 그저 윌의 화풀이인 경우가 많았다. 그런 경우에 윌은 조지를 뒷마당에 있는 큰 나무로 끌고 가서 단단한 밧줄로 나무 둥치에 그를 묶는다. 그런 다음 비명을 지르는 아들을 향해 가죽끈을 휘둘러 매질을 하는데, 그 매질은 아들이 고통의 단계를 지나서 굴욕감을 느끼고, 그 굴욕감마저도 느끼지 못할 즈음에야 끝이 났다. 어떤 때는 매질이 너무나 격렬해서, 베시나 마크가 윌의 형 찰리가 살고 있는 옆집으로 달려가 윌을 말려달라고 애원하기도 했다. 분노로 날뛰는 윌 브라운에게 다가가서 그 폭행을 말릴 수 있는 사람은 찰리뿐이었다.

1940년대가 되어서 조지와 마크가 제2차 세계대전에 참전하기 위해 집을 떠날 때까지, 윌의 매질은 계속됐다. 조지는 독일에 있는 나치 포로수용소를 해방시키기 위한 미군 부대에 소속되어 있었다. 그러다가 잠시 동안 프랑스에 주둔하기도 했다. 그가 전쟁에서 돌아온 후 며칠이 지났을 때였다. 조지는 아버지 윌의 기질 중에서 나쁜 쪽을 가진 사람이 되어버렸다. 윌이 조지에게 주먹을 날리자, 조지는 아버지의 주먹을 잡고 그 손목을 비틀면서 말했다. "이젠 다시는 날 칠 수 없을 겁니다." 어머니의 말에 따르면, 윌 브라운은 그 후로 조지뿐만 아니라 어느 누구에게도 손대지 않았다.

분노와 광기로 점철되었던 세월은 조지에게 그 흔적을 남겨놓았다. 그는 여자와 데이트를 한 적도 없고, 결혼도 하지 않았다. 집안에서 받은 상처 때문에 그는 가족 이외에 다른 세계로는 발을 내딛으려고 하지 않았다. 조지의 방에는 트렁크가 하나 있었는데, 그는 거기에 사진을 보관하고 있었다. 그 사진들은 그가 전쟁터에서 수집한 것이었다. 그가 찍은 시체 사진이며, 피골이 상접하고 비참한 몰골을 하고 있는 포로들의 사진들이 한 묶음 있었고, 다른 묶음은 그가 파리의 거리에서 사 모은 포르노 엽서들이었다. 조지는 이따금 어린 여자 조카들과 그 친구들을 꾀어서 방에 들어오게 한 다음, 문을 걸어 잠그고 아이들이 두 종류의 사진을 모두 다 볼 때까지 밖에 내보내주지 않았다. 물론 그 사진들은 아이들이 보기에는 너무나 기묘한 모습들이었다. 현대 세계가 저지르는 가장 끔찍한 짓인 살인과 금지된 쾌락의 장면들이 함께 뒤섞여 있었으니 말이다. 그 이질적인 사진들을 나란히 놓고 바라보면서, 그는 그 묘한 기분을 즐겼던 것이다. 하지만 섬뜩하면서도 퇴폐적인 그 느낌이 바로 그의 슬픈 인생을 말해주는 것이기도 했다.

조지는 그 뒤로 죽을 때까지 한 번도 농장을 떠난 적이 없었다. 그의 어머니가 죽은 후 농장을 물려받고, 1974년 세상을 떠날 때까지 그는 혼자 그곳에서 살았다. 그는 죽은 지 사흘이 지나서야 발견되었는데, 그가 아꼈던 사진을 담은 트렁크를 옆에 두고 침대에 누워 있었다.

내 어머니가 그녀의 아버지 윌 브라운에게 처음으로 증오심을 느꼈던 건, 마을에 사형집행이 있던 날이라고 한다. 이 이야기는 흥미롭지만 너무 공포스럽고 또 비현실적인 일이라서, 나는 이 사건의 진정한 의미가 과연 무엇인지 이젠 판단조차 서지 않는다. 그럼에도 만일 이 사건이 어떤 결말을 가져올 실마리가 될 수 있다면, 여기서 그 이야기를 하지 않고 넘어갈 수는 없을 것 같다.

유타 지역에서 어쩌다 집행되는 처형은 공개 혹은 반공개로 이루어졌다. 그럴 때면 수백 명의 사람들이 이 광경을 보려고 모여들었다. 어떤 때는 수천 명이 모이기도 했다. 때에 따라서는 부모들이 아이들을 데리고 와서, 죽음의 광경을 보여주고 무엇보다 중요한 신의 법을 어긴 사람들에게 주어지는 냉혹한 대가를 증명해 보이려고 했다. 20세기 초의 유타 지역에 살았던 어린이에게 이런 분위기는 정말 공포 그 자체였다. 사형집행일이 다가오면 사람들은 그 일에 대해서 이야기를 하곤 했는데, 베시는 그 이야기를 듣는 것이 아주 싫었다고 한다. 그래서 그녀는 두 손으로 양쪽 귀를 꽉 막고서 아버지와 다른 교인들이 엄숙하면서도 흥분한 어조로 그 일에 대해서 의논하는 소리를 듣지 않으려고 애를 썼다. 그리고 처형일이 되면 그녀는 동이 트기 전에 일어나서 집에서 가장 구석진 곳을 찾아 몸을 숨기고 어떤 때는 깜깜한 밤이 될 때까지 그곳에서 나오지 않았다. 그녀는 그 끔찍한 이야기가 자기 귀에 들어오는 걸 결사적으로 피했다.

그러나 단 한 번, 그녀가 운이 나쁜 날이 있었다. 베시의 생일이 가까웠던 어느 여름날 아침이었다. 윌 브라운은 아침 일찍 그녀와 다른 형제 자매들을 깨워서 마차에 태우고는 아직 어둠이 채 가시지 않은 숲길을 달려서 주 감옥이 있는 곳으로 데려갔다. 거기서 그들은 처형될 운명의 남자가 올가미와 사형집행자가 기다리고 있는 처형대로 끌려오는 걸 보았다. 그녀는 차마 처형 장면을 볼 수가 없었다고 한다. 그래서 그녀는 눈을 꼭 감고 얼굴을 아버지의 옆구리에 파묻었다. 그러나 사형수의 발판 문이 덜

컹 열리는 소리며, 곧 이어서 사형수의 몸이 밧줄 끝에 걸리면서 목이 부러지는 소리가 베시의 귀에 들려왔다. 그 뒤에 들려온 소리는 더욱 끔찍했다. 사람들의 환호성과 박수 소리였다. 가족들과 함께 그곳을 나오면서 베시는 단 한 번 뒤를 돌아보았다. 사형수의 몸이 밧줄에 매달린 채 흔들거리고 있었다. 그녀는 주변을 둘러보았다. 사람들이 아이들의 손을 잡고 시체를 가리키면서 이 순간의 교훈을 마음에 새기도록 훈계하고 있었다.

베시 브라운은 그 일을 생생히 기억하고 있었다. 사실 그녀가 자신의 족속을, 아니면 적어도 사형집행에 참여해야 한다는 그들의 믿음을 증오하기 시작한 건, 바로 사형에 대한 모르몬들의 태도 때문이었다. 어찌 됐건, 그녀는 사형을 반대했다. 내가 어렸을 때, 우리는 오리건 주의 포틀랜드에 살았는데, 어머니는 사형 소식이 들려오면 몹시 두려워했다. 그녀는 사형제도의 비도덕성을 비난하는 편지를 써서 주지사에게 보내기도 하고, 죄인의 형량을 감형해달라는 편지를 주정부에 보내기도 했다. 때로는 나도 어머니에 이끌려 주지사에게 보내는 편지를 쓰기도 했다. 한번은 어머니가 나에게 자신을 신념을 설명한 적이 있었다. 이런 식의 죽음은 우리가 예측할 수 있는 유일한 죽음, 즉 예정대로 진행되는 유일한 죽음이며, 그러므로 우리가 막을 수 있는 유일한 죽음이라고 했다. 나는 어머니가 자신의 주장이 갖는 도덕성을 진정으로 믿고 있다고 생각한다. 하지만 그녀는 무엇보다도 한 인간의 죽음을 구경하는 사람들에 대한 공포를 떨쳐버리지 못했던 것이다. 그녀는 가족을 데리고 처형 장면을 구경하는 사람들이, 어느 면에서는 살인자보다도 더 악랄하다고 생각했다. 결국은 그런 사람들이 자신의 아이들을 살해에 가담하도록 만든다는 것이다.

어머니가 들려주던 유타 지역의 사형집행 이야기를, 나는 여러 번 들었다. 우리 형제 모두 그랬을 것이다. 그런데 어머니를 마지막으로 만났을 때, 비로소 어머니는 그날 일을 내게 자세히 이야기해주었는데, 지금까지 들었던 이야기에서 듣지 못했던 중요한 내용이 있었다. 어머니가 돌아가시기 몇 개월 전 크리스마스에 어머니는 내게 말했다. 사형집행을 보러 간 그날 아침, 베시는 아버지의 옆구리에 얼굴을 파묻었으나, 결국 그대로 있지 못했다. 사형수의 발판 문이 열리는 순간, 그녀의 아버지는 그녀의 머리채를 획 잡아채서 죽음의 나락으로 떨어지는 사형수를 바라보도록 얼굴을 돌려놓았다. 집으로 돌아오는 길에 그녀는 결심했다. 아버지를 결코 용서하지 않겠다고, 그 악랄한 취미에 복수하기 위해 평생을 바치겠다고. 어머니가 내게 이 말을 할 때, 얼굴은 증오심으로 가득 차 있었고, 두 눈은 차마 못 볼 것을 보아야 했던 분노로 불꽃처럼 타오르는 듯했다. 어머니의 이야기를 다 듣고 나자, 어머니의 증오와 공포가 나에게 그대로 옮겨오는 듯했고, 그 사건에 대한 어머니의 기억이 곧바로 내 기억 속으로 들어오는 느낌을 받았다. 그리고 그때 이런 의문이 나를 사로잡았다. 만일 외할아버지가 어머니의 얼굴을 돌려 그 운명의 순간을 목격하게 하지 않았다면, 그래도 게리는 여전히 난폭한 인간으로 인생을 끝마쳤을까? 혹시 그 어떤 잔인한 운명이 바로 그 순간에 잉태되어서, 그로부터 50여 년의 세월이 흐른 후, 끔찍한 결과로 나타났던 것이 아닐까? 내 형 게리가 저지른 살인과, 그리고 내 어머니가 자라났던 땅에 흘린 그의 피로서.

이 책을 쓰기 위해 유타 주의 사형제도와 그 역사 자료들을 찾는 과정에서, 그러니까 지금으로부터 불과 한두 해 전쯤에 나는 한 가지 사실을 알게 되었고, 그 때문에 더욱 혼란에 빠졌다. 어머니가 내게 해준 이야기가 진실이 아닐 수도 있다는 것, 즉 어머니가 목격했다고 주장한 사건이 완전히 거짓일 수도 있다는 사실이다. 내가 확인한 자료에 따르면, 유타 주에서 1919년 이후로 공개나 반공개로 이루어진 사형집행은 없었다. 1919년이라면 어머니가 불과 여섯 살 때이고, 그 몇 년 전에도 어린이들이나 가족 단위의 구경꾼들이 참관한 자리에서 이루어진 공개 처형은 없었던 것 같다. 이보다 더 중요한 사실은, 적어도 내가 확인한 바로는 어머니가 어렸던 시절에 유타 주에서는 교수형을 집행한 적이 없다. 그 무렵에 집행된 사형은 열두 건 정도가 있는데, 그중에는 세계적으로 떠들썩했던, 1915년에 집행된 노조활동가 조 힐의 사형도 포함된다. 그에 대한 이야기는 우리 고향에서도 많이 들어왔다. 그런데 이 사형들은 모두 사격대에 의해 집행되었다. 그것도 유타의 슈가하우스 감옥의 담장 안에서, 목격자로 초대된 군중들이 도착하기도 전에.

어머니의 이야기를 곰곰이 생각해보면, 어린이들이나 젊은이들에게 이런 이야기를 해준다는 것 자체가 놀랍고 소름 끼치는 일이라는 생각이 든다. 물론 나 역시 그 전설적인 이야기가 끼쳤을 영향에서 자유로울 수 없었다. 그 이미지들은 우리의 가슴속 깊이 운명에 대한 예감뿐 아니라, 뭔가 다른 것에 대한 예감을 심어놓았다. 우리가 들은 것은 먼 과거 잔인한 땅에서 일어난 옛이야기가 아닌, 바로 우리 자신의 운명에 대한 이야기였다는 생각이 든다. 다시 말해서 그런 이야기를 들으며 자란 아이는 자라서 한 인간을 죽음으로 보내기 위해 모인 사람들의 무리 속에 태연하게 서 있을 수 없다. 그에게 주어진 자리는 사형수의 운명, 아니면 그 운명을 목격해야 하는 아이의 자리밖에 없다. 나의 형 게리는 전자를 택했고, 나는 아마도 후자의 운명을 택한 셈이리라. 난 결코 사형집행자 무리가 될 수 없었다. 어쨌든 나는 그 교수대의 밧줄이 일종의 부적 같은 힘을 지닌 집안에서 자랐다. 그것은 올가미라기보다는 운명의 표지처럼 우리의 목을 감고 있었다. 그 결과, 파멸을 향한 열망은 우리 집안의 맹약이 되었다. 이렇게 드러내놓고 이런 말을 한 사람은 지금까지 아무도 없었다. 적어도 그 당시에는 어느 누구도 그것을 입 밖으로 꺼내지 못했다.

어머니는 이런 파멸에 대한 열망을 우리 집안의 신화에서도 핵심이 되도록 만들어놓았다. 도대체 어머니의 마음을 옭아매고 있던 것은 무엇일까? 과연 어떤 일이 있었길래 그녀는 피의 속죄에 대해 그토록 감당할 수 없는 두려움을 안고 있었을까? 그리고 어찌해서 그 두려움이 예언으로 바뀌어, 그녀는 사랑하는 자식을 잃어야 했을까? 누구나 때로는 지난 일에 대해서 거짓을 말할 때가 있다. 훌륭한 일을 했다거나, 혹은 범죄를 저질렀다는 식으로, 일종의 자기과시를 위해서 거짓말을 한다. 또 자기 심중에 깊이 감춰진 비밀을 지키기 위해 이야기를 꾸며내기도 한다. 그러나 어머니가 유타의 교수형 사건을 우리에게 이야기했을 때, 나는 뭔가 다른 요인이 작용했다고 본다. 어머니는 아마도 우리에게 그 가혹한 땅에서 가혹한 심성을 지닌 족속들 사이에서 자라나는 것이 얼마나 가혹한 일이었는지를 전하려고 했는지 모른다. 자신의 아버지가 자기에게 가한 파멸과 폭력의 행위들을 그런 방식으로 말하려고 했던 것일 수도 있다. 다른 방식으로는 도저히 전달할 수 없다거나, 혹은 기억할 수 없었기에.

과연 어떤 일이 있었을까? 나도 확실하게 알 수는 없다. 추측과 소문만이 있을 뿐이다. 이리저리 말을 맞추어보면, 아마도 성적인 문제가 있었음이 틀림없다. 나의 어머니 베시는, 어렸을 때 브라운 집안에서 가장 예쁜 축에 들었다. 그녀는 예쁘게 옷을 차려입고 아름다운 검은 머리에 커다란 리본을 다는 걸 좋아했다. 교회에서 댄스파티가 있거나 야회모임을 갈 때, 그녀는 화사하고 귀엽게 차려입었다. 그 당시 윌은 딸 베시를 은근히 자랑스러워했다. 어떤 사람들의 눈에는 그가 딸에게 일종의 소유욕을 가지고 있는 것으로 보일 정도였다. 그러나 베시가 점점 자라면서, 그녀의 미모는 브라운 집안에 오히려 부담이 됐다. 몇몇 친척들의 이야기를 들어보면, 베시는 거드름을 피우기 시작했다. 그녀는 부잣집 딸처럼 행세하려 들었고, 거친 농장일은 자신에게는 어울리지 않는다는 듯 행동했다. 그녀는 자신의 고운 손이 험한 일로 망가지는 걸 굉장히 싫어했다. 손이 망가지면 반지를 낄 수 없기 때문이다. 또 머리에 흙먼지가 끼는 것도 싫어했다. 교회 무도회나 프로보의 댄스홀에서 열리는 주말 댄스파티에 입고 가려고 만든 멋진 옷을 망가뜨릴 수 없다고도 했다. 게다가 베시는 자신은 집안의 규율을 따르지 않아도 되는 듯 행동하기 시작했다. 다른 자매들보다 더 늦게까지 밖에서 놀다 오거나, 남자아이들의 관심을 끄는 일에 집중했다. 특히 브라이엄 영 대학에 다니는 손위 남자들을 좋아했다. 특히 마지막 항목은 베시의 아버지가 참을 수 없는 부분이었다. 사람들은 윌 브라운이 딸들을 몹시 사랑해서, 그 딸들을 어느 누구에게도 주지 않으려 한다고 말들을 했다. 이런 그에게, 베시는 데이트를 하기에는 아직 너무도 어린 딸이었다.

브라운 가의 다른 아이들은 부모가 정한 집안의 규율과 적당히 타협하는 법을 터득하고 있었다. 혹은 부모에게 들키지 않고 몰래 규율을 어기는 정도였다. 그러나 베시는 달랐다. 그녀는 부모나 집안의 규율과 권위를 정면으로 무시하곤 했다. 물론 이런 태도는 다른 아이들에게도 좋지 않은 본보기가 됐다. 알타가 죽은 뒤로 베시의 태도는 더 나빠졌다. 가족들이 보기에 베시의 내부를 지탱하던 제어력이 동생의 죽음과 함께 죽어버린 것 같았다. 동생을 잃은 슬픔이 노골적인 반항심으로 변한 듯했다. 혹은 그 불행한 사고의 책임이 부모나 농장에 있다고 생각하는 것 같았다. 늦게 귀가하기 일쑤였고, 집에서 부모와 싸우는 소리가 점점 커졌고 당돌하게 대들었다. 윌과 멜리사는 남자친구와의 부도덕한 행실에 대해 꾸짖었다. 베시는 한 번도 부모의 말을 수긍한 적이 없었다. 어쩌면 부모가 생각하는 것이 사실이 아닐 수도 있었다. 하지만 베시는 그 의심이 갖는 힘을 이용했다. "사실을 알고 싶지 않으세요?"라는 말에 부모가 고통스러워하는 모습을 즐겼다. 그러나 그것은 위험한 게임이었다. 살인이라든가 신에 대한 서약을 어기는 일 같은 심각한 사건이 거의 없는 모르몬 사회에서, 성적인 타락보다 더 큰 죄악은 없기 때문이다. 바로 이 점을 부모를 골탕 먹이는 수단으로 이용함으로써 베시는 가족에서 배척당할 수도 있는 위험을 감수하고 있었다. 한두 세대 전이었더라면, 그녀는 아마도 심판단의 징계를 모면하기 어려웠을 것이다.

사실 어느 날 밤, 베시는 그런 심판을 받을 뻔했다. 그때 그녀는 솔트레이크 출신의 한 젊은이와 2주일 정도 데이트를 하던 중이었다. 그는 술주정뱅이에다 품행이 좋지 못한 사람으로 소문이 나 있었다. 프로보에는 무허가 술집이 한두 집 있기는 했지만, 멀쩡한 모르몬 집안치고 딸이 그런 술집을 드나드는 걸 내버려두는 집은 없었다. 베시의 부모는 딸에게 그 젊은이와 더 이상 만나지 말라고 하면서, 집안에서는 그를 환영할 수 없다고 말했다. 그러나 베시는 아랑곳하지 않고 계속 그 남자를 만났고, 어떤 주에는 세 번씩이나 통행금지 시각이 지나서 귀가했다. 그 결과 브라운 집안에서 최악의 다툼이 벌어졌다. 네 번째로 통행금지 시각을 어긴 날이었다. 새벽 3시 무렵, 베시는 집 앞에서 남자친구와 작별 키스를 하고 있었다. 그때 문이 벌컥 열리면서 윌 브라운이 엽총을 들고 나타났다. 그는 딸을 향해 총을 겨누었다. 얼굴은 두려움과 광기로 가득 차 있었다. "이 매춘부 같은 년, 지옥으로 날려버릴 테다!" 그는 총신의 공이를 당겼다. 바로 그 순간 조지가 아버지 뒤로 달려가 엽총을 움켜잡으며 말했다. "아버지, 안 돼요!" 그러고 나서 조지와 베시는 아버지에게 죽도록 두드려 맞았다. 다른 형제들은 옆에 서서 제발 그만하라고 애원하며 울고만 있었다. 그사이 베시의 남자친구는 꽁무니가 빠지게 도망쳐서 다시는 나타나지 않았다.

내게는 어머니 사진이 몇 장 있다. 1933년 무렵, 그러니까 어머니가 스무 살쯤 되던 해의 사진들인데, 짐작컨대 조지 삼촌이 찍어준 사진들인 것 같다. 어머니가 살아 계신 동안에는 한 번도 본 적이 없는 사진들이다. 그것은 어머니가 돌아가신 직후, 내 가족에 대해 꽤 방대하게 인터뷰를 했던 래리 실러가 준 것이다. 처음 그 사진들을 보았을 때는 마음이 너무 괴로웠기 때문에 나는 즉시 사진들을 치워버리고 몇 년 동안 꺼내보지 않았다. 그런 내 심정을 헤아려보기까지 시간이 좀 걸렸다. 어머니의 젊은 시절 모습을 본 것은 그때가 처음이었다. 얼굴은 분명 어머니였지만, 느낌이 전혀 달랐다. 사진의 얼굴은, 세월과 고통, 그리고 죽음의 경험이 누적되어 만들어낸 모든 것들이 제거된 얼굴이었다.

어머니는 언제나 용감하게 삶을 헤쳐온 여성이었다. 세상이 아무리 두렵게 할지라도 그녀는 용기를 잃지 않았다. 그 용기가 없었다면, 어머니는 죽는 날까지 자신이 견뎌내야 했던 것들을 결코 감당할 수 없었을 것이다. 그렇다고 해서 어머니가 늘 희망을 품고 살아온 여인은 아니었다. 사실상, 적어도 내 기억으로는 어머니를 보아온 그 세월 동안 어머니의 입을 통해 순수하게 소망을 말하는 것을 들어본 적이 없다. 내가 사진을 처음 보았을 때 충격을 받았던 이유는, 바로 사진을 찍은 그 시절의 어머니 얼굴에는 희망이 서려 있었기 때문이다. 단지 희망으로 가득 찬 얼굴이라서가 아니라—사실 희망보다는 자부심이 더 강하게 드러나 보였으므로—한 사람의 얼굴이 거의 50년의 세월 동안 아무런 희망 없이 지낸 후에 어떻게 변하는지를 확인하며 받은 충격이었다. 그 사진들을 보면서 나는 어머니가 전혀 다른 얼굴로 삶을 마감할 수도 있었겠다는 생각을 했다. 어머니의 삶이 새삼 더 슬프게 느껴졌다. 뿐만 아니라, 내가 세상을 떠나는 날, 내 얼굴은 과연 어떻게 변해 있을까 걱정이 되기도 했다.

카메라를 바라보는 어머니의 모습을 보면, 그녀가 삶을 어떻게 바라보았는지 느낄 수 있다. 그 사진들 중에서 가장 마음에 드는 것은 의자에 앉아 있는 베시 브라운의 모습이다. 얼굴을 약간 돌려서 왼쪽으로 시선을 두고 있는 모습으로, 한쪽 다리를 다른 쪽에 우아하게 올려놓고 두 손은 얌전히 무릎 위에 놓았다. 소박한 디자인의 긴 흰색 드레스를 입고 있는

데, 아주 잘 어울려서 정말 매력적이다. 목에는 진주 목걸이가 걸려 있다. 검고 긴 머리칼은 뒤로 단정히 묶었고, 앞부분은 우아한 컬이 진 모습으로, 그녀의 아름다움과 지성을 돋보이게 했다.

그 사진은 농장에서 찍은 것이었다. 베시는 자기가 좋아하는 산을 배경으로 의자에 앉아 있다. 옆에는 한 여성이 지갑을 들고 서 있다. —자매 같기도 하고 아니면 친구 같기도 하다.— 그 사람도 아름다워 보이지만, 사진은 어디까지나 베시가 주인공이다. 그 주인공은 자신의 포즈에서 드러나는 경이로운 부조화를 분명 인식하고 있는 듯하다. 시골 배경과 그에 어울리지 않는 우아한 미인의 부조화. 그녀의 얼굴에는 희미하게 미소가 있다. 그 미소는 그녀가 이 시골에서 살기에는 자신에 대해서, 그리고 인생에 대해서 너무나 많은 것을 알고 있다고 말하고 있다. 그 희미한 미소는 생각에 잠긴 듯, 그리고 약간은 조급한 듯 보이고, 두 눈에는 희망을 향해 고정된 검은 응시가 있다.

1933년이면 이미 수많은 일들을 겪었음에도 어머니의 마음과 영혼 속에는 아직 증오로 물들지 않은 부분이 남아 있었고, 카메라는 그것을 성공적으로 포착하고 있었다.

그 사진은 결국 베시가 브라운 농장을 떠나기 전에 찍은 기념사진이라는 것이 밝혀졌다. 사촌 누나 브렌다는 언젠가 내게 이런 말을 했다. "네 어머니는 더 멋진 생활을 늘 동경하고 있었어." 여기서 더 멋진 생활이란, 바로 프로보에서 북쪽으로 50마일 떨어진 곳에 위치한 솔트레이크 시를 뜻했다. 1930년대 중반, 베시는 친구 세 명과 함께 집을 떠나 솔트레이크로 갔다. 그들은 시내 중심가 가까운 곳에 아파트를 하나 빌렸다. 네 사람 모두 남의 집안일을 대신하는 일자리를 얻었다. 그러나 한 달도 채 지나지 않아 그중 한 사람이 프로보에 있는 집으로 돌아왔다. 그녀는 가족들에게 베시나 다른 친구들의 생활방식이 마음에 들지 않았다고 말했다. 그들 모두 결국 일을 그만두었는데, 어느 누구도 집세를 내려는 사람이 없었다는 것이다.

베시는 한동안 가족에게 아무 소식도 전하지 않았다. 가족들 또한 그녀가 어떻게 사는지 보기 위해 북쪽 도시까지 찾아가지 않았다. 이따금 베시가 집에 오기는 했다. 주로 막내 여동생 아이다를 보기 위해서였다. 그럴 때면, 그녀는 좋은 새 옷과 새 보석으로 몸을 치장하는 데 신경을 썼다. 손가락마다 반지를 끼고 있을 정도였다. 어떻게 그런 걸 몸에 지닐 여유가 생겼느냐고 부모님이 묻기라도 하면, 그녀는 보석 모델로 취직했다고 대답했다. 그러면 그 대답을 못 미더워하는 부모와 그녀 사이에 또다시 싸움이 시작되곤 했다. 결국 베시는 화를 이기지 못해 발을 쾅쾅 구르고, 그녀의 아버지는 마을의 술집을 향해 언덕을 내려갔다. 윌 브라운, 선량한 모르몬 장로인 그는 그렇게 해서 술을 배우게 되었다.

귀찮은 개처럼, 소문은 베시를 따라다녔다. 1936년, 그녀는 한동안 모습을 감췄다. 그 후 그녀가 친구와 함께 캘리포니아로 여행을 떠났고, 그곳에 있는 동안 어떤 군인과 깊은 사랑에 빠졌다는 소문이 돌았다. 그러나 그 연애는 실패로 돌아갔고, 베시는 집으로 돌아왔다. 마음에 상처를 입었으나 다소 타협적인 사람으로 바뀐 듯했다. 그 뒤로 그녀는 혼자 살면서 옛 친구들과도 거리를 두기 시작했다.

들리는 소문마다 그녀에게 정신적인 타격을 줬다. 그 소문들은 그녀에 대한 평가, 주로 그녀의 가치나 훌륭함을 깎아내리는 이야기들이었기 때문에, 베시는 소문 하나 하나에 마음 깊이 상처를 받았고 분노했다. 하지만 겉으로는 추방당한 자의 긍지 같은 것으로 자신의 이미지를 가꾸었다. 그녀는 자신의 품위를 너무나 소중하게 생각했기 때문에, 부모나 다른 사람들이 바라는 것처럼 후회나 부끄러움 따위 감정에 빠질 수 없었다. 그녀가 할 수 있었던 것은 고집불통의 딸이 되어 금지된 새로운 세계를 향해 자신을 계속 밀고 나가는 일뿐이었다.

베시 브라운은 바야흐로 3대에 걸친 가문에서, 모르몬의 유타라는 안식처를 이탈할 최초의 자손이 되려는 참이었다.

2

거부당한 아들

고백을 하나 해야겠다.

나는 어머니와 아버지가 어떻게 만났으며, 우리 가족이 처음에 어떤 생활을 했는지 전혀 아는 바가 없었다. 그런 이야기들을 알게 된 것은 바로 게리 형이 죽은 후이다. 나는 그만큼 무심했다. 하지만 수수께끼 같은 집안의 전설과 죽음에 대해서는 이미 너무나도 잘 알고 있었다. 모르몬교의 역사에 남아 있는 폭력이라든가, 무엇인가에 이끌려 간 듯한 알타의 죽음 따위에 대해 어머니가 몇 번이고 내게 들려주었기 때문이다. 또한 아버지에게 어두운 과거가 있다는 것도 알고 있었다. 아버지가 자신의 아버지로 로버트 잉그램, 프랭크 길모어, 프랭크 2세, 게일렌, 게리(왼쪽부터 시계 방향). 오리건 주 포틀랜드, 1950년경

부터 지울 수 없는 상처를 받았다는 것, 그리고 거의 50년 동안이나 어떤 무서운 비밀을 피해 도망쳐 다녔다는 것도. 이런 이야기들 역시 우리 집안의 살아 있는 신화의 일부였기 때문이다.

하지만 내가 전혀 알지 못했던 사실, 어느 누구도 내게 말해주지 않은 이야기가 있었는데, 바로 우리 부모님이 어떻게 만났으며 어떻게 사랑에 빠지게 되었는가에 대한 이야기이다. (나는 심지어는 두 사람이 한때나마 서로 사랑했으리라는 생각조차 해본 적이 없다. 두 사람 사이에서 내가 봤던 것은 냉랭함과 분노뿐이었으니 말이다.) 내 형들이 태어나던 시절에는 어떤 생활을

하고 있었는지 나는 아는 바가 없었다. 우리 가족이 살았던 그 많은 동네 이름은 알고 있다. 하지만 그곳에서 어떤 생활을 했는지는 거의 알지 못했다. 왜 우리 부모가 그렇게 자주 이사를 했는지, 그것도 매번 아주 멀리 떨어진 곳으로. 혹은 그런 곳에서 가족을 먹여 살리기 위해 아버지가 무슨 일을 했는지 등등. 그러니까 우리 집이 과연 진짜 가족이었는지 의심이 들 정도였다. 아버지가 아들들과 놀아준 적이 있을까? 가족 모두 함께 교회에 다녔을까? 아니면, 주말에 영화를 보러 가거나 소풍을 간 적은 있었을까? 형들이 어렸을 때, 아버지나 어머니가 책을 읽어주었을까? (내 기억으로는 내게 책을 읽어준 사람은 아무도 없었다.) 이 사람들은 서로 사랑했을까? 이들을 묶어주었던 건, 두려움과 증오의 힘 말고 또 다른 것이 있었을까?

1979년 노먼 메일러가 쓴 《사형집행인의 노래》가 출간되었을 때, 비로소 나는 처음으로 그때의 생활에 대해 어렴풋이나마 생각해볼 수 있었다. 래리 실러와 메일러는 게리 형의 어린 시절—그때야말로 우리 집안의 과거사에서 가장 중요한 시기이다.—에 대해서 어머니와 장시간에 걸친 인터뷰를 했고, 메일러는 책의 후반부에 우리 집안의 배경에 대해 흥미진진하게 그려놓았다. 어떤 부분은 내가 지난 25년 동안 들었던 것보다 더 많은 이야기가 담겨 있었다. 하지만 솔직히 말해서 그 내용들은 대부분 내 머리에 깊이 들어오지 않았다. 처음 몇 번 읽는 동안, 나는 책을 눈으로만 대충 읽으며 그 부분을 지나쳤다. 아버지의 결혼 초기 모습이나, 그가 범죄에 가까운 일을 저지른 이야기들을 별로 눈여겨보지 않았는데, 사실 나는 그런 내용들을 내 기억 속의 그림에 맞춰보지 않았다. 한마디로 전혀 모르는 사람의 세계처럼 보였다고나 할까? 소설 책에서나 읽을 수 있는 그런 세계 말이다.

이 책을 쓰기 위해서 내가 우리 집안의 비밀을 파헤쳐야 할 시점에 이르렀을 때, 실러는 너무나 고맙게도 자기가 15년 전 메일러와 함께 어머니와 게리 형을 인터뷰했던 녹음테이프를 빌려주었다. 어머니의 목소리를 통해 우리 집안의 숨은 과거에 대해 듣고 있노라니까, 어쩐지 그 과거가 생생한 나의 현실처럼 느껴졌다. 어머니가 돌아가신 후 어머니의 목소리를 들은 적은 물론 없다. 그런데 살아 계신 동안에도 어머니의 목소리를 통해서 이런 이야기를 들은 적이 없었다. 그러나 하나하나 새로운 사실을 알게 될 때마다, 새로운 의문들이 자꾸만 떠올랐다. 실러와 메일러는 그런 의문을 풀기 위해 최선을 다했지만, 그들의 질문에 어머니는 점점 더 알 수 없는 수수께끼 같은 대답을 하면서 노골적으로 회피하는 태도를 보였다.

어느 시점에서 실러는 어머니에게 왜 그토록 사실을 밝히기를 두려워하느냐고 물었다. 아버지도 게리도 이미 저세상 사람이 된 마당에, 그 옛날의 비밀을 덮어두면서까지 보호해야 할 사람이라도 있느냐고. 어머니는 나를 위해서라고 대답하고 있었다. "마이클은 이런 이야기를 몰라요. 그걸 알게 되면 그 애는 나를 증오할 겁니다. 아니, 자기 아버지를 증오하겠지요. 그건 정말 끔찍한 일이에요. 그 아이는 우리 아들들 중에서 제 아버지를 진심으로 사랑했던 유일한 자식이었으니까요. 그 애한테서 그 사랑을 빼앗고 싶지 않아요."

실러와 메일러의 인터뷰 테이프 덕분에, 그리고 그 밖에 몇몇 사람의 귀중한 도움을 받아서—마침내 내가 프랭크 형을 찾은 후로는 형의 도움이 컸다.—이야기의 전모가 드러나기 시작했다. 혹 그것이 전부가 아니더라도 적어도 진실의 일부분이 밝혀졌다. 다행인지 불행인지, 우리 집안의 과거에 대한 대부분의 진실은 나의 부모님과 형들이 죽었을 때, 영원히 함께 사라져버렸기 때문이다.

이제 어머니가 아버지를 만나게 된 이야기를 해야겠다.

1937년 여름이었다. 이 무렵 베시 브라운은 솔트레이크 시내의 작은 호텔 방에서 혼자 살고 있었다. 그녀는 남의 집 일을 해주거나 파트타임으로 보석광고의 손 모델로 일하면서 생활비를 벌었다.

지금도 그렇지만 그 당시 솔트레이크는 유타 주에서 가장 크고 가장 번화한 도시였다. 그래도 어디까지나 유타 주의 도시로서 번화하다는 것은 상대적인 의미를 갖는다. '해가 지기 전까지'라고 전제를 붙여야겠지만, 솔트레이크는 유타 주의 다른 어느 곳보다 할 수 있는 일이 많은 도시이다. 스물네 살이었던 내 어머니는 그곳에 살면서, 도시의 거리가 엄청나게 넓고, 길은 끝없이 길게 이어져 있다는 것을 알았다. 주머니가 넉넉치 않았던 베시는 매일 그 길을 걸어 다녔다. 그녀는 주 법원을 지나서 옛 도서관까지 걸어가서 열람실에 앉아 책을 읽곤 했다. 거기서 그녀는 점성학이나 의학 관련 책 같은 고향 프로보에서는 들어본 적도 없는 많은 책을 탐독했다. 어떤 날에는 그 도시에서 가장 큰 공원인 자유공원까지 걸어가기도 했다. 호숫가에 앉아서 즐겁게 보트를 타는 연인들을 바라보거나, 아니면 팝콘이나 빵 조각을 물오리들에게 던져주었다. 그녀는 물오리들이 마음에 들었다. 그들은 자기가 있을 곳을 잘 아는 것 같았다. 사람이 다가가면 관심을 보이기는 하지만 절대로 가까이 다가오지는 않았다.

황혼 무렵이 되면 도시 전체가 대부분 문을 닫았다. 해가 기울기 시작하면 베시는 몇 개의 거리를 가로질러 걸어서 호텔 방으로 돌아오곤 했다. 때때로 동성 친구들과 저녁식사를 할 때도 있었고, 간혹 유랑악단이 와서 연주하는 동네 무도장에 가서 춤을 추기도 했다.

하지만 그때는 대체로 그녀가 외롭게 지내던 시기였다. 베시는 캘리포니아에서 연애에 실패한 후로는 남자들에게 약간 경계심을 갖고 있었다. 그녀는 진정한 사랑을 만나는 일에 조급함을 갖지 않았고, 대부분의 모르몬 여성들처럼 남편감을 찾는 일에 그다지 열성을 보이지도 않았다.

그 당시 베시와 가장 친하게 지냈던 친구는 애니타라는 여성이었다. 그녀는 해산물 전문 식당 종업원으로 일하고 있었다. 그녀는 불행한 결혼생활을 정리한 지 얼마 지나지 않았으며, 술을 많이 마셨다. 그 점이 두 사람 사이의 우정에 자연스럽게 선을 그었다. 베시는 술을 잘 마시는 편이 아니었다. 한두 번 술을 마신 적이 없진 않지만, 술 때문에 느껴지는 어지럽고 멍한 느낌이 싫었다. 그렇다고 해서 남의 약점을 가지고 이러쿵 저러쿵 사람을 판단하는 것 또한 그녀의 취향에 맞지 않았다. 애니타는 상류층 출신이 아니었지만, 베시는 바로 그 점 때문에 그녀를 좋아했다. 어쩌면 그녀를 측은히 여기는 마음도 약간 있었던 것 같다.

어느 날, 베시는 템플가에서 약간 떨어진 유타호텔로 애니타를 만나러 갔다. 애니타는 애인과 함께 살고 있었는데, 그녀는 그 남자를 대디(아빠)라고 불렀다. 베시와 애니타가 함께 쇼핑을 가기로 약속한 날이었다. 그런데 애니타는 아침부터 이미 술에 취해 있었다. 꽤 많이 마신 모양이었다. 그녀는 베시를 보고 말했다. "베시, 이것 좀 봐. 우리 대디가 나한테 준 타자기야." 애니타는 자랑스럽게 타자기를 들어 보였다. 그러다 그만 놓치는 바람에 타자기가 바닥에 떨어지면서 망가졌다. 바로 그때, 대디가 들어왔다. 그는 옷을 잘 차려입은 신사로 나이는 40대 후반쯤으로 보였다. —베시는 그를 보는 순간, 그가 자부심이 강한 남자라는 것을 즉각 알아챘다. —그는 기분 나쁜 표정을 지었다. 애니타는 허둥대며 미안하다는 말과 베시를 소개하는 말을 한꺼번에 하느라 애를 쓰고 있었다. 대디는 베시를 힐끗 보면서 말했다. "안녕하세요. 프랭크 길모어입니다." 그러고는 애니타를 향해 말했다. "내 타자기 만지지 말라고 했지? 다 망가졌군. 이젠 끝장이야. 네 짐 싸들고 나가!"

베시는 더 이상 그곳에 얼쩡거리고 있을 때가 아니라는 것을 알았다. "애니타, 나중에 연락할게." 이렇게 말하고 그녀는 밖으로 나왔다. 엘리베이터에 올라타는 순간, 애니타의 울음소리가 들려왔다.

며칠이 지난 후였다. 베시는 템플가를 따라 도서관을 향해 걷고 있었다. 그때 그녀는 우연히 프랭크 길모어와 마주쳤다. 그는 유타호텔 앞에서 있었는데, 하늘색 셔츠에 끈 타이, 그리고 갈색 코트를 입고 있었다. 회색빛이 감도는 흰색의 중절모가 약간 긴 듯한 그의 잿빛 머리칼을 덮었다. 베시는 그날 이후 애니타의 소식을 듣지 못했기 때문에 약간 걱정이 되던 참이었다. "안녕하세요? 애니타하고는 화해하셨나요?"

"아니, 애니타는 지금쯤 다른 남자를 만나고 있을 거요." 이렇게 대답하고, 프랭크는 잠시 동안 물끄러미 베시를 바라보았다. "커피 한잔하겠소?"

그들은 모퉁이를 돌아 간단한 식사와 차를 파는 식당으로 가서, 커피 한 잔, 그리고 또 한 잔을 마셨다. 베시는 프랭크에게 자신을 대략 소개했고, 그에 대해서도 약간 알게 되었다. 그는 〈유타 매거진〉이라는 잡지의 광고 세일즈맨이었으며, 미국 전 지역을 돌아다니며 살아온 사람이었다. 그는 언젠가 자신이 경영하는 잡지사를 하나 갖고 싶다고 말했다. 베시는 그에게서 자신감과 지성을 느꼈다. 게다가 그는 아주 매력적인 용모를 가지고 있었다. 문득 베시는 자기가 이 남자를 좋아한다는 생각이 들었다. 그녀의 머릿속에 옛 속담 하나가 떠올랐다.—좋은 남자를 만나면 조심성은 내버려라. 그곳, 솔트레이크 시의 한 식당에 앉아, 프랭크 길모어와 함께 커피를 마시면서 베시는 이렇게 생각했다. 이 사람이야말로 내 조심성을 내던져버려도 좋을 남자야.

프랭크는 분명 이런 베시의 마음을 꿰뚫고 있었던 모양이다. 그는 둘 사이의 대화에 폭탄을 떨어뜨릴 방법을 찾고 있었던 것 같다. "난 내일 결혼합니다." 하고 그가 말했다.

베시는 현기증을 느꼈다. 도대체 난 뭔가? 불과 사흘 전에 나와 가장 친한 친구와 헤어지고 벌써 다른 여자와 결혼을 준비하는 남자를 좋아하다니…… 그녀로서는 난생 처음 겪는 감정이었다.

베시는 더 이상 묻지 않았고, 프랭크 길모어 역시 더 이상 설명하지 않았다. 그게 프랭크의 대화방식이었다.

"축하해요." 베시가 말했다.

그리고 1년 정도 지난 어느 날, 베시는 또다시 프랭크를 우연히 만났다. 그날도 그는 유타호텔 앞에 서 있었다. "결혼생활은 어떠세요?" 그녀가 물었다.

"아, 벌써 끝났어요. 헤어졌소." 그는 마치 이미 잊고 있었던 과거의 실수를 새삼스레 상기한다는 듯 어깨를 으쓱 올리며 대답했다. 그러고는 그녀를 보며 미소를 지었다. "오늘 저녁에 영화 보러 갈 참이었는데, 어때, 같이 가시겠소?"

베시는 과거 자신의 마음을 사로잡았던 첫사랑을 떠올렸다. 그녀가 예전에 프로보에 있을 때 사탕공장에서 함께 일했던 '조'라는 이탈리아계 청년이었다. 베시가 보기에 그는 완벽했다. 후리후리한 키와 멋지게 다져진 몸매, 그리고 갈색 눈이 매력적이었다. 열 명 안팎의 사람들이 작업대에 매달려 방금 생산된 뜨거운 사탕을 포장지에 싸서 상자에 담는 일을 했는데, 베시는 거기에서 깜찍한 일이 반복적으로 일어난다는 사실을 알아챘다. 간혹 여공 중의 한 사람이 '실수로' 공구 하나를 운반벨트 위에 떨어뜨리고는 짐짓 당황한 체하는 것이다. 그러면 그 공구는 운반벨트 끝에서 일하는 조에게 흘러가고, 그는 그것을 집어 들고 상냥한 태도로 임자에게 갖다주었다. 베시는 자기도 똑같은 수법을 쓰기로 결심했다. 어느 날, 그녀는 사탕접시를 벨트 위에 슬쩍 올려두고 흘러가도록 했다. 그러나 막상 조가 그것을 그녀에게 갖다주었을 때, 그녀는 너무 수줍어서 그를 쳐다보지도 못하고 고맙다는 인사조차 제대로 하지 못했다. 그날 하루 종일 그녀는 자신이 한없이 미웠다. 그 일이 있은 후, 그녀는 이렇게 결심했다. 앞으로 내가 차지하고 싶은 남자가 생기면, 그 사람을 똑바로 바라보며 미소를 보낼 테야. 그 사람에게 자기가 잘나고 특별하며 멋진 사람이라고 생각하도록 만들어줄 테야. 다시는 바보같이 말도 못하고 돌아서는 짓은 하지 않겠어.

유타호텔 앞에 서서, 베시 브라운은 프랭크 길모어에게 그녀가 지을 수 있는 최고의 미소를 보내며 말했다. "좋아요. 같이 영화 보러 가요."

사실 베시는 영화를 그리 좋아하는 편이 아니었다. 극장 안의 컴컴한 어둠 때문에 어쩐지 무덤 속에 들어가는 것 같았다. 그런데 프랭크 옆에 나란히 앉아 있노라니 기분이 달랐다. 그는 건장한 남자였고, 그런 그가 옆에 있으니 어둠도 두렵지 않았다. 오랜 세월이 지난 후, 그녀는 그때의 기분을 떠올리면서 그 느낌이 어디로 사라져버린 것일까 허탈해하곤 했다.

두 번째 데이트는 하루 혹은 이틀 후였다. 프랭크는 베시를 데리고 술집으로 갔다. 베시는 술을 마시지 않았고, 프랭크만 마셨다. 술을 마시면서 그는 자신의 과거 이야기를 하기 시작했다. 그리 많은 이야기를 하지는 않았지만, 그녀에겐 그의 인생이 매우 흥미진진하게 느껴졌다.

그는 한때 쇼에 출연하는 연기자였다. 1910년—그때는 베시가 아직 태어나기도 전이었다.—프랭크는 바넘 베일리 서커스에서 '광대 라포'라는 이름으로 광대 노릇도 하고 줄타기도 했다. 그는 술주정뱅이처럼 우스꽝스럽게 비틀거리며 줄타기를 했다. 또 어떤 때는 조심스럽게 균형을 맞추어 의자를 탑처럼 쌓아 올린 다음, 역시 술주정뱅이 흉내를 내면서 꼭대기에 있는 의자까지 기어 올라가곤 했다. 어느 날 밤, 광대 라포는 정말로 술에 취해 있었다. 그는 의자로 만든 탑의 꼭대기까지 올라갔으나, 아래쪽에 있던 의자 하나가 미끄러지면서 쓰러지고 말았다. 프랭크는 다년간의 경험으로 떨어질 때 다치지 않도록 바닥에 몸을 굴리는 법을 잘 알고 있었다. 그런데 그날은 술 때문에 반사신경이 둔해져서 왼쪽 다리가 바닥에 잘못 닿으면서 발목을 다치고 말았다. 그 부상이 거의 다 나을 무렵, 서커스단에서는 공중곡예를 하는 광대를 새로 채용했고, 프랭크의 줄타기 시절은 그렇게 끝이 났다. 그는 다른 일을 시작했다. 사자 조련사였다. 커다란 동물들을 데리고 일하는 것이 마음에 들었다. 그는 사자갈기를 쓰다듬고 그 팽팽한 근육에서 느껴지는 감촉을 좋아했다. 그러나 성질이 고약한 표범 하나가 그에게 달려들어 뺨과 이마에 상처를 내는 사고가 나면서, 프랭크는 동물들이 믿을 만한 파트너가 아니라고 생각하고 서커스를 떠났다.

프랭크는 베시에게 그 후의 이야기도 해주었다. 몇 년 후, 그는 로스앤젤레스로 가서 무성영화의 스턴트맨으로 일했다. 그는 해리 캐리와 프랜시스 엑스 부시먼의 대역을 맡았다. ("둘 다 형편없는 작자들이었지."라고 프랭크는 말했다.) 할리우드 최초의 거물급 카우보이 스타였던 톰 믹스의 대역을 하기도 했다. 그는 믹스와 친하게 지냈다. 그들은 술친구였다. 어느 날 밤, 프랭크가 차를 몰고 믹스는 술을 마시고 있었다. 아니, 어쩌면 반대였는지도 모르겠다. 어쨌든 그게 누구였든 운전하던 사람이 차를 할리우드 힐에 있는 기둥에 처박았는데, 믹스는 무사했지만 프랭크는 병원으로 실려갔다. 프랭크가 정신을 차리고 보니 다리가 또 다쳐 있었다. 그뿐이 아니었다. 얼굴 왼쪽에 있는 이가 몽땅 빠져버렸다. 그 사고를 당한 후, 프랭크는 할리우드에 더 있을 이유가 없다고 생각했다. 그는 다른 일거리를 찾아 다른 지방으로 갔다.

프랭크 길모어가 살아온 이야기를 베시가 곰곰이 생각하면서 들었더라면, 몇 가지 공통점을 발견했을지도 모른다. 첫째, 그의 이야기는 대부분 불행한 결말로 끝이 났으며, 또 그것이 술에 취해서 생긴 일이라는 점이다. 그녀 또한 이 점을 느꼈을지도 모른다. 그때 프랭크의 나이가 마흔일곱이었는데, 그가 들려준 이야기는 지난 삶 중에서 극히 일부분에 불과하며, 그것만으로도 미국 지도 위를 이리저리 누비고 다닌 흔적이 뚜렷하게 보인다는 점이다. 프랭크 길모어의 과거 중에서 그녀가 알지 못하는 부분이 아직 너무나 많았지만, 그는 그것을 털어놓을 마음이 없는 듯했다. 심지어 술에 만취했을 때에도 그는 그 선을 넘지 않았고, 정신이 맑을 때는 거의 입을 다물었다. 아니, 어쩌면 베시는 그의 모호한 태도를 이미 잘 알고 있었고, 오히려 그런 모습에서 편안함을 느꼈는지도 모르겠다. 모르몬의 혈통을 이어받은 집안에서 자라면서 그녀가 겪은 그 모든 것들, 그리고 열렬하고 경건한 종교적 신화 뒤에서 빛났던, 그러나 사실은 어쩌면 고집불통의 형편없는 작자들일 수도 있는 선조 개척자들을 기리는 집안에서 자라온 그녀에게, 자신의 과거에 대해 과묵한 프랭크 길모어의 태도는 오히려 장점으로 보였을지도 모르는 일이다.

어쨌든 프랭크는 베시가 그동안 알았던 다른 남자들과 전혀 달랐다. 그는 분명 나이가 많았지만, 베시는 어느 면에서는 그가 자기보다 정신적으로 더 어리다고 생각했다. 그는 세상 경험이 많은 사람이었다. 그야말로 산전수전 다 겪었다. 그러나 동시에 베시는 프랭크 길모어가 아직도 자기가 있을 자리를 찾기 위해 세상을 탐험하는 사람이라는 생각이 들었다. 그녀는 무엇보다도 그와 함께 세상을 탐험하고 싶었다.

어느 날 밤, 둘이 함께 영화를 보고 나오면서 프랭크는 베시를 보며 말했다. "우리 새크라멘토로 갈까? 가서 우리 어머니도 만나고, 결혼도 하고 말이야."

그녀는 그가 무릎을 꿇지 않은 것이 마음에 걸렸다. 그런 행동을 하기에는 그는 자만심이 너무 강했다. 하지만 그녀는 다시 사탕접시의 교훈을 떠올렸다. "그래요. 그게 좋겠어요." 하고 베시는 대답했다.

그렇게 해서 베시는 프랭크와 함께 새크라멘토로 갔다. 그것은 앞으로 이어질 수많은 놀라움의 첫 시작이었다. 그곳에 도착하자마자 프랭크는 세모우호텔에 방을 하나 잡았다. 호텔 맞은편에는 그 도시에서 제일 큰 축에 드는 공원이 있었다. 그는 자기 어머니를 무척 보고 싶어 했다. 그의 어머니는 그때 새크라멘토 군립병원에 있는 '여성의 보금자리'라는 요양원에 살고 있었다. 가는 도중에 프랭크는 베시에게 두세 가지 이야기를 해주었다. 어머니의 이름이 '페이 잉그램'이라는 것과, 프랭크처럼 그녀도 쇼 일을 한 적이 있다는 것, 그리고 자기가 마지막으로 어머니를 만났을 때, 어머니는 그 지방의 한 심리학자와 결혼해서 살고 있었는데, 그 후 그 남자가 죽었다는 소식을 들었다는 이야기였다.

"어머니를 만난 지 얼마나 됐어요?" 베시가 물었다.

"18년쯤." 이번에도 그는 어떤 설명도 할 이유가 없다는 듯한 태도로 대답했다.

병원 구내의 선물가게에서 프랭크는 초콜릿 한 상자와 흰 장미꽃 몇 송이를 샀다. 그리고 베시를 데리고 페이가 있는 방으로 갔다. 어머니의 방문을 열고 안으로 들어서며 그는 이렇게 말했다. "안녕하시오, 마나님. 선물을 하나 가지고 왔습니다."

페이는 휠체어에 앉아 탁자에서 편지를 쓰고 있는 중이었다. 나이는 60대 후반쯤 되어 보이고 체구가 작았다. 머리칼은 흰 구름처럼 희고, 푸른 눈은 생기 있게 빛났다. 나이가 들어 보이기도 하고 안 들어 보이기도 하는 건, 프랭크와 똑같았다. 첫눈에 보기에도 당당하면서도 음침해 보이는 것 역시 프랭크와 같았다. 페이는 자기 방에 들어선 남자를 힐끗 쳐다보고는 끼고 있던 안경을 벗으며 말했다. 별 감정이 느껴지지 않는 음성이었다. "지난 18년 동안 도대체 어디에 있다가 오는 거냐?"

프랭크는 미소를 지으며 꽃과 초콜릿을 내려놓았다. "뭐, 여기저기 다녔지요."

페이는 베시를 보며 물었다. "이 사람은 누구냐? 새로 장가들었니?"

"그렇게 될 겁니다." 하고 프랭크가 대답했다.

프랭크는 페이가 그 요양원에서 나오도록 절차를 밟고, 그들이 묵고 있는 호텔 가까운 곳에 있는 아담한 빅토리아식 주택을 임대했다. 그리고 페이에게 그와 베시도 조만간 그녀와 함께 살겠노라고 말했다. 페이가 새집으로 이사를 하는 동안, 베시는 프랭크가 말해주지 않은 사실을 알게 되었다. 페이는 무당이며 점쟁이였다. 본인의 말로는 그 능력이 보통이 아니라고 했다. 그녀는 죽은 영혼들을 눈앞에 불러낼 수도 있고, 소리를 내게 하거나 모습을 드러내게 할 수도 있으며, 살아 있는 사람들에게 사후 세계에 대해 이야기를 해주도록 할 수도 있다고 했다. 페이는 또한 한을 안고 떠도는 영혼과 교류하는 법을 알아서, 그 고통을 해결하도록 도와주고 더 이상 이승을 떠돌지 않도록 할 수도 있었다. "나한테 약속 하나 해줘요." 베시는 페이에게 말했다. "제 앞에서는 절대로 그런 일을 하지 않겠다고요. 저는 정말 괴로운 경험을 갖고 있어요. 생각만 해도 소름이 끼치는 일이었어요."

나중에 알고 보니 페이는 캘리포니아의 영교교회의 인가를 받은 목사이기도 했다. 그녀에게는 결혼식의 주례를 설 자격이 있었다. 그래서 그녀는 아들과 아들의 새 신부의 결혼식에 주례를 서고 싶어 했다. 베시는 별로 내키지 않았다. 집에서 이 사실을 알면 어떻게 생각할까? 못된 베시…… 자기보다 나이가 두 배나 많은 남자와 결혼을 하다니, 그것도 무당 시어머니의 주례로? 그렇지만 그녀는 차마 페이의 마음에 상처를 줄 수 없었다. 그녀는 페이의 제안을 받아들이기로 하고 스스로에게 다짐했다. 가능한 한 빨리 적당한 주례를 세워서 다시 결혼식을 하겠다는 다짐이었다. 새크라멘토에 온 지 이틀째 되던 날 밤, 그러니까 페이가 새 거처로 옮기고 난 후, 페이는 자기 아들과 그가 데리고 온 새 신부의 결혼식을 주례했다. 촛불 몇 개와 몇 마디 말, 그리고 주문. 그것이 결혼식이었다. 결혼허가증이나, 혈액검사, 서류 따위는 없었다. (나는 새크라멘토나 캘리포니아 주의 다른 어느 곳에서도 부모님의 공식적인 결혼 기록을 찾을 수가 없었다.)

결혼식이 끝난 지 불과 몇 분도 지나지 않아서, 페이가 프랭크를 보며 말했다. "로버트가 여기서 가까운 곳에 살고 있단다. 그 애는 지난 몇 년 동안 한두 번인가 너를 찾아보려고 했어. 이젠 네가 그 애 소식을 궁금해 할 때도 된 것 같은데……."

프랭크는 아무 대답이 없었다. 대신에 괴로운 표정이 그의 얼굴을 스쳐 갔다.

"로버트가 누구예요?" 베시가 물었다.

프랭크와 페이의 눈빛이 마주쳤다. 잠시 후, 프랭크가 말했다. "내 아들."

"당신 아들이라구요?"

"음, 오래전에 결혼해서 낳은 아들이지."

"지금 몇 살이나 됐어요?"

프랭크는 페이 쪽을 보며 말했다. "모르겠는데. 그 애가 지금 몇 살이지요?"

"로버트가 이제 열아홉이지." 페이는 고르게 난 이를 모두 드러내며 활짝 미소를 지었다.

"당신이 아들을 마지막으로 본 건 언제였어요?" 베시가 프랭크에게 물었다.

"그러니까, 거의 18년이 됐지. 이혼하고서 바로 그 애를 여기로 데리고 왔으니까. 그 여자는 아이를 키우기에는 적당한 사람이 아니었어. 어머니에게 잠시 아이를 맡아달라고 부탁했지."

"아무래도 네가 영영 돌아오지 않을 것 같아서, 그 애를 내 양자로 삼았다. 그래서 그 애 이름은 이제 로버트 잉그램이란다."

프랭크는 그 문제에 대해 더 이상 이야기하고 싶지 않다는 기색으로 페이에게 말했다. "로버트한테 제가 여기 있다고 말하세요. 언제 한번 들르라고 해요."

그리고 프랭크는 자기의 새 신부를 데리고 세모우호텔로 돌아갔다. 바야흐로 결혼생활이 시작된 것이다.

그 후 몇 시간인가 지났을 때였다. 새벽 4시경, 프랭크와 베시는 달콤한 첫날밤을 보내고 있었다. 그때 문에서 노크소리가 났다. 베시는 옆에 누워 있던 프랭크의 몸이 긴장하는 걸 느낄 수 있었다. "누구요?" 프랭크가 물었다.

"로버트군."

프랭크는 안심한 듯하면서도, 짜증난 목소리로 말했다. "이런, 이 시간에 무슨 일이야?"

그때 베시가 말했다. "어서 들어오라고 하세요."

프랭크는 일어나서 문을 열고 아들을 보았다. 동시에 침대에 누워 있던 베시도 그의 얼굴을 보았다. 로버트는 짙은 갈색의 곱슬머리에 페이와 프랭크처럼 옅은 푸른 눈을 가지고 있었다. 베시는 속으로 생각했다. 내가 살면서 본 남자 중에서 가장 잘생긴 남자군. 25년 전 프랭크의 모습이 분명 이랬을 거야. 정말 미남인걸.

프랭크가 말문을 열었다. "자, 공원에 나가 걸으면서 이야기 좀 할까? 베시가 옷을 입을 동안 우리는 여기 복도에서 기다리자."

세 사람은 공원 벤치에 앉았다. 대화는 처음에 어색하게 시작되었다. 로버트가 프랭크에게, 자기가 열네 살 때 프랭크를 찾겠다고 집을 나갔다가 잡혀서 페이에게 돌아왔다는 이야기를 했다. 프랭크는 아무 대답도 하지 않았다. 잠시 후, 로버트는 베시를 보며 말했다. "새어머니는 내 여자 친구를 많이 닮았네요. 머릿결이 정말 아름다워요." 그 말은 프랭크에게서도 들어보지 못한 칭찬이었다. 베시는 당장 로버트가 좋아졌다.

프랭크와 로버트는 서로 친해지려고 노력하며 앉아 있었다. 그러나 프랭크는 따분해하는 듯 보였다. 무거운 분위기가 좀 가시자, 로버트는 프랭크에게 자기 친어머니를 찾을 수 있는 방법이 없느냐고 물었다.

"난 몰라. 혹 알고 있다 하더라도 가르쳐주지 않았을 거다. 그 여잔 나쁜 여자야."

그들의 첫 번째 만남은 그렇게 끝났다. 둘 사이는 좀처럼 가까워질 것 같지 않았다. 베시는 프랭크가 18년 전, 아들의 어머니가 지은 죄의 대가를 아들에게 요구하고 있는 것이 아닐까 하는 생각을 했다.

처음 만난 이후로 드문드문 대화를 나누었지만, 프랭크와 페이 사이에는 어쩐지 오래전부터 이어져온 듯한 불편한 기색이 있었다. 베시가 보기에 프랭크는 자기 어머니를 꽤나 사랑하는 것 같았다. 어머니 얘기를 할 때면 매우 자랑스러워하면서 애틋한 감정마저 느껴지는데, 그러다가도 막상 어머니 앞에서는 긴장되고 냉랭한 태도를 보였다. 페이 역시 아들을 대할 때 은근히 비아냥거리는 경우가 이따끔 있었다. 베시의 눈에 띈 점이 또 하나 있었다. 프랭크와 베시, 로버트 그리고 페이, 이렇게 네 사람이 있을 때 손님들이 오기라도 하면 페이는 늘 로버트를 자기 아들이라고 소개하고, 프랭크는 그저 프랭크 길모어라고만 소개한다는 점이다. 페이는 마음속으로 로버트와 베시를 더 좋아하는 것 같았다. 페이와 프랭크 사이의 벽이 허물어지는 건, 위스키 한 병을 놓고 둘이 함께 술을 마실 때뿐이었다. 베시는 프랭크에 대해서 좀 알게 된 것이 있었다. 프랭크의 주량이 대단하다는 것, 그리고 일단 한번 마셨다 하면 상당히 취할 때까지 마신다는 사실이다. 그는 취하면 재미있는 이야기를 실감나게 했다. 그래서 베시는 프랭크와 페이가 함께 술을 마실 때면 귀를 쫑긋 세우고 이야기에 귀를 기울였다. 그녀는 그 당시의 쇼 사업과 서커스 공연자들에 대한 뒷이야기를 주로 들었다. 특히 당시 유명했던 마술사이자 사라진 예술가였던 해리 호디니에 대한 이야기가 많이 오갔다. 페이는 그와 아주 가까웠던 게 분명했다. 그녀는 그가 마술을 하던 젊은 시절에 그를 도와 일한 적이 있었는데, 그 후 어떤 일 때문인지 관계가 틀어졌다. 베시는 후디니가 엉터리 무당 행세를 한 일과 어떤 관련이 있을 거라고 나름대로 추측했다. 사실이야 어찌 됐건, 프랭크도 이미 고인이 된 그에게 품고 있는 어머니의 증오심을 그대로 갖고 있었다. 그리하여 두 사람은 술에 취하면 함께 후디니를 욕했고, 그것이 그들 사이를 그 무엇보다도 강력하게 묶어주는 끈이었다.

프랭크와 베시가 결혼한 지 얼마 지나지 않았던 어느 날, 프랭크는 일이 생겨서 다른 지방에 다녀올 일이 있는데, 어쩌면 좀 오래 걸릴지도 모른다고 느닷없이 통고를 했다. 베시가 어디를 가는지, 무슨 일인지 물어보았지만, 프랭크는 그런 대답을 할 경황도 없다는 듯이 서둘렀다. "누구 일을 좀 봐줘야 해. 당신은 여기서 어머니 좀 보살펴드려." 그는 고작 이렇게 설명할 뿐이었다.

최초로 그가 종적을 감춘 것이 바로 그때였다. 프랭크는 가방을 챙겨서 채 한 시간도 지나지 않아 집을 나섰다. 그 이후의 가출은 그나마 이런 통고조차 없었다. 베시는 고향에서 500마일이나 떨어진 낯선 곳에서, 사람은 좋지만 약간 이상한 데가 있는, 사실 잘 알지도 못하는 노파를 보살피며 지내야 했다. 노파는 주변에 있는 사람들을 거느리기를 좋아했다. 그런데 베시는, 지체 높은 사람인 양 거들먹거리는 사람에게 강한 거부감을 가지고 있었다. 게다가 그런 상대에게는 절대 머리를 숙이지 않는 도전적인 성격이었다. 맨 처음 페이가 명령조로 말했을 때 베시는 이렇게 응수했다. "그건 말이죠. 프랭크나 로버트에게는 통했을지 모르지만, 저한테는 어림도 없어요. 어머니가 휠체어에 앉아 계시지만, 그렇다고 해서 나를 하녀처럼 부릴 생각은 마세요." 이 말 때문에 페이의 기분이 약간 상한 것 같았지만, 그 뒤로는 두 사람이 그런대로 잘 지냈다.

프랭크가 집을 떠난 지 2주일이 지나자, 베시는 걱정이 되기 시작했다. 은근히 화가 치밀기도 했다. 그녀는 페이에게 프랭크가 어디로 갔는지, 어떻게 연락을 할 수 있는지 혹시 아느냐고 물었다. 페이는 날카로운 푸른 눈으로 베시를 찬찬히 들여다보았다. 마치 베시의 성품을 살펴보려는 것 같은 태도였다. 그러고는 이렇게 말했다. "얘야, 프랭크하고 결혼하겠다고 결정하기 전에 그 애하고 얼마나 사귀었니?"

그 말에 베시는 뭔가 짚이는 데가 있었다. 어쩌면 그녀는 프랭크와 평생을 함께하겠다고 결심하기 전에 그 사람과 그가 살아온 인생에 대해 좀 더 많이 알아봐야 했는지 모른다. 베시는 프랭크가 자신의 과거에 대해 늘 입을 꽉 다물었고, 그래서 이곳에 와서야 어머니가 살아 계시다는 사실을 알고 깜짝 놀랐다고 설명했다. 페이는 가만히 앉아서 베시가 말하는 걸 조용히 듣고 있을 뿐, 아무 말도 하지 않았다. 베시는 좀 더 단도직입적으로 나가기로 했다.

"그이의 첫 번째 부인 이야기를 좀 해주세요. 왜 그 여자는 로버트를 그이에게 맡겼던 거죠?"

이렇게 묻는 베시가 워낙 순진해 보여 그랬는지, 페이는 어느새 경계심을 늦추었다. "프랭크의 첫 번째 부인이라구?" 페이가 웃으며 말했다. "오, 얘야, 그 애가 정말 너에게 말해준 게 별로 없는 모양이구나. 내 계산에 따르면, 너는 아마 프랭크의 여섯 번째 아니면 일곱 번째 부인쯤 될 거다. 하지만 중간중간 몇 년 동안은 내가 그 애 소식을 모르고 지냈다는 걸 염두에 둬야지. 그 애도 그동안 어떻게 살았는지는 내게 말해주지도 않았고. 그리고 말이다, 로버트는 프랭크의 첫 번째 아이가 아니었단다. 아마 다섯째 정도 될 거다. 프랭크는 전국을 다니면서 여기저기 살림을 차렸지."

페이는 프랭크가 로버트의 생모와 했던 결혼생활에 대해서 계속 이야기를 했다. 그러나 베시는 몇 마디 듣는 것만으로도 현기증이 날 지경이었다. 그 여자의 이름은 낸, 그들은 1919년 시카고에서 결혼했다. 페이가 들은 바로는 낸은 상당한 미인이었다. 그녀는 일리노이 주에서 이름난 모르몬 집안의 딸이었다. 프랭크가 그녀를 곤란한 지경에 빠뜨리지만 않았어도 그녀는 그와 결혼하지 않았을지도 모른다. 낸의 부모는 딸이 곤란한 상황에 빠지자, 프랭크가 모르몬 교도가 아닌데도 불구하고 딸의 실수를 무마하기 위해 결혼을 서둘렀다. 페이 밑에서 독실한 가톨릭 신자로 자랐던 프랭크는 한때 모르몬교로 개종을 할까 생각한 적도 있었다. 그는 이따금 낸과 함께 주일학교에도 나가고, 어마어마한 내용이 담긴 《모르몬경》을 읽기도 했다. 1920년 프랭크와 낸 사이에 아들 로버트가 태어났다. 프랭크는 아들을 사랑했다. 그러나 그의 아들 사랑은 순전히 아내에 대한 사랑에서 비롯된 것이었다고 페이는 말했다. 페이가 알기로는 낸처럼 자기 아들의 마음을 사로잡은 여자는 없었다. 그가 어머니에게 보낸 편지에는 낸에 대한 자랑과 희망이 가득 차 있었다.

그런데 갑자기 편지가 끊겼다. 페이는 일리노이에 있는 아들의 주소로 편지를 보냈지만, 번번이 반송되었다. 그렇게 몇 달이 지난 어느 날, 프랭크가 찾아와 문을 두드렸다. 페이가 나가보니, 그는 아직 돌도 안 된 로버트를 데리고 서 있었다. 그의 몰골은 말이 아니었다. 며칠 동안 면도도 하지 않고 술만 마신 듯했고, 돈 한 푼 없었다. 이곳 새크라멘토에 올 때도 누군가에게 돈을 빌려서 온 것 같았다. 프랭크가 어머니에게 들려준 얘기는 이랬다. 신문광고 세일즈를 하던 그가 어느 날 일찍 집에 돌아와 보니, 아름다운 그의 아내가 교회 원로인 다른 남자와 함께 침대에 누워 있었다. 프랭크는 일단 싸웠다 하면 인정사정이 없는 사람이었다. 그는 남자를 실컷 두들겨 패고 가볍게 내동댕이쳤다. 그리고 아들 로버트를 데리고 집을 나왔다. 프랭크와 로버트가 낸을 본 것은 그것이 마지막이었다. 아이를 할머니인 페이에게 데리고 온 것, 그것이 프랭크가 아내에게 내리는 최고의 형벌이었다. 그런 일이 있었던 터라, 그 후 세월이 흘러 프랭크가 베시를 데리고 나타났을 때 페이는 내심 놀랐다. 그도 그럴 것이 베시가 모르몬 교도였기 때문이다. 페이는 베시에게 말했다. "내가 마지막으로 프랭크를 보았을 때만 하더라도, 그 애는 모르몬 교도를 지독히도 싫어했으니까 말이다."

베시는 경찰이 프랭크와 로버트를 찾으러 오지 않았느냐고 물었다. 그 사람들이 페이가 사는 곳을 알지 못했느냐고.

"몰랐을 거야." 페이가 대답했다. "그게 말이다, 그 애는 낸과 결혼생활을 하는 동안에는 프랭크 길모어라는 이름을 쓰지 않았거든. 그러니 누구를 찾아야 하는지 몰랐겠지. 나 원 참, 프랭크는 아내도 많았지만, 이름은 그보다 더 많았다." 이렇게 말하고는 페이는 입가에 웃음을 띠며 말했다. "그 애가 자라면서 썼던 이름으로 결혼한 사람은 아마 너밖에 없을 거다. 하긴 길모어가 그 애의 진짜 이름은 아니지만."

"그럼 대체 진짜 이름이 뭔데요?"

페이는 대답 대신 베시의 얼굴을 빤히 들여다보았다. 그리고 마침내 "바이스."라고 말하더니 이렇게 덧붙였다. "하지만 누구한테도 내가 너한테 이런 말을 했다는 걸 말해서는 안 된다. 프랭크한테도 마찬가지야."

그러자 베시의 질문이 터져 나오기 시작했다. 프랭크의 다른 부인들은 어떤 사람들이었나요? 그이가 썼던 이름들은 무엇인가요? 그 이름들은 어디서 온 것이며, 왜 그런 이름을 썼나요? 베시가 열심히 질문을 던지는 모습을 보면서 페이의 얼굴이 잠시 굳어졌다. 그녀는 자기가 지나치게 말을 많이 한 모양이라고 생각했다. "몇 가지만 이야기해주마." 하고 그녀는 말했다. "너도 그 정도는 알 자격이 있겠지. 하지만 프랭크의 삶에 대해 네게 얘기해줄 수 없는 것이 몇 가지 있단다. 그건 네가 아무리 졸라도 안 돼. 그 비밀들은 네가 네 남편한테 직접 들어야 한다."

페이는 베시에게 프랭크가 사용했던 이름들에 대해서 이야기를 해주었다. 그녀는 아들 부부가 어떤 식으로든 그 이름들을 곧 다시 사용하게 되리라 생각했다. 프랭크는 다음과 같은 이름들을 골고루 사용했다. 프랭크, 프랜시스, 프랭클린, 해리, 월터. 그리고 그는 이름뿐만 아니라 성도 여러 가지를 사용했다. 잉그램, 서빌, 설리번, 랭크턴, 라포, 콜리어, 코프만 등이었다. 프랭크는 어떤 때는 진짜 이름인 프랭크 바이스를 쓰기도 했는데, 페이는 그럴 때마다 그 이름만은 쓰지 말라고 말하곤 했다. 이름을 바꿔가며 살았던 이유는 베시가 프랭크에게 직접 물어야 한다고 했다. 프랭크에게는 많은 아내들과 많은 아이들이 있었다. 프랭크의 첫 아이는 크리스토퍼이고 1914년에 볼티모어에서 태어났다. (베시보다 한 살 적은 셈이다.) 페이가 알기로는 그 아이는 프랭크가 낳은 아이들 중에서 유일하게 사생아였는데, 나중에 볼티모어에 있는 좋은 가정에 입양됐다. 비록 입양되기는 했지만 프랭크와 페이는 몇 년째 크리스토퍼와 연락을 하며 지냈다. 크리스토퍼는 쇼 업계에서 일하고 있는데, 이따금 할머니 페이에게 편지를 보냈다. 직접 찾아온 적도 있었다. 프랭크가 로버트를 두고 떠나간 후, 페이에게 간간이 프랭크의 소식을 전해주었던 것도 바로 크리스토퍼였다.

크리스토퍼가 태어나고 2년 후, 프랭크는 뉴욕에 있던 한 유명한 오페라 가수와 짧지만 폭풍 같은 연애를 했다. 그 연애는 더 짧고 더 열정적인 결혼으로 이어졌고, 그 결혼은 다시 급속도로 추하게 깨져버렸다. 그런 후 낸과 결혼했고, 로버트를 데리고 나타난 이후, 프랭크는 페이와 연락을 일체 끊었다. 그 후 몇 년이 지나, 페이는 크리스토퍼를 통해서 프랭크가 1928년 월터 코프만이라는 이름으로 앨라배마의 그린빌에서 결혼을 했다는 이야기를 들었다. 상대는 바바라 솔로몬이라는 열일곱 살 여자아이였다. 그들 사이에는 아들 하나와 딸 하나가 있었다. 페이는 이후에 프랭크가 랭크턴이라는 이름으로 시애틀에서 아이 없이 한두 번 정도 더 결혼을 했으리라 짐작하고 있었다. 그녀가 알기로는 프랭크는 늘 합법적으로 결혼하고 또 이혼을 했다. 로버트의 생모인 낸의 경우가 아마 유일한 예외였을 것이다. 동시에 그는 단 한 번도 같은 이름으로 다른 여자와 결혼한 적이 없었다. 왜 꼭 그랬어야만 했는지, 프랭크에게는 뭔가 중요한 이유가 있는 것 같았지만, 페이로서는 알 수가 없었다.

그러나 결혼 이야기는 프랭크 삶에서 그저 일부분일 뿐이라고 페이는 베시에게 말했다. "너는 정말 재미있는 남자를 골라서 결혼을 한 거야. 지금까지 어떤 여자도 그 애를 오래 잡아두질 못했다. 하지만 너는 다른 여자들하고 좀 다를 것 같은 느낌이 드는구나."

이어서 페이는 자신의 과거 이야기를 했다. 그때 베시는 시어머니가 남편만큼이나 입이 무겁고 알 수 없는 데가 있다는 걸 알았다. 페이는 자신이 프랑스령 캐나다에서 태어났으며, 아버지는 프랑스 부르봉 왕가의 후손이라고 했다. 1870년대에 어떤 사정으로 그녀의 부모는 가족들을 데리고 네브래스카 주의 링컨으로 이사를 왔고, 가문의 이름을 랭크턴으로 바꾸었다. 페이는 본래 가문의 이름이 뭔지, 왜 이사를 해야 했는지는 말하려 하지 않았다. 베시처럼 페이에게도 자매가 여럿 있었다. 그들은 모두 조그만 소도시 생활을 지겨워했다. 1880년대 말, 그들은 함께 노래와 춤을 추면서 거리로 나섰다. 그리고 1890년대 초에는 시카고 세계박람회에서 '이바와 랭크턴 자매들'이라는 이름으로 공연을 했다. 바로 거기서 페이는 프랭크의 아버지가 될 남자를 만났다. 당시 그는 상당한 명성을 떨치고 있었다. 페이는 그가 누구인지 밝히고 싶어 하지 않았다. 다만 "누군지 말해주면 네가 깜짝 놀랄걸."이라고만 이야기했다. 페이가 그를 사랑했던 것은 잠깐이었고, 그 뒤로는 그를 영원히 미워했다. 그녀가 그의 아이를 임신하자, 그는 페이를 알지 못한다고 잡아뗐고, 그리하여 그녀는 망신스러운 몸으로 링컨으로 돌아와서 1890년 11월 23일 프랭크를 낳았다.

"그럼 길모어란 이름은 어디서 따온 건가요?" 하고 베시가 물었다.

"내가 네브래스카에 있을 때 알았던 남자 이름이야."

그때 갑자기 베시는 프랭크가 자기 아버지에 대해 했던 얼마 안 되는 이야기 중에서, 아버지가 복부에 치명상을 입고 죽었다는 말을 한 기억이 났다. 그렇다면 그 사람이 길모어라는 사람인지, 아니면 프랭크의 아버지인지 궁금했다.

"프랭크가 네게 그런 이야기를 했다니 놀랍구나." 하고 페이가 말했다. "길모어는 아니다. 그 사람은 우리와 인연이 깊었던 사람은 아니야. 그 후 그가 어떻게 됐는지 소식조차 모른단다. 배에 큰 상처를 입고 죽은 사람은 프랭크의 아버지였다. 이제 그 이야기를 해주마."

1890년대 중반, 페이의 가족은 네브래스카를 떠나 동부로 이사했다. 페이는 프랭크를 동부 기숙사에 넣고, 한동안 자매들과 함께 다시 무대 생활을 시작했다. 그들은 보스턴과 뉴욕 등을 오가며 활동하다가 결국은 갈라섰다. 페이는 또 불행한 연애에 이끌려서 서부로 왔다가, 1920년대에 새크라멘토에 정착한다. 그곳은 당시 강신술이나 접신술과 같은 영적인 활동을 하는 사람들의 안식처였다. 그 후 페이는 윌리엄 잉그램이라는 남자를 만나 결혼을 했다. 그는 새크라멘토에서 유명한 심리학자였는데 페이는 그의 옆에서 보조로 일했다. 몇 년 후 잉그램이 죽은 뒤에도 페이는 계속해서 그의 환자를 돌보았다. 그러던 중 페이는 자신이 어느새 심령의 세계로 빠져들고 있다는 것을 알았다. 그녀는 많은 사람들이 고통을 겪는 이유는 그들과 저세상, 즉 죽음을 통해 영적인 세계로 넘어간 사람들과의 영적인 교류가 부족하기 때문이라고 생각했다. 그러므로 페이와 같은 영매를 통해 서로 영적인 교류를 하면 산 자나 죽은 자 모두 고통에서 벗어나 큰 위안을 갖게 될 것이라고 믿었다. 페이는 베시에게 말했다. "예를 들면 말이다. 네 주위에는 항상 좋은 영혼이 머물러 있단다. 그 영혼은 지금 우리가 이야기를 나누는 이 순간에도 여기 있어. 그 영혼이 네 주변에 있는 또 하나의 어둡고 나쁜 영혼으로부터 늘 너를 보호하려는 것이 느껴지는구나."

"됐어요. 그만하세요." 하고 베시가 말했다. "저는 어머니가 무슨 일을 하시든 상관없어요. 하지만 제가 이곳에 어머니와 함께 머물기를 바란다면, 제발 어둠 속에서 영혼을 불러서 벽에 부딪치게 하는, 그런 일은 하지 마세요. 만약 그런 일이 생기면, 전 당장 이 집을 뛰쳐나갈 거예요. 그런 일에 대해서라면, 전 평생 겁쟁이 소리를 들을 각오가 되어 있어요."

페이는 베시와 베시 주변의 영혼에 조금도 끼어들지 않겠노라고 대답했다.

유명한 사람이라는 프랭크의 아버지에 대해 베시의 궁금증이 커져갔지만, 페이가 이런저런 이야기를 하는 동안에 베시 마음에 뭔가 떠오르는 것이 있었다. 그녀가 파악한 사실은 이 정도였다. 프랭크의 진짜 성은 바이스이며, 그의 아버지는 복부에 치명상을 입고 죽었다. 이 두 가지 정보와 뭔가 석연치 않다는 의심을 품은 채, 어느 날 오후 베시는 새크라멘토 시립도서관으로 갔다. 그녀가 원하는 자료를 찾는 건 어렵지 않았다.

1874년, '해리 후디니'라는 유명한 마술사가 태어났는데, 당시 이름은 에릭 바이스였다. 그는 후에 프랑스의 유명한 마술사였던 로베르 우댕(Robert Houdin)을 기리기 위해 그의 이름을 따서 후디니(Houdini)라고 이름을 바꿨다. 48세가 되던 1926년, 여행 중이던 후디니는 한 열혈 팬에게 자기 복부를 힘껏 치라고 요구했다. 마술사로서 자신의 체력과 힘이 건재하다는 것을 증명해 보이기 위해서였다. 그러나 그 타격으로 심한 부상을 입은 그는 끝내 회복하지 못하고, 1926년 10월 31일 복막염으로 숨을 거두었다.

베시는 이 자료를 보고 해리 후디니가 프랭크 길모어의 친아버지일 거라고 추측했다. 페이에게 그 이야기를 하자, 페이는 그녀의 추측이 사실이라고 확인해주었다. 페이는 후디니가 아주 유명해지기 몇 해 전, 그와 연락해서 프랭크를 위해 친자 확인을 받으려 했다고 한다. 그러나 본처가 아이를 낳을 수 없다는 사실에 무척 낙담했던 후디니는 스캔들에 오르내리는 것이 싫어서 페이의 요청을 거절했다고 한다. 그래도 페이는 아들에게 자기 아버지가 누구라는 걸 알려주었다. 그것이 옳다고 생각했기 때문이다. "그게 프랭크의 인생에서 가장 큰 비극이란다. 자기가 누구라는 것을 떳떳이 밝히지 못하는 처지가 그 애를 분노하게 했지."

아버지에게 거부당했다는 사실은 프랭크에게 쓰디쓴 상처였다. 페이는 그래서 프랭크가 늘 안정된 생활을 하지 못하고 문제를 일으키며, 자식들에게도 충실한 아버지가 될 수 없었다고 말했다. "베시, 네가 아이를 낳으면 프랭크가 아이들에게 좋은 아빠가 되도록 만들어보렴. 그것만이 프랭크에게 평화를 가져다줄 수 있는 유일한 길이란다. 그 애가 후디니의 아

들이 되기엔 이미 너무 늦었어. 이제 그 애가 할 수 있는 건 자기 자식들
의 아버지가 되는 것뿐이야."

3

페이의 비밀

지난 몇 년 동안, 우리 가족의 역사상 그 누구 못지않게 나의 호기심을 자극하고 혼란에 빠뜨린 존재는, 나의 할머니 페이였다. 분명한 것은 그녀가 신비한 세계의 힘을 아는 사람이라는 사실이다. 그것은 어떤 강력한 힘을 지닌 과거의 신비로서 우리의 운명을 지배하는 것, 즉 죽음의 세계의 신비였다.

페이의 신비한 지식은 성공적으로 상속된 셈이다. 우리는 후디니의 가계와 관련된 것이나 지금은 잃어버린 왕실의 혈통에 대한 할머니의 전설 같은 이야기를 들으며 자랐다. 모르몬 조상들과 피의 속죄 같은 이야기와

클래런스 길모어의 무덤. 네브라스카 주 링컨의 유카 공동묘지, 1995년경(사진 제공: 게일 포더)

함께, 페이의 신비세계는 우리가 어디에서 온 존재인가에 대한 고민 중 매우 중요한 부분을 차지했다. 우리의 과거에는 비밀과 갚아야 할 채무가 있었고, 우리는 태어나면서부터 이미 생득적 권리를 상실했으며, 우리의 뒤에는 저승의 영혼들이 바짝 쫓고 있었다. 요컨대 우리 가문 역사의 중심에는 어두운 그림자가 자리 잡고 있었다. 그것은 우리로서는 도저히 이해할 수 없었던 어둠이었다. 단지 그것이 가장 유서 깊고 진정한 우리 자신의 일부라는 사실만을 알고 있을 뿐.

어떤 점에서는 이런 이야기가 사실인지 아닌지는 별 문제가 되지 않는다. 중요한 건 우리가 이런 이야기들을 믿었다는 사실이고, 또 그에 따라 행동했다는 점이다. 그렇기는 해도 처음 이 작업을 시작했을 때, 나는 내 능력이 닿는 한 이 전설들의 진실 여부를 파헤치겠다고 마음먹었다. 하지만 그 과정에서 내가 확인한 것은 페이가 자신의 삶에 대한 대부분의 이야기, 그리고 자신의 아들에 대한 중요한 부분들을 교묘하게 감추고 비밀의 베일로 가려놓았다는 사실이다. 그녀의 탁월한 재능을 인정할 수밖에 없었다. 그러나 그녀는 단 한 가지 사소한 증거를 남겨놓았다. 바로 그것이 우리가 겪었던 그 모든 비극의 비밀을 여는 슬픈 열쇠 중 하나가 아닐까?

페이의 세계에 대해서, 그리고 나의 아버지가 태어났던 배경에 대해 내가 알아낸 내용은 이런 것이었다.

1869년 11월 7일, 후에 페이의 어머니가 될 열일곱 살의 조세핀 성 루이스는 레위스 라보이스라는 스물일곱 살의 구두공과 메사추세츠 주 말보로에서 결혼했다. 두 사람 다 프랑스령 캐나다에서 태어났지만 프랑스 혈통은 거의 없어진 상태였다. 그들 중 어느 쪽에 왕족의 혈통이 있었다 하더라도 거의 사라진 것이나 다름없었다. 그런데 캐나다나 메사추세츠 어디에서도 나는 페이의 공식적인 출생 기록을 찾을 수가 없었다. 1871년 1월 8일, 메사추세츠에서 태어났을 가능성이 있다는 사실만 알아냈을 뿐.

그다음으로 페이의 가족이 공식적으로 기록된 것은, 1880년 미국의 인구조사를 통해서다. 네브래스카의 랭카스터에 이들의 기록이 남아 있다. 이 무렵, 그들은 랭크턴이라는 성姓을 쓰고 있었고, 아버지는 마흔여섯 살의 목수인 피터로 기록되어 있다. 우리 집안의 역사를 추적하는 일을 도와주었던 노련한 계보학자가 한 사람 있었는데, 그의 조사에 따르면 레위스 라보이스라는 사람은 1870년대에 메사추세츠에서 사라졌고, 1880년대에 기록된 네브래스카의 피터 랭크턴(어떤 경우에는 피터 랭크토라고 기록되어 있었다)은 다른 사람이라고 했다. 우선 랭크턴은 라보이스보다 나이가 열 살 많은 것으로 기록되어 있기 때문이다. 글쎄, 나는 확신이 서지 않는다. 페이는 가족이 몇 번인가 이름을 바꿔야 했다고 말해왔고 두 번째 아버지에 대해서는 언급이 전혀 없었다는 점을 생각하면, 라보이스와 랭크턴이 동일인이 아니라고 전적으로 확신할 수 없다. 어쨌거나 이것만은 확실하다. 1880년 네브래스카에서 조세핀은 피터 랭크턴이라는 남자와 함께 살고 있었고, 그 랭크턴이라는 이름이 그 후로도 계속 그 집안의 성姓으로 남았다는 사실이다.

베시 브라운의 집안과 마찬가지로 랭크턴 집안 역시 많은 아이들 때문에 근본적으로 빈곤한 생활을 벗어날 수가 없었다. 링컨에 사는 동안 그들은 자주 이사를 해야 했는데, 주로 도시 외곽의 작은 집들을 순례했다. 최근에 나는 그들이 살았던 동네를 돌아본 적이 있다. 그곳은 그들이 한때 살았던 그 비참한 풍경 그대로 거의 변한 게 없었다. 그때나 지금이나 그곳은 젊은이가 살아가기에는 너무도 무력감이 느껴지는 곳이었다. 거기서 살아남는 방법은 두 가지뿐이다. 주변에 펼쳐진 대지처럼 그저 밋밋하게 살아가거나, 아니면 그 단조로움을 초월할 수 있는 상상력에 의지하는 길.

베시에게 들려주었던 페이의 이야기가 어긋나기 시작하는 부분은 바로 여기다. 적어도 내가 조사한 바로는, 페이는 1890년 시카고 세계박람회에서 공연하기 위해 자매들이 떠날 때 함께 가지 않았다. 페이(링컨에 있는 동안에는 패니라는 이름으로 통했다)는 1886년 7월 31일, 네브래스카의 오마하에서 해리 길모어라는 남자와 결혼했다. 해리는 일리노이 출신으로 그렇게 능력이 있었던 것 같지는 않다. 당시 링컨의 인명부에 따르면, 해리와 패니는 주로 패니의 친정 식구들과 함께 지낸 기간이 많았다. 해리는 이따금 장인인 피터 랭크턴을 도와 목수일을 하기도 했고, 때로는 전차를 운전하기도 했다.

그들이 결혼하고 1년 정도 지난 1887년 8월 26일, 패니와 해리의 첫 아이가 태어났다. 클래런스라는 아들이었다. 1890년 10월 31일, 그 어린 아들 클래런스가 죽었고, 링컨의 유카공동묘지에 묻혔다. 첫 아들을 땅에 묻은 지 3주일이 지난 1890년 11월 23일, 나의 아버지 프랭크 해리 길모어가 태어났다. 어쩌면 그 날짜는 그저 추정에 불과한지도 모르겠다. 그 당시 출생에 관련된 기록이 전혀 남아 있지 않았기 때문에, 나는 프랭크 길모어의 출생증명이라든가 세례증명 따위를 확인할 수 없었다.

그 이후 네브래스카에서의 생활을 알 수 있는 기록은 많지 않다. 1893년 초, 패니는 남편을 상대로 이혼 소송을 제기했다. 그 일은 당시 〈네브래스카 저널〉에 실릴 정도로 특별한 사건이었다. 1893년 2월 28일자 신문에 '이혼 시장 활기'라는 제목으로 다음과 같은 기사가 실려 있다. "패니 길모어는 해리 길모어에 대한 이혼 소송을 위해 어제 신청서를 제출했다. 그녀에 따르면 해리는 1886년 7월 오마하에서 결혼한 이후 한 번도 가족의 부양에 신경 쓰지 않았다고 밝히고 있다. 그녀는 자신이 노동을 하거나 친척들의 도움을 받아서 근근이 생계를 유지해야 했다고 덧붙였다. 길모어 부인은 또한 아이는 자신이 맡겠다고 법원에 요청한 상태다."

이혼 후 패니는 아들을 데리고 친정집으로 왔다. 1896년 랭크턴 가족은 동부로 이주했고, 거기서 자매들은 몇 년 동안 북동부 보드빌 순회공연단에서 춤추고 노래하며 함께 일했다. 한편 해리 길모어가 공식 기록에 나타난 시기는 1895년까지인데, 링컨 인명부에 의하면 그는 당시 링컨호텔에서 일하는 벨보이로 기록되어 있다. 그 후 그의 행적에 대해서는 아무도 아는 사람이 없다. 그에 대한 마지막 기록은 1911년 6월 11일자 〈네브래스카 저널〉에 실려 있다. "6월 10일, 네브래스카, 스코츠 블러프—해리 길모어(40세)가 스코츠 블러프 병원에서 어제 장티푸스로 사망했다. 그의 유품 중에는 그의 친구나 친척이 누구인지, 어디 출신인지 알려줄 만한 단서가 아무것도 발견되지 않았다. 그는 설탕공장에서 일하고 있었으며, 공장 동료들이 내일 장례를 치를 예정이다."

1890년대 이후 페이는 가족의 기록에서 사라진다. 다른 어떤 기록도 없었다. 그리고 그녀에 대한 소식이 다시 나타나는 것은 1920년 무렵이다. 그녀는 새크라멘토에서 '베이비 페이 라포'라는 이름으로 접신술사로 일하고 있었고, 프랭크 길모어는 그 나름대로 자신만의 비밀스러운 역사를 만들어가고 있었다.

이것이 아버지의 출생에 대한 진짜 이야기이다. 적어도 내가 확인한 바로는 그렇다. 나는 아버지가 해리 후디니의 사생아였다고 생각하지 않는다. 아버지 자신은 그렇게 믿었던 것 같지만. 프랭크 길모어가 자신의 친아버지에 대한 기억을 갖고 있는지, 혹은 그의 고독한 운명에 대해 알고 있었는지는 모르겠다. 적어도 그걸 입 밖에 낸 적은 없었다. 그렇다고 페이의 이야기가 전적으로 다 꾸며낸 이야기는 아니었다. 예를 들어서 랭크턴 가의 초기 생활에 대한 이야기는 다 사실이었고 그녀의 미스터리를 풀어줄 힌트를 던져주기도 했다. 또 프랭크가 여러 번 결혼했다는 이야기나 그가 사용했던 여러 이름들에 대한 이야기도 모두 사실로 밝혀졌다.

그래서 페이가 꾸며낸 이야기는 더욱 나를 혼란스럽게 했다. 왜 그녀는 자기 아들이 사생아라는 이야기를 꾸며냈으며, 왜 평생토록 그 거짓말을 지키려 했을까? 프랭크 길모어가 감당해야 할 상처가 그토록 컸고, 또 그 상처가 프랭크 하나로 끝나지 않았는데. 혹시 페이는 자신의 실망스러운 인생을 보상하기 위해 그런 이야기를 지어낸 것이 아니었을까 하는 생각이 간혹 들기도 했다. 페이처럼 원대한 꿈과 갈망을 품고 있었던 사람에게 그 결혼과 실패는 아마도 너무나 견디기 어려운 평범한 일이었을 것이다. 어쩌면 그녀는 자신이 기대고 살아갈 더 특별한 실패가 필요했을지 모른다. 유명인과의 사랑, 실연, 그리고 버림받은 자식의 이야기처럼. 혹은 그런 이야기야말로 자신이 죽은 후에도 기억될 수 있는 가장 좋은 표적이라는 것을 이미 알고 있었을까?

그럴 수도 있겠지. 하지만 또 다른 이유가 있는지도 모르겠다.

얼마 전에 나는 링컨 시 외곽에 있는 유카공동묘지를 다녀왔다. 아버지의 형인 클래런스가 세 살 나이로 묻힌 곳이다. 유카는 네브래스카에서 가장 오래되고 큰 공동묘지 중 하나이다. 그곳은 지난 100여 년 동안 죽은 자들과 조문객들을 받고 있었다. 묘지들이 모자이크 모양으로 늘어서 있다. 묘지 하나 하나가 하나의 섬처럼 꽃밭 같은 작은 구획으로 나뉘어 끝없이 이어져 있고, 그 사이로 좁은 차로가 나 있다. 클래런스의 묘는 공동묘지 끝 쪽, 오래된 구역에 자리 잡고 있다. 어느 겨울날 이른 아침, 나는 그 구역 가까운 곳에 차를 세웠다. 무척 추운 날씨였다. 그날 아침 뉴스에 심한 눈보라가 칠 거라는 예보가 있었다. 안개가 자욱이 깔려서 세월에 시달린 낡은 묘비를 읽기 어려울 정도였다. 얼마 동안 헤맨 끝에 나는 그 묘를 찾아냈다. 외따로 떨어져 있는 작은 묘였다. 그 옆은 공터였고 주변에는 어떤 일가족의 묘가 있었다. 흙 위에 평평하게 놓여 있는 묘석에는 네브래스카에서 랭크턴 가족이 살았던 유일한 흔적, 아버지의 첫 가정의 흔적이 남아 있었다. 거기에는 이렇게 적혀 있었다. "우리 아기"

추위를 더 이상 견딜 수 없을 때까지 나는 거기 서서 묘석을 바라보았다. 페이와 해리가 아들을 이곳에 묻을 때 어떤 심정이었을지 상상해보려고 애썼다. 아마 그 무렵 그들의 결혼생활은 이미 악화됐고, 아이의 죽음은 그나마 그들에게 남아 있던 마지막 희망마저 앗아가버렸는지도 모른다. 나는 이렇게 생각해보았다. 아이가 태어난다. 아이를 사랑한다. 자기가 가진 모든 것, 모든 희망을 바쳐 아이에게 온갖 정성을 기울인다. 그리고 아이가 죽는다. 그럴 때 모든 희망은 사라지고, 가슴에는 끝없는 상처만 남는다. 거기에다 3주일 후 다른 아기가 태어난다. (그 아기가 바로 나의 아버지이다.) 희망과 사랑이 다시 시작될 조짐이다. 하지만 만일 그렇게 되지 않는다면? 그러기에 너무 이르다면? 새로 태어난 아기에게 쏠리는 감정이 다시 태어난 희망이 아니라 공포와 슬픔, 혹은 분노라면? 첫 아이를 땅에 묻은 지 얼마 안 되어 새로 태어난 아기를 바라보면서 페이는 평안을 얻었을까? 아니면 이 아기를 사랑하는 것은 첫 아기를 사랑했을 때처럼 너무나 위험한 모험이라고 느꼈을까? 그도 아니면 클래런스로 인해 너무나 큰 타격을 받은 그녀는 아기 프랭크에게 사랑과 안정감을 줄 여유가 없었던 것일까?

그 답이 무엇이 되었든, 길모어 부부의 결혼은 깨졌다. 얼마 못 가 그들은 헤어지고, 페이는 떠났고, 해리는 사람들 기억에서 잊혀졌다. 네브래스카로 온 이후 페이는 마음으로나 생활에서나 프랭크 길모어를 가까이 두지 않았던 것 같다. 그녀는 아들을 계속해서 기숙사에 보냈고, 이따금씩 집에 데려와서 만나는 정도였다. 아이를 사랑하고 땅에 묻는 것보다는 멀리 두고 보는 것이 차라리 나았는지 모른다. 프랭크 길모어는 어디를 가나 환영받지 못했다. 그는 아버지도 어머니도 없이 혼자 자랐다. 30년이 지난 후 그가 로버트를 페이 집에 데리고 왔을 때, 그는 아마 속으로 이렇게 말했을지도 모른다. '자, 어머니 여기 나를 데리고 왔어요.' 그리고 프랭크는 자기 아들을 어머니 손에 넘겨주고 가버렸다. 한때 프랭크를 밀어내던 어머니의 손에.

그렇다면 페이와 프랭크 사이에 있었던 거리감은 해명이 되는 셈이다. 하지만 후디니에 관한 소문은 도대체 왜 생긴 걸까? 그건 알 수가 없다. 페이가 그와 연애를 했을 가능성은 있다. 어쩌면 한때 알고 지내다가 어떤 일로 인해서 페이가 그에게 배신감을 느꼈을 수도 있다. 그렇다면 사생아를 낳았다는 소문만큼 더 좋은 복수는 없을 테니까. 혹은 프랭크에게 그 이야기를 믿게 함으로써 그녀는 자신의 슬픈 과거의 진실을 더 깊숙이 묻으려고 한 것일까?

클래런스의 묘석을 다시 한번 바라보며 나는 생각에 잠겼다. 아마 지난

100년 동안 이 무덤을 찾아온 사람은 나밖에 없을 것이다. 이런 생각이 들자 내 마음은 곧 절망스러운 기분에 젖어들었다. 그래서 나는 차를 몰고 좁은 길을 미친 듯이 속도를 내며 달렸다. 그곳을 떠나기 전에 나는 관리사무실에 들러서 아기 무덤 옆의 공터에 대해 물었다. 거의 100년이 지나는 동안 옆자리가 아직도 빈터로 있다는 게 이상했다. 사무실을 지키던 친절한 노인이 오래된 서류책을 꺼내서 원장을 하나 하나 손가락으로 짚어가며 살피더니 내게 말했다. "그 구역은 해리 길모어라는 사람의 것이군요. 클래런스의 아버지이지요. 아이를 묻고 난 후 몇 년 지나서 자기 묘자리를 사두었네요. 그런데 그 후론 한 번도 오지 않았어요. 여기 묻히지도 않았구요."

클래런스 길모어의 옆자리는 지금도 비어 있다. 그는 그곳에 혼자 묻혀 있다. 작은 비밀을 간직한 채.

이쯤해서 베시는 자신에게 이렇게 말해야 했을 것이다. '오, 내가 결혼해서 들어온 집안이 겨우 탈출한 나의 집안보다 더 복잡한 문제를 가지고 있었다니!' 하지만 그녀는 거기서 탈출하지 않고 그대로 머물렀다. 모든 끔찍한 비밀과 두려운 미래가 보이는 그 집에. 그리고 그녀는 남편의 술과 구타, 그리고 가출이 본격적으로 시작되었을 때에도 그곳에 남아 있었다.

그녀로서는 나름대로 이유가 있었다.

그리고 우리, 그녀의 아들들인 우리는, 바로 그녀가 내린 결정이 만들어낸 결과이다.

4

방랑의 세월

프랭크가 집을 비운 동안—벌써 한 달이 되어가고 있었다.—페이는 심령술사 일을 다시 시작했다. 하는 일은 대부분 페이가 "낮의 심령술"이라고 부르는 카드점이나 예언을 해주는 일이었다. 사랑의 고통에 빠져 있는 사람이나 사업에 실패한 사람들이 찾아왔다. 이 고객들은 무엇보다도 확신과 충고를 듣기를 원했고, 페이는 그들이 원하는 것을 잘 알고 있었다. 밤에 하는 일은 좀 더 진지했다. 강신술, 접신술, 신내리기 등이었다. 어두운 저세상으로 가버린 사랑하는 사람과 접촉하려는 사람들이 그녀를 찾아왔다. 보통 하루에 10여 명 정도의 고객이 찾아왔지만, 어떤 때는 대

게리, 베시, 프랭크 2세. 유타 주 프로보, 1942년경(사진 제공: 래리 실러)

기실에 앉아 기다리는 사람이 마흔 명 가까이 되기도 했다. 대부분 페이 연배의 나이 든 노인들이었다. 그들은 자기가 사랑했던 그리고 저세상으로 떠나보냈던 사람들과의 고통스러운 오해를 풀기 위해 지극정성을 다했다. 또 어떤 사람들은 이런저런 세상일에 대해 죽은 자의 결단 있는 조언을 들으려고 했다. 혹은 그저 죽음 너머 저편에 과연 또 다른 생이 있는지, 그곳에 가면 모든 고통에서 해방될 수 있는지 확인하려는 사람도 있었다. 그들은 페이의 거실에서 그녀의 인도를 받아 그 세계를 확인했다. 어둠 속에서, 혹은 페이가 자신의 몸을 죽은 영혼에게 빌려준 경우에는 페이의 입을 통해, 귀에 익은 목소리가 들려왔다. 죽은 자의 손과 숨결이 산 자의 얼굴에 가까이 스치기도 하고, 마룻바닥이나 벽에서 쿵쿵거리는 소리가 들리기도 했다. 때로는 유령이 경계를 깨고 이승을 넘나드는 듯이 희미한 어둠 속에서 빛나는 얼굴이 떠다닐 때도 있었다.

베시는 페이가 영혼들을 불러낼 때 집에 있으려 하지 않았다. 그녀는 그런 분위기가 편치 않았던 데다가 페이가 하는 일에 불안함을 느끼고 있었다. 그러니까 이런 일이 가능한 것은, 페이를 찾아오는 고객들이 워낙 절실한 사람들이어서 쉽사리 속아 넘어가는 것이거나, 아니면 페이가 정말로 신통한 힘을 갖고 있어서 신의 영역에 접근하고 죽은 자들과 이야기를 나눈다는 것을 뜻했다. 베시는 후자의 경우가 더 두려웠다. 강신술을 하는 날 밤에는 베시는 가까운 곳에 혼자 살고 있는 로버트의 집으로 가곤 했다. 그녀는 프랭크의 아들이 좋았다. 이제 그도 장성한 남자였다. 그는 수줍어하면서도 정중한 태도로 베시를 대했다. 게다가 굉장한 미남이었다. 더욱이 프랭크가 집을 비우는 날이 길어질수록 베시는 로버트에게 동질감 같은 것을 느끼고 있었다. 같은 남자에게 버림받은 신세랄까. 베시는 로버트에게 깊고 혼란스러운 상처가 있다는 것을 알아차렸다. 그는 기괴한 심령의 그림자가 떠도는 세계에서 자라났고, 아버지의 사랑에 굶주려 있었다. 그가 자기 아버지에 대해서 알고 있는 것이라고는 보드빌과 서커스를 전전하며 살았다는 것, 그리고 뭔가 알 수 없는 이유로 자신을 멀리한다는 사실뿐이었다. 하지만 뭔가 알 수 없는 이유가 있다는 사실이 그에게 별 위안이 되지는 못했다. 사실 프랭크 길모어는 너무도 쉽게 아들을 버렸고, 단 한 번도 찾아오거나 편지를 쓴 적도 없었다. 그래도 로버트는 여전히 아버지에게 가까이 가기를 원했지만, 그것이 쉽지 않다는 것을 알게 되었다.

페이의 집에서 영혼들이 회합을 갖는 밤이면, 베시와 로버트는 이런저런 이야기를 나누며 시간을 보냈다.

프랭크가 집을 떠난 지 여섯 주가 지난 어느 가을, 그가 집으로 돌아왔다. 그가 집으로 향해 걸어오는 모습을 본 베시는 격앙된 감정 상태에서도 뭔가 가슴에 차오르는 것을 느꼈다. 그가 자신을 찾아 돌아왔다는 것만으로 그녀가 영원히 진정으로 사랑할 유일한 사람은 바로 프랭크라는 생각이 들었다. 그래도 그녀는 그가 없는 동안 자기가 행복하지 못했음을 알리고 싶었다. 그리고 그의 삶에 대해 어느 정도 알게 되었다는 것도. 베시는 페이를 통해 그동안 프랭크가 함께 살았던 많은 부인들이며, 그가 썼던 많은 이름들에 대해서 이야기를 들었노라고 그에게 말했다. 그리고 자기는 프랭크의 친아버지가 에릭 바이스라고 생각한다는 말도 했다.

그런 이야기를 듣는 동안 프랭크는 별 반응을 보이지 않았다. 자기 어머니하고 똑같아, 하고 베시는 속으로 생각했다.

"어머니가 또 무슨 이야기를 했지?" 하고 프랭크가 물었다.

"별로. 당신에 대해서 더 알고 싶은 게 있으면 당신한테 직접 물어보라고 하셨어요."

이 말에 프랭크는 안심하는 눈치였다. 그 표정은 베시에게 자기 이야기를 하는 일은 결코 없을 거라고 다짐하는 듯했다.

베시는 좀 더 밀고 나가보기로 결심했다. "프랭크, 당신 어디 갔던 거예요? 도대체 뭐 하고 지냈어요?"

"당신과 상관 있는 일 같으면, 내가 진작에 이야기했겠지. 모든 걸 다 알려고 하지 마. 그 편이 당신한테 더 좋을 거야."

하지만 베시로서는 한 가지 더 알아야 할 게 있었다. 그가 다른 곳에서 다른 여자와 살림을 차린 건 아닐까? 그의 아내였던 사람들 중 혹시 지금도 만나거나 아이들 양육비를 대주고 있는 건 아닐까? "좋아요. 모든 걸 다 받아들이겠어요. 하지만 만일 당신이 아직도 다른 여자를 만나고 다닌다면, 나는 당장 당신을 떠날 거예요."

프랭크는 웃음을 터뜨렸다. 그리고 베시의 턱을 손으로 부드럽게 들어 올려 그녀의 초록빛 눈을 들여다보며 말했다. "날 믿어요. 당신은 나한테 과분한 여자야. 그리고 나는 동시에 여러 아내를 거느릴 정도로 바보가 아니야. 난 모르몬 교도가 아니니까. 걱정하지 마. 다른 여자들은 더 이상 만나지 않아. 어쩌다 한번 연락해서 아이를 만나기는 하지. 그게 전부요."

베시는 그의 말을 믿었다.

프랭크는 집을 나가 있는 동안 돈을 좀 벌었던 모양이었다. 그는 돈 쓰는 데 인색하지 않았다. 베시를 시내로 데리고 가서 새 옷과 새 반지를 사주는가 하면, 로버트에게는 그가 그토록 사고 싶어 했던 중고 포드 자동차를 사라고 돈을 주었다. 그리고 페이의 집세를 여섯 달치나 미리 선불하고 페이에게 생활비로 쓰라고 돈 봉투도 주었다. 그리고 마음이 불안하다면서, 아이가 생기기 전에 베시와 함께 몇 달 동안 여행을 하고 오겠노라고 페이에게 말했다. 그러나 베시에게는 페이의 기괴하고 초자연적인 세계에 있고 싶지 않다고 했다. 그는 예전에도 그런 것들을 오래도록 봐 왔으며, 자기 어머니의 쓰잘데없는 허튼소리를 가슴에 깊이 새기는 바보들이 경멸스럽다고 했다. "다 허튼 사기지."라고 그는 말했다. 그는 페이가 테이블과 카펫 밑에 스위치를 장치해서 어둠 속에서 물체가 움직이도록 손이나 발로 조정하는 거라고 설명했다.

베시는 아리송해졌다. 죽은 자와 산 자 사이에는 오직 얇은 베일이 있을 뿐이라는 걸 잘 알고 있는 그녀였다. "죽은 영혼들은 늘 가까이 나타났어요. 짐작하는 것보다 훨씬 가까이 있었다구요." 하고 베시가 말했다. 더군다나 휠체어에 몸을 의지하는 페이가 어떻게 그런 속임수를 쓰는 도구들을 만들 수 있었겠느냐고 덧붙였다.

그러자 프랭크가 웃으며 말했다. "어머니는 그따위 물건이 필요한 사람이 아니야. 휠체어에 앉아 있는 것도 다 연극이란 말이야. 그건 사람들을 속여먹기에 아주 좋은 방법이지."

베시는 프랭크가 농담을 한다고 생각하기로 했다. 페이가 무기력하게 휠체어에 앉아 있는 모습이나 그녀의 말라빠진 다리를 본 적이 있기 때문이다. 페이의 하체가 불구 상태라는 것은 의심할 여지가 없었다.

어쨌든 프랭크와 베시는 여행을 떠나기로 했다. 프랭크는 폰티악 스테이션왜건을 한 대 장만했다. 나무로 내부 장식이 된 새로운 모델이었다. 그는 항상 나무 재질을 무척 좋아했다. 옷 가방 두 개를 챙겨서 차에 싣고 두 사람은 유타로 갔다. 프랭크는 〈유타 매거진〉에 받을 돈이 좀 있었고, 베시는 이 기회에 남편을 가족에게 소개해야겠다고 생각했다. 베시는 새크라멘토에 있을 때 고향 집으로 결혼했다는 편지를 보냈다. 남편은 유능한 광고 세일즈맨인데, 예전에는 무성영화에 나온 적도 있고 서커스에서 일한 적도 있다고 소개했다. 다른 내용들, 즉 나이가 자기 나이의 거의 두 배라거나, 여섯 명 정도의 전 부인과 아이들이 있다는 이야기들은 적지 않았다. 그런 내용들은 자기만의 비밀로 간직하리라 마음먹었다. 이웃에 소문나는 것이 싫었다. 편지를 보낸 지 2주일이 지났을 때 베시는 어머니로부터 짤막하지만 반가운 편지를 받았다. "네가 유타를 떠난 후, 우리는 늘 네 걱정뿐이었단다. 이렇게 네 소식을 들으니 기쁘구나. 잘 알겠지만 여자가 신께 다가갈 수 있고 천국의 영광을 누릴 수 있는 것은, 오로지 결혼을 통해서란다. 이곳에 오면 꼭 집에 들르렴. 네 남편 프랭크가 어떤 사람인지 궁금하구나."

고향 방문은 처음부터 순조롭지 않았다. 멜리사와 윌은 딸이 그렇게 나이 많은 사람과 결혼한 것을 보고 깜짝 놀랐다. 사위는 장인보다 고작 네 살 적었다. 멜리사는 딸에게 대놓고 싫은 기색을 보이지는 않았다. 하지만 다른 딸들에게 한 이야기가 베시의 귀에 들어갔다. 나이 말고도 프랭크는 베시의 부모에게 좋은 인상을 주지 못했다. 마치 프랭크의 몸 전체에서 범죄자의 냄새가 나는 듯했다. 딸이 그런 사람과 결혼했다는 데에 특히 실망한 사람은 윌이었다. 어느 날 딸과 함께 뒤뜰을 거닐면서 이런 말을 했다. "그 사람은 말이다. 감옥에 드나드는 사람이구나. 왜 그런 말을 우리에게 하지 않았니? 어째서 이런 사람과 결혼했느냐?"

"감옥이라니요? 그런 적 없어요." 오래전, 그 옛날의 분노가 베시의 얼굴에 떠올랐다. "프랭크는 고생을 많이 한 사람이에요. 태어나면서부터 아버지에게 버림받았어요. 그이 어머니는 자식을 학교에 보내느라 쇼단에서 일을 했구요. 그이는 오랫동안 자기 혼자 힘으로 살아가야 했대요. 그래서 조금 거칠게 자랐을 뿐이에요. 하지만 범죄자는 아니에요. 어떻게 감히 그런 말씀을 하세요?"

그러나 베시의 항변은 별 효력이 없었다. 브라운 가의 가족들은 프랭크를 따뜻하게 반겨주지 않았다. 베시의 여동생들은 그를 무서워하다시피 했다. 베시는 그 어느 때보다도 가족들이 자신을 비난하고 경멸하고 있다는 걸 알 수 있었다. 사실 그것은 가족들로부터 받을 수 있는 최악의 비난과 경멸이었다. 모르몬 세계에서 결혼보다 더 중요한 것은 없다. 결혼이란 가정을 꾸미는 반석이며, 영원한 축복을 누리는 데 기본이 되는 조건이었다. 베시는 이렇게 중요한 결혼을 결정함에 있어 자신이 큰 실수를 저질렀다는 느낌을 받았다. 하지만 지금 자신이 느끼는 모멸감은 프랭크 길모어와는 관계가 없고, 만일 자신이 프랭클린 루스벨트와 결혼했다 하더라도 결과는 마찬가지였을 거라고 생각했다. 지난 세월 동안 그녀가 가족에게서 받은 메시지는 자신이 무가치한 사람이라는 비난과 경멸이었다. 이제 그녀도 그들이 소중하게 여기는 가치나 신의 심판 따위에 대해서 아무것도 개의치 않기로 했다. 이제 바야흐로 그 메시지가 최종선고와 함께 전해지고 있는 듯했다.

베시와 프랭크가 프로보 농장을 떠나던 날, 베시는 폰티악 앞자리에 앉아 두 손으로 얼굴을 감싸고 흐느꼈다. 그 어느 때보다도 비통한 눈물이었다. 이제 다시는 친정 식구들을 만나고 싶지 않았다. 프랭크는 팔을 뻗어 그녀의 어깨를 감싸 안으며 머리를 자기 어깨에 기대게 했다. "도대체 당신은 뭘 기대한 거지? 그 빌어먹을 모르몬 족속들한테서 말이야."

그렇게 그들의 유랑생활이 시작됐다. 그 후 몇 개월 동안 베시는 남캘리포니아, 네바다, 애리조나, 콜로라도 주의 작은 소도시들과 도로들을 구경하게 되었다. 그들은 한 곳에서 2주일 정도 머물다가 다른 곳으로 떠나곤 했다. 한두 달씩 머물렀던 곳은 없었다. 그리고 늘 갑자기 서둘러서 떠났다. 프랭크는 베시에게 그동안 장만했던 물건들을 아까워하지 말라고 했다. 그저 몸만 차에 싣고 떠나면 그만이었다. "물건들은 다른 데 가서 또 사면 돼." 하고 그는 말했다. 그는 물건들을 챙기느라 시간이 지체되는 걸 싫어했다.

나중에 알게 된 사실이지만, 프랭크가 서둘러서 떠나는 데에는 몇 가지 이유가 있었다. 프랭크가 하는 일은 광고 사기였다. 베시는 차차 그런 사정을 알게 되었다. 어떤 작은 도시에 도착하면, 프랭크는 제일 먼저 전화를 놓는다. 호텔이건 아파트건 그들이 묵는 거처에 전화를 놓는데, 전화 명의는 그가 사용하는 여러 이름 중 하나를 썼다. 그다음에 여러 사업체를 돌아다니면서 광고 세일을 했다. 앞으로 나올 잡지나 정기간행물에 실을 광고였다. 그는 새로 나올 잡지의 샘플을 보여주면서 명함을 건네고는, 호텔로 돌아와서 업주들의 전화를 기다렸다가 광고를 받았다. 어떤 때는 베시에게 비서인 양 전화를 받도록 했다. 베시는 "여보세요. 콜리어 씨 사무실입니다."라든가 혹은, "여보세요. 밀러 출판사, 프랭크 콜리어 씨 사무실입니다."라고 말하면서 전화를 받았다. 그런 다음 프랭크는 다시 업주를 방문해서 광고 자료들과 함께 광고비의 전액 혹은 일부를 받아왔다. 물론 잡지는 출판되지 않았다. 프랭크는 돈을 받고 나면 곧 그곳을 떠났다. 이런 식의 광고 장사는 100퍼센트 남는 장사라고 했다. 장사꾼이 이익금을 모두 챙겨 달아나기 때문이다.

하는 일이 이렇다보니, 어제는 여기서, 그리고 내일은 수백 마일 떨어진 곳에서 지내야 하는 고단한 생활을 했다. 하지만 그들이 끊임없이 옮겨 다녀야 했던 건, 꼭 그 광고 사기 때문만은 아니었다. 베시가 보기에 프랭크는 늘 알 수 없는 환영에 쫓겨 달아나려는 것처럼 보였다. 그가 자는 모습만 봐도 분명히 그런 느낌을 받을 수 있었다. 그는 자는 동안에도 긴장을 풀지 않았고, 한밤중에 복도에서 발자국 소리라도 들리면 깜짝 놀라 벌떡 일어나곤 했다. 그러다보니 베시도 프랭크의 숨소리만 달라져도 덩달아 마음이 불안해졌다. 그래서 다음 목적지, 다음 사기 사업을 찾아 떠나는 자동차에 몸을 싣고 나서야 비로소 마음이 놓였다.

도망과 모험이 계속되는 생활이었지만, 후에 베시는 이 시절이야말로 그들의 결혼생활 중에서 가장 행복했던 나날이었다고 회고했다. 미국 서부에서 도시의 도망자처럼 떠돌아다니던 그 시절엔 그들 두 사람뿐이었다. "그땐 우리 둘이 함께 행복하게 지냈지. 아이들이 생기기 전까지는 말이야. 난 아이들을 원하지도 않았고, 낳을 계획도 없었어. 아이를 원했던 쪽은 프랭크였어. 정작 아이들을 원했던 사람은 그 아이들한테서 등을 돌리고, 아이를 원치 않던 나는 그 애들을 보호하고 키우느라 그토록 고생을 했으니 이상하기도 하지. 아이들 없이 계속 그렇게만 살았더라면……."

어머니의 그런 말은 우리에게 상처가 되었다. 우리는 모든 비극이 우리 탓이라고 생각하며 자랐다. 우리 마음속에는 아이 없는 가정이야말로 이상적인 가정이라는 생각이 깊이 새겨졌다.

행복했던 시절은 그리 오래가지 못했다. 고작 몇 개월로 끝났다. 1939년 초, 베시는 임신을 했다. 임신 기간 동안 두 부부는 계속 여행을 다니다가, 출산이 임박하자 로스앤젤레스의 글렌데일 지역에 단출한 집을 하나 마련했다. 거기서 큰형 프랭크 해리 길모어 2세가 태어났다. 페이의 말과는 달리, 프랭크는 아버지가 된다는 사실에 꽤 흥분하는 것 같았다. 그는 초조하면서도 자랑스러워하는 기색으로 술에 약간 취해서 옛 친구들을 병원으로 데리고 왔다. 그는 관습대로 눈에 띄는 모든 사람들에게 담배를 돌리고, 의사에게는 리본을 두른 위스키 한 병을, 그리고 간호사들에게는 감사의 인사를 전했다. 아버지가 프랭크 2세를 안고 있는 모습을 처음 보았을 때, 베시는 남편이 저렇게 행복해 보이는 건 처음이라고 느꼈다. 아기를 안고 있으니 비로소 진정 남자가 됐다고 느끼는 듯했다. 프랭크는 아들 프랭크의 얼굴을 들여다보더니 베시를 향해 말했다. "자, 여기, 당신이 늙으면 당신을 돌봐줄 아들을 선사하겠소."

프랭크는 아기를 다루는 법을 아주 잘 알고 있었다. 그는 프랭크 2세에게 우유를 먹이는 일이나 기저귀를 갈아주는 일, 혹은 아기가 울거나 아플 때 밤늦은 시간에 깨서 보살피는 일을 전혀 힘들어하거나 걱정하지 않았다. 베시는 후에 남편이 아기를 돌보던 모습은, 그에 대한 가장 좋은 기억 중의 하나라고 회상했다. 프랭크는 아기를 안고 의자에 앉아서 얼러주거나 부드럽게 말을 걸기도 하고 또 그 굵은 목소리로 자장가를 불러주기도 했다. 그러면 아기는 프랭크의 품에 안겨 아기 고양이처럼 편안히 잠들곤 했다.

로스앤젤레스에 몇 주 동안 머물면서 프랭크는 아기와 베시를 돌보며 지내다가 페이가 사는 집으로 돌아갔다. 그런데 아기에게 다소 법석을 떠는 프랭크의 모습에, 로버트의 기분이 좋을 리 없었다. 두 사람은 전보다 언성을 높이는 일이 잦았다. 그래도 로버트는 아버지가 자기를 충분히 사랑해주지 않았다고 노골적으로 원망을 드러내지는 않았다. 대신에 그는 자기의 친어머니인 낸에 대한 프랭크의 처사가 지나쳤다며 비난하기 시작했다. 프랭크는 "창녀 같은 전 마누라"라는 둥 로버트에게 험한 말을 내뱉었고, 그러면 로버트는 그런 아버지에게 항의하다가 끝내 눈물을 흘리곤 했다. 그 후, 베시와 프랭크는 그 문제를 두고 걸핏하면 충돌했다. 베시는 프랭크가 로버트 앞에서 로버트의 생모를 모욕하는 건 잘못이라고 생각했다. 하지만 프랭크는 화를 내며 이렇게 말했다. "당신이 로버트에게 잘해주는 건 나도 알고 있어. 하지만 당신도 입조심하는 법을 배워두는 편이 좋을걸."

그러면 베시도, "프랭크, 뭘 새로 배우기엔 난 너무 늙었어요."라고 대꾸하곤 했다.

그 이듬해 초, 베시는 또다시 임신했다. 그런데 이번에는 프랭크가 별로 기뻐하는 것 같지 않았다. 그는 술에 취해 흥청망청 지내더니, 또 며칠 동안 혼자서 호텔에 머물다가 왔다. 집에 돌아왔을 때 그는 왠지 초조하고 신경질적이었다. 그러더니 프랭크는 베시에게 또다시 여행을 떠날 때가 됐다고 말했다. 하지만 베시는 전처럼 마음이 들뜨지 않았다. 여름인데다 이제 생후 7개월 된 아기가 있고, 게다가 임신 3개월이었다. 이런 상태에서 전국을 돌아다니는 일이 썩 달갑지 않았는데, 이번에는 앨라배마 쪽으로 간다는 말을 듣자 더욱 마음이 내키지 않았다. 그 엉터리 같은 광고 사기를 하려고 꼭 그렇게까지 먼 곳으로 가야 할 필요가 있는지 이해가 되지 않았다. 이번 여행은 뭔가 석연치 않았다. 프랭크가 계획한 여행 코스만 봐도 그랬다. 곧장 가는 직선코스를 택하지 않고 남부로 빙 돌아서 텍사스를 가로지르는 코스였다. 프랭크는 유타를 거쳐 가면서 베시의 부모에게 아기를 보여주자고 제안했다. 그런 다음, 콜로라도, 캔자스, 미주리 주를 가로질러서 아칸소와 미시시피를 거쳐 앨라배마로 가는 계획이었다. 그러나 베시는 사실 남편이 윌과 멜리사에게 프랭크 2세를 보여주는 데 별 관심이 없다는 것을 알고 있었다. 뭔가 다른 이유가 있을 거라고 생각했지만, 그게 무엇인지 남편은 도무지 말하려 하지 않았다.

그들은 마침내 앨라배마에 도착했고, 나아진 것은 아무것도 없었다. 베시는 처음 겪는 한여름 무더위가 몸에 척척 달라붙는 듯했다. 게다가 그녀는 그 지역 분위기가 어쩐지 두렵게 느껴졌다. 남부 사람들의 폭력적이고 배타적인 근성에 대해 그동안 많이 들어서 그런지도 모르겠지만, 베시는 자기의 입에서 북부 억양이 나올 때마다 그곳 사람들의 눈길이 곱지 않다는 것을 느꼈다. 한번은 길가에 있는 식당에서 주문을 하는데 종업원이 불쾌한 표정으로 물었다. "어디서 온 사람들이에요?" 베시는 불안했지만, 프랭크는 별 도움이 되지 않았다.

그들은 앨라배마 주 중심부에 있는 셀마의 남쪽 마을에 작은 모텔 방을 하나 임대했다. 거기서 할 일은 별로 없었다. 한두 번 영화를 봤고, 음료수와 간단한 식사를 파는 가게에서 점심을 먹곤 했다. 프랭크는 베시가 방 안에서만 지내기를 바랐다. 그녀가 이웃 사람들과 어울리는 것을 노골적으로 싫어했다. 특히 그 사람들이나 그들의 생활에 대해서 알려고 하거나, 낯선 이웃 사람들이 묻는 말에 대답하지 말라고 했다. "여기 사람들은 호기심이 많아. 그리고 겉으로는 친절한 체하지만 속으로는 당신을 싫어한단 말이야. 당신은 북부 양키잖아. 양키들은 이곳에서 환영받지 못해. 이 사람들을 건드리지 마. 낮에는 괜찮아도 밤이면 쥐도 새도 모르게 당신 목을 자르고 흔적조차 없애버릴 사람들이니까."

어느 날 밤, 프랭크는 술에 취해 예전에 앨라배마에서 지냈던 시절에 대해 약간 내비쳤다. 10년 전 그가 바바라 솔로몬이라는 유태인 여자와 결혼해서 살던 때였다. 그들은 그린빌이라는 마을에 살았고, 프랭크는 신문광고 세일즈맨으로 일하고 있었다. 어느 날, 그 지역의 KKK단원들이 찾아와서 집회에 참가하라고 프랭크에게 권했다. 프랭크는 거절했다. 그들이 이유를 묻자, 그는 자기는 가톨릭 신자이고, 아내는 유태인이며, 또 지금까지 자신은 흑인들과 잘 지내왔다고 대답했다.

따라서 그는 그들이 하는 일에 동조할 수 없다고 덧붙였다. 이틀 후, 저녁 늦게 퇴근해서 프랭크가 집에 와보니 아내는 아기와 함께 어두운 방 안에 앉아 있었다. 바바라는 프랭크에게 어떤 사람들이 찾아와서 문을 발로 걷어차며 협박을 했다며 떨고 있었다. 유태인과 가톨릭 교도는 여기에서 살 수 없으니, 다음 날까지 이곳을 떠나지 않으면 그녀가 보는 앞에서 남편의 성기를 잘라버리겠다고 했다는 것이다. 프랭크는 그들이 말로만 그칠 사람들이 아니라고 생각했다. 그날 밤, 날이 밝기 전에 프랭크와 바바라는 그린빌을 떠나 몽고메리로 향했다. 그들의 결혼생활은 그 후 1, 2년 후 끝이 났다.

이번에 앨라배마에서 프랭크가 어떤 일을 하는지는 몰라도 베시는 이곳에 오래 머물고 싶지 않았다. 그녀는 프랭크에게 떠나자고 졸랐다. 둘째 아기를 이곳에서 낳고 싶지 않았다. 캘리포니아 로스앤젤레스에 있는 집이나 페이가 있는 새크라멘토에서 낳았으면 했다. 그러자 프랭크가 대답했다. "이제 곧 떠날 거야. 여기서 하려던 일은 끝내고 가야지. 수금 말이야. 일이 끝나면 바로 갑시다."

그해 추수감사절, 프랭크는 날이 밝기도 전에 일어나서 옷을 입고 집을 나섰다. 그러고는 자정이 넘도록 돌아오지 않았다. 베시는 어두운 방 안에서 아기를 안고 앉아 있었다. 10년 전 바바라 솔로몬과 똑같은 상황이었다. 만일 프랭크가 이대로 영영 돌아오지 않으면 어쩌나, 이 무서운 곳을 어떻게 빠져나갈까 걱정이 됐다. 어쩌면 그 사람들이 한밤중에 그녀를 잡으러 올지 모른다는 생각도 들었다. 새벽 2시경, 프랭크가 돌아왔다. "여기서 볼일은 다 끝났어. 지금 당장 떠나야 해. 내가 운전하는 동안, 당신은 차 안에서 눈 좀 붙여." 그녀는 극도로 피곤했다. 그러나 그녀의 피로 따위는 뒷전으로 밀어둘 정도로, 남편이 초조해 보였다. 그들은 또다시 그렇게 짐도 챙기지 못한 채 그곳을 떠났다. 또 한번의 야반도주였다. 그런데 이번만큼은 베시의 마음이 찜찜하지 않았다. 그 무서운 땅을 벗어난다는 사실이 마냥 좋았다.

프랭크는 또다시 텍사스 주를 우회해서 먼 길로 돌아서 가려고 했다. 베시는 말했다. "말도 안 돼요. 곧장 갈 수 있는데 왜 돌아서 가요? 아기를 자동차에서 낳고 싶지 않아요. 프랭크, 난 캘리포니아로 빨리 돌아가고 싶단 말이에요." 베시가 프랭크를 이긴 적은 처음이었다. 그들은 넓고 넓은 텍사스 주를 가로질러 가기 시작했다. 이번에는 분명히 알 수 있었다. 프랭크는 텍사스 주에 발을 들여놓고 싶지 않았던 것이다. 가는 내내 그는 불안한 기색을 감추지 못했다. 텍사스 땅이 넓은 만큼, 프랭크의 불안은 계속되었다. 그는 밤새 차를 몰아서 한시라도 빨리 그곳을 벗어나려고 했다. 뒷좌석에 아기와 앉아 있던 베시가 아침 햇살에 눈을 떠보면, 프랭크는 밤을 꼬박 새웠는지 몽롱한 상태로 운전대를 잡고 있었다. 이곳을 빠져나가는 것이 너무도 다급해 보였기 때문에 이따금 베시가 운전대를 잡기도 했다. 임신 8개월이 넘은 데다, 심지어 운전도 할 줄 몰랐는데 말이다.

67번 도로를 달리던 중이었다. 아기가 나올 조짐이 보였고, 그들은 병원을 찾아야 했다. 주유소에서 만난 한 남자가 그들에게 맥케이미로 가라고 길을 가르쳐주었다. 석유노동자들이 사는 마을인데 거기 괜찮은 병원이 있다고 했다. 차가 병원을 향해 들어설 때, 베시는 뒷좌석에서 한 손으로는 문고리를 움켜쥐고, 다른 한 손으로는 만삭의 배를 잡고 있었다. 그때 프랭크가 그녀를 돌아보며 말했다. "여기서 당신은 아무한테도 아무 말도 하지 마. 내가 다 알아서 할 테니." 다음 순간, 베시는 정신을 잃었다. 그리고 들것에 실려 병원 복도를 통해 분만실로 갔다는 기억만이 어렴풋이 남아 있었다.

몇 시간이 지난 후, 베시는 텍사스 말씨를 쓰는 간호사의 코맹맹이 같은 목소리에 정신이 들었다. "코프만 부인? 괜찮으세요? 제 말 들리세요, 코프만 부인?" 정신이 혼미한 상태에서도 베시는 이런 생각이 들었다. '왜 코프만 부인이라는 사람이 대답을 안 할까? 코프만 부인이 상태가 안 좋은가?'

그때 남편의 손이 어깨를 가만히 흔드는 것이 느껴졌다. "베시, 우리가 말하는 소리 들려? 이제 괜찮아. 나, 월터요, 여보."

베시는 눈을 뜨고 남편을 보았다. 그는 그녀가 누워 있는 침대 오른쪽에 서 있었다. 반대편에는 간호사가 갓 태어난 아기를 안고 서 있었다. 아기를 보자 베시는 정신을 차리고, 아기를 안으려 두 팔을 내밀었다.

"자, 아기 받으세요, 코프만 부인. 정말 건강하고 예쁜 아들을 낳으셨어요. 정말이지, 이 꼬마 페이 도련님은 제가 여기서 본 아기 중에서 가장 예쁜 아기랍니다."

그 말에 베시는 정신이 번쩍 들었다. "꼬마 페이?" 그녀는 묻지 않을 수 없었다.

"그래요." 하고 프랭크가 대답했다. "출생증명에 필요해서 내가 다 말해주었소. 우리가 아기 이름을 페이 로버트 코프만으로 지어놓았다고 말이오."

"아주 멋진 이름이에요." 하고 간호사가 말했다. "그리고 부인은 정말 자상한 남편을 두셨네요. 코프만 씨가 부인 곁을 지키겠다고 고집을 부리셨답니다. 부인이 깨어나실 때 옆에 있고 싶다구요."

이 말에 베시는 아기의 반짝이는 푸른 눈을 들여다보는 수밖에 없었다. 그리고 이렇게 생각했다. '내가 다른 사람으로 깨어난 걸까? 아니면 지금 내 정신이 아닌 걸까?'

잠시 후, 둘이 남게 되었을 때, 베시는 그제야 상황 파악이 됐다. 텍사스를 가로지르면서 질주하던 일, 그가 여기서 또 다른 이름을 사용하고 있다는 것, 적어도 그 시점까지 이해했던 범주 안에서 짐작할 수 있는 것들이었다. 그런데 알 수 없는 게 있었다. 프랭크가 새로 태어난 아기에게 붙인 이름이었다. 그녀는 남편에게 물었다. "당신 어떻게 그런 이름을 생각해냈어요? 페이 로버트 코프만이라니."

"그 이름이 어때서? 이보다 더 좋은 이름도 없을걸? 그리고 철자는 어머니하고 똑같지 않아요. 페이 끝에 e를 하나 더 붙였거든."

"철자는 상관없어요. 그래도 당신 어머니 이름에서 하나, 또 당신 아들 이름에서 하나를 따서 지은 거잖아요. 당신이 좋아하는 사람들도 아니면서. 대체 무슨 생각으로 그랬어요?"

"자, 진정해요." 프랭크가 말했다. "우리는 텍사스에서 영원히 사는 게 아니야. 하지만 여기에 있는 동안은, 아기 이름은 페이 로버트, 그리고 내 이름은 월터. 잊지 마."

병원에 이틀 더 있다가 근처에 있는 도일호텔로 옮겼다. 거기서 베시의 몸이 회복될 동안 지내기로 했다. 호텔 주인은 나이가 많은 여자였는데 그들이 처음 온 날 밤, 방으로 찾아와서는 아기를 보고 법석을 피웠다. 베시가 아기의 이름을 말해주자, 그녀는 놀란 듯 입을 다물었다. "아기 아빠가 지은 이름이에요." 하고 베시가 말하자, 그 말을 듣고 프랭크, 아니, 월터는 자랑스럽게 어깨를 우쭐했다. 다음 날 오후, 프랭크가 식사 준비 때문에 밖에 나가자, 주인 여자가 다시 왔다. "아기 이름이 별로 안 좋아요." 라면서 그녀는 아기의 머리를 어루만졌다.

"네, 그래요." 하고 베시가 대답했다. "저도 그 이름을 오래 쓰게 할 생각은 없어요. 좋은 이름이 생각나면 말해주세요."

그 후로 주인여자는 매일 새 이름을 생각해내서 찾아왔다. 결국은 아기 이름을 자기 호텔 이름을 따서 '도일'이라고 지으라고 제안했다. 그리고 아기를 볼 때마다 꼬마 도일이라고 불렀고, 그때마다 프랭크는 화를 냈다.

몇 주일 지난 후, 내 부모님은 두 아들을 데리고 서쪽으로 차를 달려 텍사스를 벗어났다. 엘패소를 지나서 뉴멕시코 주로 들어서자 프랭크는 베시를 돌아보며 말했다. "자, 됐어. 이제 그놈의 출생증명은 찢어버려도 좋아. 아기에게 새 이름을 지어줘야지."

"그래요." 하고 베시가 대답했다. "그래야지요. 내가 벌써 생각해둔 이름이 있어요. 게리라고 합시다. 게리 길모어, 게리 쿠퍼 이름을 딴 거예요. 그 배우처럼 멋진 남자가 될 거니까."

프랭크는 대뜸 단호하게 나왔다. "안 돼. 절대로 게리라는 이름은 안 돼. 내 아들한테 그런 이름을 지어줄 순 없어!"

"왜요?"

"로버트의 생모를 가로챈 놈 이름이 그래디였소. '게리'라는 이름은 그놈을 생각나게 하잖아. 난 그놈을 증오해. 그놈 이름도 증오해. 내 아들 이름을 부를 때마다 그놈 생각을 하고 싶지 않단 말이야."

"프랭크, 이름이 같은 것도 아니잖아요."

어머니의 말은 아무 소용이 없었다. 두 사람은 아기의 이름 때문에 새크라멘토로 오는 길 내내 다투었다.

마지막으로 아버지는 이렇게 말했다. "나한테 그런 이름을 가진 아들은 있을 수 없어."

어머니도 지지 않았다. "그 이름으로 할 거예요."

여기서 잠깐 멈춰야겠다. 방금 중요한 사건이 일어났다. 이 책의 살인자가 태어난 것이다. 그는 지금 커다란 푸른 눈과 매력적인 얼굴을 가진 아기이다. 그 아기는 36년이 지난 후 두 남자를 죽이고 사형수 감방에 앉게 될 것이며, 미국 역사에서 유일하게 자신을 죽여달라고 주장함으로써 악명을 떨친 살인자로 기억될 것이다. 그때 그의 푸른 눈을 들여다본다면 그 속에서 사람의 마음 깊숙이 감춰져 있는 본능을 건드리는 섬뜩한 시선을 느낄 것이다. 그것은 날카로우면서도 죽음이 느껴지는 눈빛이다. 또한 죽음이 결코 두렵지 않다는 표정이다. 자기 몸에 부딪히고 지나갔다는 이유만으로, 아니 꼭 그런 핑계 따위 대지 않고도 상대를 죽일 수 있는 사람의 표정 말이다. 아기의 눈빛이 살인자의 눈빛이 되기까지, 그 사이에는 파멸의 역사가 있다.

어쩌면 이 아기를 살인자로 만든 건 다른 것일지도 모른다. 지난 몇 년 동안, 내 마음속을 떠나지 않았던 의문이 있다. 언제 어떻게 그 죄의 씨앗이 싹튼 것일까? 다르게 말하자면, 이 모든 잘못된 결과를 불러오는 원인이 된 시점을 내가 찾아낼 수 있을까? 만일 찾는다면, 게리의 삶 속에서 찾아야 할까? 혹시 게리의 삶 밖에서, 말하자면 아버지의 비밀스럽고 어두웠던 삶에서 찾아야 하는 게 아닐까? 이런 의문에 대한 답은 쉽게 찾을 수 없었다. 끝없는 의문과 생각으로 이어질 뿐이었다. 그래도 나는 그 답을 찾기 위해 우리의 역사를 추적할 수밖에 없다. 내 어머니가 삶을 마무리할 무렵에 그 운명의 사슬을 엮은 고리를 하나하나 되새겨보았듯이. 그 역사의 어디쯤, 우리는 운명을 바꿀 수 있었을까? 내 형의 영혼을 살인으로부터 구출할 수도 있었던 시점은 어디였을까? 그 순간을 잡을 수만 있다면, 그 파멸의 운명을 피할 순간을 찾아낸다면, 그 운명의 악순환으로부터 빠져나올 수 있을 것이다. 그러나 과거의 순간순간을 자세히 들여다보면 볼수록, 절망적인 기분이 든다. 매 순간이 결정적인 순간이었다. 그리고 그 결정적인 순간마다 나쁜 쪽으로 결정되고 있었다. 한 명의 살인자, 그의 지독하게 불행했던 삶의 행로를 바꾸려면, 한 순간이 아니라 과거의 매 순간을 새로운 고리로 연결해야만 했다.

분명 이 아기의 삶은 처음부터 축복스럽지 않았다. 우선 그는 불길한 가문의 핏줄을 이어받고 지금은 뭔가 알 수 없는 것에 쫓겨 다니는 두 사람 사이에서 태어났다. 부모의 불안이 태어나는 아기에게 전달된다면, 게리는 불안감 속에서 그의 생을 시작한 셈이다. 거기에다 그는 두 개의 이름을 갖게 되는데, 하나는 자기 아버지에게 어머니로서의 애정을 결코 베풀 수 없었던 여자, 할머니의 이름과 같은 것이고, 다른 하나는—바로 그 이름으로 세상에 알려진다.—아버지에게 괴로운 과거를 늘 상기시키는 이름이었다. 이렇게 이름이 바뀌면서 섬뜩한 아이러니를 남겨놓았다. 이름을 바꿨다는 사실, 그 사실의 의미는 이렇다. 게리 길모어는 세상에 태어난 적이 없다. 그는 오직 죽을 운명이었다. (예를 들면, 실제로 게리가 죽은 지 몇 년 후, 나는 연방교도관리부에 그에 대한 자료 열람을 신청했으나 거절당했다. 게리라는 이름에 대한 출생증명이나 혹은 이름을 바꾼 개명증명을 내가 제시하지 못했기 때문이다.)

나는 게리의 출생에 관련된 이 모든 복잡하고 어처구니없는 상황이 놀라울 뿐이다. 특히 아기에게, 어느 쪽이든 애정의 상실을 가져올 게 뻔한 두 개의 정체성을 강요한 두 어른의 처사가 그렇다. 바로 이런 여건이 문제가 된 것일까? 아이 이름을 둘러싼 언쟁처럼, 겉보기에는 사소한 문제가 그 아이의 불행한 운명을 결정하는 데 어떤 영향을 준 것일까? 글쎄, 뭐라 단정할 수는 없다. 이런 문제를 정리하기에는 나 역시 우리 가족의 신화에 너무 깊이 연관되어 있다. 나는 이제 모든 운명의 굴곡마다 그 의미를 너무 쉽게 읽어내려는 것 같다. 지금도 그런 것이 아닌지 염려스럽다. 그러는 한편, 나는 이름과 관련된 이 모든 일들이 후에 게리에게 중요한 문제가 되리라는 것만은 분명 알고 있다. 그때는 이미 그가 지옥으로 향하는 길로 접어들어 있었다.

게리가 태어나고 남부에서 돌아온 이후, 프랭크는 어쩐지 조금 거칠어진 듯했다. 그는 항상 다른 곳으로 떠나야 할 사람처럼 보였다. 1941년 초 몇 달 동안, 새 식구까지 생긴 프랭크의 가족은 거의 2주일에 한 번꼴로 이 마을 저 마을로 떠돌며 살았다. 그러는 동안에 프랭크와 베시 사이의 다툼은 점점 더 빈번해졌고 험악해졌다. 샌타 바버라에 머물던 때였다. 프랭크는 닷새 동안 술에 빠져 집에 돌아오지 않았다. 이즈음 베시는 이런 일에 이미 익숙해졌던 터라 아이들과 함께 프랭크가 돌아오기만을 기다렸다. 그런데 닷새 만에 돌아온 그의 표정이 심상치 않았다. 그는 가족이 묵고 있던 호텔에 들어와서는, 아기가 잠들어 있는 침대로 가서 손가락으로 게리를 가리키며 말했다. "이 애는 내 자식이 아니야. 그렇지?"

베시는 이 느닷없는 말을 듣고 어찌할 바를 몰랐다. "대체 무슨 말을 하는 거예요? 그럼 누구 자식이란 말이에요?"

"로버트. 아닌가? 내가 없는 동안 새크라멘토에서 너희 둘이 무슨 짓을 했는지 내가 모를 줄 알아?"

베시는 한동안 프랭크를 쳐다보고만 있었다. 그리고 웃음을 터뜨리며 말했다. "당신, 미쳤군요. 술을 너무 마셔서 머리가 어떻게 된 거 아니에요?"

프랭크는 그녀의 얼굴을 힘껏 후려쳤다. "거짓말 마. 넌 지옥에서 보낸 악녀야. 이제 거짓말 같은 건 넌더리가 난다구."

베시가 바닥에 쓰러질 때까지 프랭크의 구타는 계속됐다. 그녀의 얼굴은 피투성이가 되었고, 아이들은 울고 있었다. 그 와중에도 그녀는 게리가 프랭크의 아이라고 계속해서 외쳤다. 그러나 그 일이 있은 뒤로, 아버지가 둘째 아기를 안아주는 일이 훨씬 줄었다.

두 아이들을 끌고 다니면서, 베시와 프랭크는 언성을 높이고 싸우며 미국 곳곳을 누볐다. 어느 늦은 봄날이었다. 그들은 미주리 주 북부지역을 지나고 있었다. 그날따라 프랭크는 하루 종일 기분이 좋지 않았다. 베시에게 소리를 지르고, 무모할 만큼 과속으로 차를 몰았다. 아이들은 너무 오랫동안 차 안에 갇혀 있었던 탓에 자꾸 보채기 시작했다. 이번에는 정말 뭔가 프랭크를 바싹 쫓아오는 모양이라고 베시는 생각했다. 그렇지 않고서야 프랭크의 행동이 이해가 되지 않았다. 베시마저도 목덜미에 추적자의 숨결이 느껴질 정도였다. 오후 늦게, 베시는 프랭크에게 고속도로 주변에 있는 주유소에서 잠깐이라도 쉬어가야겠다고 말했다. 프랭키(큰형 프랭크의 어릴 적 이름)의 기저귀도 갈아야 하고, 그녀도 다리를 좀 풀고 싶었다. 프랭크는 차를 세우는 걸 못마땅해했다. "빨리 서둘러야 해."라면서 프랭크는 차에서 내리지 않고 아기를 보고 있었다.

잠시 후, 베시는 프랭키를 데리고 화장실에서 나왔다. 그녀는 주위를 둘러보았다. 차가 보이지 않았다. 남편도, 아기도 없었다.

"여기서 기다리던 사람, 어디로 갔어요?" 그녀는 주유소 종업원에게 물었다.

"조금 전에 떠났는데요. 서둘러 가는 것 같았어요."

"가면서 뭐라고 안 하던가요? 잠시 후 오겠다는 말 같은 거, 안 했어요?"

"아니요." 종업원이 대답했다. 이런 경우는 처음 본다는 그런 표정이었다. 남자가 아내와 아이 하나를 길에 버려두고, 한 아이만 데리고 가버리다니. 베시는 생각했다. 좋아, 내가 잠깐 쉬자니까 프랭크가 화가 난 거야. 지금쯤 멀리 갔겠지. 나한테 본때를 보여주겠다는 거지. 개자식 같으니라구.

그녀는 프랭키를 데리고 몇 시간 동안 주유소에 앉아서, 프랭크가 돌아오기만을 기다렸다. 해가 지고 하늘엔 달과 별들이 떴다. 종업원도 퇴근 준비를 하고 있었다. 문을 잠그고 야간등을 켜면서 그가 베시에게 말했다."부인, 제 생각에는 남편께서 돌아올 것 같지 않군요. 여기 계속 계실 수는 없잖아요. 제가 칠리코드까지 차를 태워드릴게요. 거긴 호텔도 있고 버스 정거장도 있어요."

버스 정거장에서 베시는 친정 부모에게 전화를 해서, 프로보까지 갈 여비를 좀 보내달라고 부탁했다. 집에 돌아오자 아버지 윌 브라운은 베시에게 경찰에 전화하라고 했지만, 그녀는 거절했다. 그녀는 부모에게 프랭크가 어떤 일 때문에 몹시 걱정하는 상태이고, 이런 상황에 그와 다투고 싶지 않다고 했다. 그가 떠나간 건 그녀의 잘못이었다. 베시는 그가 돌아올 것이라고 믿었고, 또 아이에게 나쁜 짓을 하지 않으리라고 확신했다.

그녀의 아버지는 말했다."여기 나타나기만 해봐라. 내 가만두지 않겠다. 아내와 자식을 길바닥에 팽개치고 가버린 건 변명할 여지가 없어."

며칠 후, 베시는 아이오와 주의 데스몬에 있는 한 고아원에서 걸려온 전화 한 통을 받았다. "게리가 여기 있어요. 아기 아버지가 맡기고 갔는데, 그 사람은 지금 가까이에 있는 주 형무소에 있답니다. 부정수표를 사용한 죄로 30일 형을 받았대요. 라포 부인께서 직접 아이를 찾아가시겠어요? 아니면 저희가 데리고 있다가, 아기 아버지에게 넘겨서 입양시키도록 할까요?" 어머니는 그때 일을 두고 나중에 이런 말을 했다. "그렇게 비극적인 상황만 아니었어도, 라포 부인이라는 말에 내가 배꼽을 쥐고 웃었을 거다. 그때 처음으로 내가 라포 부인이 됐단다."

베시는 부모에게 돈을 더 빌려서 프랭키를 데리고 아이오와로 갔다. 게리를 고아원에서 데리고 나온 뒤 베시는 일자리를 구했다. 숙식을 해결하는 대신에 집안일을 해주는 일이었다. 남편이 감옥에서 형기를 마칠 때까지 그렇게 기다렸다.

프랭크가 형무소에서 나오던 날 아침, 베시는 프랭키와 게리를 데리고 밖에서 기다렸다. "도대체 당신 행동을 어떻게 설명할 거예요? 대체 무슨 생각으로 날 버려두고 아기를 데리고 도망갔어요?"

프랭크는 침울한 표정으로 대답했다. "그날 누가 내 뒤를 바짝 뒤쫓고 있었어. 그래서 떠나야 했던 거야. 그게 전부야."

베시는 더 궁금해지기 시작했다. 혹시 프랭크가 뭔가에 쫓긴다는 것은 하나의 구실이 아닐까? 사실은 아무도 그를 쫓지 않는데, 그저 가족과 함께 있어야 하는 현실, 그리고 아버지가 되었다는 사실에 불안감을 느끼는 것은 아닐까? 그렇다면 페이의 말이 옳았던 것일까? 베시는 프랭크에게 말했다. "프랭크, 뭔지는 모르겠지만 나한테 이야기해요. 만일 다른 여자가 생겼거나 다른 살림을 차렸다면 내게 그렇다고 말해줘요. 그걸로 당신을 다그치지는 않겠어요. 내게 사실만 이야기해주면 돼요."

프랭크는 고개를 저으며 대답했다. "아니, 그건 아니야. 베시, 그건 아주 무서운 일이야. 당신은 모르는 게 좋아."

그 한 해 동안 그들의 생활은 그런 식이었다. 아내와 아이들을 차에 태우고 미국 서부를 이리저리 누비던 프랭크는 점점 술을 많이 마셨다. 겨울 휴가철이 시작될 무렵, 베시와 프랭크는 아이들과 함께 밀 농사와 목축업을 주로 하는 홀요크라는 마을에서 지내고 있었다. 콜로라도 주 북동쪽 구석에 위치한 작은 마을이었다. 프랭크는 여기서도 마찬가지로 100퍼센트 사기 장사를 꾸미고 있었다. 가짜 명함과 가짜 명의로 등록한 전화(이번에 쓰는 이름은 해리 F. 라포였다), 그리고 근처의 스털링이라는 마을에 있는 은행에 당좌계정까지 열었다. 그는 마을을 돌아다니며 〈애리조나 하이웨이〉 같은 지역 관광잡지에 실을 광고비를 모았다. 어느 날, 프랭크는 광고를 계약한 어떤 상인에게 수표를 현금으로 바꿨는데, 그 상인이 뭔가 의심스러웠는지 은행에 수표 조회를 했다. 수표는 부정수표였다. 수표 금액이 50달러였는데, 은행 계좌에는 고작 3달러가 들어 있었던 것이다. 상인은 프랭크를 추적해서 호텔에서 그를 붙잡았다. 그때가 1941년 12월 초였다. 일본이 진주만을 공격하던 날, 나의 아버지는 부도 수표를 사용한 죄로 감옥에 들어가 있었다.

프랭크에 대해 조사하던 경찰은 그가 그 지역을 누비면서 발행되지도 않는 유령잡지에 낼 광고 판매를 하고 다녔다는 사실을 알게 되었다. 그건 부도 수표를 발행한 것보다 훨씬 무거운 죄였다. 크리스마스 사흘 전에 열린 재판에서 검사는 프랭크의 전과 기록을 제시했다. 물론 드러난 전과에 불과했지만. 검사가 프랭크의 전과를 낱낱이 보고하는 걸 듣고 있던 베시는 깜짝 놀랐다. 그의 전과 기록은 1914년 5월부터 시작하고 있었다. 당시 프랭크는 캘리포니아의 프레즈노에서 해리 서빌이라는 이름으로 한 미성년자와 비행을 공모한 죄로 체포되어 주 형무소에서 90일간 형을 살았다. 그다음은 1919년 8월이었다. 프랭크 길모어가 새크라멘토에서 횡령죄로 체포된 것으로 되어 있었다. 이에 판사가 좀 더 상세한 내용을 요구했다. "피고는 자신이 일하던 곳에서 트럭 한 대 분량의 모피코트를 훔쳤습니다." 검사가 대답했다. 하지만 프랭크는 그 횡령 사건으로는 감옥에 가지 않았다. 집행유예로 풀려나서 캘리포니아 주 내에서 보호관찰령을 받았다. (나중에 안 일이지만, 페이가 손을 써서 비싼 변호사를 댄 것이다.) 그러나 그는 보호관찰령을 어기고 도망쳤다. 그리고 2년도 채 지나지 않아 시애틀에서 월터 새빌이라는 이름으로 체포되어 새크라멘토로 돌아왔다. 판사는 집행유예를 취소하고 그에게 10년 형을 선고했다. 그는 2년 동안 고된 노역의 옥살이를 하고 나서, 가석방되었다.

검사가 말했다. "우리는 라포 씨가 다른 이름으로 다른 지역에서 더 많은 죄를 저질렀을 거라고 봅니다. 피고는 다른 신용사기와 횡령죄를 저질렀을 가능성이 큽니다. 혹, 더 나쁜 죄를 지었을 수도 있지요. 다른 곳에서 지은 죄가 아직 발각되지 않았거나 아니면 용케 체포를 피해왔을지도 모릅니다. 그가 많은 가명을 사용하는 것은 확실합니다. 지금 이 순간에도 우리는 그의 본명이 무엇인지 확실히 알 수 없습니다. 그에게 무거운 형을 구형합니다. 비록 지금 이 죄는 그렇게 큰 죄가 아니지만, 해리 라포는 분명 범죄자로 타고난 사람입니다. 설령 지금 아무 죄가 없다 하더라도, 다른 주의 기록을 조회해서 그가 그동안 사용했던 이름들의 범죄 기록이나 수배 여부를 확인할 때까지 잡아두어야 합니다."

H. E. 먼슨 판사는 해리 F. 라포에게 콜로라도 주 교도소 수감 5년형을 선고했다. 남편의 처참한 얼굴을 보면서 베시는 분노보다는 측은한 마음이 앞섰다. 그는 완전히 낙심한 것 같았다. 베시는 처음으로 남편이 늙어 보인다고 느꼈다. "이건 천만부당한 일이야." 하고 그녀는 생각했다. "프랭크는 다른 죄에 대해서는 이미 죗값을 치렀어. 그런데 이 조그만 마을에서 별것도 아닌 것들이 자기를 과시하려고 그이를 큰 죄인으로 몰고 있는 거야."

나는 콜로라도 교도부에 있는 아버지의 기록 사본을 갖고 있다. 파일에 별 내용은 없었지만, 그 기록만으로도 아버지에 대해 많은 사실을 확인할 수 있다. 예를 들면, 아버지가 많은 가명을 사용한 것이며, 전과 행적이 최소한 25년에 걸쳐 이어진다는 것, 그리고 그 밖에 알려지지 않았거나 미궁에 빠져 있는 사건들에 연루되어 있을 것이라는 추측 등이다.

그 기록이 내게 중요한 이유는 그것 말고도 두 가지가 더 있다. 첫째로, 그 기록은 프랭크 길모어라는 인간에 대해 내가 찾을 수 있었던 최초의 기록일 뿐만 아니라, 그가 이 세상에 분명히 존재했다고 말해주는 유일한—사망증명서와 여러 도시에 흩어져 있는 전화번호부 말고는 유일한—흔적이기 때문이다. 학교에 다녔다는 기록이나 군대에 남아 있는 기록도 없고, 취업증명도 사회보장 기록도 확인할 수가 없었다.

또 하나 그 기록이 내게 중요한 이유는, 거기 내가 본 아버지의 얼굴 중에서 가장 젊은 모습의 사진이 들어 있기 때문이다. 그렇다고 아주 젊은 얼굴은 아니다. 콜로라도 주 형무소 #22470의 그 얼굴 사진은 그가 쉰두 살 때 찍은 것이다. 의치가 빠져 있고 나이보다 일찍 흰머리가 난 그의 머리칼은 헝클어져 있다. 예순은 되어 보이는 얼굴이다. 나는 아버지의 얼굴에서 뭔가 읽어내려고 했다. 하지만 그 사진에서 아버지의 비밀이나 그가 두려워했던 것이 과연 무엇이었는지는 알아낼 수 없었다. 그러나 1942년 초의 그 어느 날, 깊은 슬픔과 힘겨운 용기가 서로 아버지를 차지하려고 그의 내부에서 싸우고 있었다는 것만큼은 분명히 읽어낼 수가 있다. 그 모습은 자신이 저지른 죄를 이해할 수도 없고 또한 더 나쁜 일들이 닥쳐올 것만 같아 두려움에 떠는 죄인의 표정이었다.

프랭크 형은 내가 아버지를 닮았다고 했지만, 나는 그렇게 생각하지 않았다. 그런데 이 사진을 보고 있으면 잊고 싶은 장면이 하나 떠오른다. 몇 년 전 어느 날 저녁 무렵, 술에 취해서 울고 난 후 거울에 비친 내 모습이다. 그날 밤, 나는 결혼해서 가정을 이룸으로써 얻을 수 있는 행복을 누릴 수 있는 마지막 기회를 잃어버렸다고, 그런 꿈을 꿀 수 있는 마음마저 상실했고, 이제는 그 꿈을 접어둔 채 세상을 살아가야 한다고 생각했다. 나에게 자식이 있다면, 나도 아버지와 똑같은 과오를 저지르며 살았을 거라는 생각은 나를 두렵게 했다. 이제 와서 자식을 갖는다고 해도 제대로 사랑하고 보호해줄 만큼 오래 살지 못하리라 생각했다. 난 싫었다. 내 인생의 진실을 아는 것이, 그리고 그것이 바로 내 얼굴에 나타난다는 사실이. 나는 공허하고 늙고 추해 보였다. 그런 내 얼굴을 이 세상 그 누구에게도 보여주고 싶지 않았다.

그 얼굴은 바로 프랭크 길모어가 가족들과 헤어지고 자신의 미래와도 결별하던 그날 형무소에서 찍은 비참한 모습의 사진과 매우 비슷했다. 물론 프랭크는 그로부터 50년 후, 자식들 중의 하나가 그 사진을 보면서 자신과 자신의 핏줄 속에 있는 그 무엇을 발견할 것이라고는 짐작조차 하지 못했을 것이다.

재미있는 일이다. 오래전부터 나는 내가 그 누구보다도 아버지와 가장 가까웠던 사람이라고 생각했다. 어머니의 말처럼, 가족 중에서 아버지가 돌아가실 때까지 한결같이 그를 사랑한 사람은 나밖에 없었다. 나는 청소년기를 어머니와 함께 지냈다. 그런데 나를 키운 사람은 아버지라는 생각이 들고, 아버지와 함께 있어야만 마음이 안정되곤 했다. 그러나 지금 아버지의 사진을 보면, 나는 그 시절에 그가 어머니와 형들에게 어떻게 대했는지 생각하게 된다. 내가 그에게서 느꼈던 푸근함과 형들에 대한 그의 잔인함과 비정함 사이에서, 나는 갈피를 잡을 수가 없다. 나에게 그렇게 다정했던 사람이 어떻게 자기 자식을 공원 벤치에 버려두고 부도수표를 쓰기 위해 떠나버릴 수 있었는지, 나는 도무지 이해할 수가 없다. 아이오와 주의 애틀랜틱에서 게리가 고아원에 넘겨지던 그날, 실제로 일어났던 일이다. 바로 그가 내 아버지라는 사실을 나는 믿을 수가 없다. 한때는 내가 이 세상에서 가장 사랑하던 아버지였다. 지금도 나는 아버지를 사랑한다. 사랑하지 않을 수 없으므로.

아버지는 나와 가까운 듯하면서도 아주 멀게 느껴진다. 나의 이야기 중에서 가장 큰 수수께끼는 아버지이다. 내가 아버지에 대한 수수께끼를 풀지 못한다면—그의 비밀을 밝혀내고 그의 두려움을 설명하지 못한다면—나는 이 이야기를 할 자격이 없을 것이다. 아버지를 알기 위해서는 아마도 나는 나 자신의 마음속과 얼굴을 들여다보며, 그 속에 숨어 있는 아버지의 모습을 찾아내야 할지 모른다. 그 과정에서 나를 가장 두렵게 하는 것은, 내가 아버지와 너무나 많이 닮았고 그래서 그 죄악의 씨가 이미 내 안에 있을지도 모른다는 생각이다.

프로보에 돌아오자, 베시의 부모는 그녀에게 뒤뜰에 있는 오두막 방을 내주고, 조지는 이웃에 사는 숙부인 찰리와 지내도록 했다. 윌과 멜리사는 말썽꾸러기 딸이 친정으로 돌아온 것이 그리 달갑지 않았다. 살림도 넉넉치 않은 데다가, 이제 자식 부양이 다 끝났다고 생각하고 있던 터였다. 쌍둥이 막내딸들인 아다와 아이다도 이제 모두 결혼해서 출가했다. 베시야말로 브라운 가에서 가장 먼저 집을 떠났던 딸이다. 게다가 집을 나가면서 콧방귀를 뀌며 뒤도 안 돌아보던 자식 아닌가? 그렇게 집을 나가 잘 알지도 못하고 모르몬 교인도 아닌 남자와 결혼하더니—그녀의 아버지가 짐작한 대로 영락없는 범죄자였던—이제 와서는 한때 콧방귀를 날리던 집으로 돌아와서 보금자리를 마련해달라니 어이가 없었다. 이곳에서 남편이 감옥에서 옥살이를 하고 나올 때까지 기다리겠다고 했다. 게다가 베시는 이 모든 일 때문에 집안에서 감수해야 할 수치심 따위는 염두에 두지 않았다. 브라운 부부는 평소 자기들은 다른 사람의 작은 허물을 물고 늘어지는 속 좁은 사람, 또는 꽉 막힌 원칙주의자는 아니라고 생각했다. 모르몬의 젊은이들 중에도 잘못된 선택을 했던 사람들이 있었지만, 그들이 적당한 처벌과 애정 깊은 용서를 통해 구원의 길로 인도되는 것을 많이 봐왔던 터였다. 그러나 그런 그들의 기준으로 봐도 프랭크 길모어의 죄는 작은 허물이라 할 수 없었고, 무엇보다 그는 구원의 여지를 찾아볼 수 없는 사람이었다. 그는 계속 범죄를 저지름으로써 아내의 믿음을 저버렸고 자식들의 생활을 위태롭게 했다. 그는 사회의 가장 기본적인 법조차 무시했다. 그들은 프랭크가 자신들의 어리숙한 딸이 알고 있는 것보다 훨씬 악질적인 인간이라고 결론지었다. 윌과 멜리사는 프랭크 길모어의 모든 것이 마음에 들지 않았다. 다른 가족들도 마찬가지였다. "언니, 나는 형부가 무서웠어."라고 아이다는 훗날 베시에게 말하곤 했다. "형부가 보이면, 나는 다른 데로 숨었어. 얼굴 보는 것조차 싫었거든."

베시는 가족들의 저주가 자신을 감싸고 있는 듯이 느껴졌다. 마치 자기도 형을 선고받은 느낌이었다. 그녀는 남편이 저지른 죄 때문에 수치심을 느꼈고, 마치 몹쓸 짐승이라도 된 것처럼 뒤채의 오두막으로 쫓겨난 신세가 불쾌했다. 가족들이 보내는 비난의 눈길과 결혼생활에서 오는 실망감, 이 모든 것이 한이 되어서 베시의 가슴에 소용돌이를 일으켰고, 고통과 원한은 커다란 분노로 이어졌다. 베시와 멜리사가 언성을 높이며 싸우는 일이 많아졌다. 엉망진창이 되어버린 딸의 인생을 비난하는 어머니에게, 베시는 질세라 자기 여동생들은 얼마나 위선적이며, 또 아버지는 얼마나 야비한 사람이냐며 못할 소리를 해댔다. 멜리사는 그런 딸에게 노발대발 화를 냈다. "어떻게 가족들에게 감히 그런 말을 하느냐? 널 위해서 진심으로 사랑과 자비의 기도를 드리던 신실한 사람들이다. 그따위 말을 하려거든 당장 네 방으로 가거라. 내 앞에서 가족을 그런 식으로 말하는 건 용서 못 해."

베시는 거친 걸음으로 아이들과 함께 머물고 있는 오두막으로 돌아와서 문을 쾅 닫았다. 그녀는 방 안에 있는 초라한 가구들을 둘러보았다. 쓰러져가는 의자들과 탁자, 그리고 삐걱거리는 침대, 그나마 자기 살림도 아니었다. 그녀는 좋은 집에 새 가구를 들여놓고 살고 있는 동생들을 떠올리고는, 자기를 이렇게 비참한 지경으로 몰고온 자신의 신세를 한탄했다. 그 당시 프랭크 형은 나이가 세 살이었다. 꼬마 프랭크는 두려운 마음으로 어머니의 행동을 지켜보고 있었다. 그동안의 경험으로 이제 곧 어떤 상황이 벌어질지 알고 있었기 때문이다. 베시는 탁자에서 그릇을 하나 집어 들고 벽을 향해 던졌다. 그다음에는 의자를 들어서 문에다 던졌다. 와장창 소리에 자고 있던 게리가 깨더니 울기 시작했다. 베시는 아기를 향해서 그치라고 소리를 질렀다. 그러나 그 소리에 아기는 더욱 큰 소리로 울기 시작했다. 그녀는 화가 치밀어 프랭크를 보며 소리를 질렀다. "네가 그치게 해! 입 닥치게 하란 말이야!" 어린 프랭키는 동생의 머리를 쓰다듬으며 달랬다. 그러나 게리는 울음을 그치지 않았다. 베시는 침대에서 베개를 집어 들고, 프랭크의 얼굴에 대고 내리쳤다. 한 번씩 칠 때마다 "입-닥치게-하란-말이야!" 하고 소리를 질렀다. 매질이 계속되자 프랭크는 견디지 못하고 밖으로 뛰쳐나갔다. 그 뒤를 베시가 쫓았다. 프랭키는 땅에 넘어져, 바닥에 누운 채 얼굴을 감싸 쥐고 울었다. 그렇게 울고 있는 아들을 베시는 정신없이 두들겨 팼다. 훗날, 형은 내게 이렇게 말했다.

그때 두려웠던 것은 어머니의 매가 아니었다고. 어머니가 미친 듯이 지르는 비명 소리가 더 무서웠다고.

귀가 약간 어두웠던 할머니가 프랭키의 울음소리를 듣고 밖으로 뛰어나올 때까지 어머니는 계속해서 프랭키를 때렸다. 멜리사는 딸의 매질을 말리며 말했다. "당장 그만두지 않으면 아이들을 멀리 보내버리겠다." 그리고 멜리사는 프랭키와 게리를 감싸 안고 집 안으로 데리고 들어갔다. 그녀는 프랭키의 눈물을 닦아주고 과자를 주었다. 그리고 게리를 품에 안고 얼러주었다. 그러는 동안 베시는 홀로 오두막에 앉아 울었다. 그녀 곁에는 아이들도 부모도 없었다.

프랭크 형의 말에 따르면, 그 후 어머니가 어린 아들들을 때리는 일은 일상사가 되었다고 한다. 한번은 어머니와 외할머니가 다투고 있을 때, 프랭키가 중간에 끼어들어 싸움을 말리려고 했다. 그러자 "난 이젠 너도 싫어!"라면서, 베시가 프랭키를 떠밀었다. 프랭키는 몸의 균형을 잃고 넘어졌고, 그 바람에 벽에 머리를 세게 부딪쳤다. 어린 아들의 얼빠진 듯 겁에 질린 표정을 보자, 베시는 얼른 무릎을 꿇고 아이를 안았다. 그녀는 아이의 금발머리를 쓰다듬으며 울면서 말했다. "오, 프랭크, 엄마가 널 얼마나 사랑하는데. 미안해, 아가야. 정말 미안해."

멜리사는 참을 만큼 참았다고 생각했다. "그만둬라, 베시. 아무래도 아이들을 너하고 같이 있게 해서는 안 되겠다. 더 이상 이 꼴을 볼 수가 없어."

베시는 그날로 아이들에게 옷을 입혀서 집을 빠져나왔다. 그날 밤 늦게, 동생 아이다는 프로보 거리를 헤매고 있는 언니를 발견했다. 베시는 한 팔에는 게리를 안고, 다른 한 손엔 프랭키의 손을 잡고 걷고 있었다.

아이다와 그녀의 남편 버논은 베시에게 25달러를 빌려주고, 시티센터 모텔에서 이틀 동안 묵을 수 있도록 방을 잡아주었다. 먼 훗날, 그 모텔은 게리가 두 번째 살인을 저지른 현장이 되었다. 그는 시티센터 모텔의 사무실로 걸어 들어가서, 호텔 매니저의 뒤통수에 대고 총을 쏘았다. 바로 옆방에는 매니저의 어린 아들이 자고 있었는데, 그 아들의 나이는 1942년 당시 어머니와 함께 그곳에 머물렀던 게리의 나이와 같았다.

베시와 멜리사의 싸움이 어느 정도 진정이 되자, 베시는 뒤뜰의 오두막 방으로 돌아왔다. 1943년 7월 3일, 18개월의 감옥살이를 하고, 아버지는 모범수로 집행유예를 받고 풀려났다. 프랭크 길모어가 나오자 어머니는 한시름 놓는 듯했으나, 그는 전보다 더 냉혹한 사람이 된 것 같았다. 프랭크 형은 내게 이렇게 말했다. "아버지를 너무 오랜만에 만났기 때문에 나는 그때 아버지 기억이 거의 나지 않았어. 그는 우리 삶에 갑자기 끼어든 사람 같았지. 아버지는 정말로 비열했어. 한번은 저녁식사 중에 내가 빵을 떨어뜨렸는데, 불같이 화를 내는 거야. 나는 엎드려서 빵 부스러기 하나 하나 다 주워야 했어. 그러는 동안에도 아버지는, 바닥에 빵 조각을 떨어뜨렸다고 소리를 있는 대로 지르면서 계속해서 나를 때렸어. 어쩌면 그날 기분 나쁜 일이 있었는지도 모르지. 하지만 어린아이를 그런 식으로 대하는 건 어른으로서 할 짓이 아니잖아." 그 후로 아이들은 조금만 잘못해도 혼이 났다. 식사를 천천히 한다거나, 큰 소리로 울거나, 뭘 엎지르기만 해도 아버지는 화를 내며 아이들을 때렸다.

프랭크가 집에 돌아온 지 하루도 못 되어, 베시의 부모가 아이들의 양육권을 베시와 프랭크로부터 박탈하고 그들이 아이들의 양육자가 되는 방법을 고려했다는 사실을 알게 되었다. 프랭크는 당장 윌을 찾아가 이 문제에 대해 따졌고, 두 사람은 심하게 다투었다. 결국 윌은 프랭크에게 자기 집에서 당장 나가라고 했다. 그날 밤, 프랭크와 베시는 아이들을 데리고 거리로 나섰다. 그리고 지나는 차를 세워 얻어 타고 새크라멘토로 돌아왔다. 베시는 남편이 때맞춰 돌아오지 않았더라면, 부모님과 그들의 지긋지긋한 시골생활에 아이들을 빼앗겼을지도 모른다는 생각이 들었다. 그러자 새삼스럽게 그들에 대한 증오심이 뼛속 깊이 파고들었다.

캘리포니아로 돌아온 후, 프랭크는 입대해서 나치와의 전쟁에 나가고 싶어 했다. 그러나 그는 나이가 너무 많은 데다 전과도 있었다. 대신에 그는 여러 조선소와 철강소를 다니면서 선박 수리공으로 일했다. 전쟁이 끝날 때까지 우리 가족의 생활은 그런 식이었다. 베시와 프랭크는 작전이 진행되고 있는 곳을 찾아다니면서 일거리를 얻고, 작전이 끝나거나 혹은 프랭크가 그 장소에 더 이상 머물고 싶어 하지 않거나 조바심을 내면 다른 곳으로 옮겼다. 그렇게 살아가던 1944년 12월 12일, 어머니는 로스앤젤레스에서 셋째 아들 게일렌 노엘 길모어를 낳았다. 게일렌은 동양적인 짙은 갈색 눈에 항상 생글생글 미소를 짓는 아기였다. 아버지는 곧 아기에게 사랑을 흠뻑 쏟았다. 하룻밤 사이에 손위 두 아이는 찬밥 신세가 되었다.

그리고 제2차 세계대전이 끝났다. 유태인들을 학살한 나치의 잔학한 행위가 밝혀졌을 때, 아버지는 밤새도록 앉아서 울었다고 한다. 비록 가톨릭 신자이기는 했지만 그는 자신의 몸에 유태인의 피가 섞여 있다고 믿었다. 후디니와 관련된 이야기 때문이다. 그 후 몇 년이 지나서 학살의 주범인 아돌프 아이히만이 체포되었을 때, 나는 아버지가 기뻐 날뛰던 기억이 난다. 그는 매일밤 커다란 안락의자에 앉아서 아이히만의 재판 뉴스를 들었다. 옆에 앉아 있는 내 어깨에 팔을 얹은 채 뉴스를 보면서, 그는 이렇게 말했다. "저 사람은 이제 제 스스로 판 무덤에 묻히게 될 거다. 600만 명의 영혼을 파묻은 곳에 말이다."

전쟁이 끝나면서 프랭크 길모어의 집행유예도 끝이 났다. 아버지는 다시 광고 사기 일을 시작했고, 가족들도 그를 따라 또다시 유랑생활을 시작했다. 1940년대에 우리 부모와 형들은 그렇게 이 주에서 저 주로, 이 도시에서 저 도시로 떠돌아다녔다.

얼마 전 한 친구가 내 이야기를 듣고 이런 말을 했다. "그렇게 오랫동안 집시 같은 유랑생활을 했다니, 상상이 안 돼. 매일같이 떠돌며 살았을 어린아이들을 생각하니 가슴이 아프다. 네 어머니도 마찬가지지. 어린아이 셋을 데리고 돈 한 푼 없이, 게다가 늘 술에 취해 있는 남편과 거리를 헤매고 다녔다니. 가뜩이나 보수적인 환경에서 자란 여자가 그렇게 10년을 살았으니 그 인생이 어땠겠어? 이 세상에서 비참하게 버림받은 기분이었겠지."

그 시절 이야기를 하면 그 친구뿐 아니라 다른 사람들도 비슷한 말을 한다. 그러나 솔직히 말해서, 그 점에 있어서는 나는 항상 소외된 기분이다. 그도 그럴 것이 그 유랑시절에 나는 아직 우리 가족의 일원이 아니었기 때문이다. 그 기간은 우리 가족사에서 매우 중요한 시절이다. 그 비참했던 시절은 나의 부모와 형들을 묶어주는 공통분모다. 나는 끼어들 수가 없다. 나는 그 시절 이후에 태어났다. 그래서 형들과 한통속이 되지 못하고 매사에 외톨이 신세가 되었던 것이다.

앞에서 나는 우리 가족이 과연 진정한 가족이었던 때가 있었는지 의문을 던졌다. 가족끼리 나들이를 간다든가, 함께 교회에 다닌다든가 하는 일상적인 경험이 있을까? 대답은 '없다'이다. 우리 가족이 경험했던 '가족'이란 대체로 이런 것들이었다.

프랭크와 베시가 캘리포리아의 산페드로에 있는 조선소에서 일하던 시절의 일이다. 그곳에는 극빈자와 하급공무원을 상대로 값싼 음식을 파는 식당이 있었다. 어느 날 저녁 메뉴로 스파게티와 미트볼이 나왔다. 나이가 좀 들어 보이는 부랑자 하나가 테이블을 돌면서, 사람들이 남긴 음식을 먹고 있었다. 그런데 그가 형 프랭키 곁으로 오더니, 대뜸 프랭키의 미트볼 하나를 집어 먹었다. 그때 아버지가 벌떡 일어섰다. "이런 미친놈이 있나! 자, 스파게티도 좋아하나?" 프랭크 길모어는 소리를 지르더니, 자기가 먹던 스파게티 접시를 그 사람 얼굴에 처박았다. 그런 다음 그의 머리통을 잡더니, 주변에 놓여 있는 스파게티 접시마다 그의 얼굴을 처박고 문질러대기 시작했다. 요리사가 달려 나와 프랭크를 뜯어말렸다. 그리고 프랭크에게 아이들을 데리고 당장 나가라고, 다시는 오지 말라고 했다. 집에 돌아오자 프랭크는 베시에게 돈을 주며 말했다. "가서 아이들 좀 먹여. 그리고 그 거렁뱅이 놈을 조심해. 그놈이 스파게티를 꽤 좋아하는 것 같으니까."

또 한번은 이런 일도 있었다. 오클랜드의 한 호텔에 묵고 있을 때였다. 아버지는 젊은 시절 서커스에서 하던 그 유명한 의자 피라미드 묘기를 보여주겠다고 했다. 그는 방 한가운데에 식탁을 놓고, 그 위에 의자를 쌓았다. 그리고 그 위로 작은 테이블 두 개와 받침이 달린 재떨이, 그리고 화분 받침을 올려놓았다. 그리고 그 위로 오르기 시작했다. 형들은 마음을 졸이며 올려다보고, 어머니도 계속 "저런, 프랭크, 조심해요."라고 말하며 쳐다보았다. 프랭크는 꼭대기까지 무사히 올라갔다. 그리고 팔을 번쩍 들고 일어섰다. 그때 쌓아 올린 탑이 와르르 무너지면서, 아버지는 가구들과 함께 떨어졌다. 프랭크는 등을 바닥에 세게 부딪쳐, 멍한 눈으로 천장을 보고 누워 있었다. 베시와 아이들이 달려와 프랭크를 들여다보았다. 베시가 프랭크의 몸을 흔들며 말했다. "프랭크, 당신 괜찮아요? 말 좀 해봐요, 프랭크." 프랭크는 신음 소리로 대답했다. "으-으-."

가구가 무너져 내리는 소리에 호텔 주인이 달려왔다. 주인은 부서진 의자들과 허우적거리는 남자를 보더니 표정이 굳어졌다. "미안하지만 여기서 나가주셔야겠어요. 여긴 점잖은 곳이에요. 이렇게 소동을 피우면 안 돼요."

베시는 바닥에 고꾸라져 있는 취한 남편을 손가락으로 가리켰다. 그는 더 크게 신음소리를 내면서도, 이렇게 말할 정도는 되었다. "아이구, 나 죽네."

"남편이 저 지경인데, 지금 어떻게 나갑니까?"

"진작에 생각을 하셨어야지. 댁의 남편이 우리 호텔에서 그 소란을 피우기 전에 말이에요. 30분 안에 나가지 않으면, 경찰을 불러서 끌어내겠어요."

베시는 아이들과 술에 취한 남편을 간신히 챙겨서 길을 나섰다. 네 블록 떨어진 곳에 있는 버스 터미널까지 모두 끌고 가는 데, 한 시간이 족히 걸렸다. 우선 짐을 몇 발자국 앞에 옮겨놓고, 그다음에 아이들을 데리고 와서 짐과 아기를 보게 하고, 다시 남편을 끌고 가는 식이었다. 프랭크는 곯아

떨어져 있었다. 그렇게 터미널까지 갔다. 마침 베시의 수중에는 모두를 데리고 새크라멘토에 있는 페이의 집까지 갈 정도의 여비만 남아 있었다.

버스에 오를 시간이 되었다. 베시는 아이들을 먼저 태우고 나서 프랭크를 데리고 왔다. 그는 버스에 오르면서, 팔다리를 휘저으며 신음소리를 냈다.

버스 기사가 말했다. "이봐요, 아주머니. 그 사람은 여기 못 태워요. 술 취했잖아요."

베시는 기사를 쳐다보고, 남편을 보았다. 그는 어느새 버스 계단에 앉아서 자고 있었다. 베시는 프랭크 옆에 주저앉아 엉엉 울면서 버스 기사에게 사정했다.

마음이 약해졌는지, 아니면 우는 소리가 듣기 싫었는지, 기사가 베시에게 말했다. "알았어요, 알았어. 그 대신 부인이 아저씨를 조용히 시켜야 해요. 만일 소란을 피우면, 그땐 길바닥에 내려놓을 겁니다."

베시는 눈물을 닦으며 그렇게 하겠노라고 대답했다. 그리고 남편을 끌어다 자리에 앉혔다. 프랭크는 이내 깊은 잠에 빠졌고, 자기 어머니 집으로 가는 길 내내 조용히 있었다.

이 정도로 끝나는 건 그나마 다행인 경우였다. 대개의 경우 우리 가족은 부랑자 숙소나 싸구려 여인숙, 혹은 버스 터미널이나 구세군 수용소 같은 곳에서 하룻밤을 보내곤 했다. 어떤 때는 자동차를 마련해서 타고 다니기도 했고, 또 어떤 때는 버스나 기차를 타고, 간혹 지나가는 차를 얻어 타기도 했다. 나의 형들은 이 무렵, 인생을 포기한 나그네들 틈에서 자랐다. 모든 것을 잃은 사람들, 미치거나 술에 취하거나 폭력을 휘두르는 사람들,

혹은 이 모든 경우에 다 해당되는 사람들 속에서 말이다. 형들은 칼에 찔려 죽는 사람, 굶주림과 병으로 죽어가는 사람들을 보면서 자랐다.

이따금 아버지는 가게에 다녀오겠다고 밖에 나가서 몇 주일 동안 집에 돌아오지 않기도 했다. 그러면 어머니는 동네 교회에 가서 구걸하다시피 여비를 얻어, 아이들을 데리고 다른 마을로 가거나 혹은 프로보의 친정집으로 돌아오곤 했다. 10년 동안의 유랑생활 중에서 그래도 좀 나았다고 하는 시절을 하루하루 그렇게 보냈다.

이 시절은 누가 보더라도 결코 자랑스럽지 못한 어두운 과거일 것이다. 그래도 만일 그 과거를 내가 함께 공유할 수만 있다면, 나는 그 어떤 대가라도 치르고 싶은 심정이다.

그 유랑시절 내내, 정체를 알 수 없는 존재가 프랭크의 뒤를 따라다니고 있었다. 어머니는 그 얼굴을 딱 한 번 본 적이 있다고 한다.

새크라멘토에서 지내던 1946년 초여름, 어느 저녁이었다. 프랭크와 베시는 아이들을 데리고 시내 식당의 칸막이로 된 방에서 식사를 하고 있었다. 베시는 그때 키가 크고 호리호리하며 머리를 말끔하게 빗어 넘긴 한 남자가 들어와서 카운터 근처 자리에 앉는 것을 보았다. 그는 커피 한 잔을 주문하고는 의자를 빙글빙글 돌리더니 프랭크를 유심히 쳐다보았다. 그는 옷차림이 말끔했고, 캐시미어 오버코트에 신식 중절모를 쓰고 있었다. 그러나 어쩐지 천박해 보이는 용모였다. 그가 프랭크를 쳐다보는 모습은 분명히 아는 사람을 보는 듯한 태도였다. 베시는 프랭크의 팔을 치며 말했다. "저기 카운터에서 어떤 사람이 당신을 쳐다보고 있어요."

프랭크는 그를 힐끗 보더니 얼른 눈을 돌리며 말했다. "쳐다보지 마. 못 본 체하라구." 프랭크 얼굴에 갑자기 식은땀이 솟아나기 시작했다. 몇 분인가 지나서, 프랭크가 자리에서 일어서며 말했다. "화장실 좀 다녀오겠소." 베시도, 오버코트의 사나이도 식당 뒤편으로 걸어가는 프랭크를 쳐다보았다. 잠시 후, 그 낯선 사나이가 프랭크 뒤를 따라갔다. 1분 정도 지난 후, 그가 다시 나타나더니 서둘러 계산을 했다. 그러고는 베시를 힐끗 보더니 밖으로 나갔다. 그때의 그 표정이 마치 유령처럼 문득문득 떠올라, 베시는 그 후로 며칠 동안 화들짝 놀라곤 했다.

베시는 프랭크가 화장실에서 돌아오기를 기다렸다. 올 때가 이미 지났지만, 그는 나타나지 않았다. 베시의 머릿속에 이런 생각이 스쳤다. 상처를 입고 쓰러졌나? 혹시 죽었나? 그녀는 카운터의 웨이터에게, 화장실에 가서 남편이 괜찮은지 좀 봐달라고 부탁했다.

"간 지 꽤 됐는데 오지 않아서요." 웨이터는 돌아와서, 거긴 아무도 없고, 창문이 열려 있는데 아마 누군가 창을 넘어 나간 것 같다고 했다. 그러면서 그는 누가 식사비를 떼먹고 달아난 건 아닌가 걱정했다.

베시는 계산을 한 후, 아이들을 데리고 호텔로 돌아왔다. 프랭크는 없었다. 그녀는 잠시 기다리다가 페이에게 갔다. 베시의 이야기를 듣던 시어머니는 고개를 저으며 말했다. "베시, 네가 여기에 있으면 안 될 것 같구나. 나도 돈이 많지는 않다만, 있는 대로 다 줄 테니 프로보 친정집에 가 있거라. 프랭크가 널 찾으러 그리로 갈게다. 당분간은 여기에 나타나지 않을 거야."

"무슨 일이 생긴 거예요, 어머니? 도대체 이게 다 무슨 일이에요?"

"난 말해줄 수가 없단다, 베시. 네게 말해줄 정도로 뭘 확실히 아는 것도 아니야. 하지만 지금 네가 이곳에 있으면 안 된다는 생각이 드는구나."

베시는 아이들을 데리고 다시 여행 채비를 했다. 프로보까지 가기에는 여비가 모자랐다. 그들은 레노까지 버스를 타고 가서, 거기서부터 유타까지는 지나가는 차를 얻어 타기로 했다. 남은 돈으로는 끼니를 때워야 했다.

이틀 후, 베시와 아이들은 네바다 주 험볼트의 고속도로를 걷고 있었다. 지나가는 차를 세워서 탈 작정이었다. 마지막 식사를 한 곳에서 이미 몇 마일 걸었고, 다음 마을까지는 앞으로도 몇 마일 더 가야 하는 지점이었다. 그들은 모두 지쳤고 아이들은 다리도 아프고 배도 고파서 울고 있었다. 베시는 아이들에게 말했다."얘들아, 엄마하고 함께 무릎 꿇고 앉아서 기도하자. 하나님은 우리를 버리지 않으실 거야."

네 사람은 길가에서 무릎을 꿇고 앉았고, 베시는 하나님에게 추위와 고난으로부터 구해달라고 기도를 올렸다. 기도를 마치고 눈을 뜨자, 불과 몇백 미터 떨어진 곳에서 한 사람이 그들이 있는 쪽으로 걸어오는 게 보였다. 그가 차츰 가까워지자, 어머니는 보통 키에 얼굴은 평범하고 정수리가 약간 벗겨진 한 남자를 볼 수 있었다. 수도사 같은 분위기를 풍기는 사람이었다. 우리 가족이 있는 쪽으로 다가온 그 남자는 어머니에게 조그만 종이가방을 내밀며 말했다."아주머니, 여기 샌드위치와 과일, 그리고 컵케이크가 좀 있는데 드시겠습니까? 아까 어떤 사람이 내게 준 것인데, 저는 이미 식사를 해서 지금 생각이 없거든요."

"오, 고맙습니다, 선생님." 베시는 이렇게 말하고 그만 울음을 터뜨렸다."저희는 지금 너무나 배가 고프고 막막한 신세랍니다."

그는 음식이 든 가방을 베시의 손에 쥐어주었다. 그러고는 그녀의 어깨를 두드리며 말했다. "이제 다 괜찮아질 겁니다, 부인. 부인도 아이들도 모두 잘될 거예요." 그는 다시 길을 걷기 시작했다.

베시는 가방에서 샌드위치를 꺼내 자신과 아이들 몫으로 나누고 길을 바라보았다. 그러나 그 남자는 보이지 않았다. 다른 쪽 길도 살펴보았지만 그는 없었다. 갑자기 사라진 것이다.

그때 베시는 그 사람이 세 명의 네파이트 중 한 명이라고 생각했다. 《모르몬경》에는 예수의 미국인 제자 세 사람에 대한 이야기가 나오는데, 그들은 영생의 축복을 받은 자들이다. 이들은 그리스도의 진리를 전파할 증인으로, 또 가난한 자들을 돕는 성직자로서 이 땅에 영원히 남아 살고 있다. 모르몬들 사이에 전해오는 이야기에 따르면, 세 명의 네파이트로 알려진 이 사도들은 인간의 모습으로 세상을 돌아다니는데, 때로는 사람들에게 먹을 것과 잘 곳을 달라고 도움을 청한다고 한다. 그리하여 이 성자들을 돕는 자들에게는 축복을 내리고, 외면하는 자들에게는 훈계와 저주를 내리며, 길을 잃고 헤매는 신의 어린 양들에게는 도움의 손길을 베푼다고 했다.

베시는 확신이 들었다. 그 착한 사람은 분명 네파이트 천사였을 거야. 그 사람이 어쩌면 새크라멘토의 식당에서 보았던 그 악마 같은 사람이 내린 저주를 가져갔을 거야. 혹시 이런 경험을 통해서 우리 아이들이 신실한 믿음을 갖게 될지도 몰라. 그 천사의 말대로, 이제 모든 일이 다 잘될 거야.

하지만 만일 그 낯선 남자가 천사였다면, 그 천사는 결국 거짓말을 한 셈이었다.

5

정착

새로운 유령 이야기를 할 차례이다. 그리고 얼마 후 또 다른 유령 이야기가 시작된다.

우선 첫 번째 유령 이야기는 새크라멘토의 식당에서 어떤 낯선 사람 때문에 아버지가 놀라서 도망간 지 얼마 안 되었을 때 일어난 일이다. 베시는 아이들을 데리고 마침내 프로보에 있는 부모님 농장으로 돌아왔다. 거기에는 이미 프랭크로부터 편지가 도착해 있었다. 자기는 잘 있으니까 찾으러 갈 때까지 프로보에서 기다리고 있으라는 내용이었다. 석 달이 지난

게리, 프랭크 1세(게일렌을 안고 있음), 프랭크 2세. 애리조나 주 킹맨, 1947년경

후, 그가 그녀를 데리러 왔다. 그의 태도는 여느 때와 다를 바 없었다. 지난번 식당에서 만난 사람이 누군지, 왜 도망쳤는지, 그동안 어디에 있었는지 아무 말도 하지 않으려 했다. 페이는 한참 뒤에 베시에게 이런 말을 해줬다. "내 생각에 그 낯선 남자는 프랭크의 아들이었을 것 같다. 아마 둘이 함께 무슨 빚을 받으러 갔던 것 같구나." 베시는 프랭크에게 페이가 한 말이 맞냐고 물어보았지만, 그는 이렇게 대답할 뿐이었다. "상관없는 일에 참견하지 마."

프랭크가 프로보로 베시와 세 아들을 데리러 온 것은 1946년 중반 무

렵이었다. 그는 이번엔 자동차 한 대와 돈도 좀 갖고 있었다. 일거리도 구했다고 했다. 그는 혼자서 잠시 다녀와야 할 곳이 있다면서, 베시와 아이들은 페이에게 가 있으라고 했다. 어머니가 걱정되었기 때문이다. 페이는 이제 나이가 일흔 살이 넘었고 최근 들어 수시로 병원을 들락날락하고 있었다. 베시가 말했다. "어머니 곁에 있어야 할 사람은 내가 아니라 당신이에요. 요즘 같은 때, 어머니는 당신이 곁에 있기를 바라실 텐데."

"천만에." 하고 프랭크가 말했다. "내가 옆에 있으면 어머니 화만 돋우지. 나한테는 소리만 지르셔. 어머니는 당신하고 애들을 훨씬 더 좋아하셔."

그래서 그들은 새크라멘토로 돌아왔다. 베시는 프랭키, 게리, 게일렌을 데리고 엠 거리에 있는 페이의 낡았지만 커다란 집으로 들어갔다. 프랭크도 며칠 동안 함께 머물었는데, 이때 베시는 페이와 프랭크 모자지간에 새로이 정이 싹트는 것을 느꼈다. 프랭크가 일 때문에 집을 떠나야 할 때가 되었다. 베시는 페이가 그렇게 섭섭해하는 것을 처음 보았다. 이 무슨 운명의 장난일까. 베시는 생각했다. 프랭크가 그토록 페이를 원하던 시절에는 페이가 마음을 안 주더니, 이제 페이가 아들과 함께하고 싶어 하는데 아들은 이미 냉담해졌구나. 두 사람을 보면서 베시는 사람의 마음이란 늘 어긋나는 게 아닐까 하는 생각이 들었다.

베시와 아이들은 페이의 집 2층에서 지내고, 페이는 아래층에 있는 침실과 응접실을 썼다. 프랭크가 가면서 가족들이 지낼 만한 생활비를 충분히 줬지만, 페이는 강신회 일을 계속하겠다고 고집을 부렸다. 베시는 이런 일들이 노파의 생명을 점점 더 고갈시키고 있으며, 한편으로는 페이가 그 일 없이는 삶을 지탱하지 못하리라는 것을 알았다. 그 무렵 페이가 죽은 영혼들과 소통하는 것은 닥쳐올 자신의 죽음과 타협하는 한 방편이기도 했다. 베시는 여전히 강신회가 있을 때 집에 있고 싶지 않았다. 그녀는 땅거미가 질 때까지 아이들을 데리고 매킨리 공원에 앉아 있거나, 어떤 날에는 프랭키와 게리에게 잔돈을 쥐어주며 영화관에 보내고 자기는 게일렌을 데리고 카페에 앉아 기다리기도 했다. 간혹 아래층에서 강신술이 진행되는 동안, 아이들과 함께 2층에 있을 때도 있었다. 그럴 때면 베시는 온몸에 소름이 돋았다. 사실 그녀는 눈에 보이지 않는 어떤 존재가 집 안을 왔다 갔다 하는 것을 느낀 적이 몇 번 있었다. 그러나 늙은 페이의 건강이 염려스러워서 밤에는 되도록 페이 곁을 멀리 떠나지 않았다.

마침내 어느 날 밤, 페이는 베시에게 좀 특별한 강신술을 할 예정이라고 했다. 살인 누명을 쓰고 억울하게 죽은 영혼을 불러낼 것이니, 베시는 아이들을 데리고 극장에 갔다가 밤늦게 들어오라는 것이었다.

어머니는 형들과 함께 나갔다가 아주 늦게 집으로 돌아왔다. 할머니는 부엌에서 휠체어에 앉아 있었는데, 다른 때보다 얼굴이 창백하고 온몸을 떨고 있었다. 어머니는 집 안에서 뭔가 불안한 공기를 느꼈다. 그러고 보니 이상하게 기분 나쁜 냄새도 났다. 베시는 아이들을 먼저 잠자리에 눕히고 페이를 침실로 옮겼다. 이불을 덮어주다가, 어머니는 할머니의 얼굴에서 지금까지 본 적이 없는 표정을 보았다. 그것은 거대한 공포에 사로잡혀 떨고 있는 나약한 인간의 얼굴이었다.

그리고 몇 시간 후, 베시 길모어는 세 아들을 끌다시피 하면서 그 집을 빠져나왔다. 그 무서운 밤에 어떤 일이 일어났는지 어머니가 내게 이야기해준 것은, 그 후 오랜 세월이 지난 다음이다. 게리 형이 죽고 나서도 시간이 꽤 흐른 후였다.

자정이 넘은 시간이었다. 베시는 집 안에서 뭔가 움직이는 소리를 들었다. 처음에는 그 소리에 깜짝 놀라 깼지만, 다음 순간 그녀는 프랭크가 이틀 전쯤 전화해서 곧 데리러 가겠다는 말을 했던 기억이 났다. 그는 밤늦게 술에 취해서 쿵쾅거리며 집에 들어오기 일쑤라, 베시는 다시 잠을 청했다. 침대에 들어오면서 자기를 깨우지나 말았으면 했다. 잠시 후, 그녀는 다시 잠에서 깼다. 이번에는 은밀한 손길이 몸을 스치는 느낌 때문이었다. 어머니는 후에 내게 그 이야기를 해주었다. 남편의 손길치고는 부드러웠다. 어둠 속에서 아직 잠이 덜 깬 상태로 베시는 그에게 몸을 맡겼다. 그런데 몇 년 동안이나 그녀를 애무하고 또 상처를 주었던 그 손이, 전혀 낯선 사람의 손길로 느껴졌다고 한다. 그녀는 문득 이상한 생각이 들어 그를 뿌리치면서 눈을 번쩍 떴다. 그러자 그녀의 눈에 들어온 것, 그녀를 열렬히 애무하고 있었던 그것은 남편이 아니었다. 사람인지 아닌지조차 알 수 없는 형체였지만, 그 얼굴에는 분명 눈이 탐욕스럽게 빛나고 있었다.

베시는 재빨리 몸을 피했다. 그 어느 때보다도 다급하게 움직였다. 그녀는 방을 빠져나와 복도로 달려가며 프랭키와 게리를 불렀다. 바로 그때, 그녀는 다시 충격을 받았다. 무엇인가 야생 백마의 말갈기처럼 산발한 흰 머리칼을 어깨까지 늘어뜨린 채, 베시 쪽으로 서서히 다가오고 있었다. 페이였다. 페이는 완전히 넋이 나간 모습으로 낮게 뭐라고 중얼거리고 있었다. 베시가 처음 보았을 때부터, 지난 몇 년 동안 줄곧 휠체어에 의지해 살아온 페이였다. 그런 그녀가 2층 복도로 올라와서 베시 쪽으로 걸어오고 있었다. 어머니는 처음에 놀라움보다 오히려 분노가 치밀었다고 한다. 페이는 그동안 계속 불구자 행세를 해왔단 말인가? 그러나 다음 순간, 페이의 말을 듣자, 베시의 분노는 얼어붙고 말았다. "베시, 어서 여기서 나가거라. 이 집에 있으면 안 돼. 그게 알고 있다, 베시. 널 알고 있단 말이다."

바로 그때 프랭키가 어느새 복도로 나와 어머니의 손을 잡고서 아이들 침실 쪽으로 끌었다. 그는 울면서 손가락으로 문을 가리키며 말했다. "엄마, 게리…… 엄마, 게리……." 베시는 서둘러 달려갔다. 침실 문을 여는 순간, 그녀는 조금 전 자기 침대에 함께 있던 바로 그 형체가 게리에게 몸을 굽힌 채, 아이의 눈을 빤히 들여다보고 있는 걸 보았다. 베시는 순간, 무서움을 무릅쓰고 다가가서 침대에 누워 있는 게리를 낚아채듯 안고 나왔다. 그리고 다른 아이들도 황급히 붙잡고서 그 집을 떠났다. 어머니와 형들은 그날 밤, 버스 터미널에서 밤을 지새웠다. 어머니는 할머니가 걱정이 되었지만, 할머니를 그 집에서 나오게 할 방법이 없었다. 게다가 할머니는 귀신을 다룰 줄 아는 사람이니까, 하는 생각도 들었다고 했다.

다음 날, 베시는 아이들과 함께 근처의 호텔로 갔다. 그녀는 밝은 낮에는 페이 집에 가서 시중을 들었다. 그러나 해가 지면 서둘러 그 집을 나왔다. 이틀 후 아버지가 돌아왔다. 귀신 이야기를 들은 프랭크는 껄껄 웃어넘겼다. 얼마 후, 우리 가족은 샌디에이고로 이사했다. 그곳에서 아버지는 공사장에 취직했다. 1946년 크리스마스 이브에 아버지는 편지 한 통을 받았다. 페이가 지난 몇 년 동안 들락날락하면서 치료를 받았던 새크라멘토 군립병원에서 12월 15일에 숨을 거두었다는 내용이었다. 페이의 나이는 73세였다. 할머니가 돌아가신 직후부터 게리는 악몽에 시달리기 시작했다. 매번 똑같은 꿈이었다. 그의 목이 잘리는 꿈.

페이의 죽음을 알리는 편지는 보통우편이었기 때문에, 프랭크가 그 소식을 받았을 즈음에는 이미 페이의 장례식이 끝난 후였다. 뉴욕에 살고 있던 페이의 매제가 장례와 매장에 필요한 비용 256.45달러를 지불하고, 가톨릭 신부의 수행자로서 무덤 앞에서 기도를 하는 역할도 맡았다. 로버트가 프랭크에게 연락하려고 수소문했지만, 그는 아버지의 주소도 전화번호도 알아낼 수가 없었다.

페이의 죽음은 분명 아버지의 인생에서 가장 큰 시련이었던 것 같다. 프랭크 형은 그때를 이렇게 기억했다. "그 후유증이 몇 주일이나 갔어. 갑자기 엉엉 울음을 터뜨리기도 하고 진탕 술에 취하기도 하셨지. 또 직장도 그만두셨어. 앉아서 술을 마시며 할머니 이야기를 하다가 할머니를 목놓아 부르고는 했어. 그러고 나면 또 앉아서 술을 마시고. 그때 아버지한테는 이런 저런 회한들이 한꺼번에 밀려왔던 것 같아. 할머니한테 늘 거부당했다고 느끼면서 살아왔는데, 임종과 장례식마저 거부당했다고 생각하셨겠지."

아버지가 그때처럼 오랫동안 술에 취해 지냈던 적은 없었다고 한다. 어머니와 형들은 아버지가 술에 취해 길가의 가로등 아래 네 활개를 뻗고 누워 있는 모습을 종종 발견했다. 그럴 때면 으레 손에는 술병이 들려 있고, 코트 주머니에도 술이 들어 있었다. 가족들은 몸도 가누지 못하는 아버지를 아파트로 간신히 끌고 들어왔는데, 아버지는 그 와중에도 연신 술을 마셨다고 한다. 그런 생활이 계속되면서, 아버지는 술값으로 있는 돈을 다 날렸고, 가족들은 매일 저녁 구세군에 가서 끼니를 해결해야 했다. "아버지는 평소엔 강인한 남자였어. 그런데 그때는 계속 술만 마셨고 술이 들어가면 늘 울었지. 할머니한테 그렇게 버림받고 살아왔지만, 아버지는 항상 마음속에 할머니에 대한 그리움을 품고 있었던 것 같아. 이제 어머니를 영영 잃어버렸다는 것을 받아들이지 못하셨던 거지."

어느 날 밤, 그날도 술집에서 나오던 아버지는 술에 취해 넘어지는 바람에 쇠기둥에 머리를 부딪쳤는데, 그 충격으로 얼굴에 깊은 상처가 생겼다. 술집 밖에서 기다리던 어머니와 형들이 아버지를 부축해서 집으로 데려왔다. 사흘이 지났지만 그는 꼼짝 못하고 침대에 누워 있었다. 베시는 의사를 불렀다. 넘어진 충격으로 어디를 많이 다친 건지, 아니면 술 때문에 몸이 많이 상한 건지 걱정이 되었다. 소변과 혈액 검사를 한 후, 의사는 다음과 같은 진단을 내렸다. "만일 이런 식으로 술을 계속 마신다면, 앞으로 길어야 2년밖에 살지 못합니다. 간이 너무 상했습니다. 살고 싶다면 술을 절제해야 합니다."

의사의 충고는 아버지에게 꽤 효력이 있었다. 그는 그날 당장 술을 끊었다. 그 후 몇 번 입에 술을 댄 적은 있지만, 그토록 오랫동안 아버지를 그림자처럼 따라다니던 흥청망청한 술판은 다시는 볼 수 없었다. 분명 반가운 일이었다. 하지만 거기엔 반대급부가 있었다. 그는 술에 취하면, 한심한 행동을 하기도 했지만, 술을 마시는 동안에는 더없이 착하게 굴었다. 쇼단에서 일했던 이야기며 사업을 했다가 망한 이야기, 그리고 서커스단에서 공중곡예를 하고 사자 조련사를 했던 이야기들을 신바람이 나서 떠들어댔다. 또 평소와 달리 아주 관대해져서 아이들이 갖고 싶어 하는 장난감을 뭐든 사달라는 대로 사주고, 아내와 아이들에게 그동안 기분 나빴던 일이나 자기에게 버릇없이 굴었던 일들을 모두 용서하겠노라고 선심을 쓰기도 했다. 그랬던 그가 지독한 악마가 된 것은 바로 술을 끊은 뒤였다. 그는 그때부터 아이들이 조금만 잘못을 저질러도 가차없이 벨트로 채찍질을 해댔다. 그는 마치 지킬 박사와 하이드 같았다. 단, 프랭크 길모어는 술에 취해야 점잖은 사람이 된다는 점이 달랐다.

술에 취하지 않은 프랭크는 더 비열하고 더 폭력적이었다. 베시가 주로 그의 화풀이 상대였다. 해가 거듭될수록 그의 폭행은 점점 더 끔찍하고 잔인해졌다. 형은 이렇게 말했다. "우리 집에서는 보름이 멀다 하고 주먹이 난무하는 야만적인 폭력이 그치질 않았어. 엄마 눈에 시퍼렇게 멍이 들고, 얼굴은 형편없이 부어오른 게 한두 번이 아니야. 우리는 권투시합에 나간 사람처럼 온몸이 멍들고 입술이 찢어진 엄마의 얼굴을 보면서 자랐지. 아버지는 엄마를 때릴 때 인정사정없었거든." 형은 또 이런 말도 했다.

"한번은 이런 적이 있었어. 그때 아마 내가 아홉 살이었을 거야. 내가 중간에 끼어들어서, 아버지에게 이제 좀 그만두시라고 했어. 내가 제정신이 아니었던 게 분명해. 어쨌든 아버진 깜짝 놀라서 어이가 없다는 듯이 나를 바라보기만 하셨어. 누가 감히 자신에게 뭐라고 한다는 게 믿기지 않았던가봐. 그러더니 어머니를 때리던 걸 그만두고 돌아서서 책상으로 가 하던 일을 계속하셨지."

아버지가 어머니를 때리는 동안, 아이들은 그 광경을 보고 비명을 지르면서 울고는 했다. 프랭크 형의 말로는 그럴 때면 게리 형의 악몽이 더 심해졌다고 한다. 폭력적인 집안 분위기는 게리의 악몽을 더 악화시켰다. 그는 자다가 침대에 오줌을 싸거나 비명을 지르며 깨는 일이 잦아졌다. 그런 날이면 그의 몸은 온통 식은땀과 오줌으로 흠뻑 젖어 있었다.

아버지가 술을 끊자 또 한 가지 새로운 변화가 생겼다. 이제 굳이 떠돌이 생활을 하려고 하지 않았다. 예전에는 몇 주일만 지나면 다른 곳으로 옮기려고 조바심을 냈을 텐데, 이제는 제법 오랫동안 한 곳에 머물렀다. 베시에게는 다행한 일이었다. 그녀는 그동안 이리저리 옮겨 다니는 생활에 지쳐 있었다. 그녀는 유타에 있는 자매들처럼 어엿한 집과 살림을 갖고 싶었다. 또 아이들에게도 안정된 생활이 필요했다. 최소한 한 학년을 한 학교에서 다니고, 친구도 사귈 수 있게 해주고 싶었다. 이것이 어머니의 소박한 꿈이었다.

1948년, 우리 가족은 오리건 주 포틀랜드 북쪽의 주택공급지구에 거처를 마련했다. 프랭크는 출판사업을 구상하고 있었다. 포틀랜드와 멀트노마의 외곽지역에 적용되는 주택과 상가의 건축에 대한 여러 가지 관련법규를 한데 모아, 읽기 쉽게 정리해서 간편한 책자로 출판하는 일이었다. 거기에 청부업자, 건설업자, 건축가들의 광고를 싣고, 광고주를 통해 혹은 시나 군청의 허가국을 통해 그 책자를 개발업자들이나 건설업자에게 배포하는 것이다. 이 구상은 적중해서 순식간에 광고주들이 모여들었고, 프랭크는 매주 수백 달러의 수입을 올렸다. 그 어느 때보다도 안정적인 수입이었다. 수입이 수천 달러에 이르자 프랭크는 베시에게 이제 다시 떠날 때가 됐다면서 다른 마을에 가서 사업을 벌이자고 했다. 이런 식으로 나간다면 순식간에 많은 돈을 벌게 될 거라고.

그러나 베시는 이 무렵 프랭크의 말에 호락호락 넘어가지 않았다. "싫어요." 그녀는 말했다. "당신은 정말로 이 책을 만들 수 있어요. 필요한 건 다 갖추고 있잖아요. 당신을 믿고 일을 맡기는 광고주들이며, 시에서 인가도 받았고, 또 당신 능력도 있어요. 이 사업은 당신이 생각해낸 최고의 사업 아이디어예요. 단 한 번으로 그칠 사업이 아니라구요. 연간 혹은 격년간으로 지속적으로 발행해서 안정된 수입을 올릴 수 있을 거예요. 그러면 우리도 집을 하나 마련할 수 있을 거구요. 당신이 여기서 합법적으로 그 책을 만드는 일을 한다면, 나도 당신을 돕겠어요. 그런 다음 나중에 다른 곳으로 가서 그 사업을 하겠다면, 거기서도 도울 거예요. 하지만 만일 당신이 또 광고비를 몽땅 들고 도망쳐서 우리 가족이 다시는 이곳에 발을 들이지 못하게 만들 생각이라면, 난 차라리 아이들과 함께 여기 남겠어요. 이젠 도망 다니는 것도 지쳤어요."

프랭크는 최후통첩 같은 베시의 말투는 마음에 들지 않았지만, 매년 책을 발간하자는 생각만큼은 마음에 들었다. 1949년 프랭크 길모어는《건축법 다이제스트》를 초판 발행한다. 그리고 거기서 번 돈으로 포틀랜드 남부의 크리스털 스프링스 가에 있는 작은 집을 계약했다. 그리 번듯한 집은 아니었다. 사람 사는 동네라기보다는 황무지 같은 공업지대에 있는 방 두 개와 작은 마당이 딸려 있는 집이었다. 베시가 꿈꾸던 크고 좋은 집은 아니었지만, 그녀는 프랭크가 아직 뭔가 조심스러워하고 있다고 생각했다. 프랭크와 베시는 마당 주위에 담을 두르고, 개도 한 마리 사고, 또 멋진 신형 폰티악 승용차도 구입했다. 아이들은 학교에 다녔다. 크리스마스가 오면 크리스마스 트리를 세우고 갖가지 장식도 달았다. 이제야 처음으로 집다운 집을 갖게 된 것이다. 결혼하고 10년, 세 아이를 낳은 후였다. 소위 말하는 가정의 행복이라는 게 이런 것이구나, 하고 느끼던 시절이었다.

프랭크의 아들 로버트는 그때 육군 중위로, 워싱턴 주 터코마에서 155마일 정도 거리에 있는 루이스 요새에서 복무하고 있었다. 그는 이미 결혼해서 아이가 셋—딸 둘과 아들 하나가 있었다. 그는 이 무렵 2주일마다 가족들을 데리고 자기 아버지 집을 방문했다. 어떤 때는 혼자 오기도 했다. 로버트는 아버지의 변화를 매우 기뻐했다. 두 사람은 이제 서로 잘 지내고 있었다. 예전처럼 상대를 모질게 몰아세우거나 되받아치는 일 없이 10분 이상 대화를 나누기도 했다. 하루는 직업 사진가의 꿈을 키우던 로버트가 우리 부모님과 형들을 집 뒤뜰에 모아놓고 가족사진을 찍었다. 그 사진은 내가 가장 아끼는 우리 집안의 유품이 되었다. 사진 속 얼굴들을 하나하나 뜯어보면, 저마다 자신의 인생에 가장 어울리는 표정들을 하고 있다. 아버지는 빈틈을 허락하지 않는 엄격한 얼굴이고, 어머니는 뭔가 체념한 듯한 표정이다. 게일렌 형은 사랑스럽고 애교가 듬뿍 담긴 미소를 짓고 있는데, 게리 형은 이미 위협적인 눈빛을 쏘고 있다. 그중에서도 가장 어울리는 표정을 짓고 있는 것은 프랭크 형이다. 그의 바보 광대 같은 미소는 이렇게 말하고 있는 듯하다. '이거 웃기지 않아? 우리가 화목한 가족이랍시고 이렇게 카메라 앞에서 포즈를 잡다니…….' 사진 속의 가족들은 서로 아무도 잡지 않고 혼자 서 있다. 나는 물론 거기에 없다. 아직 그중에 낄 수 없었던 때이다. 그러나 사실, 그 후로도 그들과 함께 사진을 찍을 수는 없었다. 그 사진이 그나마 우리 가족사진이라고 할 수 있는 유일한 것이다. 우리 가족은 그 후로 함께 사진을 찍지 못했다.

우리 가족에게 생긴 변화가 모두 좋은 쪽은 아니었다. 예를 들면, 새로 들어온 개가 그랬다. 어머니의 말에 의하면, 에스키모개의 혈통이 반, 중국개의 혈통이 반의 반, 독일개 혈통이 반의 반 섞인 개였다. 게리에게 사준 것이었는데, 그는 개에게 퀸이라는 이름을 지어주었다. 퀸은 여러 가지 면에서 자기 주인과 비슷하게 살다가 갔다. 처음에는 작고 온순했으나 차차 사납고 무서운 개로 자랐다. 애초에는 아버지가 강력하게 원했고, 어머니는 극구 반대했다. 막상 한 가족이 되자, 아버지는 개를 싫어하고 학대했으며, 어머니는 감싸느라 애를 썼다. 아버지는 주로 신문지를 야구 방망이처럼 둘둘 말아서 그걸로 개를 때렸다. "아버지가 개를 때린 이유는 우리를 때린 이유와 같아." 하고 프랭크 형이 말한 적이 있다. "무슨 이유가 필요하겠어?" 개는 처음에는 매를 맞아도 참고 견뎠다. 그러다가 어느 정도 크더니 아버지에게 덤비기 시작했다. 프랭크 길모어가 개에게 심하게 물릴 뻔한 걸 모면한 것은, 어머니가 퀸을 잘 다루었기 때문이다.

퀸은 아버지는 멀리했지만, 어머니와 형들은 잘 따랐다. 프랭크 형과 게리 형은 동네로 산책을 나갈 때면 늘 퀸을 데리고 나갔는데, 동네 아이들이 짓궂게 굴거나 다른 개가 덤벼들면 퀸이 형들을 보호했다. 어머니가 세어보니 퀸이 사람을 문 사고는 열다섯 번이 넘고(그중에는 치명적인 사고도 있었다) 다른 개를 물어 죽인 적도 두 번 이상 된다고 했다. 한번은 게리와 프랭크가 길에서 장난을 치다가 동네 아저씨를 화나게 한 적이 있었다. 그는 고기 써는 칼을 들고 형들을 뒤쫓기 시작했다. 두 아들의 비명을 들은 어머니는 창문을 열고 그 광경을 보았다. 그날은 어머니가 퀸을 집 안에 가둬두고 있었다. 어머니가 사람에게 덤비라고 퀸을 일부러 풀어준 것은 그때가 처음이라고 했다. 그녀는 현관문을 열면서 손가락으로 그 남자를 가리켰다. 그러자 퀸은 치타처럼 날쌔게 달려 나갔다. 퀸은 등 뒤로 달려들어 그 사람을 쓰러뜨리고 양팔을 물어뜯었다. 어머니가 불러들이지 않았더라면, 그의 목도 남아나지 않았을 것이다.

그 당시 아무도 그 성미 고약한 짐승을 쏴 죽이지 않은 것이 이상할 정도이다. 개의 주인도 마찬가지이다. 언젠가 한 친구가 내게 말했듯이 그 개는 애완동물이라기보다는 무기였다. 아버지가 마침내 한 곳에 정착하는 모험을 하는 동안에, 우리 가족을 외부세계로부터 안전하게 지켜줄 무기.

개는 내가 태어난 이후 뒷마당으로 옮겨졌다.

게일렌 형이 태어난 지 1~2년 후에 어머니는 아들을 또 하나 낳았다. 그러나 그 아기는 며칠 못 가 죽고 말았다. 그 이야기는 최근에 프랭크 형이 말해주어서 비로소 알게 되었다. 프랭크 형 말에 따르면, 그 아기는 태어나고, 죽어서, 땅에 묻혔고, 그 후 아무도 그에 대한 이야기를 입 밖에 낸 적이 없다고 한다. 지금도 나는 그 아기의 이름도, 또 어디에서 태어나고 어디에서 죽었는지도 전혀 아는 바가 없다. 한 번도 들어본 적이 없는 이야기이다. 형이 그 일에 대해 기억을 하지 못했더라면, 나는 그런 일이 있었는지조차 알지 못했을 것이다.

그 후 어머니는 더 이상 아이를 낳을 수 없다는 진단을 받았다. 그런데 어머니는 아버지가 아들들을 모두 가톨릭 신자로 만드는 것에 은근히 죄책감을 가지고 있었다. 그동안 자신의 신앙에 너무 소홀했다고 생각한 어머니는 아이를 하나 더 낳아서 모르몬 교도로 키우고 싶었다. 한편 아버지는 그냥 아이가 하나 더 있었으면 좋겠다고 생각하고 있었다. 그래서 두 사람은 약속을 했다. 만일 어머니가 무사히 아기를 낳는다면, 아버지는 그 아기를 모르몬 교도로 키우는 것에 반대하지 않기로.

1951년 2월 9일, 포틀랜드의 성 빈센트 병원에서 내가 태어났다. 아버지는 예순하나, 어머니 나이는 서른여덟이었다. (내 이름 마이클은 본래 Michael이었는데, 내가 고등학교 때 철자를 Mikal로 바꾸었다.)

"네가 태어난 날을 지금도 기억하고 있지." 하고 얼마 전에 프랭크 형은 말했다. "아버지가 속옷 바람으로 2층에 올라오시더니 이렇게 말씀하셨어. '얘들아, 뭐라고 해야 좋을지 모르겠구나. 너희들한테 꼬마 남동생이 생겼다.' 아버지가 그렇게 기뻐하시는 모습을 본 건 그때가 처음이자 마지막이야."

그러나 그 기쁨도 잠시였다. 내가 이 책을 준비하는 동안 거의 매일 나를 찾아와 과거의 기억을 더듬어 이야기를 해주던 프랭크 형이, 하루는 무거운 표정으로 날 찾아왔다. "오늘은 너한테 꼭 해줄 이야기가 있다. 여기 와서 매번 네게 그 말을 하겠다고 별렀지만, 네가 혹시 마음에 상처를 받을까봐 걱정이 됐거든. 하지만 이제 이야기할게."

그리고 형은 이런 이야기를 들려주었다.

"너를 병원에서 데리고 온 후, 처음에는 모두들 마냥 행복했어. 그런데 몇 주 정도 지나서 상황이 달라졌어. 엄마는 내용도 완전히 이해 못하면서 늘 엉터리 같은 의학서적을 읽고 있었는데, 그중 어떤 책에 신생아를 어르면서 공중에 살짝 던지면 아기가 어떤 반응을 보인다고 적혀 있었어. 양팔은 어떻게 움직이며, 어떤 식으로 미소와 웃음으로 반응을 나타내는 것이 정상이라는 거지. 당연히 아기마다 조금 다르게 반응할 수도 있는 건데 말이야. 엄마는 너를 안고서 몇 번이고 공중에 던져보았는데, 너는 신통한 반응을 보여주지 않았어. 아마 넌 그때 이미 환경에 잘 적응해서, 누가 너를 들어 올리거나 얼러줘도 별로 대수롭지 않게 여겼던 모양이야. 어쨌든 엄마는, '아기에게 뭔가 문제가 있나봐. 애가 온전치 못해. 어딜 다친 거야.'라면서, 그 생각에서 헤어나지를 못했어. 급기야는 아버지가 엄마에게 그만 좀 닥치라고 했지.

그런데, 어느 날 우리는 엄마가 베개를 들고 네 침대 머리맡에 서 있는 걸 봤어. 네 머리 쪽으로 베개를 막 내리려는 순간이었지. 엄마는 널 질식시키려고 했던 거야. 아버지가 엄마를 붙잡았는데, 엄마는 연신 뿌리치며 이런 말을 했어. '이 아이는 살 수 없어요.' 그러자 아버지가…… 다짜고짜 엄마를 후려쳤어. 마구 때린 후에 다시는 절대로 아기에게 그런 짓을 하지 말라고 했지. 우리는 모두 옆에서 그 광경을 지켜보고 있었어. 나, 게리, 그리고 게일렌. 솔직히 말해서, 그날 이후, 엄마가 다른 사람처럼 느껴졌어."

프랭크 형은 이야기를 끝내면서 몸을 떨었다. 그러나 그 사건은 내게 감정적으로 별 느낌을 주지는 않았다. 아마도 그 당시 어머니는 산후 우울증에 시달렸던 것 같다. 임신과 출산 후 신체 변화로 인한 우울증이었을 것이다. 그 시대도 시대였거니와, 아버지의 성격상 어머니는 적절한 진단이나 치료를 받을 기회를 갖지 못했을 게 분명하다. 치료는커녕 무지막지하게 매만 맞았겠지.

이 일이 그 후에 일어났던 많은 일들과 또 나와 부모님과의 관계 형성에 매우 중요한 사건이었다는 것을 비로소 알게 되었다. 아버지가 늘 나를 자신의 곁에 두려고 했던 것이나, 내가 점점 잦아졌던 부부 싸움의 원인이 된 것은 모두 그 사건에서 비롯되었다. 그리고 내가 비록 그때 일에 대해서 특별한 감정을 갖고 있는 것은 아니지만—어머니가 나를 질식시키려 했다는 사실에 소름이 끼치거나 화가 나지는 않는다.—내가 어머니에게 가졌던 두려운 감정은 대부분 그 순간에 만들어졌을 거라는 생각이 든다. 나는 아버지가 종종 어머니에게 정신 나간 짓을 부끄러워하라는 식으로 몰아세웠던 것이며, 그런 비난에 심하게 상처받는 어머니가 불쌍해 보였던 기억이 난다. 하지만 그런 말은 어머니를 더욱 날뛰게 했고, 어머니의 이런 행동은 아버지의 말을 확인시켜주는 듯이 보였다. 그럴 때면 나는 어머니의 얼굴에서 정말 광기가 보이는 것 같아서 무척 두려웠다.

아버지는 그 사건을 핑계 삼아, 나를 모르몬 교도로 키우겠다고 했던 약속을 무시했다. "이 애가 모르몬교 세례를 받는 날, 당신과 아이 둘 다 거리로 내쫓아버릴 테니 그리 알아."

그러면 어머니도 지지 않았다. "애마저 또 가톨릭 신자로 만들어버리면, 당신이 자고 있는 동안 그 악마 같은 심장에 칼을 꽂을 거예요." 두 사람의 고집이 팽팽히 맞서는 가운데 자란 나는, 아버지가 돌아가시고 한참 지나서야 교회 구경을 할 수 있었다.

프랭크의 《건축법 다이제스트》는 2년 동안 포틀랜드에서 꽤 성공을 거두었고, 그러자 그는 수익성이 더 큰 시애틀 편도 출간했다. 두 도시 사이를 오가면서 시간을 보냈지만, 그래도 안정되고 틀에 박힌 생활은 그에게 속박처럼 느껴졌던 모양이다. 프랭크는 다시 삶의 터전을 뒤엎고 베시와 함께 첫 출발을 했던 곳, 솔트레이크로 돌아가고 싶었다. 베시는 펄쩍 뛰었다. 이제 겨우 정착해서, 아이들도 학교에 다니고 친구도 사귀게 되었는데, 무엇 때문에 이걸 다 무너뜨린단 말인가? 더욱이 베시는 유타로 돌아가고 싶은 생각이 추호도 없었다. 한심스러운 자매들과 가까이 지내는 것도 싫고, 그들이 자기 남편과 좋은 집에 대해서 우쭐대는 걸 보고 싶지도 않았으며, 또다시 이러쿵저러쿵 부모님의 참견을 받는 것도 싫었다.

프랭크는 아랑곳하지 않았다. 솔트레이크에는 사업을 도와줄 옛 동료가 있었다. 또한 그는 자신과 베시의 부모 사이에 있었던 불화는 이제 자신이 합법적인 사업에 성공한 이상 모두 지난 일이라고 생각했다.

그러나 베시는 진짜 이유는 다른 데 있다고 생각했다. 프랭크는 아직 과거에서 자유롭지 못했다. 한 장소에 오래 머물러 있으면, 누가 자기를 쫓아오지 않을까 고통스럽게 어깨 너머를 살폈다.

내가 태어난 그해 봄, 우리 가족은 크리스털 스프링스 가에 있는 집을 처분하고 차에 짐을 싣고서 유타를 향해 떠났다. 프랭크가 완강하게 고집을 부려서, 베시는 퀸을 이웃집에 맡겼다. 그 이웃 여자는 술을 많이 마시면 행패를 부리는 버릇이 있어서, 베시는 그녀에게 절대로 개를 때리지 말라고 당부했다. 돌아서는 베시를 보며, 퀸은 슬픈 표정으로 짖었다. 베시는 가슴이 찢어질 듯 아팠다. 퀸을 두고 가는 것이 못내 마음에 걸렸다. 처음으로 정이 든 동물이었다.

솔트레이크 시로 가는 길 내내, 프랭크와 베시는 쉬지 않고 싸웠다. 워낙 끈질기게 싸웠던 터라, 뒷좌석에 앉아 있던 프랭키와 게리, 그리고 게일렌은 손가락으로 귀를 틀어막고서 싸움 흉내를 냈다. 그때 프랭크가 거울로 아이들이 장난치는 모습을 보고는, 몸을 돌려 웃고 있는 아이들의 따귀를 갈겼다. 천 마일이나 되는 그 장거리 여행길은 싸움과 따귀 때리기의 연속이었다.

그러나 어머니로서는 그 여행에서 한 가지 소득이 있었다. 1951년 6월 7일, 우리 가족은 네바다의 엘코에 닿았는데, 거기에서 부모님은 비로소 간단하나마 법적으로 결혼식을 올렸다. 그러나 아이들에게는 뒤늦은 결혼식을 했다는 말을 하지 않았다. 어머니는 돌아가시기 불과 몇 달 전에야, 비로소 프랭크 형에게 이 이야기를 했다. 프랭크 형이 내게 그 말을 했을 때, 나는 믿어지지 않았다. 어머니는 도저히 "비합법적인" 결혼생활을 그렇게 오랫동안 견뎌낼 사람 같지 않았기 때문이다. 그래서 나는 결혼증명서 사본을 확보해두었다. 나는 그 서류를 프랭크 형에게 보여주며 말했다. "우리 형제들은 모두 사생아였군." 그리고 우리 둘은 한바탕 웃었다.

"세상에, 우리 인생에 대해서 이렇게 속속들이 알게 되는구나." 하고 형이 말했다.

우리 부모님은 솔트레이크 시 외곽에 방이 세 개 있는 작은 집을 마련했다. 집 가까이에는 기찻길이 지나갔는데, 그것은 도시를 가르는 역할을 했다. 북쪽 지역에는 점잖은 사람들, 즉 모르몬 교도들과 다른 기독교 신도들이 살고 있었고, 남쪽에는 유랑민, 이민자, 소수민족 같은 가난한 사람들이 거주했다. 넓고 황량한 지역이었다. 우리 집은 기찻길에서 약간 북쪽에 있었다. 내 생각에는 아버지가 일부러 경계지역을 고른 것 같다. 아마도 기찻길만 건너면 안전하게 미국의 오지 속으로 다시 자취를 감출 수 있을 거라는 생각에 그랬을 것이다. 가족이 자리를 잡자마자, 아버지는 유타와 아이다호를 돌아다니면서 새로 출간할 책에 실을 광고를 팔았다.

얼마 지나지 않아서 베시는 그 집에 뭔가 떠돌아다닌다는 생각을 했다. 뭔가 기분 나쁜 것이 주변에 있다는 느낌이 들었고, 무슨 말인지 알아들을 수 없는 소리가 밤이나 낮이나 들려왔다. 베시뿐만이 아니었다. 아이들도 깜깜한 어둠 속에서 누군가 얼굴에 대고 숨을 쉬는 것 같다고 했다. 얼마 후, 어머니는 집 안에서 일어나는 이상한 일이 우리 가족 중에서 가장 어린 아기, 바로 나의 주변에서 주로 일어난다는 것을 알아챘다. 나중에 들은 이야기지만, 내가 혼자 침실에 있을 때 그런 일이 몇 번 일어났다고 한다. 내가 뭐라고 옹알이하는 소리가 들리더니, 누군가가 대꾸를 해 주는 소리가 어머니와 형들의 귀에 분명하게 들렸다. 그래서 방문을 열어 보면, 나 혼자서 조잘거리면서 손가락질을 하고 있었다. 그런 일이 한동안 계속되었다. 그러던 어느 날 밤, 집에는 어머니와 나만 있었다. 어머니는 내 옹알이에 대답하는 소리를 또 들었다. 이번에는 목소리가 다른 때보다 더 또렷하게 들렸다. 어머니는 살금살금 방문으로 다가가서 문을 열었다. 방에 들어서자 몇 년 전 할머니의 집에서 보았던 그 얼굴이 보였다. 그것은 내게 막 입을 맞추려는 참이었으나 어머니가 소리를 지르자, 사라졌다. 아버지가 집에 돌아왔을 때, 어머니는 그 사건에 대해 열심히 설명했지만, 아버지는 진지하게 들으려 하지 않았다. 자기는 평생 동안 "귀신을 불러들이는 일" 주변에서 살았지만, 한 번도 그런 것이 나타난 것을 보거나 들은 적도 없다고 일축했다.

"아마 당신이 밤에 들은 소리는 쥐 소리였을 거야. 고양이를 한 마리 키우면, 그 귀신들이 다 없어질 거요." 하고 아버지는 말했다.

"내 눈으로 그걸 똑똑히 봤다니까요, 프랭크. 만일 쥐였다면, 그건 저승에서 얼굴을 달고 온 아주 큰 쥐였겠지요."

어머니의 말에 따르면, 게리 형이 빗나가기 시작한 것은 솔트레이크 시에 살면서부터다. 프랭크와 게리 두 형은 포틀랜드에서 사귀었던 친구들을 몹시 보고 싶어 했다. 그런데 게리가 새로 사귄 친구들은, 프랭크 형으로서는 도저히 상대하고 싶지 않은 부류들이었다. 그들은 욕설과 흡연, 도둑질을 일삼고, 만나면 총 이야기나 하는 질이 나쁜 아이들이었다. 그런데 게리는 그 친구들과 벌이는 나쁜 짓에서 누구보다 앞서고 싶어 했다. 언젠가 프랭크 형은 아이들이 권총을 가지고 러시안룰렛 게임을 하는 것을 봤다. 프랭크는 부모님에게 동생의 비행을 잘 일러바치는 편은 아니었지만 이때만큼은 이야기했다. 게리는 총알이 없는 총이었다고 우겼지만, 어쨌든 매를 맞았다. 또 이런 일도 있었다. 게리와 동네 남자 사이에 싸움이 났다. 그 남자는 열한 살짜리 게리를 쫓아가 머리를 갈기더니 벽에 대고 짓찧기 시작했다. 프랭크 형이 달려가서 어머니를 불렀다. 어머니는 담을 뛰어넘어가 그 남자의 멱살을 잡았다. 그러고는 그의 머리를 벽에다 쿵쿵 박았다. 동네 사람들이 달려와서 뜯어말려야 했다. 나중에 어머니는 아버지에게 그 이야기를 했고, 아버지는 당장 그를 찾아가서 톱질하는 받침대에 반쯤 눕히고 정신없이 때려줬다. 우리 가족은 언제나 이렇게 동네 사람들과 충돌하며 살았다.

그즈음 몇 달 동안, 게리는 물건들을 훔쳐서 차고에 감춰두었다. 큰길에 있는 빅시라는 가게에서 훔친 과자상자나 요요, 만화책 같은 작은 물건들이 대부분이었다. 무슨 특별한 이유가 있어서 그런 짓을 한 것 같지는 않았다. 그저 물건을 훔쳐서 모아두었다가 친구들이나 형에게 보여주었다. 그런데 아버지가 이런 사실을 알게 되었다. 그는 게리를 사정없이 때렸다. 그리고 물건들을 모두 상자에 넣어 아무도 모르게 제자리에 가져다놓으라고 시켰다. 게리는 아무에게도 들키지 않았다. 프랭크 형이 보기에는, 그 물건들을 보고 아버지가 더 두려워하는 것 같았다고 한다. 아마도 아버지는 그 순간 자신의 어떤 모습이 아들에게 나타나는 것을 보고, 그 싹이 커지기 전에 잘라버리려 했을 것이다.

그런데 늦은 밤이 되면, 게리는 어린아이가 되었다. 거의 밤마다 악몽을 꾸었고, 어떤 날에는 어머니를 깨우고 방에 뭔가 있었다고, 그것을 봤다고 말하곤 했다.

이런 일이 계속되던 어느 날 밤, 베시는 잠이 든 게리의 얼굴을 살펴보았다. 게리가 귀신들을 불러내는 페이의 집에 너무 오래 있었기 때문일까? 혹시 그날 나타났던 그 무서운 혼이 게리의 몸속에 들어간 것일까? 아니면 이 집에 있던 귀신이 이 아이의 여린 영혼에 파고든 것일까? 최근에 저지른 행실들을 떠올리면서 베시는 게리의 얼굴이 어딘가 달라졌다는 생각을 했다.

의심의 여지가 없었다. 끔찍한 혼이 아들의 몸으로 들어간 것이 분명했다.

프로보의 외갓집에서 새해를 맞이하는 송년파티가 열렸다. 어머니는 몇 주 전부터 그 사실을 알고 있었지만, 우리 가족은 초대를 받지 못했다. 날짜가 임박해서야 초대를 받았고 우리는 브라운 농장으로 갔다. 그러나 우리 가족은 냉대를 받았다. 아버지가 장인 장모를 위해서 라디오를 선물로 가져갔는데도, 아무도 아버지에게 말을 걸지 않았다. 또 그날만은 모두에게 술을 마시는 것이 허용되었는데, 아버지는 술병을 빼앗겼다.

프랭크 형과 게리 형은 아버지가 이런 대접을 받는 것이 못마땅했다. 그래서 그들은 어머니에게 집으로 가자고 졸랐다. 우리 가족은 새해를 알리는 종이 울리기도 전에 그곳을 떠나왔다.

그다음 날 밤, 그러니까 1952년 1월 1일이었다. 우리 가족은 솔트레이크의 집으로 돌아와서 거실에 앉아 있었다. 프로보에 갔다 온 일로 모두가 지치고 풀 죽은 상태였다. 그날 저녁 또다시 어디선가 이상한 소리가 들려왔다. 모두 잔뜩 긴장했다. 그때 다락방에서 또 소리가 들렸다. 마치 죽음의 고통으로 괴로워하는 듯한 길고 고통에 찬 신음 소리였다. 가족들 모두 다락방으로 통하는 천장문 아래 모여 문 쪽을 올려다보았다. 베시가 남편을 보며 말했다. "당신이 위로 올라가서 그 큰 쥐하고 이야기 좀 해봐요." 프랭크는 아무 말도 하지 않았다. 그는 다른 가족들과 함께 소리가 나는 쪽만 응시하고 있었다. 그러나 베시 눈에는 그 악령이 마침내 그에게까지 손을 뻗치는 것이 보였다. 그녀는 남편에게 말했다. "이 집을 떠나지 않으면 우리 모두 저 악마한테 눌려 죽고 말 거예요, 여보."

다음 날, 아버지는 집을 내놓았다.

한두 해 전에, 프랭크 형과 나는 솔트레이크의 옛 동네를 찾아갔다. 우리가 살던 집을 찾아볼 수 있을까 하는 기대 때문이었다. 형은 우리가 알아낸 주소를 들고 길을 두루 살피며 이리저리 다녔다. 그는 그 동네가 다 기억이 난다고 했다. 옛날 집들은 모두 그대로 있는데, 단 한 집만 없어졌다고 형이 말했다. 우리가 한때 살았던 그 집만 유일하게 사라졌고, 이제 거기엔 황량하게 터만 남아 있었다.

유령 이야기는 이만하면 된 것 같다. 그런데 한 가지 분명히 해둘 것이 있다. 내가 한 이야기는 모두 어머니의 기억에서 나왔거나, 아니면 우리 집안에 전해 내려오는 전설에 따른 것이다. 내가 기억하는 일은 하나도 없다. 단 하나 기억하는 것은, 어린 시절 내내 늘 그 고통스럽고 다소 과장된 신화를 들으며 자랐다는 사실이다. 어머니가 이런 이야기를 들려줄 때마다 나는 귀를 쫑긋 세우고 열심히 들었다. 그러나 어머니는 알고 계셨을 것이다. 어머니와 나 사이에 사랑과 동정의 감정이 흐르고 있었지만, 내가 어머니의 유령 이야기를 믿지 않았다는, 아니 믿을 수 없었다는 사실을. 만일 우리 가족에게, 그리고 우리의 꿈속에 뭔가 나타나서 우리를 괴롭혔다면, 그것은 바로 우리 자신이라고. 나는 우리의 삶에 죄악과 잔혹함, 어리석음 등을 불러들인 것은 악령이 아니라고 믿고 있었고, 어머니는 그걸 알고 계셨다. 우리는 우리의 역사와 어두운 심성으로, 우리에게 그런 일들이 일어나도록 했던 것이다.

결단코, 나는 그런 유령 이야기 따위는 믿지 않는다. 어떤 망령이 어머니의 여동생을 죽음으로 끌어들였다던가, 그 소란스러웠던 날 밤 게리 형에게 몸을 수그리고 있었다던가, 혹은 내가 아기였을 때 내게 입 맞추려 했다는 이야기를 전혀 믿지 않는다. 또한 어머니가 굳게 믿고 있는 것과 달리, 그 유령이 끝끝내 게리에게 달라붙어서, 그가 마침내 1976년 4월 유타로 돌아와서 운명적인 범죄를 저지르도록 이끌었다고 믿지도 않는다. 나는 밤에 나타나는 초인간적인 존재보다 더 악한 것이 있다고 생각한다. 인간에게는 인간을 파멸시키고 변화시키는, 분노와 상실과 이루지 못한 소망의 한이 있다. 그것은 우리가 죽어 무덤에 갈 때까지 우리를 놓아주지 않는다. 우리는 알 수 없는 존재에 두려움을 느끼기 쉽고, 그래서 그런 존재들에게 너무 쉽게 우리를 지배할 수 있는 위력을 부여한다. 그러나 우리를 괴롭히는 진짜 악마를 똑바로 대면하는 일은 훨씬 더 어렵다. 즉 사람들—우리가 사랑했던 사람들, 혹은 사랑하지 않았던 사람들, 우리 자신과 우리 자신의 역사를 형성해온 사람들의 얼굴 말이다. 그 얼굴들을 기억에 되새기고 이야기하는 것 자체가, 망령들을 떠돌게 할 수도 있다고 생각한다. 나에게는 더 이상 망령 따위는 필요치 않다. 하지만 나는 어머니가 그런 이야기를 하도록 놔두었다. 어머니는 나와는 다른 시대, 다른 문화를 살았던 사람이다. 어쩌면 유령에 대한 어머니의 믿음은, 그저 자신이 그 세월 속에서 얼마나 많은 것들을 상실했으며 얼마나 많이 파멸했는가를 느끼게 해주는 것이었는지도 모른다.

아니다, 결단코 나는 그런 것 따위는 믿지 않는다. 몇 년 전, 내가 옛집에 가보려고 했던 이후에, 마침내 작고 어두운 방 안에서 무엇인가 섬뜩한 것과 마주쳤을 때에도, 그것이 내 생의 최악의 순간에 내 목을 움켜잡고서, "난 널 알아. 네가 마지막이지. 자, 이제 널 데리러 온 거야."라고 말했을 때조차도, 나는 그것을 믿지 않았다. 나는 자신에게 말했다. 아니야, 이 유령은 실재가 아니야. 이 유령은 다른 곳에서, 내 마음 저 깊은 곳에서 나타나는 거야. 그 순간에도 나는 나 자신에게 말했다. 유령보다 더 무섭게 나를 움켜잡을 수 있는 것들이 있다고.

그것은 또 다른 이야기이다. 그리고 아직은 그 이야기를 할 때가 아니다.

우리 가족은 오리건 주의 포틀랜드로 돌아왔다. 또다시 비참한 여행길이었다. 프랭크와 베시는 누구 때문에 처음에 솔트레이크로 가게 됐느냐를 따지며, 여행 내내 싸움을 그치지 않았다. 마을에 도착하자, 베시는 제일 먼저 할 일은 게리의 개, 퀸을 찾아오는 것이라고 주장했다.

그들은 개를 맡겼던 집에 가서 문을 두드렸다. 아무 대답이 없었다. 그래서 다른 집으로 가서 퀸이 어디 있는지 아느냐고 물었다. 그들이 듣게 된 대답은 이랬다. "이런 말씀 드리기 어렵습니다만, 퀸은 이틀 전에 총에 맞아 죽었습니다." 퀸을 데리고 있던 여자가 며칠 전 술에 취해서 벨트로 개를 때리자, 개가 달려들었다. 병원에 가서 치료를 받아야 할 정도로 다친 여자는, 퀸을 총으로 쏴버렸다.

베시는 며칠 동안 퀸을 생각하며 울었다. 게리가 사랑하는 개가 다른 사람의 손에 죽었다는 사실을 받아들일 수가 없었다. 퀸의 죽음이 가족에게 닥쳐올 재난을 암시하는 것처럼 느껴졌다. 그녀가 언젠가 가게에서 보았던, 자신과 아이들에게 닥친 증오와 형벌의 운명이 시작된 것 같았다. 어머니는 나중에 이렇게 말하고는 했다. 우리 앞에 놓여 있는 미래가 어떤 것인지 알게 된 건 바로 그 순간이었다고.

PART 3

형제들

프랭크 2세와 퀸, 게리, 게일렌. 오리건 주 포틀랜드, 1949년경

사람의 원수는 그 가족이리니.

마태복음 10장 36절

1

이방인들

게리 형에 대한 나의 최초의 기억은 이렇다.

내가 서너 살쯤 됐을 때 일이다. 더운 여름이었는데, 나는 포틀랜드의 우리 집 앞마당에서 놀다가 목이 말라 집 안으로 들어갔다. 주방에는 어머니와 프랭크 형과 게일렌 형이 식탁에 앉아 있었는데, 그 옆에 낯선 사람이 하나 있었다. 짧은 갈색 머리에 푸른 눈빛을 한 소년이, 수줍은 듯한 미소를 지으며 날 바라보았다.

"누구예요?" 나는 그 낯선 사람을 가리키며 물었다.

식탁에 앉아 있던 가족들이 모두 웃었다. "네 형 게리잖니." 하고 어머

게리 길모어(뒷줄 중앙). 1952년경(사진 제공: 톰 라이덴)

니가 말했다. 어머니는 어리둥절한 내 표정을 본 모양이었다. '게리 형이라고? 도대체 어디서 나타난 사람이야?' 하는 표정 말이다. 어머니는 이렇게 덧붙였다. "우리가 게리를 그동안 뒷마당에 있는 차고 옆에 묻어놨었어. 이제야 파서 꺼내온 거야." 모두들 또 한바탕 웃었다.

사실 게리는 지난 1년 동안 소년교화소에 있었지만, 아무도 내게 사실대로 이야기해주지 않았다.

그 후로 몇 년 동안, 나는 게리 형을 이렇게 생각했다. 뒷마당에 묻혀 있다가 다시 나온 사람.

1952년, 우리 가족은 포틀랜드의 외곽에 집을 또 하나 샀고, 아버지는 다시 건축법 책을 출판하는 일을 시작했다. 우리 집은 외곽이라는 말에 딱 걸맞게 '존슨 크릭 대로'라는 교외산업도로의 끝에 있었는데, 그곳은 정확히 멀트노마와 클랙카마스의 경계선 위였다. 실제로 그 경계선은 바로 우리 형 셋이 자는 침실에 걸쳐 있었다. 그래서 형들이 어느 학교에 다녀야 할지 결정하기 위해 군청 직원이 직접 나와서 위치를 파악했다. 그 직원은 경계선을 중심으로, 누가 어느 쪽에서 잠을 자느냐에 따라 어느 학교에 갈지 결정했다. 그래서 게리와 프랭크는 멀트노마에 있는 중학교로, 게일렌은 클랙카마스에 있는 초등학교에 다니게 되었다.

그 집은 오래된 낡은 집이었는데, 아버지는 오히려 그 점 때문에 묘한 애정을 느끼는 것 같았다. 짙은 갈색의 지붕널을 댄 그 이층집은 겉보기에 썩 호감을 주는 집이 아니었다. 주변에는 밤이 되면 희미한 불빛 때문에 전혀 다르게 보이는 커다란 두 개의 공장건물이 있고, 그 사이에는 다른 집이 한두 채 더 있었다. 길 건너편에는 기찻길이 있고, 그 철로 위로는 낡은 화차가 포틀랜드 시내와 클랙카마스 사이를 오갔다. 철로 바로 너머에는 존슨 크릭이라는 시냇물이 흘렀다. 그때만 하더라도 제법 수영도 하고 가재도 잡을 만한 곳이었다. 그 뒤로는 나무가 우거진 큰 숲이 있다. 밤이 되면 그 숲에서 십대 아이들이 술을 마시고 섹스도 한다는 소문이 있었다. 또 몇 년 전에 그 숲에서 끔찍한 살인사건이 일어났는데, 살해된 시체의 일부가 아직도 발견되지 않고 그 숲 어딘가에 감춰져 있다는 소문도 들렸다.

숲 저편에는 날림으로 지은 작은 집들이 쭉 늘어서 있는데, 그곳은 이웃마을 밀워키에서도 가난한 사람들이 사는 동네였다. 그 뒤편으로 경사가 완만한 땅에 번듯한 집들이 빽빽하게 들어서 있는 곳이 밀워키 부촌이었다. 우리 집 뒤쪽으로 높은 지대에는, 대부분 노동자들이 사는 쉑타운이라는 동네가 있다. 거기서 몇 블록 더 나가면 예로부터 부자들이 사는 이스트모어랜드라는 동네가 있고, 그 주의 명문 학교인 리드칼리지가 있다. 그러니까 지도에 두 개의 동심원을 그린다면, 바깥쪽 원은 부유한 동네, 안쪽은 가난한 동네가 되는 셈이다. 존슨 크릭 대로 위에 있는 우리 집은 동심원의 중심, 즉 그 도시에서 가장 열악한 지역에 있었다.

이것이 내 기억 속에 남아 있는 최초의 우리 집 모습이다. 이 집은 또한 우리가 한 가족으로서 함께 가장 오래 살았던 집이기도 하다. 감옥과 죽음, 증오, 이런 것들이 우리 가족을 뿔뿔이 흩어지게 하기 전까지는 말이다.

새집에 정착한 이후, 아버지는 자식들을 엄격하게 키우겠다는 강박관념을 가진 것 같다. 오랫동안 길에서 유랑생활을 하느라, 특별한 규율도 없이 아이들을 제멋대로 키웠다는 생각에 그랬는지도 모른다. 어쨌든 아버지는 위의 두 아들이 말썽을 피우고 고집을 부리고 있으며, 셋째 아들인 어린 게일렌도 그런 낌새를 보인다고 생각했다. 게일렌은 그때 겨우 일곱 살이었는데, 오랫동안 독차지해온 아버지의 사랑과 관심을 급속도로 나에게 빼앗기는 중이었다. 프랭크 길모어는 아들들이 자신에게 고분고분 순종할 때만 그들에게 사랑을 베풀 수 있는 사람이었다. 일단 아이들이 자신의 말을 거역하거나 반항하면, 그는 그들을 최악의 적으로 대했다. 자식들의 도전적인 행동 하나하나를, 그는 자신에 대한 거부 행위로 받아들였던 것 같다. 그는 거부당한 사랑 때문에 평생 지울 수 없는 상처를 안고 살아왔다. 이제 다 큰 어른이 된 지금, 자기가 자식들에게까지 거부를 당하면서 참고 있을 이유가 없었다.

아버지의 성질은 가족이 유랑하던 시절과 크게 달라진 게 없었다. 누구라도 자기 말을 안 듣거나 비위에 거슬리는 행동을 하면 즉각 벌을 줬다. 그러나 그 훈계 방식은 완전히 달라졌다. 예전에는 엉덩이를 때리는 정도였는데, 이제는 매가 더 가혹해져서, 면도날을 갈 때 쓰는 가죽끈이나 벨트를 휘두르고, 어떤 때는 불끈 쥔 주먹을 날리기도 했다. 아버지는 매를 한 대 때릴 때마다 아이들에게 아버지에 대한 사랑을 강요했다. 그러나 매가 몸에 닿을 때마다 아이들은 사랑 대신에 증오를 배웠고, 사랑의 불신을 배웠다.

"넌 아버지한테서 이런 면을 보지 못했을 거다." 프랭크 형이 어느 날 내게 말했다. "아버지는 일단 화가 나면 걷잡을 수 없었어. 자신이 무슨 짓을 하고 있는지 조금도 개의치 않았지. 가죽끈을 손에 쥐면, 그걸로 우리를 가차없이 때렸지. 인정사정없이. 그러고 나면 우리는 온몸이 상처와 멍투성이가 됐어. 얼굴이나 몸에 상처가 나면 사람들 눈에 띌까봐 아버지가 그토록 조심해서 때렸는데도 말이야."

아이한테 매를 드는 것은 사실 뭐 그리 대수로운 일은 아니었다. 예나 지금이나 아이를 때리는 건 특별한 일이 아니다. 아버지는 거의 일주일에 한 번꼴로 프랭크 형이나 게리 형에게 매를 들었다. 물론 둘이 함께 맞는 경우가 더 많았다. 보다 못한 어머니가 그만두라고 말릴 때까지 아버지의 매질을 계속됐다. 매를 맞는 이유는, 보통 사소한 일들 때문이었다. 예를 들면, 뒷마당 잔디밭의 잡초를 뽑는 걸 잊었다는 식이다. 그런데 점차 아버지의 성질이 나쁘게 변하면서 자기 성미를 못 이겨서 매를 드는 경우가 더 많아졌다. 프랭크 형이 예로 든 경우는 이렇다. "어느 날 게리와 내가 학교에서 돌아왔을 때, 아버지가 문 뒤에 숨어 있었어. 우리는 그것도 모르고 문에 들어서는데, 갑자기 문이 탁 하고 닫히는 거야. 다음 순간 가죽끈이 우리 등을 내려쳤지. 그날 아버지는 굉장히 화가 나 있었어. 왜 그런지 알아? 우리가 5분 늦게 집에 왔다는 거야. 더도 아니고 딱 5분이야. 그날 왜 우리가 늦게 왔는지는 잘 기억이 나지 않아. 아마 선생님이 우릴 붙들고 이야기를 하셨거나, 아니면 친구를 만났거나 했겠지. 그건 기억이 나지 않지만, 아버지가 가죽끈을 들고 문 뒤에서 우릴 기다리고 있었던 것만은 확실히 기억해. 우리는 뭐라고 변명할 겨를도 없이, 날벼락처럼 쏟아지는 매를 맞았어."

또 한번은 이런 일이 있었다. 아버지 책상에 있던 돈이 없어졌다. 그는 프랭크와 게리를 불러 누가 돈을 가져갔느냐고 물었다. 프랭크는 게리가 돈을 훔쳤다는 것을 알고 있었다. 그는 동생이 한 짓에 화가 났지만 아버지에게 말하지는 않았다. "좋아, 너희들이 그런 식으로 나온다면, 둘 다 맞아야지." 아버지는 체육선생이나 육군상사, 아니면 그와 비슷한 류의 시시한 독재자 같은 말투로 말했다. 그날 밤, 그는 가죽끈을 두 겹으로 잡았다. 그렇게 하면 더 아프게 때릴 수 있었다. 그러고는 아이들의 바지에서 피가 배어날 때까지 맹렬하게 가죽끈을 휘둘렀다. 한 대씩 칠 때마다 그는 "도둑놈들!"이라고 소리쳤다. 후에 프랭크는 아버지에게 만일 자기가 게리가 돈을 훔쳤다는 말을 아버지에게 했어도 그렇게 매를 때렸겠느냐고 물어보았다. 대답은 이랬다. "물론이지. 누가 고자질하는 녀석을 그냥 놔두겠느냐?" 그날 밤, 프랭크는 이러나저러나 동생이 저지른 죄 때문에 자기가 죗값을 치뤄야 하는 팔자인가보다, 하고 생각했다.

"아버지가 가죽끈을 움켜쥐고 미친 듯이 우릴 때릴 때, 아버지는 우리가 저지른 잘못을 지적하거나 앞으로 어떻게 해야 한다고 가르치거나 하는 그런 말은 하지 않았어." 프랭크 형은 말했다. "중요한 건 우리가 아버지를 화나게 했다는 사실이야. 우리 때문에 화가 났으니, 그런 식으로 화를 풀어야 했던 거지. 그렇게 때려서 우리가 아버지를 무서워하게 만드는 것 말고는, 도대체 뭘 가르치려고 하지를 않았어. 그게 바로 아버지가 자식을 때렸던 이유였지. 잘되라고 때린 게 아니라, 죄인이라는 생각이 들게 하려고 때린 거야."

형은 계속해서 말했다. "하지만 그런 식으로 체벌을 받으면, 누가 자기 잘못에 대해 뉘우치겠니? 만일 어떤 가게에서 아이가 빵 한 덩어리를 훔쳤는데, 그 아이를 잡아서 다짜고짜 거세시켰다고 해보자. 그 아이가 뉘우치면서 통곡을 할까? 천만에. 그런 처벌은 자기가 저지른 잘못에 대해서 아무 느낌도 갖지 못하게 할 뿐이야. 자기가 한 짓을 생각해보고 '아, 내가 남의 빵을 빼앗았구나.' 하고 깨달을 수 있게 합당한 벌을 받은 게 아니니까. 대신에 그 아이는 이렇게 생각할 거야. '그까짓 빵 한 덩어리 때문에 나를 이 지경으로 만들어놓다니.' 하면서 증오심을 품겠지. 말하자면 그런 식으로 우리 마음속에는 분노만 쌓여갔어. 아무리 어린아이라도 자기가 사소한 일에 부당하게 큰 벌을 받고 있다는 것쯤은 알 수 있는 법이니까. 식탁에서 뭘 떨어뜨렸다거나, 마당 청소를 제대로 하지 않았다거나, 학교에서 몇 분 늦게 집에 도착했다거나 하는 따위의 일 말이야."

아버지가 아이들을 때렸던 건 말썽꾸러기들의 버릇을 고쳐놓겠다는 뜻이었겠지만, 프랭크 형은 지금 생각해보니 거기엔 다른 의미가 있었던 것 같다고 했다. 그 체벌에는 아버지와 어머니의 관계가 개입되어 있었다. 아버지는 어머니가 끼어들어 말릴 때까지 아이들을 때렸다. 어머니가 와서, 자신이 지금 화가 나 있다, 이제 그만하면 됐다, 이런 식으로 나오면, 아버지는 그때부터 어머니와 싸움을 시작한다. 프랭크 형은 매를 맞으면서, 어서 어머니가 끼어들어주기를 간절히 바라고는 했다. "매를 맞으면서 나는 보통 수를 셌어. 가죽 채찍으로 등을 열일곱 번이나 열여덟 번 정도 맞으면—그 정도면 죽을 맛이지.—그제서야 어머니는 의자에서 엉덩이를 떼고는 와서 한마디 거들었지."

형은 덧붙여 말했다. "어떤 때는, 그게 두 사람의 일처럼 느껴질 때가 있었어. 게리와 나는 중간에 끼어 있다가, 둘 중 한 사람이 엉뚱하게 우리한테 내리는 날벼락을 맞는 거야. 상대방이 나서서 뭐라고 말하거나 어떤 행동을 취하도록 유도하는 거지. 그러니까 아버지와 어머니 두 사람은 서로 상대방의 관심을 끌려고 했던 거고, 우리는 희생양이었던 셈이지."

마침내 프랭크는 매 맞는 법을 터득했다. 그는 그 어린 나이에 자기가 매를 두려워하거나 겁을 먹은 티를 내면 낼수록, 아버지가 더 세게 때린다는 것을 알았다. "만일 맞으면서 울거나 소리를 지르잖아, 그러면 아버지는 자신이 지금 매를 들고 있다는 사실을 인식하고 더 세게 힘을 주는 거야. 그래서 나는 그냥 꾹 참고 맞기로 했지. 때릴 테면 마음껏 때려라 하는 식으로 말이야. 결과적으로 나는 게리보다 덜 맞았어. 게리는 늘 펄쩍 뛰고 비명을 질렀거든. 그러면 아버지는 점점 더 독이 올라서 미친 듯이 때렸지. 그칠 기세를 보이지 않았어. 아버지는 계속해서 채찍을 휘두르고, 게리는 비명을 지르다가, 울다가, 제발 그만하시라고 빌었어. 그렇지만 그럴수록 아버지는 더 세게, 그리고 더 오랫동안 매를 휘둘렀지."

그 말로 미루어보면, 프랭크 형은 그저 자신의 감정을 닫아두었던 게 아닐까 하는 생각이 든다. 그렇다면 그 정신적인 상처는 엄청났을 것이다. 그런데 게리 형은 감정의 문을 닫아두지 못했다. 그런 식으로 매를 맞는 것에 대한 분노와 억울한 마음은 그의 가슴속 깊이 뿌리박혔다. 그래서 자신이 아버지에게서 받은 형벌을, 살면서 부딪치는 모든 권위적인 것들에게 되돌려주려 했다. 몇 년 후, 게리가 감옥에 갇혔을 때, 그는 걸핏하면 교도관들의 고압적인 태도에 반발해 소란을 피웠다. 교도관 중에는 무식하리만큼 잔인한 사람들이 있어서, 입술이 부어 터져서 말도 하지 못하고 제대로 서지도 못할 정도로 게리를 짓밟아놓곤 했다. 그 지경이 되어도 게리는 그들을 향해 침을 뱉고 온갖 저주와 욕설을 늘어놓기 일쑤였다. 그들이 또다시 자기를 때릴 것이라는 걸 너무나도 잘 알고 있기 때문이다. 그는 승산이 없는 줄 알면서도 싸움을 포기하려 하지 않았다.

그런 어린 시절을 보내고 20여 년이 지난 어느 날, 프랭크 형이 오리건 교도소로 게리 형을 면회하러 갔을 때, 게리는 이렇게 말했다. "내가 권위적인 것들에 무조건 반발하는 이유는 아버지 때문이야. 솔직히 말해보자구. 그 양반이 나한테 그렇게 무지막지하게 가죽 채찍으로 매질을 해서 내가 똑바로 자랐냐고? 아니잖아, 안 그래?"

아버지의 폭력이 형들에게 영원히 지울 수 없는 흔적을 남겼다는 걸 나중에 알게 되었지만, 나는 형들이 당했던 엄청난 폭력을 직접 겪었던 적은 없다. 사실 나도 한 번 아버지에게 맞은 기억이 있기는 하다. 이유는 잘 생각나지 않는다. 프랭크 형의 말대로 그런 경험에서 지워지지 않는 것은 매를 맞았다는 쓰라린 기억뿐인가보다. 아마 내가 크레용으로 벽에 낙서를 했거나, 아니면 어머니에게 말대꾸를 했다거나 그런 이유였을 것이다. 어쨌든 아버지가 보기엔 매를 맞아야 할 행동이었다. 아버지는 나를 홀딱 벗겨 세워놓고는 자기 벨트를 끄르기 시작했다. 넓은 검은색 가죽벨트였는데, 반짝이는 은장식이 달려 있었다. 버클을 풀고 허리에 감긴 벨트를 잡아 빼면서 그는 내게 어떻게 때릴 것인지, 그리고 그게 얼마나 아픈지 설명했다. 그 순간 내가 느꼈던 극도의 공포감을, 나는 지금도 기억하고 있다. 어느 누구도 그때까지 어떤 이유에서든 나를 때렸던 적은 없었다. 그렇기 때문에 이제 막 내게 닥칠 일은 죽음 이상으로 두려운 일이었다. '아버지가 나를 때리려고 한다. 그건 매우 아플 것이다.' 그때의 공포감은 이루 말할 수가 없다. 어쩌면 살아남지 못할 것만 같았다. 또 이건 너무 부당하다는 생각도 들었다.

아버지는 벨트를 두 겹으로 접어서 손에 쥐었다. 그리고 의자에 앉더니, 내 팔을 당겨서 나를 아버지 무릎에 엎드리게 했다. 그다음은 기억이 나지 않는다. 내가 맞았다는 것, 그리고 울었다는 것만 기억날 뿐이다. 벨트가 닿는 느낌이나, 그때의 고통, 심지어는 그게 정말 아팠는지조차 기억이 나지 않는다. 다만 처음엔 내가 아버지 앞에 서 있었고, 어느 순간에 엄마가 나를 감싸 안고 있던 장면은 또렷하게 기억이 난다. 어머니가 말했다. "그만해요, 프랭크. 너무 심하잖아요. 이 아이만은 다른 애들처럼 그렇게 손대지 마요." 나는 아버지를 보면서 손으로는 따끔거리는 엉덩이를 만지며 울고 서 있었다. 그때 정말로 나를 슬프게 했던 건, 내가 아버지의 사랑을 잃었다는 사실이었다. 내가 가장 믿었던 아버지가 나를 그렇게 때리리라고는 상상도 하지 못했다. 아버지는 나를 바라보며 입가에 미소를 짓고 있었다. 자기 행동에 만족하는, 그리고 그걸 내게 알리려는 미소였다. 나는 그런 아버지의 얼굴에 대고 이렇게 말했다. "아빠 미워."

그건 내가 내 평생에 단 한 번 했던 말이다. 그런데 나는 그 말을 듣는 순간 아버지가 지었던 표정을 잊을 수가 없다. 아버지의 얼굴에서 미소가 걷혔다. 아니, 그의 얼굴 전체가 상실의 고통과 두려움 속으로 빠져드는 것 같았다. 아버지는 벨트를 책상 위에 놓고, 멍하니 바닥만 내려다보며 앉아 있었다. 그 표정은 슬픔에 지친 표정이었다.

어머니가 나를 방에서 데리고 나와 옷을 입혀주었다.

아버지는 다시는 내게 매를 들지 않았다. 그 후 내게 보낸 아버지의 손길은 언제나 사랑의 손길이었다. 나는 이제야 알 것 같다. 그 손길은 아버지가 오로지 나를 위해서만 아껴둔 손길이었다는 걸. 지금 이 순간에도 오직 나만 그렇게 특별대우를 받았다는 게 내 마음을 불편하게 한다.

내가 매를 맞은 것은 바로 그때, 단 한 번뿐이다. 그런 일이 형들처럼, 일주일이 멀다 하고 있었다면, 그렇게 내 뇌리에 박혀 있지는 않을 것이다. 마찬가지로, 내가 형들처럼 그렇게 많이 맞고 자랐다면—특히 게리 형, 고통과 공포를 더 많이 느꼈기 때문에 더 가혹한 매를 맞아야 했던 게리 형처럼, 그렇게 맞았더라면—나 역시 방아쇠를 당기기 위해 평생을 준비해온 사람처럼, 그렇게 인생을 끝냈을 가능성이 충분히 있다. 형들이 어린 시절과 사춘기 시절 내내 거의 매주 겪어야 했던 그 고통스러운 과거를 생각하면, 나는 그들이 아직 어린아이였을 때 살인을 저지르지 않았다는 사실이 놀라울 따름이다.

솔트레이크에서 게리가 저질렀던 말썽은 아주 평범한 수준이었다. "게리가 저지르는 말썽은 사실 다른 아이들도 많이 하던 짓이었어." 프랭크 형은 말했다. "한두 시간 정도 사람들 입에 오르내리다 잊혀지는, 그런 정도의 일이었지. 아이들은 그렇게 크는 거라고 생각했으니까." 물론 게리는 솔트레이크에서 더 큰 말썽을 일으킬 수도 있었다. 물론 그러기 위해서는 더 열심히 말썽거리를 찾아야 했겠지만. 그런데 포틀랜드에서는 말썽을 일으키기가 더 쉬운 편이었다.

1950년대 초에 포틀랜드는 이미 오리건 주에서 가장 크고 가장 주요한 도시로 손꼽힌 지 오래였다. 그러나 아직 뚜렷한 정체성을 갖추지는 못했다. 그러니까 시애틀이나 샌프란시스코, 혹은 로스앤젤레스 등 다른 서부 연안의 도시들처럼 나름의 역사나 비전을 갖고 있지 않았다. 사실 포틀랜드는 야망을 노골적으로 멸시한 도시였다. 이곳의 보수적 경향은 역사가 깊다. 최초의 뉴잉글랜드 이주민들이 거친 북서부의 개척지 한가운데에 예절과 품위가 있는 안식처를 건설하고자 했던 개척 초기 시절부터 전해 내려오는 성향이었다. 몇 세대에 걸쳐 내려오는 동안 다소 흔들리기는 했어도, 여전히 그곳은 고루하고 편협한 지역으로 남아 있었다. 따라서 제2차 세계대전이 끝난 후 많은 인구가 이동해 오고 그에 따라 여러 가지 문화적인 변화가 시작되었지만, 포틀랜드는 이에 대한 준비가 전혀 되어 있지 않았다. 우리가 그곳에 정착한 무렵, 포틀렌드는 마치 전쟁을 치르기 전의 옛 마을 같은 분위기였고, 그 고루한 경건함을 행여라도 깨뜨릴 수 있는 그 어떤 변화도 받아들이려 하지 않았다.

그러나 어느 정도의 혼란은 불가피했다. 전쟁이 끝났다는 안도감과 새로 이주해 온 사람들로 인해서, 포틀랜드가 지켜오던 빅토리아조의 체면에 금이 가기 시작했다. 그래도 낮 동안에는 여전히 전통적인 쇼핑과 비즈니스 지역으로서 건재했다. 물론 미국의 다른 많은 도시들처럼 주변 외곽도시에 그 우위를 점차 빼앗기고 있는 형편이었지만. 하지만 밤이 되면, 포틀랜드 시내는 완전히 변모했다. 브로드웨이 중심가를 따라 밤새도록 영업을 하는 술집과 레스토랑이 즐비했고, 늘 사람들로 붐볐다. 이 지역 안에서는 흥미진진한 사교생활이 밤늦게까지 이어졌다. 그곳에는 포틀랜드의 부유층과 보헤미안 지망생들, 그리고 소위 뒷골목 패들이 다양하게 섞여서 어울렸다. 브로드웨이에서 좀 떨어진 윌라메트 강 쪽으로 또 하나의 불야성을 이루는 시장이 있었는데, 알 만한 사람은 다 아는 곳이었다. 거기에는 24시간 영화를 상영하는 극장이 모여 있지만, 이곳에서 영화를 보는 사람은 없었다. 대신에 매춘부들이 고객에게 오럴섹스나 손으로 서비스를 해주고 몇 달러를 받거나, 마리화나 혹은 그보다 더 강력한 마약을 팔기도 했다. 또 밤새도록 도박을 하는 도박꾼 소굴과 어린 십대들을 상대로 거리낌 없이 영업을 하는 창녀촌에도 사람이 들끓었다. 포틀랜드의 이런 모습을 보지 못한 것은 개인적으로 유감이다. 그 당시엔 무척이나 난잡한 곳이었던 것 같다. 그 후론 침체되고 단조로운 곳으로 변해버렸지만.

경찰은 이런 악의 소굴에 대해 잘 알고 있었지만, 그들에게 상납을 받는 대가로 눈감아주고 있었다. 그러면서 다른 조직 범죄가 지역에 발을 붙이지 못하도록 했는데, 그건 순전히 경쟁을 피하기 위해서였다. 어쨌든 결국, 한 신문의 주도하에 도덕성 회복 운동이 일어나면서 그곳은 완전히 바뀌어버렸다. 심야영업을 하던 술집들은 문을 닫았고, 윤락가는 도시 북서쪽으로 옮겨 갔으며, 24시간 상영 극장들은 술꾼들과 떠돌이들이 이용하는 싸구려 숙소로 변했다. 그러니까 포틀랜드는 이제 서부의 다른 중소도시들과 거의 비슷한 도시로 바뀐 것이다. 밤의 세계에는, 미국 가정이 단단히 지켜온 도덕 규범을 뒤흔들 만한 자극적인 무언가가 존재하지 않는다고 필사적으로 믿는 그런 도시로.

1950년대 초기는 또한 청소년 비행이라는 말이 나오기 시작한 시기였다. 청소년 비행—그것은 당시 미국의 청소년들 사이에 눈에 띄게 커져가던 불만과 폭력을 가리키는 말이다. 50년대 중반에 소위 로큰롤이라는 물결이 청소년들의 반항적 모험심을 상징하게 되었고, 그것은 지금까지도 완전히 수용되지도, 극복되지도 않은 방식으로 미국의 대중문화를 뒤엎어버렸다. 나의 형들은 이 시기에 청년기를 보냈다. 특히 게리와 게일렌은 그 반항문화를 단순히 즐기거나 잠깐 경험해보는 것에서 그치지 않았다. 그들은 거기에 열중했다. 기름 바른 머리를 올백으로 넘기고, 엘비스 프레슬리와 팻츠 도미노 음악을 들었다. 낡은 오토바이 재킷에 투박한 부츠를 신고 다녔다. 담배를 피우고, 술을 마시고, 환각 성분이 든 감기약을 먹고, 학교를 빼먹고—결국 그만두었지만—밤이면 꽉 끼는 옷을 입은 여자애들과 어울려 다니거나, 개조한 차를 몰고 포틀랜드 외곽도로를 질주하거나, 아니면 어설픈 소도시 갱들의 패싸움에 끼어들었다. 그들은 금지된 세계로 들어가는 입구를 찾기 위해 많은 시간을 보냈고, 전설 같은 갱단과 킬러들의 모험담에서 그 세계를 찾았다. 그리하여 그들은 점점 대담하고 겁없이 그 세계를 향해 갔다.

나도 형들과 함께 밤늦게 돌아다니고, 함께 웃고 어울리고 싶었다. 그러면서도 한편으론 그들을 두려워했던 기억이 난다. 그들은 갈 데까지 간 사람들 같았다. 사랑 따위는 모르는, 세상을 해치기 위해 살아가는, 아니 그것을 위해 목숨을 바칠 사람들처럼 보였다.

특히 게리 형은, 이런 모든 것들이 젊어서 한때 일로 그치지 않았다. 그는 마치 다른 시대의 얼음에 갇힌 사람처럼, 자기를 감쌌던 그 감성에서 헤어나지 못했다. 악을 향한 게리의 이상은 이 시기에 형성되었고, 언제나 그를 이끄는 가치가 되었다.

전에 말했던 것처럼, 나는 이 이야기 속에서 모든 것이 잘못되기 시작한 그 시점을 꼭 찾고 싶다. 우리 가족의 파멸, 특히 게리의 파멸이 잉태된 시점을. 어머니는 게리의 파멸이 우리가 솔트레이크 시에 살았던 그 짧은 기간에 시작됐다고 생각했고, 프랭크 형도 그 기간 동안에 게리에게 뭔가 중요한 변화가 있었다고 보고 있다. 나로서는 아버지의 매질이 결정적인 계기가 되었다고 본다. 덧붙여 게리 형의 운명은 부모님이 그를 잉태한 순간에 이미 결정되어 있었다는 것이 단순한(그러나 더욱 놀라운) 진실이 아닐까 하는 생각도 든다.

게리 형 역시 자신의 인생을 송두리째 바꿔버린 순간이 언제인지에 대해 나름대로 견해를 갖고 있었다. 그것은 좀 특이한 경험이었다. 우리가 존슨 크릭에 살게 된 지 한두 해 정도 되었을 때의 일이다. 래리 실러는 형이 죽기 얼마 전에 변호사를 통해서 이런 질문을 했다. "어린 시절, 당신의 인생을 완전히 바꿔버렸다고 생각하는 사건이 혹시 있나요?" 게리는 이런 이야기로 답했다. 그가 열두 살, 아니면 열세 살 때였다. 그는 가톨릭에서 운영하는 학교에 다니고 있었는데, 그날은 학교에서 집으로 올 때 지름길로 가기로 했다. 그는 45번가—존슨 크릭 대로와 학교가 있는 길을 연결하는 길고 굽은 길—를 가로질러서 우리 집 뒤편으로 연결되는 작은 동산의 꼭대기에 올랐다. 산에서 내려오기 시작하는데, 거기 온통 검은 딸기로 뒤덮힌 가시덤불 숲이 있었다. 산꼭대기에서 보았을 때는 그 덤불숲이 그리 커 보이지 않았는데, 막상 숲에 들어가보니 생각보다 컸다. 몇 년 동안 자란 찔레나무들이 서로 엉켜서 언덕을 덮고 있었다. 어떤 덤불은 게리의 키보다 30센티미터 정도 더 높았다. 언덕을 내려갈수록 덤불숲은 더 빽빽해졌다. 숲을 뚫고 나갈 수 있는 길이 있을 것 같지 않았다.

게리는 언덕 위로 다시 올라갈까 잠시 고민했지만, 그냥 그대로 내려가기로 했다. 한 시간 반이 지난 뒤, 그는 가시덤불 숲 중간에서 오도 가도 못하는 처지가 됐다. 그는 소리를 질러서 사람을 부르려고 했지만, 누가 자기 소리를 들을 것 같지도 않았다. 그는 그대로 밀고 나가는 수밖에 없다고 생각했다. 그러지 않으면 그 자리에서 죽을지도 모른다는 생각이 들었다. 몇 시간이 지난 후, 게리는 숲을 빠져나왔다. 여기저기 찢어지고 피가 났다. "마침내 세 시간 늦게 집에 도착했어요. 그때 엄마가 말했죠. 얘야, 늦었구나. 그래서 전, 네, 지름길로 오느라구요, 하고 대답했어요." 하고 게리는 실러에게 말했다.

그는 실러에게 바로 그 사건이 자기가 어떤 일도 결코 두려워하지 않게 된 순간이었다고 말했다. "그 경험은 내게 특별한 기분을 느끼게 해줬어요. 나 자신을 극복한 기분 같은 거죠." 물론 형의 그 말은, 그가 의식했든 안 했든, 사실의 전부가 아니다. 자신을 극복했다고 말함으로써, 게리는 자신의 운명마저도 극복했다고 말하고 싶었을 수도 있다. 그러나 나는 그가 진정으로 그 운명을 극복했다고 생각하지 않는다. 나는 평생 거울을 통해 그의 눈과 똑같은 내 눈을 보아왔기 때문에, 그의 눈을 들여다보면 그의 감정을 읽을 수 있었다. 그의 눈은 어느 한순간도 결코 공포를 떨쳐낸 적이 없었다. 심지어 그가 다른 사람들에게 공포감을 주었던 순간조차도.

사실 게리가 말한 그 순간은, 자기 자신을 극복한 순간이 아니다. 공포와 고통에서 구원해줄 누군가를 부르고 싶어 하는 자신의 일부를 죽이고 침묵시키는 법을 터득하게 된 순간인 것이다. 그런 식으로 자신을 억눌렀던 그때, 그는 결국 자신의 삶을 파멸시키고 또 더불어 다른 사람의 삶도 끝낼 수 있는 힘을 발견했던 것이다.

나는 최근에 존슨 크릭 대로를 가보았다. 그곳은 많이 변해 있었다. 옛 동네의 흔적은 거의 찾아볼 수가 없었다. 우리가 살던 우중충한 갈색 집은 없어진 지 오래였고, 근방의 다른 집들도 마찬가지였다. 마을이 있던 자리에는 공장 건물들이 들어서 있었다. 어쩌면 당연한 일이기도 했다. 존슨 크릭도 이젠 한 자락 황폐한 땅으로 변해버렸다. 사람들은 그 황폐한 땅에서 또 다른 황폐한 땅으로 가기 위해 그 흉물 같은 도시의 경계도로 위를, 있는 대로 속도를 내며 달리고 있었다. 그 옛날부터 지금까지 여전히 변치 않고 남아 있는 것은 가시덤불 숲뿐이었다. 숲은 존슨 크릭의 냇물 위로 솟은 산의 뒤편까지 뻗어 있었다. 그 덤불숲은 40여 년이 지난 오늘날에도 여전히 태고의 원시림처럼 운명적인 느낌을 주었다. 그동안 어느 누구도 감히 그 숲을 없애지 못한 것은 놀라운 일이 아니었다. 숲은 여전히 그렇게 서 있었다. 한 소년이 자신의 인생이 덤불숲과 같다는 것을, 그리고 아무리 소리쳐 불러도 그를 두려움에서 구해줄 사람은 없다는 것을 깨달았던 순간을 기념하는 추악한 유물처럼.

동네의 가톨릭 학교에서 초등학교 과정을 마친 형들은 조지프 레인 중학교에 갔다. 형들과 같은 반에 있었던 학생들은 걸핏하면 살인을 하거나 살해되거나 했다. 그렇고 그런 동네의, 그렇고 그런 학교였다.

"조지프 레인에는 학생이 많았지요." 당시 형들을 가르쳤던 톰 라이든 선생님은 말했다. 지금은 은퇴했지만, 그는 1952년 당시에는 신혼의 젊은 선생님으로 거칠기 짝이 없는 학생들을 가르치느라 애를 먹었다. 우리는 그 옛날 학교에서 멀지 않은 식당에서 만나 이야기를 나눴다. "학생 수가 약 900명쯤 됐어요. 지금 생각해보면, 학생 중에서 부모님이 소위 전문직에 종사하는 가정, 그러니까 아버지가 의사나 변호사라든가, 아니면 대학을 나왔다든가 하는 집이 딱 하나였던 것으로 기억합니다. 대부분이 타지에서 온 노동자들이었지요. 지역 조선소에 다니는 사람들이요. 포틀랜드에서 선생님들이 가르치기 가장 힘들어하는 학교가 둘 있었는데, 조지프 레인이 그중에 하나였어요. 몸으로 부딪쳐야 하는 환경이랄까. 학생들도 몸으로 부딪치고 선생들도 몸으로 대응했지요. 그렇다고 폭력을 썼다는 건 아니지만, 선생들은 학생들을 매로 다스렸습니다."

라이든은 내게 자기가 조지프 레인에 처음 부임했을 때 맡았던 학생들의 사진을 보여주었다. 게리는 가운데에 서 있었다. 머리를 약간 옆으로 돌려 시선은 한쪽을 보고, 그의 뒤에 있는 창문에 카메라 플래시 빛이 반사되어 머리에 둥근 테가 둘러져 있었다. "바로 여기, 뒤에 후광을 달고 있는 학생이 게리입니다." 라이든은 가볍게 웃으며 말했다. 잠시 후, 그가 이어서 말했다. "게리의 첫인상은 아주 조용한 아이였어요. 글씨도 잘 쓰고, 미술에도 소질이 있었지요. 공부를 어려워하지는 않았던 것 같아요. 그런데 얼마 안 가서 문제를 일으키기 시작했지요. 그러더니 내가 본 아이들 중에서 가장 심한 말썽꾸러기가 되어갔습니다. 그는 타고난 지적 능력과 재능이 있는 아이였어요. 다만 그것을 개발하는 것을 스스로 거부했지요. 다른 학생들보다 그 아이에게 더 화를 내곤 했답니다. 내가 잠깐 돌아서기만 하면, 게리는 교실을 온통 뒤집어놓을 짓을 하고 있었어요."

프랭크 형도 게리의 못된 장난을 잘 기억하고 있었다. 그것은 곧 게리의 하루 일과였다. 프랭크 형은, "게리는 늘 싸움판에 있었다." 하고 말했다. "공부는 통 하려고 하지를 않았어. 가죽 부츠에 가죽 재킷, 그리고 말런 브랜도 머리를 하고 학교에 갔지. 교실에 앉으면 잠만 자고. 우리는 서로 다른 교실에 있었지만, 복도에서 무슨 소란이 일어나면 나는 안 봐도 알 수 있었지. 선생님이 누군가를 교실에서 끌어내는 소리가 들리는 거야. 나가보면, 끌려 나오는 건 항상 게리였어. 언제나 엉뚱한 짓을 했으니까. 잠을 자거나, 나서서 장난치거나, 아니면 선생님에게 막말을 했어. 아무튼 그 애한테는 무서운 게 없었어. 학교 성적은 점점 더 나빠졌지. 그리고 그걸 자랑이라고 으스댔어. 게리는 머리가 좋은 아이였으니까 성적 따위는 우습게 여긴 거야. 아마 열심히 했으면 1등도 했을 아이인데. 게리는 학교에서 나를 창피하게 여겼어. 그때쯤, 나는 게리처럼 그렇게 멍청한 바보 노릇을 하는 데 흥미가 없어졌거든.

어느 날, 게리가 다른 두 불량 학생들과 함께 학교 운동장에서 어떤 친구의 옷을 벗겼어. 그 녀석들은 그 친구를 쓰러뜨린 다음 바지와 팬티를 벗겨서 그걸 높은 깃대에 달아놓았지. 난 모르고 있었는데—내가 알았더라면 말리느라 게리와 한판 붙었겠지. —그 이야기가 학교 전체에 퍼졌어. 게리는 아무 이유도 없이 그저 재미로 그런 짓을 한 거야. 하지만 그때 난 알 수 있었어. 게리 안에 잔인한 기질이 점점 커지고 있다는 걸 말이야. 죄 없는 친구의 팬티를 찢어서 깃대에 높이 걸어놓고, 벌거숭이가 된 친구가 몸을 가릴 만한 것을 찾느라 쩔쩔매는 걸 보는 게, 그게 어디 재미로 할 짓이냔 말이야. 그 친구는 나하고도 친했던 좋은 아이였는데.

2년 전, 그 친구를 길에서 만난 적이 있어. 그가 내게 그때 일을 기억하느냐고 묻더군. 게리가 아무 생각 없이 저지른 사소한 장난이 그 친구에게 지울 수 없는 상처를 남겼다는 걸 알 수 있었지. 내 동생이 그런 짓을 했다는 사실이 그때까지도 날 곤혹스럽게 하더구나."

게리의 말썽은 점점 심해졌고, 라이든 선생님은 게리에게 매를 들었다. "게리와 나는 갈 데까지 갔지요. 아이한테, '그렇다면 좋아, 이건 네가 자초한 일이야.'라는 식으로 대해야 할 때가 오는 법이니까요."

그날 밤, 11시 30분에 라이든 선생님은 게리의 아버지로부터 전화를 받았다. 그는 잔뜩 화가 나서 말했다. "내일, 학교에 나오기만 하시오. 내가 당신 머리통을 부숴버릴 테니."

"그런데 이상하게도 나는 다음 날 학교에 갔어요. 뭐 겁이 나거나 두렵지 않았으니까요. 그땐 내가 꽤 순진했던 모양입니다." 하고 라이든은 내게 말했다. 프랭크 길모어는 협박을 실행에 옮기지 않았다. 대신에 그는 선생님에게 전갈을 보내왔다. "내 아이에게 다시는 손대지 마시오. 만일 그런 일이 생기면, 내가 가만히 있지 않을 거요."

라이든은 옛 학생들의 사진을 다시 들여다보며 말했다. "나는 늘 당신 형 프랭크가 안쓰러웠어요. 게리한테는 그런 마음이 들지 않았는데. 언젠가 학교에서 댄스파티가 있었던 날 밤이었지요. 나는 아내와 함께 차를 타고 지나가다 프랭크가 어두운 길을 혼자서 가고 있는 것을 보았어요. 그때 이런 생각을 했던 기억이 나요. 프랭크와 게리 형제가 가까웠다면, 집에 갈 때 함께 갈 것이 아닌가? 그날 밤, 혼자서 걷고 있는 프랭크는 머리를 한쪽으로 숙이고, 어깨는 축 늘어져 있었어요. 마치 이 세상의 짐을 혼자서 짊어진 것 같았지요. 아직 어린애였는데. '저 아이는 아무에게도 관심을 받지 못하고 있구나.' 하고 나는 생각했어요. 게리는 늘 관심을 많이 받았지요. 대부분 부정적인 관심이긴 했지만. 그것도 관심은 관심이지요."

그 후 세월이 흘러, 게리가 유타의 사형대에 서게 되고, 그 소식이 전국적인 뉴스거리가 되었을 때, 톰 라이든은 어느 누구보다도 그 기사를 주의 깊게 읽었다. 게리가 사형에 처해지던 날, 라이든은 가슴이 몹시 아팠다. 게리가 무슨 짓을 저질렀던 간에, 이렇게 인생을 끝내는 제자의 모습을 차마 볼 수가 없었다. 바로 그날, 그는 유타의 프로보에 있는 래리 실러로부터 한 통의 전화를 받았다. 실러는 게리의 어린 시절에 대해 이야기를 해줄 만한 사람을 찾고 있었다. 처음에는 라이든은 게리가 자신을 아직까지 기억하고 있었다는 데 놀랐다. 그러나 실러의 다음 말을 듣는 순간, 라이든은 뒤통수를 한 대 맞은 기분이었다. 게리는 실러와 자신의 변호사에게 이렇게 말했다는 것이다. 톰 라이든은 자신이 가장 좋아하고 존경했던 선생님이었다고. 게리는 살면서 도와달라고 부탁하고 싶은 사람이 별로 없었는데, 라이든에게는 도움을 청하고 싶었다고 했다. 그러나 그러기에는 자신이 선생님 말을 너무나 듣지 않았고 또 실망시켰다고 생각해서 그러지 못했다는 것이다.

"1977년 당시, 나는 포틀랜드 로즈 시에 있는 파크 학교 교장으로 있었어요." 하고 라이든은 말했다. "그때 그 학교에는 심각한 문제아가 하나 있었습니다. 학교 측에서는 그 학생에게 좀 더 관심을 갖고 지도할 선생을 두 명 배정했지요. 그러나 그 선생들은 하는 데까지 해보았지만 더 이상 안되겠다면서, 매정하지만 이제 관계당국에 넘기는 게 좋겠다고 제게 말했습니다. 내가 실러 씨에게 전화를 받던 날, 그 아이에 대한 임원회의가 열렸는데, 나는 그 자리에서 선생들에게 그 이야기를 했습니다. '어제, 나는 게리 길모어와 관련된 전화를 한 통 받았습니다. 게리는 어떤 사람에게 이렇게 말했답니다. 어릴 적 8학년 때의 담임선생님이 있었는데, 자기는 그 선생님에게 도움의 손길을 청하고 싶었다고. 그런데 그 선생님이 자기 손을 잡아줄 만큼 손을 내밀어주지 않았다고. 그 선생님이 바로 저입니다. 자, 선생님들, 우리가 이 학생에게 해줄 일이 무엇이겠습니까?' 그 후론, 그 선생들은 그 아이를 위해서라면 온몸을 던졌습니다.

그 이후 지금까지, 나는 게리가 내게 가르쳐준 교훈을 한시도 잊지 않고 있습니다. 나는 선생들에게도 항상 이렇게 말해왔지요. '선생님이 할 수 있는 최선을 다하세요. 그리고 거기에서 한 걸음 더 나아가세요. 이 아이가 만일 선생님의 아이라면, 다른 사람들도 그렇게 그 아이에게 손을 내밀어주길 바라실 테지요."

톰 라이든 선생님이 나에게 주고 간 게리 형의 사진을, 나는 몇 번이고 들여다보았다. 그것은 다른 어떤 모습보다도 내 마음을 아프게 하고, 또 친밀하게 느껴지는 사진이었다. 형의 생애에서 나와 닮았다고 느낄 수 있는, 그러니까 내 모습을 찾아낼 수 있는 순간은 극히 드물었는데, 그 사진은 바로 그 순간을 포착하고 있었다. 사진을 보고 내가 받은 첫 번째 충격은, 그 나이 때의 내 모습과 형의 모습이 거의 똑같을 정도로 닮았다는 점이다. 사진 속에서 게리는 웃고 있지 않았다. 그는 거기 있는 다른 사람들과 자기는 다르다는 표정을 짓고 있었다. 나도 학교에 다니는 동안 스스로를 보통 사람과 다르다고 생각했다. 사진 속 그의 태도 하나하나가 모든 걸 말해주고 있었다. 다른 학생들과 나란히 있지 않고 몸을 뒤로 빼고 있는 모습, 다른 사람처럼 카메라를 보지 않고 사진 밖으로 시선을 던져 뭔가 열심히 보고 있는 모습, 이런 것들이 그가 스스로를 보통 사람들과 다르며, 다른 가치관을 갖고 있다고 생각하는 소년이었다는 것을 말해준다. 물론 어느 정도는 폼 잡느라고 그런 것도 있다. 게리는 사람들의 관심을 끌고 싶어 했다. 고리타분하거나 착하거나 평범한 건 싫어했다. 그가 가장 받고 싶은 관심은 두려움이었다. 어쩌면 그것이 그가 세상으로부터 받으려 했던 유일한 보상이었는지도 모른다. 그는 너무나 오랜 시간을 두려움 속에서 잔인한 대우를 받으며 살아왔고, 그래서 세상에 그것을 되돌려주고 싶었던 것이다.

이 사진을 보고 있노라면 슬픔과 동시에 분노가 치밀어 오른다. 왜 이 아이에게 멸시와 회초리가 아닌 다른 것을 베풀지 않았는지 나는 이해할 수가 없다. 게리는 명석한 소년이었다. 단지 그가 태어난 시대와 환경이 그의 명석함을 인정하지 못했던 것뿐이다. 그는 영리하고 용감한 소년이었다. 그래서 반란을 일으키고 싶었던 것이다. 세상이 자신을 어떤 식으로 망가뜨렸는지 보여주기 위해, 그 세상을 망가뜨리기 위한 반란이었다. 그러나 세상은 그 반란을 수용하거나 용납하려 하지 않았다. 세상은 그의 행위를 그저 단순한 반항으로 받아들였고, 그 반항 정신을 없애버리고 그에 대한 보복을 하려 했다. 사진 속에는 상처받은 한 소년이 있다. 더 정확히 말해서, 나는 거기서 날개 꺾인 한 천사의 얼굴을 본다. 그는 다른 모든 사람들이 쉽게 바라보는 길에서 눈을 돌리고, 한평생을 악마의 얼굴로 살아야 한다는 생각에 잠겨 있다.

낮 시간이 점점 길어지던 봄, 학교가 끝나고 초저녁이 되면, 게리는 친구들과 함께 존슨 크릭 뒤편에 있는 숲을 헤매고 다녔다. 그들은 여자애들을 깊숙한 숲으로 데리고 가서, 맥주나 위스키를 함께 홀짝거리곤 했다. 게리는 아버지한테서 훔친 카메라를 갖고 있었는데, 기회만 되면 그 10대 소녀들에게 포즈를 취하게 하고 누드 사진을 찍었다. 그리고 며칠 후면, 학교에는 게리가 찍은 사진들이 돌곤 했다. "그건 그 당시, 굉장한 일이었지." 하고 프랭크 형은 말했다. "아이들은 그런 사진을 거의 본 적이 없었으니까. 게리는 말하자면 스무 살 정도 된 사람처럼 행동했어. 그런 점에서 그 애는 아주 인기가 있었지. 우리보다 한 시대는 앞선 애였으니까."

숲 속 깊은 곳에는 낡은 철교가 있고 그 밑에는 시내가 흘렀다. 게리는 가끔 술을 마시고 그 철교에 올라서서 기차가 오기를 기다렸다. 다리 한가운데에 서 있다가 기차가 다리 초입에 진입하면 반대편을 향해 뛰는데, 기차가 다리 끝에 다다를 때쯤 아슬아슬하게 다리를 건너, 한쪽 옆으로 몸을 피한다. 그는 이런 장난을 즐겼고, 그러다 기차에 치일 뻔한 적도 한두 번이 아니었다. 게리의 이런 허세는 조지프 레인의 이야깃거리였다. 초저녁이면 게리가 기차와 경주하는 모습을 보려고 아이들이 모여들었다. 그러나 아무도 그 경주에 참여하려는 사람은 없었다. 어떤 아이들은 게리의 대담함에 찬탄을 보냈지만, 다른 애들은 그런 모습을 본 후로 게리를 멀리하기 시작했다. 기차를 무서워하지 않는 아이는, 가까이 하기에는 너무나 위험한 아이라는 걸 알았던 것이다.

어느 날 프랭크는 동생이 철교 위에서 달리기를 하는 광경을 보러 갔다. 기차가 거의 몸에 닿을 정도로 가깝게 올 때까지 기다리는 게리를 보자, 프랭크는 겁이 났다. "나는 게리에게 이야기를 하려고 했어." 하고 형은 말했다. "그 애가 기차에 치이도록 놔둘 순 없었으니까. 남에게 과시하는 건 둘째 문제고, 그건 자살행위였어." 그러나 게리는 계속 기차와 달렸다. 마침내 프랭크는 어머니에게 그 문제를 털어놓았다. "우리는 서로에 대해 일러바치는 짓을 하지 않았지. 하지만 그대로 뒀다가는 게리가 죽을 것만 같았거든." 하고 프랭크 형은 말했다. "그래서 어머니께 게리에게 이야기를 좀 하라고 했던 거야. 하지만 아버지한테는 비밀로 하자고 했지.

아버지가 알면, 분명히 게리는 가죽끈으로 매를 맞을 테고, 그러면 문제가 커지거든. 그래봐야 뭐가 해결되겠어?" 베시가 마침내 게리에게 그러다가 철로에 발이 걸려서 넘어지기라도 하면, 기차의 날카로운 바퀴에 몸이 갈가리 찢길 거라면서 설득했다. 게리는 어머니와 형에게 다시는 기차와 경주하지 않겠노라고 약속했다. 그러나 장담하건대, 그는 계속 철교 위에서 기차를 기다리고 있었을 것이다. 결국 허망하다는 생각이 그의 망상을 사로잡을 때까지.

당시 포틀랜드에서 대담하고 거칠게 놀고 싶어 하는 10대 소년이라면, 브로드웨이 갱단에 가입하는 것을 최고의 멋으로 생각했다. 거리의 깡패와 자동차 폭주족들이 모여서 만든 '브로드웨이 보이즈'는 독특한 복장을 하고 밤늦게까지 포틀랜드 시내를 누비고 다녔다. 이들 중에는 정말 차를 훔치거나 마약 매매와 매춘을 하는 부류도 있기는 했지만, 그 갱단은 대단히 위험한 존재라기보다는 역겨운 존재로 여겨지고 있었다. 게리 형의 한 친구는 이렇게 말했다. "그 애들은 그저 거리의 불량배에 불과했어. 사람들을 괴롭히면서 시내를 들쑤시고 다니는 시시한 불량배였지. 어쩌다가 잭나이프를 휘두르는 치도 있었지만, 그건 그저 과시용이었어. 브로드웨이 보이즈가 사람 몸에 칼을 댔다는 얘기는 들어본 적 없었으니까."

게리 형은 이 갱단에 몹시 들어가고 싶어 했다. 당시 게리가 그 멤버 중에 아는 사람이 있었는지는 알 수가 없다. 그래도 그 그룹에 가입을 하느니 마느니 하는 것만으로도 또래들 사이에서 그의 위상이 한층 높아지는 그런 분위기였다. 방과 후, 게리는 친구들과 함께 개울가에 모여 앉아 맥주를 마시곤 했는데, 그럴 때면 게리는 자기는 브로드웨이 갱단에서 권총을 구하고 있다는 사실을 알고 있다며 자랑삼아 말했다. 그래서 권총을 몇 자루만 구하면, 자기는 그 그룹에 들어갈 수 있다고 큰소리쳤다.

게리는 방과 후에 신문배달을 하기로 했다. 권총을 훔칠 만한 집을 물색하기 위해서였다. 그는 집들을 면밀히 살피는 법을 터득했다. 사람들이 언제 드나드는지, 저녁은 언제 먹고, 휴가는 언제 가는지 등을 살폈다. 열두세 살의 나이에, 게리는 남의 집 담을 넘기 시작한 것이다. 그는 잠기지 않았거나 열기 쉬운 창문을 찾아내서, 요령껏 문을 열고 안으로 들어갔다. 남의 집에 들어가서, 그 적막한 어둠 속에 서 있을 때의 첫 느낌을 그는 좋아했다. 그들의 세계를 함부로 침범한 자신의 폭력적 힘이 느껴지는 순간이었다. 그는 곧 남의 집을 침범하는 것이 그 사람들의 비밀을 알아내는 좋은 방법이라는 것을 알았다. 그들이 돈이나 추잡한 책이나 포르노 사진을 어디에 숨겨두는지, 같은 반 금발머리 여학생의 브래지어 사이즈는 몇인지, 그 애 부모가 술고래인지 아니면 열렬한 예수쟁이인지 다 알 수 있었다. 그는 그들의 속옷을 은밀히 만져보고, 술도 한 모금 맛보고, 또 포르노 사진이 있으면 주머니에 챙기기도 했다. 그러나 실망스럽게도 권총은 나오지 않았다. 그때만 해도 아직 미국인들이 집집마다 총으로 무장하기 전이었다.

그런데 무엇을 보고 그랬는지, 게리는 저 아래 길모퉁이에 있는 집 차고에 총이 가득 들어 있는 트렁크가 숨겨져 있다고 확신하게 되었다. 어느 날 밤, 게리는 댄이라는 친구와 함께 그 차고에 들어가서 트렁크를 열어보기로 했다. 그러나 그들은 그날 권총을 찾지 못했다. 권총은커녕, 집

주인이 어떻게 알았는지, 게리를 경찰에 신고했다. 동네가 발칵 뒤집혔다. 그러나 도난당한 물건도 없었고 증거도 없었기 때문에, 청소년 선도부에서는 게리를 풀어주면서 경고를 했다. 그는 이제 요주의 인물로 찍혔고, 지금부터는 그의 행동을 주시할 거라는 경고였다.

1954년 할로윈(10월 31일) 무렵의 어느 날 밤이었다. 게리는 포틀랜드 시내의 정거장에서 집으로 가는 전차를 기다리고 있었다. 그곳은 포틀랜드에서 빈민지역과 가까운 곳이었다. 전차는 한 시간마다 있었기 때문에 오래 기다려야 했다. 기다리는 동안 게리는 가까운 거리에 있는 모든 상점의 쇼윈도를 다 들여다보았다. 정거장에서 아래쪽으로 가면 전당포가 하나 있는데, 그 쇼윈도 안쪽에는 라이플 소총이 즐비하게 놓여 있었다. 게리는 자기가 좋아하는 윈체스터 반자동총을 보았다. 몹시 탐이 났지만, 감히 엄두도 못 낼 값비싼 총이었다. 시간은 이미 자정을 넘었다. 거리는 고요하고 오가는 사람도 없었다. 게리만이 유일하게 그곳을 어슬렁거리는 사람이었다. 그는 인적이 끊어진 건물 주위를 맴돌면서 발밑의 돌을 살폈다. 마침내 벽돌을 하나 발견한 그는 그것으로 창문을 깼다. 경보도 울리지 않았고, 달려오는 사람도 없었다. 그는 창문으로 기어 올라가 그 윈체스터를 손에 움켜쥐었다. 그리고 종이봉투에 탄약 몇 상자도 담았다. 깨진 창문을 잡다가 손을 베였지만, 그런 건 아랑곳하지 않았다.

게리는 총을 둘로 분해해서 가게 안에 있던 신문지로 둘둘 싼 다음 쇼핑백에 담았다. 누가 보더라도 옷이나 야채를 담은 가방처럼 보였다. 그리고 전차를 타고 총과 총알이 든 가방을 들고 존슨 크릭으로 돌아왔다.

전차에서 내리자마자, 게리는 숲으로 가서 자신이 이따금 동네 집이나 가게를 털어서 훔친 물건들을 숨겨두는 장소에 총과 탄약을 감추었다. 집에 두었다 아버지가 알게 되면, 총은 만져보지도 못하고 빼앗길 게 뻔했다.

다음 날, 게리는 프랭크 형과 친구들—댄과 찰리와 짐, 세 사람이었다.—에게 훔친 총에 대해 말했다. 프랭크는 거기 끼어들고 싶지 않았다. 총을 보고 싶은 마음도 없었다. 그러나 다른 친구들은 달랐다. 어느 날 밤, 오리건 주의 밤하늘이 짙푸른 색에서 검은색으로 바뀔 무렵, 게리는 존슨 크릭의 개울가에서 친구들에게 총을 보여주었다. 그들은 숲을 따라서 전찻길이 있는 곳으로 갔다. 거기서 전찻길을 따라 존슨 크릭 정거장까지 갔다. 우리 집에서 몇백 미터 떨어진 곳이었다. 정거장 건물은 길 건너편에 있었는데, 3면을 나무로 막아 비바람을 피할 수 있게 지은 그 건물에는 전등이 하나 매달려 있었다. 게리는 철로변에 엎드렸고, 친구들은 그의 뒤에 있었다. 그는 정거장의 옆 유리창을 통해 안에 매달려 있는 전등을 향해 총을 겨눴다. 방아쇠를 당기자 전등이 박살났다. 한 여자가 황급히 밖으로 달려 나왔다. 게리는 그 여자가 달리는 길에 대고 연신 웃으면서 방아쇠를 당겼다.

그 후 2주일 동안, 게리는 친구들과 개울가에서 만나 양철 깡통이나 종이로 만든 타깃을 세워놓고 총 쏘는 놀이를 하며 지냈다. 그는 훌륭한 사격수였다. 그러나 곧 그는 자신이 아끼는 물건을 그렇게 감춰놓고 지내야 하는 것에 싫증이 났다. 어느 날 오후, 게리는 친구 찰리, 짐과 함께 개울가에 앉아서 자기 총을 들여다보고 있었다. 이제 많이 더러워졌다는 생각이 들자, 갖고 싶은 생각이 없어졌다. 그는 친구들을 보며 말했다. "있잖아, 만약에 내가 이 총을 물에 던지면 , 너희들 다이빙해 들어가서 집어 올 자신 있어?"

"그걸 말이라고 해?"하고 찰리가 말했다."걱정 말고 던지기나 하라구."

친구들은 게리가 농담을 한다고 생각했다. 게리는 총을 집어 들더니 휙 던졌다. 총은 길게 반원을 그리면서 물속으로 떨어졌다. 개울 둑에서 6피트 떨어진 곳인데, 그 바로 앞에는 크고 날카로운 바위가 삐죽 솟아 있었다. 두 친구는 총이 사라진 곳만 바라보며 우두커니 서 있었다. 그들은 게리가 그렇게 아끼던 총을 던져버렸다는 게 믿어지지 않았다."자, 어서."하고 게리가 재촉했다."꺼내는 사람이 임자야."짐이 총이 빠진 곳을 향해 물속으로 뛰어들었다. 그러나 날카로운 바위 쪽으로 떨어지면서 무릎을 부딪쳤다. 다리가 찢어져 피가 났다. 그는 아무것도 얻지 못한 채 찰리의 도움을 받으며 강둑으로 돌아와야 했다. 게리는 고개를 뒤로 젖힌 채 웃어댔다. 재미있어 못 견디겠다는 듯한 태도였다. 그 후 그 윈체스터 총은 아무도 손을 대지 못했다. 지금 이 순간에도 존슨 크릭 웅덩이의 날카로운 바위 바로 뒤 물속에 놓여 있을 것이다.

게리와 찰리, 짐 사이의 우정은 그리 오래가지 못했다. 그 일이 있고 몇 주 정도 지나서, 게리는 열네 살 생일을 맞았다. 어머니와 아버지는 집에서 생일파티를 열어주겠다고 했다. 게리는 딱 두 명만 초대했는데, 바로 찰리와 짐이었다. 친구들은 생일선물로 게리에게 영화를 보여주겠다고 했다. 세 사람은 영화를 보러 갔다. 하지만 극장으로 가는 도중에 찰리와 짐은 게리에게 영화를 보여주겠다는 건 사실 장난이었고 자기들끼리만 영화를 보겠다면서 게리만 남겨두고 도망쳐버렸다. 그곳은 바로 몇 달 전 게리가 헤쳐 나왔던 가시덤불이 내려다보이는 45번 도로의 꼭대기였다. 게리는 걸어서 집으로 돌아왔다. 부엌 뒷문으로 들어오는 게리를 보며 어머니가 어떻게 된 거냐고 물었다. 그는"앞으로 이따위 생일파티 같은 건 절대 하지 않겠어요."하고는 자기 방으로 올라가버렸다.

그로부터 이틀 후, 게리와 찰리는 짐네 집에서 놀고 있었다. 밖에는 낡은 트레일러가 하나 있었는데, 그들은 곧잘 거기서 놀곤 했다. 그날도 그들은 레슬링을 하고 있었다. 게리는 학교에서 새로 배운 기술을 친구들에게 보여주고 싶었다. 그는 짐에게 말했다. "나한테 목조르기를 해봐. 그리고 내가 몇 초 만에 빠져나오는지 잘 보라구." 그런데 게리가 발휘하려던 기술이 잘 먹혀들지 않았다. 짐은 계속 목을 졸랐다. 게리는, "이제 그만." 하고 소리쳤으나, 짐은 점점 더 세게 목을 졸랐다. 뭔가 게리에게 본때를 보여주려고 작정한 것 같았다. 그러자 게리는 정말로 화가 났다. 그는 짐에게서 빠져나와, 그의 몸 위에 올라탔다. 게리는 짐의 목을 두 손으로 감싸 쥐고 누르면서 머리를 땅에 대고 쿵쿵 내리쳤다. 짐은 정신을 잃었고, 게리는 계속해서 그의 머리를 쳤다. 옆에 서서 그 광경을 지켜보던 찰리가 이건 너무 심하다 싶었는지, 집 안으로 뛰어 들어가 누가 좀 나와보라고 소리쳤다. 짐의 아버지가 나왔다. 버크라는 이름의 거구의 사나이였다. 그는 게리를 때려 쓰러뜨리고는, 한 손으로는 게리의 뒷덜미를 잡고, 다른 한 손을 불끈 쥐었다. 게리는 이젠 죽도록 맞겠구나 생각했다. 그러나 그는 때리지 않았다. 대신 버크는 아들을 일으켜 세웠다. 짐은 목을 캑캑거리며, 숨을 가쁘게 내쉬었고 머리에는 피를 흘리고 있었다. 짐의 아버지는 아들에게 마당에 가서 싸움을 계속할 테냐고 물었다. 그러나 짐은 자기 아버지 앞에서 뒤로 벌렁 쓰러지고 말았다. 게리는 아무 말도 하지 않았지만, 속으로는 싸울 태세를 갖추고 있었다. 그는 짐의 아버지가 아들이 더 이상 싸우지도 못할 지경이 된 것을 몹시 못마땅해하고 있음을 알 수 있었다. 버크는 게리에게 말했다. "당장 여기서 나가거라. 그리고 다신 내 집에 발도 들여놓지 마라."

게리는 아무 말도 안 했다. 그는 자기 자전거를 타고 그 집을 나왔다. 그 사건은 그에게 그리 대수로운 일은 아니었다. 그러나 그는 짐의 아버지가 자기를 바라보던 그 눈길을 잊을 수가 없었다. 그것은 어른이 아이를 보는 눈길이 아니었다. 어쨌거나 그 일로 인해 게리는 기분이 썩 나쁘지 않았다. 오히려 뭔가 해냈다는 뿌듯함마저 들었다.

다음 날, 짐은 학교에 나타나지 않았다. 찰리는 쉬는 시간마다 게리에게 다가와서는 어제 그 일에 대해서 뭔가 말하려는 듯했으나, 끝내 아무 말도 하지 않았다. 게리에게 와서, 그저 바라만 보다가, 돌아서서 가버렸다. 23년 후, 게리는 래리 실러에게 찰리와 짐하고 지내던 시절을 이야기한 후, 이렇게 말했다. "찰리는 매우 섬세한 아이였어요. 그때 그 애의 표정은 못 볼 걸 봤다는 그런 표정이었지요. 단순한 애들 싸움이 아니었다는 거죠. 물론 처음엔 자기도 재미있게 구경했지만 말이에요. 우리는 항상 싸움질을 하면서 지냈어요. 그런데 그때 그 일은 내가 어렸을 때 싸운 것 중에서 가장 악질적이었어요. 찰리가 안으로 들어가서 짐 아버지를 불러오지 않았더라면. 글쎄요, 무슨 일이 일어났을지 나도 모르지요. 그 다음 날, 찰리가 날 쳐다보는 눈에는, 그 일은 자기로서는 도무지 이해할 수 없다는 듯한 그런 의문이 담겨 있었어요."

게리가 불러일으키는 화는 끝이 없었다.

1954년 초, 그는 집을 나갔다가 아이다호의 벌리에서 경찰에 잡혀 돌아왔다. 게리가 어렸을 때 저질렀던 일 중에서 프랭크 형이 기억하지 못하는 게 별로 없는데, 그때 일만은 잘 기억이 나지 않는다고 했다. 그래서 그때 게리가 가출한 이유에 대해서는 나도 아는 바가 없다. 아마도 호되게 매를 맞고 나서, 다른 곳에서 더 나은 현실을 찾아보겠다고 나섰던 것이 아닐까. 그때 게리가 잡히지 않았더라면, 어쩌면 게리 자신이나 다른 사람들 모두 더 잘 살았을지도 모를 일이다. 대부분의 가출에서 그는 스스로 돌아오곤 했다. 이미 그의 핏속에는 파멸의 불씨가 자라고 있었고, 그는 그런 자신을 주체하지 못했다.

그 후로 게리의 인생은 그가 죽는 날까지 끊임없는 화의 연속이었다.

그해 여름방학의 어느 날 저녁에, 게리는 다른 두 명의 친구들과 함께 조지프 레인 학교로 갔다. 그리고 그들은 돌을 던져 학교 유리창을 부수기 시작했다. "우리는 한 장도 남김 없이 유리창을 부술 생각이었어."라고 몇 년 후 그 일에 가담했던 친구 중의 하나가 내게 말했다. 학교 당국은 이들을 고발했다. 그 일에 게리가 관여했다는 사실은 의심의 여지가 없었는데, 아버지는 아들의 알리바이를 증명하기 위해 사설 탐정을 고용했다. 또한 소년법정에서 아들을 변호할 변호사를 고용하느라 온갖 노력을 다했다. 법정에서도 아버지는 터무니없는 태도로 일관했다. 오래전에 페이가 아들을 감옥에 보내지 않으려고 수단과 방법을 가리지 않았던 것처럼, 프랭크 길모어도 게리에게서 그의 야만적인 행위에 대한 올가미를 풀어주었다.

프랭크 형의 말은 이랬다. "아버지나 다른 사람들이 걱정했던 건, 게리가 감옥에 가는 것이었어. 그건 무엇보다도 집안의 위신이 걸린 일이니까. 모두가 게리는 이미 지옥으로 가는 지름길에 들어섰다고 여겼어. 그러니까 그걸 그저 당연하게 여기고 있었던 거야. 마치 그렇게 될 줄 알고 있었다는 듯이. 누구 한 사람도 게리를 붙들고 이런 말을 한 사람이 없었다. '얘야, 이런 식으로 계속 나간다면, 넌 사형대에 서게 될 거야.'라고 말이야. 어느 누구도 게리의 운명에 관심을 가졌던 사람이 없었던 것 같아. 주변 사람들이 염려하는 것은 오직 집안의 체면이었어."

우리 가족이 존슨 크릭의 새집에 정착한 지 1~2년쯤 됐을 때이다. 어떤 사람이 찾아왔다. 어머니가 문을 여니, 6년 전 새크라멘토의 한 식당에서 보았던 그 남자가 서 있었다. 그는 여전히 마른 몸매에 옷을 잘 차려입고 있었다. 가까이서 보니, 베시는 그의 옅은 푸른색 눈동자와 매력적인 미소를 띤 입매가 남편을 많이 닮았다고 생각했다. 그녀는 두렵기도 하고 어딘지 마음이 끌리는 그 얼굴을 보면서 속으로 이런 생각이 들었다. '옳지, 이 사람은 프랭크 길모어가 버린 아들 중의 하나가 틀림없어.'

"프랭크 씨를 만나러 왔는데요." 하고 그는 말했다.

베시가 뭐라고 대답하기도 전에, 프랭크가 어느새 옆에 와 서서 말했다. "괜찮아요, 베시. 내가 기다리고 있던 사람이오."

아버지는 낯선 사람을 데리고 그의 사무실로 들어가서 문을 닫았다. 어머니는 남편이 비밀스럽게 행동하는 걸 어떻게 받아들여야 하는지, 이미 터득하고 있었다. 적어도 아무리 캐물어도 소용이 없다는 것쯤은 알고 있었다. 프랭크 길모어는 자기가 말하고 싶지 않는 건 아무리 부탁해도 말하지 않는 사람이었다. 너무나 오랜 세월 동안 베시는 무슨 일인지도 모른 채 남편의 비밀이 주는 짐을 함께 지고 살아왔다. 그런데 이번만큼은 호기심을 억누를 수가 없었다. 남편의 사무실 옆에는 2층 침실로 올라가는 계단이 있었는데, 거기에 앉으면 들키지 않고 사무실에서 오가는 이야기를 충분히 엿들을 수가 있었다.

프랭크는 그 남자와 한 시간가량 이야기를 나눴다. 베시는 그 사람의 이름이 클래런스라는 것을 알았다. 모든 이야기를 다 들을 수는 없었지만, 두 사람 사이에 오가는 대화의 주제가 뭐라는 것쯤은 알아들을 수 있었다. 그리고 남편이 왜 그토록 도망을 다녀야 했는지도 알게 되었다. 그녀는 '다시는 이렇게 엿듣지 않겠어.'라고 다짐하면서 2층 계단에서 내려와 부엌 식탁에 가서 앉았다.

그 남자가 떠난 후, 아버지는 어머니가 식탁에 앉아 식은 커피 잔을 물끄러미 바라보고 있는 모습을 보았다. 그는 자기도 커피 한 잔을 따라서 그녀 곁에 앉았다. 갑자기 10년은 젊어진 듯한 모습이었다. "좋은 소식이군." 하고 그는 말을 꺼냈다. "내가 오래전에 진 빚이 있었는데, 그것 때문에 온 사람이야. 그런데 이제 모두 해결되었소. 우리 이제는 여기저기 다니면서 살 필요도 없어졌어요. 그러니 이곳 포틀랜드에서 눌러살아도 되겠소."

어머니는 여전히 식탁만 내려다보고 있었다. 그러고는 잠시 후 말했다. "프랭크, 당신 화내고 싶으면, 화를 내도 좋아요. 하지만 난 당신이 그 사람하고 이야기하는 걸 들었어요. 내가 할 수 있는 말은, 차라리 듣지 않는 편이 좋았을걸, 이것뿐이에요."

웬일인지 프랭크는 화난 것 같지 않았다. 아니, 오히려 안도감을 느끼는 듯했다. "베시, 아주 오래전 일이오. 그땐 내가 아직 젊었고, 당신이 본 것보다 술을 훨씬 더 많이 마시던 때였어. 어리석었고, 그리고 절망감에 빠져 있었소. 처음엔 아주 쉬운 일 같았어. 내가 정말 그 일에 휘말려들었다는 걸 알았을 때, 나는 도망치기 시작했지. 그 이후로 내가 배운 것은 도망 다니는 일뿐이었소. 도망치고, 숨고, 가명을 쓰고, 알던 사람과 헤어지고 또 새로운 사람을 사귀고, 그게 전부였소. 그러면서도 항상 그 일을 수습할 방법을 찾고 있었소."

그는 한숨을 쉬고 나서 커피를 한 모금 들이켰다. "어쨌든 오늘 이렇게 만난 건, 이제 내가 그 일에서 풀려났다는 거요. 이제 그 일에 대해서 아무 걱정도 할 필요가 없어요. 또, 다시는 이 일에 대해서 말을 꺼낼 필요도 없고."

"걱정 마세요." 하고 어머니가 말했다. "어느 누구한테도 말하지 않을 거니까. 어쨌든 내 말을 믿을 사람도 없을 거예요. 하지만 다음에 게리가 무슨 잘못을 저질러서 당신이 그 애를 때릴 때는, 그런 애가 도대체 어디서 나온 건지 당신 자신에게 물어보세요. 프랭크, 그 애는 당신의 피를 물려받은 거예요. 게리가 바로 당신의 그림자로군요."

어머니는 약속을 지켰다. 그날 알게 된 아버지의 비밀을 어머니는 어느 누구에게도 말하지 않았다. 그런데 아버지가 돌아가시고 몇 달 후, 어머니는 아버지의 변호사와 그 일에 대해서 전화로 이야기를 나누고 있었다. 게리는 그때 집에 있었다. 가족과 자유롭게 지낼 수 있었던 마지막 시절이었다. 어머니가 은밀하게 통화하는 모습을 보고 그는 뭔가 자기가 알아야 할 내용이라고 생각했다. 어머니가 2층에서 통화하는 동안, 게리는 아래층 전화 수화기를 들었다. 그리고 어머니가 그 옛날 엿들었던, 아버지의 숨겨진 진실을 그도 알게 되었다.

어머니가 전화를 끊고 아래층으로 내려왔을 때, 게리는 아직도 전화기를 손에 든 채 어둠 속에 앉아 있었다. 어머니가 물었다. "너, 듣고 있었니?"

게리는 고개를 끄덕였다.

"맙소사. 게리, 도대체 너는 왜 항상 있지 말아야 할 곳에 있는 거니?"

게리는 아무 말이 없었다. 그 무렵 게리는 이미 감옥을 들락날락하면서 냉담할 대로 냉담한 사람이 되어 있었다. 도둑질, 마약, 폭력, 기타 범죄에 아주 익숙해진 상태였다. 그러나 전화로 엿들은 그 내용은 그를 완전히 뒤흔들고 깊은 슬픔으로 밀어넣은 것 같았다. 이윽고 게리가 입을 열었다. "아버지가 정말 악질적인 인간이라는 건 알고 있었어요. 그것만으로도 충분하죠. 나를 미워했던 못된 인간으로, 그렇게 아버지를 기억하는 것만으로도 충분했는데…… 이런 것까지는 알 필요가 없었는데 말이에요."

"아버지에 대해서, 네가 이런 일까지 알게 해서 미안하구나." 하고 어머니는 말했다. "하지만 아버지를 너무 나쁘게만 생각하진 말아다오. 그래도 그 사람은 지난 세월 동안 우리 가족을 그것으로부터 보호하려고 애를 많이 썼단다. 네가 네 형이나 동생에게 그 이야기를 하진 않으리라 믿는다. 그 애들이 갖고 있는 아버지에 대한 좋은 기억마저 망가뜨리진 말아다오."

어머니와 마찬가지로, 게리 형도 비밀을 지켰다. 다른 사람의 죄악이 아무리 극악한 것이라 하더라도, 게리는 그 사람의 죄를 폭로할 사람이 아니었다. 그는 집에서도 감옥에서도 침묵의 법칙을 잘 터득하고 있었다. 그러나 나는 이따금 이런 생각이 든다. 어머니와 게리가 알게 된 프랭크 길모어의 진실이, 지울 수도 없고 그렇다고 완전히 인정할 수도 없는 그런 방식으로, 그들의 마음속에서 사라지지 않고 맴돌면서 그들에게 어떤 영향을 끼쳤던 게 아닐까. 어머니는 돌아가시기 몇 해 전부터, 아버지를 둘러싼 그 무서운 수수께끼에 대해서 자꾸만 이야기했다. 아직도 무엇인가가 우리 앞에 나타나서 우리 모두를 해칠 것만 같다며 불안해했다. 게리가 세상을 떠나던 마지막 날, 그가 남긴 마지막 말은 아버지에 대한 것이었다. 자신이 프랭크 길모어의 아들이었기 때문에 너무나 많은 것을 희생해야 했다는 내용이었다. "아버지는 내가 첫 번째로 죽이고 싶었던 사람이었어요."라고 게리는 죽기 몇 시간 전에 버논 이모부에게 말했다. "내가 아버지를 죽이고도 무사할 수 있었다면, 아마 그렇게 했을 겁니다."

2

궁지에 몰린 소년

게리 형에게 1955년 전반부는, 자신의 인생에서 가능한 한 많은 경험을 하려고 노력하면서 보낸 시기였다. 돌이켜보면 슬픔이 느껴진다. 그때는 그가 마지막으로 자유롭게 보냈던 몇 개월의 시간으로, 그 후 그가 20년간이나 누리지 못했던 마지막 자유의 시간이었기 때문이다.

그해 2월, 게리는 학교를 그만두고 친구와 함께 텍사스로 히치하이크 여행을 떠났다. 부모님도 허락해주었다. 프랭클린 고등학교에 다니는 몇 달 동안 게리는 내내 말썽만 일으켰고, 그래서 어머니는 혹시 게리가 멀리 여행이라도 다녀오면 마음이 안정되지 않을까 기대를 했다. 당시 아버

게리 길모어, 애리조나 주 킹맨, 1947년경

지는 게리가 잠시 멀리 떠난다는 것만으로도 만족했다.

짧은 여행이었다. 그러나 그 경험은 게리의 어린 시절에 대한 전설 같은 이야기가 되었다. 당시 여행의 주목적은 게리가 태어난 석유노동자들의 마을인 맥케이미에 가는 것이었다. 그런데 가는 도중에, 게리와 그의 친구는 한 남자에게 잡혀서 성폭행을 당할 뻔했다. 게리는 그 남자를 실컷 때리고 나서 길 옆으로 던져버렸다. 그리고 그의 차를 몰고 오데사로 갔다. 며칠 후 게리와 친구는 한 호텔 포커판에서 상당한 돈을 땄고, 그 돈으로 술을 마시고 여자를 샀다. 그러고 나니 집 생각이 나서 그들은 히치하이크를 하거나 화물열차에 올라타거나 해서 포틀랜드로 돌아왔다.

집에 돌아온 후, 게리는 친구 두 명과 함께 자동차 도둑질을 시작했다. 차를 한 대 훔쳐서 칠을 새로 해서 며칠 동안 끌고 다니다가 버리고, 또 다른 차를 훔치는 식이었다. 한번은 순전히 재미삼아 같은 차를 열흘 동안 계속해서 훔친 적도 있다. 밤에 훔치고 새벽이 되면 차 주인의 문 앞 도로에 갖다놓았다. 5월 초 무렵에, 그들의 위험한 장난은 발각이 되었고 그들 모두 법정으로 끌려갔다. 아버지는 그건 모두 실수였다고, 게리는 주범이 아니고 우연히 말려든 공범자라고, 완강하게 버텼다. 판사가 너그러운 편이어서 게리에게 주의만 주고 풀어줬다.

그런데 보름 후, 게리는 자동차 도난죄로 또다시 법정에 섰다. 이번에는 1948년형 시보레였다. 아버지는 또 게리가 무죄라고 우겼다. 그러나 이번만큼은 판사도 봐주지 않았다. 게리는 오리건의 우드번에 있는 매클래런 소년원 감호를 선고받았다. 무기형이었다. 그리고 아버지에게는 매달 게리의 교육비로 35달러를 보내라고 명령했다. 아버지는 펄쩍 뛰며 판사에게 온갖 욕설을 퍼부었고, 법정에서 쫓겨났다.

판사는 판결을 내린 후, 매클래런의 감독관에게 다음과 같은 편지를 보냈다.

이 소년은 몇 번의 비행을 저질러 본 법정에서 요주의 인물로 지목되어왔습니다. 길모어 부부는 계속해서 본 법정의 권고를 물리치고, 또 몇 번에 걸친 아들의 명백한 비행 사실을 받아들이려 하지 않았습니다. 특히 길모어 씨의 태도는 문제가 심각해서, 우리는 그의 아들을 매클래런으로 보낼 수밖에 없었습니다.

그는 계속해서 수표 뒷면에 이런 글귀를 적어서 들고 다녔습니다. "피땀 흘려 번 돈을 강제로 국가에 뺏기다." 35달러면 길모어 씨가 아들을 집에서 양육하는 데 드는 비용보다 적은 액수입니다. 그 정도면 운이 좋은 편이라고 생각합니다. 그가 만일 비용을 지불하지 않으면, 본 법정은 그를 소환하여 법정의 명령을 무시하면 안 된다는 것을 보여주고자 합니다.

다시 말해서, 게리가 벌을 받은 것은, 바로 아버지에게 아들의 죄을 인식시키기 위한 조치였다. 아버지들의 죄로, 그리고 판사들의 죄로, 아들들이 고통을 받는 것이다.

판결이 내려진 후, 게리는 다른 한 소년과 함께 수갑을 찬 채 경찰차의 뒷좌석에 앉아 40마일 남쪽에 있는 우드번으로 호송됐다. 그 당시 매클래런은 고속도로에서 그리 멀지 않은 곳에 있었다. 매클래런의 넓은 땅은 온통 풀과 호두나무로 뒤덮여 있고, 정문 쪽으로는 약 2미터 40센티 정도 높이의 담이 있었다. 경찰차는 진입로를 따라 안으로 들어갔다. 사무실 건물과 여러 모양으로 지어진 기숙사동을 지나서 뒤편으로 가니 접수처가 있었다. 거기서 게리는 수갑을 찬 다른 소년과 함께 건장하고 머리가 벗겨진 어떤 남자에게 인계되었다. (그를 블루 씨라고 부르겠다.) 블루 씨 옆에는 커다란 독일산 셰퍼드가 있었는데, 그놈은 게리를 보는 순간 펄쩍 뛰더니 앞발을 게리의 가슴에 대고, 얼굴을 향해 이를 드러냈다. 게리는 수갑 찬 손으로 개를 쫓으려고 했다. 그러나 블루 씨가 매섭게 경고했다. "개를 건드리면 안 돼. 막으려고도 하지 마라. 만일 네가 갑자기 움직이거나 개를 놀라게 하면, 그놈이 널 갈기갈기 찢어놓을 거다." 개는 두 소년에게 차례로 코를 대고 냄새를 맡아보더니, 주인 곁으로 가서 앉았다. "블루 씨는 이상한 생각을 갖고 있는 사람이었어." 게리와 매클래런에 같이 수용되었던 한 친구가 언젠가 내게 이런 말을 했다. "우리가 개한테 덤비다보면, 다른 사람한테도 덤비게 된다는 거야. 그건 아주 틀린 생각은 아니지만, 그것도 개가 좀 작고, 덜 공격적이고, 우리 사타구니를 물어뜯을 기회만 엿보는 그런 놈은 아니어야 말이 되는 거지."

게리는 같이 간 소년과 함께 옆방으로 끌려갔다. 거기에는 다른 직원들이 몇 있었다. 그들은 소년들에게 옷을 벗으라고 했다. 그러고는 감독관들이 소년들의 머리칼을 뒤적이며 이가 있는지 검사했다. "좋아." 하고 블루가 말했다. "자, 이제 엎드려서 손으로 양쪽 엉덩이를 잡고 벌려라." 블루는 자막대를 들고서 소년들의 뒤쪽으로 갔다. 그리고 자막대로 그들의 음낭을 가볍게 툭툭 친 다음, 다시 엉덩이를 두드렸다. "녀석들, 볼기 살이 통통하기도 하구나." 하고 블루가 다른 직원들을 보고 말하자, 모두가 웃었다.

그다음 소년들은 샤워를 하고 유니폼을 받았다. 짧은 운동복 바지, 청바지, 그리고 녹색 셔츠였다. 두 소년을 차례로 의자에 앉히더니, 한 감독관이 전기면도기를 들고 와서 머리를 깨끗이 밀어버렸다. 곧 해군 스타일의 머리가 되었다. 그리고 그들은 소위 분대반으로 옮겨졌다. 가로 15미터, 세로 7.5미터 정도 크기의 방에, 아마 50명은 되어 보이는 아이들이 싸움질을 하거나 아니면 군데군데 테이블에 앉아 있었다. 방 한쪽 벽에는 변기가 죽 늘어서 있는데, 다른 공간하고 구분하는 칸막이조차 없었다.

이곳에 들어오는 소년들은 모두 처음 몇 주 동안 이 방에 있다가 나중에 지도교관의 결정에 따라 각자 알맞은 학급반으로 배정된다. 오락도구라고는 체스판 몇 개와 카드판이 있을 뿐이었다. 책이나 텔레비전, 라디오 따위는 없었다.

저녁이 되자, 두 소년은 2층에 있는 숙소로 옮겨져서 각자 침대를 배정받았다. 각 방마다 한쪽 벽을 따라 작은 침대가 촘촘하게 줄지어 있었다. 방 한가운데에는 감시용 칸막이 방이 있는데, 그 방은 방탄유리와 쇠창살로 둘러쳐져 있었다. 밤중에 수시로 감독관이 들어와서 침대를 쭉 둘러보거나, 잠자는 소년들을 지켜보기도 했다. 내부에는 전화기가 한 대 있었다. 만약의 사태에 감독관이 전화기를 들기만 하면 경찰서와 연결되는 직통전화였다.

밤 9시, 소년들은 유니폼을 벗고 잠옷으로 갈아입었다. "침대에 꼼짝 말고 누워 있어." 블루는 신참 소년들에게 말했다. "만일 화장실에 가고 싶으면, 참았다가 감독관이 오면 말해라. 그리고 일단 소등한 후에는 이야기해서는 안 돼."

몇 분 후, 게리는 어둠 속에 누워 있었다. 아마 그는 벌써 그곳을 빠져나갈 궁리를 하고 있었을 것이다. 그런데 잠시 후, 게리는 이상한 소리를 들었다. 뭔가 열심히 비비는 듯한 소리가 나더니 이어서 가쁜 숨소리와 함께 킥킥거리는 소리도 들렸다. 다음 순간, 게리는 뜨겁고 끈끈한 것이 얼굴에 떨어지는 걸 느꼈다. 그리고 따뜻한 액체가 눈과 코 사이로 흘러내렸다. 양쪽 옆의 침대에 있는 소년들이 내뿜은 정액이었다.

그것은 소위 매클래런의 '신고식'인 셈이었다. 일주일에 몇 번씩 소등이 되자마자 소년들은 담요를 걷어차고 각자 성기를 꺼낸다. 그들은 최대한 빠른 속도로 자위행위를 하면서 일종의 경주를 한다. 먼저 사정하는 사람이 유리하다. 그는 자신이 사정한 정액을 손에 받아 옆에 있는 상대방의 얼굴에 던져서 자위행위의 흥을 깨버린다. 거기서 가장 만만한 상대는 신참들이다. 일종의 통과의례인 셈인데, 경주가 있는 밤이면, 신참의 얼굴은 온통 정액으로 뒤범벅이 된다. 만일 얼굴을 가리려고 들면, 다른 소년들이 달려들어서 그를 잡고, 그동안 나머지는 자위행위를 마저 끝내고 그 정액을 신참의 얼굴에 갖다 문지른다. 어떤 때는 열다섯, 혹은 스무 명의 소년들이 신참에게 무더기 세례를 퍼붓기도 한다. 이런 신고식이 있는 날 밤에, 감독관들이 순찰한 적은 한 번도 없었다. 아마도 그런 일들에 대해 전혀 모르고 있었을 수도 있다. 어쨌든 그런 행위는 매클래런의 기록에 전혀 없었다.

새벽 1시가 좀 넘는 시간이었다. 게리는 어둠 속에서 누군가 움직이는 소리에 잠이 깼다. 눈을 떠보니 블루가 보였다. 그는 침대 사이를 다니고 있었다. 손에는 소젖을 짤 때 쓰는 작은 의자를 하나 들고 있었다. 그는 게리의 침대 곁에 와서 멈추어 섰다. 게리는 눈을 감고 깊이 잠든 체했다. 블루는 게리와 같이 왔던 소년에게로 갔다. 어슴푸레한 어둠 속에서 블루가 의자를 놓고 앉아서 그 소년에게 뭔가 속삭이는 모습이 보였다. 게리는 몸을 돌려 누우며 눈을 감았다.

그 당시 매클래런에 있었던 사람의 말에 따르면, 블루가 한밤중에 소년들을 찾아오는 것은 흔한 일이었다고 한다. 그는 이렇게 말했다. "내가 그곳에 들어간 첫날 밤, 블루가 의자를 들고 와서 내 침대 곁에 앉더군요. 그리고 손으로 내 허벅지를 잡고 내 거길 꽉 쥐면서 조용히 속삭이는 거예요. '어떠냐?' 하고요. 나는 그의 손을 잡아서 뿌리쳤지요. 블루는 화를 내더군요. 그리고 다시 내 거기를 잡았어요. 이번에는 더 힘을 주면서. 그리고 하는 말이, '내가 하고 싶으면 난 한다.' 그래서 내가 말했지요. '안 돼요. 우리 부모님이 아시면 좋지 않을 텐데요.'라고. 그러자 블루는 잠깐 나를 노려보면서 한 번 더 세게 꽉 쥐더니 손을 치우더군요.

'좋아.' 하고 블루가 내게 말했어요. '네가 그런 식으로 나오겠단 말이지?' 블루는 그날 밤 그따위 짓거리로 나를 위협했지요. 아마 그 사람을 잡아서 심문한다면, 그는 내가 동성애자인가 확인하느라 그랬다고 말했을 겁니다. 하지만 꼭 그런 식으로 찾아낼 필요는 없는 거잖아요. 나와 비슷한 경험을 했다는 애들이 더 있었어요. 블루는 매클래런의 교관들과 감독관들 중에서 가장 경멸스러웠던 사람입니다. 그는 냉혹한 사디스트였어요. 아주 무서운 놈이었죠. 내가 마지막으로 들은 바로는, 그는 여전히 오리건 주에서 교도관으로 일하고 있었어요."

이것이 게리가 집을 떠나서 감금된 첫날 밤의 이야기이다.

게리가 매클래런 소년원에 들어갔을 때는, 아직 명석하고 재주 많은 열다섯 살의 소년으로 좀 심한 사고뭉치였다고 할 수 있다. 그러나 1년이 지나 그곳에서 나왔을 때는, 그는 범죄자로서의 운명의 길에 완전히 들어서 있었다. 그는 나중에 래리 실러에게 이런 말을 했다. "소년원은 은밀한 지식을 퍼뜨리는 곳이죠. 아이들은 그곳에서 닳고 닳아서 나옵니다. 그곳에 다녀온 아이는 거기가 아니었더라면 배우지 못했을 것들을 배워 나오지요. 그리고 대개 그런 아이는 자기와 똑같이 은밀한 지식이랄까, 범죄적 요소랄까, 아무튼 그런 것을 공유한 사람들과 동료의식을 갖게 됩니다. 그러니 우드번에 다녀온 일은 내 인생에서 아주 중요한 사건이었어요."

그렇다고 해서 소년원이 게리의 타락에 가장 큰 책임이 있다는 말은 아니다. 나는 매클래런에서 게리에 대한 기록을 읽은 적이 있다. 그 서류는 게리가 처형된 후 세상에 많이 알려져서 교육원 당국이 잘 보관하고 있다가 때때로 법집행관이나 교도관들의 요청이 있으면 열람하게 해줬다. 교육원 측은 게리의 심리상태에 대한 자료는 열람을 허용하지 않았지만(아마도 그의 파일에서 가장 중요한 자료일 것이다) 다른 자료들도 게리와 그가 자란 가정을 이해하는 데 매우 중요한 내용을 담고 있었다. 그 내용들 중에서 핵심만 간추려보면 이런 것이다. "게리의 문제는 아주 복잡 미묘하게 그의 아버지와 관련되어 있다. 그는 아들을 구제하는 데 필요한 힘겨운 진실을 똑바로 직시하려 하지 않는 것 같다." 부모님을 처음 오라고 해서 가진 면담 뒤에, 감독관은 이렇게 기록했다. "상담자의 느낌으로는, 어머니가 면담을 하는 동안에 아버지가 밖에 있는 차 안에 앉아 있다는 사실은 그가 이 문제에 대해서 관심이 없거나, 창피해하거나, 아니면 무력감을 느끼고 있는 것으로 보인다. 사실 차 안에는 네 살 된 마이크(마이클의 애칭)도 함께 있었는데, 아마 그 아버지는 아내가 면담하는 동안에 꼬마 아들과 차 안에 있는 것이 상책이라고 생각한 것 같다." 몇 줄 내려가면, 이런 내용도 있었다. "길모어 씨는 자신의 휘하에 있는 것에 대해서…… 절대군주처럼…… 지배하는 것 같다…… 불행히도 나이가 훨씬 적은, 그러나 매우 어두운 그늘이 있는 어머니는 게리의 가석방에 대해 별로 생각이 없는 것 같아 보였다." 또, 다른 기록엔 이런 것도 있었다. "육체적으로는 가족이 모두 건강한 편이었다. 그러나 그 아버지의 편집증적인 태도로 인해 아이들이 모두 정신적으로 심하게 병들어 있다."

게리가 매클래런에 있는 동안 아버지는 게리에게 더 나은 가정환경을 마련해주려는 교육원 당국의 노력에 적대감을 표시했다. 그는 게리의 문제가 가정에서 생긴 것이 아니라고 주장했다. 게리는 다른 친구들 때문에 부당한 처벌을 받고 있다는 것이다. 아버지는 교육원 책임자에게 말했다. "게리가 무죄라는 걸 밝히고, 그 애를 풀어주시오, 그러면 문제가 다 해결될 거요." 현명한 상담교관이 하나 있었는데, 그는 확고부동한 태도로 게리를 변호하는 아버지를 보고, 그것은 아들에 대한 사랑이나 보호본능이라기보다는, 세상이 프랭크 길모어라는 한 인간을, 가족을 통해서라도 망쳐놓으려 한다는 강박관념에서 비롯된 것이라고 보았다. 그는 이렇게 적고 있다. "(게리의 무죄가) 사실이든 아니든, 게리가 집으로 가게 되면 그 애 역시 어쩔 수 없이 학교와 판사, 유력인사들, 그리고 또 다른 몇몇 사람들이 자기 가족을 모두 파괴시키는 걸 묵인하고 있다고 생각하게 될 것이다."

그러나 매클래런에 남아 있는 기록이 전부는 아니다. 나는 게리와 같은 시기에 매클래런에 있었던 사람들의 이야기도 들었다. (혹은 회고록을 읽은 경우도 있다.) 담당교관들의 기록과 동료 수감자들의 회고—이 두 가지를 조합해보면, 똑같은 역사를 전혀 다른 관점에서 보고 있다. 한편으로는, 교육원의 몇몇 담당교관들은 게리를 이해하려고 애를 썼으며 그의 인생 행로를 바꾸어보려고 최선의 노력을 했음이 분명하다. 그런데 그들의 이런 노력에 게리는 끊임없는 도주와 폭력으로 보답함으로써, 그들로 하여금 어찔 수 없이 최악의 조치를 취하도록 만들었다. 그러나 또 한편으로는 이렇다. 많은 사람들이 최선의 의도를 갖고 있기는 했지만, 그럼에도 불구하고 1950년대의 소년원 생활이란 잔혹한 측면을 많이 가지고 있었다. 소년들은 냉혹하고 격리된 환경에 갇혀서 교관들이 휘두르는 매를 맞으면서 경악할 만한 폭력과 성추행을 당해야 했다. 그런 세계에 갇혀 지낸다는 사실만으로도 어떤 경우에는 더 큰 두려움과 더 큰 증오심만을 키우게 된다. 그곳에서 수감생활을 했던 한 사람은 이렇게 말했다. "보통 사람은 상상조차 할 수 없을 겁니다. 누구든 그런 곳에 갇혀 있으면 증오심으로 가득 찬 인간이 되지요. 그리고 만약 그 증오심을 밖으로 표출할 수 없을 때에는—혹은 표출한다 하더라도 총을 들고 은행에 들어가서 사람들을 쏴버리겠다는 상상을 하는 정도로 그친다면—그땐 바로 자기 자신을 증오하게 됩니다. 자기파멸의 상태에 이르면 다른 누군가가 자기를 최악의 상태로 몰아가도록 만들지요. 그런데 때로는 그 유일한 방법이 바로 자신이 할 수 있는 가장 악랄한 방법으로 다른 사람을 해치거나 분노하게 하는 것입니다."

매클래런에 대한 가장 믿을 만하고 명확한 정보를 준 것은 두에인이라는 사람이었다. 그는 게리와 거의 같은 시기에 소년원에 수감되어 있었고, 또 게리를 잘 기억하고 있었다. 어느 날 오전, 두에인은 포틀랜드의 내 아파트를 찾아와서 옛 이야기를 해주었다. 두에인은 학교에서 모범생이었다. 그런데 그가 열다섯 살이었을 때, 의붓아버지가 그를 지독하게 때리기 시작했다. 그는 불량한 친구들과 어울려 다니면서 차를 훔치는 등 나쁜 짓을 하기 시작했다. 그리고 한 경찰관의 집에 들어가서 권총을 훔치는 실수를 저질렀다. 그들을 잡으려고 경찰이 대대적인 추적에 나섰고, 마침내 공포를 쏘면서 위협하는 경찰에게 체포되었다. 그 사건은 〈오리거니언〉의 제1면을 장식하면서 끝이 났고, 두에인과 그의 친구는 명성을 날리며 매클래런에 들어왔다. 소년원에서 그들은 완전한 무법자로 대접받았다. "사실, 우리도 똑같은 애들이었는데 말입니다." 하고 두에인은 말했다. "그런데 다른 애들은 그걸 모르고, 우리도 굳이 부인을 하고 싶지 않았어요. 그런 곳에서 하는 말은 90퍼센트가 허풍이거든요. 그런데 그중에는 진짜 불량배도 있어요. 그런 애들은 자기들 같은 진짜 살인광들을 가려내죠. 그러면 가짜는 들통이 나는 겁니다."

두에인이 매클래런에 들어간 지 일주일 후, 게리가 들어왔다. 두에인이 가지고 있는 게리에 대한 최초의 기억은 심리검사와 관련된 일이었다. 심리검사는 소년들의 학급을 정하거나 가석방 여부를 판단하기 위해 실시됐다. 두에인은 말했다. "체구가 크고 뚱뚱한 정신과 의사가 있었어요. 그는 몸무게가 130킬로그램도 더 나갈 것 같은 거구였지요. 그런 사람이 뭐, 의사라나요. 게다가 소년원에 있는 아이들을 상대하니, 오죽했겠어요? 어쨌든, 테스트를 할 때는 책상을 사이에 두고 이 작자와 마주앉습니다. 그러면 그는 2, 30초 동안 그냥 물끄러미 바라보다가 느닷없이 이런 질문을 던집니다. '여자애들하고 몇 번이나 자봤지?' 매클래런에 있었던 사람이라면 거의 같은 경험을 했을 겁니다. 내 경우에는 이런 생각이 들었어요. 만일 내가 한 번이라도 경험이 있다고 말하면 형량이 6개월은 더 길어지겠지요. 그런데 반대로 내가 숫총각이라고 말하면 내 체면이 땅에 떨어질 테고. 그래서 난감해지는 거죠. 그런데 나는 사실 그때만 해도 경험이 없었고, 그래서 솔직히 말하는 편을 택했어요. 그러나 대부분의 아이들은 허풍을 치고 싶어 했습니다. '한 50명은 될걸요.' 하는 식이지요. 그러면 의사는 50명의 이름을 모두 대라고 하고, 참을성 있게 다 받아 적습니다. 레이몬드라는 친구가 있었는데, 그는 의사에게 200명도 넘는다고 말했어요. 의사는 그 이름을 모두 적으라고 했지요. 그리고 거기에 레이몬드의 사인을 받은 후 그 명단을 그가 다녔던 고등학교에 보냈어요. 학교에서 명단에 있는 여자애들을 불러서 레이몬드가 강제로 섹스를 한 것은 아닌지 일일이 물어봤을 때, 어떤 소동이 일어났을지 짐작이 가지요? 옛날에는 지금보다 학교가 10대들의 사생활에 더 많이 개입했잖아요. 그때는 한 여자애가 사귀는 남자 녀석이 셋이면 창녀 취급을 받았지요. 다섯이면 시집도 못 갔구요.

그다음에 의사는 종이와 연필을 주면서, '좋아, 집을 하나 그려보자. 그리고 집 안에 너 자신을 그려넣는 거야.' 하는 식이죠. 그가 뭘 하려는지 난 대번에 알았어요. 집을 그리게 하고, 내가 그 집 어디에 있는지를 보려는 거죠. 그렇게 해서 나에 대한 단서를 찾아내려는 겁니다. 정신과 의사가 문제가 많다고 판단하면 더 나쁜 등급의 방으로 배정받게 된다는 것을 이미 들어서 알고 있었기 때문에, 나는 그의 의도에 맞추어서 그림을 그렸지요. 곧 석방될 아이들이 있는 방으로 옮기기 위해서는 내 심리진단서를 망쳐서는 안 되니까요.

나는 우리 반으로 돌아와서, 동료들과 함께 둘러앉아서 그 의사 이야기를 했습니다. 어떻게 하면 그를 골탕 먹일까 하면서 함께 웃고 있었지요. 그때 게리를 알게 된 겁니다. 그때 게리는 약간 수줍은 듯하면서 착한 애였어요. 그는 우리와 함께 어울리고 싶어 했고 또 자기를 돋보이게 하려고 꽤나 노력했어요. 우리가 하는 이야기를 들으면서 게리는 자기가 그 의사를 골탕 먹일 수 있다고 장담을 했습니다. 그는 우리 또래보다 한 살 반 정도 어린 나이였어요."

여기서 두에인은 잠시 이야기를 멈추고 고개를 옆으로 흔들었다. "그때 일을 아주 잘 기억하고 있어요. 그리고 나중에, 특히 최근에 게리 소식을 들은 후로는 더욱 후회를 했습니다. 말하자면, 우습게 들리겠지만, 내가 과거에 한 행동들 중에서—내가 저지른 범죄를 포함해서—지금 와서 어느 한 가지를 바꿀 수 있다면, 나는 게리에게 했던 내 말을 취소하고 싶습니다. 그가 내 말을 듣고 그대로 실행에 옮겼기 때문이에요. 나는 게리에게 이렇게 말했어요. '좋아, 정 그렇다면, 네 얼굴을 이렇게 그려봐. 입은 작고, 두 눈과 귀는 크게, 그리고 손은 그리지 않는 거야. 그러면 그 멍청한 의사가 어떤 생각을 할지 짐작이 되지? 너는 입도 없고 손도 없는 거야. 그러니까 뭘 바꿀 능력이 없는 애지. 하지만 모든 걸 들을 수 있고, 볼 수도 있어. 그러면 넌 완전히 편집증환자가 되는 거야.' 글쎄, 게리는 썩 마음이 내키는 것 같지는 않았어요. 무슨 말인지 알겠지요? 그러나 그는 내가 말한 대로 했습니다. 의사에게 가서 자기 모습을 그렇게 그렸던 거예요."

두에인은 말했다. "내가 그러지 말았어야 했는데……. 그때는 멍청한 녀석들을 내가 시키는 대로 하도록 만드는 게 정말 폼 나는 일이라고 생각했습니다. 그 뚱보 정신과 의사가 어느 모로 보나 치사한 인간이라는 것을 알면서도, 그리고 그가 게리를 더 나쁜 등급으로 보낼 수 있는 힘을 가진 작자라는 걸 잘 알면서도 말입니다. 아직 어린 나이에 그렇게 감금되어 있으면, 사람이 망가지는 법입니다. 그때 나는 매달 이곳에서 나가는 사람의 숫자가 정해져 있다는 생각을 했어요. 나도 하루 속히 그 대기자 명단에 끼고 싶었지요. 그러자니 다른 친구들이 모두 경쟁자로 느껴졌던 거예요. 그런 곳이 사람을 그렇게 만드나봅니다. 나는 게임을 걸어놓고, 나 자신은 거기서 쏙 빠져 있으려 했지요."

매클래런의 소년원 학교는 수감생들에게 상담과 교육의 기회를 주고, 학생이 원하는 경우 직업훈련—주로 농사일이지만—을 시키고 있었다. 하지만 게리는 네 번째 것, 즉 매클래런에서 제공하는 세 개의 프로그램이 아닌 다른 것을 선택했는데, 그것은 '하루 종일 벌 받는 것'이었다. 사실 매클래런에서의 게리의 생활은 집에서 문제를 일으키던 때와 별로 다르지 않았다. 첫 체벌은 블루 씨의 손에서 나왔다. 두에인은 말했다. "블루는 자기가 '볼기치기'라고 부르는 벌을 주는 걸 좋아했어요. 나도 몇 번 당했지요. 무슨 큰 잘못도 아니었어요. 소리를 질렀다거나 다른 애를 밀쳤다거나 하는 정도죠. 그저 공격적인 기미가 조금만 보이면 벌을 받는 겁니다. 당신 형이 처음에 꽤나 당했지요. 그걸 내 눈으로 똑똑히 봤어요."

그런데 도대체 '볼기치기'라는 게 어떤 거냐고 두에인에게 물어보았다.

두에인은 잠깐 얼굴을 찡그렸다. "접수처 건물에는 방탄유리로 된 블루의 사무실이 있었습니다. 규칙을 어기거나, 아니면 그저 블루를 약 오르게 한 사람은 블루의 사무실로 불려 갑니다. 그는 문을 닫고 아이에게 옷

옷과 바지를 벗으라고 합니다. 벌거벗는 거지요. 그 다음엔 두 손을 내려서 발목을 잡게 합니다. 그 순간 블루는 아주 단단한 탁구 라켓으로 아이의 엉덩이를 갈깁니다. 그 라켓에는 구멍을 뚫어놓았어요. 공기의 저항을 줄이려는 겁니다. 그렇게 맞고 나면 엉덩이가 부르트지요. 우리는 그걸 헤드라이트라고 불렀습니다. 뒤쪽인데 왜 테일라이트라고 하지 않았는지 모르겠어요. 어쨌든 블루는 최소한 25대를 때리고, 정말 화가 났을 때는 50대를 때립니다. 내 기억으로는 당신 형 게리는 그 벌을 자주 받았지요.

그건 정말 몸서리치게 무서웠어요. 블루는 감정이 없는 사람이었습니다. 그는 항상 우리를 향해 적의를 품고 움직이는 하나의 힘 같았어요. 그가 '너, 볼기 좀 맞아야겠구나.' 하고 말할 때는 얼굴에 미소까지 띠고 있지요. 아주 감정이 없는 단조로운 어조로 이렇게 말합니다. '널 때리게 돼서 유감이다. 하지만 내가 널 때릴 수밖에 없구나, 게리. 왜냐면 네가 자초한 거니까.' 그러고는, 철썩! 하는 거지요. 나는 내 평생에 게리처럼 그렇게 맞아본 적은 한 번도 없어요. 그건 정말 무서운 경험이었습니다."

볼기치기는 그러나 시작에 불과했다. 매클래런은 그보다 더 무서운 벌을 준비해놓고 있었는데, 그걸 사용하도록 만든 장본인이 바로 게리였다.

매클래런에 들어간 지 몇 주 지났을 때였다. 게리는 교관들과 다른 몇 명의 소년들과 함께 오리건 해변 근처로 캠핑을 갔다. 그건 일종의 테스트였다. 이런 상황에서 협동심을 발휘하는 아이는 책임감 있고 성실한 것으로 인정되어, 빨리 가석방되었다. 그날 오전에 낚시를 다녀왔던 터라, 게리는 다른 두 소년과 함께 뒤처져 있었다. 감시원들이 눈에 보이지 않자, 세 소년들은 반대 방향으로 냅다 달리기 시작했다. 그들은 덤불숲을 헤치며 해변으로 나왔고, 거기서 포틀랜드까지 히치하이크를 했다. 그날 밤, 게리는 다른 아이들과 함께 존슨 크릭의 우리 집 뒤쪽에 있던 빈 오두막에서 잠을 잤다. 다음 날 아침, 아버지가 출근한 후 게리는 집에 들어가서 어머니에게 도망쳤다고 말했다. 어머니는 이미 교육원으로부터 연락을 받고 경찰이 게리를 찾고 있다는 걸 알고 있었다. 그래서 아들에게 교육원으로 돌아가라고 설득하려 했다. 그러나 게리는 말을 듣지 않았다. "엄마, 나 거기 다시 들어가면 미쳐버릴 거예요." 그는 매클래런에서 보고 들은 이야기들을 어머니에게 해주었다. 어머니는 게리에게 돈 50달러를 쥐어주고 옷을 갈아입혔다. 그녀는 아들에게 조심하라고, 그리고 어디든 도착하면 편지하라고 말했다. 어머니는 경찰이나 매클래런에 아들이 나타났다고 전화하지 않았다. 어머니는 그때 다시는 어떤 일이 있더라도, 아들을 법에 맡기지 않겠다고 결심했던 것이다.

게리와 친구들은 그날 극장에 숨어 있거나 길에 버려진 자동차에서 잠을 잤다. 다음 날, 게리는 디비전 가에 주차되어 있던 1947년 시보레에 시동을 걸었다. 그 차를 타고 오리건의 펜들턴까지 약 200마일을 갔는데, 거기서 그만 차가 고장났다. 이번에는 1955년 시보레를 훔쳐 타고 오리건에서 아이다호로 넘어가는 경계지역까지 왔다. 그리고 거기서 경찰에 잡혔다. 그들을 체포한 경찰의 보고에 의하면 이 세 명의 도망자는 추적을 당하고 있다는 사실을 꽤 재미있어 하면서 긍지까지 느끼는 것 같았으며, 특히 게리는 자기의 차 훔치는 솜씨를 매우 자랑스러워했다고 한다.

매클래런에 돌아오자, 도망의 후유증은 컸다. 그를 담당했던 교관는 이렇게 적고 있다. "(게리를) 개선시키기 위해 온갖 노력을 다했으나, 이 소년은 불안정안 태도로 일관하여 신뢰감을 주지 못하고 있음. 교권에 반항하며, 수감생활에 분개심을 갖고 있음. 앞으로도 야외수업을 받기에는 위험하므로, 엘.이.달링 교육 프로그램이 적절하다고 사료됨."

엘.이.달링(L. E. Darling)—엘.이.디(L. E. D.)라고도 한다.—은 매클래런 최고의 보안구역을 말한다. 운동장 뒤쪽에 있는 큰 건물인데, 높은 철조망으로 둘러쳐져 있었다.

두에인의 말에 따르면 이렇다. "엘.이.디에 있는 아이들도 하루 일과는 우리와 별다르지 않았을 겁니다. 단지 밖에 나갈 기회가 없고 더 가혹한 훈련을 받았지요. 가혹하다는 건 이런 겁니다. 소문에 의하면 엘.이.디에는 방이 나뉘어 있지 않고, 큰 방 하나를 모두 함께 씁니다. 그 방의 벽에는 수갑에 달려 있고 아이들은 말 그대로 사슬에 묶여 있답니다. 우리가 있는 곳은 그렇지 않았거든요. 나는 거기 들어간 적은 없었어요. 하지만 엘.이.디에 가본 다른 애들의 말을 들어보면 아이들을 벽에 있는 수갑에 묶어놓고는 감독관들이 때린답니다. 볼기를 맞는 대신에 거기서는 진짜 채찍을 맞는 거지요. 그야말로 가죽을 벗기는 것처럼 등에 대고 채찍질을 한다고 하더군요. 그리고 엘.이.디에서는 물과 빵만 먹고 살아야 합니다. 중간에 우유 한 잔은 준답니다. 그렇게 3주일을 버텨야 하는 경우도 있습니다. 나도 일주일에 이틀 정도는 그렇게 지낸 적이 있습니다만, 그 후유증이 평생 가지는 않았지요. 하지만 2주일이나 3주일 동안 그렇게 물과 빵만으로 버텨야 한다면, 사람이 어떻게 될지 알 수 없는 노릇이지요."

게리는 1955년의 나머지 기간을 엘.이.디에서 보냈다. 그해 크리스마스 무렵, 담당 실장은 이런 기록을 남겼다. "게리는 이곳에서 여전히 한쪽 구석에 처박혀 있다. 게리가 교관이나 동료 누구에게도 신뢰감을 갖지 못하는 것 같다. 그는 같이 어울리려고 노력을 하고 있으나, 잘 안되는 모양이다. 내가 학생들과 이야기를 할 때면, 그 애는 한쪽 구석으로 가서 이야기에는 전혀 끼어들지 않는다." 그는 또 게리가 거의 매일 밤 악몽을 꾸고 이따금씩 잠꼬대를 하기도 한다고 적고 있다.

그러나 게리가 말이 없고 남과 어울리지는 못해도, 엘.이.디의 감독관들은 그가 특별히 문제가 많다고 보지 않았다. "어떤 교관은 게리가 엘.이.디에 있었던 아이들 중에서 가장 나은 아이이며, 굳이 거기에 있을 필요가 없다고 보기도 한다." 한 상담교관은 이렇게 적었다. "여러 의견을 종합한 결과, 아마도 이 소년은 자기 잘못이 아닌 주변 상황의 여러 요인들에 영향을 받았던 것으로 보이며, 따라서 큰 문제를 일으킬 가능성이 별로 없다고 판단되었다."

1956년 1월 1일, 매클래런 측은 게리를 엘.이.디에서 제3호실로 옮겼다. (제3호실은 그곳에서 가장 좋은 등급의 방이다.) 이틀 후, 게리는 담당실장을 찾아가서 이렇게 말했다. 만일 자기를 엘.이.디로 다시 보내주지 않으면, 또 탈옥하겠노라고. 보통 감호실은 담배도 피울 수 없고, 사람이 너무 많아서 시끌벅적하기 때문에 싫다는 것이었다. 실장은 그날 밤에 게리를 엘.이.디로 도로 보냈다가, 아무래도 게리가 허세를 부린다고 생각해서 다시 3호실로 데리고 왔다. 다음 날, 게리는 탈옥했고, 일주일 후에 잡혀서 엘.이.디로 다시 들어갔다.

이렇게 힘든 감방생활을 더 좋아하는 게리 형의 취향은, 그 이후에 감옥생활을 하면서도 하나의 패턴처럼 계속 나타난다. 그는 어김없이 극악한 죄를 저질러서 일부러 모진 형벌을 받고는 했다. 대개의 경우 독방 신세가 된다. 사실 게리는 죽기 전까지 감옥 생활의 반 이상을 독방이나 격리수용 혹은 그 밖에 가장 엄격한 형태의 감금 생활로 지냈는데, 그런 방식을 몸에 익힌 곳이 바로 매클래런이었다. 그는 몇 달 동안 엘.이.디에서 모범적으로 지내다가 일반 감방으로 가게 되면, 도망치거나 다른 큰 죄를 저질러서 감시가 가장 엄한 곳으로 다시 돌아갔다.

두에인은 이런 말을 했다. "게리와 함께 지내던 마지막 무렵쯤이었을 겁니다. 우리는 식당에서 같이 점심식사를 하고 있었지요. 그때 게리가 나더러 자기와 함께 엘.이.디에 가자고 하더군요. 자기는 거기가 정말 좋다면서요. 나는 게리가 괜히 허풍 치는 줄 알았어요. 24시간 동안 하루 종일 갇혀 지내는 걸 좋아할 사람이 어디 있겠어요? 게다가 큰 죄를 저지르면 그건 곧장 엘.이.디 행이라는 걸 누구나 다 알고 있었는데 말입니다. 그러나 게리는 거기야말로 신나는 곳이라고 우겼습니다. 이렇게 말하면서요. '이봐, 두에인, 거기서는 말이야, 자기 마음대로 담배를 피울 수도 있고, 욕도 실컷 할 수 있단 말이야. 똑같은 규칙 아래서 살 필요가 없다니까. 학교도 안 가도 되고, 일도 안 해도 돼.' 그런데 게리가 잘못 알고 있었던 것은 말이죠, 그런 것들이 곧 특권은 아니라는 사실이에요. 소년원이 엘.이.디에 있는 아이들을 대하는 태도는, 말 그대로 그 아이들을 구제불능으로 여긴 겁니다. 거기서는 담배도 피우고, 욕도 할 수 있어요. 하지만 그 아이들은 갇혀 있습니다. 소년원 당국이 그들을 풀어줄 준비가 될 때까지 갇혀 있는 겁니다."

엘.이.디에 수용되어 있던 게리를 떠올리면, 함께 연상되는 것은 싸움이라고 두에인은 말했다. "매클래런에서 싸움이 벌어지면 감독관들은 전혀 개입하지 않습니다. 나는 두 아이가 이루 말할 수 없이 잔인하게 싸우는 모습을 20여 분간 지켜본 적이 있습니다. 다른 아이들은 모두 옆에서 응원하고, 감독관은 뒤에 서서 담배만 빨고 있었어요. 서로 죽일 듯이 덤벼드는 두 아이의 싸움을 재미있게 즐기면서 말이지요. 감독관들의 입장에서는, 그런 식의 싸움을 아이들이 스트레스를 해소하는 방법이라고 봤을 수도 있겠다는 생각이 들긴 합니다. 만일 그런 걸 일일이 억압하면, 스트레스가 쌓여서 오히려 큰 부작용이 생기고, 결국은 심각한 폭동이나 패싸움 같은 것을 하게 될지도 모르거든요. 어찌 됐든, 매클래런에서 내가 끼었거나 목격한 싸움은 모두 잔인하기 짝이 없었습니다. 일단 싸움이 나면, 끝장을 봅니다. 왜냐하면 거기선 누구도 말릴 사람이 없으니까요. '자, 얘들아, 이제 그만들 해라.' 하고 나서는 사람이 없었어요. 그러니까 누구라도 여차하면 싸울 태세가 되어 있었습니다. 우리는 각자 스스로에게 이렇게 다짐합니다. 나는 막돼먹은 놈이다, 살인도 무섭지 않다, 라고 말입니다.

그런데 말이지요. 스킵이라는 아이가 있었어요. 그 애는 당신 형 게리와 같은 방에 있었어요. 스킵은 이름이고, 성이 뭐였는지는 생각이 안 나네요. 그는 자기 부모를 살해한 아이였어요. 당시 오리건에서 악명을 떨쳤던 사건이었죠. 그가 열두 살 때였어요. 스킵의 부모는 모두 술꾼이었는데, 걸핏하면 그 애를 때렸답니다. 그날 밤에도 부모들이 그를 지독히 때리고 나서 침대에 곯아떨어져 있었습니다. 스킵이 세상에서 유일하게 아끼고 사랑하는 것은 강아지였어요. 그날 밤, 스킵은 자기 부모와 그 강아지를 죽였습니다. 경찰이 왔을 때, 그는 강아지 옆에 누워 울고 있었답니다. 스킵은 재판에서 매클래런 형을 선고 받았지요. 그 아이는 위험인물이었어요. 정말로 정신병동에 있어야 했던 아이였지요."

두에인의 말로는, 어느 날 스킵과 게리는 주방에서 함께 당번으로 일하고 있었다고 한다. "스킵이 있는 곳이면 어디서나 지켜야 할 한 가지 철칙이 있었어요."라고 두에인은 말했다. "그건 바로, 스킵은 정신병자였기 때문에 그 애 주변에 절대 칼을 놔두면 안 된다는 겁니다. 만약 손에 칼을 쥐게 되면, 그걸 사용할 가능성이 충분한 애였거든요. 그날 아침, 게리와 말싸움을 벌이던 스킵은 칼을 잡았어요. 그러자 게리가 스킵에게 곧장 덤벼들어서 칼을 빼앗아 던져버렸지요. 그러고 나서 게리는 있는 힘을 다해 그를 두드려 팼어요. 스킵은 바닥에 쓰러져 울었습니다. 그 일이 있은 후로, 감히 게리를 건드리는 사람이 없었어요. 그야말로 매클래런에서 가장 무서운 아이라고 인정을 받은 셈이지요. 가까이 지내는 친구들도 보통이 아니었죠. 내 경우엔 게리와 싸운다거나 게리에게 시비를 걸 일은 없었어요. 우선 우리는 사이가 좋았습니다. 그러니 싸울 일도 없었구요. 하지만 솔직히 말해서 친하지 않았다 하더라도 싸움을 걸 생각은 없었을 겁니다. 게리는 무서운 아이였으니까요. 괜히 건드렸다간 게리한테 당하기 마련이지요."

두에인은 게리가 엘.이.디에 있었던 시절에 대해서 이야기를 하나 더 해주었다.

"매클래런에 프리츠라는 아이가 있었어요. 그 애는 정말 사회에 반항적인 사디스트였습니다. 열한 살에 그곳에 왔답니다. 그 애는 주로 고양이를 괴롭혔는데, 고양이 몇 마리를 잡아다가 그 꼬리들을 가죽끈으로 함께 묶은 다음, 빨랫줄로 다 함께 묶어서 던져놓습니다. 그러고는 고양이들이 빠져나오려고 바둥거리는 모습을 즐기는 거지요. 그렇게 하면 고양이들은 서로를 물어뜯어 죽입니다. 그 애는 바로 동물학대죄로 거기에 들어왔어요. 정말 악랄한 애였어요. 특히 나이에 비해서 말이죠. 매클래런에 있으면서 프리츠는 뾰족하게 깎은 연필을 몇 자루 들고 다녔습니다. 그걸 바늘처럼 날카롭게 해서 다른 아이들을 찌르곤 했지요."

"어느 날 밤이었어요." 두에인은 말을 이었다. "나는 신혼방에 있었습니다. 격리 감방 제1호실을 우리는 그렇게 불렀죠. 엘.이.디 바로 옆에 나란히 붙은 방이었어요. 거긴 변기도 없고 아무것도 없는 방입니다. 그냥 바닥에 우두커니 앉아 있는 게, 그 방에서 할 수 있는 전부예요. 그날 밤 늦은 시간에, 그렇게 앉아 있던 나는 샤워실 쪽에서 무슨 소리가 나는 걸 들었어요. 그 소리 중에 목소리 하나를 알아들을 수 있었습니다. 그건 프리츠였지요. 누군가에게 살려달라고 빌고 있었습니다. 그다음에 프리츠를 붙잡고 있는 사람의 목소리가 들렸어요. 게리와 다른 친구 두 명이었지요. 그 아이들이 프리츠에게 무슨 짓을 했는지 아세요? 그들은 프리츠의 항문에 연필 몇 자루를 쑤셔 넣고 있었어요. 그들이 하는 말을 듣고 알았습니다. 그 애가 지르던 비명이며, 게리가 하던 말을 나는 아직도 잊을 수가 없습니다. '움직이지 마. 움직이면 연필이 부러진단 말이야, 이 새끼야.' 그러고는 그들의 웃음소리가 들렸어요. 프리츠의 비명과 함께 말입니다. 프리츠가 과연 무슨 짓을 했길래 그랬는지는 모르겠어요. 아무도 프리츠를 좋아하지 않았던 건 사실입니다. 하지만 생각해보세요. 항문으로 들어간 연필이 부러지면 어떻게 될지. 그건 아주 위험합니다. 그런 일들이 엘.이.디에서는 늘상 일어나고 있었지요. 그곳의 어두운 모습입니다.

그 후로, 게리의 평판은—적어도 아이들 사이에서—더 나빠졌습니다. 무서운 아이로 소문이 나면서, 다른 아이들이 가까이하지 않았지요."

끔찍한 이야기도 있지만, 반면에 가슴 뭉클한 이야기도 있다. 가슴이 아프다고 해야겠지만.

언젠가 게리가 어머니 앞으로 보낸 편지를 본 기억이 난다. 편지는 어머니의 책상 뒤편에 감춰져 있었다. 게리가 매클래런의 생활을 마치고 몇 년이 지났을 때, 아마 스무 살쯤 되어, 어떤 죄로 포틀랜드 시 교도소에서 복역하고 있던 때일 것이다. 게리가 편지를 쓴 것은 그가 감옥에서 첫 자살 기도를 한 직후였다. 그는 감방 안에 매달린 전구를 깨뜨려서 자기 팔목을 그었다. 피가 너무 많이 나자, 게리는 자고 있던 감방 동료를 발로 차서 깨웠다. 잠에서 깬 그 친구는 게리의 팔목에서 피가 뿜어져 나와 자기 얼굴에 떨어지는 것을 보고, 게리를 살리라고 소리를 질러 교도관을 불렀다. 그 후 게리는 거의 정기적으로 자살 기도를 했고, 그래서 어머니는 게리에게 편지를 써서, 죽고 싶은 마음이 드는 이유가 뭐냐고 물었다.

게리는 답장에서 몇 년 전, 자기가 매클래런에 있을 때 겪었던 어떤 일이 늘 머릿속에서 떠나지 않는다고 했다. 그것은 지금까지 그가 아무에게도 말하지 않은 사건이라고 했다. 게리가 쓴 편지의 내용은 이렇다. 그는 열네 살짜리 한 어린 소년하고 친하게 지내는 사이였다. 그 아이는 여자애처럼 섬세하고 아주 빈약한 체구였다. 감옥에서 생활하기엔 어려운 조건이었다. 그의 양부모는 그 소년을 더 이상 키우기 힘들다는 이유로 그곳 매클래런으로 보냈다. 그 아이를 맡아줄 친척도 없었다. 그러니까 그는 혈혈단신 고아였다. 가족도, 찾아오는 사람도, 친구도 없었다. 아무도 편들어주는 사람이 없었기 때문에, 그는 교관들이나 감방에 있는 아이들 모두에게 자기들 마음대로 해도 되는 존재로 취급을 받았다. 한번은 열 명의 아이들이 그 아이 하나를 붙잡고 돌아가면서 성폭행을 하고 있었다. 게리 차례가 되었을 때, 그는 하지 않겠다고 했는데, 그 일로 소년은 게리를 믿게 된 눈치였다.

아이들이 소년을 괴롭히는 일이 계속될수록 소년은 점점 더 야위어갔다. 어느 날 그가 병에 걸렸다. 감독관들은 소년을 몇 차례 진료소에 데리고 갔지만 나을 기미가 보이지 않았다. 그들은 아이가 도망칠 기회를 만들려고 꾀병을 앓는 거라고 결론지었다. 그때 게리는 그 아이와 방을 같이 쓰고 있었다. 게리는 이 아이가 누군가의 사랑과 보호가 필요한 순진한 아이라고 생각했다. 어느 추운 밤이었다. 소년은 야간 경비를 보는 교도관을 불러서 진료소에 좀 데려가달라고 부탁했다. 그러나 그 교도관은 부탁을 들어주지 않았다. 소년은 게리가 누워 있는 침대로 들어오며 이렇게 말했다. "오늘 밤에 너랑 같이 자도 돼? 무서워. 누가 날 좀 안아줬으면 좋겠어." 그날 밤 내내 게리는 소년을 품에 안고, 열이 나는 소년의 이마를 손으로 짚으며 다정하게 이야기를 했다. 소년은 게리에게 말했다. "난 그냥 없어져버렸으면 좋겠어." 그러고는 게리의 품 안에 있던 몸을 동그랗게 웅크렸다. "내 몸속으로 사라져버리고 싶어. 그러면 아무도 다시는 날 괴롭히지 못할 테니까." 그러다가 소년은 잠이 들었고, 게리도 그 아이를 안은 채 잠이 들었다. 게리가 눈을 떴을 때, 그는 아직도 소년을 품에 안고 있었다. 소년은 이제 웅크린 채 제 몸속으로 들어가 있었다, 차

디찬 시체가 되어. 게리는 그렇게 소년을 안고서 그의 얼굴을 어루만져주었다고 적고 있었다. "누가 나를 감옥에서 꺼내주지 않으면 나도 그렇게 될 것만 같아요. 나는 너무 건강해서 그 애처럼 죽지는 못할 거예요. 그래서 이곳을 벗어나기 위해 내가 아는 유일한 방법을 시도했던 거죠. 미안해요, 엄마."

나는 이 이야기를, 우리 자신에 대해 훨씬 더 나쁜 쪽으로 이야기를 만들어내기 위해 우리 가족들이 지어내던 거짓말과 같은 성격의 이야기라고 본다. 매클래런에는 그 무렵 그런 죽음에 관한 기록이 없었다. 게리의 파일에도 그와 조금이라도 비슷한 이야기나 언급이 없었다. 나는 그 사건이 실제로 일어나지 않았다고 생각한다. 그러나 상징적으로 보면, 어쩌면 더 중요한 의미가 있는 것으로서, 그것은 분명 일말의 진실을 담고 있는 이야기이다. 나는 게리가 편지에 쓴 그 소년—자기 속으로 사라져버리고 싶다던 그 소년은 바로 게리였다고 생각한다. 게리는 이 세상에서 사라지게 될 자신의 마지막 순간을 편지에 썼던 것이다. 남은 인생을 살아남기 위해서, 이제 더 잔인한 인간이 되기 전에.

그 후, 게리에게 변화가 생긴 듯했다. 감방에서나 학업성적에서나 그는 조금씩 좋아졌다. 상담교관들의 노력에도 더욱 협조적인 태도를 보였다. 1956년 6월, 게리를 담당했던 의사는 이렇게 적고 있다. "상담자가 게리를 줄곧 면담한 결과, 게리는 자신의 두려움과 분노의 감정에 대한 문제를 고민하고 있었다. 그는 인간관계에 어떤 큰 두려움을 갖고 있다고 했으며, 자기가 뭘 하게 될지, 또 자신에게 어떤 일이 생길지 두려워하는 듯하다. 또한 자기가 하는 행동이 강요된 것이라고 느끼는 걸 보면 성격위장에 대한 강박관념을 가지고 있는 듯하다. 게리는 가족, 특히 아버지로부터 거부당했다는 느낌을 갖고 있으며, 아버지로부터 육체적, 정신적으로 고통을 받아왔다. 그는 어린 시절 자주 이사를 다니며 살았고, 수없이 많은 싸움이나 기타 공격적 행위를 해왔다고 했다."

대체로 교관들은 게리가 중요한 고비는 넘겼다고 생각했으며, 이제는 가정과 사회에 적응하면서 살 수 있도록 새로운 인생관을 정립해줄 때가 됐다고 보았다. 여름이 되자, 게리의 상담교관은 가석방 절차를 준비했고 게리도 그에 협조적이었다. 그렇게 되면 그는 집으로 돌아가, 포틀랜드의 프랭클린 고등학교에 2학년으로 들어가게 될 것이었다. 그는 또 전과기록이 있는 사람들과 접촉할 기회를 갖지 않기 위해, 그리고 어떤 불법적인 행동을 하는 것을 미리 방지하기 위해, 시간제 일자리를 구하는데 동의하겠노라고 했다. 더욱이 게리는 일주일에 한 번씩 포틀랜드 대학 정신병원에 가서 의사의 진료를 받는 것에도 동의했다. 게리의 상담교관은 이렇게 기록했다. "게리는 이런 계획에 대해 매우 기대에 차 있는 듯 보였다. 그리고 아버지에게 비용 부담을 주고 싶지 않다면서, 스스로 진료비를 버는 일에 관심을 보였다. 그가 진료를 계속 받으리라 생각되며 그렇게 함으로써 큰 도움을 받으리라고 본다."

게리는 그해 9월 1일, 매클래런 소년원에서 가석방되어 집으로 돌아왔다.

두에인은 말했다. "그 후로는 게리를 본 적이 없습니다. 나도 역시 가석방된 후, 봉사단에 들어갔습니다. 그리고 얼마 후, 내 여자친구가 임신을 했습니다. 그래서 옛 친구들과는 이제 인연을 끊겠다고 결심했던 겁니다.

그 친구들과 계속 어울리면, 결혼할 가능성이 점점 희박해진다는 것을 잘 알고 있었으니까요. 그 무렵 나는 무척 빠른 속도로 변했습니다. 옛 친구들의 이야기가 신문에 자주 나는 걸 봤습니다. 이런저런 일을 저질러서 감옥에 간 친구들도 많았고, 또 결국 비참하게 죽은 친구도 많았지요. 그러던 어느 날, 제 머리를 쾅 하고 내리친 사건은, 신문 1면에 가엾은 게리가 나타난 겁니다. 유타인들이여, 나를 죽여다오, 하고 말입니다. 그가 처형되던 때, 나는 캘리포니아에서 제지공장을 하고 있었습니다. 설마 게리를 죽일 거라고 생각하진 않았어요. 누군가 나서거나, 아니면 뭔가 다른 일이 생길 거라고만 생각했지요. 게리가 한 행동은 물론 잘못된 겁니다. 그건 분명합니다. 그러나 우리는 그보다 더 악질적인 범죄자들도 그대로 살려두지 않습니까? 게리가 가지고 있던 구제의 가능성 같은 건 전혀 없는 사람들도 많이 살아 있는데 말입니다.

뉴스를 통해 게리가 저지른 가엾은 돈키호테 같은 무모한 행적을 보면서, 나는 몇 번이나 이런 생각을 했습니다. 거기로 달려가서 게리를 두 팔로 안고서 이렇게 이야기를 해볼까 하고 말입니다. '이런 제기랄, 게리, 이제 진정하자구. 이 자식들 체면 좀 살려주잔 말이야. 안 그러면 자넬 죽여버릴지도 몰라. 이번 한 번만 머리를 좀 숙여봐. 그들이 원하는 걸 줘버려. 잘못했다, 용서해다오, 그러면 되는 거야.' 나는 분명히, 만일 게리가 자기가 꺾을 수 없는 높은 권위에 도전했다는 것을 인정하기만 했다면, 그들 마음속에는 게리를 살려줄 수 있는 여지가 있었을 거라고 확신합니다. 그는 도전하지 말아야 할 사람들에게 도전했던 겁니다. 그때 내가 아내에게 이런 말을 한 기억이 나는군요. '저놈의 유타 모르몬 교도들은 신이 항상 자기들 편이라고 생각하지. 그래서 자기들이 신의 명령을 행할 권리를 갖고 있다고 추호의 의심도 없이 믿고 있어.'라고 말입니다. 그런 식의 열렬한 신앙심이야말로 정말 무서운 거예요."

그날 이런 이야기를 끝내고 내 집을 나서기 전에, 두에인은 마지막으로 이런 말을 남겼다. "내 이야기를 들으면서 무척 고통스러웠겠지요. 내 형이 그랬다면, 나라도 분명 고통스러웠을 겁니다. 게리는 특별한 녀석이었지요. 그는 내게 여전히 옛 친구로 남아 있습니다. 내 마음속에서 지워지지 않는 친구들 중 한 사람입니다. 그는 신문이 떠들어대는 것처럼, 아무 생각 없이 죄를 짓는 그런 극악무도한 죄인이 아니었어요. 사람은 좋은데, 망가졌던 거지요. 내가 보기엔, 많은 부분은 스스로 망가뜨렸어요. 하지만 전부는 아닙니다. 자세히 들여다보면 다른 요인들이 분명 있을 겁니다."

3

탈선

게리가 집에 없는 동안, 우리 가족은 드물게 조용한 생활을 누렸다. 아버지의 출판 사업도 번창하던 중이어서, 오리건 주와 워싱턴 주의 교통법규집도 함께 펴낼 정도로 사업이 확장되었다. 그래서 아버지는 포틀랜드와 시애틀, 터코마, 이렇게 세 군데에 사무실을 냈고, 직원으로 고용한 세일즈맨들을 관리하기 위해 이곳저곳을 다니느라 바빴다. 프랭클린 고등학교 졸업반이던 프랭크 형은 이제 열일곱 살이 되었고, 마술 기술과 직업에 큰 관심을 보이고 있었다. 형의 마술에 대한 열정은 어느 정도는 우리 집안에 전해 내려오는 이야기, 즉 마술사 후디니가 우리 할아버지라는 이

게리 길모어. 오리건 주 세일럼, 1957년경

야기에 영향을 받았던 것 같다. 어쨌거나, 프랭크 형은 나름대로 소질을 갖고 있었다. 한편 게일렌 형은 가톨릭 교구 학교에 다니는 열 살짜리 소년으로 신동의 자질을 보였다. 그는 그때 이미 셰익스피어의 작품을 두루 섭렵하고, 포의 우울한 시구들을 줄줄 외우고 있었다. 그는 무엇보다도 시를 가장 사랑하는 소년이었다. 여자만 빼고 말이다. 아직 어린 나이에도 그는 여자를 좋아했다. 결국 게일렌 형은 못 다 쓴 시를 옆에 두고, 인생을 던져 불태웠던 연애의 와중에 숨을 거둔다.

게리가 돌아올 날을 손꼽아 기다리던 사람은 어머니뿐이었다. 아버지가 게리를 때리고 제 자식이 아닌 것처럼 박대할수록, 그리고 학교당국이 나 사법당국이 게리에게 심한 형벌을 가할수록, 어머니는 게리가 자신의 특별한 아들이며, 자신이 가장 사랑해야 할 자식이라고 더 강한 애착을 보였다. 그건 단순히 어머니 본인이 자라면서 집안의 말썽꾸러기로 낙인 찍혔던 것처럼, 게리가 바로 그 역할을 하고 있기 때문만은 아니었다. 거기엔 뭔가 다른 이유가 있었다. 프랭크 길모어처럼, 베시 길모어에게도 어두운 비밀이 있었다. 그리고 늘 조심스럽게 그 비밀을 지켜보았다.

마침내 게리가 집에 돌아오면서, 우리 집의 평화는 깨졌다. 집에 돌아오고 며칠 지나지 않아, 게리는 아버지와 또다시 밤낮을 가리지 않고 충돌했다. 게리가 집안의 규칙을 어기거나 버릇없이 굴 때마다, 아버지는 당장 매클래런으로 보내겠다고 으름장을 놓았다. 그리고 실제로 가석방 담당교관을 부른 적도 한두 번 있었다. 그렇게 우리 집에 다녀간 교관의 기록을 보면 이렇다. "아버지와 아들, 두 사람은 서로 너무나도 불신하고 있어서, 그들 사이에 정상적인 부자관계를 기대하기란 어렵다. 아들과 아버지 모두 서로 잘 지내기를 원하지만, 둘 다 공격이 최선의 방어라는 태도를 보이고 있으며, 따라서 베풀거나 받아들이는 모습은찾아볼 수 없다. 하지만 아주 절망적인 상황은 아니어서, 게리가 정기적으로 (정신과) 상담을 받는다면, 서로 매우 적대적인 두 사람이 서로를 이해하도록 할 수도 있을 것이다."

그러나 유감스럽게도 여러 차례 싸움이 거듭된 끝에, 아버지는 게리가 받는 정신과 상담비용을 더 이상 주지 않겠다고 선언했다. 도대체 아무 효과가 없다고 본 것이었다. 그 후론 게리의 가석방 담당교관도 두 손을 들었다. "길모어 씨는 게리와 최소한의 긍정적인 애정관계를 만들 능력이 없는 사람으로 보인다."라고 그는 적고 있다. "이제 유일한 희망은, 게리가 부정적인 요인만 제공하는 집 대신에 학교에서의 인간관계를 통해 가석방 기간을 무사히 마칠 수 있을 만큼 성숙해지길 기대하는 것이다. 그러나 학교에 대한 게리의 양면적 태도를 보면, 이것은 어디까지나 필자의 희망사항일 수 있다."

다시 불붙은 두 사람 사이의 적대감은 가족 모두에게 번져갔다. 어느 날, 어머니는 게일렌이 집 뒤의 계단에 앉아서 소리내어 울고 있는 것을 보았다. 게리가 아버지에게 한바탕 꾸중을 듣고, 발길로 등을 걷어채였다. 게일렌은 뒷 계단에 앉아 있었는데, 화가 나 있던 게리가 거길 지나가다 그를 보았다. 게리는 게일렌을 잡아 세우더니 뒷문 쪽으로 밀어버렸다. 불과 1년 전만 하더라도 함께 놀아주던 동생이지만 이제는 만만한 화풀이 상대일 뿐이었다. "형이 변했어요, 엄마." 게일렌이 울면서 말했다. "이젠 우리를 다 미워해요." 어머니는 게일렌을 안아주며 대답했다. "그래, 형이 많이 변했구나. 하지만 사람을 변화시키기에는 너무 늦은 때가 있단다. 그럴 땐 말이지, 어쨌거나 그 사람을 사랑하는 수밖에 없단다."

저녁식사 시간이 맹렬하고도 지속적인 전투시간이 된 것은 이 무렵의 일이었다. 우리 집에서 저녁시간은 결코 편안한 시간이 아니었다. 그 시간이 가족 모두가 모이는 유일한 시간이었기 때문이다. 저녁식사에 빠지거나, 아니면 늦게 나타나는 것은 아버지가 세운 철칙을 어기는 일이었다. 그러나 게리는 매클래런에서 돌아온 이후 점점 저녁식사에서 빠지기 시작했다. 학교가 끝난 후 친구들과 어울리다가 어두워진 다음에야 집에 들어와서 남은 음식을 찾아 먹곤 했다. 이 규칙 위반 때문에 게리와 아버지 사이에 자주 격렬한 싸움이 벌어졌고, 아버지는 게리가 규칙에 따라 식사하는 법을 배울 때까지 집에서 일체 음식을 주지 않겠다고 엄포를 놓기도 했다.

프랭크 형은 저녁식사 시간에 일어나던 소동을 생생하게 기억하고 있었다. 식당은 집 뒤편에 있는 자그마한 방이었다. 우리는 그 방에서 식사를 했다. 어머니가 테이블 한쪽 끝에 앉았고, 게일렌이 그 맞은편 끝에 앉았다. 프랭크와 게리가 나란히 같은 편에 앉고, 아버지는 나를 옆에 두고 그 맞은편에 앉았다. "가족 모두가 식탁에 앉았지." 하고 프랭크는 말했다. "음식은 늘 정말 훌륭했어. 송아지 커틀릿이 쌓여 있고, 굽거나 튀긴 감자, 여러 가지 야채와 디저트, 또 마실 음료도 원하는 종류대로 있었지. 어떤 때는 갓 구운 빵도 있었고. 그야말로 왕도 부럽지 않는 식사였어. 우리는 식탁에 앉아서 식사를 해. 그때 틀림없이 엄마가 이런 식으로 말을 하지. '도대체 게리는 어딜 간 거지?' 그러면 순간 아버지는 화가 치밀어 올라서 이렇게 나오는 거야. '그 녀석이 어디 있는지 알게 뭐야. 여기 없어서 좋구만.' 혹은 그때 게리가 들어오면, 이렇게 말하지. '이 녀석, 지금 여기서 뭘 하고 있어? 여기가 식당인 줄 알아? 당장 나가!' 그러면 엄마는 게리를 감싸며 나서는 거야. '음식은 내가 차려요. 얘도 먹을 권리가 있다구요. 나도 이런 말을 할 자격이 있어요.'

항상 그런 식이었지. 어머니와 아버지는 언성을 높이고, 소리를 질렀지. 만일 우리 중에 누가 끼어들어서 진정하시라든가 제발 식사 때만이라도 참으시라고 하는 날에는 사태가 더 악화될 뿐이었어. 그러다가 엄마가 식탁 위에서 물건이나 음식을 집어 들고 바닥이나 아버지를 향해서 던지지. 대개는 구운 고기나 파이, 아니면 접시나 주전자 따위로 용케 골라서 던졌어. 그러면 아버진 길길이 날뛰면서 정신 나간 미친년이라고 욕을 퍼붓곤 했지. 우리들은 그저 우두커니 식탁에 앉아 있었어. 엄마는 울고, 식욕은 달아나고, 어찌할 바를 모른 채. 그건 정말로 우리에게 큰 상처였어. 그런 일을 늘 당하다보니 나는 그때부터 몇 년 동안은 식사시간이 두려웠어. 그 생각만 떠올려도 나는 소화가 안 되곤 했지."

게리가 없어도 소동은 어김없이 일어났다. "난 그런 식사시간이 너무 두려웠어." 프랭크 형은 말했다. "그래서 접시를 내 앞으로 바싹 끌어당기고, 불안한 마음으로 열심히 음식만 먹어댔지. 아버지는 그런 내 모습이 못마땅했던 거야. 그래서 한번은—"

그때 내가 형의 말을 끊었다. 갑자기 그 일이 생각난 것이다. 그 당시 일들은 내가 기억하는 게 거의 없었는데, 어찌 된 일인지 그 일이 문득 기억이 났다. "아버지가 형 머리를 잡아서 접시에 대고 문질렀지?" 하고 내가 물었다.

"네가 그걸 기억하는구나." 형은 말했다. "아직 다섯 살도 안 됐을 때인데. 맞아, 바로 그랬어. 아버지가 손을 뻗어서 내 뒤통수를 잡더니, 그대로 소고기 스튜 속에 내 얼굴을 처박았지. 내가 먹던 스튜에 말이야." 프랭크 형은 잠시 말을 멈추고 웃었다. "내 얼굴은 온통 스튜 국물이며 당근, 감자 같은 것으로 뒤범벅이 되었어. 지금은 웃음이 나오지만, 그땐 웃을 수가 없었어. 수치스럽고 창피하고 비참한 기분이었지. 나는 식사를 끝내지 못하고 일어나서, 얼굴을 씻고 밖에 나와 앉아 있었어. 나중에 게일렌이 따라 나와 내 옆에 앉았어. 이런 말을 하더군. '형, 제발 어쩌다가 한번쯤은 이런 소동 없이 조용히 식사 좀 하고 싶어. 하지만 아버지나 어머니가 그렇게 해주질 않을 거야. 항상 싸울 구실이나 우리를 때릴 구실만 찾으니까.' 그렇게 말하는 게일렌의 눈에서 눈물이 흘러내리던 기억이 나는구나.

게일렌의 마음을 내가 왜 모르겠니? 제기랄, 어떻게 식사를 그런 식으로 할 수가 있지? 내 말은, 어디선가 먹을 것이 없어서 굶주리는 사람이 있는데, 또 먹을 것을 달라고 구걸하는 사람이 있는데, 우리가 그런 음식을 먹을 수 있다는 건 얼마나 다행한 일이니? 그런데 우리가 식사하는 그 잠시 동안을 못 참고 입을 마구 놀리는 두 바보 때문에, 우리는 제대로 앉아서 식사도 하지 못했던 거야. 난 정말 비참한 기분이 들었어."

형은 한숨을 쉬었다. 그리고 잠시 동안 조용히 생각에 잠겼다. 그리고 다시 입을 열었다. "아버지는 꽤나 많은 규칙을 정해놓았지. 아무도 그걸 지킬 사람이 없다는 걸 알면서도. 아마 만 가지쯤 됐을 거야. 그러니 언제든 우리를 때릴 구실이 있었지. 그런데 매클래런에 갔다온 후로, 게리는 그런 아버지의 권위의식을 정말로 깨고 싶어 했어."

게리가 식사시간에 빠지는 일은 점점 더 잦아졌다. 여러 가지 면에서 그는 집을 이미 포기한 상태였다. 그리고 아버지가 세운 규칙은 무슨 일이 있어도 거역하려 했다.

게리는 집 밖에서 지내는 시간이 많았다. 매클래런의 상담교관이 짐작했던 것처럼, 학교에서의 교우관계는 그에게 별 도움이 되지 못했다. 게리가 어울려 다니는 친구들은 소년원에서 알게 된 아이들이었다.

게리의 새 친구들은 주로 밤거리를 누비고 다니는 아이들이었다. 그 당시 포틀랜드 시내에는 주로 게이들이 가는 술집이 하나 있었다. 경찰은 이곳을 드나드는 손님들을 폭력적이거나 범죄적인 사람들로 보지는 않았다. 또한 그들은 게이를 체포하는 것을 어쩐지 꺼림칙하게 여겼기 때문에, 그 술집은 10대 아이들이 드나들기에 안전한 장소라고 소문이 나 있었다. 물론 그럴듯한 가짜 신분증이 있어야 하고, 또 들어가서 큰 말썽을 부리지만 않는다면 말이다. 이곳은 게리가 좋아하는 아지트가 되었다. 그는 나중에 자신은 감옥에서 흔히 하는 동성애 행위를 한 번도 한 적이 없다고 목소리를 높여 강력하게 주장했지만, 맹세코 같은 말을 운운하면서 강조하는 사람의 말은 믿지 말아야 할 경우가 많다. 나는 게리와 이 술집을 다녔던 사람들과 이야기를 해봤는데, 그들은 게리가 구석 자리에 앉아서 젊은 남자와 은밀히 키스를 하거나, 혹은 다른 남자가 게리의 팽팽한 허벅지를 더듬고 있는 모습을 보았다고 한다. 그 술집에 드나드는 사람 중에 존이라는 사람이 있었다. 그는 게리와 그 패거리들에게 특히 관심을 보였다. 존은 그들에게 여자친구들을 데리고 시내에 있는 자기 아파트에 와서 놀거나 밤새도록 파티를 열게 해줬다. 또 나중에는 게리가 친구들과 함께 훔친 물건들을 감추는 곳으로 그의 집을 이용했다. 게리와 그의 친구들은 그 대가로, 동전을 던져서 지는 사람이 존의 성기를 빨아줬다. 어떤 때는 존뿐만 아니라 그의 친구 한두 명에게도 서비스를 해줬다.

이런 행동을 하고 다니긴 했지만, 게리는 그 당시 여자들 사이에서도 이름을 날리기 시작했다. 소문에 따르면, 여자들은 게리의 대담한 행동이

나 옷차림 따위를 좋아했으며, 어떤 여자애들은 술뿐만 아니라 마리화나, 환각제, 각성제 따위를 척척 구해오는 게리의 능력에 감탄하기도 했다. 당시 게리의 친구였던 한 사람은, 어쨌든 게리와 함께 있는 여자를 보면 그건 바로 그의 섹스 상대로 보였다고 한다. 그것이 당시 게리에 대한 평판이었다. 둘이 함께 버젓이 다니건, 아니면 한적한 곳에서 단 둘이 걷고 있건 마찬가지였다. 때때로 게리는 친구와 함께 여자들을 데리고 데이트를 하다가, 차를 훔쳐 타고 교외로 빠져나갔다. 게리는 앞좌석에 앉고 다른 친구는 뒷좌석에 앉는다. 그러면 두 여자는 그 위에 올라타 늘 하던 대로 그 짓을 한다. 게리는 아주 단도직입적이었다고 한다. 한 친구는 이렇게 말했다. "게리는 시간을 질질 끄는 걸 좋아하지 않았지. 이런 식이었어. '좋아, 자, 이제 너희들 그것 좀 빨아줄까?' 상대 여자애들도 그런 식으로 말하는 걸 기분 나쁘게 생각하지 않았어. 게리를 따라다니는 이유가 그거였으니까."

밤의 문화를 즐기면서 게리가 하는 짓은 점점 더 대담해졌다. 그는 약국이나 다른 가게 문을 부수고 들어가서 마약이나 돈, 어떤 때는 총을 훔치기도 했다. 훔친 돈을 1,000달러 정도 모아서 옷도 사고, 마약과 술을 사서 새벽까지 파티를 벌이기도 했다. 매일 밤마다 하는 일이 똑같았다. 대마초를 피우고, 여자들을 데리고 존의 집으로 가거나 드라이브를 하고, 모두 곯아떨어질 때까지 술을 마셨다. 여자나 돈이 떨어지면, 그들은 또 다른 집이나 가게를 털었다. 남의 집에 들어가면 반지나 시계 등을 훔치기도 했지만, 그들은 항상 남들이 어떻게 사는지 보는 것을 좋아했다.

우드스톡 대로변에는 리드 칼리지가 있었고, 그 위쪽으로 나 있는 길에 커다란 수퍼마켓이 하나 있었다. 게리가 아직은 집에 들어오던 시절, 저녁이 되면 그는 우리 집에서 불과 1마일 정도 떨어진 그 수퍼마켓 앞을 지나 집으로 오곤 했다. 그 수퍼마켓은 우리 가족이 늘 다니는 가게였고, 아버지는 중요한 고객으로 대접받고 있었다. 몇 년 전, 게리는 그 가게에서 물건을 훔치다가 들킨 적이 있었다. 가게 주인은 사람들이 보는 앞에서 게리의 팔을 잡고 끌고 나와 아버지에게 전화를 했다. 그 후에도 아버지는 여전히 수퍼마켓의 손님으로 환영받았지만, 게리는 출입을 영원히 금지당했다. 그 일로 게리의 가슴에는 여전히 응어리가 남아 있었다. 그날 밤에도, 집에 돌아오던 게리는 그 가게 앞을 지나고 있었다. 문 닫을 시간이 된 가게 앞에는 사람이 아무도 없었다. 그는 여성용 나일론 스타킹을 머리에 뒤집어쓰고 가게 안으로 들어갔다. 그리고 주인의 옆구리에 총을 들이댔다. 몇 년 전 자신의 팔을 끌고 나왔던 그 사람이었다. 게리는 그에게 말했다. "네 엉덩이에 이 총을 대고 방아쇠를 당기기 전에, 그 금고 안에 있는 돈 모조리 내놔."

그날 밤, 게리는 18,000달러나 되는 돈을 봉투에 담아 가게를 나왔다. 그 돈은 꽤 오래갔다. 그는 강도죄로 체포되지도 않았고, 아무런 혐의조차 받지 않았다.

또 어느 날 밤, 게리가 클라이드라는 친구와 함께 있을 때였다. 그들은 알약으로 된 마약을 먹고 리틀 리처드 쇼를 보러 갔다. 아주 인기 있는 쇼였다. 아버지는 게리의 마음을 좀 잡아보려는 의도로 올즈모빌 중고차를 사주었는데, 그날은 게리가 처음 차를 몰고 나간 날이었다. 게리는 그 멋진 차가 마음에 썩 들었고, 무척이나 자랑스러웠다. 새벽 2시, 게리와 클라이드는 82번가를 달리고 있었다. 그곳은 포틀랜드의 동쪽 번화가로 자동차가 많이 세워져 있는 곳이었다. 그때 차 연료가 떨어졌다.

"제기랄." 클라이드가 말했다. "어떡하지?"

게리는 어깨를 으쓱 올리며 대답했다. "글쎄." 창밖을 내다보니 중고차들이 세워져 있는 구역이 보였다. "다른 차를 훔치면 되지."

몇 분 후, 게리와 클라이드는 82번가를 쏜살같이 달리고 있었다. 차는 1956년형 시보레였고, 게리가 운전대를 잡았다. 빨간 신호등도 무시하고 달리는 그들 뒤에, 잠시 후 경찰차 한 대가 빨간 불을 번쩍이며 바짝 따라붙었다.

게리와 클라이드는 서로 얼굴을 바라보았다. "어떡할 셈이야?" 클라이드가 물었다. 게리는 웃으며 대답했다. "엿 먹으라지." 그러더니 그는 속도를 더 올렸다.

당시에 82번가는 포틀랜드 주변의 지방도로로 쉽게 빠지는 길이 여럿 나 있었다. 그 길로 나가면 곧 황량한 벌판이었다. 지금도 마찬가지지만. 게리는 그중의 한 길을 타고 맹렬히 달렸다. 시속 180킬로미터의 속도였다. 뒤에는 이제 경찰차 세 대가 따라오는 중이었다. 그때 게리의 눈앞에는 길을 막고 있는 트럭들이 보였다. 그는 거의 부딪칠 순간에 급하게 방향을 바꾸어 위기를 모면하고 옆길로 빠져나갔다. 그런데 그 뒤에서 따라오던 경찰차 두 대가 충돌하고 말았다.

"야호, 제법인데!" 하고 클라이드가 소리쳤다. "우리는 무법자다!"

몇 분을 더 달리자, 차에서 털털 소리가 났다. 기름이 떨어진 것이다.

차를 어떤 농가의 문 앞에 세워놓고, 두 사람은 차에서 내렸다. 얼마 안 가서 열다섯 명의 경찰이 공포탄을 쏘면서 그 일대를 수색하기 시작했다. 클라이드는 그들에게 잡히고, 게리는 도망쳤다. 다음 날, 자기 오빠가 모진 매를 맞을까봐 겁을 먹은 클라이드의 여동생이 경찰에 이렇게 말했다. "포틀랜드 시내에서 과일가게 하는 사람 집에 가면 게리를 찾을 수 있을 거예요." 그러면서 그녀는 존의 주소를 알려줬다.

게리와 클라이드는 주립형무소에서 몇 주 복역한 후, 성인 법정으로 다시 송환되었다. 클라이드는 잔뜩 겁을 먹고 있었는데, 게리는 태연했다. 그 배짱에 응답이 왔다. 아버지가 좋은 변호사를 구해준 것이다. 포틀랜드에서 정치적으로 최고의 능력을 인정받고 있던 그 변호사는 1년간의 집행유예를 받아냈다. 다른 친구도 함께였다. 좋은 시절로 다시 돌아간 셈이었다.

그러나 얼마 못 가서 대가를 치러야 했다.

1957년 7월 중순, 어느 무더운 여름밤이었다. 그날도 게리와 클라이드는 밤이 늦도록 돌아다니며, 늘상 하던 재밋거리, 아니 말썽거리를 찾아 헤매고 있었다. 그들은 모임에 가서 밤새도록 대마초를 피우다가, 디비전 근방의 52번가 도로를 걷는 중이었다. 새벽 2시 30분이었다. 그들은 어떤 사무실 건물 앞을 지났다. 게리가 주변을 둘러보았다. 인적이 끊긴 거리는 사방이 고요했다. "여길 쳐들어가볼까?" 게리가 말했다. 두 사람은 허술하게 잠긴 창문 하나를 찾아내서, 문을 따고 들어갔다. 잠시 후 이리저리 책상을 뒤지던 게리는 32구경 자동권총을 한 자루 손에 넣었다. 총에는 총알이 들어 있었고, 이미 공이치기가 당겨져 있는 상태였다. 그러나 게리는 그걸 몰랐다.

거리를 따라 내려가면 커다란 약국이 하나 있었는데, 게리와 클라이드는 그곳을 털기로 했다. 디비전을 지나면서 클라이드가 게리에게 말했다.

"이봐, 게리, 너 한 번도 총 가지고 강도짓 해본 적 없지?"

"있어."하고 게리는 대답했다."우리 동네 가게를 털었는걸."

"와, 굉장하군. 어떻게 터는지 한번 보여줄래?"

"이렇게 하지."하고 말하면서, 게리는 몸을 돌려 총구를 클라이드의 배 쪽으로 겨눴다. 그리고 방아쇠를 당겼다.

클라이드는 총구 끝에서 파란 불꽃이 뿜어 나오는 것을 봤다. 다음 순간 배에 통증이 느껴졌다."아, 야, 너 날 쐈어."하고 말하더니 클라이드는 쓰러졌다.

게리는 잠깐 동안 클라이드를 내려다보았다. 그리고 냅다 달리기 시작했다.

잠시 후, 클라이드의 귀에 두 발의 총소리가 들렸다."맙소사."하고 그는 생각했다.'게리가 도대체 무슨 짓을 한 거지? 누굴 죽였나? 아니면 자살?'

클라이드는 가까스로 몸을 일으켰다. 그리고 네거리로 나가서 지나가는 택시를 잡아 세웠다. 그는 운전기사에게 총에 맞았으니 병원에 데려다달라고 말했다. 응급실에 도착해서, 클라이드가 기사에게"땡전 한 푼 없는데요."라고 말하자, 기사는"이런, 재수 없는 놈."이라고 말하더니 가버렸다.

그로부터 한 시간 후, 클라이드의 어머니가 병원에 도착했고, 경찰들도

왔다. 클라이드는 어떻게 해서 총에 맞았는지, 누가 쏜 건지, 도무지 말하지 않았다. 그의 어머니가 경찰에게 말했다. "게리 길모어를 조사해보세요. 그 애가 한 짓 같아요."

가족들이 아무리 주장해도, 클라이드는 게리에게 총을 쏜 책임을 지우려 하지 않았다. 그는 나중에 이런 말을 했다. "나라도 그랬을 거야. 이런 생각이 들었겠지. '아이쿠, 내가 친구를 쏴 죽였구나. 도망치는 게 상수다.'라고 말이야."

클라이드의 태도는 경찰을 난감하게 했다. 그러나 어쨌든 경찰은 두 소년을 강도죄로 잡아둘 수 있었다. 게리는 또다시 성인 법정으로 송환되었다. 이번만큼은 유능한 변호사도 어쩔 수 없었다. 게리는 멀트노마 주립 형무소 로키 뷰트에서 1년형을 선고받았다. 진짜 감옥에 들어간 첫 번째 사건이었다. 그때가 열여섯 살이었다.

지금 내가 한 이야기들 역시 내 기억에서 나온 것이 아니다. 그 이야기들은 가족들의 입으로 전해져온 것이기도 하고, 혹은 목격자들의 증언이나, 혹은 이런저런 형태의 인터뷰나 기록들을 종합한 것이다. 게리 형은 내 기억 속에 그렇게 많이 남아 있는 사람이 아니었다. 솔직히 말해서 내 기억 속의 게리 형은 부모님이나 다른 형들처럼 늘상 집에서 함께 지내온 존재가 아니라, 언제나 가족들의 입에서 오르내리는 존재였다. 우리와는 동떨어져 있으면서, 밖에서 그가 저지르고 다니는 일들은 마치 폭풍처럼 늘 문 밖에서 맴돌면서 집안의 평화를 깨뜨려버렸다.

내가 아장아장 걷던 아기였을 때, 게리 형은 나를 자기 무릎 위에 앉혀 놓고 함께 놀아주는 걸 좋아했다고 어머니가 내게 말한 적이 있다. 또 그는 학교 준비물이나 옷을 사러 시내에 나갈 때면 나를 데리고 나가서, 자기 용돈으로 내게 장난감을 사줬다고 한다. 그래서 어머니가 게리에게 그러지 않아도 호강하는 애한테 네 용돈까지 써가면서 왜 사줬느냐고 말하면, 그는 그냥 웃기만 했다고. 꼬마 녀석한테 당했다고 생각만 해도 재미있어 죽겠다는 듯한 태도였다고 한다. 이런 이야기는 어머니께 들은 것이다. 나는 전혀 기억이 나지 않는다.

내가 기억할 수 있는 어린 시절 일들 중에서 게리 형에 대한 기억은 손에 꼽을 정도이다. 그중 두 가지만 이야기하겠다.

어느 날 아침—그때가 아마도 게리가 매클래런에서 돌아온 후, 그리고 주립형무소에는 가기 전, 그러니까 잠시 행동이 자유로웠던 기간이었을 것이다.—어머니가 형을 깨우라고 했다. 이러다간 학교에 늦겠다고. 나는 계단을 달려 올라가서 형들이 자는 방문을 벌컥 열었다. 게리는 침대에 앉아 있었다. 그의 오른편에는 실오라기 하나 걸치지 않은 검은 머리의 여자가 있었다. 그녀는 게리에게 몸을 숙이고 있었는데, 그의 무릎 위에 놓인 그녀의 머리가 까딱까딱 움직이고 있었다. 게리의 왼편에는 또 다른 여자가 있었다. 긴 갈색 머리였다. 그녀는 무릎으로 선 자세였고, 가슴 한쪽은 게리의 입에 들어가 있었다. 게리는 나를 보더니 검은 머리의 여자를 톡톡 쳤다. 그녀는 애무를 멈추고 게리 옆에 놓인 베개를 베고 벌렁 누웠다. "자, 이쪽은 내 막냇동생 마이크." 하고 게리가 말했다. 여자들은 낄낄거리며 웃었다. 검은 머리가 내게 손짓하며 말했다. "안녕, 마이크,

같이 놀래?" 그러더니 그녀는 그 커다란 가슴을 내 앞으로 내밀며 흔들었다. 나는 지금까지도 그녀의 둥글고 검은 젖꼭지 모양을 기억하고 있다.

"이봐, 동지, 부탁 하나 들어줄래?" 하고 게리가 내게 말했다. "엄마나 아빠에게 이야기하면 안 돼. 내가 방에 없더라고 말해."

나는 고개를 끄덕였다. 그리고 계단을 달려 내려오다가 어머니를 만났다. 나는 게리 형이 여자 둘과 함께 침대에 있다고 어머니께 말했다. 왜 그랬는지 나도 모르겠다. 나는 늘 형들이 나를 좋아해주길 바랐다. 돌이켜보면, 나는 그때 누군든 그 이야기를 털어놓을 사람이 필요했고, 마침 그때 어머니가 내 앞에 나타났기 때문에 그랬던 것 같다. 내 기억으로는 어머니가 정말로 게리에게 단단히 화가 났던 때는 그때뿐이었다. 어머니는 부엌으로 가서 아버지에게 말했다. 그러자 아버지는 웃으며 이렇게 말했다. "아하, 저런, 게리가 사내 노릇을 하고 있구먼." 아버지는 2층으로 올라가 여자애들을 타일러서 옷을 입히고, 차에 태워서 데리고 나갔다.

또 하나 생생하게 기억나는 일이 있다. 어느 크리스마스 밤이었다. 게리가 매클래런에서 나온 해였던가, 아니면 한두 해 다음이었을 것이다. 그날 밤, 나는 내 방에서 크리스마스 선물로 받은 장난감들을 가지고 놀고 있었는데, 게리 형이 문을 열더니 방으로 들어왔다. "마이크, 뭐 하고 있니?" 형은 내 침대에 걸터앉으며 말했다. "우리 같이 크리스마스 기분 좀 내볼까?" 그는 여섯 개들이 맥주 상자를 들고 있었는데, 목소리가 약간 거칠게 느껴졌다. 형은 계속해서 말했다. "이봐, 동지, 우리 잠깐 이야기 좀 하자." 내 기억으로는 아마 처음으로 형이 나를 동등한 상대로 대해준 때가 아닌가 싶다. 그런데 그다음에 이어지는 이야기는 내가 전혀 기대하지 않았던 방향이었고, 또 아직 어린 나이였던 내가 이해하기엔 어려운 이야기였다. 형은 내 침대 끝에 앉아서 맥주를 홀짝홀짝 마시면서, 뭔가 골몰해 있는 듯한 눈빛으로 어딘가 쏘아보고 있었다. 그리고 내게 너무나도 두렵고 충격적인 이야기를 들려주었다. 그가 그즈음 대부분의 시간을 보냈던 유치장과 소년원에서 알게 된 소년들에 대한 이야기였다. 게리에게 인생의 새로운 법칙, 그 비정한 법칙을 가르쳐준 강한 소년들과, 인생을 살아가는 데 필요한 것을 갖추지 못한 나약한 소년들에 대한 이야기였다.

게리 형이 내게 무슨 충고가 될 만한 이야기를 해준 적은 거의 없었는데, 그날 형은 내게 한 가지만 확실히 기억해두라며 이런 충고를 했다. "넌 살아남는 법을 배워야 해. 모든 걸 있는 그대로 받아들이고, 거기에 대해서 아무 느낌도 갖지 않는 거야. 고통도, 분노도, 아무것도 말이야. 또 이걸 명심해. 만일 누가 널 때리려고 하면, 널 쓰러뜨리고 발로 차려고 들면 말이다, 넌 그대로 내버려둬야 해. 대들어서는 안 돼. 절대로 안 되는 거야. 그냥 그들 발밑에 엎드려서 널 때리게 놔둬. 발로 차도 그냥 있어. 넌 가만히 있고 그들에게 너를 맡겨놓는 거야. 그래야 네가 살아남을 수 있어. 만일 네가 그들에게 굽히지 않으면, 그들은 널 죽이고 말 거야."

형은 들고 있던 맥주를 한쪽에 내려놓고는 손을 내게 내밀었다. 그리고 두 손으로 내 볼을 감싸더니, 이렇게 말했다. "내 말 꼭 기억해라, 마이크. 약속해, 훌륭한 사람이 되겠다고 형한테 약속해라. 그들이 널 때려도 넌 가만히 있겠다고 약속해." 그 겨울밤, 우리는 서로 얼굴을 마주하고 그렇게 앉아 있었다. 형이 두 손으로 내 얼굴을 감싸 쥔 채, 누가 날 때려도 달게 맞겠노라고 약속하라는 말을 할 때, 형의 핏발 선 두 눈에서 눈물이 흘러내렸다. 내가 게리 형이 우는 모습을 본 건 딱 두 번인데, 그때가 처음이었다. 그리고 나는 형에게 약속했다. "알았어, 형, 약속할게. 맞고만 있을게." 그러나 그렇게 말을 하면서도 사실은 두려웠다. 정말로 누군가에게 맞게 될까봐, 그리고 그때 형과 한 약속을 지킬 수 없을까봐.

그때 나는 형이 감옥에서 살아남는 법을 가르쳐준다고 생각했다. 그러나 이제 안다. 형은 우리 집에서 살아남는 법을 말하고 있었다는 걸.

4

아버지와 지내던 시절

내가 태어난 후, 아버지는 따로 앨범을 만들었다. 그 앨범에는 거의 내 사진만 들어 있었는데, 그건 내 어린 시절의 실상을 그대로 보여준다. 즉, 아버지가 나를 늘 끼고 살았다는 사실이다. 오랜 세월 동안—그러니까 아버지가 돌아가시기 전까지—나와 아버지, 둘만이 한 가족처럼 지냈다 해도 과언이 아니다.

아버지가 내게 베풀었던 보호와 사랑은, 이 세상 어디서도 본 적이 없다. 아버지는 나를 무릎에 앉혀놓고 '이 늙은이'라는 노래를 불러주곤 했다. ("이것저것 찰싹, 개뼈다귀 던져주고/이 늙은이 집에 온다, 이리 흔들 저리 흔들")

마이클 길모어, 워싱턴 주 시애틀, 1958년경

아버지는 어린 나를 품에 안고 재미있게 놀아주었고, 마이클이라는 이름 대신 타마락이라는 애칭으로 불렀다. 그 이름이 무슨 의미가 있는지, 어디서 따온 건지는 모른다. 그저 내가 어렸을 때, 아버지가 내게 붙여준 이름이라는 것만 알고 있다.

앞에서 말했지만, 나는 아버지에게서 그 어디서도 찾아볼 수 없는 사랑을 받았다. 또한 그 어디서도 볼 수 없는 고독과 두려움, 그리고 죄악을 본 것도 바로 아버지였다.

형들은 아버지와 어머니가 벌이던 끔찍한 싸움의 틈바구니에서 자랐지만—그때마다 아버지가 어머니를 때리고, 형들은 그 광경을 지켜봐야 했다.—내 기억 속에 남아 있는 싸움의 모습은 다르다. 누가 누굴 때리면서 싸우는 모습은 본 적이 없다. 어쩌면 내가 잊어버린 건지도 모르지만. 어쨌든 서로 때리며 싸운 것은 아주 오래전, 그러니까 내가 태어나기 전의 일이라는 것만은 확실하다. 내가 태어날 무렵에는, 아버지가 그나마 뒤늦게 철이 들어서 그랬는지, 아니면 기력이 쇠해서 그랬는지 어머니를 때리지는 않았다. 형들을 때리는 일도 그즈음에는 없었던 것 같다. 이미 실컷 때렸기 때문이겠지만.

아버지와 어머니가 싸웠던 것은 확실하다. 그것도 아주 자주. 두 사람의 싸움은 격렬하고 비열하기 짝이 없어서 항상 곧 폭력이라도 쓸 기세였지만, 그 선을 넘지는 않았다. 대신에 그들은 서로에게 무지막지한 독설을 퍼부었다. 아버지는 어머니에게 '지옥으로 거꾸러질 악마' 혹은 '정신 나간 미친년'이라고 욕을 해댔다. 비록 어렸지만—그리고 결국 아버지 편을 들었지만—나는 그런 욕설을, 그것도 자신이 한때 사랑했던 사람에게 함부로 내뱉는다는 것을 이해할 수가 없었다. 그러면 어머니도 질세라, 그동안 아버지가 사랑하고, 결혼하기도 하고, 그리고 저버린 여자들을 들먹이면서 아버지를 궁지로 몰아넣었다. 또 어떤 때는 아버지를 '캣리커(고양이를 핥는 사람이라는 뜻-역자주)'라고 놀렸는데, 그것은 가톨릭에게 모르몬들이 붙인 별명이다. 아버지가 어머니에게 퍼부은 욕설에 비하면 어머니의 대응은 온건한 편이었지만, 화는 아버지가 더 많이 냈다. 일단 어머니에게 종교적인 조롱을 받으면, 모르몬을 향한 아버지의 반격이 시작된다. 무서운 죄를 저지르고 다녔던 심판단에 대해서, 그리고 그들이 살인마 조셉 스미스를 어떻게 대하는지, 그리고 스물일곱 명의 아내를 동시에 거느렸던 브라이엄 영의 별명이 어째서 '브링 엄 영('젊음을 가져다다오'라는 뜻)'인지 등등 장광설을 늘어놓고서, 아버지는 내 쪽이나 혹은 형들을 바라보며 이렇게 말한다. "애들아, 다음에 솔트레이크 시티에 가거들랑, 거기 템플 광장에 세워놓은 브라이엄 영의 동상을 꼭 봐라. 잘 보면 말이다, 손은 은행 쪽으로, 엉덩이는 교회 쪽으로 내밀고 있을 테니까." 그 말은 물론 어머니를 놀리느라 한 말이었지만(그런데 아닌 게 아니라 실제 동상의 위치가 그랬다) 그 말을 들은 어머니는 몹시 불쾌해했다. 어머니는 아버지가 자신의 모든 과거를 싸잡아서 우습게 여긴다고 생각했던 것 같다. 어머니가 더욱 가슴 아파했던 것은, 자신이 과거를 버리고, 모르몬의 역사와 유산을 저버리고, 신의 보호와 진리 안에서 훌륭한 모르몬 신자로 살아갈 희망을 저버린 것이, 바로 지금 자신을 업신여기는 것을 즐기는 저 남자와 함께 살기 위해서였다는 사실, 그 사실 때문이었던 것 같았다.

이런 식의 말싸움이 점점 커지면 협박으로 발전하곤 했다. 아버지는 어머니와 형들을 두고 집을 나가겠다고, 그래서 꼼짝없이 굶어 죽게 하겠다고 협박하거나, 혹은 어머니를 내쫓아서 거리에 나가 구걸이나 하게 만들겠다고 으름장을 놓기도 했다. 아버지가 어머니를 조롱할 때 쓰던 그 오만하고 비열한 말투를 나는 지금도 기억한다. 또 그런 말을 듣고 있는 어머니의 표정이 얼마나 고통스럽게 일그러져갔는지도 잘 기억하고 있다. 그런 다음 아버지는 어머니의 정신 상태를 두고 모욕하기 시작한다. 그건 아버지의 가장 나쁜 버릇이었다. 어느 면에서는 형들을 때릴 때보다도 더 추악한 모습이었을 것이다. 하지만 그 모욕은 언제나 틀림없는 효과를 발휘했다. 프랭크 길모어가 베시 길모어에게 미쳤다고 말하면, 그녀는 틀림없이 정말 미친 것처럼 발작을 했다. 그녀의 두 눈은 분노로 매섭게 올라가고, 얼굴은 굳어진 채 험악한 표정이 되어 전혀 낯선 얼굴로 바뀌었다. 그때 그녀의 모습은 가슴속에 품을 수 있는 가장 사악한 충동을 담고 있는 듯했다. 그러면 그녀는 이렇게 말한다. "맞아요. 난, 난 미쳤어요. 미쳐서 사람을 죽일 수도 있어요. 자, 계속해보시지. 어서 마음대로 지껄여보란 말이야. 내가 어떻게 나오는지 두고보라구. 그래, 난 미쳤어. 미쳐서 어느 날 당신이 잠들어 있을 때, 날카로운 칼로 당신 목을 벨지도 모르지. 당신 피가 솟구치고, 숨을 헐떡거리면서 당신이 그 더러운 인생의 마지막 숨을 쉴 때, 난 웃어줄 거야."

어머니가 정말 그 말을 실행할 생각이 있었는지 없었는지는 모르겠지만, 어쨌든 그 말을 하는 것만으로도 어머니는 후련해했다. 그럴 때마다, 나는 어머니가 너무 무서웠다. 어머니의 눈은 마치 고정된 듯 아버지만을 노려보고 있었는데, 그 눈에는 가장 사랑하던 사람에게 깊이 상처받은 자만이 보여줄 수 있는 섬뜩함이 담겨 있었다. 그때였다. 내가 어머니의 얼굴에서 분노의 표정을 보고, 그리고 분노가 얼마나 무서운가를 배웠던 것은. 특히 상처받은 여인의 분노가 얼마나 무서운지 그때 알았다. 그러나 불행하게도, 나 역시 그런 분노를 일으키는 법을 배우고 말았다.

결국 아버지가 비난한 대로 어머니가 거의 미칠 지경이 되면, 그제서야 싸움이 수그러든다. 아버지는 자신이 이겼다고 생각하면서도, 한편으론 그 승리의 대가를 치러야 할까봐 은근히 겁을 먹기도 했다. 그는 슬그머니 물러나서 자신의 사무실로 들어가고, 어머니 혼자 빈방에서 분노와 모욕감에 휩싸인 채 우두커니 서 있고는 했다.

그런데 이런 소동이 특히 잊혀지지 않는 이유는 따로 있다. 그 싸움들은 대개 같은 원인에서 비롯되었는데, 그 원인이 바로 나였다. 아버지와 어머니 중 누가 나의 보호자인가, 그리고 누가 나의 동반자로서 행세를 할 것인가 하는 문제였다. 날이면 날마다, 또 가는 곳곳마다, 문제가 됐다.

아마 아버지는 프랭크 형이 내게 말해줬던 그 사건, 그러니까 내가 아기였을 때 어머니가 나를 질식시키려고 했던 그 사건 때문에, 어머니 손에 나를 맡기고 싶지 않았던 것 같다. 그래서 나를 늘 자기 곁에 두고서 갑자기 어떤 위험이 닥쳤을 때 나를 보호해야 한다고 생각했을 것이다. 글쎄, 어쩌면 그저 늙어가는 아버지에게 —그때 아버지는 60대 후반이었다.— 마음을 붙일 만한 존재가 필요했는지도 모르겠다. 내가 생각해도 아버지에게 나라는 존재는 사랑을 나눌 수 있는 마지막 기회였다. 자신을 거부하지도, 배신하지도 않고, 또 비난하지도 않을 사랑을. 어머니는 나중에 래리 실러에게 이렇게 말했다. "그 양반은 마이크를 사랑했지요. 진심으로 사랑했어요. 어쩌면 그 사람이 이 세상에서 사랑한 유일한 사람은 그 아이뿐이었을 겁니다." 게리 형도 그랬다. "아버지가 우리 형제들 중에서 사랑한 사람은 마이크뿐이었던 것 같아요."

이유야 어떻든, 아버지는 가는 곳마다 늘 나를 데리고 다니고 싶어 했다. 출판사업으로 여행이 잦았던 아버지는 나를 데리고 몇 달은 포틀랜드에서, 그리고 몇 달은 시애틀이나 터코마에서, 또 그다음엔 그 사이를 왔다 갔다 하면서 그렇게 지내곤 했다. 내가 여섯 살이 된 후로는 학교도 옮겨 다녀야 했다. 그래서 어떤 때는 1년에 서너 개의 학교를 번갈아 오가면서 다녔던 적도 있다. (1학년 때를 빼면 한 학년을 온전히 한 학교에서 다녀본 적이 없다. 아버지가 돌아가신 후, 6학년만 제대로 다닌 셈이다.)

포틀랜드에서 다니던 학교와 어머니는 이렇게 옮겨 다니는 것을 결코 바람직하게 보지 않았고, 이 문제는 부모님 사이에 마찰을 일으키는 주요한 원인이 되었다. 아버지는 집을 떠날 때마다 나를 데리고 가려 했고, 어머니는 내가 집에 남아서 다니던 학교를 계속 다녀야 한다고 주장했다. 싸움은 거기서 그치지 않았다. 어머니는 나를 항상 곁에 두고 싶어 하는 아버지 욕심의 배경은, 내가 아버지만 사랑하게 하고 다른 가족들에게는 등을 돌리게 하려는 수작이라고 여겼다. 어머니는 이렇게 말했다. "이 아이는 내 자식이에요. 엄마의 보살핌이 필요한 아이란 말이에요. 형들하고도 가깝게 지내야 하구요. 당신은 지금 아이에게 못할 짓을 하고 있는 거예요. 나한테서 등 돌리게 하고, 우릴 멀리하도록 만들잖아요."

나는 이런 싸움이 벌어지는 게 몹시 싫었다. 두 사람 사이에 끼어들어서, 서로 상대방을 때리지 못하도록 양팔을 벌리고 서 있곤 했다. 제발 좀 그만두시라고 빌기도 했다. 그때의 내 심정은 두 개의 거대한 세력이 충돌하는 한가운데에 서 있는 기분이었다. 만일 내가, 당신들 모두 내가 사랑하고 나에게 필요한 사람이라는 것을 밝힐 수 있었다면, 어쩌면 그 싸움을 말릴 수도 있었을 것이다. 그래서 어쩌면 우리 모두 한 가족이 될 수도 있었을지 모른다. 어쩌다가 언쟁이 격렬해지는 날에는, 어머니는 이렇게 말했다. "그럼, 마이크한테 선택하라고 합시다." 아버지는 그러자고 동의한다. 그러나 나를 보는 아버지의 눈길이나 태도로 보아 내게 선택의 여지가 없는 게 분명했다. "자, 네가 선택해라. 우리 둘 중에 누구하고 살고 싶니? 네 엄마하고 있고 싶으면, 그렇게 해라. 나 혼자 떠나지 뭐. 아주 안 들어올지도 모르지. 네가 날 싫어하면, 아무도 날 좋아할 사람은 없다." 아버지는 늘 그렇게 말했다. 게다가 그쯤 되면 싸움이 극에 달할 대로 달해서 어머니에게는 이미 미친년이란 욕설이 떨어지고, 그 말에 상처받은 어머니는 정말로 거의 미칠 지경이 된 상태라서, 그런 어머니와 함께 집에 남는다는 것은 생각만 해도 무서웠다.

나는 아버지와 어머니 사이에 서서 양쪽을 번갈아 쳐다보았다. 그리고 그런 순간에 선택은 항상 아버지였다.

지금도 나는 또렷하게 기억하고 있다.―아니, 그건 평생 잊을 수가 없을 것이다.―내가 결정을 내리는 순간, 어머니가 받은 충격을. 어머니의 얼굴에는 날뛰던 광기가 사라지고 비통한 슬픔이 배어났다. 나는 몹시도 죄스러웠다. 어머니에게 한 방 먹인 기분이었다. 한번은 어머니가 소파에 힘없이 무너지듯 주저앉으면서 두 손으로 얼굴을 감싸고 울었던 기억이 난다. 나는 곧 내 결정을 후회했다. 어머니를 위로하고 싶었다. 나는 어머니 곁으로 가서 안아주려고 손을 내밀었다. 그때 어머니는 나를 밀치며 말했다. 분노로 붉게 물든 얼굴로 울면서 말했다. "저리 가. 넌 날 사랑하지 않잖아." 나는 얼른 아버지 쪽으로 몸을 피했다. 어머니가 다시 말했다. "오, 마이크, 때리지 않을게. 엄마는 널 정말로 사랑한단다. 이리 오렴." 그러나 이미 나는 겁을 먹은 상태였다. 나는 아버지 옆에 바짝 붙어서 두 팔로 아버지의 굳센 다리를 꼭 잡았다. 어머니를 두려워하며, 또 동정하며, 그리고 가능한 한 멀리 뒷걸음질을 치면서.

"그게 네가 짊어졌던 고난의 십자가였지." 세월이 흐른 후, 프랭크 형이 내게 한 말이었다. "네가 그 어린 나이에, 마음속에 항상 그 짐을 안고 있는 걸 알고 있었어. 그래서 넌 다른 사람들하고 좀처럼 가까워지려고 하질 않았지. 나중에, 두 사람 사이에서 어느 한 쪽을 선택해야 했던 네 가여운 처지가 가끔 생각나더라. 네가 딱해 보였지만, 그렇다고 내가 나서서 뭐라고 이야기할 수도 없고, 어떻게 해줄 수도 없었어. 다른 형제들도 마찬가지였지."

내가 배운 사랑이란 이런 것이었다. 내게 없어서는 안 될, 그러나 결코 화해시킬 수 없는, 내가 사랑하는 두 사람 중에서 하나를 선택하는 것. 그리하여 내가 알게 된 것은, 어느 면에서는 사랑은 살인과 같다는 사실이다. 적어도 둘 중에 한 명을 선택해야 하는 사랑은, 선택받지 못한 사람을 죽이는 것이다. 나는 아버지와 어머니, 두 사람 중에 하나를 선택하고, 그래서 다른 하나를 버림으로써, 어느 한 명을 다른 한 명보다 더 사랑한다고 말함으로써, 둘 중 한 사람을 아프게 할 수밖에 없었다. 내 마음을 드러낼 때마다 나는 그 한 사람의 가슴에 비수를 꽂았다. 그리고 그 한 사람은 늘 어머니였다. (그러니 내가 어머니를 두려워했던 것은 당연하다.)

세월이 흐른 후, 이 모든 경험은 나에게 배신적 사랑을 가르쳤을 뿐 아니라, 사랑에 대해서 늘 불안함을 갖게 했다. 사랑을 내주지 않는 것, 사랑을 거두어가는 것, 그게 얼마나 무서운 일인지 너무나도 잘 알고 있었기 때문에, 누군가 내게 그런 사랑의 경험을 안겨줄까봐 두려웠다. 버림받는 것은 누군가로부터 거부당하고, 비난받으며, 또한 가치 없는 인간으로 낙인찍히는 일이라는 것을 나는 알고 있었다. 무엇보다도 누군가 내게, '널 사랑하지 않아, 원치도 않고 필요하지도 않아. 인생을 함께하고 싶지 않아.'라고 말할까봐 두려웠다. 다시 말해서 어린 시절, 거의 계절이 바뀔 때마다 내가 내려야 했던 그 선택의 순간에 결국 내가 버림받는 쪽이 될까봐 두려웠던 것이다. 그래서 때로는 내 가슴에 피어오르는 사랑을 억누르기도 했고, 또 어떤 때는 동시에 많은 사랑을 남발하기도 했다. 그리고 번번이 당연한 결말을 맞았다. 선택받지 못하거나 버림받거나.

물론 내가 어린 시절에 겪어야 했던 그 드라마틱한 상황에 지나치게 많은 의미 부여를 하는 건지도 모른다. 내 사랑의 실패는 그저 나 혼자만의 책임일 수도 있다. 내가 너무 서툴러서 신이 내게 준 사랑의 기회를 놓친 것이다. 나 스스로를 보잘것없는 존재로 만들어놓고 평생 그 모습으로 살아가는 것이다.

그런데 여전히 풀리지 않는 의문이 있다. 여인과 키스를 하는 동안에는 내 부모님을 떠올린 적이 없다. 그런데 여성으로부터 버림받거나 사랑에 실패할 때마다 왜 나는 부모님을 떠올렸던 것일까?

몇 번인가, 어머니가 아버지에게 자는 동안 죽여버리겠노라고 위협을 했을 때, 아버지는 정말 그 말을 진담으로 받아들였다. 어머니를 정말로 미친 여자 취급하겠다는 의도였을 수도 있다. 어쨌든 아버지는 거실 소파에 잠자리를 마련하곤 했다. 이런 경우에는 꼭 나를 데리고 잤는데, 나를 보호하겠다는 뜻일 수도 있지만, 나를 옆에 둠으로써 자신의 안전을 지키려 했는지도 모른다. 아버지는 식탁의자들을 가져다가 소파 앞에 일렬로 죽 세워놓고는, 튼튼한 줄로 의자 등받이를 서로 연결해서 묶었다. 일종의 바리케이드를 세운 것이다. 그런 다음, 아버지 책상 위에 놓여 있었던, 땡그렁 소리가 크게 울리는 중국식 종 두 개를 줄에 매달았다. 만일 어머니가 바리케이드에 접근하면 그 종이 소리를 내서 알리도록 한 것이다. 말하자면 어둠 속에서 일어날지도 모르는 가족살해에 대비한 임시변통의 경보기였던 셈이다.

그렇게 방비를 해놓고는 아버지는 주로 소파 바깥쪽, 그러니까 의자들을 세워놓은 쪽에 눕고, 나는 안쪽에 눕혔다. 아버지는 그렇게 잠이 들었지만, 나는 도무지 잠이 오지 않았다. 그런 날 밤 내내, 나는 제대로 잠을 잔 적이 한 번도 없었다.

나는 어둠 속에 누워서 기다렸다. 어머니의 발소리가 다가오기를, 그리고 어둠 속에서 칼날이 번득이기를. 무슨 소리가 들리면—그건 아마도 형들이 2층에서 왔다 갔다 하는 소리거나, 몰래 드나드는 소리였을 텐데—이런 생각이 들곤 했다. '누가 우릴 죽이러 내려오는 소리인가?'

그러면 나는 소파에서 벌떡 일어나 앉아 주변을 둘러보며, 어둠 속 그림자의 형체를 살펴보았다. 의자의 형체가 보였고, 줄에 매달린 종도 보였다. 그런데 거실 저 구석, 층계 밑이나 복도의 어두운 구석에는 뭔가 다른 형체가 있는 것 같았다. 그것들이 어둠 속에서 움직이는 것 같기도 했다. 분노와 증오, 그리고 살해의도가 저기서 움직이고 있다고 생각했다. 어머니의 광기가, 형들의 고통이 거기 있었다. 그것들이 어둠 속에 웅크리고 있었다. 금방이라도 우리에게 달려들어서 우리의 목숨을 도려낼 것만 같았다.

옆에서는 아버지가 세상모르고 잠들어 있다. 한 팔은 내 쪽을 향해 뻗어 있고, 입은 벌어져 있다. 아버지의 나이를 그대로 말해주는 듯했다. 의치를 뺀 탓에 분홍빛이 감도는 연약해 보이는 잇몸이 고스란히 드러났다. 그렇게 희미한 어둠 속에서, 아무것도 모르는 듯 누워 있는 아버지의 모습은 마치 이미 죽은 사람 같았다.

나는 다시 자리에 누워 귀를 기울였다. 마룻바닥이 삐걱이는 소리, 서랍에서 칼을 꺼내는 소리가 나기를 기다리면서. 적막한 어둠 속에 있노라면 작은 소리들이 수없이 들려온다. 그리고 그 소리들이 모두 다 무서운 소리로 들린다. 나는 눈을 꼭 감고 잠을 청해보려고 애를 썼다. 그러나 잠은 오지 않았다. 그러면 나는 벽지에 묻은 얼룩무늬며, 커튼의 무늬에 집중해보려고 노력했다. 지금 생각해보면, 그렇게 밤새도록 잠을 이루지 못하는 동안 나도 조금씩은 미쳐갔을 거라는 생각이 든다. 벽지 무늬와 거미줄 모양의 커튼 무늬가 악마의 형체로, 혹은 지옥의 무늬로 보였다. 나는 내가 어머니의 광기에 감염이 된 것이 아닐까 두려웠다. 그 광기가 우리 집과 우리 가족의 삶을 맴돌다가 바로 나에게서 출구를 발견한 것이 아니었을까. 아니면 그저 불안한 마음에 잠 못 드는 한 아이의 망상이었을까. 나는 지금도 잠을 잘 자는 편이 아니다. 자다가 벌떡 일어날 때가 있는데, 바로 지금도 그렇다. 내가 있는 방 어둠 속에서 뭔가 방금 움직인 걸 느낄 수 있다. 내 침대 곁에 누군가 서 있는 것이 느껴지기도 한다. 또 그것이 갑자기 숨을 멈출 때처럼 훅 하고 빠르게 숨을 들이키는 소리가 들리기도 한다. 물론, 거기엔 아무것도 없다. 그건 내 잠 속에서, 그리고 내 기억 속에서 나온 것이기 때문이다.

아버지 곁에서 잠을 자던 밤이면, 나는 몇 시간 동안 그렇게 깨어 있었다. 어머니가 다가와서 자신이 했던 말을 결행할 순간을 기다리면서. 그러다 동이 트고 방 안의 어둠도 희미해지기 시작하면, 나는 그제서야 안심하고 몸을 옆으로 눕혔다. 그리고 아버지 다리 밑으로 내 발을 찔러 넣고 깊은 잠에 빠져들었다.

악몽을 꾸기 시작한 것은 그때부터였다. 다섯 살, 아니면 여섯 살 무렵, 내가 꾸었던 악몽은 크게 두 가지였다. 하나는 어둠 속에 있는 사물들과 관계된 것이었다. 아버지는 형들과 함께 우리 집 뒤꼍에 나무 베란다를 깔고, 그 바닥에 문을 하나 달았다. 그 문은 정원 손질에 쓰는 도구들을 넣는 창고로 통하는 것이었다. 창고는 어둡고, 눅눅한 데다가 바닥도 더러워서 나는 그곳을 몹시 싫어했고, 한 번도 들어가보지 않았다. 꿈속에서 나는 늘 어두운 밤 그 창고 문 앞에 서 있었다. 그 문이 열리고, 그 어둠 속에서 뭔가 빙글빙글 도는 것이 보인다. 그것들은 붉은 눈과 날카로운 이빨을 하고 소용돌이 모양으로 매우 빠르게 돌았다. 나는 그것들이 쥐라고 생각했고, 쥐들에게 잡아 먹힐까봐 두려웠다. 어떤 때는 우리 집 지하실에 뭔가가 있는 꿈을 꾸었다. 꿈속에서 본 지하실은 지하감옥 같은 곳이었다. 마치 에드거 앨런 포의 소설에 나오는, 비밀에 싸여 허물어져 가는 집 아래에 있는 미로 같은 것이다. 그러나 내가 포를 알게 되고 포에 빠진 것은 그보다 훨씬 후의 일이다. 뭔가 뿌연 연기 같은 것, 그것이 계단 중간에 멈추어 서서 내 발을 휘감았다. 나는 계단을 뛰어 올라와서 가족들을 깨우고, 저기 지하에서 뭐가 나왔다고, 그리고 잠자는 사이에 우리 숨을 타고 들어와서 우리를 죽이려 한다고 소리치고 싶었다. 그러나

한 번도 가족들을 깨우지 못했다.

다른 꿈은 더 복잡했다. 지금까지도 그 꿈이 무엇을 의미하는지 모르겠다. 대체로 이런 줄거리의 꿈이다. 나는 경찰, 혹은 탐정으로 나온다. 탐정 복장과 모자, 그리고 권총을 가진 금발머리 소년이다. 나는 살인사건을 조사 중이었다. 꿈속에는 항상 내 동료가 하나 등장하는데, 그 동료 탐정 역시 항상 금발 머리 소녀였다. 그리고 나는 그 소녀를 사랑한다. 그런데 꿈이 진행되면서, 나는 내가 찾고 있는 범인은 바로 나라는 사실을 알게 된다. 그리고 나와 내 범죄를 감출 수 있는 유일한 방법은 사랑하는 동료 소녀를 죽이는 길뿐이었다. 나는 소녀에게 입을 맞추며 껴안은 다음 그녀에게 총을 쏜다. 이것이 대강의 줄거리이고, 어떤 때는 더 잔인하게 각색되어서 닥치는 대로 아무 어린이나 아기를 쏘기도 한다.

어렸을 때 나는 이런 꿈들이 도대체 무슨 의미인지 알 수 없었다. 꿈에 무슨 의미가 있다고 생각조차 해보지 않았다. 그리고 지금도 그 꿈들을 내가 제대로 이해한다고 장담할 수는 없다. 그러나 그 꿈에서 깨어나면 몹시 죄책감을 느꼈고, 이런 이야기는 지금까지 아무에게도 하지 않았다. 때때로 나는 잠자리에 들기 전에 하느님께 기도를 올리곤 했다. "제발 그 끔찍한 꿈을 꾸지 않게 해주세요."

그러나 기도가 악몽을 막아준 적은 없었다. 단 한 번도.

아버지와 나는 그렇게 단짝이 되었다. 우리는 두어 달 간격으로 짐을 싸들고 시애틀이나 터코마를 향해 200마일 거리의 여행을 떠났다. 우리는 가는 동안 내내 노래를 부르곤 했다. '어쩌나, 나폴레옹, 비가 올 것만 같아'라든가, '오, 수재나' 아니면, '이 땅은 나의 땅' 그리고 '푸른 가죽구두' 같은 노래들이었다. 아버지는 솔로로 부르고 싶을 때면, 베르디나 푸치니의 아리아를 부르는 사람처럼 손을 치켜들곤 했다. 우리는 둘 다 지독한 음치였지만, 서로가 그걸 느끼지도 못했거니와, 알았다 하더라도 개의치 않았을 것이다. 간혹 누가 우리 차를 같이 타기도 했는데, 그들은 우리 노랫소리에 도저히 못 참겠다는 표정을 짓곤 했다.

목적지에 도착하면, 아버지는 아파트나 작은 집을 하나 임대했다. 그 집들은 주로 그 도시의 후미진 곳에 있는 낡은 건물이기 마련이다. 시애틀에서는 퀸앤힐이나 라벤나 같은 동네에서 지냈다. 요즈음 퀸앤의 거리는 새로 말끔히 정리되어서 샌프란시스코의 노브힐을 옮겨다놓은 것처럼 보이지만, 1950년대에 그 지역은 아주 낙후된 곳이었다. 집들은 거의 팔려고 내놓은 상태였고, 그중에는 허물어져가는 것도 있었다. 우리가 임대한 집들은 대개가 겨우 지탱하고 서 있는 후기 빅토리아 시대의 낡은 건물이었다. 어떤 때는 우리가 사는 집 주변에 살고 있는 사람이 우리 말고는 아무도 없을 때도 있었다. 이런 집들은 흑백 공포영화에나 나오는 음산하고, 낡아빠진, 그리고 유령이 나올 것 같은 집들을 떠올리게 했다. 내가 공포소설에 유난히 빠져드는 이유도 아마 이런 데 있는 것이 아닐까 하는 생각이 든다.

아버지에게는 그런 곳이, 자신이 자라왔던 옛 시절, 혹은 자신이 오랫동안 숨어 지냈고, 아직도 편안하게 느껴지는 과거의 세계를 추억할 수 있는 곳이었던 것 같다. 그때는 낡고 황폐한 건물 대신에 새것이지만 곧 황폐해질 것 같은 건물들이 들어서는 도시계획이 아직 시행되지 않았던 시절이다. 낡은 집에는 거기서 평생을 살아온 사람들이 있었고, 그들은 새 세상이 새집을 짓기 전에 그 낡은 집에서 죽음을 맞이하고 싶어 했다. 그렇다고 아버지가 옛것을 좋아하는 취미를 가진 사람이라고 단정할 수는 없다. 사실 아버지는 언제나 최신형 카메라나 녹음기 같은 것을 갖고 싶어 했고, 또 미국이 우주탐사에 나섰을 때 무척이나 흥분했다. 그러니까 아버지는 자신만의 고유한 세계를 갖고 있었고, 그것에 대해 자부심이 컸기 때문에, 그 어떤 것도 아버지를 그 세계에서 한 발짝도 밀어내지 못했다.

내 기억에 특별히 남아 있는 집은 우리가 시애틀에서 살던 집이다. 보도에서 약 50미터 정도 뒤쪽으로 들어가 있는 우중충하고 낡은 집으로, 커다란 버팀목 위에 세운 목조주택이었다. 보도에서 현관 쪽으로 가려면 작은 다리를 건너야 했다. 반쯤은 썩고, 군데군데 널빤지가 떨어져나간 나무로 만든 다리였다. 그 다리 밑으로는 넝쿨과 잡초가 무성해서 아무것도 보이지 않았고, 넝쿨이 시작하는 바닥이 어디쯤인지도 분간할 수가 없었다. 집 옆에는 그 구덩이로 연결되는 계단이 있기는 하지만, 온전한 정신으로 그 계단을 내려가보려는 사람은 아무도 없었다. 아버지의 말에 의하면, 20세기 초에 시애틀에 대화재가 나서 도시의 거의 반이 타버린 적이 있다고 한다. 나중에 화재지역을 재건축하며 땅을 평탄화하는 과정에서 낮은 지대에 있던 집들이 땅속으로 들어갔다고 한다. 그러니까 우리가 살고 있던 마을의 밑으로는 죽음의 도시가 묻혀 있었던 셈이다. 사람들은 아직도 옛날 집들이 그대로, 혹은 그 잔재가 땅속에 남아 있다고 생각했다. 우리 집 앞에 넝쿨이 우거져 있는 그 깊은 땅속에도 그때 묻힌 집들의 잔해가 있을 거라고 아버지는 말했다. 나는 가끔씩 다리 위에 서서 밑을 내려다보곤 했다. 그러면 그 땅속 깊은 곳, 집 속에 파묻혀 있는 해골이 보이는 듯했다. 거기 살았던 사람들의 해골과 뼈가 가득 차 있지 않을까 생각하기도 했다. 넝쿨 구덩이를 내려다볼 때마다 나는 소름이 끼쳤다. 그 집에 사는 동안에 나는 좋은 꿈을 꾸지 못했다. 그러나 그건 그 전에도 마찬가지였다.

낡은 집을 좋아하는 취향의 아버지는 쇼핑 나들이를 갈 때면 중고품 매매시장이나 벼룩시장을 돌아보는 것도 좋아했다. 주로 구세군, 굿윌, 성 빈센트 드 폴 상점이나, 아니면 시애틀 농부 종합시장 같은 곳을 순회했다. (요즘은 시내의 방파제를 따라 최신식 상점들과 카페들이 즐비하지만, 1950년대 후반만 하더라도 그곳은 벼룩시장, 헌책방, 부랑자들로 붐비는 커피숍 들이 있었다.) 여기서 아버지는 우리 두 사람이 입을 헌 옷가지나, 낡은 집에 어울리는 구식 가구들을 사러 다니는 것을 좋아했다.

당연한 일이지만, 나는 늘 아버지와 함께 다녔다. 나는 아버지의 그림자 같은 존재였다. 아버지는 옷도 자기와 같은 스타일로 입혔다. 머리에는 아버지의 회색빛 머리에 바르는 포마드를 반지르르하게 발라서 넘기고, 아버지와 똑같은 바지와 스포츠 코트, 그리고 파스텔 톤의 모직 셔츠를 사서 입히고, 끈으로 된 타이를 매주고 머리에는 중절모를 씌웠다. 우리는 기묘하게 눈에 띄는 한 쌍이었다. 반백의 노인과 똑같은 차림의 어린 소년. 아버지 나이가 많았기 때문에 사람들은 그를 나의 할아버지로 여겼다. 그러면 나는 "아니요, 우리 아버지예요."라고 말했는데, 그 말을 들은 사람들은 놀란 표정을 짓거나 혹은 그럴 리가 없다는 표정을 지었다.

나는 사람들의 그런 반응이 늘 마음에 거슬렸다. 나중에 학교에 들어가서 친구들을 사귀고 그 친구들 집에 놀러 갔을 때, 나는 친구들의 부모가 너무 젊어서 깜짝 놀랐다. 부모라는 사람들이 20대 후반이거나 30대 중반의 나이였다. 나는 그런 나이나 태도를 가진 부모들을 본 적이 없었다. 나는 그들을 이해할 수도 없었고, 그들에게 어떻게 대해야 할지, 심지어는 내 친구들에게도 어찌 대해야 할지 몰랐다. 그들이 역겨웠다. 정말로 역겨운 것은 나와 아버지라는 것을 몰랐다. 아버지가 돌아가시기 전까지는 다른 아이들과 지속적인 친구관계를 유지하지 못했는데, 그건 그런 이유가 클 것이다.

아버지를 따라 옮겨 다니면서도 나는 학교에 다녔다. 그러나 아버지는 그런 일에 세세하게 신경을 쓰지 않았다. 어떤 때는 새로운 지역으로 이사 온 지 몇 주가 지나도록 학교에 등록할 생각도 하지 않았다. 만일 그때가 봄이었다면, 아버지는 그런 게 뭐 그리 중요하냐면서 가을이 될 때까지 그냥 집에 데리고 있는 식이었다. 이렇게 장기간 결석을 하다보니, 여러 가지 문제가 생기기도 했다. 그중에서도 가장 문제가 된 것은 수학이다. 1950년대 후반, 초등학교 2, 3학년 수학의 수준은 학교마다 달랐고, 특히 주마다 큰 차이가 있었다. 예를 들어 내가 덧셈을 겨우 배운 상태로 시애틀에 있는 학교에 가면, 거기서는 나눗셈을 가르치는 식이었다. 원칙적으로는 선생이 뒤떨어지는 학생을 더 신경 써서 가르쳐야 하지만, 내 기억에 뒤처지는 학생을 위해서 배려하는 선생님은 별로 없었다. 대부분 선생들은 나를 단순히 머리가 나쁘거나, 아니면 수학을 싫어하는 애라고 생각했다. 혹은 아버지가 계속 떠돌아다니면서 일하는 사람이라는 것을 알고 있던 선생들이, 나를 떠돌이 사내의 떠돌이 아들로 생각하고, 그래서 굳이 공들일 가치가 없다고 여겼던 것 같기도 하다. 수학의 법칙과 그 알쏭달쏭한 수의 세계는 내가 감당하기 힘들었다. 그래서 다른 애들은 척척 풀어나가는 수학 규칙과 공식들을 이해하지 못하는 자신을 보고, 나는 분명히 머리가 나쁜 모양이라고 생각했다.

그러나 읽기로 말할 것 같으면, 문제가 달랐다. 아버지는 내가 학교에 들어가기 훨씬 전부터 내게 읽기를 가르쳤다. 그는 나를 무릎에 앉힌 채 책상에 앉아서 그림책에 적힌 글씨를 손으로 짚어가며, 글자의 모양이며 발음 등을 알려줬다. 밤이 되면 아버지는 내게 책을 읽어주는 대신, 읽기를 시켰고, 그러면 나는 읽었다. 책읽기는 내가 가장 좋아하는 일이었다. 독서는 나 혼자서도 얼마든지 할 수 있었고, 더욱이 나를 둘러싼 현실을 벗어나기에 가장 좋은 방법이었다. 내가 처음으로 깊이 빠져든 이야기는 범죄와 공포를 다룬 만화였다. 칼 바크스의 모험만화도 좋아했다. 바크스는 1940년대와 50년대에 월트 디즈니 만화의 도널드 덕과 스크루지 이야기를 쓴 아주 뛰어난 작가이다. 그는 고대 신화의 의미를 철저히 꿰뚫고 있으며, 그것을 본래의 이야기가 지닌 깊이와 경이로움을 조금도 손상시키지 않은 채 위트와 도덕성을 지닌 도널드 덕의 세계 속에 변형시켜 표현했다. 바크스를 읽은 후에는, 잭 런던이나 쥘 베른, 알렉상드르 뒤마와 같은 모험담뿐 아니라, 《일리아드》, 《오디세이》나 혹은 기타 로마와 그리스 신화들과 같은 고대 서사시에서 찾아볼 수 있는 장대한 드라마와 원대한 꿈에 대한 이야기들도 쉽게 접근할 수 있었다. 그리고 몇 년 후에, 내가 깊이 몰두한 작가는 공포소설을 쓴 포, 브램 스토커, 그리고 유령 소설의 작가인 헨리 제임스와 에밀 졸라, 그리고 앰브로즈 비어스 등이었다. 글의 내용을 모두 이해하면서 읽은 것은 아니다. 주제가 모호한 이야기는 더 이해하기 힘들었다. 그러나 그 작가들이 그리는 작품의 세계 속에서 나는 늘 편안함을 느꼈다.

저녁이 되면, 나는 거실 소파에 앉아서 책을 읽었다. 아버지는 바로 옆 책상에 앉아 일을 했다. 나는 《보물섬》, 《납치》, 《해저 2만 리》 같은 화려한 그림이 그려진 만화책들을 보았다. 일을 마친 아버지는 책상의 램프를 끄고, 소파로 내려와서 내 옆에 앉으며 텔레비전을 켠다. 아버지가 정해놓고 보는 영화는 주로, 〈불굴의 사나이〉, 〈리처드 다이아몬드〉, 〈하이웨이 패트롤〉, 〈피고인〉 같은 범죄 수사물이나, 〈총연〉, 〈왜건 트레인〉, 〈매버릭〉, 그리고 〈총을 받아라〉, 〈윌 트래블〉 같은 서부극이었다. 아버지는 어머니와 달리 내가 공포영화를 보지 못하게 막지 않았다. 뿐만 아니라, 벨라 루고시와 보리스 칼로프 같은 배우 이야기를 해주며 괴물 뒤에는 인간적인 존재가 있다는 암시를 내게 주려고 했다. (하지만 그런 수고는 별로 필요치 않았다. 왜냐하면 나는 언제나 괴물 편이었기 때문이다. 등장하는 인간들은 어쩐지 따분하고 답답했다. 그들은 그저 괴물들에게 잡혀서 복수를 당하는 존재일 뿐이었다.)

그 당시 텔레비전에서는 〈레 미제라블〉이 방영되고 있었다. 그 영화는 프레드릭 마치와 찰스 로튼이 나왔던 1935년 판이었다. 아버지는 나를 옆에 앉혀놓고 같이 영화를 봤다. 비정한 자베르 형사가 과거에 저지른 사소한 죄 때문에 장발장을 집요하게 추적하는 장면이 있었는데, 그걸 보고 난 후, 아버지는 이런 말을 했다. "이걸 꼭 기억해라. 세상이란 말이다, 아주 사소한 실수를 한 걸 가지고 그 사람을 괴롭히기도 한단다. 그 위선적인 판사가 얼마나 지독한 사람인지 잘 봐두렴."

아버지는 팔을 내 어깨에 얹고 나를 꼭 끌어안았다. 그때 나는 위험한 세상으로부터 안전하게 보호받는 기분이었다. 그러나 한편 아버지의 말에서, 우리 앞에 가혹한 형벌이 기다리고 있다는 것을 알아차렸다.

이따금 내게 똑같은 옷을 입히고, 아버지는 그 도시의 빈민굴로 알려진 동네로 나를 데리고 갔다. 그곳에는 뜨내기 노동자와 술주정뱅이들이 어슬렁거리고 있었다. 지금은 홈리스라고 부르지만, 그때는 그런 사람들을 부랑자라고 불렀다. 시애틀은 한때 떠돌이 개척자들이나 금광을 찾으려는 사람들이 많이 오가던 곳이고, 그때도 부두 같은 곳에서 험한 일을 하는 노동자들이 있었기 때문에, 그 빈민굴 지역은 아주 거친 곳으로 이름나 있었다. 거기서 아버지가 찾는 곳은 주로 빈민구제소나 술집이었다. 그는 맥주를 주문해놓고, 바텐더에게 그곳에 오는 사람들에 대해서 물어본다. 이런 곳에는 망해서 갈 곳 없는 사람들이 모여들기 마련이라는 것을 아버지는 잘 알고 있었다. 그리고 아버지는 바로 그런 사람들 중에서 함께 일할 사람을 찾았다. 싼 임금으로 고용할 수 있고 부리기도 쉽기 때문이다. 어쩌면 그들의 모습에서 몰락했던 자신의 옛 모습을 보았던 것인지도 모른다. 그래서 아버지는 종종 구레나룻을 기른 아저씨들을 집에 데리고 와서 같이 지내기도 했다. 그들에게 옷도 사주고—물론 헌 옷— 세일즈 일을 시켰다. 그 사람들이 집에 술을 가지고 와서 술을 마시거나, 일에 지장을 주지 않으면, 그리고 돈을 훔치거나 변덕을 부리지 않는 한, 아버지는 그들에게 잘 대해주었다. 그러나 아버지의 신뢰를 저버리고 술에 취해 난동을 부리는 사람은 당장 그 자리에서 해고했다. 두세 번 정도 나이는 반밖에 안 되지만, 힘은 두 배나 센 젊은 사람을 아버지가 두드려 패는 모습을 보았던 기억이 난다. 아버지는 주먹을 불끈 쥐고 상대방의 배를 힘껏 쳤다. 그러면 그들은 꼼짝을 못했다. 그다음엔, 제발 그만하라고 빌 때까지 얼굴을 때렸다. 그리고 짐을 싸서 내쫓으며, 돈을 몇 푼 쥐어주면서 한마디 경고를 했다. "다시는 얼씬도 하지 마."

아버지가 술집에 가 있는 동안에, 나는 내 마음대로 돌아다닐 수 있었다. 아버지는 내게 돈을 몇 달러 주면서, 어디 가서 쇼핑을 하든가, 버스를 타고 한 바퀴 돌면서 보고 싶은 영화가 있으면 보라고 했다. 돌이켜 생각해보면, 나는 그 어린 나이에 굉장한 자유를 누렸던 셈이다. 여덟 살 먹은 아이가 혼자서 마음대로 버스를 타고 시애틀 시내를 돌아다니거나, 아니면 시립동물원에 갈 수도 있었다. 해가 진 뒤에도 얼마든지 밖에 다닐 수가 있었다. 그렇게 다니는 동안, 누가 나를 위협하거나 무섭게 한 적은 한 번도 없었다. 또한 내게 부모나 어른도 없이 혼자서 뭐 하고 있느냐고 물어보는 어른도 하나 없었다. 마음에 드는 책방이나 영화관을 발견하지 못한 날에는, 퀸앤 거리에 버려져 있는 낡은 집들을 구경하면서 시간을 보냈다. 소문에는 그 동네에 있는 낡은 집들의 지하실을 파보면 옛 지하 세계로 통하는 통로를 찾을 수 있다는 말이 있었다. 오래전 그 끔찍한 화재로 인해 묻혀버린 그 세계로. 그러나 나는 먼지 속에 묻힌 폐허와 버려진 유품 하나를 발견한 것이 전부였다.

사실 나는 과거 세계에 머물러 살고 있는 노인과 함께 사는 어린 소년이었다. 우리는 구식 가게들을 돌아다니면서 쇼핑을 하고, 구식 식당에서 식사를 했으며, 옷도 구식으로 입었다. 1960년대의 나는, 1940년대 옷을 입은 아이였다.

그런데 그런 것들이 나에게는 너무나 자연스러웠다. 내가 알고 있는 세계는 그것뿐이었으니까. 그러면서도 한편으로는 이게 정상은 아니라는 인식을 갖고 있기도 했다. 그리고 그런 인식에는 대가가 따랐다. 그때는 몰랐지만, 지금 생각해보니 나는 어린 시절에 주기적인 우울증에 시달렸는데, 그건 어쩌면 당연한 일이다. 아버지와 지내는 동안, 나는 가끔 발작처럼 이유도 알 수 없는 병을 앓았다. 병세는 대개 하루 온종일 지속됐는데, 그러면 나는 침대나 소파에 누워서 누군가—주로 어머니나 형들인 경우가 많았다.—방으로 들어오거나 거실로 나와서 내게 말을 건네는 환상을 보곤 했다. 무슨 이유에서인지 어둠 속에 누워 있으면, 나는 온 신경이 두 손에 집중되는 것을 느꼈다. 손바닥 한가운데에 어떤 무거운 것이 얹혀 있는 것 같고, 그걸 꽉 잡아 손아귀에 넣으면 병이 나을 것만 같았다. 그래서 나는 손바닥에 손톱자국이 깊이 파이도록 주먹을 움켜쥐곤 했다.

또 다른 환영을 본 적도 한두 번 있다. 아버지가 낯선 여자와 내 침대 끝에 앉아 있는 모습이었다. 아버지가 그녀의 옷자락을 끌어 내리면, 그녀의 두 젖가슴이 드러난다. 그녀는 나를 보고 킬킬 웃는다. "그 애는 내버려둬요." 하고 아버지가 말하는 소리를 들으며, 나는 잠깐 반수면 상태에 빠진다. 이런 이야기를 듣고 어떤 사람은 그건 내 기억이 되살아나는 것이라 말하기도 했다. 그러니까 그 장면은 실제로 일어났던 일인데, 내가 그 기억을 억압하고 있었다는 것이다. 그러나 나는 그렇게 생각하지 않는다. 아버지는 나와 함께 사는 집으로 다른 여자들을 불러들인 적이 없다. 적어도 나는 그렇게 믿는다. 또 아버지가 어머니와 사는 동안 다른 여자와 바람을 피웠다는 증거도 없다. 그런데 어린 내가 어째서 그런 환상을 보게 됐는지는 알 수가 없다. 내가 무의식적으로 아버지와 통하는 것이 있었다고 볼 수도 있고, 어쩌면 바로 미래에 내가 겪어야 할 열병 같은 사랑의 예감이었을지도 모르겠다.

그런데 내가 열에 들떠 본 환상은, 몇 년이 지난 후에 아버지의 책상 서랍을 뒤지다가 발견한 사진과 묘하게 연관된다. 그 사진에는 한 남자가 벌거벗은 채 수영장 옆에 서 있고, 그 옆에는 커다란 젖가슴을 드러낸 누드의 두 여인이 있었다. 남자의 두 손은 두 여자의 음모를 만지고 있다. 그의 왼쪽에 있는 여자는 손으로 발기된 남자의 성기를 쥐고 있고, 다른 여자는 남자의 고환을 만지면서 활짝 웃고 있다. 내가 그 사진을 생생히 기억하는 이유는 두 가지가 있다. 첫째, 그 사진은 내가 처음 본 섹스 사진이었다. 그걸 보고 얼굴이 화끈 달아올랐던 기억이 난다. 또 하나는, 그 남자의 얼굴이 아버지의 얼굴과 똑같았다는 사실이다. 혹시 아버지가 아니라면, 아버지가 낳은 다른 아들 중의 하나였을 것이다. 프랭크 길모어의 얼굴을 쏙 빼닮은 아들 말이다. 하지만 그 사진의 얼굴이 아버지의 아들이라면 더욱 기묘한 일이 아닌가. 어쨌든 내가 기억하는 것은, 아버지가 돌아가신 후 물건을 정리하다가 책상 서랍에서 그 사진을 발견했다는 사실이다. 그 후 그 사진은 어디로 갔는지 보이지 않았고, 이야기를 들은 적도 없다.

어느 해 내가 크리스마스 시즌까지 아버지와 함께 시애틀에서 지내게 되자, 어머니는 크리스마스 장식품을 챙겨 보냈다. 그 장식품들은 우리 가족의 역사만큼이나 오래된 것이어서 더 이상 쓰지 않는 것들이었다. 모퉁이가 떨어져나간 산타클로스 상이며, 역시 불완전한 예수 탄생 모형세트(아기예수의 머리가 없는) 그리고 플라스틱 재질의 성당 모양 차임박스가 있었다. 차임박스 뒤에 붙은 키를 돌리면, 찬송가가 나오면서 금색 칠이 된 플라스틱 성당 문이 천천히 열리고, 르네상스 식으로 그린 예수승천 그림이 나타난다. (사실 부활절에 어울리는 장식품이었지만, 어렸을 때는 종교 행사라는 것만 알았을 뿐 크리스마스와 부활절을 잘 구별하지 못했다.)

그해 크리스마스가 다가왔을 때, 나는 또다시 그 발작적인 병을 앓았다. 그래서 아버지와 나는 가족들이 있는 포틀랜드로 가지 못했다. 어머니는 몹시 실망한 나머지, 아버지에게는 거짓말을 한다고 비난을 퍼붓고, 나에게도 아버지하고만 크리스마스를 지내려고 꾀병을 부린다며 화를 냈다. 크리스마스 날, 나는 온종일 침대에 누운 채 플라스틱 성당을 옆에 놓고 계속 키를 돌려서 승천하는 예수를 둘러싸고 있는 천사들의 그림을 보고 또 봤다. 아버지는 거실에서 몇 시간째 전화통을 붙들고 어머니와 핏대를 올리며 싸우고 있었다. 낡은 크리스마스 장식품들과 내가 누워 있는 낡은 아파트의 벽이며 낡은 문틀을 보고 있노라니까, 나는 더 기운이 없어지고 더 우울해지는 것 같았다. 천사들이 이곳에서 나를 구출해 저 사랑과 희망이 가득한 곳으로 데리고 갔으면 하는 생각이 들었다. 나는 천사들에게 기도했다. 지금 나를 죽여서 천국으로 데려가소서. 물론 기도는 이루어지지 않았다.

한밤중, 아직 정신이 혼미한 상태에서, 나는 천사들을 저주하고 그 몹쓸 차임박스를 저주했다. 나는 성당을 힘껏 벽에 내던졌다. 싸구려 장식들이 깨졌다. 그리고 나는 혼자서 이렇게 중얼거렸다. 천사들이 미워. 왜 나를 죽이지 않는 거야.

한 이틀 지나자 몸이 좀 나아졌다. 아버지와 나는 흐린 겨울 하늘을 이고 길을 달려서 포틀랜드로 돌아왔다. 오는 길 내내 우리는 그 깨지는 소리로 엉터리 노래를 불러댔다. 우리 집 앞 도로로 꺾어 들어오기 직전까지.

폭력적인 면이 있었지만, 아버지가 총은 그리 좋아한 것 같지 않다. 형들에게 총알이 작은 BB총 따위를 사주면서, 아버지는 그런 무기를 다루는 법을 엄격하게 가르쳤다. 권총은 감히 엄두도 내지 못했다. 그런데 한 가지 기억나는 일이 있다. 아버지가 돌아가신 후 아버지의 유품을 정리하다가 어깨에 메는 권총집에 들어 있는 루거 권총 한 자루를 발견했다. 누군가가 아버지에게 남긴 진기한 인도 보석과 루비 반지 등과 함께 그 총을 우리가 간직하려고 하자, 어머니가 반대했다. 그 물건들에는 나쁜 추억이 얽혀 있다면서, 어머니는 우리 가족 누구도 어느 것 하나 갖지 말라고 단호히 말했다. 그리고 그 총을 친구에게 부탁해서 전당포에 팔아버렸다.

형들이 자라자, 아버지는 그래도 집에 라이플 소총 정도는 하나 있어야겠다고 생각했다. (아마 게리 형이 훔친 윈체스터 총으로 사고를 친 후의 일이었을 것이다.) 형들도 이제 사냥을 다닐 만한 나이가 됐기 때문에, 아버지는 아들들에게 총 다루는 법을 제대로 가르칠 필요가 있다고 생각한 것 같다.

우리 집 뒤에는 그냥 방치된 채 잡목만 무성하게 자란 뜰이 있는데, 거기 꿩이 암수 한 쌍 살고 있었다. 초저녁 무렵이면 그중 한 마리가—내 생각엔 수꿩이었던 것 같다.—하늘 높이 떠올라 멀리 날아가는 것이 보이곤 했다. 그리고 30분 정도 지나면, 그놈은 다시 짝을 찾아 돌아왔다. 우리 형제들은 이 새를 좋아했다. 그 아름다운 자태와 그 유연한 동작을. 그런데 총이 생기면서부터 형들은 꿩을 표적으로 삼았고, 아버지도 꿩을 쏘는 모습을 보고 싶어 했다. 날아가는 표적을 쏘는 걸 보면 사격 솜씨를 금방 알 수 있기 때문이었다.

그 무렵의 분위기를 너무나도 잘 기억하고 있다. 늦은 봄이었고, 시간은 학교를 파하고 와서 저녁식사를 하기 전이었다. 우리 가족 남자들이 모두(게리 형도 있었다) 모여, 모처럼 즐겁게 보내고 있었다. 형들은 수꿩이 높이 날아올랐다가 다시 내려앉을 때마다 서로 돌아가면서 그놈을 향해 총을 쐈다. 그런데 꿩들은 저녁에 한 번씩만 외출했기 때문에 사격 기회는 아주 소중했다. 한 사람이—나는 너무 어려서 제외되었지만—쏠 수 있는 기회는 단 몇 발뿐이었다.

그동안 아버지는 베란다에 앉아서 이따금씩 요령을 가르쳐주거나 주의를 주면서 몇 마디 할 뿐, 아들들이 총 쏘는 모습을 조용히 지켜만 보고 있었다. 그렇게 며칠이 지났지만, 어느 누구도 아무것도 모르는 듯 유유히 날아다니는 그 멋진 놈을 털끝 하나 건드리지 못했다. 마침내 아버지가 답답하다는 듯이 말했다. "제기랄, 그래 가지고 무슨 총을 쏘겠냐? 저 넓은 담이나 제대로 맞히겠냐?"

게리가 아버지를 보며 말했다. "아버지라고 더 낫겠어요? 앉아서 남 흠잡는 건 쉽죠. 훌륭하신 사냥꾼 나으리."

아버지는 벌떡 일어나서 우리가 있는 쪽으로 뚜벅뚜벅 걸어왔다. 그리고 게리의 손에 들려 있던 총을 잡고 말했다. "잘 봐라." 잠시 후, 꿩이 돌아오는 모습이 보였다. 순간, 아버지는 총을 어깨에 올리고, 재빨리 꿩을 겨누더니, 방아쇠를 당겼다. 꿩은 둥근 원을 그리며 붉은 피를 뿌리면서 땅으로 떨어졌다. 아버지는 총을 내려놓고 돌아서서 걸어갔다. 그리고 집 안에 있는 사무실로 들어가 문을 닫았다.

게일렌 형이 꿩을 찾으려고 덤불숲으로 달려갔다. 숲 가운데에 떨어진 놈을 찾는 데는 몇 분이 걸렸다. 잠시 후, 형은 새의 목을 잡고서 달려 나왔다. 그리고 그걸 우리 앞에 내려놓았다. 불과 몇 분 전 새의 머리였던 부분은 이제는 피범벅이 되어 형체조차 없었다.

"나쁜 놈." 게리가 욕을 내뱉었다. "하필 머릴 명중시켰잖아."

죽은 새를 보자, 나는 구역질이 날 것만 같았다. 형들이 꿩을 쏘고 싶어 했던 만큼이나 나도 총에 맞은 새를 보고 싶었다. 그런데 힘없이 축 늘어져 있는 그 모습을 보고 나서야, 그 녀석이 날아다니는 모습을 영원히 볼 수 없고 그 소리를 들을 수도 없다는 게 실감이 났다. 용서받지 못할 죄를 저지른 것만 같았다.

형들이 새의 털을 뽑는 동안, 나는 몇 걸음 떨어져 물러서 있었다. 그때 마음속으로 난 이렇게 결심했다. 내 손엔 절대 총을 잡지 않겠어. 난 누구도, 아무것도 쏘지 않을 거야.

이 순간까지, 나는 그 약속을 지키고 있다.

PART 4

죽음의 방식

게리, 베시와 마이클, 게일렌. 오리건 주 포틀랜드, 1956년경

무덤이 깊어진다.

죽은 자들은 매일 밤 더 죽어가고.

느릅나무 잎사귀가 쏟아져 내리는 아래로,

무덤이 깊어진다.

바람은 어둠을 휘감고

대지를 덮는다. 밤은 차갑다.

낙엽이 휩쓸려 묘석에 부딪힌다.

죽은 자들은 매일 밤 더 죽어가고.

별빛도 없는 어둠이 그들을 껴안는다.

희미한 그 얼굴들을.

우리는 그들을 똑똑히

기억하지 못한다. 기억하지도 않을 것이다.

마크 스트랜드, '죽은 자들'

1

형제들: 두 부류

지금까지 프랭크 형과 게일렌 형에 대해서는 별로 이야기하지 않았다. 우리 가정사에서 부모님의 결혼과 게리 형이 저지른 일들이 큰 비중을 차지하기 때문이기도 하다. 그렇지만 그런 이야기—특히 게리 형—에 초점을 맞추다보니, 그것만이 우리 가족사에서 정말로 중요한 이야기라는 식이 되고 말았다. 프랭크와 게일렌 두 사람도 게리만큼이나 육체적으로 또 정서적으로 상처받으면서 자라왔다. 그런데도 두 사람은 게리처럼 범죄를 저지르며 살지도 않았고 사람을 죽이거나 사형을 당하지도 않았다. 이런 이야기를 하면 사람들은 이렇게 답한다. "자, 이 두 사람도 그렇게 불행하

게리, 마이클, 게일렌, 프랭크 2세. 오리건 주 포틀랜드, 1957년경

게 자랐단 말이지요. 그런데 그들은 살인죄를 저지르지 않았습니다. 그렇다면 게리가 저지른 죄는 게리에게 책임이 있군요. 그의 의지와 비열함이 만들어낸 죄입니다." 어머니도 그 문제를 놓고, 1977년 래리 실러에게 한 말이 있다. "나는 프랭크와 게리를 똑같이 키웠어요. 그런데 한 아이는 총을 잡았고, 다른 아이는 그러지 않았죠. 왜일까요?"

한 아이는 살인을 했고, 다른 아이는 그러지 않았다. 그건 물론 중요한 문제다. 그러나 프랭크가 살인자가 아니라는 사실이, 그가 살인을 할 정도로 큰 상처를 받지는 않았다는 의미는 아니다. 세상에는 온갖 죽음의

방식이 있다. 다른 사람을 끌어들이지 않고 홀로 죽는 사람도 있다. 그건 물론 훌륭하지만, 그렇다고 해서 구원 따위를 가져다주지는 않는다.

언젠가 나는 프랭크 형이 마술에 소질이 있었다는 말을 한 적이 있다. 어렸을 때 나는 허공에서 실크 스카프를 뽑아내거나, 부드럽게 손을 놀릴 때마다 꽃다발이 생겼다가 사라지게 하는 형의 마술을 몇 시간이고 지켜보곤 했다. 내가 어떻게 하는 건지 제발 가르쳐달라고 조르면, 형은 자기 솜씨를 은근히 자랑하면서, 그 비밀은 쉽게 가르쳐주지 않았다. 물론 몇 가지 정도는 가르쳐준 것도 있다. 하지만 그 정교한 손놀림, 예를 들면 동전을 감추거나 카드를 다룰 때 필요한 기술은 도무지 따라갈 수가 없었다. 프랭크 형은 손재주가 뛰어나고 인내심이 대단한 사람이었다. 그 후 몇 번인가 형은 자기 학교에서 마술 시범을 보일 기회가 있었는데, 그땐 내가 형의 조수 노릇을 했다. 내가 형들을 아주 자랑스러워하던 순간이 있었다면 바로 그때였다.

그런데 프랭크 형이 왜 그걸 직업으로 선택하지 않았는지, 난 정말 이해할 수가 없다. 물론 마술이라는 재주를 가지고 직업적으로 성공하기란 쉽지 않다. 하지만 프랭크는 야심을 가지고 도전해볼 만한 재능을 충분히 가지고 있었다. 그는 지금도 전문가 같은 훌륭한 솜씨를 갖고 있다. 1년 전쯤 일이다. 프랭크 형이 포틀랜드의 내 아파트에 찾아온 적이 있었는데, 그때 그는 예전에 했던 카드 마술을 보여주었다. 그건 이런 식이다. 형은 내게 카드 중에서 하나를 뽑고, 어떤 카드인지 잘 기억한 다음, 다시 카드 다발 속에 넣으라고 한다. 그런 다음 형이 카드를 이리저리 섞고, 그

위를 손으로 한 번 스친다. 그리고 손에 올려놓은 카드 중 맨 위에 있는 것을 뒤집어보면, 놀랍게도 내가 골랐던 카드가 나온다. 어떤 때는 맨 밑에서 뽑아내기도 한다. 그날 형의 날랜 손동작을 보면서, 나는 형에게 물었다. "왜 형은 마술사가 되지 않았어?" 형은 말 없이 그 특유의 수줍은 듯 맥 빠진 미소를 입가에 띠더니, 카드를 정리해서 주머니에 넣었다.

형은 이런 이야기를 했다. 그가 마술에 대해 관심을 갖기 시작한 것은 아홉 살 무렵 포틀랜드 학교에 다닐 때, 한 마술사가 하는 쇼를 보고 나서였다. 모자에서 토끼가 나오거나 실크 손수건에서 비둘기가 나오거나, 구경하던 학생의 입에서 동전이 나오는, 그런 흔한 마술이었다. 프랭크는 집으로 돌아와서 부모님에게 마술 이야기를 했다. 그 후 열흘 정도는 온통 마술 이야기만 했다. 아버지는 프랭크가 마술에 관심이 있다고 생각하고, 자신도 몇 가지 정도는 안다고 말했다. 서커스단에 있으면서, 그리고 어머니 페이하고 사는 동안 늘 그런 것들을 보고 지냈고, 바넘 앤 배일리 서커스단에서 광대로 있을 때도 좀 배웠던 것이다. 아버지는 프랭크에게 아는 마술사가 있으니 소개해주고 마술책도 얻어주겠노라고 했다.

이렇게 해서 프랭크 형은 마술을 배우기 시작했다. 그는 배운 것을 아버지 앞에서 해 보였다. 형이 보여준 것은 프라이팬에 계란을 하나 깨뜨린 후, 거기에서 병아리가 나오게 하는 마술이었다. 아버지는 보고 나서 몇 군데를 고쳐주었다. "아버지한테는 내 마술이 먹힌 적은 한 번도 없었어." 형은 말했다. "텔레비전에 마술이 나오면 그게 어떤 원리인지 언제나 설명해주셨지. 그래서 마술에서 사람을 톱으로 자르건, 공중에 띄우건, 또 없어지게 하건, 난 별로 조바심을 갖지 않았지. 아버지가 다 설명해주실 테니까. 아버지는 그런 걸 다 알고 있었어. 나보다 항상 한 수 위였지."

프랭크가 열네 살이 되었을 때였다. 그는 포틀랜드의 마술대회에 나가 선보일 마술을 연습하고 있었다. "그건 내 첫 무대였어. 그래서 굉장히 긴장했지." 하고 그는 설명했다. 프랭크는 가족들 앞에서 자기가 보일 마술을 연습했다. 그런데 좀 까다로운 대목에서 그가 약간 서툰 모습을 보이자, 아버지가 중단시켰다. 그리고 노련한 마술사라면 어떻게 하는지를 보여주었다. 프랭크는 아버지의 매끈한 솜씨를 보고 감탄했다. "아버진 아주 자신 있게, 그리고 여유 있게 해냈지. 마술대회에서도 그렇게 잘하는 사람은 못 봤어. 아버진 정말 대단한 솜씨를 갖고 있었다, 마이클. 정말 대단했지. 그리고 그날 나를 당황시킨 건 그것뿐만이 아니야. 아버지는 나에게 이런 말을 했어. '프랭크, 넌 마술을 좋아하기만 했지, 소질은 없구나.'라고 말이야. 아버지 말이 옳았어. 내가 마술을 무척 좋아하고, 또 한때는 해보겠다고 실제로 몇 달 동안 거기 빠져서 열심히 연습도 했지. 하지만 내가 바라는 대로 잘 되질 않았어. 분명히 소질이 없었던 거야. 솔직히 말해서, 아버지하고는 비교도 안 되었지."

어느 날 나는 그 에피소드에 대해 한 친구와 이야기를 나눈 적이 있다. 내게 많은 것을 가르쳐준 훌륭한 마음씨와 생각을 가진 친구였다. 그녀는 이런 말을 했다. "정말 치사하고 비열한 짓이야. 열네 살짜리 아이를 그런 식으로 기를 죽이다니. 아이가 그렇게 중요하게 생각하고 잘하고 싶어 하는 일에 찬물을 끼얹다니 말이야." 그녀의 말이 옳았다. 아버지의 말은 프랭크의 연약한 자존심을 건드려서 결국 마술을 그만두게 만들었다. 이제 막 피어오르는 꽃봉오리를 자른 셈이다. 프랭크는 어쨌거나 마술대회에 나갔고, 아주 잘 해냈다. 그러나 그는 자기는 그 분야에서 아버지를 따라갈 수 없다고 믿게 되었다. 내 친구는 이렇게 말했다. "너희 아버지는 아들들이 뭔가 성취하게 되면 자기가 아버지로서의 정체성을 잃어버린다고 생각한 것 같아. 사실이지, 아버지가 할 수 있는 일은 아들들이 감히 도전하지 못하게 못 박았잖아. 열네 살 프랭크가 정말 가엾다. 그때 그 아이는 이걸 엄연한 사실로 받아들였던 거지. '난 아버지만큼 소질이 없어'라는 식으로 말이야. 아직 어린 나이에, 딱하기도 해라."

프랭크는 게리와 달리 큰 사고를 친 적은 없었지만, 그래도 어렸을 때는 게리와 함께 짓궂은 장난을 많이 했다. 지나가는 사람에게 물총을 쏜다든지, 달리는 차에 계란이나 물풍선 따위를 던지거나, 동네 아이들과 뒤엉켜 싸움질을 하는, 개구쟁이다운 그런 짓들이었다.

최근 어느 날 저녁, 나는 프랭크 형하고 포틀랜드의 중국 식당에서 저녁식사를 했다. '홍파로'라는 값도 싸고 멋진 식당인데, 어렸을 때부터 우리 가족이 애용하던 곳이다. 국수를 먹으면서 나는 형에게 물었다. 게리 형처럼 형도 혹시 나쁜 짓을 해보고 싶었던 적은 없었느냐고. 그 말을 듣고 형이 어찌나 웃어대는지, 음식도 제대로 먹지 못할 지경이었다.

잠시 후 웃음이 가라앉자, 형은 이런 이야기를 했다. "내 인생에 있어서 처음이자 마지막 범죄는, 밀키웨이 막대사탕 사건이야. 어렸을 때, 그러니까 내가 가톨릭 학교에 다니고 있을 때였고, 그땐 게리가 아직 도둑질을 시작하기도 전이었어. 어느 날 나는 가게에 들어가서 그 밀키웨이 막대사탕을 훔쳤어. 사탕을 얼른 주머니에 넣고 가게를 나왔지. 아니, 거의 다 나왔을 때였어. 가게 점원이 나를 지켜보고 있었던 모양이야. 그 사람이 날 잡더니, 내 주머니에서 사탕을 꺼내면서 묻더군. '너, 어디 살아?' 그리고 이름이며 이것저것 물어보는 거야. 나는 잔뜩 겁에 질려서 대답했지. '저, 저쪽 길 위에 있는 가톨릭 학교에 다녀요.' 그가 당장 학교로 전화를 걸었고, 학교에서 수녀님 한 분이 오셨어. '맞아요. 얘가 프랭크 맞아요. 도대체 무슨 짓을 했길래요? 막대사탕을 훔쳤다구요? 그럼 그냥 넘어가서는 안 되지요.' 그러자 점원은, '그렇지 않아도 혼을 낼 참입니다.' 하더니, 나더러 쓰레기통을 모두 비워오라는 거야. 그다음엔 자루걸레를 주면서 통로 구석구석을 닦으라고 하고, 다 하니까, 이번에는 가게 앞길을 깨끗이 청소하라고 시키더군. 아, 그건 정말 어린아이한테는 산더미 같은 일이었지. 청소를 다 끝내고 정리 정돈까지 끝난 후에, 가서 말했어. '이제 일 다 끝난 것 같은데요. 아까는 정말 잘못했어요.'라고 말이야. 그러니까 그 사람은, '좋아. 그건 그렇고, 자, 여기 네 사탕 받아라. 이젠 네가 일해서 번 거다.' 하면서 그 막대사탕을 내게 줬지.

나는 고맙다고 인사를 하고, 사탕을 받았어. 집에 돌아오면서, 그 사탕을 먹었지. 그리고 아무에게도 말하지 않을 작정이었어. 그런데 다음 날, 학교에 가니까 그 수녀님이 고해성사를 하라고 시키는 거야. 그리고 칠판에다 다시는 도둑질을 않겠다고 2, 300번 정도 써야 했어. 나는 속으로 이런 생각이 들었어. '그 사탕은 내가 벌어서 얻은 셈인데, 대가를 다 치른 거란 말이야.' 하지만 그날 밤, 학교에서 연락을 받은 아버지에게 나는 더 큰 대가를 치러야 했지. 막대사탕을 훔친 죄로 가죽채찍으로 맞았어. 그래, 내가 왜 도둑놈이 되지 않았는지 궁금하다고 했지? 바로 그런 이유였어.

당시엔 정말 괴로웠지. 하지만 지금도 그때 일을 생각하면 이런 의문이 들어. 그때 내가 무사히 막대사탕을 훔쳤다면? 아마도 계속 사탕을 훔쳤겠지. 그리고 누가 알아? 내가 더 나쁜 길로 빠졌을지도 모르는 일이잖아."

"벌을 받은 경험이 형이 죄를 짓지 않도록 막아줬다는 말인데, 게리 형은 왜 그렇게 된 걸까?" 하고 나는 형에게 물었다.

프랭크는 한동안 골똘히 생각에 잠겼다. 그리고 잠시 후, 입을 열었다. "벌을 안 받았더라면 자신이 더 나빠질 수도 있었다는 생각, 그런 생각을 게리가 해봤더라면 좋았겠지. 게리는 항상 벌을 받았어. 그런데 그 벌은 게리의 행동을 막아준 게 아니라, 오히려 더 악화시켰지. 나는 이렇게 생각해. 게리의 마음속에는 늘 벌을 불러들이는 뭔가가 있었다고. 그러나 나에게는 그런 게 없었을 뿐이야. 이유는 나도 모르겠어. 어떤 때는 이런 생각이 들어. 게리와 게일렌은 어머니와 아버지의 격정적인 기질을 물려받은 거고, 너와 나는 그렇지 않았다고 말이야."

프랭크 형은 나를 바라보며 미소를 지어 보였다. 그리고 어깨를 한 번 으쓱하더니, 다시 국수를 먹기 시작했다.

게리가 점점 더 말썽을 부리기 시작하고, 그래서 아버지와 충돌이 잦아지면서부터, 나의 형 프랭크 2세는 늘 집안의 평화를 위해서 자신이 할 수 있는 온갖 노력을 다했다. 그러나 그건 쉬운 일이 아니었다. 아버지는 늘 큰아들 프랭크와 둘째 아들인 게리를 한자리에 불러놓고 이렇게 말했다. "내일 쓰레기도 치우고, 잔디도 좀 깎아야겠다." 다음 날, 쓰레기를 치우고 잔디를 깎는 것은 언제나 프랭크였다. 게리는 일할 생각도 안 했다.

집안의 평화를 위해 프랭크가 항상 게리의 몫까지 일했다. 그러나 아버지는 그런 건 별로 대수롭게 여기지 않았다. 만일 프랭크 혼자 일을 다 하고 게리는 하지 않았다고 생각이 들면, 아버지는 두 사람 모두에게 벌을 줬다. 예컨대 용돈을 안 주거나, 주말에 영화구경 가는 것을 금지하거나, 이미 약속했던 계획이나 상을 취소하는 벌이었다.

프랭크 형이 말했다. "어느 날, 아버지가 지하실을 청소하라고 시킨 적이 있었어. 난 알레르기가 있어서 지하실에 내려가서 청소하는 게 몹시 꺼림칙했어. 거긴 온통 먼지로 뒤덮여 있었거든. 온몸에 빨갛게 발진이 생길게 뻔한데, 한창 외모에 신경을 쓸 나이에 도저히 못 하겠는 거야. 하지만 아버지한테 뭐라고 말을 해야 할지 모르겠고. 그래서 그냥 이런 식으로 말을 꺼냈어. '이번만 게리한테 시키면 안 될까요?' 하고 말이야. 아버지 대답은 이랬어. '안 돼. 너한테 시킨 일이니까, 네가 해.' 그리고 다음 날, 아버지가 지하실에 내려가보니 청소가 안 돼 있었어. 아버지를 거역하려고 그랬던 건 아니야. 하지만 아버지는 변명이 통하는 사람이 아니었어. 그러니 내가, '아버지, 제가 알레르기가 있어서 그래요.'라고 솔직하게 말하지 못한 거야. 어떻게 해서든 기어코 내게 그 일을 떠맡길 사람이니까. 차라리 그저 아무 말 안 하고 벌을 받는 게 마음 편했어. 그래서 쫓겨났지. 아버지는 두 주먹을 불끈 쥐고 나한테 와서, 당장 나가라고 했어. 이리저리 펄펄 뛰면서 소리를 질렀지. '이 집은 내 집이다. 넌 내 집 지붕 밑에서 살고 있는 거야. 내 말을 그렇게 안 들으려거든, 당장 나가!' 나는 아버지하고 싸우고 싶은 생각은 없었어. 그래서 집을 나왔지. 시내에 있는 싸구려 호텔에서 사나흘 지내다 집으로 돌아왔어. 아버지는 게리를 미워했던 것만큼이나 나도 많이 미워했어. 그래서 아버지하고는 말도 하지 않겠다고 작정하고 지낸 적이 많았지. 식탁에 같이 앉아 식사를 하면서도, 말 한마디 안 한 적도 많아."

아버지가 만들어놓은 규율에는 함정이 하도 많아서, 프랭크는 그 함정을 피하는 것이 점점 어렵게만 느껴졌다. 프랭크가 고등학교를 마칠 무렵이었다. 그는 목수 일을 배우기로 결정하고, 적당한 목수학교에 등록을 했다. 조금이나마 학비를 보태기 위해 시간제 일자리도 구했다. 나머지는 아버지가 보태주기로 했다. 그런데 그 학교에 들어간 지 일주일 만에 프랭크는 아버지의 규율을 네 번이나 어겼고, 그때마다 아버지는 학교를 그만두게 하겠다고 으름장을 놓았다.

프랭크는 1년 후 목수학교를 마쳤을 때를 생각해보았다. 그리고 고생을 할 만한 가치가 없다고 판단을 내렸다. 프랭크는 아버지에게 목수학교를 그만두겠다고 말했다. 아버지가 자신의 장래를 좌지우지하는 게 싫었다. "아버지는 내 인생을 자기 마음대로 조종할 수 있다고 생각했고, 또 일주일에 네 번이나, 그런 위력을 행사하겠다고 내게 협박한 거야. 난 이런 생각을 했어. 아홉 달 동안 기껏 열심히 공부해봐야, 마지막에 가서 이런 소리밖에 못 듣겠구나. '자, 이제 네가 정말 되고 싶었던 사람이 되겠구나. 아홉 달 동안 공부 열심히 하고, 이제 다음 주엔 졸업이지. 하지만 넌 졸업을 하지 못할 거다. 내가 돈을 보내지 않을 테니까 말이야. 넌 그동안 내 말을 잘 듣지 않았고, 규율도 제대로 지키지 않았으니까.' 아버진 툭하면, '내가 한 말은 꼭 지킨다'고 말했지만, 그건 우리한테 벌을 줄 때만 해당되는 말이었지. 아버지가 약속을 지켜야 할 경우엔 꼭 그렇지도 않았어. 그런 식의 태도, 그건 정말 사람을 맥 빠지게 만들지. 어떤 땐 정말 내 생명의 반을 뺏기는 기분이었어."

이런 말을 하고 싶진 않지만 어쩔 수 없이 해야겠다. 프랭크 형의 이야기를 듣고 있노라니까, 나는 그래도 내가 어렸을 때, 그러니까 내 꿈과 희망이 아버지라는 걸림돌에 막히기 전에, 아버지가 돌아가신 게 다행이라는 생각이 들었다. 내가 형들의 뒤를 이어서 아버지와 대결해야 하는 상황에 놓이지 않은 것이 다행스럽기도 했고, 나 역시 한 번 화가 나면 건잡을 수 없는 성격인 데다, 또 꺾일 줄 모르는 고집불통이라는 것을 잘 알기 때문이다. 만일 아버지가 나에게 어떤 미래를 약속했다가 그걸 다시 빼앗았다면, 나는 분명 아버지를 증오했을 것이다. 어쩌면 아버지를 죽이려고 했을지도 모른다. 아니 그보다 더 불행한 상황을 가정해보자면, 나는 그런 식으로 다른 사람도 죽였을지 모른다. 그러므로 나는 내 희망과 야망이 그런 식으로 짓밟히지 않은 것에 감사한다. 그러나 더 다행스러운 일은 짓밟힌 희망을 복수하기 위해 내가 누구도 죽이지 않았다는 점이다.

게리도 그랬지만, 프랭크 2세 역시 자신의 인생을 찾기 시작한 것은 가정이라는 울타리 밖에서였다. 그는 그때 이야기를 하면서 약간 당혹한 표정을 감추지 못했다.

어느 날 저녁, 프랭크 형은 내게 이런 이야기를 들려줬다. "나한테 론이라는 친구가 하나 있었어. 우리는 한동안 단짝처럼 지냈지. 이곳 포틀랜드에서 지내면서 몇 년 동안 계속 같이 어울렸으니까. 근데 우리는 말이야…… 저, 그러니까, 이런 얘기를 듣고 네가 날 너무 나쁜 놈으로 생각하지 않았으면 좋겠다. 그땐 포틀랜드에 매춘이 성행했거든. 론하고 내가 용돈을 모아서 다니던 단골집이 하나 있었어. 우리는 거기서 같이 놀아나곤 했지. 그 당시엔 그보다 안전한 데가 없었고, 또 우리 둘 다 막 나가기로 작정하던 때였어. 그런데 론이 갑자기 자기 어머니를 따라 종교에 빠진 거야. 여호와의 증인이었어. 그 친구는 나한테 늘 그 이야기를 하고 싶어 했지만, 나는 관심이 없었지. 사실 나는 그때 이미 무신론자라고 자처하고 다녔거든. 도대체 신이 존재한다는 걸 믿을 수 없었으니까. 그래서 론이 종교 이야기만 꺼내면, 나는 들으려고 하지 않았어. 내 관심은 아까 말한 것처럼 다른 데 있었어. 그때 나이 탓도 있었겠지만, 나는 종교보다는 그 짓이 더 재미있었으니까.

그러던 어느 날, 론이 나한테 이런 말을 했어. '나는 이 종교가 진리라는 것을 확인했어. 이제부턴 내 인생을 여기에 바칠 거야. 사창가는 앞으로 한 달만 더 다니겠어. 그다음엔, 바른 길을 찾아갈 거야.' 그래서 론과 나는 그곳으로 가서 같이 즐겼지. 술도 마시고 말이야. 그리고 한 달이 지나니까, 론은 정말 생활을 바꾸었어. 진짜 여호와의 증인이 된 거야. 물론 여전히 나랑 만나기는 했어. 우리는 친구였으니까. 론은 진심으로 나를 자기 세계로 끌어들이려고 애를 썼지만, 나는 그의 말을 듣지 않았지. 그러던 어느 날, 론이 우리 어머니에게 자기랑 같이 6개월 코스의 신학 공부를 하자고 제안했어. 어머니는 워낙 종교에 대해서 이야기하는 것을 좋아했잖아. 두 사람이 같이 공부를 할 때면, 나는 옆방에 가 있었어. 끼어들고 싶지 않았거든. 물론 그렇다고 어머니가 론의 이야기를 받아들였던 건 아니야. 어머니는 이렇게 말했어. '그 앤 날이 갈수록 점점 문제더구나.' 그런데 두 사람의 공부가 거의 끝날 무렵쯤, 옆방에서 가만히 들어보니까, 론이 하는 말이 옳다는 생각이 드는 거야. 그래서 어머니에게 말했지. '전 이 교리가 마음에 들어요. 그걸 따르겠어요.' 그 말을 듣자 어머니는 론에게 몹시 화를 냈어. 그리고 모르몬 교회에서 주교님을 모시고 오셨지. 주교는 여호와의 증인 교리는 틀렸다면서, 그걸 믿느니 차라리 가톨릭을 믿으라더군. 모르몬과 가톨릭은 예수가 우리 인간의 죄 때문에 돌아가셨고, 그래서 우리가 죽으면 천국으로 갈 수 있다고 믿는데, 여호와의 증인은 그걸 인정하지 않거든. 나는 어머니와 주교에게 공손한 태도를 보이면서도 이렇게 말했어. '전 이걸 믿습니다.' 하고 말이야. 그리고 그대로 밀고 나갔지. 여호와의 증인에서 나오는 간행물들을 읽고, 집회에도 나갔어. 내가 완전히 여호와의 증인이 된 건 열아홉 살 때였지."

이 이야기는 여러 면에서 나를 감동시켰다. 특히 두 소년이 구원에 대해 관심을 가질 정도로 사색적이고 양심적이었다는 것, 뿐만 아니라 너무 늦기 전에 스스로 악의 구렁텅이에서 빠져나올 만큼 영리하고 강한 의지를 가졌다는 점이다.

그런데 이보다 더 감동적인 부분은 이것이다. 프랭크가 어떤 한계점에 대해서 귀중한 발견을 했다는 점이다. 즉 자신의 영혼을 걸고 종교를 선택했을 때, 그가 감당해야 할 위험에도 한계선이 있다는 것, 그리고 가족 때문에 느껴야 하는 부담도 한계가 있기 마련이라는 사실을 깨달은 것이다. 프랭크는 어머니 쪽도, 아버지 쪽도 아닌 제3의 종교를 선택함으로써, 어머니나 아버지가 만들어놓은 세계관이나 가치관에 따라서 살지 않겠다는 것을 분명히 했다. 그는 자기만의 길을 걷고 싶었던 것이다. 이제 더 이상 가족이라는 굴레에 묶이지 않겠다는 그 나름의 표현 방식이었다. 그렇게 함으로써 그는 자신의 마음속에 더 나은 가정, 더 나은 인생을 그릴 수 있었다. 그리고 그것을 실현시킬 수 있는 날이 오기만을 기다렸다.

게일렌 형에 대한 이야기는 조금 다르다. 형 이야기를 하려니 몇 가지 마음에 걸리는 게 있다. 게일렌 노엘 길모어, 형하고는, 아버지를 제외하고서, 우리 가족 중 유일하게 인터뷰를 하지 못했다. 뿐만 아니라, 그에 대해 잘 알려지지 않은 부분, 그의 비밀들을 알고 있거나 그에 대해 증언을 해줄 만한 사람도 없었다. 그래서 나는 게일렌이라는 인간을 재구성하는 데 필요한 증거물을 확보하지 못했다. 그저 내 기억과 프랭크 형, 그리고 사촌 누나인 브렌다의 기억에 의존할 뿐이다. 그런데 내 마음이 불편한 건, 게일렌을 인터뷰할 수 없다거나 그에 대한 자료를 찾을 수 없기 때문이 아니다. 내가 그의 이야기를 쓰기 위해서 그런 자료들이 필요하다는 점 때문이다. 어쨌든 나는 게일렌 형과 함께 자랐다. 형과 싸우고, 함께 웃고, 그를 원망하고, 그리고 그의 죽음을 슬퍼했다. 나야말로 형을 잘 알아야 할 사람이다. 이 책을 쓰기 시작했던 시점에, 우리 가족 중에서 게일렌에 대해 가장 잘 알고 있는 사람이 누구냐고 누군가가 묻는다면 나라고 대답했을 것이다.

그러나 불과 얼마 전에야 깨달았다. 나는 내 가족에 대해서 알지 못한다는 것, 그리고 어쩌면 영영 그들을 완전히 이해하지 못하리라는 사실을. 나와 형들 사이에는 여러 가지 의미에서 간격이 벌어져 있었다. 게리와 마찬가지로 게일렌 역시 집에 없는 시간이 많았다. 감옥에 들어가 있었거나, 멀리 여행을 가거나, 아니면 밤거리를 쏘다녔다. 이 모두가 결국은 우리가 찾으려다 포기한, 그 금지된 환희의 세계를 찾으려는 몸짓이었다. 게일렌과 게리가 집에 없는 동안 그들에게 무슨 일이 있었는지, 내가 아는 것은 그뿐이었다. 물론 두 형들이 자신의 인생을 만들어간 것은 바로 그 시간이었다. 말하자면 가족의 감시가 없는 자신만의 세계에서, 대범하게 욕망을 추구했고, 최악의 죄를 저질렀으며, 극도의 공포를 경험했다. 그때 그들이 무슨 경험을 했든, 그 모든 것들은 그들과 함께 이 세상에서 사라졌다. 차라리 잘된 일인지도 모른다. 어쩌면 더 이상 알려고 해서는 안 되는 건지도 모르겠다.

그래도 여전히 궁금증을 누를 수가 없다. 게일렌에게 무슨 일이 있었는지, 나는 그 미스터리를 풀고 싶다. 그의 삶은 나를 너무 혼란스럽게 한다. 만일 한 인간이 죽는 모습을 보고 그 사람이 살아온 생애의 진실을 알 수 있다면, 이렇게 말할 수 있다. 게일렌은 치유할 수 없을 만큼 큰 상처를 안고 살았다. 그렇다고 그 상처 때문에 그가 죽은 것은 아니다. 그를 죽음으로 몰아간 것은, 그가 자기 자신에게 어쩔 수 없이 저질러야 했던 그 행위들이다.

이 세상 어느 누구보다 게일렌 형이 가장 그립다. 아버지나 어머니도 아니고, 게리 형도 아니다. 세상 모든 것을 다 주고서라도 갖고 싶다고 생각했던 여인도 아니다. 내 생애에 단 한 시간, 같이 지낼 사람을 한 사람 선택하라면, 나는 게일렌을 선택할 것이다. 나는 형에게 묻고 싶다. 그 미스터리의 비밀을, 무엇이 형을 스스로 소멸할 지경까지 몰아갔는지를.

형들 중에서 나와 가장 치열한 관계를 가졌던 형은 아마 게일렌일 것이다. 내가 어렸을 때는 우리는 함께 놀았다. 아버지의 앨범을 봐도 알 수 있고, 희미하게나마 내 기억에도 남아 있다. 그러나 심지어 집안 분위기가 좋은 가정에서도, 나이 차이가 큰 두 형제가 친하게 지낸다는 게 쉬운 일이 아니다. 내가 여섯 살 때, 게일렌은 열두 살이었다. 그는 그 나이에 벌써 사춘기 소년이 겪는 신비한 열정과 갈망을 알고 있었고, J. D. 샐린저와 잭 케루악의 소설을 읽었고, 디즈니 세계에서 뛰노는 대신 섹스와 로큰롤의 주변에서 서성거리고 있었다. 내가 게일렌에게 〈세 가지 약속〉 따위의 영화를 보여달라고 조르면, 그는 신과 악마의 저주를 받은 처참한 가족 이야기를 다룬 테네시 윌리엄스의 〈지난 여름 갑자기〉 같은 작품을 보여주곤 했다. 대사가 너무 많아서 지루하다고 내가 불평을 하면, 게일렌은 이렇게 말했다. "조용히 하고 잘 봐. 이제 꼬마요정이 나올 차례야."

하지만 내가 기억할 수 있는 무렵엔, 게일렌은 그저 장난치기 좋아하는 형이 아니라, 어린 동생인 나에게 분명한 적의를 가지고 있었다. 우리 사이의 팽팽한 긴장감은 아버지와의 관계 때문이라고 볼 수 있다. 게일렌은 오랫동안 아버지가 가장 총애하는 아들이었다. 그는 얼굴도 잘생겼고, 총명하고 매력적인 소년이었다. 내가 그 자리를 빼앗기 전까지, 그는 아버지와 가장 가까운 아들이었다. 그러나 게일렌은 자라면서 점점 자기 주장을 강하게 내세우고, 조급한 성미와 심술을 보이기 시작했다. 아버지는 그것을 고집과 반항이 싹트는 징조라고 보고, 프랭크와 게리를 때린 것처럼 게일렌에게도 매를 대기 시작했다. 거기다가 게일렌이 열세 살 무렵 살이 약간 찌기 시작하자 —그는 그때 잠깐 살이 쪘다가, 그 후 죽을 때까지 젓가락처럼 마른 몸이었다.— 아버지는 돼지처럼 밥만 먹어서 그렇다고 놀려댔다. 식사 중에 게일렌이 음식을 더 먹으려고 하면, 아버지는 이런 식으로 조롱했다. "그거 어디다 갖다 붙이려고 그러냐? 다리통에? 네 뱃속이 꽉 찼는데, 어디 더 들어가겠니?"

게일렌과 아버지 사이에 생긴 단절은, 바로 그런 것이었다. 그렇다. 그것은 단절이다. 아버지와 게리는 처음부터 관계가 나빴다. 그러나 게일렌은 한때 아버지의 사랑을 받고 자랐다. 그 자리를 내게 빼앗기고, 게일렌에게 돌아온 것은 거부와 조롱이었고, 그는 아버지에게 받은 상처와 분노를 감추지 못했다. 그리고 그 분노의 화살은 나에게 돌아왔다. 예전에 게리가 게일렌을 밀었던 것처럼, 게일렌은 나를 계단에서 밀었다. 또 내 팔을 등 뒤로 꺾으면서, 자기의 부당한 행실에 대해 입 다물고 있으라는 약속을 받아내기도 했다. 언젠가 아버지가 게일렌이 몹시 가지고 싶어 하던 물건을—아마 손잡이에 진주가 박히고 니켈로 도금한 장난감 권총이었던 것 같다.—빼앗아서 나에게 주기 위해 게일렌에게 벌을 준 적이 있었다. 그다음 날엔가, 아버지가 나간 사이, 게일렌은 내 장난감 권총을 모두 끌어다 마당에 내놓고는 나를 집 안에 가두고 문을 잠갔다. 나는 식당 창문으로 밖을 내다보았다. 게일렌은 도끼를 가지고 내 장난감을 하나하나 박살냈다. 그런 다음 부서진 조각들을 모두 쓰레기통에 버리고, 집 안으로 들어왔다. 그는 울고 있었다. 그리고 고통으로 일그러진 목소리로 내게 말했다. "언젠가는, 너도 미움받을 거야. 두고 봐."

그 무렵에 생긴 일 중에서 최악의 기억으로 남아 있는 사건은 어느 크리스마스에 벌어졌다. 게일렌과 게리, 아버지 모두와 관계 있는 사건이다. 그 싸움이 어떻게 해서 시작됐는지는 기억나지 않는다. 어느새 아버지와 게리가 치열하게 맞붙고 있었다. 그들은 점점 격렬하게 싸우다가, 급기야는 서로를 죽이겠다고 으르렁거리기 시작했다. 어머니는 제발 그만 좀 하라고 말리고 있었지만, 두 사람은 이미 걷잡을 수 없는 상태였다. 그때 게일렌이 끼어들었다. 그리고 아버지에게 게리를 놔두라고 말했다. 그때 아버지는 나이가 아주 많았지만 여전히 놀랄 만큼 힘이 셌다. 그는 주먹을 불끈 쥐고서 게일렌의 배를 강타했다. 그 순간을 난 잊을 수가 없다. 그 주먹의 무서운 위력을. 게일렌은 고통과 쇼크로 배를 움켜쥐며 고꾸라졌고, 게리가 그에게 달려갔다. 아버지는 나를 잡고서 말했다. 우리끼리 멀리 가자고, 호텔에 가서 우리 둘만의 크리스마스를 보내자고. 그러나 나는 그 순간 아버지를 따라가고 싶지 않았고, 그래서 싫다고 대답했다. "너마저 날 저버리는 거냐."라고 말하는 아버지 얼굴에 담긴 분노를 보고 나는 마음을 바꿀 수밖에 없었다. 내가 따라가지 않는다면, 아버지가 우리 모두에게 무슨 짓을 할까봐 두려웠다.

어머니는 아버지에게 애원했다. 그냥 집에 있으라고, 게일렌과 게리에게 미안하다고 하라고, 크리스마스를 이렇게 망치지 말라고, 아니면 나라도 형들과 함께 크리스마스를 지내게 놔두라고 애원했다. 아버지는 어느 말에도 귀 기울이지 않았다. 아버지와 내가 차에 타고 떠나던 그 순간, 어머니와 형들은 현관에 서서 우리가 떠나는 걸 지켜보고 있었다. 나를 바라보는 형들의 표정에서 나는 분명히 읽을 수 있었다. 그들은 그날의 나를 결코 용서하지 않으리라는 것, 그리고 앞으로 그들의 형제애에 나를 끼워주지 않으리라는 것을.

집을 빠져나오면서, 나는 나 자신이 배신자로 느껴졌다. 나는 형들과 함께 거기 있고 싶었다. 형들과 함께 현관에 서서, 그들의 가슴에 상처를 준 그 장본인이 떠나가는 모습을 지켜보고 싶었다.

그 후 몇 달이 지났다. 게일렌이 나를 뒤곁 베란다로 부르더니 줄 게 있다고 했다. 그는 흰 종이로 포장하고 빨간색 리본을 두른 작은 상자 하나를 내게 내밀었다. 나는 가슴이 두근거렸다. 선물 받는 걸 굉장히 좋아했기 때문이다. 리본을 풀고 포장을 끌렀다. 상자 안에는 작고 이상한 물체가 있었는데, 그 당시 과자상자에 들어 있는 작은 장난감 정도의 크기였다. 그것도 종이에 싸여 있었다. 나는 그 포장도 끌렀다. 선물이 나왔다. 딱딱하게 굳은 개똥이었다. 게일렌은 잔뜩 굳은 내 얼굴을 보고 깔깔 웃으며 말했다. "너 말이야, 비겁하게 엄마나 아빠에게 말하면 나한테 맞아 죽을 줄 알아." 나는 베란다에 주저앉아서 선물을 내려다보았다. 형들이 날 진심으로 미워한다는 생각이 들었다. 잠시 후 나는 선물을 던져버리고 뒤뜰에 있는 나무 아래에 몇 시간 동안 앉아 있었다. 언젠가는 내가 그들을 모두 버리고 멀리 떠나겠다는 생각, 그때 처음으로 그런 생각을 했다.

게일렌과 말싸움이 벌어지면, 아버지는 그에게 게리의 뒤를 따르고 있다면서, "넌 못된 저질 도둑놈이 되려는 거냐? 네 형처럼 말이다."라고 비난을 퍼부었다.

아버지의 사랑을 박탈당한 이후로, 게일렌이 범죄에 빠지려고 애썼던 것은 사실이다. 게리가 범죄 충동을 느낄 때마다 그것을 행동으로 옮겼다면, 게일렌은 범죄 행위에 대한 생각에 몰두했다. 범죄에 대한 그의 관념은 몇몇 친구들과 여자들의 마음을 사로잡기도 하고, 여러 차례 감옥에도 드나들게 했지만, 그러나 그는 게리처럼 끊임없이 위험스럽고 두려운 범죄자로 살지는 않았다. 게리가 행동을 했다면, 게일렌은 생각하기를 좋아했다. 그러나 결국에는 둘 다 폭력으로 죽었다. 한 사람은 살인자로, 또 한 사람은 피해자로.

게일렌이 범죄 행위에 심취했던 것은, 어느 정도는 단순히 예민하고 반항적인 젊음의 탓으로 볼 수도 있다. 사회의 고루한 가치관과 자신은 다르다는 걸 증명하기 위해 반영웅적인 태도를 취하는 건, 1950년대와 60년대의 젊은이들 사이에 유행했던 풍조였다. 게일렌이 특히 좋아했던 것은 완전범죄에 대한 이야기였다. 다른 아이들이 스포츠 신기록을 세우는 데 관심을 갖거나 끝내주는 소설을 쓰고 싶다거나 멋진 음악을 만들고 싶어 하는 열정을 그는 범죄 이야기에 쏟았다. 예전엔 시집을 읽던 게일렌이 언제부턴가, 범죄에 대한 책을 모으기 시작했다. 예컨대 1932년에 일어났던 찰스 린드버그의 어린 아들 유괴사건을 다룬 책이 대표적이다. 게일렌은 그 사건에 완전히 사로잡혀서, 자주 그 이야기를 했다. 린드버그 대령이 한창 명성을 날리던 당시, 누군가 뉴저지의 호프웰에 있는 그의 저택에 침입해서 20개월 된 아들 찰스 린드버그 2세를 유괴했다. 유괴범은 아기의 몸값으로 5만 달러를 요구하는 쪽지를 남겨놓았다. 린드버그는 요구대로 몸값을 보냈지만, 아기는 돌아오지 않았다. 몇 주 후 린드버그의 집에서 그리 멀지 않은 숲에서 아기의 시체가 발견되었다. 아기는 유괴된 직후 살해된 것으로 밝혀졌다. 그 후 브루노 하웁트만이라는 사람에 대한 재판이 세상의 이목을 끌었다. 그는 독일 이민자인데, 린드버그가 몸값으로 보낸 돈의 일부를 가지고 있다가 체포되었다. 그는 사형을 선고받았고, 처형될 때도 세상의 관심을 모았다. 유괴사건이 일어난 지 4년 후, 하웁트만은 뉴저지 주립형무소 전기의자에 앉아 처형되었다. 형무소 밖에서는 군중들이 몰려들어 환호했고, 행상인들은 전기의자와 유괴할 때 썼던 사다리 모형을 팔았다. 그러나 하웁트만이 죽은 후에도 그 사건의 미스터리는 풀리지 않았고 사람들의 관심은 사라지지 않았다. 그 사건을 주시하던 몇몇 사람들에게는 아직 미해결의 사건으로 남아 있었다. 게일렌은 그 책들을 꼼꼼히 읽고 나서, 브루노 하웁트만은 무고하게 사형당한 거라고 결론지었다. 누군가 다른 사람들이 아이를 유괴하고 살해한 후 도망쳤다는 것이다. 게일렌은 몇 주일에 걸쳐서 그 사건을 하나하나 분석했다. 마치 야심 가득한 예술가가 어느 위대한 걸작품을 앞에 놓고서 그 천재성을 이해하려고, 혹은 그에 동화되려고 애쓰는 모습과도 같았다.

게일렌을 사로잡았던 또 하나의 사건은, 악명 높은 레오폴드와 러브 사건이었다. 나단 레오폴드와 리처드 러브는 부유한 명문가에서 자란, 두뇌가 명석한 시카고 대학생들이었다. 두 사람은 모두 프리드리히 니체의 초인 사상에 심취해 있었고, 어린 시절에 성적인 학대를 받은 경험이 있었다. 1924년, 레오폴드와 러브는 보비 프랭크스라는 열네 살 소년을 차에 태웠다. 소년이 차에 타자 러브는 뒷좌석에서 조각칼로 소년의 등을 찔러 죽였다. 그러고 나서 두 사람은 저녁식사를 했다. 그날 밤 늦게 그들은 소년의 옷을 벗기고, 얼굴에 초산을 부었다. 얼굴을 알아보지 못하게 하기 위해서였다. 그런 다음 시카고 늪지 근처의 하수관에 시체를 버리고, 곧바로 소년의 부모에게 몸값을 요구했다. 그들의 목적은 완전범죄였다. 끔찍하고 잔인한 살인을 하고 미궁에 빠뜨리는 것이 목적이었다. 그러나 그들은 몇 가지 단서를 남기고 말았다. 그들 범죄의 또 다른 목적은 그런 행동을 하면서 아무것도 느끼지 않는 것, 즉 양심의 가책이나 죄책감 없이 아이를 살해하는 것이었다. 레오폴드-러브 사건이 게일렌을 매료시킨 것은 바로 그 점이었다. 그는 내게 이런 말을 했다. "그들은 자신들이 저지른 행위에 대해서 아무것도 느끼려 하지 않았어. 자기들을 초인이라고 여기고, 초인들은 살인의 쾌락이나 경험을 위해서 다른 약한 사람들을 죽일 권리가 있다고 생각했던 거야."

게일렌은 아직 어린 내게 이런 악명 높은 사건에 대한 이야기를 해주기도 하고, 자기 첫사랑은 영화 〈나쁜 종자〉에서 닥치는 대로 사람들을 죽이는 로다라는 소녀 역을 맡았던 패트리샤 맥코맥이라는 이야기들을 털어놓곤 했다. 그럴 때면, 나는 게일렌이 그가 마음속에 그리는 인물들처럼 나쁜 사람은 아니라고 생각하려 했다. 형이 범죄를 연구하는 것은 자기가 그런 짓을 저지르지 않기 위해서라고, 그래서 마음속에서는 끔찍한 죄를 상상할지언정, 현실에서 실행에 옮기지는 않을 거라고, 그렇게 생각하곤 했다. 내 생각이 옳았던 것 같다. 게일렌의 범죄 기록을 보면, 기껏해야 좀도둑질이나 부도수표 수준이다. 다만 한 가지 나쁜 버릇이 있었는데, 절친한 친구들의 부인과 자주 바람을 피웠다. 게일렌이 살인을 한다거나, 또는 다른 사람에게서 희망과 행복을 송두리째 앗아갈 정도로 잔인한 짓을 할 수 없었던 것은, 그가 그래도 도덕적이었거나 아니면 신중한 사람이었기 때문이라 생각하고 싶다. 그의 마음속에서 선이 승리했기 때문일 것이다. 혹 게일렌이 완전범죄를 저지르고 그것을 완벽하게 은폐했을 수도 있다. 하지만 지나치게 술을 좋아하던 그가 그렇게 오랫동안 침묵을 지키기는 거의 불가능했을 것이다.

그러고 보니 게일렌의 매력에 대해 내가 제대로 설명하지 않은 것 같다. 사실 그는 어딘가 사람의 마음을 끄는 데가 있는, 재미있고 또 매우 영리하고 재주 많은 사람이었다. 우리 가족 중에서 가장 뛰어난 글솜씨를 갖고 있었다. 그러면서도 또 한편으로는 비열하고 아주 무모한 데가 있었다. 적어도 내가 보기에는, 그의 훌륭한 면과 악한 면은 뿌리가 같았다. 게일렌은 어린 시절 한때 아버지에게 사랑과 인정을 받았던 기억을 간직하고 있었다. 두 사람 사이의 사랑이 증오로 바뀌었을 때, 게일렌의 내면세계는 모두 뒤죽박죽이 되었다. 자신을 가장 사랑해주던 사람이 이젠 야비하고 잔인하게 매질을 했다. 이렇게 세상이 뒤집어지는 일을 겪으면, 한때 사랑했던 사람을 미워하는 수준에서 그치지 않는다. 사랑의 감정 자체와 그 가치를 증오하고 조롱하게 만들 수도 있다.

어쨌든 게일렌을 사로잡았던 건 죄악과 어둠만이 아니었다. 그가 악마적인 것에 매료되었던 건 사실이지만, 한편으로는 자신을 이끌어줄 수 있는 사랑을 필요로 했다. 나는 그가 쓴 시를 보고 그 마음을 느낄 수 있었다. 게일렌의 시는 정말 훌륭했다. 그의 시는, 스스로 선택했고 또 동시에 운명적으로 자신을 덮친 파멸에 대해서, 그리고 스스로 지옥의 불길에 뛰어든 자신의 빗나간 인생에 대해 그리고 있었다. 그것은 열정적인 리듬과 경탄할 만한 언어로 표출되고 있었다. 게일렌은 200여 편에 이르는 시를 썼고, 스스로 그 시에 긍지를 가지고 있었다. 그런데 어느 날, 형이 사랑하던 여자와 심하게 다투고 집에 왔다. 그는 독한 술을 마시며 동이 틀 때까지 자신의 시를 한 편 한 편 읽어나갔다. 다 읽자, 그는 남은 술을 거기 붓고 불을 붙였다. 그러면서 그 여자가 다시 자기에게 돌아와서 그녀를 위한 시를 쓸 수 있을 때까지 절대로 시를 쓰지 않겠노라고 맹세했다. 먼 훗날 게일렌이 고통스럽게 죽어갈 때, 그 여자는 그의 병상 옆에 앉아 있었다. 게일렌이 죽은 후, 간호사가 침대 옆에 있던 스탠드를 청소하다가 휘갈겨 쓴 게일렌의 시를 한 편 발견했다. 그 시가 그가 남긴 유일한 작품으로, 이루어질 수 없는 사랑의 아픔을 그리고 있었다. 그 시는 이렇게 시작한다. "말로는 할 수 없는 이야기가 있지 / 그것이 실현되기 전까지는."

내가 이야기를 너무 앞질렀나보다. 게일렌이 문제를 일으켰던 건, 그의 나이 열두세 살 무렵, 학교를 빠지고 다른 문제아들과 함께 존슨 크릭의 숲을 이리저리 배회하기 시작하면서부터다. 그 역시 게리와 마찬가지로 오토바이 재킷을 걸치고 다니면서, 제임스 딘이나 엘비스 프레슬리 흉내를 내고 싶어 했다. (나중에 게일렌이 살이 빠졌을 때는 젊은 시절의 엘비스 프레슬리와 많이 비슷했다.) 그는 술과 담배를 입에 댔다. 하지만 아버지를 더욱 화나게 한 건, 게일렌이 도둑질을 하기 시작한 것이다. 게일렌은 도둑질과 술을 평생 끊지 못했다. 아버지가 책상 위, 혹은 바지 주머니에 돈을 놔두면, 게일렌은 그 돈을 슬쩍하고는 시치미를 뚝 뗐다. 가게에서 멋진 모델의 장난감 자동차나 마음에 드는 티셔츠라도 발견하는 날이면, 그는 어떻게 해서든 들키지 않고 그걸 손에 넣을 방법을 찾았다. 만일 방법이 여의치 않을 땐 집에 있는 물건을 들고 나가 전당포에 팔아서 돈을 마련했다. 그렇게 어머니가 아끼는 귀중한 시계며, 상으로 받은 기념품들이 없어졌다. 지금 생각해보면, 게일렌은 늘 뭔가에 굶주렸던 것 같다. 항상 뭔가를 갖고 싶어 했고, 한번 갖고 싶다는 생각이 들면 당장 손에 넣으려 했다. 마치 시간에 쫓기는 사람처럼, 그는 그걸 정당하게 획득하기 위해 시간과 노력을 들이며 기다리지 못했다.

술은 도둑질보다 더 나쁜 버릇이었다. 프랭크의 말로는 게일렌이 술을 마시기 시작한 것은 열두 살 무렵이었고, 그 후로 입에서 술을 떼지 못했다고 한다.

한번은 이런 일이 있었다. 어머니와 내가 시애틀에서 버스를 타고 포틀랜드의 집으로 온 적이 있었다. 집에 도착하자, 게일렌이 문을 열면서 어머니가 들고 있던 짐을 받았는데, 그는 머리칼 하나 없는 빡빡머리였다. 기절초풍을 한 어머니는 말문이 막힌 채, 동그랗게 드러나 반짝반짝 빛나는 그의 머리통만 바라보았다. 그 앞에서 게일렌은 아무렇지도 않은 척 애쓰면서, 뭔가 말하려고 입술만 달싹였다. 마침내 어머니 입에서 말이 새어 나왔다. "도대체 네 머리에 무슨 짓을 한 거니?" 게일렌은 당시 노는 애들 사이에 유행하는 인디언 모호크 족 스타일로 머리를 깎으려고 했다고 설명했다. 이틀 전에, 그는 한 친구와 술을 마시고 서로 머리를 깎아주기로 했다. 그런데 그 친구가 줄을 똑바로 맞추지 못하는 바람에 이리저리 손을 대다보니 모양이 엉망이 되었다. 그러자 게일렌이 술김에 다 밀어버리라고 한 것이다. "너, 그 꼴로는 나하고 밖에 나갈 생각 하지 마라. 어쩌면 그렇게 끔찍한 꼴을 만들었니? 머리가 자랄 때까지 야구모자를 쓰든가, 털모자를 쓰든가, 아니면 다른 아무거라도 쓰고 있어." 하고 어머니는 말했다. 그러나 어머니가 게일렌이 술 마시는 것에 대해 잔소리 한

마디 하는 걸 본 적이 없다.

그 뒤 며칠이 지났다. 내가 거실에서 텔레비전을 보고 있는데, 게일렌이 현관문을 열고 들어왔다. 머리는 여전히 빡빡머리에, 그날은 웃통까지 벗고 있었다. 머리에서부터 허리까지 몸 여기저기 핏자국이 나 있고, 가는 핏줄기까지 흐르고 있었다. 그는 동네 갱단에 들어가려고 했다. 그런데 그 갱의 두목이 신고식을 받는답시고 형의 옷을 벗기고 몸을 묶고는, 작은 총알의 라이플 소총을 쏴댄 것이다. 적어도 내가 기억하는 바로는 그랬다. 어머니는 게일렌을 식탁 의자에 앉히고 몸에 묻은 피를 닦아주었다. 그의 팔과 가슴에서 작은 총알들이 나왔다. 어머니는 울면서 경찰에 알리겠다고 했지만, 게일렌이 한사코 말렸다. 자기가 알아서 처리하겠다고 했다. 그는 조금도 두려워하는 기색이 없었다. 그저 냉정하고 결연한 모습이었다. 얼마 후 우리는 그 10대 갱단 두목이 골목길을 가다가 습격을 받았고, BB총에 맞아 눈을 심하게 다쳤다는 소식을 들었다. 누구 짓인지 짐작이 가는 일이었다.

그 이야기에서 가장 생생하게 기억나는 장면은 이것이다. 형이 문을 열고 들어오던 순간의 모습. 그 모습은 나의 뇌리에 강하게 각인되어 있다. 그의 벗은 몸에서 핏줄기가 흘러내리는 모습을 보면서, 나는 두려움과 전율을 느꼈다. 순간 나도 형 같은 사람이 되고 싶었다. 몸에서 피가 흘러도, 태연하고 결연한 자세로 걸을 수 있기를, 피를 흘리면서도 조금도 아프지 않은 것처럼, 나도 형처럼 행동할 수 있기를 바랐다.

마침내 게일렌의 반항이 게리 못지않게 극에 달했다. 프랭크 형은 말했다. "너도 알다시피, 아버진 항상 수천 가지 규칙을 정해놓으셨잖아. 그중 하나가 제시간에 집에 들어오지 않으면, 문을 잠그고 못 들어오게 하는 거였어. 그게 아마 밤 10시였을 거야. 그런데 게일렌은 꼭 10시 30분이나 11시에 들어오는 거야. 그 시간이면 물론 문이 잠겨 있지. 그러면 술에 취한 게일렌이 밖에서, 엄마 아빠를 부르며 문 열어달라고 고래고래 소리를 지르면서, 발길로 문을 걷어차곤 했어. 그러면 아버지가 문을 열어주지. 물론 주먹이나 발이 같이 날아가고. 또 한바탕 소동이 일어나는 거야. 길 저 아래쪽 사는 동네 사람들한테까지 그 소리가 들린다고 했어.

그때 이런 생각을 했던 기억이 나. '게리 하나만으로도 충분한데, 이젠 집안에 엄마 아빠 골치를 썩이는 말썽꾸러기가 둘이 됐구나.' 하고 말이야. 그 후론, 우리 집은 한 순간도 평화로운 적이 없었지."

그 무렵 게리는 권총을 훔친 죄로 로키 뷰트 감옥에서 복역 중이었다. 그러다 1958년에 풀려나, '브레스 기기회사'에 취직이 되어 다니고 있었다. 이때도 여전히 게리는 밤늦도록 돌아다니면서 온갖 비행을 저질렀다. 차를 훔치기도 하고, 강도짓도 많이 했다. 그러나 한동안은 아버지가 돈을 쓴 덕택에 다시 감옥으로 잡혀가는 건 피할 수가 있었다.

그러다가 한 미성년 소녀와 관련된 사건이 터졌다. 그 소녀의 이름을 애니타라고 하자.

내가 그 이야기를 알게 된 출처는 두 군데이다. 래리 실러가 내게 빌려준 인터뷰 테이프에는 게리가 죽기 이틀 전에 변호사와 나눈 대화가 들어 있었다. "게리, 당신에게 자식이 없는 건 확실합니까?" 하고 변호사가 묻자, 게리는 이렇게 대답했다. "없을 겁니다. 아이가 하나 있기는 했지만, 죽었어요. 포틀랜드에 있을 때, 그러니까 아주 오래전 일이지요. 그 아이는 태어나자마자 죽었습니다." 이걸 듣는 순간, 나는 큰 충격을 받았다. 전혀 몰랐던 내용이었다. 하지만 이야기는 거기서 끝났다. 게리는 그 일에 대해 더 할 말이 없었던 것이다.

그 후 몇 달이 지난 뒤, 나는 멀트노마 군에서 보관하고 있던 게리의 재판 기록을 볼 기회가 있었는데, 거기에는 미성년자 보호법 위반과 강간죄에 대한 기소 내용이 있었다. 고발장에는 게리와 다른 청년이 미성년자 소녀 한두 명에게 술을 먹인 다음 유혹했다고 되어 있었지만, 어쩐지 그렇게 틀에 박힌 내용일 것 같지 않았다. 그 후 게리와 함께 기소되었던 친구—그 사람을 리처드라고 하겠다.—와 연락이 되었고, 그는 나를 만나서 사건의 전말을 이야기해주겠다고 했다.

비가 몹시 세차게 내리던 날 아침, 리처드가 나를 찾아왔다. 희끗희끗한 턱수염이 난 그는 번듯한 남자였다. 나이는 쉰둘 정도. 내가 지금까지 만나본 게리의 친구들과는 전혀 판이한 인상이었다. 그는 고생이나 세파를 모르고 살아온 사람처럼 보였다. 오히려 점잖은 집안에서 반듯하게 자란 사람처럼 호감을 주는 인상이었다. 사실 게리와 함께 어울렸던 그 시절은 그에게 있어서 인생의 전환점이었다. 리처드가 게리를 처음 만난 건 브레스 기기회사에서 근무할 때였다. 커피를 앞에 놓고 앉자, 리처드가 말했다. "당신의 형, 게리한테는 외톨이 같은 분위기가 느껴졌어요. 약간 수줍은 듯하면서도 좀 겁을 먹은 것 같았어요. 모든 것이 너무 낯설다는 그런 태도였지요. 나는 그런 점 때문에 일종의 동료의식을 느꼈어요. 사실 나도 그때 외로웠습니다. 청각에 약간 문제도 있었구요. 그래서 나는 사람을 잘 사귀지 못했어요. 하여간 나는 게리와 친구가 되기로 했습니다. 그래서 그를 도와주었죠. 필요한 물건들이 어디 어디에 있는지 가르쳐주기도 하고, 또 그걸 어떻게 사용하는지, 뭐 그런 것들이었지요. 우리는 함께 술을 마시러 갈 만큼 친해졌습니다.

내가 살던 아파트는 포틀랜드 북부에 있는 윌더가 23번지에 있었어요. 나한테는 여자친구가 둘 있었는데, 그 애들은 서너 블록 떨어진 곳에 살고 있었지요. 주말이면 늘 내 아파트에 와서 놀았어요. 어떤 때는 그중 하나가 늦게까지 있다 갈 때도 있었습니다. 우리는 같이 술도 마시고, 또 젊은 애들이 만나서 할 만한 짓도 했지요."

리처드의 이야기는 계속되었다. "어느 화요일 아침이었어요. 게리와 나는 그날 둘 다 오후 근무였고, 게리는 내 아파트에서 같이 자고 있었어요. 아직 이른 시간인데, 여자친구들이 현관문을 두드리면서 우리를 깨웠습니다. 그 애들은 어린 여자애 하나를 데리고 왔어요. 열네 살짜리 소녀였지요. 모두들 학교에 가는 길이었답니다. 언니들은 고등학교에, 동생은 초등학교에 다니고 있었지요. 그들은 브로드웨이 쪽으로 가서 버스를 타고 가려던 참이었어요. 두 친구는 그래도 학교에 늦지 않으려고 서둘렀는데, 그 꼬마 소녀—이름은 애니타—는 가려고 하지 않는 거예요. 그래서 두 언니들은 학교에 갔고, 애니타와 게리, 그리고 나는 둘러앉아서 이야기도 하고 카드놀이도 했습니다. 나는 애니타에게 이제 그만 집에 가는 게 좋겠다고 계속 타일렀지요. 우리도 오후 3시 30분에는 출근을 해야 했으니까요. 출근 시간이 가까워지니까, 게리가 이러더군요. '오늘은 별로 일하러 가고 싶지 않은걸.' 그래서 난, '알았어.' 하고 대답했지만, 속으론 이런 생각을 했어요. '제길, 이건 아닌데.' 하지만 게리한테 뭐라고 말하진 않았어요. 난 그냥 차를 타고 혼자 출근했습니다.

퇴근 후 집에 와보니, 애니타가 정신없이 술에 취해서 침대 한가운데에 누워 있었어요. 몸에는 얇은 속옷만 걸치고 있더군요. 게리는 보이지 않았어요. 그때 시간이 새벽 1시였고, 또 그 아이가 정신을 차리지 못했기 때문에, 그냥 자도록 내버려두었습니다. 나는 의자에 앉아서 잠깐 눈을 붙였지요. 아침이 되자, 나는 그녀를 깨워서 옷을 입고 집으로 가라고 했습니다. 이제 뭔가 나쁜 일이 닥칠 건 뻔한 일이었지요. 나는 이제나 저제나 기다렸습니다. 다음 날 아침, 쾅 쾅 문을 두드리는 소리가 났어요. 경찰이 내 체포영장을 가지고 온 겁니다.

경찰이 들이닥치더니 나를 벽에 밀어붙이고는, 손에 수갑을 채웠어요. 그리고 차에 태워서 감옥으로 보냈습니다. 우리 형이 신문에서 내 체포 소식을 보고는, 날 보석으로 빼냈어요. 나는 형에게 사실대로 이야기했지요. 그리고 여자친구들에게 연락을 해서, 자세한 내용을 물어봤습니다. 그 아이의 어머니가 고발했다고 하더군요. 딸이 강간이나 적어도 추행을 당했다고 했답니다. 사실, 난 게리가 그 아이를 유혹했다고 생각해요. 하지만 그 애의 나이를 생각해보면, 그건 강간이나 다름없죠. 어쨌든 내 아파트에서 생긴 일이기 때문에 내가 죄를 뒤집어쓴 겁니다. 결국은 여자친구들이 나서서 내가 무고하다는 걸 밝혀주었는데, 물론 나는 내 무죄를 증명하기 위해서 게리의 이름을 말하지 않을 수 없었습니다."

며칠 후, 경찰은 존슨 크릭의 우리 집에 있던 게리를 체포해서, 포틀랜드 시내에 있는 시립 교도소로 데리고 갔다. 경찰들은 진술을 맞춰보기 위해 게리와 리처드를 나란히 붙어 있는 방에서 각각 심문했다. 심문 도중 경찰이 게리가 한 말을 리처드에게 확인하려고 잠깐 자리를 비웠다. 그 방 높은 곳에 창문이 반쯤 열려 있었는데, 게리는 의자를 갖다놓고 펄쩍 뛰어올라 창틀을 움켜잡았다. 그리고 몸을 끌어올려서 창밖으로 빠져나왔다. 창문의 높이는 지상 6미터 정도였다. 그는 거기서 뛰어내려 그대로 도망쳤다. 경찰은 그를 잡지 못했다.

게리는 리처드가 자기 이름을 댄 것에 앙심을 품고 끝내 복수를 했다. 어느 날 밤, 집에 들어온 리처드는 기타와 라디오, 그리고 아주 소중한 기찻길 모양의 주머니 시계가 없어진 걸 알았다. 그 시계는 돌아가신 아버지의 유일한 유품이었다. 게리가 그 물건들을 훔쳤다는 걸 나중에 알았다. 기타는 다시 찾았지만 수리가 불가능할 정도로 망가져 있었다. 또 온 동네를 다니며 전당포를 뒤져봤지만, 시계는 끝내 찾지 못했다. 그 겨울 아침, 나를 찾아왔던 날에도, 리처드는 혹시나 내가 그걸 대신 보관하고 있지나 않을까 하는 한 가닥 희망을 갖고 있었다. 그러나 유감스럽게도 나는 갖고 있지 않았다.

"내가 게리한테 참 어수룩하게 보였던 모양입니다." 하고 리처드는 작별 인사를 하기 전에 내게 말했다. "외로워서 친구가 필요했던 터라, 나한테 접근하기가 아주 쉬웠을 거예요. 게리 역시 나만큼이나 친구가 필요했죠. 하지만 게리는 그 우정을 간직하지 못했어요. 나 같으면 게리처럼 친구 집에 무단침입하고 믿음을 저버리는 그런 행동을 하지 않았을 겁니다."

게리는 캘리포니아로 도망쳤고, 샌디에이고까지 갔다. 거기서 그는 옛 여자친구와 함께 지내면서 이름을 바꿨다. 새 이름은 존 로였다. 샌디에이고 생활 역시 포틀랜드에 있을 때와 크게 다르지 않았다. 샌디에이고와 로스앤젤레스에서 지내는 한 달 동안, 그는 다섯 건의 죄목으로 체포되었다. 무면허 운전부터 술 절도죄까지 다양했다. 게리는 텍사스로 갔고, 거기서 부랑죄로 잡혔다. 엘파소 경찰은 존 로의 본명이 오리건에서 강간죄로 수배 중인 게리 길모어라는 걸 알았다. 그들은 게리를 포틀랜드로 보냈다.

게리는 애초에 강간죄로 기소되었으나, 일이 복잡하게 꼬였다. 그 소녀가 임신을 한 것이다. 어머니가 다른 사람들에게 한 말을 들어보면, 아버지는 병원비와 아기 양육비를 몇 년 동안 대주는 대신에 고소를 취하해달라고 제의했다. 애니타의 가족은, 게리가 다시는 애니타와 아기를 볼 수 없다는 조건으로 이에 동의했다. 1960년 여름, 애니타는 사내아기를 낳았다. (나는 아기 이름을 모른다. 또 알려고도 하지 않았다.) 어머니는 한 번 찾아가서 아기를 안아본 적이 있다고 누군가에게 말한 적이 있다. 애니타와 그녀의 가족은 곧 오리건을 떠났고, 그 후로도 어머니는 그녀와 가끔씩 연락을 하고 지냈다. 게리가 생각한 것과는 달리, 그의 아들은 살아 있었다. 어머니는 언젠가 말했다. "게리가 그 여자애를 사랑했던 것 같진 않아. 하지만 아기는 사랑했을지도 모르지. 아기가 죽었다고 생각하고, 그래서 만나볼 생각도 하지 않았던 건 차라리 잘된 일이었어."

게리는 결국 절도죄로 1년 동안 감옥에 수감됐다. 낡은 자동차를 훔친 죄였다. 1960년 9월 세일럼에 있는 오리건 주립교화소에 수용되었다. 수

감되면서 했던 면접에서 게리는 아버지에 대해서 이런 말을 했다. "난 정말 아버지를 잘 모르겠어요. 내가 해달라는 대로 해주겠다는 식이에요." 어머니에 대해서는 이렇게 말했다. "어머니는 미인이고 좋은 분이세요. 내가 하는 대로 내버려두시죠. 내가 스스로 결정할 수 있는 나이라고 보고 간섭을 안 합니다. 내 결정을 존중해주시지요." 그러면서 그는, 이런 말은 아버지나 어머니, 그리고 그 누구에게도 말해본 적 없다고 말했다. "이런 말을 하는 건 쑥스럽잖아요." 첨부된 정신감정 파일에는 면접자가 적어놓은 글이 있었다. "길모어 군은 쾌락-고통의 원칙에 입각해서 행동한다. 그의 성격 형성은 자기만족감이라는 유아적 개념에 입각해 있다. 그 밑바탕에는 파괴적인 가족사, 즉 무력한 어머니와 권위에 대해서 노골적으로 적대감을 보이며 횡포적인 성격을 가진 아버지가 연루되어 있다. 문제는 본 입소자는 아버지의 후견 아래 자라왔는데, 그 아버지가 권위적인 역할을 수용할 능력이 없다는 사실이다. 길모어 군은 확실히 이런 기질에 동화되었던 것 같다. 그의 주도면밀한 체포과정 기록은 주목할 만하다. 길모어는 성격장애자로 보인다." 면접자는 또한 게리가 뛰어난 그림 솜씨를 가지고 있고, 학과 시험 성적도 우수하다고 적어놓았다. 종합적으로 게리에 대한 평가는 혼란스러웠다. 두뇌는 매우 명석하지만, 어이없게도 자기 파괴적인 행동을 일삼는 청년.

게리를 수감하는 과정에서 교화소의 감독관은 텍사스 주에 그의 출생기록을 조회했다. 회신이 왔는데, 게리 길모어라는 사람의 출생기록은 없고, 대신에 같은 날짜에 맥케이미의 병원에서 프랭크 월터 코프만과 베시 코프만 부부—이건 분명 우리 부모님의 가명이었다.—사이에 태어난 페이 로버트 코프만이라는 인물의 기록이 있다는 내용이었다. 감독관은 우리 부모님에게 편지를 보내 그 내용을 확인해달라고 했으나, 부모님은 대답을 거부했다. 아버지는 코프만이라는 이름을 사용한 사실이나 남부를 떠돌아다니던 시절에 대해 누구에게도 말하지 않았고, 어머니도 그런 일이 전혀 없었다는 듯이 행동했다. 교화소에서 여러 차례 요청이 왔지만, 부모님은 거기에 대해서 아무런 설명도 하지 않았다.

감독관은 그곳에 근무하는 사회학자를 통해 게리에게 직접 그 대답을 들으려 했다. 그러나 게리는 무슨 내용인지 전혀 알지 못했고, 그저 감방으로 보내달라는 이야기만 했다. 그리고 그 후, 밤이면 게리는 지독한 두통을 앓기 시작했다. 그가 평생 고생했던 편두통은 그때 시작된 것이다. 그 후 몇 년 동안, 게리는 만성적인 편두통으로 몹시 괴로워했다. 교도소 측에서는 게리를 몇 번인가 병원에 보내서 원인을 알아내려고 했으나, 원인도 치료법도 찾을 수가 없었다. 30년 후 게리의 여자친구였던 니콜은, 유타의 스패니쉬 포크에 있는 집 뒤뜰을 걷고 있을 때, 갑자기 게리가 그 고통을 잊으려고 나무에 머리를 쿵 쿵 짓찧었던 기억이 난다고 내게 말했다.

출생 당시 이름이 무엇이었는가 하는 문제는 점점 더 게리를 괴롭히기 시작했다. 그는 몇 번인가 그 사회학자를 만나서 그 문제에 대해 이야기를 했다. 처음엔 게리는 그 기록이 틀린 거라고 주장했지만, 나중에 출생증명서 사본을 확인했다. 그러나 게리는 그 문제에 대해 부모님께 아무런 말도 꺼내지 않았다. 게리도 아버지도 서로 상대방에게 그 가짜 이름에 대해 알고 있다는 티를 내려 하지 않았다. 그 후 몇 년이 지나고 나서야, 게리는 어머니에게 그 이야기를 꺼냈다. 게리가 자유로운 몸으로는 마지막으로 어머니와 함께 지내는 동안이었다.

존슨 크릭에서 살았던 당시의 생활은 내 기억 속에 몇 가지 모습으로 남아 있다. 부모님이 무지막지하게 싸웠던 일, 아버지가 나를 데리고 태평양 북서해안을 돌아다니던 일. 형들이 집을 들락날락하면서 집 밖에서는 내가 알 수도 없고, 낄 수도 없었던 인생을 살아가던 일.

그 당시에 아버지와 게리, 게일렌, 그리고 내가 모두 함께 즐기던 일이 하나 있다. 화요일과 금요일 밤이면, 아버지는 우리 가족을 모두 데리고 포틀랜드의 군 경기장이나 시민회관에서 열리는 프로레슬링 경기를 보러 갔다. 예나 지금이나 프로레슬링은 과장되고 사기성이 있었다. 실제로는 다치지 않게 허세만 부리는 것이다. 어쨌든 우리는 모두 레슬링을 굉장히 좋아했다. 우리는 늘 맨 앞자리를 차지하고 앉았다. 아버지와 형들은 우리의 영웅을 향해서 환호성을 지르고, 상대에게는 야유를 보냈다. 어머니와 프랭크 형이 우리와 몇 줄 떨어진 자리에 모르는 사람들처럼 점잖 빼고 앉아 있는 동안에, 우리는 북서부 지역에서 가장 광적이라고 할 수 있는 스포츠광들 사이에서도 유난히 흥분하며 요란스럽게 굴었다.

우리가 특히 싫어했던 악당이 하나 있었다. 몸집이 커다랗고 근육질이었던 그 사람은 해골 모양의 요란한 마스크를 머리에 쓰고 있었다. 아버지와 게리는 그가 치사스럽고 뻔한 속임수를 쓴다고 분통을 터뜨렸다. 한번은 그 해골 마스크 선수가 링 밖으로 던져져서 땅에 떨어졌다. 아버지와 형들이 그에게 욕설을 퍼붓자, 그는 우리 쪽을 보면서 머리를 흔들었다. 아버지가 소리를 질렀다. "링으로 올라가서 사나이답게 정정당당히 싸워, 이 비겁자야." 그 선수는 아버지 옆에 앉더니, 귀에 대고 이렇게 말했다. "이봐, 친구, 나 좀 쉬자구. 나도 당신들처럼 다 먹고살려고 하는 짓이야."

그 일이 있은 후로, 아버지와 형들은 그 사람을 좋아하게 되었다. 어느 날 밤에는, 그를 불러내서 맥주를 마시기도 했다. 후에 게리는 그 레슬링 선수와 어울려 다니기 시작했고, 함께 술과 환각제까지 마시는 사이가 됐다. 나중에 들은 소문으로는 그 두 사람이 뭔가 함께 벌인 일도 있을 거라는 말도 있었다. 요즘 같으면, 레슬링 선수는 그 지역의 보수적인 라디오 토크쇼 프로그램의 주인공감이지만.

1960년 11월 첫째 주, 우리는 아주 멋지고 환상적인 새집으로 이사를 하고, 한 가족으로서 새로운 삶을 출발했다. 우리가 이사하던 바로 그날, 존 F. 케네디—우리 부모님이 유일하게 투표라는 행위를 하게끔 한 사람이다.—가 미국 대통령에 당선되었다. 세상이 변하고 있었다. 뭔가 달라지고 있다는, 희망적인 느낌이었다.

그러나 그건 우리와는 무관한 일이었다. 새집에서는 유령들이 우릴 기다리고 있었다. 복도를 배회하고 허공을 떠다니면서.

2

언덕 위의 집

꿈을 꾸었다. 나는 우리가 살던 언덕 위의 집으로 차를 몰고 있다. 존슨 크릭을 떠나와서 살던 집이다. 자동차 안에는 나 말고 두 사람이 더 타고 있다. 한 사람은 유명한 기자인데, 인터뷰를 하러 온 사람이고, 다른 사람은 게리의 마지막 여자친구였던 니콜이다. 우리가 도착한 시간은 늦은 오후이다. 우리가 살던 집은 몰라보게 달라졌다. 원래 있던 집 위에 7, 8층 정도 더 높이 건물을 지어 올렸다. 꼭대기에는 빅토리아식 뾰족탑이 있다. 접객실인 모양이라고 나는 생각했다.

지난 몇 년 동안, 나는 이 옛집에 꼭 한번 와보고 싶었다. 다시 올 수 있는 기회를 잡아서, 집 안을 둘러보고 싶었다. 거기엔 뭔가 내가 잃어버린, 혹은 두고

오리건 주 밀워키, 1961년경

온 것이 있는 것 같고, 그래서 그 방들을 다시 둘러보면 잃었던 것을 찾을 수 있을 것만 같다. 또한 거기엔 분명 내가 알아야 할 비밀들이 있다. 그러니 그걸 찾아내는 길은 오직 하나, 내가 자라왔고, 또 내가 도망쳐 나왔던 그 집으로 다시 들어가는 것뿐이다.

자, 이제 드디어 집 안에 들어갈 수 있는 길이 열렸다. 집 앞에는 '위층 세놓음'이라는 표지판이 있다. 기자는 내 형으로, 니콜은 누나로 행세하기로 했다. 우리는 새로 이사할 집을 보러 온 가족이다. 현관문을 열고 들어선 곳은 예전에 거실로 쓰던 곳이다. 지금은 관리 사무실 같은 용도로 쓰는 것 같다. 하지만 그 방의 꾸밈새는 영락없이 아버지와 어머니, 그리고 게일렌 형이 죽었을 때, 장례식을 치렀던 장례홀 같은 분위기가 풍긴다. 방 한가운데에 책상이 하나 있고, 거기에 깔끔하게 생긴 나이 든 여자가 앉아 있다. 언젠가 이런 상황이 분명 있었던 것 같은 기분이 드는데, 언제였는지 확실히 떠오르지 않는다. 그렇지만 집 안에 뭔가 있다고 느껴지는 건 여전하다. 공기에서 나는 그걸 느낄 수가 있다. 뭔가 음침하고 악마적인 존재를.

여자는 우리에게 한 바퀴 구경하고 오라고 안내를 한다. 해가 진 뒤에는 직원들이 퇴근하니까, 너무 늦지 말라고 당부한다. 또 늦은 시간엔 버스도 끊겨서 시내로 돌아가려면 고생을 할 것이라는 말도 덧붙인다.

우리 세 사람은 좁고 구불구불한 층계를 돌아 올라가서 방을 구경했다. 어떤 방은 아직 완성되지 않아서 마룻바닥을 깔다 만 곳도 있다. 그런 방바닥 한가운데에는 바닥문이 달려 있지만, 그 문을 열면 밑에 아무것도 없다. 또 어떤 방들은 창문이 없어서 삭막한 사무실 같은 느낌을 준다.

방마다 사람들이 있는데, 그 사람들은 내게 자기 이야기를 하고 싶어 한다. 그들의 이야기는 끝이 없다. 내용이 잘 기억나지는 않지만, 대부분 슬픈 사연들이다. 그 이야기를 하는 사람들처럼. 어떤 젊은 흑인 여자는, 자기가 밖에 나가서 동네를 돌아다녀도 사람들이 자기를 아는 체도, 본 체도 하지 않는다면서 이렇게 말한다. "사람들이 날 좀비처럼 대해요. 어쩌면 난 좀비인지도 모르죠."

위층으로 올라갈수록, 비어 있는 방들이 많다. 그런데 일행인 기자와 니콜이 보이지 않는다. 나는 도로 내려가면서 찾아보지만, 그들은 보이지 않는다. 밖으로 나와 앞마당으로 내려왔다. 이제 해가 저물어가고 있다. 그러고 보니 집 주변의 모습이 바뀌었다. 기찻길이 여러 개 교차하여 집을 둘러싸고 있다. 기찻길이 뻗어나간 쪽에는 아무것도 없이 텅 비어 있고, 간혹 신호등 불빛만 깜박인다.

나는 시내로 나갈 교통편을 알아보려고, 다시 집으로 들어온다. 그러나 방마다 모두 비어 있거나 아니면 잠겨 있다. 나 혼자 이곳에 남은 것이다. 아니, 나 말고 또 있다. 이 집에 들어서면서부터 느꼈던 그 악마적인 존재가 있다. 이제 나는 그 악마와 단 둘이서 이곳에 있어야만 한다.

나는 놀라서 잠이 깬다. 분명 누군가가 내가 자고 있는 방 안으로 방금 걸어들어왔다.

새로 이사한 우리 집은 밀워키의 남쪽 경계지역에 있었다. 그곳은 전에 살던 존슨 크릭 대로에서 큰길 건너편 쪽에 있는 마을이었다. 밀워키는 클래카마스에서 큰 편에 속하는 도시였다. 이곳 클래카마스는 포틀랜드의 멀트노마보다 훨씬 시골 분위기가 나는 곳이다. 여기엔 멀트노마처럼 유흥가도 없다. 포틀랜드에는 나이트클럽, 창녀촌, 게이 바, 그리고 심야극장 같은 것들이 있어서 밤늦도록 나쁜 짓을 찾아다니도록 유혹했다. 하지만 클래카마스의 중심에도 뭔가 암울한 것이 자리 잡고 있기는 마찬가지였다. 사람들이 외부와 단절된 채 자기 가족끼리만, 그리고 이웃에 무관심하게 살아갈 수 있는 곳이었다. 그런 조건 속에서도 얼마든지 다양한 삶이 가능하다. 초월적 삶이든 혹은 파멸의 삶이든. 그러나 대개는 좋은 쪽은 아니었다. 범죄율을 보면 아마 멀트노마가 더 높을 것이다. 강도나 마약 같은 범죄가 성행했으니까. 그러나 밀워키에서는 더 심각한, 천성적인 비열함 같은 것이 느껴졌다. 오리건에서 가장 지독한 범죄자들, 살인자나 갱단 같은 자들은 대개 클래카마스 출신이 많다. 나의 형 게리도 그중 하나였다.

우리가 이사를 왔을 땐, 물론 주변에 아는 사람이 하나도 없었다. 아버지는 그 당시에 사업으로 돈을 상당히 잘 버는 편이었다. 집안 형편이 나아지자, 어머니는 좀 더 좋은 집으로 이사를 가자면서 아버지와 싸움을 벌였다. 내 생각에는 어머니가 유타의 이모들처럼 좋은 환경에서 살아보고 싶으셨던 것 같다. 물론 당신 자식들에게 새로운 출발을 할 수 있는 환경을 마련해주고 싶은 마음도 컸다. 어머니는 게리가 교화소에서 출소해서 존슨 크릭으로 돌아오면, 다시 예전처럼 나쁜 친구들하고 어울려 다닐까봐 걱정했다. 좋은 이웃이 있는 수준 높은 동네로 오면, 게리도 마음을 돌리고 정신을 차릴지도 모른다. 어머니의 말에도 일리가 있어서, 마침내 아버지도 이젠 다른 곳으로 이사해야 한다는 데 동의했다. 이런 의도 자체는 아주 좋았다. 그러나 우리 부모님이 전혀 생각하지 못한 것이 있었다. 모든 것이 달라지게 된 중요한 원인은, 집이 있던 위치가 아니라 그 집 내부에서 일어났던 일이었다. 그걸 알았을 땐 이미 때가 늦었다.

결국 우리는 새집과 새 주소를 갖게 되었다. 새집으로 가려면 45번가 도로를 따라 나 있는 밀워키로 넘어가는 기찻길을 가로질러야 했다. 길 저편에는 쓰러져가는 오두막집들이 모여 있는 가난한 마을이 있었고, 그 길을 따라가면 기찻길이 또 하나 나온다. 거기서 오른쪽으로 돌아 기찻길을 따라 서쪽으로 가면 밀워키 강을 건너 밀워키 시내로 들어간다. 밀워키 시내는 (지금도 그렇지만) 중앙에 큰길 하나가 뻗어 있고, 그 길을 가로질러 대여섯 개의 도로가 나 있는 것이 전부다. 길가에는 약국과 잡화점, 그리고 카페들이 늘어서 있었다. 중앙로 길 끝에는 레이크 로드라는 고속도로가 연결되어 있었다. 넓고 길게 뻗어 있는 그 길을 가다보면, 견실해 보이는 농가가 몇 채 눈에 띄었다. 그 집들은 큰길에서 조금 뒤로 물러서 있고 제법 큰 앞마당에는 밤나무가 무성했다. 레이크 로드의 길 끝에서 오른쪽으로 돌면, 오트필드 로드가 나왔다. 그 길에 들어서면 갑자기 다른 세상이 펼쳐진다. 길 양쪽에는 떡갈나무와 소나무가 아름답게 우거진 숲이 펼쳐져 있고, 그 길을 쭉 따라가면 작은 시내를 가로지르는 돌다리가 있다. 시냇가에는 프랑스식으로 지은 대저택들이 줄지어 서 있었다. 돌다리를 건너면 길은 왼쪽으로 꺾이면서 커다랗고 나즈막한 산을 따라 구비구비 올라갔다. 그 길을 올라가면서 눈에 띄는 집들은 한결같이, 무질서나 혼란 따위와는 거리가 먼 오래된 부와 전통의 분위기를 풍겼다.

언덕길을 따라 큰 반원을 그리면서 올라오면 길은 갑자기 왼쪽으로 꺾인다. 바로 그 왼쪽, 밀워키에서 가장 아름다운 언덕 꼭대기에 우리 집이 있었다. 당시엔 회색 칠을 한 이층집이었다. 큰길에서 약간 물러나 서 있는 그 집에는 축대를 높이 쌓아 만든 마당이 있었다. 마당을 가로질러 성큼성큼 몇 걸음 걸으면 큰 아치형의 현관이 나오고, 그 옆에는 네모기둥과 흔들그네 같은 벤치가 있었다. 집 왼편엔 커다란 마당이 있고, 그 옆으로 눈물 모양의 작은 정원을 따라 둥글게 길이 나 있었다. 집 뒤쪽에도 마당이 있고, 그 한가운데엔 커다란 벚나무 한 그루가 서 있었다.

현관문을 열고 집 안으로 들어서면 거실이다. 거실 벽면엔 빨간 벽돌로 지은 벽난로가 있었다. 그 오른편에 있는 미닫이문을 열면 식당이 있고, 그 옆에 주방이 붙어 있었다. 집 뒤쪽에는 유리문으로 연결된 베란다가 있어서 일광욕을 할 수 있다. 2층에 올라가서 창밖을 내다보면, 교회의 첨탑과 밀워키 시내의 집들이 내려다보였다. 그 뒤로 펼쳐진 하늘 끝자락에, 밤이면 8마일 떨어진 포틀랜드 시의 야경이 아련하게 눈에 들어왔다.

나는 언덕 위의 그 집을 굉장히 좋아했다. 또 한편으로는 그 집을 무서워했다. 물론, 그 집은 지금도 내 마음과 나의 삶, 그리고 내 추억의 중심부에 자리 잡고 있다. 일주일이 멀다 하고 나는 늘 꿈속에서 그 집을 보았다.

그 집에 다시 살 수만 있다면, 난 그렇게 할 것이다. 2년 전 포틀랜드에 살고 있을 때, 나는 그 집에 살고 있는 사람들에게 편지를 보낸 적이 있었다. 우리 가족에 대한 책을 집필 중인데 내가 그곳을 잠깐 방문해도 괜찮겠냐고 물었다. 그러나 아무 대답이 없었다. 그들을 원망할 수는 없다. 만일 끔찍한 사건에 관련된 사람이 우리 집에 찾아오겠다고 하면, 나라도 꺼렸을 것이다.

앞에서 말한 것처럼, 어머니는 새로운 집으로 옮기면 우리 가족이 새 출발을 할 수 있을 거라고 생각했다. 그 집은 어머니가 늘 꿈꾸던 그런 집이었다. 어머니는 유럽과 일본에서 수입한 가구들로 집을 꾸미고, 마당에는 공들여 꽃을 배치해서 정원으로 꾸몄다. 어머니는 아마도 새롭게 집을 꾸미면서, 가족들을 한 자리로 불러 모을 수 있기를 바랐던 것 같다. 빗나가기 시작한 아들들이 긍지를 회복하고, 그렇게 해서 아버지의 신뢰와 믿음을 되찾기를 바랐던 것이다. 말하자면, 어머니는 기찻길 옆의 서민 가정이 아니라, 언덕 위에 사는 상류층 가정을 이루고 싶어 했다.

그러나 우리들 누구도 예상치 못했던 일이 일어나기 시작했다. 죽음이 우리에게 다가오고 있었다.

왜 그렇게 생각하게 되었는지 정확히 알 수는 없지만, 어쩐지 그 죽음의 전조였을 거라고 기억되는 일이 하나 있다.

그때 나는 밀워키 초등학교 3학년이었다. 아버지는 늘 나를 차에 태워 학교에 데려다주고, 또 끝나면 데리러 왔다. 아버지는 내가 다른 아이들과 함께 버스를 타고 다니는 걸 싫어했다. 12월 초 어느 날 오후, 폭설이 내리기 시작했다. 선생님은 눈이 많이 오면 다음 날 등교가 취소될 수도 있으니, 일기예보를 주의해서 들으라고 했다. 나는 학교 정문 앞에서 아버지의 1960년형 초록색 폰티악 왜건이 나타나기만을 기다렸다. 그날따라 아버지가 늦었다. 전엔 그런 적이 한 번도 없었다. 나는 몹시 짜증이 났다.

아이들이 모두 집에 가고, 학교 버스도 떠나버린 후에, 마침내 아버지 차가 나타났다. 아버지 얼굴에는 근심이 서려 있었다. 내가 차에 오르자, 아버지가 충고하듯 내게 말했다. "집에 가거들랑 엄마가 화낼 만한 말은 절대 하지 마라. 오늘 하루 종일 집에 페인트칠 하는 사람이랑 실내장식 업자가 와서 일을 했는데, 엄마가 색깔도 무늬도 다 마음에 안 들어해. 특히 주방 바닥 타일 때문에 화가 잔뜩 나 있어. 지금 아무도 엄마를 건드리면 안 돼." 누가 들었다면 재밌다고 웃거나, 아니면 넌더리를 치든가, 혹은 피곤하다는 표정을 지었을지 모르겠지만, 나는 그 말을 듣는 순간 온몸이 얼어붙을 정도로 공포감이 몰려왔다. 그건 바로 감당할 수도, 예측할 수도 없는 어머니의 광기에 온 가족이 휘말린다는 걸 뜻하기 때문이다. 그러나 그보다 더 큰 이유가 있었다. 오트필드 로드를 따라 눈 덮인 고갯길을 달려가는 동안, 나는 아버지의 태도에서 뭔가 심상치 않은 것을 느꼈다. 얼굴엔 기진맥진한 피로의 기색이 역력했고, 목소리에는 체념이 배어 있었다. 그건 뭔가 새로운 징후였다. 피로와 슬픔—이제껏 아버지에게서 느껴보지 못한 분위기였다. 그런 아버지를 보는 것은 아버지의 힘과 분노를 보았을 때보다 더 두려웠다. 어쩌면 우리 가중 중에서 새로 이사 온 그 집에, 그 회생의 기운에 가장 큰 희망을 걸었던 사람은 바로 아버지였는지도 모른다. 아버지 역시 새집을 마련함으로써 가족의 체면을 회복하고, 어머니에게 영원한 평화를 안겨주고 싶었을 것이다. 그러나 우리는 모두 일이 그런 식으로 풀려나갈 거라고 생각하지 않았다. 어머니는 구석구석 완벽하게 새집을 꾸미고 싶어 했고, 조금이라도 마음에 들지 않는 구석이 있으면 아버지에게 화를 냈다. 그러면 아버지는 그저 어머니가 하라는 대로 방을 나가곤 했다. 이때부터 나는 아버지가 점점 지치고 무력해지는 걸 느낄 수가 있었다. 이제 화평하게 살기를 바라지만, 온갖 근심 걱정으로 차츰 기력을 잃어가는 모습이었다.

어머니의 상태에 대한 아버지의 설명은 한 가지 사실을 더 알리고 있었다. 앞으로 며칠 동안 불편한 생활을 견뎌야 하는 것이다. 어머니가 집 안 전체를 새로 도배하고 페인트칠도 다시 하게 했기 때문에, 나머지 식구들은 집에서 가도 되는 곳과 가서는 안 될 곳을 지정받았다. 아래층 주방과 목욕탕, 그리고 2층에 있는 두 개의 침실로 가려면 좁은 통로를 이용해야 했다. 또 전기 스위치가 붙은 벽면은 절대로 만지면 안 되었다. 만약 그랬다가는 난리가 난다. 그 결과, 그 며칠 동안, 누구든 그 집에서 살고 싶은 사람이라면(밖에서 지냈다가는 꼼짝없이 얼어 죽을 테니까, 우리 모두 이에 해당되었다) 텔레비전이며 물건을 담은 상자들, 그리고 잡동사니 가구들로 이미 꽉 차 있는 식당에서 지내야만 했다. 그러므로 자는 시간을 빼놓고는, 어른 둘과 끊임없이 수선을 피우는 아이들 셋이 좁은 식당에 같이 있었다.

나는 벌써 방 한구석에 나만 들어앉을 수 있는 공간을 마련해놓았다. 그리고 그 구석에 처박혀서 내가 좋아하는 이야기책을 읽었다. 예수, 괴물, 오디세우스, 그리고 에이합 선장(멜빌의 《백경》 속 주인공-역자주) 등의 이야기였다.

그날 오후 늦게 집에 도착해서, 아버지와 나는 뒷문을 통해 주방 쪽으로 들어갔다.—거기가 바로 어머니의 신경을 건드리고 있는 곳이었다. 임시로 마련된 식탁에 프랭크와 게일렌이 앉아 있었다. 얼굴 표정을 보니 잔뜩 화가 난 어머니 때문에 몇 시간 동안 꼼짝 못하고 거기에 갇혀 있었던 것 같았다. 어머니는 한구석에 있는 철제의자에 앉아 팔짱을 낀 채, 오전 나절에 깔아놓은 바닥 타일의 무늬를 내려다보고 있었다. 며칠 전 어머니가 지금까지 본 중에서 가장 멋진 디자인이라면서 선택한 타일이었다. 그런데 막상 발밑에 깔고 보니, 이렇게 흉측한 무늬가 어디 있나 하는 생각이 들었던 것이다. 그렇게 앉아 있는 어머니를 보니, 문득 어머니가 가여웠다. 어머니는 또 발작적인 분노에 사로잡혀 있었다. 어머니의 마음 속에는 깊고 넓은 슬픔과 분노를 일으키는 감정의 물결이 넘실거리고 있었다. 나는 그날 그걸 보았던 것 같다. 그 감정의 바다는 너무도 깊고 넓어서 거기 빠지면 오로지 한 가지만을 원하고 동시에 두려워하게 되는데, 그건 그 광기의 바다에 온전히 자신을 맡겨버리는 것이다. 그 순간 어머니에게 달려가서 껴안고 위로해주고 싶다는 충동이 일었다. 난 엄마 마음 이해해요, 엄마 하고 싶은 대로 하세요, 뭐라 설명할 수 없는 감정이 시키는 대로 마음에 꼭 드는 타일로 바꾸세요, 그렇게 말하고 싶었다.

그다음 내가 어떻게 행동했는지 잘 기억이 나진 않지만, 어쨌든 그 충동대로 움직였던 것 같다. 어머니에게 달려가 껴안고, 볼에 키스하고—우리 가족 사이엔 늘 금지되었던 그런 행동을 했다. 다음 순간, 나는 방 저쪽으로 내동댕이쳐졌다. "저리 가, 이 망할 자식." 하고 어머니가 소리를 질렀다. 그러자 아버지가 나와 어머니 사이에 끼어들어 주먹을 휘둘렀다. 형들은 두 사람을 진정시키려 애를 썼다. 나도 어머니에게서 아버지를 떼어내려고 잡아끌었다. 그러자 아버지가 나를 데리고 밖으로 나왔다. 어머니는 곧 자신이 한 행동을 후회하며, 울면서 손을 뻗어 나를 잡으려고 했다. "안 돼요. 여보, 애를 데리고 오세요! 내가 잘못했어요. 내가 그 애를 얼마나 사랑하는지 당신도 알잖아요!" 그때 게일렌이 옆에서 말했다. "제기랄, 나도 나갈 테야. 더 이상은 못 참겠어." 그러자 프랭크도 따라 나왔다. 아버지와 형들과 나는 중국 식당에 갔다. 집에 돌아왔을 땐, 이미 날이 어두워진 뒤였다. 우리가 나가 있는 동안, 어머니는 초콜릿 칩 쿠키를 만들어놓고 기다리고 있었다. 내가 제일 좋아하는 쿠키였다. 어머니 요리 솜씨는 그 누구도 따라올 사람이 없었다. 그때쯤엔 어머니도 많이 진정이 돼서, 바닥 타일 무늬가 그렇게까지 마음에 안 드는 건 아니고, 그래서 아래층 벽지만 다른 색깔로 바꾼다면 그대로 지내는 것도 괜찮겠다고 마음먹고 있었다. 아버지는 말했다. "당신 좋을 대로 하구려."

그때 나는 아버지와 어머니 두 사람 모두 너무나 가련하다는 생각이 들었다. 아버지는 이제 노쇠해서, 아무런 희망 없이 죽음을 향해 가는 듯 보였고, 어머니는 어느 것 하나 마음에 들지 않는 것에 둘러싸여 남은 평생을 실망 속에서 살아갈 것이기 때문이다. 그런데 우스운 것은, 그 바닥 무늬는 요즘에도 주방과 목욕탕에서 흔히 볼 수 있는, 여러 크기의 네모 모양으로 된 아주 흔해빠진 무늬라는 사실이다. 지금도 그 무늬를 보면, 나는 그날의 기억이 떠오르고, 바야흐로 유령 저택 같은 집에서 일어날 그 비극적인 일을 떠올리지 않을 수가 없다.

어느 겨울날 오후였다. 어머니 혼자 집에서 부엌일을 하고 있는데, 옆에 붙어 있는 식당에서 이상한 소리가 났다. 어머니가 돌아보니 어떤 남자가 유리문을 열고, 베란다에 있는 일광욕실로 막 모습을 감추고 있었다. 어머니는 프랭크나 게일렌이 일찍 집에 왔나 하고, 가서 그 문을 열어 보았다. 하지만 거기에는 아무도 없었다.

그 일은 어머니의 과민한 상상력이 만들어낸 것으로, 대수롭지 않게 생각할 수도 있다. 그러나 그런 일이 계속 일어났다. 일주일 정도 후에는 이런 일이 있었다. 게일렌이 그 일광욕 방에서 텔레비전을 보고 있었다. 집에는 텔레비전이 네 대 있었는데, 그중 하나가 거기 있었다. 문이 열리더니 회색빛 머리칼에 흰옷을 입은 남자가 들어와서 잠시 게일렌을 바라보더니, 다시 문을 열고 나가더라는 것이다. 게일렌은 방을 나와서 어머니에게 방금 왔던 그 낯선 사람이 누구냐고 물었다. 어머니는, "낯선 사람이라니?" 하고 되물었다.

그 집에는 우리가 이사 오기 전에, 유명한 의사가 살았다. 소문에 그 의사는 뒷베란다의 그 일광욕 방에서 소파에 누운 채 죽었다고 한다. 유령에 늘 붙어다니는 뻔한 이야기이다. 그러나 그 이야기에 원한이나 슬픔 같은 감정에 대한 언급은 없었다. 그 의사는 불행하게 죽었을까? 아니면 귀신 들린 사람이었을까? 적어도 내가 알기로는 그렇지 않았다. 그렇다면 그는 왜 그 집을 떠나지 못하고, 유령이 되어 맴돌았던 것일까?

어쨌든 그런 의문은 중요한 문제가 아니었다. 어머니는 그 이야기를 듣는 순간, 우리가 또 귀신 붙은 집에 살게 되었다고 걱정을 했다. 한동안 어머니는 그 집을 떠날 생각도 했지만, 아버지는 꿈쩍도 하지 않았다.

이상한 일은 그칠 줄 모르고, 계속 일어났다. 전에도 말했지만, 나는 귀신 따위는 믿지 않는다. 하지만 우리 가족들처럼, 나도 설명할 수 없는 이상한 일들을 그 집에서 경험했다. 2층에 있는 두 개의 침실 사이에는 어째서 그런 공간을 만들었는지 이해할 수 없는 넓은 간격이 있었다. 지붕 밑에는 다락방이 있었는데, 그 다락방으로 올라갈 수 있는 문이나 사다리, 혹은 층계 같은 것은 없었다. 어쩌면 침실 사이의 공간은 그 다락으로 올라가는 층계가 있었던 자리였는지도 모른다. 그런데 로버트 프로스트의 시, '쿠어스의 마녀'에 나오는 층계처럼, 혹시 집에 악마가 나타나는 바람에 그곳을 막아버린 것일 수도 있다. 어쨌든 우리는 그쪽에서 이상한 소리가 나는 걸 들었다. 거친 숨소리 같기도 하고, 고통스러운 신음 소리 같기도 하고, 한밤중에 숨죽여 주고받는 말소리 같기도 했다. 한번은 게일렌이 자기 나름대로 추측을 하고 설명한답시고, 통로가 없는 위층 다락방에 우리 말고 다른 가족이 살고 있을 거라는 말을 했다. 그 말을 듣는 순간, 어머니의 얼굴 표정은 참으로 볼 만했다.

최근에 나는 프랭크 형에게 그 복도에서 무슨 소리가 들렸던 걸 기억하느냐고 물었다. 형은, "그럼, 기억하고말고. 나도 그 소리에 대해서 몇 년을 두고 생각을 해봤어. 그래서 내린 결론은 이런 거야. 벽 사이에 좁은 공간이 있었는데, 예컨대 새나 쥐, 아니면 고양이 같은 동물이 어쩌다가 거길 들어갔다가 빠져나오지 못한 거야. 아마 지붕 밑 어딘가에 구멍이 있었서, 그리로 들어갔겠지. 그러니까 우리가 들었던 소리는 거기 갇힌 가엾은 동물이 빠져나오려고 애쓰다가 죽어가는 소리였던 거지."

프랭크 형의 설명은 그럴 듯했다. 단 이런 문제는 있다. 만일 그 벽 사이에서 어떤 동물이 죽어가고 있었다면, 그것이 죽는 데 몇 년이 걸렸다는 얘기가 된다. 아니면, 몇 년 동안 계속해서 멍청한 동물들이 우리 집 벽 속으로 들어왔다거나. 난 귀신을 믿지 않는다. 하지만 몇 가지 분명한 사실이 있다. 그 집에는 어쩐지 들어가고 싶지 않은 방이 몇 개 있었다. 아래층에 있는 일광욕 방이 그런 곳인데, 그 방에 들어가면 항상 오싹하고 불안했다. 또 2층 복도를 다닐 때마다, 난 항상 걸음을 빨리 했다. 목덜미 쪽에 뭔가 닿는 느낌이 들었기 때문이다.

아버지는 사업 때문에 여전히 시애틀을 오갔고, 나도 아버지를 따라다녔다. 그 무렵엔 내가 아버지를 따라 집을 떠나는 것이 더 이상 부모님들의 싸움거리가 되지는 않았다. 어머니가 현실을 받아들이게 된 것 같다. 게다가 어머니는 새집을 꾸미느라 끊임없이 분주하기도 했다. 어머니는 고급스러운 빅토리아조 가구들, 예컨대 대리석 상판을 댄 탁자며, 벨벳을 씌운 안락의자, 금박 잎사귀가 수놓인 모로코 가죽으로 장식된 커피테이블 같은 것을 쉴 새 없이 들여와 안방을 꾸몄다. 정원을 꾸미는 데도 얼마나 많은 시간을 들였는지 모른다. 정문 쪽에는 구하기 어려운 일본 나무를 심었고, 둘레에 빙 둘러 길이 나 있는 둥근 꽃밭에는 예쁜 꽃들을 심고 가꾸었다. 그럼 어머니는 이런 일들을 온전하게 즐겼을까? 그렇지 않았다. 새로 들여온 가구에 조금이라도 흠이 있거나 못마땅한 점이 보이면, 어머니는 또다시 주체할 수 없이 낙심했다. 또 꽃밭이 생각했던 대로 모양이 나지 않으면, 그 꽃나무를 잡아 뽑아서 내동댕이치고는 발을 구르면서 집 안으로 들어가버렸다. 그리고 쾅 쾅 소리를 내며 문을 닫고 주방으로 들어가 탁자에 앉아서 울었다. 그러니 생각이 있는 사람이라면, 어머니가 정원 일을 하는 동안 가까이 가려 하지 않았다.

시애틀에 머무는 동안, 아버지와 나는 퀸앤힐에서 그리 멀지 않은 좀 후진 동네에 살고 있었다. 길모퉁이를 돌아 아래쪽 시내에는 괜찮은 식당이 딸린 잡화점이 하나 있고, 그 옆에는 책이 굉장히 많고 신간 만화책을 골고루 구비한 서점이 있었다. 우리가 살고 있던 집에서 시내까지 거리는 약 1, 2마일 정도였으며, 나는 늘 그랬듯이 내가 가고 싶은 곳이라면 어디든 다닐 수 있었다. 그 당시, 시애틀에서는 세계박람회가 열리고 있었다. 그래서 나는 일주일에 몇 번씩이고 그곳에 가서 구경을 했다. 어느 날 우주비행사 존 글렌이 박람회에 왔는데, 나도 사람들 틈에 끼어서 그와 악수를 했다. 그리고 집으로 달려가 아버지에게 그 이야기를 했다. 아버지는 나를 무척 자랑스러워했다. 존 글렌이 역사적인 우주비행을 하던 날, 우리는 함께 하루 종일 텔레비전 앞에 앉아서 그 장면을 지켜봤었다.

우리가 살던 아파트 옆 동에는, 10대 아들을 둔 중년 부부가 있었다. 아버지는 그 가족을 유난히 좋아해서, 우리는 일주일에 몇 번이나 그 집에 놀러 가곤 했다. 그때마다 아버지는 선물을 가지고 갔다. 그 집의 월트 아저씨와 아버지는 같이 맥주를 마시기도 하고 카드놀이를 하기도 했다. 아들의 이름은 래리였는데, 나에게 언제나 친절하고 다정하게 대해주었다.

사실 래리를 보면서 우리 형도 저랬으면 좋겠다는 생각을 하기도 했다. 텔레비전에서 〈바다늑대〉나 〈모히칸족의 최후〉, 혹은 〈상속녀〉 같은 옛 영화를 방영할 때면, 래리는 나를 불러서 팝콘을 만들어주고, 함께 영화를 보면서 설명도 해주었다. 또 나를 극장이나 박물관에 데리고 가기도 했고, 책도 몇 권 사줬다. 한번은 딱딱한 표지에 그림이 그려져 있는 《백경》을 사주고, 그 이야기에 나오는 고래가 그냥 단순한 고래가 아니라, 그 이상의 의미가 있다는 걸 내게 이해시키려고 애를 쓰기도 했다.

그땐 몰랐다. 그런데 이제 생각해보니 월트는 아버지의 숨겨진 아들 중의 하나였던 것 같다. 그렇다면 래리는 내 조카가 되는 셈이다. 그런 확신을 갖게 된 것은 몇 년 전이었다. 지난 몇 달 동안 나는 그 가족을 찾아보려고 이리저리 수소문했다. 하지만 끝내 다시는 만날 수가 없었다. 우리가 한때 사랑했거나, 미워했거나, 혹은 인연을 맺었던 다른 많은 사람들과 마찬가지로.

밀워키에서 지낸 생활은 그런대로 순조로웠다. 게일렌은 고등학교를 중퇴했지만—그는 선생들에게서 정말로 배울 것이 없다고 했고, 학교 측에서도 그의 자퇴를 환영했다.—그 뒤 해군에 입대했다가, 한 달도 못 되어서 집으로 돌아왔다. 무단외출 다섯 번, 게다가 두 번은 술에 취해서 들어오자, 부대 사령관은 게일렌이 군인으로서의 자질을 갖추지 못했다고 판단하고, 그를 집으로 돌려보냈다. 그야말로 불명예스러운 제대였다.

1961년 가을, 게리는 오리건 주립교화소에서 출소해서 집으로 돌아왔다. 게리의 수감생활은 결코 순탄치 않았다고 한다. 늘 교화소 당국과 충돌했으며, 교도관의 말에 의하면 게리는 특히 나이 든 사람들에게 적대감을 나타냈다고 한다. 어떤 때는 목숨까지도 위협하곤 했다. 게리의 내부에 잠재되어 있는 분노가 너무나 강해서, 그 때문에 착실히 쌓은 좋은 품행성적을 까먹고 오히려 형량을 늘리는 악순환을 반복했다.

게리의 출감평가서를 작성했던 담당변호사는 게리가 수감되어 있는 동안 올바른 보호감찰을 받지 못했다고 적었다. "그는 모두 23건의 징계처분을 받았는데, 대부분이 중징계였다. 교화소 당국과 감금에 대한 저항으로 싸움, 훈련거부, 명령불복종, 무례한 행동 등을 보였기 때문이다. 직업훈련에는 단 한 번도 관심을 보인 적이 없었다. 교육과정에도 참여하지 않았다. 그러나 지적인 능력은 그가 속해 있는 과정보다 더 높은 등급의 과정을 이수할 능력이 있어 보인다. 여가시간의 취미생활에도 별 관심을 보이지 않았는데, 새로운 취미 따위는 전혀 가질 필요가 없다고 생각했다. 수감기록에도 나타나 있듯이, 이 수감자는 다른 동료들이나 교화소 직원들과도 전혀 가깝게 지내지 않았다. 외부인과의 관계 역시 아버지와 어머니 둘뿐이었는데, 그들은 끊임없이 아들의 죄를 변명하고 감싸고 받아주는 사람들이었다. 길모어 군은 석방된 이후 생활에 대해 아무런 대책도 없었으며, 본인의 말처럼 부모에게 얹혀사는 것 외에 달리 직업을 갖고 일할 계획이 없는 것으로 보인다." 또 다른 변호사는 이렇게 적었다. "길모어 군은 적절한 윤리적 규범 대신에 쾌락 본능을 따르며, 자신의 욕망을 즉각 만족시키려 한다. 타인에 대해 큰 적대감을 갖고 있어서, 스스로를 일종의 편집증적인 고독한 삶으로 몰아갔다. 또한 그는 자신의 성질을 전혀 통제하지 못한다."

정말로 게리가 출소했을 때, 그는 완전히 딴사람이 되어 있었다. 자신의 욕구에 대해서는 유치할 정도로 어린애같이 굴고, 나머지 면에서는 성질 사납게 굴었다. "그때 게리는 야수 같았어." 프랭크 형은 그 시절을 회상하며 말했다. "아무한테나 죽여버리겠다, 흠씬 두들겨 패서 묵사발을 만들겠다는 말을 입버릇처럼 하고 다녔어. 무솔리니 같았다니까. 어떤 때 보면, 게리는 항상 누군가를 때릴 구실을 찾아다니는 사람 같았어."

내가 가장 또렷하게 기억하는 게리의 옛날 모습은 이런 것이다. 그때 그는 스물한 살이었지만, 중년 후반의 어른처럼 축 늘어진 검은 레인코트를 걸치고, 머리에는 끝이 올라간 중절모를 쓴, 말하자면 무슨 마약중독자 같은 차림을 하고 다녔다. 사람들을 볼 때는 늘 곁눈질로 상대를 훑어보며 경계심을 드러냈는데, 마치 주변의 모든 것들이 자신에게 언제 덮쳐올지 모르는 위협이라는 듯한, 그런 태도였다. 흥미로운 점은, 게리가 교화소에서 나올 때 그의 그림 솜씨가 절정에 도달했다는 사실이다. 게리의 그림 솜씨가 뛰어나다는 말은, 단순히 그림을 잘 그리는 수준을 뜻하는 게 아니다. 그의 그림에는 뚜렷한 색채감과 애수가 깃들어 있었다. 게리의 작품 중에는 앤드루 와이어스나 에드워드 호퍼를 연상케 하는 고독감을 표현한 그림들이 특히 훌륭했다. 단 게리의 주제는 늘 두 가지로 압축되었는데, 그것은 죽음과 어린 시절이었다. 그가 가장 몰두했던 주제는—감옥에서 같이 있었던 친구들도 후에 증언했지만—공포영화를 보는 어린아이들의 얼굴 스케치였다. 그 영화의 장면이 어떤 것인지는 그림에 나타나 있지 않다. 그러나 어린이들의 얼굴에는, 이 세상에는 바로 너를 노리고 있는 악마가 있고, 거기서 빠져나갈 길은 없다는 것을 알게 된 순간의 그 공포심이 고스란히 담겨 있다.

그러나 게리가 갖고 있던 예술가적 재능은 그 자신에게는 그리 대수로운 게 아니었던 것 같다. 왜 그는 예술가의 삶보다 죄인의 삶을 좇았던 것일까? 글쎄, 나로선 알 수 없는 일이다. 그러나 그 문제에 대해서 나는 나름대로 고민을 많이 했다.

어느 날 오후, 나와 게리 단 둘이 집에 있었다. 나는 형에게 그림 기초를 가르쳐달라고 졸랐다. 술을 마시고 있던 형은 웃으면서, 겸손하지만 확고한 말투로 대답했다. "다 소용없는 짓이야." 나는 그의 냉소적인 태도를 깨뜨려보려고 애쓰면서, 형이야말로 마음만 먹으면 훌륭한 미술가로 성공할 수 있다고 말했다. 게리는 들고 있던 맥주를 벌컥벌컥 들이키더니, 웃음을 머금은 얼굴로 내게 말했다. "너 정말 그림 그리는 걸 배우고 싶니? 그럼 여자 따먹는 걸 먼저 배워. 그거야말로 배워둬야 할 기술이야."

그런 징후들이 있었지만, 1961년 연말이 되었을 때 우리 가족은 그런대로 멋진 크리스마스를 보낼 수 있었다. 아버지는 지붕 꼭대기에서부터 바닥까지 온 집과 마당에 아름다운 크리스마스 전구를 다느라 분주했고, 어머니는 푸른색 장식과 푸른 램프로 내가 본 중에서 가장 멋진 크리스마스트리를 만들었다.

부모님은 가족 모두에게 줄 멋진 선물도 준비했다. 게리와 게일렌 두 형이 받은 선물은 자동차였던 것 같다. 그리고 일생에 단 한 번, 우리 가족은 평화로운 크리스마스 저녁식사 시간을 가졌다. 아버지와 게리도 그날만큼은 서로에게 다정했다. 게리가 아버지에게 이런 말을 한 기억이 난다. "저한테 이렇게 잘해주셔서 고맙습니다. 집에 돌아오니 좋긴 좋은데요." 그리고 아버지는 이렇게 말했다. "내가 널 얼마나 사랑하는지, 너도 알지? 이 아비는 네가 잘되기만을 바란단다. 너희들 뒷바라지하려고 아비가 이렇게 살아 있는 거야." 그날 밤은, 새로 산 피아노를 치는 어머니를 둘러싸고 온 가족이 노래를 부르는 장면으로 끝이 났다. 어머니의 손가락이 멋지게 캐롤을 한 곡 한 곡 연주할 때마다, 화음이 썩 잘 맞지는 않았지만 여섯 사람의 목소리가 흥겹게 그 성스러운 밤에 울려 퍼졌다. 우리 가족이 그런 순간을 가졌던 건 그때가 처음이었다.

또 마지막이기도 했다. 아버지도 게리도 다시는 가족과 함께 크리스마스를 지내지 못했다.

3

어느 세일즈맨의 죽음

아버지와 내가 시애틀에 있는 동안, 어머니가 우리 있는 곳으로 자주 오곤 했다. 그리고 어머니가 와서 함께 지내는 시간은 점점 길어졌다. 1962년 초에는, 우리는 밀워키에 아예 가지 않았고 어머니가 시애틀로 우리를 보러 왔다. 그 무렵, 아버지가 예전과 달리 매우 피곤해하고 몸이 불편한 기색을 보였기 때문이다. 그러던 어느 날, 아버지는 목에 동전 절반 크기의 덩어리가 있는 걸 발견했다. 아버지는 나와 함께 병원에 갔다. 의사는 아버지에게 당장 진단을 내릴 수는 없으니, 입원을 해서 그 덩어리를 떼어 검사해보는 게 좋겠다고 했다.

프랭크 길모어와 게일렌, 마이클. 오리건 주 포틀랜드, 1956년경

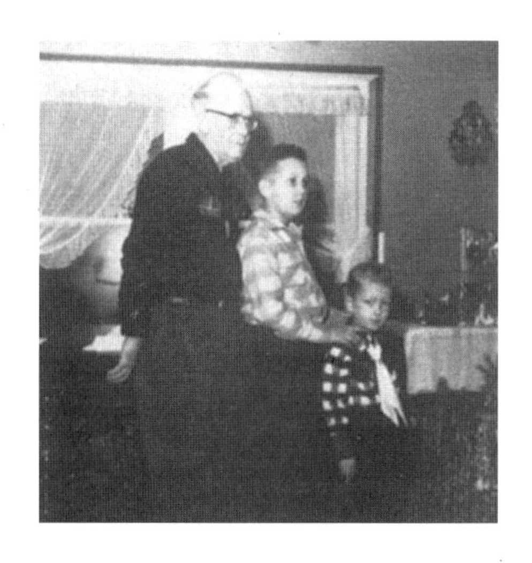

수술 다음 날, 어머니와 나는 버스를 타고 시애틀 스웨덴 병원으로 갔다. 구름이 어둡게 깔린 봄날이었다. 바다 쪽에서 불어오는 바람은 온 시내를 퀴퀴한 냄새로 뒤덮었다. 병실에 들어서니, 아버지는 침대에 앉아 있었다. 푸른색과 흰색이 섞인 환자복을 입고 있는 아버지가 그렇게 병약해 보일 수가 없었다. 그러나 우리를 보는 순간, 아버지는 반가운 표정을 지었다. 그는 어머니에게 수술이 잘됐다고, 그리고 벌써 몸이 훨씬 나아진 것 같다고 말했다. 며칠만 있으면 다시 일을 할 수 있을 거라고도 했다. 의사가 병실에 들어와서 아버지의 상태를 살폈다. 키가 크고 목소리가 굵은 독일인

의사였다. 그는 어머니에게 사무실에서 좀 보자고 했다.

의사는 어머니를 데리고 나가 홀 저쪽으로 갔다. 그리고 아버지는 결장암에 걸렸고, 살 가망이 없다고 말했다. 그는 자신보다는 어머니가 아버지에게 이 이야기를 하는 편이 좋지 않겠냐고 했다. 그러나 어머니는 거절했다. 어머니는 아버지에게 그런 말을 하고 싶지 않았다. 또 의사한테도 아버지에게 그 이야기를 해서는 안 된다고 말했다. "그이는 감당하지 못할 거예요."

그동안 나는 아버지 침대 곁에 앉아 있었다. 아버지는 내게 이런저런 이야기를 하려고 애를 썼지만, 나는 그의 마음이 딴 데 가 있다는 걸 알 수 있었다. 아버지는 연신 문 쪽에 신경을 쓰면서 어머니를 기다리는 눈치였다.

몇 분이 지나자, 어머니가 돌아왔다.

"베시, 의사가 당신한테 뭐라고 그럽디까?" 하고 아버지가 물었다.

"아, 별것 아니에요, 프랭크. 나보고 여기 며칠 더 있는 게 좋겠다고 하더군요. 당신 퇴원한 뒤에도 옆에서 시중 좀 들라고 말이에요. 당신이 곧바로 무리하게 일을 할까봐 걱정이 된대요."

어머니의 말을 듣고 아버지는 비로소 마음이 놓이는 모양이었다. 우리는 함께 꽤 오랫동안 이야기를 했다. 아버지는 한물간 농담을 몇 개 들려주었고, 우리는 그 얘기를 듣고 웃었다. 그리고 어머니는 이제 날 데리고 집으로 가야겠다고 말하며 일어섰다. "너무 늦게 다니는 걸 내가 싫어하잖아요." 하면서 어머니는 아버지 이마에 키스를 했다. 바로 그때였다. 어머니의 얼굴에 어둡고 침통한 표정이 얼핏 스쳤고, 나는 그 표정에서 앞으로 어떤 일이 닥칠지 예감했다.

병원 로비에 내려오자마자, 어머니는 의자에 주저앉아 두 손으로 얼굴을 감싼 채 울음을 터뜨렸다.

"엄마, 왜 그래요?" 하고 내가 물었다.

"네 아버지가 죽는다는구나. 암이 생겼는데, 치료도 할 수 없댄다. 앞으로 몇 달밖에 못 사신대."

나는 있는 그대로, 그리고 생생히 기억해보려고 한다. 어머니의 그 말을 듣는 순간 내 느낌이 어땠는지를. 하지만 내 마음속에서는 아무런 동요도 일지 않았다. 난 무섭지 않았다. 당황하지도 않았고, 울지도 않았다. 그러나 어머니가 겪을 고통을 생각하니 몹시 측은했다. 그 순간에는 어머니가 이 현실을 감당하지 못할까봐 걱정스러웠다. 그 다음으로 떠오른 것은, 이제 나는 더 외로운 신세가 되겠구나 하는 생각이었다. 하지만 그건 괜찮았다. 난 이미 내 주변의 세계와 어느 정도 거리를 두고 살아가는 법을 터득하고 있었다. 형들과의 소원한 관계도 이미 익숙했다. 그러나 아버지가 죽어가고 있다는 그 엄연한 사실, 그 사실에 대해서는 아무런 슬픔이나 고통도 느껴지지 않았던 걸 지금도 기억한다. 오히려 아버지가 이제 좀 쉴 수 있겠구나 생각했다. 지난 몇 년간 아버지와 함께 지내면서, 난 아버지가 머리를 숙인 채 혼자 책상에 앉아 있는 모습을 몇 번인가 본 적이 있었다. 그때 아버지는 두 주먹으로 책상을 자꾸자꾸 내리치면서, 이렇게 외쳤다. "이제 죽어버리고 싶어!" 사실 아버지는 죽음을 두려워했다. 그러나 삶은 그에게 끝없는 고난이었다. 이제 그 모든 고난이 끝이 나려 하고 있었다.

어쨌거나 이제 내 삶이 변화할 것이라는 생각이 들었다. 나는 나의 길을 가게 될 것이다. 어느 면에선 난 이미 준비가 되어 있었다. 아버지가 내게 가르쳐준 것이 있다면, 그것은 아마 가장 중요한 가르침, 이 세상에서 홀로 살아가는 법이었다.

그날 밤, 나는 우리와 친하게 지내던 이웃집에 놀러 갔다. 어머니가 벌써 그 소식을 전한 모양이었다. 월트 아저씨—아마도 나의 이복형이겠지만—는 식탁에 앉아서 위스키를 마시고 있었다. 그의 빨개진 눈을 보고, 그가 꽤 오래 울었다는 걸 알 수 있었다.

그리고 그날 밤 어머니는 밀워키에 있는 우리 집에 전화를 걸었다. 집에는 게리 혼자 있었다. 어머니가 그에게 이야기를 했다. 그리고 무슨 일이 있어도 아버지 귀에 그 말이 들어가지 않도록 조심하라고 했다. 어머니는 아버지가 두려움과 걱정 없이 죽을 권리가 있다고 생각했던 것이다. 내 생각엔 그건 옳지 않았다. 아버지는 자신이 죽어가고 있다는 사실을 알 권리가 있었다. 자신의 영혼에 안식을 찾아줄 기회를 갖지도 못하고 죽음의 문으로 들어가서는 안 된다고 생각했다. 프랭크 형도 그 점에서는 나와 생각이 같았다. 하지만 소용없었다. 어머니의 태도는 확고했다. 아버지가 죽어가고 있다는 사실을 절대 알리지 않겠다는 의지가 분명했다.

어머니가 전화했을 때, 프랭크 형은 근처 세차장에서 일을 하느라 집에 없었다. 밤늦게 그가 집에 돌아왔을 때, 집 안은 캄캄하게 불이 꺼져 있었다. 그는 2층 침실로 올라가서 침대에 몸을 눕히고, 방에 있던 소형 흑백 텔레비전을 켰다. 몇 분 후, 문에서 노크 소리가 들렸다. 게리였다. "게리

눈에 눈물이 고여 있었어." 하고 나중에 프랭크는 말했다. "그리고 이렇게 말하는 거야. '형한테 차마 할 수 없는 얘기가 있는데…… 어쩔 수 없이 해야겠지. 아버지가 암이래. 그리고 오래 살지 못하신대.' 게리는 슬픔을 이기지 못하고, 그렇게 서서 한참을 울었어."

수술 후 며칠 지나서 아버지는 퇴원했다. 어머니와 나는 아버지를 모시고 아파트로 돌아왔다. 아버지가 아직 운전을 할 수 있을 정도로 몸이 회복되지 않아서 택시를 탔다. 택시가 우리 집 건너편에 서자, 어머니는 내게 아파트 열쇠를 주면서 먼저 가서 문을 열어놓으라고 했다. 아파트 건물 계단을 올라가는데, 어디서 으르렁거리는 소리가 들렸다. 돌아보니 커다란 개—독일산 셰퍼드였던 것 같다.—한 마리가 몇 걸음 떨어진 곳에서 나를 노려보고 있었다. 내가 모르는 사이에 나를 따라 올라온 것이다. 왜 그런지 그 개는 내가 마음에 들지 않는 듯했다. 개는 이빨을 드러내며 더 크게 으르렁대면서, 내 쪽으로 서서히 다가왔다. 나는 점점 구석으로 몰렸다. 그때 아버지는 택시에서 내려서 어머니 부축을 받으며 서 있었다. 그리고 개가 나를 향해 다가서는 것을 목격했다. 다음 순간, 그는 마치 곡예사처럼 몸을 날려서, 길을 건너고 계단을 올라왔다. 그리고 놀라서 당황한 개의 목덜미를 움켜잡고 길가로 내던져버렸다. 눈 깜짝할 새였다. 개는 깽깽거리면서 달아났다. 어머니가 아버지에게 달려와서 말했다. "프랭크, 아직 그렇게 몸을 움직이면 안 돼요. 그놈한테 소리를 지르든가, 아니면 돌멩이라도 던지면 될걸."

아버지는 숨을 가쁘게 몰아쉬면서 대답했다. "그 개가 내 아들을 물려고 했단 말이야. 내 목숨이 붙어 있는 한, 어느 놈도 내 아들을 해칠 순 없어."

일주일 정도 지나자, 아버지는 운전을 할 수 있을 정도로 몸이 나아졌고, 우리는 함께 밀워키로 돌아왔다. 어머니는 아버지가 손쉽게 약을 꺼내거나 텔레비전을 보기 편리하도록 방 안의 가구를 다시 배치했다. 부모님 침실은 2층 전면을 향해 있었고, 그 옆방은 게일렌 형과 내가 같이 쓰는 침실이었다. 2층 복도를 따라 쭉 가면 집 후면을 향해 있는 2층 일광욕실이 나오는데, 아버지는 그 방을 사무실로 꾸며놓았다. 그 옆이 목욕탕이고, 목욕탕 맞은편으로 몇 걸음 떨어진 곳에 아래층으로 내려가는 층계가 있었다. 층계 아래에는 양쪽으로 열리는 유리문이 있는데 그곳이 바로 아래층 일광욕실이었다. 전에 살던 의사가 죽었다는 그 방이다.

어느 날, 새벽 3시쯤이었다. 우리 가족은 모두 잠들어 있었다. 아버지가 화장실에 가려고 일어나서, 복도를 따라 목욕탕 쪽으로 갔다. 잠시 후 우리는 모두 요란한 소리에 소스라쳐 잠이 깼다. 뭔가 우당탕 부딪치는 소리가 나더니, 어머니를 부르는 아버지의 비명이 들렸다. 그런 다음, 어머니가 우리 방문을 주먹으로 탕 탕 두드리며, 복도를 달려가는 소리가 들려왔다. "얘들아, 어서 일어나." 하고 어머니가 소리를 질렀다. "아버지가 층계 아래로 떨어지셨어." 우리는 모두 층계 쪽으로 달려가 밑을 내려다보았다. 아버지는 아래층에 큰대자로 몸을 뻗고 누워 있었다. 마치 누군가에게 끌려가던 중인 것처럼, 일광욕실 입구에 몸이 반쯤 걸쳐진 상태였다. 그 위쪽 벽에는 피가 묻어 있었다. 아버지가 떨어지면서 머리를 부딪혀 상처가 난 것이다. 게리와 프랭크 형이 먼저 층계를 달려 내려가서 아버지를 거실에 있는 초록색 가죽소파에 옮겼다. 어머니가 의사를 부르려 했지만, 아버지는 이젠 의사라면 지긋지긋하다고 했다.

"도대체 어떻게 된 일이에요, 프랭크? 난간에서 떨어진 거예요?" 하고 어머니가 물었다.

"아니야." 아버지는 멍한 표정으로 대답했다. "누가 나한테 뭐라고 속삭이는 소리가 들렸소. 그러더니 뭔가 내 목덜미를 잡고서, 날 계단 아래로 밀었어. 이 집에 우리 말고 누가 있는 것 같아."

형들이 집 안을 샅샅이 뒤졌다. 그러나 아무도 없었다. 누가 들어왔던 흔적도, 나간 흔적도 전혀 없었다. 아버지는 소파에 그대로 있겠다면서, 내게 함께 있어달라고 했다. 그날 밤, 나는 바닥에 슬리핑백을 깔고 누워서, 아버지의 불안한 숨소리를 들으며 날이 새기만을 기다렸다.

그 일이 있은 뒤, 아버지는 두 번 다시 2층에 올라가려 하지 않았다. 아버지의 사무실도 거실로 옮기고 아래층에서만 지냈다.

아버지의 여생이 얼마 남지 않았다는 사실은, 우리 가족에게 예기치 못했던 충격을 주었다. 어머니는 진정으로 슬픔에 잠겨서, 아버지에게 따뜻하고 자상하게 대하려고 노력했다. 하지만 때때로 긴 세월 동안 아버지에게 당한 학대의 기억과 그에 대한 증오심이 되살아나서, 그 노력이 수포로 돌아가기도 했다. 어느 오후였다. 아버지는 거실에서 낮잠을 주무시고, 어머니와 나는 주방에 앉아서 이야기를 하고 있었다. 어머니는 그동안 아버지에게 어떤 식으로 상처를 받고 또 배신당해 왔는지, 그리고 어떻게 해서 아버지를 그토록 증오하게 되었는지 이야기했다. 그리고 지금, 이렇게 아무런 대책 없이 남은 가족을 어머니에게 떠맡기고 홀로 떠나가려는 아버지가 그 어느 때보다도 더 밉다고 했다. 어머니가 이렇게 괴롭고 아픈 심정을 나에게 털어놓은 적은 없었다. 오랫동안 어머니의 이야기를 듣다가, 나는 화장실을 가려고 자리에서 일어섰다. 거실을 지나면서 아버지 쪽을 보았다. 자는 줄 알았던 아버지는 침대에 걸터앉아 있었다. 두 손으로 머리를 감싸고 있었는데, 눈이 마주친 순간, 나는 고통으로 일그러진 아버지 얼굴을 보았다. 나는 어머니께 돌아와서, 아버지가 어머니 얘기를 다 들은 것 같다고 말했다. 그러자 어머니는 이렇게 대답했다.
"잘됐지 뭐냐. 난 아버지가 들었으면 했다."

순간 나는 아찔했다. 그런 식으로 혹독하게 누군가에게 상처를 주고 싶어 하는 인간의 마음을 도무지 헤아릴 수가 없었다. 게다가 아버지는 듣지 말아야 할 말까지 들은 것 같았다. 아버지에게 곧 죽음이 닥쳐올 거라는 사실을 그런 식으로 알리는 건 옳지 않았다.

난 너무나 화가 나서 어머니와 더 이상 아무 말도 하고 싶지 않았다. 그냥 돌아서서 나와버렸다. 그리고 한동안 어머니와 마주치고 싶지 않았다.

그날 밤 늦게, 주방 테이블에 부모님이 함께 앉아 있었다. 서로 손을 잡고서 낮은 목소리로 이야기를 하고 있었다. 아버지는 울고 있었고, 어머니는 아버지 손을 토닥이고 있었다. 아버지와 어머니가 함께 손을 잡고 있는 모습을 본 건 그때가 처음이었다.

"당신 같으면 어떨 것 같소?" 하고 아버지가 물었다. "아무리 애를 써도, 나아지지 않고 자꾸 이렇게 나빠져가니, 그 기분이 어떤지나 알겠소? 이런 기분은 정말 처음이오."

"알아요, 프랭크. 다 알아요." 어머니는 아버지의 손을 토닥이며 말했다.

한동안, 아버지와 게리 사이에 어색한 휴전상태가 이어지는 듯하더니, 얼마 못 가서 그것도 깨지고 말았다. 그 무렵 게리는 각종 마약에 푹 빠져 있었다. 각성제, 대마초, 헤로인에다 술도 많이 마셨다. 제 마음대로 내키는 시간에 집을 들락날락했고, 그럴 때마다 낯선 친구들을 데리고 와서, 밖에 세워둔 차 안에서 기다리게 했다. 그 친구들 얼굴은 하나같이 내 마음에 들지 않았다. 그들은 마치 우리 집에 발을 들여놓을 기회만을 엿보는, 위험스런 존재처럼 보였다.

어느 날 오후였다. 그날은 가족 모두 집에 있었다. 게리가 아버지에게 용돈을 달라고 요구했다. 암 때문에 속이 메슥메슥하고 컨디션이 좋지 않았던 아버지는 게리에게 이렇게 말했다. "너도 남들처럼 이제 취직도 하고, 네 손으로 돈도 벌어야 되지 않니? 왜 한시도 잠자코 있지 못하고, 항상 그렇게 말썽만 피우는 거냐? 이 망할 자식아!"

그렇게 시작되었다. 게리와 아버지는 당장 험악하게 소리를 지르며 싸움에 돌입했다. 그리고 나머지 가족들은 늘 그랬듯, 2층으로 몸을 피하고 아래층의 폭풍우가 잠잠해지기만을 기다렸다.

그러나 이번 싸움만큼은 그리 쉽게 끝이 날 것 같지 않았다. 게리가 내쏘는 한마디 한마디는 무서울 정도로 거칠었고, 아버지의 음성은 너무나 무기력하게 들렸다. 용돈을 내놓지 않으면 이 집을 박살내버리겠다고 위협하는 걸로 보아, 게리도 분명히 그걸 감지한 것 같았다. 나는 어머니와 프랭크, 게일렌 두 형들에게 제발 내려가서 싸움을 말려달라고 했다. 그러나 모두들 나를 보며 조용히 고개만 가로저었다. 이런 싸움을 너무나도 많이 보아온 그들은, 중간에 끼어드는 것이 아무 소용 없다는 것을 알고 있었다. 나는 혼자 내려가서 주방으로 갔다. 아버지는 목욕 가운을 입고 주방 탁자에 앉아 있었는데, 얼굴은 납처럼 창백하고 몹시 지쳐 보였다. 게리는 검은색 레인코트를 걸치고 밀짚모자를 쓴 채, 아버지와 반대쪽 주방 카운터에 몸을 기대고 서 있었다.

"돈 좀 달라니까요." 하고 게리가 말했다.

"당장 내 집에서 나가라. 그리고 다신 들어오지 마." 아버지는 가까스로 말을 끄집어내는 듯 힘주며 말했다.

게리는 카운터에서 유리잔을 하나 집어 들더니, 아버지를 향해 던졌다. 아버지가 얼른 고개를 숙이지 않았더라면, 그 유리잔은 아버지 얼굴에 명중했을 것이다. 벽에 부딪힌 유리잔은 산산조각이 나서 아버지의 머리와 어깨에 떨어졌다. 아버지는 그 광경을 지켜보고 있던 나를 보고 말했다. "넌 어서 나가거라."

나는 2층으로 달려 올라가 어머니와 형들에게 말했다. "빨리 어떻게 좀 해봐요. 게리 형이 아버지를 죽이려고 해."

프랭크가 벌떡 일어나 내려가서, 게리와 아버지 사이에 뛰어들며 말했다. "아버지를 건드리지 마, 게리. 지금 싸울 기력도 없으신 걸 몰라?" 게리가 프랭크를 밀쳤다. 프랭크도 그를 밀어냈다. 그러자 게리가 프랭크의 뺨을 갈겼고, 프랭크도 똑같이 응수했다. 두 사람은 맞붙어 격렬하게 싸우기 시작했다. 접시며 물건들이 사방에 날아다녔다. "난 싸움을 잘 못해." 프랭크 형이 나중에 내게 이렇게 말했다. "싸움꾼이 못 되지. 그런데 게리도 싸울 줄을 모르더군. 그 애는 힘은 있지만, 그걸 쓸 줄은 몰랐어. 상대가 일단 자기 손에 잡히면 칠 수는 있었어. 하지만 난 잡히지 않으면서 먼저 선수를 쳤거든."

그때 어머니가 그 난장판에 뛰어들었다. 어머니는 큰 빗자루를 들고 와서, 프랭크 형의 머리를 내려치면서 말했다. "그만 좀 해. 그만하면 됐잖아. 프랭크, 내가 널 경찰에 신고했다. 어서 밖으로 달아나." 프랭크와 게리는 깜짝 놀라, 싸움을 멈추고 어머니를 봤다. "이제 그만 게리를 놔둬라." 어머니가 프랭크를 보며 다시 말했다. 프랭크는 몹시 침통한 얼굴로 바닥에서 몸을 일으킨 다음 꽝 하고 현관문을 닫고 밖으로 나갔다. 어머니는 게리를 의자에 앉히고 얼굴에 묻은 피를 닦아주었다. 그리고 20달러짜리 지폐를 몇 장 손에 쥐어주며 말했다. "자, 경찰이 오기 전에 어서 피해라. 엄마가 알아서 처리할 테니."

프랭크 형이 돌아온 것은 자정이 넘어서였다. 어머니는 잠자리에 들었지만, 아버지는 주방 탁자에 앉아 있었다. 아직 고통스러운 모습이었다. 프랭크가 들어오는 걸 보고 아버지는 말했다. "고맙구나, 얘야. 오늘 일 말이다."

프랭크는 그때 술에 약간 취한 상태였고, 어머니가 그런 식으로 자신을 내쫓았다는 사실에 아직 화가 나 있었다. "엄마가 날 경찰에 신고할 줄은 몰랐어요. 난 싸움을 말리려고 했단 말이에요."

아버지가 말했다. "엄마가 누굴 신고한 건 아니다. 그냥 싸움이 벌어졌으니까 와서 말려달라고 했던 거야. 네 엄마가 게리를 신고했다고 말하지 않은 건 정말 잘한 일이지. 그 애가 무슨 짓을 했을지 누가 아니? 게리한테 그 말은 아주 중요한 거였어. 엄마야말로 언제나 믿을 수 있는 사람이라는 걸 알게 했으니까. 그땐 게리가 누구 한 사람 죽일 수도 있는 상황이었어. 그래서 엄마가 널 신고했다고 말한 거야. 사태를 무마시키려고 말이다." 프랭크는 곰곰이 생각에 잠겼다. 그러고 보니 아버지 말이 일리가 있었다. 게리를 막을 수 있는 사람은 아무도 없었다. 게리와 다른 가족을 모두 보호할 수 있는 방법이 필요했던 것이다. 프랭크는 마침내 어머니의 행동은 그 어느 때보다도 현명했다는 판단을 내렸다.

그 일이 있은 후 며칠 뒤 저녁, 포틀랜드 시내를 걷던 프랭크는 길에서 게리를 만났다. 그렇게 싸운 후로 처음 마주친 것이었다. 게리는 프랭크에게 다가와서 손을 내밀며 말했다. "어이, 형, 그땐 미안했어. 내가 그러는 게 아니었는데 말이야."

프랭크가 대답했다. "그건 맞아. 그러지 말았어야지. 나도 널 때려서 미안하다. 하지만 네가 아버지를 친다고 생각하니까, 나도 정신이 확 돌아버렸어."

"그래, 형은 잘한 거야." 게리의 말에, 프랭크는 그의 사과를 받아들였다. 두 사람 사이에 감정이 남는 건 싫었다.

"형, 배고프지 않아?" 하고 게리가 물으며 말했다. "저기 조지네 코니아일랜드에 가서 칠리 핫도그 하나씩 먹자. 그리고 맥주도 한잔하고. 내가 한턱 낼게."

프랭크도 그러자고 했다.

조지네 코니아일랜드는 포틀랜드의 아래쪽에 있는 핫도그 가게 이름이다. 오직 핫도그만 파는, 시내에서 제일 맛있는 핫도그 집이었다. 가게 주인은 조지라는 그리스 노인이었다. 조지에 대한 소문이 하나 있었는데, 아버지의 말에 따르면, 그는 포틀랜드의 웨스트힐즈에 있는 큰 저택에 살고 있는 백만장자라고 했다. 그는 핫도그를 만들어서 사람들에게 대접하는 걸 너무 좋아해서, 소일거리도 겸하고 사람들하고 사귀기 위해 핫도그 가게를 운영한다는 것이다. 아버지는 몇 년 전부터 조지와 알고 지냈다. 그래서 시내에 갈 때면, 아버지는 항상 조지네 코니아일랜드에서 저녁을 사주곤 했다. 아버지와 조지 사이는 사람들이 다 알 정도로 가까웠다. 아버지가 가게 문을 열고 들어서면, 뚱뚱한 조지는 그리스 억양이 담긴 목소리로 이렇게 맞이했다. "오, 내가 좋아하는 단골손님이 오셨구먼."

게리와 프랭크는 구석에 자리를 잡았다. 조지가 그들을 반갑게 맞이했다. "아버지는 어떠신가? 좀 나아지셨나? 괜찮아, 걱정 말게나. 자네 아버지는 강한 분이니까. 금방 털고 일어나실 걸세. 이제 곧 여기에도 오시겠지."

조지가 핫도그를 만드는 동안, 게리는 프랭크에게 말했다. "형, 나 이제 곧 감방으로 돌아가게 될 것 같아. 날 좀 보라구. 난 감방에 길든 몸이야. 게다가 난 친구들이 그리워. 내 진짜 친구들은 다 거기 있어. 감방에 말이야. 그래서 말이야, 조만간 감방으로 돌아가지 못하면, 사람을 해칠 것 같아. 제길, 누구라도 해치워야 한단 말이야. 친구들이 있는 곳으로 가고 싶어."

프랭크가 말했다. "게리, 지금이야말로 직업을 가져야 할 때라고 생각하지 않니?"

그러자 게리는 이렇게 대답했다. "난 벌써 정해졌어. 직업 범죄인이잖아."

프랭크가 이 문제에 대해서 뭔가 할 말을 찾고 있을 때, 그들과 조금 떨어진 자리에 있는 높은 의자에 앉아 있던 오토바이족처럼 보이는 한 남자가 게리 쪽을 돌아보며 케첩 좀 집어달라고 했다. "제길, 당신이 가져가면 되잖아." 하고 게리가 쏘아붙였다. "당신은 손이 없어? 난 웨이터가 아니라구." 그 남자는 의자에서 일어나더니, 어깨를 으쓱하며 두 주먹을 쥐고 다가왔다. 프랭크는 두 사람 사이를 가로막았다. 주먹이 몇 차례 날아왔고, 프랭크는 정신을 잃고 쓰러졌다. 잠시 후, 조지가 프랭크의 얼굴에 찬물을 끼얹었다. 프랭크는 겨우 정신을 차렸다. 조지는 단단히 화가 나 있었다. "도대체 왜들 그런 거지? 당신 동생하고 그 사람이 한바탕 붙어 싸우더니, 여길 이 지경으로 만들고 달아나버렸어. 이걸 누가 책임질 거지? 경찰을 불러야 하나? 어떻게 해야 할지 모르겠군." 프랭크는 몸을 일으켰다. 입술을 만져보니 찢어져 있었다. 그는 호주머니에서 돈을 얼마 꺼내 조지에게 주었다. "당신은 좋은 사람이군. 당신 같은 사람은 얼마든지 와도 좋지만, 동생한테는 오지 말라고 하시오. 이제는 사절한다고 말이야."

프랭크는 비틀거리며 거리로 나섰다. 맞은 충격으로 아직 정신이 어찔했다. 그는 술을 한잔해야겠다고 생각하고, 길모퉁이에 있는 술집으로 들어갔다. 안에는 게리와 그 오토바이족이 함께 앉아 맥주를 마시며 웃고 있었다. 프랭크도 나중에 알게 된 사실이지만, 게리는 그 오토바이족과 싸운 뒤에 함께 오토바이족의 여자친구를 찾아갔고, 세 사람이 함께 즐겼다고 한다. 프랭크는 말했다. "거기 두 사람이 같이 술을 마시고 있는 걸 보고, 난 그대로 밖으로 나왔어. 정말 진저리가 났지. 집에 돌아와서 엄마에게 그 얘기를 했어. 그리고 이렇게 말했지. '이제 게리하고는 끝장이에요. 정말이에요. 이걸로 끝이라구요.' 그 후로 내가 게리와 함께 있는 걸 본 사람은 없어."

아버지와 어머니, 그리고 나, 세 사람은 1962년 6월 초에 시애틀로 다시 돌아갔다. 사업을 돌봐야 했기 때문이다. 그동안 아버지의 병 때문에 출판사업이 중단된 상태였고, 수입이 없다보니 집안 살림은 파산 지경에 이르렀다.

보름이 지난 어느 날 아침, 게리가 시애틀의 집 앞에 모습을 나타냈다. 그는 아버지 일을 도우러 왔다고 했다. 분명치 않은 말투와 번뜩이는 눈빛으로 보아, 마약을 한 것이 분명했다. 아버지는 지난번 싸움을 아직 잊지 않고 있던 터라, 게리의 제의를 그리 달가워하지 않았다. 어머니는 게리가 마지막으로 화해할 기회를 찾는다는 걸 알아챘다. 그러나 게리의 정신이 맑은 상태가 아니어서, 혹시라도 불쑥 일을 저질러서 아버지의 건강에 타격이라도 줄까봐 걱정이 되었다. 어머니는 게리를 한쪽으로 데리고 가서, 그냥 밀워키로 돌아가는 게 좋겠다고 말하고 돈 100달러를 주었다.

그때 아파트 문을 나서던 게리의 표정을 잊을 수가 없다. 그가 아버지와 마지막으로 포옹을 하고 작별 키스를 하고 싶어 한다는 걸, 나는 분명 느낄 수가 있었다. 그러나 게리도 아버지도 두 사람을 평생 갈라놓았던 장벽을 쉽사리 넘을 수가 없었다. 그들은 서로에게 조금도 다가가지 못했다. 아파트를 나서는 게리의 얼굴에는 상실의 그림자가 스치고 있었다. 그가 죽기 며칠 전, 사랑하는 여자에게 작별 인사를 할 기회도 없다는 걸 알게 되었을 때, 그 상실의 그림자는 다시 한 번 그의 얼굴에 드리워졌다.

그날 밤, 프랭크 형에게 전화를 받고, 게리가 워싱턴 주 밴쿠버에서 무면허 운전으로 체포되었다는 걸 알았다. 게다가 차 안에는 마시던 술도 있었다고 했다. 아버지는 책상에 머리를 대고 오랫동안 고통스럽게 울었다. 울음 도중 간간이 아버지에게서 이런 탄식이 흘러나왔다. "무엇 때문에 이렇게 내 아들을 한시도 가만 내버려두지 않는단 말인가?"

그 후 아버지 병은 급속도로 악화되었다. 어느 날 침대에 누운 뒤로, 다시는 일어나지 못했다. 누워서 기침을 하면, 거의 한 사발이나 되는 가래를 뱉어냈다. 난 아직도 그 냄새를 기억하고 있다. 썩은 꽃처럼, 퀴퀴하면서도 달큰한 그 냄새를. 나는 놀라웠다. 마지막 죽음의 순간에서는 향기가 난다는 사실이.

그달 말경, 어머니는 게일렌을 시애틀로 불러 아버지 일을 돕게 했다. 그리고 어머니와 나는 밀워키의 집으로 돌아왔다. 아버지를 마지막으로 본 그때, 아버지가 내게 무슨 말을 했는지, 그리고 그 모습은 어땠는지 아무리 기억을 되살리려 해도 잘 기억이 나지 않는다.

며칠 후, 이른 아침에 게일렌이 전화를 했다. 밤새 아버지의 상태가 악화되어서 병원에 모시고 갔다고 했다. 게일렌이 밤새 아버지 곁을 지켰지만, 상태는 점점 나빠져서 새벽 5시쯤에는 혼수상태에 빠졌다. 게일렌은 그때 잠깐 눈을 붙이려고 아파트로 막 돌아온 참이었다.

한 시간쯤 흘렀을까. 전화벨이 다시 울렸다. 내가 받았다. "엄마 바꿔줘." 하고 게일렌이 말했다.

"아버지 때문이야?" 하고 나는 물었다.

"엄마 바꿔."

어머니가 전화를 받았다. 그리고 울부짖었다. "오, 하느님! 프랭크, 당신 어디 있어요? 어디로 간 거예요?"

장례 준비를 하느라 며칠 동안 분주하게 지냈다. 아버지의 시신을 시애틀에서 옮겨 오고, 묫자리도 마련해야 했다. 어머니는 로버트 잉그램에게 부고를 전하려고 수소문했지만, 주소를 알아낼 수가 없었다. 그를 잃어버린 것이다. 그리고 그 후로도 다시는 찾을 수가 없었다.

장례식 전날, 우리는 아버지의 시신을 보기 위해 시신이 안치되어 있는 장례소에 가보았다. 아버지는 꽃다발에 둘러싸여 우아한 청동빛 관에 누워 있었다. 멋진 갈색 양복을 입고 크림색 공단으로 만든 베개를 베고 있었다. 두 손은 가지런히 가슴 위에 올리고, 두 눈은 감고 있었다. 얼굴 아래쪽에는 벌써 부식의 흔적이 나타나고 있었다. 어머니가 주저앉으며 울음을 터뜨렸다. 게일렌은 고통스러운 듯 축 늘어진 몸을 벽에 의지하고 서 있었다. 프랭크 형이 팔로 나를 감싸고 꼭 안아주었다. "괜찮겠니?" 하고 형이 물었다. 나는 고개를 끄덕였다. 난 죽은 아버지의 얼굴에서 눈을 뗄 수가 없었다. 내가 알던 아버지의 모습이 아니라고 생각했다. 어릴 적 나를 무릎에 앉혀주던 아버지, 개가 덤벼들 때 날 구해주던 아버지, 혹은 어머니와 형들에게 고함을 치던 아버지의 모습이 아니었다. 저기엔 아무것도 없는 거야, 나는 생각했다. 사람이 죽으면 육신을 남기고 간다. 하지만 그 육신에는 이미 그 사람의 흔적이 남아 있지 않다. 죽은 사람의 얼굴에는 그가 생전에 알았던 사랑도, 분노도, 그 어느 것도 나타나지 않는다. 그건 슬픈 일이라는 생각이 들었다.

장례소를 나오면서 게일렌이 말했다. "죽음이 사람한테서 그렇게 많은 걸 가져가는구나. 술 한잔 마셔야겠어." 그는 가고, 우리는 집으로 돌아왔다.

아버지가 돌아가셨을 때, 게리는 로키 뷰트 교도소에 있었다. 그는 나중에 우리에게 그때 이야기를 해줬는데, 어떤 간수가 와서 그를 깨우더니 이렇게 말했다고 한다. "네 빌어먹을 아버지가 죽었다. 어때, 기쁜 소식이지?" 게리는 미친 듯이 날뛰었다. 감방이 부서져라 사방으로 몸을 부딪치고, 전구를 박살냈다. 그리고 그걸로 손목을 그었다.

어머니는 교도소 교관과 군 판사에게 게리가 장례식에 참석할 수 있도록 해달라고 간청했다. 게리의 탈옥을 막기 위해 교도관이 동행해야 한다면, 그 수당의 두 배에 해당하는 비용을 지불하겠다는 제의도 했다. 그러나 교관도 판사도 모두 거절했다. 아버지의 장례식이 있던 날, 게리는 "구멍"—독방을 가리키는 말—에 혼자 갇혀 있었다.

장례식은 별로 기억나는 것이 없다. 우리는 베일을 쓴 채, 관을 올려놓은 대臺에서 몇 미터 떨어진 곳에 앉아 있었다는 것 정도이다. 그리고 나는 게일렌 형이 운전하는 자동차를 타고 함께 묘지로 가면서, 라디오에서 흘러나오는 로큰롤 음악을 들었다. 진 맥대니얼스가 불렀던 '돌아오지 않는 길'이라는 노래였다. 라디오의 디제이는 그 노래가 방금 나온 신곡이라고 소개했다. "나는 돌아오지 않는 길을 떠나네, 영영 돌아올 수 없는 그 길"이라고 맥대니얼스는 노래하고 있었다. 순간 나는 홀린 듯 그 노래에 사로잡혔다. 그 후로도 몇 달 동안, 어디선가 그 노래가 들려올 때마다, 나는 달려가 라디오를 켰다.

그 7월 어느 날 오후, 가톨릭 사제가 기도를 하는 동안, 우리는 나란히 관 옆에 서 있었다. 아버지의 관이 무덤 속으로 하관될 때, 가족은 그 자리에 있는 게 아니라는 말에 나는 깜짝 놀랐다. 어머니는 이렇게 설명했다. "그래, 그런 게 아니란다. 가족들은 그 마지막 순간을 견딜 수 없기 때문이야." 그렇다 해도, 내 생각엔 그건 옳지 않은 것 같았다. 아버지를 홀로 땅속에 내려가게 하다니.

사실 나는 어머니와 형들이 아버지의 죽음을 그토록 고통스럽게 받아들인다는 사실에 많이 놀랐다. 아버지를 위해 눈물을 흘릴 정도로 아직도 사랑하는 마음을 갖고 있는 것이 놀라웠다. 어쩌면 그들이 눈물을 흘린 이유는 아버지가 그 긴 세월 동안 베풀지 않았던 사랑에 대한 서러움, 이제 화해의 기회를 영영 상실했다는 안타까움 때문이었는지도 모르겠다.

눈물을 흘리지 않은 유일한 사람은 바로 나였다. 이유는 나도 모른다. 왜 그런지 아버지의 죽음 앞에서 나는 단 한 번도 눈물을 흘리지 않았다.

아버지가 돌아가신 지도 벌써 30년이 넘었다. 그리고 아직까지도 난 눈물을 흘린 적이 없다. 그런데 꿈속에서는 달랐다.

얼마 전, 꿈속에서 어머니가 내게 와서 말했다. "네가 깜짝 놀랄 일이 있다. 우리는 아버지를 찾아냈어. 아버지는 사실 죽지 않았단다. 우리한테서 멀리 도망쳤던 거야. 네게 뭐라고 설명할 수가 없었단다.

요전에 아버지가 돌아오셨어. 널 보고 싶다는구나. 하지만 한 가지 미리 말해둘 게 있어. 아버지는 이제 너무 많이 늙었어. 그리고 아주 쇠약해지셨다. 오래 사시지 못할 거니까, 아버지께 잘 대해드려라."

어머니는 날 어떤 방으로 데리고 간다. 거기 아버지가 의자에 앉아 있다. 아버지는 체크무늬 셔츠에 줄무늬 넥타이를 하고, 멜빵 달린 헐렁한 바지를 입고 있다. 안경을 쓰고, 머리에는 중절모도 썼다. 어머니 말대로 정말 몹시 늙고, 기력이 없어 보인다. 그래도 나를 보더니 아버지는 웃는 얼굴로 의자에서 일어나서, 나를 두 팔로 안는다.

"오, 내 아들." 하고 아버지가 말한다. "널 만나니 정말 기쁘구나. 내가 어떻게 널 두고 가버렸을까?" 그리고 눈물을 흘리기 시작한다.

나도 아버지를 안고서 이렇게 말한다. "됐어요, 아버지. 저도 아버지가 보고 싶었어요. 이렇게 돌아오셔서 정말 좋아요. 이젠 모두 다 잘 지낼 거예요."

그때 나를 괴롭히던 그 많은 의문의 답을 이제야 알아낼 수 있겠다는 생각이 스쳐간다. 아버지에게 당신이 도대체 누구인지, 어떤 사람인지 물어봐야지, 그러면 아버지가 대답해줄 거야.

그러나 그 순간, 내 팔에 안겨 있던 아버지가 무너져 내린다. 아버지의 생명이 빠져나가는 것이 느껴진다. 나는 죽은 아버지를 두 팔에 안고서, 그렇게 서 있다. 마침내 난 견딜 수 없어 울음을 터뜨린다.

4

죽은 이를 위한 노래

아버지는 돌아가셨다. 그는 때로는 변덕스럽고 난폭한 사람이었다. 나보다는 형들에게 더 그랬다. 그는 자식들을 낳고 그 가족을 부양하느라 고생도 했지만, 동시에 가족들의 영혼과 희망을 망가뜨리기도 했다.

지난 몇 년 동안 나는 프랭크 형과 아버지라는 사람의 복잡 미묘한 성격에 대해서 많은 이야기를 나누었다. 우리 형제들이 가진 뭔가 독하고 강한 면은 아버지한테서 왔을 거라고 우리 둘 다 생각했다. 아버지의 유산, 즉 그의 두려움과 저주를 이겨내고 우리가 이렇게 살아남았구나 하는 생각도 들었다. 그러나 여전히 풀리지 않는 의문은 도대체 무엇이 그 모

프랭크 길모어. 워싱턴 주 시애틀, 1960년경

든 파멸을 불러왔는가 하는 것이다. 우리는 아버지의 비밀을 알지 못한다. 아버지가 무덤으로 가지고 간 그 비밀. 그 비밀을 풀지 못한다면, 우리 자신의 일부를 영영 비밀 속에 묻어두는 것과 같다. 더욱이 그건 우리에게 결코 작지 않은 부분을 차지하고 있다. 전에도 말했지만, 그것은 우리 내부에 가장 깊숙이 자리 잡고 있는 가장 중요한 부분일 수도 있다. 언제나 사랑을 파멸로 이끄는 우리 내부의 그 본성.

"아버지를 둘러싼 그 무서운 비밀이 뭔지, 항상 궁금했어." 프랭크 형이 어느 저녁 내게 말했다. "내가 물어볼 때마다, 아버지는 늘 이런 식이었어.

'남의 일에는 간섭 않는 게 좋다.'

그런데 말이야, 그런 비밀이 없었다고 해도, 아버지 인생은 마찬가지였을 거라는 생각이 들어. 아버지에게 유랑생활은 그 자체로 중요했으니까. 근본적으로 여러 가지 면에서 고독한 사람이었어. 때로는 그 고독한 유랑생활을 즐기기까지 했지. 뭐랄까. 말하자면, 지킬 박사와 하이드 씨 같다고나 할까. 어느 한쪽도 본성은 악하지 않았다고 생각해. 하지만 이중인격자였지. 한 사람 안에 둘이 있었던 거야. 하나는 가정적인 가장으로서, 가족 없이는 살 수 없는 사람이었지. 그러다가 몇 주가 지나면 그 성품은 사라지고, 다시 방랑의 길을 찾아 떠나야 했던 거야. 한동안 유랑을 하고 나면, 그런 생활에 염증을 느끼고 다시 가족에게 돌아왔어. 그러니까 자신이 원하는 대로 인생에서 가족과 자유로운 독립, 두 가지를 다 쥐고 살았던 거지. 아버지와 어머니 사이의 갈등의 원인은 바로 그 점이었어. 어머니는 아버지에게 왜 그런 식으로 살아야 하느냐고 따졌고, 그러면 아버지는 그 대답으로 병을 던졌지. 뭔가 감추는 것도, 일부러 꾸미려는 것도 없었어. 아버지는 엄마와 가족에게 싫증을 느꼈고, 그래서 떠나야 했던 거야. 어느 면에서는 죽을 때까지, 아버지는 그렇게 살았어. 그리고 정처 없이 방랑하는 가족들을 남겼지.

그런데 이상한 건, 요즘 아버지를 생각하면 할수록 아버지에게 존경심이 생겨. 돌아가실 무렵에는 상당히 많은 변하셨지. 술도 끊고, 사업에도 성공했고. 당신의 막내아들, 바로 널 위해서 그렇게 했던 거야. 마이클, 아마 너도 조금만 더 컸더라면 다른 형제들과 마찬가지로 아버지와 충돌했을 테지. 머리가 컸다고 반항의 기미를 보이면, 아버지의 사랑도 끝이 났을 테니까. 아버지는 널 꺾으려고 온갖 애를 썼을 거야. 아버지가 돌아가신 게 너에게는 다행이었어. 넌 아버지의 가장 좋은 점만 보고, 그 모습을 간직할 수 있었으니까. 그건 누군가는 알고 있어야 할 아버지의 모습이었다. 아버지가 너에게만은 좋은 모습을 남겨준 거야. 난 그런 점에서 아버지가 존경스러워."

"다른 형제들은……."여기서 프랭크 형은 잠시 말을 멈추고, 지난날을 회상했다. 그 고통의 세월들이 물결쳐 지나가는 듯, 잠시 형의 얼굴 근육이 경련을 일으켰다. 그는 말을 이었다."그래, 이런 식으로 말하는 게 좋겠다. 아버지 밑에서 자식 노릇하는 건 정말 힘들었어. 아버지는 아주 냉정해질 수 있는 사람이었지. 아무런 대비도 없이 부딪혔다가는 상처를 입기 십상이었어. 자식을 두고 집을 나가서는, 다음에 만날 때까지 어떻게 지내는지 까맣게 잊어버리는 거야. 그건 장난이 아니었어. 어렸을 때 우리와 함께 놀던 동네 애들이 우리보고 늘 불쌍하다고 했으니까. 그런 말을 들은 게 한두 번이 아니야. 그런 식으로 동정을 받았지. 아버지는 자식한테 정말 모진 사람이었어.

다시는 그 어린 시절로 돌아가고 싶지 않아. 어떤 일이 있어도 말이야. 단 한 번으로 충분해."

물론 우리 집에서 좋든 나쁘든 힘을 가지고 있었던 사람은 아버지만은 아니었다. 어머니 역시 지금의 우리 집안을 만드는 데 일조한 사람이었다. 아버지가 버스 터미널이나 싸구려 여인숙 같은 곳에 어머니를 팽개쳐두고 멀리 도망칠 때마다, 어머니는 아이들을 이끌고 안전하게 하룻밤 묵을 만한 곳을 찾아다니거나, 아니면 유타의 고향집으로 내키지 않는 길을 떠나야 했다. 어머니는 자식들을 철저하게 보호했던 사람이었다. 그 과정에서 자신이 결코 상상할 수 없었던 현실과 부딪히면서도, 자식들을 위해서라면 최선을 다했다.

어머니는 감당할 수 없을 만큼 절망스러웠을 것이다. 어머니가 아버지를 처음 만나 자신의 운명을 걸면서 꿈꾸던 것과 그 후 어머니가 얻은 것 사이에는 엄청난 차이가 있었으니까. 어머니는 프랭크 길모어라는 사나이에게 마음이 끌렸다. 그는 그녀가 자라면서 늘 보아왔던 모르몬 촌뜨기들과는 비교가 안 되는 매력적인 사람이었으니까. 그녀는 낭만적인 기질을 가진 젊은 처녀였고, 그 남자가 새롭고, 자극적이고, 더 나은 세계로 자신을 데려가줄 거라고 생각할 정도로 비현실적이었다. 내 친구 하나가 이런 이야기를 한 적이 있다. "들어보니, 너희 어머니는 화려한 환상에 사로잡혀 있던 아가씨였고, 아버지는 바로 그런 환상을 채워주는 남자였던 것 같아. 아마도 아주 세련되고 멋진 남자였을 거야. 그러니 어머니에게는 영화 밖에서 만난 가장 매력적인 남자로 보였겠지."

그렇게 어머니는 결혼과 함께 아버지의 방랑생활에 뛰어들었고, 그리하여 툭하면 자신을 버리고 훌쩍 떠나버리는 남편과 아이들과 함께 미국 전역을 헤매고 돌아다녔다. 어머니의 꿈은 결코 이루어졌다고 볼 수 없다. 하지만 어머니는 여전히 꿋꿋했고 또 한편으로는 무모할 정도로, 끝내 자신의 꿈을 포기하지 않았다. 그중 하나가 우리 가족이 모두 함께 모여 살 수 있는 커다란 저택을 갖는 것이었다. 결국 우리가 그런 집에 살게 된 것은 순전히 어머니의 한과 절실한 소망의 결과였다. 그것이 도대체 왜 그리도 필요했는지는 중요한 문제가 아니었다.

아버지와 마찬가지로 어머니 역시 꼭 해야 했지만 하지 못한 일이 많이 있었다. 그중에서 가장 중요한 것은 아버지 곁을 떠나지 못한 것이다. 그렇게 구타당하고 버림받고, 또 자신은 물론 자식들까지 온갖 수모를 겪었는데도 말이다. 래리 실러는 어머니와 인터뷰를 하던 중에, 왜 당신은 남편을 떠나지 않았느냐고 물은 적이 있었다. 어머니의 대답은 평범하지만 매우 가슴 아픈 것이었다. "내가 어디로 가겠어요? 누가 날 받아줬겠느냐구요. 내가 할 수 있는 일은 그냥 그렇게 사는 것뿐이었어요. 좋든 싫든 있는 그대로 상대방을 받아들이자, 다른 사람을 내 마음대로 바꾼다는 건 불가능하다, 난 일찍부터 그렇게 생각하고 살아왔어요. 아무튼 남편이 꼭 돌아와야 한다는 법은 없는 거잖아요. 한번은 그가 돌아왔을 때, 내가 왜 왔느냐고 물었지요. 그랬더니 이렇게 대답합디다. '아, 그러니까 말이야, 다른 여자를 찾기에는 내가 너무 늙었거든. 게다가 당신이 해주는 요리가 먹고 싶었어.'"

어머니가 아버지를 떠나지 못했던 건 사실 그리 특별한 일은 아니다. 세상에는 늘 티격태격하면서 얼굴을 맞대고 사는 사람들이 예나 지금이나 많이 있다. 정신적으로나 육체적으로나 상처를 주는 남자 곁을 떠나지 못하는 여자들이 있었고, 늘 잔소리나 해대고 구박하는 여자를 떠나지 못하는 남자들도 있었다. 때로는 상대를 너무나 사랑하기 때문에, 하루라도 얼굴을 보지 않고서는 살 수 없을 것 같아서 떠나지 못한다. 이제 점차 나아질 거라는 희망을 갖고서. 글쎄, 사랑에 눈이 멀었다고나 할까. 그래서 자신이 학대를 받고 있다는 걸 모르는 경우도 있다. 언젠가 프랭크 형이 어머니께 왜 그렇게 아버지에게 맞고 지냈느냐고 물은 적이 있었다. 특히 얼굴 여기저기에 시퍼런 멍이 들고 혹이 생길 정도로 맞아가면서 무엇 때문에 그걸 참고 견디었느냐고 물었다. 어머니 대답은 이랬다. "빌어먹을, 모두 내가 자초한 거야. 입을 꾹 다물고 말을 안 했으니까. 그래서 네 아버지가 날 그렇게 대접한 거야. 그렇게 당하고 살 만했어. 그래, 그게 전부야." 어머니는 자신이 매를 자초했다고 믿었고, 그런 어머니의 태도에 나는 화가 치밀고 또 슬퍼진다. 그러나 한편으로는 많은 사람들이 고통스러운 인간관계를 감내하고, 그 고통에서 벗어나는 것을 상상조차 하지 못하는 상황을 설명해주기도 한다. 그럴 때 고통은 바로 자신의 일부가 된다. 그러므로 그 고통에서 벗어나는 것이, 고통 속에 남아 있는 것보다 더 두렵게 느껴진다. 그것을 잃으면 자신이 누구인지 잃어버리게 될까 두렵다. 그래서 자기 자신을 처음부터 전부 다시 만들어야 할지도 모른다. 아니면, 똑같은 오류를 다시 한번 같이 만들어나갈 또 다른 사람을 찾아야 할 것이다.

내가 보기엔 어머니는 진심으로 아버지를 사랑했고, 또 아버지도 어머니를 진정으로 사랑했다. 실러가 어머니와의 인터뷰 중에 이런 말을 한 적이 있었다. "말씀을 듣다보면, 당신은 남편에게 꽤 압도당했다고나 할까요, 그런 느낌이 드는군요." 그러자 어머니는 이렇게 대답했다. "그래요. 그 사람한테는 결점도 많고, 여러 가지 문제도 많았지요. 하지만 그런데도 말이에요, 그이가 살아 있던 마지막 날까지, 예컨대 그이가 차를 몰고 집 앞으로 들어서면 내 가슴이 두근두근 뛰었어요. 운전석에 앉아 있는 그 모습, 여유 있는 미소를 띤 자신만만한 그 태도, 혹은 책상에 앉아 있을 때의 그 모습, 이런 그의 모습들이 마음을 뺏길 정도로 멋지게 보였으니까요."

"책상에서 일할 때의 모습은 어땠는데요?" 하고 실러가 물었다.

"아, 그러니까, 모든 일을 완벽하게 처리해야 한다는 듯한 태도였어요. 일에 너무 몰두한 나머지, 누가 방에 들어오는 것도 몰랐지요. 그러다가 뭔가 필요하면 책상에서 일어나 방 저쪽으로 걸어가서 그걸 꺼내 옵니다. 그리고 지나가면서 내 뺨을 살짝 건드리는 거예요. 그러면 너무 바빠서 누가 온 것도 모른다는 듯이 행동하지만, 저이가 내가 있는 걸 알고 있구나 하고 생각하는 거예요."

어머니가 아버지에 대해서 이런 식으로 말하는 걸 난 한 번도 본 적이 없었다. 어머니 목소리가 이처럼 부드러웠던 적도 없었다. 그 목소리 뒤에서 어머니의 가슴이 갈기갈기 찢어지는 고통이 느껴졌다.

그날 밤, 나는 주방에서 어머니의 손을 잡고 있던 아버지의 표정을 기억하고 있다. 아버지가 죽었다는 소식을 듣고 상실과 고독의 고통으로 울부짖던 어머니의 모습도 생생하게 기억하고 있다. 그렇다. 두 사람은 서로 사랑했다. 그들이 살아 있던 그 시절보다도 지금 돌이켜보는 추억 속에서 그 사실이 더 또렷하게 다가온다. 어쩌면 내가 이제야 좀 더 잘 알게 됐는지도 모른다. 사랑이란 달콤하면서도 쌉싸름하다는 걸 스스로 경험을 통해 터득했으므로. 내가 알게 된 사랑이란, 그 사랑이 아무리 깊고 절실하다 하더라도, 그 사람을 잡아둘 수 있는 이유는 될 수 없다. 특히 그 관계가 다른 사람을 파괴하고 기형적으로 만들어간다면 더욱 그러하다. 하지만 다른 사람들에게도 마찬가지였겠지만, 나는 우리 부모님이 과감한 결단을 내리도록 종용하지는 못했다.

물론 어머니가 아버지 곁을 떠나지 못한 데는 또 다른 이유가 있었다. 우선 이 세상이 남편을 떠나 제 갈 길을 찾아가는 여성에게 용기를 주지 않았고, 어머니는 그런 세상에서 살고 있는 평범한 여성에 불과했다. 더욱이 아무런 기술도 없이 자식만 주렁주렁 딸려 있는 여성에게는 일자리도, 정책적인 지원도 없었다. 의식을 했든 안했든, 그 이전에도, 그리고 그 후로도 많은 여성들이 그랬던 것처럼, 어머니는 덫에 걸려 있었던 것이다.

그러나 뭐니 뭐니 해도 어머니를 떠나지 못하게 한 가장 큰 이유는 자식들이었다. 자식 문제는 분명 이혼을 반대하는 사람들이 제기하는 가장 주요한 논쟁거리이다. 이혼이 자녀들에게 가져다줄 정신적 충격과 혼란, 또 편부나 편모 슬하에서 육체적, 정신적으로 건강한 양육이 제대로 이루어질 수 없다는 식으로 이야기들을 한다. 그런데 나나 내 형들을 보면, 과연 결혼보다 이혼이 더 나쁜 것인가에 대해서 의문을 갖지 않을 수 없다. 결혼으로 네 명의 골칫덩어리 아들들이 생겨났고, 그중 둘은 비참하게 죽어야 했으니 말이다. 이혼에 반대하는 사람들의 주장은, 결국 이런 이야기가 아닐까. '가족을 위해서 헤어지지 마라. 가족의 신성함과 화합을 지키기 위해서는 무슨 일이든 해라. 이것은 오랜 인간의 역사가 거듭 우리에게 들려주는 메시지이다. 가족의 유대를 깨뜨리는 것만큼 나쁜 건 없다. 가족의 권위와 그 울타리는 반드시 지켜져야 한다.'

그러나 맹세컨대, 난 가족이라는 울타리를 증오한다. 말쑥한 차림으로 쇼핑을 하면서 몰려다니는 가족들을 보거나, 친구의 가족 모임이나 집안 문제에 대한 이야기를 듣거나, 혹은 친구들 집을 방문해 그 가족을 보면,

난 어김없이 그들에게 화가 난다. 그들은 진정한 행복을 누리고 있다는 생각, 그리고 난 그런 행복을 누리지 못했다는 질투 때문이다. 그리고 나를 분노하게 것은, 그들이 소위 가족 공동의 선善을 내세워 여전히 아이들에게, 이미 다 큰 아이들에게, 수치심을 주거나 복종을 요구한다는 사실이다.

내 항변이 지나친 것인지도 모른다. 사실 나는 우리 부모님을 모질게 비난하지는 않는다. 어머니나 아버지에게 조금도 증오심이나 한을 품고 있지도 않다. 어쩌면 더 미워해야 하는 것인지도 모르겠다. 나는 부모님을 사랑한다. 요즘 들어서는 그분들이 너무나 보고 싶다. 하지만 우리 가족에 대해 생각할 때면, 내 마음은 냉소적으로 변한다. 그런 일들이 일어나지 않아서, 내가 이런 이야기를 하고 있지 않았더라면 더 좋았을 텐데. 우리 부모님이 서로 만나지 않았더라면, 아니 만나서 결혼을 하고 가정을 꾸리지 않았더라면 좋았을 텐데. 내가 이 세상에 태어나지 않았더라면 더 좋았을 텐데.

프랭크 길모어와 베시 브라운—그 얼마나 비참하고 가련한 인생들이었던가. 난 그들을 사랑한다. 그러나 이것만은 분명하다. 그들이 자식을 낳아 세상에 내보낸 것, 그것은 정말로 통탄할 일이었다.

5

폭행 강도

살아생전, 아버지는 우리 가족에게 비통함과 난폭함을 선사한 가장 큰 근원이기도 했지만, 또한 능력 있고 수완 있는 가장이기도 했다. 큰 부자나 사회적으로 내세울 만한 집안은 아니었지만, 그래도 잘사는 편이었다. 아버지가 돌아가신 후로는, 우리가 스스로 살아갈 방안을 찾아야만 했다.

주와 군 지역의 건축법 요람을 연간으로 발행하는 아버지의 사업은 그런대로 유지할 수 있었다. 어머니와 형들이 한두 번 정도 아버지의 사업을 도왔던 경험이 있었기 때문이다. 그들은 광고주를 모으고, 광고 문안을 작성하고 배치하는 일과 홍보 업무에 대해 파악하고 있었고, 아버지

프랭크 길모어. 유타 주 프로보, 1949년경

밑에서 세일즈맨으로 성실하게 일하던 사람 중에서, 우리 가족을 도와 사업이 굴러가도록 기꺼이 도움을 줄 만한 사람도 두세 사람 정도는 알고 있었다.

그러나 처음부터 일이 순조롭게 풀리지 않았다. 프랭크 형은 조만간 집에서 나갈 작정을 하고 있었다. 혼자 독립해서 살다가, 자기만의 가정을 꾸밀 계획이었던 것 같다. 그래서 그는 1, 2년 후에 그 계획을 실행하기 위해 어머니가 경제적으로 안정된 생활을 할 수 있도록 도와야겠다고 생각했다. 프랭크는 발행 중이던 《건축법 다이제스트》를 마무리하기 위해서 게일렌을 데리고 시애틀로 갔다. 그런데 프랭크가 광고주들로부터 수금을 하면, 게일렌은 은행에 돈이 들어오는 족족 빼다 썼다. 게일렌은 술을 마시고, 여자를 만나면서 밤늦도록 다니느라, 자기가 맡은 일도 제대로 해내지 못했다. 프랭크와 게일렌은 그 일로 몇 번 다투었고, 프랭크는 자기 혼자 아무리 애를 써봐야 아무 소용이 없다는 걸 깨달았다. 그는 게일렌을 집으로 보내고 혼자 시애틀에 남았다. 그리고 2, 3주 동안 광고비를 모두 수금해서 어머니 앞으로 송금하고, 책이 제때에 나오도록 마무리를 한 후, 시애틀 아파트의 사무실 문을 닫았다. 그는 더 이상 그 사업에 관여하고 싶지 않았다. 대신 어머니가 사업을 계속할 수 있도록 경영을 맡아줄 동업자를 구해야겠다고 생각했다. 그러나 밀워키로 돌아온 프랭크에게 어처구니없는 일이 기다리고 있었다. 게일렌이 자동차 사고를 내서 차는 무참히 부서지고, 그는 음주운전으로 체포된 것이다. 게다가 게일렌은 가족의 계좌에서 큰돈을 인출해 써버렸다. 프랭크가 시애틀에서 번 돈은 모두 게일렌의 벌금과 재판 비용, 그리고 자동차 수리비로 지출됐다.

그러는 동안에 포틀랜드 지역을 담당하던 한 판매원이 같은 업종의 출판사업을 시작했고, 아버지와 거래하던 고객들이 그쪽으로 옮겨 갔다. 그 판매원은 우리에게 사업체를 인수하고 명의에 대한 권리를 사겠다고 제의했지만, 어머니는 이를 거절하고 소송을 걸겠다고 협박까지 했다. 그 일이 어떻게 됐는지는 정확하게 기억나지는 않는다. 그러나 아버지가 돌아가신 지 1년도 채 못 돼서, 우리 가족은《건축법 다이제스트》에 대한 모든 경영권과 이권을 잃어버렸고, 경쟁업자들이 그 사업을 장악했다.

그래도 우리 가족에게 길이 아예 없었던 건 아니다. 아버지가 생명보험에 들었던 건 아니지만, 은행에 상당한 돈을 남겨놓고 가셨다. 프랭크 형에 따르면 그 액수는 자그마치 3만 달러 정도라고 했는데, 그 정도 돈이면 1960년대 초반에 한동안 생활을 유지하기에 충분한 액수였다. 프랭크는 언덕 위에 있는 그 큰 집을 처분하고 적당한 규모의 집으로 이사하는 게 좋겠다고 생각했다. 어쨌든 게리는 집에 잘 나타나지도 않았고, 게일렌 역시 집에 눌러 있으리라는 보장도 없는 데다가, 프랭크 자신도 1, 2년 안에 독립해서 나갈 작정을 하고 있었기 때문이다. 그러니 그렇게 크고 유지비가 많이 드는 집에서 계속 살 이유가 없었다. 그는 어머니에게, 지금 집을 팔면 상당한 이익을 볼 것이며, 그 돈으로 규모는 그보다 작지만 안락하고 편안한 집을 사고, 나머지 돈으로 충분히 여유 있는 생활을 할 수 있다고 설득했다.

하지만 프랭크의 제안은, 그때부터 어머니가 살아 있던 마지막 날까지 그와 어머니 사이에 계속되었던 언쟁의 불씨가 되었다. 또한 아이러니하게도 프랭크를 끝끝내 어머니의 운명에 묶어놓는 결과를 가져왔다. 그가 그렇게나 어머니에게서 벗어나려고 애썼는데도 말이다. 프랭크가 집안의 재정 상태를 검토한 후, 작은 집으로 이사하는 게 좋겠다는 말을 처음 꺼냈을 때, 어머니는 굉장히 화를 냈다. 어머니는 절대로 작은 집은 싫다고 했다. "나더러 내 집을 버리고, 초라한 오두막에서 살란 말이냐?" 어머니는 소리를 지르며, 음식 먹던 접시를 바닥으로 내동댕이쳤다. 그건 당연했다. 새로 사서 직접 멋지게 꾸민 집을 포기하라는 것은 어머니에게는 너무 가혹한 일이었다. 그토록 오랫동안 염원하던 집이었으니 더욱 그랬다. 그리고 또 한 가지 이유는, 어머니는 그 집이야말로 우리 가족을 묶어줄 수 있는 유일한 끈이라고 믿었기 때문이다. 어머니는 그 커다란 집이 언제까지나 안전한 휴식처로 남아 아들들을 맞아주기를 바랐고, 더욱이 집이 커서 늘 관리가 필요했기 때문에, 그 집을 유지하기 위해서라도 우리 모두가 그 집에 함께 살게 될 거라고 생각한 것이다. 다시 말해서, 그 집은 우리 가족을 구원할 수 있는 존재였고, 아니면 적어도 가족들을 한 지붕 밑에 모이게 할 수 있는 수단이었다.

프랭크의 제안을 거부하는 어머니의 태도는 아버지에게 대항할 때와는 전혀 다른 방식을 보였다. 두 사람 사이의 언쟁이 최고조에 달했을 때, 어머니는 결국 프랭크의 의견을 따르기로 했다. 그리고 며칠 동안 집을 보러 다니더니, 적당한 집을 하나 물색해 계약할 준비까지 해놓고 우리에게 집을 구경하러 가자고 했다. 가보니 훨씬 더 크고, 더 화려하고, 더 비싼 동네에 있는 집이었다. 어머니는 끝내 자신의 뜻을 굽히지 않은 것이다. 결국 프랭크가 포기했고 우리는 오트필드의 집에 계속 살기로 했다.

막판에 승리를 거둔 어머니는 가구들을 사들이기 시작했다. 피아노, 가구, 살림도구, 그리고 텔레비전, 모두 다 멋지고 새로운 것으로 들여왔다. 프랭크가 계산한 바에 의하면, 아버지가 돌아가신 지 6개월 만에 어머니가 쓴 돈은 만 달러가 넘는다. 하지만 우리 가족의 파멸은 거기서 끝나지 않았다. 우리를 진짜 파멸로 이끈 것은 바로 게리와 게일렌에게 닥친 문제였다.

아버지가 돌아가신 후, 게일렌의 생활은 걷잡을 수 없이 문란해졌다. 그는 전보다 술을 더 많이, 그리고 더 노골적으로 마셨다. 술을 마시면 대개 익살을 부리고 남에게 해를 끼치지는 않았지만, 어떤 때는 어두운 구석에 틀어박혀서 날카로운 섬광이 번뜩이는 눈으로 식구들을 노려보기도 했다. 나는 그런 그가 무섭게 느껴졌다. 어머니는 형들이 아직 미성년자였을 때도, 형들이 집에 술을 가지고 와서 마시는 것에 아무런 통제를 하지 않았는데, 난 그걸 이해할 수가 없었다. 지금 생각해보면, 어머니는 사람의 행실을 바꾸는 건 억지로 되는 게 아니라고 생각한 것 같다. 어머니는 그들 스스로 오류를 수정할 때까지 내버려둬야 한다는 태도였다. 어쩌면 그저 체념이었을지도 모르겠다. 아들들이 어찌 됐든 술을 마실 텐데, 어차피 그럴 바에야 호의적이고 편안한 환경에서 마시게 해주는 게 좋지 않겠나 생각하지 않았을까. 집에서 술을 마시면 말썽을 일으킬 일도, 체포될 일도 없을 테니까. 또 하나 생각할 수 있는 건, 단순히 두려움 때문일 수 있다. 어느 면에서 보면, 어머니는 게리와 게일렌을 사랑하고 늘 그들 편에 서서 기를 살려준 사람이긴 하지만, 한편으로는 그들을 두려워하기도 했다. 어머니는 그들에게 어떤 명령이나 규칙 같은 것을 조금이라도 강요하면, 오히려 심술궂은 반발만 사게 된다는 걸 잘 알고 있었다. 형들이 앉아서 술을 마시는 모습을 보면, 때때로 제어할 수 없는 행동, 특히 폭력의 위협 같은 걸 느낄 수 있었다. 게리와 게일렌의 붉게 충혈된 두 눈에서는 거칠고 위험스러운 것이 보였다. 형들은 술을 마시면 웃음이 많아졌지만, 나는 그 웃음 그 뒤에 비열한 음모가 도사리고 있다고 생각했다. 말하자면 돈이 필요하다거나, 아니면 오로지 가족을 골탕 먹이기 위해서, 우리 집에서 없어서는 안 될 귀중한 물건을 훔치겠다는 음모 같은 것.

하지만 게일렌의 이런 어두운 면은 아직 완전히 드러나지 않은 상태였다. 당시엔 그저 열일곱 살 소년치고는 지나치게 술을 많이 마시고, 밀워키의 가난한 지역 출신 불량 소년들과 함께 어울려 다니는 정도였다. 그런 불량 소년들보다는 게일렌이 훨씬 영리했지만 그런 건 별 문제가 되지 않는 듯했다. 어쨌든 그들은 좋은 가정에서 자란 아이들이라면 결코 하지 않을 짓들을 하고 다녔다.

게일렌은 또 동네 여자들하고도 어울려 다니기 시작했다. 그는 고급 실크 셔츠를 걸치고 유행하던 턱수염까지 기르고 지붕을 접을 수 있는 멋진 파란색 지프를 타고 다녔다. 젊은 시절의 영화배우 로버트 미첨 같은 분위기—위험하면서도 동시에 섬세한, 그런 분위기를 풍겼다.

그의 이런 모습은 사람을 매료시키는 데가 있었다. 그는 언제나 차에 멋진 여자를 태우고 다녔다. 그의 여자친구 중에서 가장 기억에 남는 사람은 이브였다. 그녀는 어깨까지 내려오는 검은 곱슬머리에, 블라우스 윗단추를 열어놓은 채 앞자락을 허리에 질끈 동여매고 다녔다. 그녀는 아름답고 상냥했다. 무엇보다도 내게 친절했다. 그녀가 내 뺨에 키스를 할 때면, 전엔 알지 못했던 야릇한 감정이 느껴지곤 했던 기억이 난다.

게일렌과 이브는 집 바로 앞까지 차를 몰고 들어올 때가 많았다. 그러면 이브는 내게 손을 흔들어주었다. 게일렌은 지붕만 있는 차고에 차를 세워두었다. 그리고 두 사람은 몇 시간 동안이나 차에 앉아서 키스하고 서로 애무를 했다. 주방에서 내다보면—그곳은 어머니가 늘 지키고 서 있는 자리이다.—지프 꽁무니밖에 보이지 않았다. 그러나 2층 내 방에서 내려다보면 훨씬 더 잘 보였다. 게일렌은 이브의 블라우스 단추를 끌러 그녀의 가슴을 드러낸다. 그리고 그의 손가락은 꽉 조인 그녀의 청바지 속을 더듬었다. 그러면 그녀는 몸을 웅크리곤 했는데, 그 모습이 내 뇌리에 오랫동안 남아 있었다. 그보다 몇 년 전, 게리가 두 명의 여자와 함께 있는 장면을 잠깐 본 것을 제외하고, 내 주변에서 섹스를 목격한 건 그때가 처음이었다. 그들이 그러고 있는 동안, 어머니는 차고에 서 있는 지프에서 눈을 떼지 못한 채 화를 참으며 조용히 서 있었다.

무면허 운전으로 로키 뷰트 교도소에서 복역 중이던 게리는, 아버지가 돌아가시고 6개월 후에 집으로 돌아왔다. 우리와 함께 살면서 그는 한동안 게일렌과 어울려 다니기 시작했다. 그건 어찌 보면 지극히 자연스러운 일이기도 했다. 생김새도 비슷한 두 형제가 범죄 파트너가 된 것이다. 그러나 그 두 사람은 근본적으로 다른 데가 있었다. 게리는 항상 극단으로 치닫는 성격이었다. 그의 기준을 만족시키려면 상대는 무슨 짓을 해서라도 그에게 증명해 보여야 했다. 그러나 게일렌은 그저 모험과 경험을 즐기는 편이었다. 그는 위험한 행동을 하기보다는 그런 생각 자체를 즐겼다. 그러다가 게리와 함께 어울리면서, 게일렌은 생각과 행동 모두를 즐기게 되었다. 게리는 마약에, 또 저질 깡패들과 어울려 다니는 일에, 그리고 강도짓과 밤새 벌이는 섹스 파티에 게일렌을 끌어들였다.

어느 날 밤, 게리와 게일렌이 여자 문제로 싸움이 났다. 게리가 접근금지라고 못 박은 여자에게 게일렌이 접근한 게 문제였다. 게리는 게일렌에게 달려들었고, 게일렌은 게리를 때려눕히고는 도망쳤다. 게리는 일어나 앉아서 턱을 어루만지면서 위스키와 코프시럽을 번갈아 마셨다. 그러고 나서 자동차 트렁크를 열고 타이어 지렛대를 꺼내더니, 게일렌을 찾으러 가겠다고 친구에게 말했다. 그는 게일렌을 죽일 참이었다. 그의 말투로 보아 친구는 게리가 농담을 하는 게 아니라는 걸 알 수 있었다. 그 말이 어찌어찌 프랭크의 귀에까지 들어갔다. 프랭크는 게리에게 말을 전하라고 했다. "네가 만약 우리 형제 중 누구를 죽인다면, 다음은 너와 내 문제가 될 거다." 그 말을 전해 들은 게리는 지렛대를 내려놓고, 답을 보냈다. "게일렌에게 다시는 내 앞에 나타나지 말라고 해."

게일렌과 게리는 그 후 몇 년 동안 서로 거리를 두고 지냈다.

게리에게는 더 어두운 시절도 있었다. 그는 그때 매춘업자나 마약상들과 어울려 지냈다. 그런 사람들 중에는 무모하고 위험한 짓을 하는 자들이 있었는데, 게리는 사정이 허락하는 한 그들을 도와주었다. 그 당시 게리와 그의 친구들하고 약간 알고 지냈던 사람과 식사를 한 적이 있다. 그는 이렇게 말했다. "포틀랜드에서 활약하던 범죄자들은 다른 지역의 전문적인 범죄조직에 비하면 평범하기 짝이 없었지요. 시골 조무래기들 같다고나 할까요. 하지만 그렇다고 해서 그 사람들이 덜 지독했던 건 아닙니다. 오히려 그들은 자기들이 더 잔인하다는 것을 보여주기 위해 더 독하게 굴었지요."

그는 계속해서 말했다. "당신 형 게리는 든든한 지원책의 적임자로 꼽히는 인물이었어요. 말하자면 어떤 나쁜 일을 실행할 때, 만일의 사태에 대비해서 같이 동행하면 좋을 그런 사람 말입니다. 게다가 뒤를 봐주고, 일이 끝나면 비밀을 지킬 줄 아는 사람이 필요하지요. 그 사람들에게 게리는 그 일을 해주었어요. 어디 들어가서 무슨 짓을 하는 동안에 밖에서 망을 봐주거나, 도망칠 차를 준비하는, 그런 역할이었지요. 그렇게 이용할 만한 사람이었죠. 하지만 그 선을 넘지는 않아요. 그러니까 게리를 빼놓으면 그가 무슨 짓을 할지 두렵기 때문에 그를 일에 끼워주는 겁니다. 마음만 먹으면 무슨 짓이든 할 사람이었으니까요. 협박이라든가 결투 따위를 겁내는 사람이 아니었지요."

게리는 때때로 죄를 저질렀고 그로 인해 유치장을 드나들었다. 그러나 그때만 해도 잡혀 있는 기간은 길어야 보름이었다. 간수들은 게리가 점점 더 불안하고 어긋난 행동을 한다는 걸 알게 되었다. 언젠가 게리가 뺑소니 죄로 로키 뷰트 교도소에 복역 중이었을 때, 교도소 당국은 게리를 주립정신병원인 댐머쉬 병원으로 보낸 적이 있다. 게리는 자기를 해치려는 어떤 음모가 진행되고 있는데, 교도소 교관들도 한패라고 주장했다. 그는 뜨거운 스프가 든 그릇을 주방에서 일하고 있던 다른 죄수의 얼굴에 던지면서, 그 속에 독이 들었다고 억지를 부렸다. 또 감방 침대 매트리스에 불을 지르기도 했다. 병원 의사에게는 교도소 지붕에 레이더가 있어서 자신을 감시하고 있다고 말했다. 또 한밤중에 감방 통풍구에서 누군가 자신에 대해서 이야기하는 소리를 들었다고도 했다. 그리고 그는 몹시 심한 두통에 시달렸다. 정신과 의사는 이런 게리의 행동이 모두 계략이라고 진단을 내렸다. 감방보다는 병원에서 지내는 것이 훨씬 수월한 데다, 병원에 있으면서 도망칠 기회를 포착하기 위한 연극이라는 진단이었다. 게리는 교도소로 돌아왔다. 그때부터 그는 자기 손목을 긋기 시작했다. 그는 다시 병원으로 옮겨졌다. 그리고 병원에서 형기를 마쳤다.

노먼 메일러가 쓴《사형집행인의 노래》에서 처음 밝혀진 이야기가 있다. 그 책을 두세 번 읽고 난 후에도 어쩐 일인지 내 기억 속에서 비껴만 갔던 이야기이다.

어느 날 오후, 어머니가 외출에서 돌아와 보니, 게리가 초록색 가죽 안락의자에 앉아 있었는데, 그는 무슨 서류를 들고 있었다. 그는 화가 잔뜩 난 얼굴로 어머니를 노려보았다. 어머니가 한 번도 보지 못했던 그런 표정이었다. "어머니한테 보여줄 게 있어요." 하면서 게리는 들고 있던 종이를 어머니에게 내밀었다. 그것은 그의 출생증명서였다. 텍사스 주의 맥케이미에서 발행한 것으로, 이름은 페이 로버트 코프만이었다. "자, 설명해보시죠."

어머니는 그 출생증명서를 몇 년 동안 책상서랍에 간직해뒀다. 게리가 자물쇠를 열고 서랍을 뒤진 게 분명했다. 어머니는 깜짝 놀라, 사색이 된 얼굴로 말했다. "너 도대체 무슨 짓을 한 거냐?"

게리는 고개를 가로저으며 말했다. "흥, 그 노인네가 날 싫어했던 것도 다 이유가 있었던 거예요. 내가 아버지 친아들이 아니었지요? 그렇죠?"

"어떻게 감히 그따위 트집을 잡아? 넌 분명히 네 아버지 아들이야. 그건 우리가 텍사스를 여행할 때 쓰던 이름이었을 뿐이야."

"그런 헛소릴랑 집어치우세요."

"너야말로 그따위 말버릇 집어치워라. 용서를 빌어야 할 사람은 바로 너야. 이런 건 나한테 물어볼 수도 있는 거잖니? 그런데 넌 허락도 없이 내 서랍을 뒤졌어."

"허락을 받았다면 이런 사실을 알아낼 수 있었겠어요?" 게리는 의자에서 일어나 재킷을 집어 들더니, 서류를 어머니에게 돌려주었다.

"그건 네가 갖고 있으렴." 하고 어머니는 억지로 미소를 보이며 말했다.

"됐-습-니-다." 게리는 한 음절씩 힘주어 내뱉으며 대답했다. 그가 어머니에게 그렇게 차갑게 말한 적은 없었다.

"게리, 네가 모르는 일이 있단다. 네가 생각하는 것처럼 그런 문제가 아니야."

그는 아무 대꾸도 없이 집을 나갔다. 그의 뒤로 쾅 하고 현관문 닫히는 소리가 들렸다. 어머니가 구속당하지 않은 상태의 게리의 모습을 본 것은, 그때가 마지막이었다.

그 무렵 게리가 어울리던 친구 중에 클레오피스라는 젊은 흑인이 있었다. 가끔씩 게리는 그를 집으로 데리고 왔다. 그러나 대개는 집 앞에 세워 놓은 차 안에서 함께 맥주를 마시면서, 웃으며 이야기를 나눴다. 클레오피스는 착한 친구였다. 그는 게리의 다른 친구들보다는 좋은 사람 같았다. 그러나 그 역시 게리와 마찬가지로 마약에 빠져 있었다.

어머니와 다투고 이틀쯤 뒤였다. 게리는 클레오피스와 함께 프레드 메이어라는 동네 잡화점 근처를 지나다 약을 사러 들어갔다. 게리는 약제사에게 마약 성분이 든 코프시럽을 조제해달라고 했다. 점원이 마약중독자 리스트를 체크하고 있는 동안, 한 남자가 계산대에서 수표를 바꾸고 있는 모습이 게리의 눈에 띄었다. 그 사람이 갖고 있는 돈이 얼마나 되는지는 알 수 없었지만, 푸른색 돈뭉치를 주머니에 넣는 걸 보았다. "약은 잠시 후에 찾으러 올게요." 하고 게리가 점원에게 말했다. 그리고 클레오피스에게 따라오라는 신호를 보냈다. 그들은 그 남자를 따라 주차장으로 나왔다. 그리고 차를 타고 그 사람 차를 쫓아갔다. "뭐 하려고 그래, 게리?" 클레오피스가 물었다.

"저 녀석을 털려고 그러지." 하고 게리가 말했다. "뒷좌석에 쇠파이프도 있겠다."

"야, 난 이런 짓 별로 내키지 않아." 클레오피스가 말했다.

게리는 험악하게 인상을 쓰며 경고하듯 말했다. "그렇게 빼지 말고 내가 하라는 대로 해."

남자의 차가 앞에서 멈췄고, 게리도 그 뒤에 차를 세웠다. 두 사람은 차에서 내렸고, 누군가가 —어느 쪽이었는지 분명치 않다.— 쇠파이프를 휘둘렀다. 게리는 그 남자를 붙잡아 돈을 빼앗은 다음, 바닥에 던져버렸다. 그리고 게리와 클레오피스는 도망쳤다. 그렇게 해서 그들의 손에 들어온 돈은 고작 11달러였다.

그리고 그들이 도망칠 때, 자동차 번호판과 차종, 도망친 방향을 눈여겨본 사람이 있었다.

오트필드의 집에서는 프랭크가 거실에서 텔레비전을 보고 있었다. 집에는 혼자뿐이었다. 차가 와서 멈추는 소리가 들려서, 프랭크는 일어나서 밖을 내다보았다. 게리와 클레오피스였다. 그는 별다른 생각을 하지 않았다. 그들은 늘 왔다 갔다 했으니까.

몇 분 후, 이번에는 좀 더 시끄러운 소리가 들렸다. 집 앞에서 한 부대가 움직이는 것 같은 소리였다. 프랭크는 다시 밖을 내다보았다. 마당이 경찰차로 꽉 찼고, 빨간 불빛이 번쩍이며 돌아가고 있었다. 경찰차 옆에는 스무 명이 넘는 경찰들이 서서, 옆마당에 있는 게리와 클레오피스를 향해서 라이플 소총과 권총을 겨누고 있었다. 클레오피스는 두 손을 머리 위로 들고 꼼짝 않고 서 있었는데, 게리는 한가롭게 마당을 거닐고 있었다. 마치 무슨 일이 일어났는지 전혀 모른다는 태도였다.

프랭크는 뒷문을 박차고 나가서, 경찰과 게리 사이에 몸을 막고 섰다. "제 동생이에요. 제발 쏘지 마세요."

"당신이 총 맞고 싶지 않으면, 어서 비켜."하고 한 경찰이 말했다.

그러자 경찰들이 일제히 프랭크를 향해 소리쳤다. "어서 비켜!" 그때, 다른 경찰차들이 몰려오고 길을 봉쇄했다.

프랭크와 경찰이 실랑이를 하는 걸 봤는지, 게리가 환각 상태에서 깨어나 정신을 차렸다. 그는 두 손을 높이 들고서 경찰을 향해 말했다. "형을 쏘지 마세요. 형은 이 일과 아무 관계도 없는 사람이에요." 그러더니 프랭크를 보고 말했다. "프랭크 형, 저리 비켜. 이건 내 문제야."

경찰이 포위망을 좁히며 다가왔다. 그리고 게리와 클레오피스에게 수갑을 채워서, 오리건 시에 있는 클래카마스 주립교도소로 데리고 갔다.

이번 사건은 심각했다. 우리 가족 모두 그걸 느끼고 있었다. 그는 폭행 강도죄를 저질렀고, 게다가 이미 수많은 전과기록을 달고 있었다. 전에는 이렇게 무거운 죄를 저지르거나 폭행을 한 적은 없었지만, 그래도 그 많은 전과기록은 검사에게 게리가 상습적인 범죄자이며, 사회에 위험한 존재라는 확신을 심어주기에 충분했다. 그는 이 사건을 재판에 회부하고 무거운 형량을 구형했다.

체포 후 몇 달 동안, 교도소에서 재판을 기다리면서, 게리는 다른 죄수들, 특히 나이 많은 노인들을 폭행하기 시작했다. 판사는 게리에게 정신 감정을 받으라고 명령했다. 게리는 병원에서도 주변에 있는 사람들을 협박하고 계속 자해를 했다. 그는 어떤 정신과 의사에게 자신의 자살기도는 쇼가 아니고 진짜라고 강조했다. 그 의사는 판사에게 보내는 보고서에 이렇게 적었다. "그는 피를 흘리며 죽고 싶다고 했다. 죽음 자체도 좋지만, 그보다 더 원하는 것은 피를 흘리며 죽는 것이라고 한다." 지금 그 말을 새겨보면, 모든 것이 명백해진다. 그것은 바로 피의 속죄를 향한 게리의 첫 번째 시도였다.

교도소 교관들이나 의사들이 생각한 것처럼, 게리가 일부러 정신병이 있는 것처럼 연기를 했을 가능성도 없지는 않다. 물론 거짓으로 미친 척을 했다고 해도, 그게 그가 정상이라는 근거가 될 수는 없다. 어쨌든 게리는 충분히 재판을 받을 수 있는 상태라는 판결을 받았다. 담당의사의 진단은 이랬다. "반사회적 이상성격자. 간헐적인 정신병적 보상작용의 상실 증세를 보이는 반사회적 유형."

재판은 1964년 3월 중순에 오리건 시 법원에서 열렸고, 사흘 동안 계속되었다. 게리의 공범인 클레오피스는 증인으로 나왔다. 물론 그 사건은 증인도 필요 없는 뻔한 사건이었다.

재판 마지막 날, 나는 집에 있었다. 어머니는 병원에 진료 예약이 되어 있어서, 재판 결과 소식이 오는 대로 전화해달라고 번호를 남기고 병원에 가셨다. 전화벨이 울렸다. 게리였다. 처음엔 게리가 무죄로 판결이 났구나 하고 생각했다. 그렇지 않고서야 어떻게 그가 전화를 할 수 있겠는가?

"잘 지냈니, 꼬마 동지?" 게리가 말했다. "저, 말이야." 그는 잠시 뜸을

들이더니 말을 이었다. "너하고 엄마한테 알려줄 게 있어서 말이야. 나, 15년 받았어."

나는 정신이 아찔했다. 무슨 말을 해야 할지 아무 생각도 나지 않았다. "내가 뭘 도울 게 있을까?" 하고 물었다. 그건 도대체 그 상황에서 할 말이 아니었다. 마치, '나 좀 바쁜데, 뭘 원하는 거야?'라고 말하는 식이었으니 말이다.

"응……뭐 별로 없어." 하고 대답하는 게리의 목소리는 비참함이 느껴졌다. "그냥, 네 목소리가 듣고 싶어서…… 잘 있으라는 인사나 하려고…… 이제 몇 년 동안 못 볼 거잖아. 그럼, 잘 있어라."

순간 가슴이 찢어질 듯 아팠다. 몇 년 전 크리스마스 밤, 게리 형이 소년원에서 지낸 이야기를 내게 해주었던 이후로, 우리는 특별히 친하게 지내지는 않았다. 아주 중요한 일을 망쳐버렸다는 느낌이 들었다. 중요한 순간에 내가 게리를 실망시켰다. 그 기분은 몇 년이 지나도록 사라지지 않았다. 사실 지금까지도 내 가슴에 멍울이 져 있다.

어머니가 집에 왔을 때, 나는 게리의 소식을 전했다. 어머니는 주방 의자에 앉아 오랫동안 고통스럽게 울었다. 아버지의 죽음을 맞았을 때보다 더 고통에 짓눌린 눈물이었다. 나는 그 이전에도 이후에도, 누군가가 그토록 비탄에 잠긴 모습을 본 적이 없었다.

6

뿔뿔이 흩어지다

1963년 11월 게리가 재판을 기다리고 있을 때, 존 F. 케네디 대통령이 텍사스 주의 댈러스에서 머리에 총을 맞았다. 미국의 다른 가정들처럼, 우리도 그 사건에 충격을 받았다. 그날 목격한 그 폭력은 우리에게 심각하고 중요한 문제로 느껴졌다. 그것은 미국의 장래와 가능성에 변수를 가져오고, 과거의 소중한 부분을 망쳐버렸다. 적어도 그 당시에는 우리 모두 그렇게 생각했다. 며칠 동안 모두 그 이야기만 했고, 눈물을 흘리며 슬퍼했다. 그러나 우리 중에 어느 누구도 우리 자신의 삶 속에 스며 있는 폭력에 대해서는 입 밖에 낸 사람이 없었다. 나는 우리 가족의 가슴속에

게리와 마이클, 워싱턴 주 터코마, 1957년경

그런 폭력이 숨어 있다는 것을 알아채지 못했던 것 같다. 어처구니없는 일은, 그 폭력의 어둠이 나중에 가장 추악한 형태로 세상에 모습을 드러냈을 때, 결국 미국의 피비린내 나는 역사의 한 토막을 장식하게 되었다는 사실이다.

어쨌든 그해에는 우울한 크리스마스를 보내야 했다. 게리와 게일렌은 감옥에 있었고, 집에는 돈이 떨어져가고 있었다. 온 나라는 아직 애도의 분위기에 싸여 있었다. 그해 겨울밤은 음울했다. 어머니가 처음으로 크리스마스 트리나 장식을 하지 않았던 것도 그때였다.

그 무렵 어느 순간엔가 어머니는 나를 모르몬 교인으로 만들어야 할 때가 왔다고 결정을 내렸다. 어머니는 교회의 젊은 선교사들을 우리 집에 초대해서, 내게 말일성도의 교리를 가르치라고 했다. 그래서 며칠에 한 번씩 나는 그 젊은이들과 함께 거실에 앉아서, 그들이 해주는 조셉 스미스의 고난에 대한 이야기를 들었다. 진정한 신앙을 추구한 젊은 시절의 그가 받았던 고통이며, 농부의 아들이었던 그 젊은이 앞에 하나님이 나타나서 천국의 비밀을 전해준 기적에 대한 이야기였다. 그런 이야기들은 내 마음을 사로잡았다. 특히 황금접시와 《모르몬경》 이야기, 그리고 스미스의 가족이 궁핍에서 벗어나 영화를 누리다가 비참하게 끝나는 대목에 특히 마음이 끌렸다. 사실 어떤 대목은 친숙했다. 어머니가 이미 여러 차례 아직도 발굴되지 못한 보물에 대한 이야기를 신비롭게 들려주었기 때문이다. 그 결과 나는 내가 모르몬을 받아들임으로써 어쩌면 아버지를 되찾을 수 있을 거라는 생각을 했다. 물론 아버지가 그들을 매우 싫어했다는 것은 알고 있었다. 또 내가 모르몬 교회를 나간다면 그것이 어머니에게 아주 큰 의미가 될 거라는 것도 알고 있었다. 어머니의 과거에 대한 일종의 정당화가 될 수도 있고, 젊은 시절 배교에 대한 회개라고 볼 수도 있었다. 그리하여 나는 모르몬 교인으로 세례를 받았고, 일주일에 몇 번씩이나 열리는 갖가지 예배에도 참석했다. 사춘기 무렵까지 그렇게 나는 교회에 열심히 나가고 신앙을 지켰다.

그리고 얼마 지나서—게리가 여전히 재판을 기다리고 있던 때였는데—내 생애에 전환점을 가져올 사건이 일어났다. 1964년 2월 9일(이날은 내 열세 번째 생일이기도 했고, 모르몬 교도로 정식 인증을 받은 날이기도 했다), 비틀즈가 에드 설리번 쇼에 처음으로 모습을 나타냈다. 나에게 로큰롤은 친숙한 음악이었다. 형들이 엘비스 프레슬리, 척 베리, 조니 캐시, 제리 리 루이스, 리틀 리처드, 팻츠 도미노 같은 가수들의 노래를 무척 좋아해서, 집에서 항상 그런 음악을 들었기 때문이다. 재미있는 건 젊은이들의 반항적 문화를 좋아하지 않았던 아버지도 리듬 앤 블루스와 초기 로큰롤 음악을 좋아했다는 사실이다. 음악은 아버지가 드물게 자식들에게 허용해준 즐거움이었다. 돌이켜 생각해보면, 프레슬리 같은 가수들의 음악이 형들의 가슴에 도사리고 있던 저항의 정서를 대변했다는 걸 이제야 알 것 같다. 뚜렷한 이데올로기를 내세우고 있지는 않았지만, 그것은 격렬한 저항이었다. 그러나 내가 사춘기가 되었을 무렵에는, 로큰롤은 이미 쇠퇴기로 접어들어서 저항의 상징이라는 빛을 상당히 잃어가고 있었다.

물론, 비틀즈는 그 모든 것을 바꾸어버렸다. 물론 나는 그날 밤, 설리번 쇼에서 그들이 머리를 흔들며, 'I Saw Her Standing There'와 'She Loves You' 따위를 부르는 걸 보면서, 그들이 나에게 세상과 연결되는 길, 앞으로 내가 가야 할 길, 우리 가족이 감당할 수 없었던 그 길을 열어주리라는 걸 전혀 알지 못했다. 그때 내가 알 수 있었던 것은 그들이 좋다는 것, 그리고 다른 수백만의 아이들처럼, 그들이 나와 나의 시대에 속해 있는 존재라는 것 정도였다. 그 후 나는 비틀즈를 더 많이 좋아하게 됐는데, 그 이유는 비틀즈야말로 형들의 세계와의 결별을 의미하며, 또 형들은 비틀즈의 세계에서 살지 못하는 사람들이었기 때문이다.

지금 생각해보면, 비틀즈와 형들을 그런 식으로 연관 짓는다는 것이 얼마나 터무니없는 일인지 모른다. 10대 청소년들의 세계가 그러하고, 또 로큰롤이 그러했듯이, 비틀즈는 성性을 노래했고, 구속으로부터의 해방과 자유를 노래했다. 따라서 그들이 분열과 혁명을 조장했다고 볼 수 있을지도 모른다. 모르몬들은 질서와 권위 안에서 자유와 구원을 추구한다. 그들은 혼외 성교라든가 진보적 문화나 정치를 용납하지 않는다. 그러므로 비틀즈와 모르몬이라는 대립적인 두 세계에 빠져 있던 나는 둘 중의 하나를 선택해야 했다. 그러나 그 당시 내가 갈구하던 것은 우리 가족의 운명으로 던져진, 이미 내가 목격했던 그 저주로부터 벗어날 수 있는 길을 찾는 것이었다. 그 길의 방향이 어느 쪽인가는 문제가 되지 않았다. 로큰롤과 모르몬—이 두 길은 각각 내게 중요한 방향을 제시해주었다. 사실 나는 그 두 세계가 만나서 나의 인생을 구원해준 것이 아닌가 생각한다. 종교와 로큰롤을 통해서 나는 전엔 알지 못했던 공동체 의식을 알게 되었다. 또한 명분과 도덕성에 대한 의식도 그때 얻은 것이었다. 재미있는 것은, 내가 몇 년 동안 더욱 열심히 신앙생활을 할 수 있게 해주고, 현대판 낙원의 상실과 회복을 비춰준 역할을 한 것도 바로 로큰롤이었다는 사실이다. 그러나 내가 성인聖人의 삶이 아니라 속인俗人의 삶을 가겠노라고 결단을 내린 것은 그 몇 년 후의 일이다. 그때 난 두 세계 사이에서 행복을 느끼고 있었다.

내가 그렇게 지내는 동안, 게일렌은 교도소를 수시로 드나들었다. 술에 취해 난동을 피우거나 수표 부도 같은 대체로 사소한 일들 때문이었다. 그 죄가 크건 작건, 지역의 경찰은 게일렌을 요주의 인물로 주목하고 있었다. 게리의 동생이라는 사실은 상황을 더욱 불리하게 만들었다. 길모어 집안에 나쁜 꼬리표가 하나 더 붙은 셈이다. 게다가 그는 성질도 고약하고 자존심도 강했다. 경찰이 그를 체포할 때마다 순순히 응하는 법이 없었다. 경찰에게 모욕을 당하거나 맞으면, 게일렌은 똑같이 대응했다. 그런 행동은 대개 최악의 결과를 불러왔다. 경찰에게 맞아 시퍼렇게 멍이 든 그의 몸을 보았던 기억이 난다. 그때 일에 대해서는 나도 잘 알고 있다.

마침내는 경찰이 시도 때도 없이 우리 집에 찾아오는 지경이 됐다. 새벽 3시에 누가 문을 쾅쾅 두드리는 소리가 들려서, 자다 말고 일어나 창밖을 내다보면, 집 앞에는 어김없이 경찰차가 서 있었다. 그들은 이런저런 일로 늘 게일렌을 찾았다. 게일렌이 집에 있는 은신처에 숨어 있는 동안 경찰이 집을 수색한 적도 있다. 지하실 한쪽엔 가짜 벽이 있고 그 뒤로 현관문 아래쪽에 어두컴컴한 구멍이 있었는데, 거기가 게일렌의 은신처였다. 경찰들이 찾아와 그 뻣뻣한 장화로 쿵쿵 소리를 내며 현관 계단을 올라오는 동안 게일렌은 뒷문으로 빠져나가 자기 자동차의 앞자리로 살짝 들어가서, 오트필드 쪽으로 차를 몰고 도망친 적도 몇 번 있었다. 그는 자동차 경적을 빵빵 울리며 경찰들을 향해 손을 흔들면서 달아났다. 그러면 경찰들이 그 뒤를 추적하지만, 그를 잡는 데 성공한 경우는 거의 없었다. 그럴 때 게일렌은 그가 좋아하던 영화, 〈선더 로드〉의 주인공 로버트 미첨처럼, 밤길을 달리는 불운한 범법자 같았다.

물론 얼마 못 가서 게일렌은 체포되고, 그러면 어머니는 그를 보석으로 빼냈다. 이런 일들은 그 무렵 우리 집에서 늘 치러야 했던 일상의 의식과도 같았다. 그 지역 경찰과 보석 보증인들의 얼굴을 내가 모두 다 알 정도였다. 어머니가 말썽 많은 술주정꾼 아들의 보석을 위해 이리저리 분주히

다니는 동안에, 나도 어머니를 따라 한밤중에 밀워키 중심가에 있던 경찰서를 드나드는 일에 익숙해졌다.

그러니 남들 눈에는 당연스럽게 내가 형들의 평판을 이어갈 인물로 보였을 것이다. 초등학교에 다닐 때, 교장실에 불려 가서, 나도 형들 같은 말썽을 부렸다가는 학교에서 용납하지 않을 것이며, 나를 주시해서 지켜볼 것이고, 내 형들은 이미 그 지역에서 신임과 관용을 잃었으며, 나도 그런 식으로 행동하면 다른 학교로 보내겠다는, 그런 몇 가지 주의를 받았던 기억이 난다. 밀워키에서 중학교와 고등학교를 다니는 동안에, 나는 이런 식의 훈계를 여러 번 받았다. 한번은 시내에서 버스를 기다리고 있을 때였다. 경찰관 한 사람이 내게 오더니 이렇게 말했다. "너, 길모어 집안의 아들이지? 제길, 넌 그 두 사람처럼 되지 마라. 너희 집안 인간들이라면 정말이지 지긋지긋하다." 또 한번은, 큰길가를 걷고 있는데, 열여덟, 아홉쯤 되어 보이는 청년들이 탄 차가 서더니, 앞을 막았다. "야, 너 게일렌 길모어 동생이냐?" 하고 그중 하나가 물었다. 그들은 다짜고짜 나를 차 안으로 밀어 넣더니, 몇 블록 떨어진 한적한 곳으로 데리고 갔다. 그리고 마구 내 얼굴을 때렸다. 몇 해 전 크리스마스날 게리가 내게 해주었던 충고가 생각났다.— "대항하지 마. 대들면 안 돼." 그래서 난 그들이 지칠 때까지 날 때리도록 가만히 있었다. 그들은 내게 침을 뱉고는 차에 올라타고 가버렸다.

집에 돌아오는 동안, 한 걸음 한 걸음 발을 내딛으면서 나는 울었다. 나는 나를 둘러싸고 있는 세상이 미웠다. 내가 살고 있는 그 작은 도시가, 그 속에서 살고 있는 추하고 비열한 인간들이 증오스러웠다. 그리고 내 생애 처음으로, 난 형들을 증오했다. 그들 때문에 나의 미래가 사라진 것 같은 기분이었다. 원하든 원치 않든, 나의 운명은 그들의 뒤를 잇도록 되어 있다는 느낌, 또한 부끄러움과 고통, 그리고 절망으로부터 나를 구원해줄 것은 아무것도 없다는 생각도 들었다. 마음속 깊은 곳에서 격렬한 분노가 치밀었다. 나를 때렸던 자들의 얼굴을 잡아 뜯고 싶은 충동이 일었다. "그놈들을 죽이고 싶어." 하고 나는 중얼거렸다. "그놈들을 죽여버리고 싶어."—그러나 내가 무슨 말을 내뱉고 있는지, 또 내가 왜 그런 기분을 느껴야 하는지를 깨달은 순간, 나는 나를 둘러싼 세상과 나의 형들에게 더 강한 증오심을 느꼈다.

마침내 게일렌에게 문제가 발생했다. 이브와의 관계에 문제가 생긴 것이다. 아니, 어쩌면 너무 잘된 일인지도 몰랐다. 이브는 임신을 했다. 그녀는 게일렌을 사랑했고, 또 그와 결혼하고 싶어 했다. 게일렌도 그랬던 것 같다. 그러나 그녀의 아버지도, 우리 어머니도 펄쩍 뛰었다. 어느 날 밤, 게일렌은 술을 마시고 길 아랫마을인 오크 그로브에 사는 이브의 집으로 찾아갔다. 그녀의 아버지 아돌프는 독일계였는데 성미가 나쁜 사람이었다. 게일렌은 그와 싸움이 붙었고, 결국 아돌프의 발에 짓눌린 채 바닥에 쓰러졌다. 아돌프는 게일렌 머리에 총을 겨누었고 결국 경찰이 와서 게일렌을 끌어냈다.

한 이틀 후, 게일렌과 어머니는 이브 문제로 심하게 다퉜다. 두 사람은 주방에 앉아서 서로에게 목청을 높이며 비난했다. 프랭크는 옆에서 싸움을 말리려고 애썼다. 그러나 이미 말릴 수 있는 상황이 아니었다. "그 애를 절대로 다시 만나지 마라." 하고 어머니가 소리치며 말했다. 게일렌도 맞받아서 소리쳤다. "빌어먹을. 나한테 이래라 저래라 하지 마세요. 나한테 명령하려 들지 말란 말이에요."

어머니가 벌떡 일어났다. 그리고 주방 카운터 쪽으로 가서 고기 써는 긴 칼을 잡았다. 누가 말릴 새도 없이 어머니는 의자에 앉아 있는 게일렌을 벽으로 밀어붙이고, 칼끝을 그의 목에 갖다 댔다. 어머니의 눈에는 불꽃이 일었고, 목소리는 나지막이 떨렸다. "그 계집년을 다시는 만나지 않는 거다. 알겠지? 만약 만나면 널 죽여버리겠어."

한동안 모두가 그대로 앉아 있었다. 말하는 사람도 움직이는 사람도 없었다. 어머니는 게일렌을 향해서 몇 번인가 더 소리쳤다. 그리고 돌아서서 칼을 내려놓았다. 어머니는 의자에 앉아 울기 시작했다. 게일렌이 벌떡 일어섰다. 그의 눈에는 눈물이 고여 있었다. 뒷문으로 간 그는 발로 문을 쾅 하고 걷어차고 밖으로 나갔다. 그날 온종일 게일렌은 뒤뜰에 있는 벚나무에 자기가 가지고 있던 사냥칼을 던지고 있었다. 나무에서 마치 피처럼 수액이 흘러내렸다. 그 벚나무에서는 그 후로 꽃이 피지 않았다.

그렇게 해서 게일렌과 이브는 끝이 났다. 내가 들은 바로는, 그녀는 나중에 예쁜 딸을 낳았다고 한다. 하지만 게일렌은 그 딸을 본 적이 없다.

그 후 집 밖에서의 게일렌의 생활은 점점 이상해졌고, 종잡을 수가 없었다. 몇 년 전 게리의 모습을 보는 것 같았다.

어느 날 밤, 어머니와 나는 주방에 앉아서 이야기를 하고 있었다. 자동차 한 대가 라이트를 끈 채 우리 집 앞에 와서 섰다. 약간 낡은 세단이었는데, 차 안에는 남자들이 몇 명 타고 있었다. 어머니는 뭔가 이상한 낌새를 느끼고 순간 두려운 표정을 지었다. "불을 꺼라." 하고 어머니는 내게 말했다. 차 안에 타고 있던 남자들이 내려서 우리 현관으로 몰려왔다. 그리고 문을 두드리기 시작했다. 어머니는 나를 데리고 2층으로 올라가서 아버지가 쓰시던 사무실 방으로 들어가 문을 잠갔다. 거기서는 밖에서 하는 말소리가 잘 들렸다. "문 열어, 게일렌." 그들은 소리치며 게일렌을 찾았다. "너, 안에 있는 거 다 알고 있다. 우리가 쳐들어가게 하지 마." 어머니는 경찰에 전화를 걸었다. 곧 사이렌 소리가 들려왔다. 그들은 서둘러 차를 타고 떠나갔다.

어머니와 나는 길 위쪽에 사는 이웃집으로 갔다. 거기서 프랭크가 퇴근해서 올 때까지 있다가, 새벽 1시쯤 집으로 돌아왔다. 집에 들어서자 뒤쪽 유리문이 깨진 것이 보였다. 게일렌의 침실은 누가 뒤진 듯 온통 어질러져 있었다.

이틀 후 게일렌이 집에 나타났는데, 차림새가 너저분하기 짝이 없었다. 어머니가 이러저러한 일이 있었다고 이야기를 해주었지만 게일렌은 다 듣고서 아무 말도 하지 않았다. 잠시 앉아 있던 그는 밖으로 나가 자동차를 타고 떠났다. 그 후 2년 동안 우리는 게일렌을 보지 못했다. 다음에 들려온 소식은, 그는 뉴욕에서 살고 있으며, 그리니치 빌리지의 어느 클럽에서 시를 낭송하고 있다는 것, 그리고 기회만 되면 정신을 잃을 때까지 술을 퍼마신다는 이야기였다.

1965년 8월 말, 프랭크 2세는 군에 입대했다. 그때는 미국의 베트남 전쟁 참전 문제로 시끄러웠던 시기였다. 어머니와 나는 형이 전쟁터로 가게 돼서, 혹시 전사라도 하면 어쩌나 몹시 걱정했다. 그건 뚜렷한 명분도 없는 죽음이었다. 그러나 프랭크의 걱정은 좀 더 고차원적이었다. 여호와의 증인을 믿는 사람이 군대에서 전사를 한다면, 그건 죄를 짓고 죽는 것이나 다름없다. 그런 경우 하나님의 왕국에 들어갈 수 있는 권리를 박탈당한다. 프랭크는 양심에 의한 불복종으로 처리해달라고 했지만, 징병위원회에서는 그 건의를 거절했다. 프랭크에게는 군대에 가느냐, 아니면 연방감옥에 가느냐의 선택밖에 남지 않았다. 당시 그는 징병소집에 응했다. 하지만 자신이 군인으로서 복무를 할 수 있다고 생각한 것은 아니었다.

상황은 간단했다. 어느 날 밤 프랭크가 집에 있었는데, 다음 날 아침 그는 떠나고 없었다. 다른 어느 누구보다도 프랭크 형을 떠나보내는 것이 가장 괴로웠다. 그는 다정하고 좋은 사람이었다. 군대가 그를 바꾸어버릴 것이라는 걸 나는 알고 있었다. 군대는 프랭크를 다른 형들처럼 난폭한 사람으로 만들려고 할 것이었다.

게리는 오리건 주립교도소에 있고, 게일렌은 뉴욕에 있었고, 프랭크는 캘리포니아 주둔 부대에 배치되었다. 이제 감당할 수도 없고 더 채울 것도 없는 그 큰 집에는 어머니와 나, 단 둘이 남아 있었다.

쓸쓸하고 궁핍한 시절이었다. 돈은 다 떨어졌고, 이제는 매달 아버지의 사회보장연금에서 나오는 돈으로 살아야 했다.

이때는 내가 어머니와 좀 더 가까워지기 시작한 시기이기도 했다. 하긴 어머니와 나, 둘뿐이었으니 다른 선택의 여지도 없었다. 그때 난 이미 어머니의 눈으로 세상을 보고, 어머니의 목소리로 묘사된 세상을 들을 준비가 되어 있었던 것 같다. 이 얼마나 고통스럽고 가혹한 세상인가 말이다.

세상에서 추방당한 자의 삶과 인생관을 지니고 있다는 점에서 어머니 역시 아버지나 게리, 게일렌과 너무나 비슷하다는 사실을 알게 된 것도 그 무렵이었다. 사실 어머니는 늘 혼자였다. 처음 계율을 깨뜨리고 싶어 하던 어린 소녀 시절이 그랬고, 그것을 실행에 옮겼던 젊은 시절이 또한 그랬고, 결국 그 계율을 어긴 대가를 치러야 하는 운명도 혼자 감당해야 했다. 세상은 계율을 업신여기는 사람을 용서하지 않는다는 걸 나는 깨달았다. 세상은 결국 그런 자를 파멸시킨다. 나의 어머니는 세상으로부터 추방당한 사람이었다. 나의 형들도 그랬고, 어머니는 나 역시 그럴 것이라고 단언했다. 어머니는 내게 강해져야 한다고 말했다. 세상이 내리는 저주와 형벌을 감당하는 법을 배워야 한다고 했다. 나는 어머니 말씀이 아마 맞을 거라고 생각했다. 하지만 내가 어머니에게 말하지 않은 생각이 있다. 어머니가 말하는 그 두려운 세상에, 우리 가족이 포함되어 있다는 것을. 내가 꿈꾸었던 것은 이 세상으로부터만 나를 지키는 것이 아니다. 우리 가족으로부터 나를 지켜내는 것 역시 내가 간절히 바라는 소망이었다.

어느 날 보니, 문득 내가 그런 식으로 살아가고 있다는 것을 깨달았다. 1965년 초겨울, 어머니는 몹시 아파서 병원에 입원을 하고, 쓸개였던가 아니면 다른 뭔가를 제거하는 수술을 받았다. 나는 매일 병원으로 가서 어머니 간호를 하다가, 저녁에는 덩그러니 큰 집으로 혼자 돌아왔다. 그때 고등학교에 갓 들어갔을 때였는데, 나 혼자서 생활을 한 셈이다. 그런 생활이 몇 주 동안 계속되었다. 아버지와 함께 지냈던 그 시절 이후로, 그토록 행복하고 편안한 일상은 내 생애에서 처음이었다.

물론 그런 행복이 지속될 수는 없었다. 몇 주 지나서 어머니가 퇴원해서 집으로 돌아왔다. 그러나 많은 것이 달라졌다. 우선 수술을 해서 어머니 몸에서 뭔가가 떨어져나갔다. 그런 후로 어머니의 생활은 더 위축되었다. 그 첫 징후는 어머니가 집에 도착한 직후 나타났다. 어머니는 원래 2층에 있는 어머니의 침실로 올라가지 않겠다고 선언했다. 말로는 층계를 오르내릴 힘이 없어서 그렇다고 했다. 어머니는 아버지가 돌아가시기 전에 지냈던 거실과 소파로 자기 침구들을 옮겨 왔다. 그리고 다시는 2층에 올라가지 않았다. 또한 그 후로 어머니는 낯선 사람은 물론 심지어는 친구들까지도 집으로 부르지 않았다.

그렇게 몇 달이 지나자, 우리 집과 뜰은 황폐해지기 시작했다. 어머니는 더 이상 정원을 손볼 수 없었고, 내가 돌보기에는 집이 너무 컸다. 얼마 못 가서 마당에는 잡초가 무릎까지 올라왔다. 집은 흉하고 황폐해 보였다. 나중에는 모르몬 교회의 몇몇 신도들이 정기적으로 찾아와서 정원을 손질해 주었다. 그 무렵 그들은 우리 집을 잘사는 집으로 생각했던 것 같다.

어머니가 아래층으로 내려가서 지내는 바람에, 2층은 나의 독차지였다. 몇 주 동안 나는 하루는 이 방, 하루는 저 방으로 옮겨 다니며 매일 밤 다른 방에서 잠을 잤다. 나는 그때 사람들이 이야기하는 목소리를 듣기 시작했다.

새벽 3시에 잠을 깨면 내 방문 바깥으로 서너 발자국 떨어진 곳, 그러니까 복도 중간에 있는, 그 용도를 알 수 없는 공간에서 사람 목소리가 들려왔다. 나는 누워서 그 소리를 들었다. 한 시간 혹은 두 시간 정도. 어떤 때는 훤하게 동이 트기 시작할 무렵까지 소리가 계속되었다. 귀에 들리긴

하지만 무슨 말인지 정확히 알 수 없는, 그러니까 닫힌 문 뒤에서 들려오는 말소리 같은 웅얼웅얼하는 그런 소리였다.

어느 날, 또 그 소리에 잠을 설친 나는 어머니에게 물어보았다. "밤중에 혹시 이상한 소리 못 들으셨어요?"

"거의 매일 밤 들었다." 어머니가 대답했다. "사람 말소리가 들려. 어떤 때는 2층 침실 중 어느 방에서 들리는 것 같고, 또 어떤 때는 그냥 허공에서 들린단다. 그들은 낮은 목소리로 이야기를 하지. 하지만 난 그들이 무슨 말을 하고 있는지 알고 있다. 그들은 우리의 미래를 이야기하고 있어. 어떻게 우리들 목숨을 하나씩 하나씩 앗아갈 건지 계획을 짜고 있는 거라구."

나는 혼자 이런 생각을 했다. 잘되어가는군, 이 저주받은 집안의 다른 식구들처럼 나도 이제 미쳐가고 있구나. 그 후로는, 베개를 푹 뒤집어쓰고서 잠을 잤다. 그렇게 하니 귀신들의 말소리가 들리지 않았다.

7

귀향

프랭크의 군대 생활은 처음부터 순조롭지 못했다. 그의 상관들은 그가 여호와의 증인이고, 군복무에 반대한다는 것을 알고 있었다. 그리고 그들은 그 입장에 별로 공감하지 않았다. 그들은 다른 사람들이 보는 앞에서 프랭크의 옷을 벗기고 욕을 하면서, 그를 뭉개버리겠다고 말했다.

처음에 프랭크는 위생병이 되려고 했다. 그러나 그것도 상관들 마음에 차지 않았다. 그들은 프랭크가 총에 총알을 장전하고 쏘는 법, 총검을 휘두르는 법을 배우기를 원했다. 그의 상관은 이렇게 말했다. "넌 군대에서 시키는 대로 해야만 해. 그렇지 않으면 군법회의에 회부될 거야."

프랭크 2세. 오리건 주 포틀랜드, 1958년경

프랭크는 대답했다. "저는 군대가 시키는 대로 할 수 없습니다. 제 신앙에 어긋나니까요."

상관은 프랭크에게 짐을 싸들고 2마일 떨어진 곳에 있는 영창까지 걸어가라고 명령했다. 거기서 군법재판을 받을 때까지 있으라고 했다. "거기까지 가는 동안에 아무도 나를 감시하는 사람이 없었어." 하고 프랭크 형이 말했다. "그러니까, 마음만 먹으면 쉽게 도망칠 수도 있었지. 버스 터미널도 가까웠으니까, 가서 표 한 장 사가지고 떠나면 그만이었지. 이틀이면 캐나다에 갈 수 있을 테고. 하지만 만일 내가 그렇게 한다면, 그건 평생 나를 따라

다닐 거라는 것도 알았지. 이걸 견뎌내는 것이 더 낫다고 생각했어. 그래도 거기까지 가는 동안에, 계속 이런 생각이 들었지. '나를 위생병으로 받아주면 좋을 텐데.' 난 가서 내 의무를 다하고 영예롭게 제대하고 싶었어. 하지만 난 내 신념을 거스르고 싶지 않았고, 또 탈영병이 되기도 싫었어."

군법재판을 기다리며 영창에 있는 동안, 군 감시병들은 수감된 병사들에게 끝도 없는 잔일을 시켰다. "하나같이 쓸모없는 일들이었어. 모래밭에 난 잡풀을 뽑는 따위의 무의미한 일을 그저 우리에게 고통을 주고 힘 빠지게 하기 위한 목적으로 시켰지.—그건 일종의 가혹행위였지. 그런 일들을 몇 시간이고 계속 하는 거야.

한번은 그런 쓸데없는 일을 하러 나갔을 때였어. 내 옆에 있던 어린 친구가 느닷없이 나한테 이런 말을 하는 거야. '난 도망칠 거야. 지금 도망치는 게 낫겠어.' 그 애는 갑자기 달리기 시작했고, 감시병이 총을 쏴서 그 애를 맞혔어. 나중에 들은 얘기인데, 그 감시병은 그 소년을 쏜 공로로 어깨에 작대기를 하나 더 달았다더라. 나는 혼란스러웠어. 멀쩡한 소년에게 총을 쏴서 다리병신을 만들다니. 그 소년은 절대 나쁜 아이가 아니었어. 감시병은 허공에 공포탄을 쏴서 소년에게 경고만 줄 수도 있었어. 하지만 그들은 이걸 엄격하게 지키고 있더군. 어느 누구도 도망치게 해서는 안 된다. 내가 거기 있는 동안에 도망친 사람은 아무도 없었어. 그 광경을 보고 나서, 몹시 우울했어. 내가 있는 곳이 지옥이라는 생각이 들었지."

프랭크는 군법재판을 받기까지 석 달 동안 영창에 있었다. 그의 죄목은 이랬다. 상관명령불복종. 단 하루 동안 열린 재판은 뻔한 것이었다. 군 검사는 나의 형을 적이나 다름없다고 비난했다. 사실 그는 프랭크를 보고 공산주의자보다도 더 나쁜 겁쟁이라고 했다. 프랭크는 이렇게 말했다. "그건 모르는 말이야. 내가 겁쟁이라면 그들도 모두 겁쟁이라고 할 수 있지.

난 그들에게 말했어. 위생병으로 복무하는 건 좋다고. 하지만 전선에 나가서 누굴 죽이거나 다른 사람 손에 죽지는 않겠다고 말이야. 난 내 손으로 사람을 죽이고 나면, 그다음부터는 나 자신을 건잡을 수 없을 것 같았어. 솔직히 말해서, 내가 전쟁터에 나갔다면, 광적으로 돌변했을지도 모른다는 생각이 들어. 그 문제에 대해서 여러 번 생각해봤는데 말이야, 만일 그렇게 됐다면, 정신적으로나 정서적으로나 난 파멸해버렸을 거야. 아마 가장 악랄한 군인이 되었겠지. 그러고 나면, 나 자신으로 온전히 살아갈 수도 없었을 테고. 그렇게 되면 자살했을 거야. 난 그보다는 연방감옥이 더 낫다고 결정했어."

군법재판은 프랭크에게 포트 레븐워스 3년형을 선고했다. 나중에 그가 한 말은 이랬다. "그때 민간 변호사를 댈 수 있었다면, 한 30일 살고 나와서 불명예 제대를 할 수 있었을 거야. 좋은 변호사를 대서 그렇게 빠져나가는 친구들을 많이 봤거든. 하지만 엄마한테는 나를 위해 쓸 돈이 남아 있지 않았지. 그때는 이미 게리하고 게일렌 때문에 다 써버렸으니까 말이야.

그 당시에 기도를 참 많이 했던 것 같아. '하나님께 모든 걸 맡기고, 어떻게 돼가는지 구경이나 하자.' 이렇게 생각했지."

게일렌은 뉴욕 생활에 싫증이 났다. 하지만 집으로 가기엔 너무 먼 거리였다.

프랭크가 포트 레븐워스에 있는 동안, 게일렌이 유타 주의 프로보에 나타났다. 프랭크와 게리도 그랬지만, 게일렌 역시 외갓집 농장에 대한 좋은 추억을 간직하고 있었다. 그는 사촌들과 이모, 그리고 외삼촌들이 보고 싶기도 했다. 또한 솔트레이크에는 옛 친구인 케리가 갓 결혼해서 아내와 살고 있었다.

게일렌은 그곳에 있는 동안에 사촌 누나인 브렌다의 집에서 묵었다. 얼마 전에 이혼하고 혼자 지내고 있던 그녀도 말벗이 생겨서 무척 반가워했다. 게다가 게일렌은 집안일이며 마당을 손보는 걸 좋아했다. 그는 매력적이고, 귀염성이 있는 데다가 성격도 쾌활해서, 브렌다는 그를 굉장히 마음에 들어했다. 하긴 게일렌은 마음만 먹으면 누구라도 자기를 좋아하게 만들 수 있는 사람이었다. 하지만 브렌다는 게일렌에게 한 가지 문제가 있다는 걸 알아챘다. 그녀와 게일런이 함께 어디를 가면, 그는 영락없이 예쁘게 생긴 동네 처녀들에게 눈길을 던지거나, 달콤한 말로 유혹을 하려고 들었다. 프로보의 여자들에게 게일렌은 매력적인 남자였다. "그 애는 동네 여자들이 만나본 남자들 중에서 가장 멋있고, 또 가장 특별한 남자였지." 하고 브렌다는 언젠가 말했다. 그러나 모르몬 여성들은 키스나 애무에 개방적이지 않았고, 결혼 전 섹스는 상상도 하지 못했다. 그러니 게일렌의 욕망은 번번이 좌절될 수밖에 없었다.

여자와 가까이 지내지 못하는 고통스러운 나날을 보내던 어느 날, 그는 친구 케리네 집을 방문하기 위해 솔트레이크로 갔다. 케리는 없었고, 그의 아내만 집에 있었다. 게일렌은 그녀를 유혹했고, 그녀도 싫어하지 않았다. 게일렌과 친구의 아내는 정사를 나누었다. 그들은 일주일에 두 번씩 만나 서로를 즐겼다. 그러던 어느 날, 예정보다 이른 시간에 퇴근해서 돌아온 케리는, 자신의 절친인 게일렌이 아내 뒤에 달라붙어 있는 모습을 목격하고 말았다. 케리는 몸집이 큰 사람이었다. 그는 게일렌과의 우정은 이제 끝장이라고 생각했다. 그는 게일렌을 번쩍 들어서 창밖으로 내던졌다. 그리고 뒤따라 나와서 게일렌의 배와 얼굴을 발로 몇 차례 걷어찼다. 그의 아내가 와서 겨우 뜯어말렸다.

게일렌은 솔트레이크 병원에서 몇 주일간 치료를 받았다. 턱뼈가 다섯 군데나 부러졌다. 음식도 빨대로 먹어야 했고, 말도 제대로 하지 못했다. 병원비는 결국 버논 이모부가 내줬다. 이모부는 병문안도 두 번 왔다. "이런 멍청한 녀석 같으니라구." 하고 버논 이모부가 말했다. 게일렌은 뭐라고 대꾸할 수도 없었다.

버논 이모부는 게일렌에게 포틀랜드로 가는 버스표를 끊어주었다. 어느 날 오후 늦게, 게일렌이 우리 집 문 앞에 나타났다. 아직 철사로 턱을 받친 입으로 그는 수줍게 웃어 보였다. 어머니는 그저 고개만 옆으로 저을 뿐이었다. 그러고는 무슨 수프가 먹고 싶으냐고 물었다.

솔트레이크 사건으로 게일렌은 한동안 조신하게 지냈다. 그는 이제 한 여자를 만나서 정착해야겠다고 했다. 또 나와 어머니와 함께 모르몬 교회에 나가기 시작했다. 그렇게 몇 주일이 지나자 그는 교인이 되었고, 어머니는 그런 게일렌을 보고 너무도 놀라고 기뻐했다.

어머니는 아들이 집에 돌아온 것이 기뻤다. 그녀는 근래에 기력을 회복해서, 밀워키의 중심가에 있는 '스피즈'라는 레스토랑에서 웨이트리스로 일하고 있었다. 이제 게일렌이 집에 돌아왔고, 게다가 새사람이 된 듯하여, 어머니는 우리의 큰 집이 우리 가족을 다시 묶어줄 수 있을 거라는 희망을 새로이 품었다.

이 시기는 내가 본 중에서 게일렌이 가장 얌전히 지내던 때였다. 또한 우리 둘이 가장 가깝게 지내던 때이기도 하다. 우리가 가까워진 것은 게일렌이 모르몬 교도가 되었기 때문이 아니었다. 그의 종교적 귀의는 내가 보기엔 그리 확고해 보이지 않았다. 그건 신앙의 결단이라기보다는 사랑과 공동체에 대한 필사적인 갈망 같았다. 더구나 게일렌은 섹스 문제에 있어서 결코 경건해지기 어려운 사람이었다. 내가 학교에서 집으로 돌아왔을 때, 게일렌이 2층에서 벗은 몸으로 동네의 이런저런 여자들과 함께 있는 모습을 본 것은 한두 번이 아니었다. 그러면 그는 내게 이렇게 말하곤 했다. "설마 엄마한테 말하진 않겠지." 물론 나는 말하지 않았다.

어느 면에서 보면, 우리가 새삼스럽게 친하게 된 것은 나이와 관계가 있다. 한때는 그것 때문에 멀어지기도 했지만. 게일렌이 열두 살, 내가 여섯 살이었을 땐, 우리는 별로 할 이야기가 없었다. 이제 내가 열여섯이고 형이 스물두 살이 되니까, 공통점이 훨씬 더 많아졌다. 그쯤 되니까, 우리는 같은 책도 많이 읽었고, 본 영화도 같은 게 많았고, 즐겨 듣는 음악에도 공통점이 많았다. 우리는 함께 이야기도 하고 논쟁도 벌였다. 그는 밥 딜런과 비틀즈를 싫어했지만, 나는 그들을 좋아했다. 그러나 그런 논쟁은 우애가 담겨 있었고 서로 존중해주기도 했다. 그 시절에 우리는 친구 같은 우애를 나누었다.—그건 예전에 형들에게서 느껴보지 못한 감정이었다. 이제는 더 이상 아버지의 애정을 놓고 싸우지 않아도 된다는 사실이 우리를 가깝게 만들어준 것이 틀림없다.

하지만 게일렌에게 평화로운 삶은 쉽사리 주어지지 않았다. 그는 교회에 다니는 다른 젊은이들 사이에서 적응하는 것을 힘겨워했다. 그 또래의 젊은 청년들은 전도사가 되거나 브라이엄 영 대학에 입학했다. 또 그것이 젊은 모르몬 여성들이 원하는 남성상이기도 했다. 게일렌은 세상을 너무 많이 겪었다. 그는 다른 사고방식과 생활방식에 대해서 너무나도 잘 알고 있었고, 또 모르몬 교인들은 지금까지 게일렌이 어떻게 살아왔는지를 알고는 늘 그를 불편해했다. 때로는 사교적인 모임이나 젊은 신도들을 위한 파티가 있어도 그를 초대하지 않았다.

얼마 못 가서 게일렌은 다시 술을 마시고 옛 친구들을 만나고 다녔다. 또다시 부도수표를 쓰고, 또다시 경찰들이 집으로 찾아왔다. 나는 그가 그토록 순식간에, 그리고 깊숙하게 문제에 휘말릴 수 있다는 것이 놀라웠다. 술에 취한 게일렌은 때로는 거칠게 행동하기도 하면서, 거의 언제나 자신의 삶을 한층 망가뜨릴 새로운 방법을 찾아다녔다.

어느 날 밤, 자신의 모든 상황에 대해 압박감을 느끼고 있었던 게일렌은 거실에 있는 초록색 가죽 안락의자에 앉아서 보드카를 한 병 마시고 있었다. 어머니도 옆에 앉아서 그를 바라보고 있었다. 나는 2층으로 올라가서 숙제를 했다. 그때 고함 소리가 들려서 아래층으로 다시 내려왔다. 게일렌과 어머니는 돈 문제로 언성을 높이고 있었다. 게일렌이 어디 먼 곳으로 떠나겠다면서 어머니에게 200달러를 달라고 했고, 어머니는 200달러면 어머니가 가진 전부인데, 그건 줄 수 없다고 했다. 내가 게일렌 형에게 말했다. "왜 엄마를 가만 내버려두지 못하는 거야? 엄마가 줄 형편이 아니라고 하잖아. 그만하면 엄마가 형한테 충분히 돈을 썼다고 생각하지 않아?"

"넌 빠져." 하고 그가 말했다. "네가 다 컸다고 생각하면, 그건 착각이야." 그는 어머니를 향해 말했다. "그 돈이 필요하단 말이에요. 줄 때까지 여기서 꼼짝도 않겠어요." 그는 노골적으로 협박하듯 말했다.

어머니는 몸을 떨고 있었다. 그녀는 지갑을 열고 그에게 100달러를 주었다. "너한테 줄 수 있는 건 그게 전부다. 이젠 다음 달에 어떻게 먹고살아야 할지 걱정이다. 앞으로는 나한테 아무것도 바라지 마라." 어머니는 이렇게 말하고 울음을 터뜨렸다.

게일렌은 일어나서, 돈을 집더니, 재킷을 걸쳤다.

"만약 지금 이런 식으로, 그 돈을 가지고 떠난다면." 하고 내가 말했다. "이젠 내 형이 아니야."

그는 아무 말 없이 내 앞을 지나, 쾅 하고 문을 닫고 나갔다. 나중에 안 일이지만, 그는 그 길로 곧장 어머니가 일하는 레스토랑으로 가서, 부도수표를 돈으로 바꿨다. 어머니는 레스토랑 주인에게 그 돈을 자기 급료에서 제하라고 했다. 그렇게 해서 그가 게일렌을 고발하는 걸 막았다.

게일렌은 시카고로 갔고, 거기서 다른 이름으로 살았다. 이번에는 5년 동안 집으로 돌아오지 않았다.

프랭크는 포트 레븐워스에서, 다른 감옥들에서 그런 것처럼 온갖 끔찍한 꼴을 다 보았다. 호모들의 강간과 간수들의 야만적 학대 같은 일들이다. 그는 자기가 있는 곳이 위험하다고 생각했고, 그래서 독방을 달라고 요구했다. 그리고 그 청이 수락되었다.

그러나 독방을 쓰는 것도 다른 죄수들에게 눈총을 받아야 했다. 그들은 프랭크가 혼자 있는 걸 좋아하거나 아니면 잘난 체하는 거라고 생각했다. 이 사람 저 사람이 몇 번인가 프랭크를 골탕 먹이려고 들었다. 싸움도 몇 번 일어났고, 또 어떤 죄수가 프랭크의 머리 위로 무거운 물건을 떨어뜨린 일도 있었다. 프랭크는 그런 곳에서 살해되는 사람도 많다는 것을 알고 있었다. 어떤 죄수가 다른 죄수에게 면도날을 가지고 덤벼들었던 적이 있었는데, 아주 재빨리 몇 번인가 면도날로 난도질하자, 그 사람은 온몸이 피투성이가 된 채 바닥에 쓰러졌다.

그 당시 나는 어머니에게 웨인 모스라는 오리건 주 상원의원에게 탄원서를 보내자고 제안했다. 그 상원의원은 다혈질 기질이면서도, 또한 양심적인 사람으로 알려져 있었다. 그는 일찍이 베트남 전쟁에 반대했던 몇 안 되는 상원의원이기도 했다. 그리고 결국 반전을 주장한 이력 때문에 상원의원직을 잃었다. 오리건 주의 유권자들은 밥 팩우드가 자신들의 관심과 신념을 더 잘 대변한다고 보았기 때문이다.

어머니와 내가 모스에게 편지를 보내자, 그는 답장을 보내왔다. 이 문제에 관심을 갖고 고민해보겠다는 내용이었다. 그는 그 분야에 영향력을 가진 사람을 만나서 물었다. "왜 이 젊은이는 폭력범도 아닌데, 그런 위험한 곳에서 오랫동안 형을 살아야 하는 겁니까?"

1967년 3월 1일, 형이 징집된 지 19개월 되던 때였다. —레븐워스의 한 장교가 프랭크를 불러, 그가 감형이 되었고, "그럴 만한 사유"로—그건 곧 성적으로 농락당했다는 것을 인정한다는 말과 같은 의미로 쓰였다. —곧 제대를 시켜주겠다고 말했다. 그들은 프랭크에게 약간의 돈을 주고 캔자스 주 레븐워스 시내까지 차를 태워주었다. 거기서 그는 포틀랜드 행 버스를 탔다.

며칠 후, 주방에 앉아서 책을 읽고 있는데 문이 열리더니 프랭크가 걸어 들어왔다. 어머니도 나도 그가 풀려난 사실을 모르고 있었다. 형을 보니 너무나 반가웠다. 그러나 나는 레븐워스에서 그가 얼마나 고생을 했는지 알아챌 수 있었다. 전보다 표정이 어두워 보였고, 좀 소심해진 것 같았다.

집에는 나 혼자 있었다. 어머니에게 전화를 하려고 하자, 프랭크가 말했다. "아니야. 좀 이따 내가 엄마 일하는 곳에 가서, 깜짝 놀라게 해줄 거야."

프랭크는 짐을 풀려고 2층으로 갔다. 잠시 후 그가 내려왔다. 그리고 내 어깨에 살며시 손을 올리더니 이렇게 말했다. "마이클, 한 가지 물어볼 게 있는데 말이야." 그의 두 눈엔 눈물이 맺혀 있었다. "너 혹시, 아니면 다른 사람이, 내 방에 들어가서 뭐 꺼내 간 적 있니?" 나는 몇 번인가 그 방에 들어가서 텔레비전을 보기도 하고, 그의 침대에서 잠을 잔 적도 있지만, 그것뿐이었다고 말했다. "왜 그래?" 하고 내가 물었다.

"뭐 없어진 게 있어서……." 하고 그는 대답했다. "내 방에 돈 219달러를 감춰놨었거든. 내가 가진 전 재산이지. 거기서 풀려났을 때, 그 돈만 믿고 있었는데. 혹시 너 뭐 아는 것 없니?"

나는 고개를 저었다. 나는 프랭크가 돈을 모으고 있었다는 사실조차 몰랐다.

프랭크는 입술을 깨물더니, 잠시 생각에 잠겼다. 그리고 한마디 내뱉었다. "게일렌." 그가 할 수 있는 말은 그것뿐이었다.

그는 잠시 동안 2층에 올라가 있었다. 그리고 다시 내려왔을 때, 그는 코트를 입고 군용가방을 들고 있었다. "마이클." 하고 프랭크는 말했다. "내가 여기 왔었단 말, 엄마한테 하지 마. 돈 이야기도 하지 말고. 내가 멀리 떠나가서, 다시는 돌아오지 않는 것이 제일 좋을 것 같아. 그리고 아무도 내가 있는 곳을 모르는 게 좋겠어. 내가 옥살이를 하는 동안, 내가 가진 거라고는 그 돈이 전부였어. 마음을 의지할 건 오로지 그것뿐이었어. 그런데 집에 와보니, 그게 사라지고 없구나…… 그건 이 집이 더 이상 내가 의지할 곳이 아니라는 뜻인 거야. 여긴 내가 있을 곳이 아니야."

나는 형을 붙잡고, 그럴 수는 없다, 왜 그러느냐, 또 그렇게 멀리 가버린다고 뭐가 해결되느냐고 따졌다. 나중에는 애원했다. 그리고 만일 이렇게 형이 떠나고, 엄마는 아무것도 모르고 있다면, 그건 엄마에게 너무도 가혹한 일이라고 말했다. 그건 엄마를 죽일 수도 있는 일이라고 했다.

프랭크는 고개를 저었다. "아니, 엄마는 내 걱정 안 하셔. 엄마가 마음 쓰는 유일한 자식은 바로 너야. 그동안 편지 보내준 것 고마웠다. 네가 이렇게 무사히 잘 커서 기쁘구나. 그럼, 잘 있어라."

그리고 그는 집을 나갔다.

나는 넋이 나간 채 서 있었다. 내 생애에서 가장 비통한 순간이었다. 군대에서 그 모진 고생을 하고서 집에 돌아왔는데, 더 큰 절망감을 안고 그렇게 떠나는 프랭크가 견딜 수 없이 가엾었다. 어머니도 너무나 불쌍했다. 프랭크가 왔었다는 말을 하지 못하고, 어떻게 어머니 얼굴을 볼 수 있을지 자신이 없었다. 조만간 어떤 경로로든, 어머니는 프랭크가 석방되었다는 소식을 듣게 될 것이다. 그러면 그에게 무슨 일이 일어났을까 걱정할 것이다. 어머니가 최악의 경우를 상상할 것이라는 걸 나는 알고 있었다.

그 겨울밤, 나는 어둠 속에 혼자 앉아서 몇 시간을 울었다. 지옥이 어떤 곳인지 알 것 같았다. 우리 집이 바로 지옥이었다. 가장 사랑해야 할 사람들에게 차마 못할 짓을 하는 사람들과 함께 살아야 하는 이 집이, 지옥이었다.

어느덧 어머니가 퇴근해서 돌아올 시간이 거의 다 되었다. 문이 다시 열리더니 프랭크가 들어왔다. 그는 한참을 걸어갔다고 했다. 어머니가 일하는 레스토랑을 지나다가, 안에서 일하는 어머니를 보았다. 다리를 약간 절룩이면서 음식을 나르느라 바삐 움직이는 어머니의 모습을 보면서, 그는 그런 어머니를 두고 떠날 수 없다는 것을 알았다. 그는 안으로 들어가서 어머니에게 인사를 하며, 이제 돌아왔다고 말했다. 어머니가 몹시 기뻐하면서 눈물을 흘리더라고, 그는 말했다.

프랭크는 손에 식료품이 든 봉지를 들고 있었다. 그는 저녁식사를 준비했다.

"나도 도울게." 하고 내가 말했다. "형이 돌아오니까 정말 좋다."

얼마 전, 나는 프랭크 형과 그날 밤 이야기를 한 적이 있었다. 그는 여전히 그때의 상처가 가시지 않은 것 같았다. "동생이 그런 짓을 했다는 게, 견딜 수가 없었어." 하고 그는 말했다. "내 생애에서 가장 힘들었던 2년이었어. 그 고생을 하고 난 후 돌아왔는데, 난 완전히 빈털터리였던 거야. 외출이나 술 한잔할 돈 한 푼 없는…….

집에 돌아올 때도 난 이미 패배자 같은 심정이었어. 그런데 집에 와서 느낀 그 배신감과 허탈감이라니. 그 후로 오랫동안 인생이 너무나 씁쓸하게 느껴졌어."

게일렌에게 그 일에 대해 말을 꺼낸 적 있었을까?

"응, 몇 년 지난 다음이었지. 자기가 그랬다고 시인하더라. 내가 집에 돌아오리라고 생각하지 못했대. 돈이 그냥 거기서 썩는 걸 두고 볼 수가 없었다는 거야."

내가 물었다. 게일렌이 결국 그 돈을 갚았느냐고.

프랭크는 쓴웃음을 지었다. "농담하니? 지금 우리는 게일렌과 게리 이야기를 하고 있는 거잖아. 그 애들이 누구한테 뭐든 갚는 것 봤어? 그래, 게리는 결국엔 갚고 간 것 같구나. 게리는 그때 자기가 받은 모든 것을 갚으려고 했지."

프랭크는 보관업을 하는 곳에 취직을 해서, 어머니를 도와 빚을 갚고 집이 저당에 넘어가는 걸 막았다. 그는 마당을 가꾸는 일에도 열심이었다. 그는 아직도 자기만의 아파트를 갖고 자기 가정을 꾸리겠다는 꿈을 버리지 않았지만, 어머니가 집 문제에 대해 안심할 때까지 그 꿈을 보류하기로 했다.

어느 날 프랭크는 교회에서 젊은 중국계 아가씨를 만났다. 그들은 데이트를 시작했고, 그녀는 프랭크를 자기 부모님에게 인사도 시켰다. 그는 몇 번인가 그녀의 집에 가서 저녁식사를 했다. 그는 어느새 그 여자를 무척 좋아하게 됐다. 그녀와의 관계가 진지하게 느껴졌다.

프랭크는 그녀의 호의에 답하기 위해, 우리 집에도 데리고 와서 가족에게 인사를 시켜야겠다고 생각했다. 그가 여자친구를 집에 데리고 오던 날, 나는 집에 없었고 어머니만 있었다. 프랭크는 현관문을 열고 그 여자를 집 안으로 안내했다. 어머니는 여느 때처럼 주방에 앉아 있었다.

"엄마." 프랭크가 말했다. "인사시킬 사람을 데리고 왔어요."

어머니는 고개를 돌려 쳐다보았다. 젊은 중국계 아가씨가 거기 서 있었다. 순간 어머니의 얼굴이 달아올랐다. "그 계집년을 당장 내 집에서 내보내!" 어머니가 프랭크에게 소리를 질렀다.

프랭크는 그저 어머니만 빤히 쳐다보고 서 있었다. 너무 놀라서 아무 말도 나오지 않았다. 잠깐 거북한 침묵이 흐른 후, 그가 입을 열었다. "하지만, 엄마……."

"내 말 못 들었니? 당장 내보내라니까. 다시는 데리고 올 생각 마라."

프랭크와 그 여자는 밖으로 나왔다. 그녀는 울고 있었다. "미안해." 하고 프랭크가 말했다. "뭐라 말해야 좋을지 모르겠어. 어머니가 가끔 이상할 때가 있어. 요새 걱정거리가 많아서 신경이 예민해지셨나봐."

그녀는 눈물을 닦으며, 괜찮다면서 이해할 수 있다고 했다.

그날 밤, 집에 돌아온 프랭크는 어머니에게 말했다. "다 끝났어요. 난 엄마를 돕기 위해 할 만큼 했어요. 그런데 엄마는 어쩔 수 없는 사람이군요. 그런 행동을 하다니, 도저히 이해할 수 없어요."

"미안하구나." 하고 어머니는 말했다. "그 애는 아마 정말 좋은 여자겠지. 그런데 한편으로는, 네가 어떤 타입의 여자들을 좋아하는지 내가 잘 알잖니. 행실이 안 좋은 여자들 말이다. 그 애를 보는 순간, 난 네가 거리에서 만난 여자를 데리고 왔다는 생각이 들었단다."

프랭크는 어머니에게 떠나겠다고 말했다. 어머니는 제발 가지 말라고 애원했다. "네가 없으면, 난 미쳐버릴 거야. 너 없이 이 집을 어떻게 꾸려가란 말이냐?"

프랭크는 한두 달 동안만 집에 남아서, 어머니가 재정적인 궁핍에서 벗어날 수 있게 돕겠다고 말했다. 그러나 결국에는, 계속 그 집을 떠나지 못했다.

나는 불과 2년 전에야 프랭크에게 그 사건에 대해서 들었다. 나는 프랭크에게 그녀와 그 후 어떻게 되었느냐고 물었다. "그 여자는 예의 바르게 대처했어." 하고 형은 대답했다. "정말 좋은 여자였지. 하지만 어머니 때문에 우리 사이에는 끔찍한 추억이 생겼어. 그건 정말 우리 두 사람의 관계를 산산이 부서뜨릴 만한 일이었어. 그날 엄마는 내게 꼭 하고 싶었던 일을 했을 뿐이야. 나에게서 사랑의 기회를, 또 내 가족을 가질 기회를 망쳐놓는 일이지. 그 후로 난 그런 기회에 가까이 가본 적도 없어."

8

반란

그럼 내 경우는 어땠을까? 1960년대에 난 아직 아이였다.

나는 열여섯 살, 고등학교 2학년생이었다. 나는 책을 좋아하고 여전히 신앙심을 갖고 있었지만, 내 마음속엔 또 한 가지 관심사가 있었다. —내가 알던 대부분의 아이들이 공통적으로 갖고 있었던 관심— 그것은 성性이었다.

성에 대해 난 정말로 아는 게 없었다. 우리 가족 중에서 내게 성에 대한 기초적인 지식을 이야기해준 사람은 아무도 없었다. 그나마 내가 알게 된 것은 〈플레이보이〉나 헨리 밀러의 소설, 존 클레랜드나 프랭크 해리스의

마이클 길모어, 오리건 주 포틀랜드, 1958년경

도색문학을 통해서 몰래 터득한 것이었다. 나는 그 책들을 내 방 서랍장에 감춰두고서, 밤늦게, 그러니까 프란츠 카프카와 헤르만 헤세 같은 작가의 소설을 다 읽고 난 뒤에 남몰래 꺼내 보았다. 솔직히 말하면, 헤세나 멜빌보다 밀러와 해리스를 더 열심히 읽었다. 성은 분명 이 세상에서 가장 짜릿한 욕망이라고 생각했다. 난 이 세상 그 무엇보다도 그 욕망을 맞이할 준비가 되어 있었다.

그와 동시에 그런 생각이 바람직하지 않다는 것도 나는 알고 있었다. 우리 교회에서는 혼전관계나 외도를 엄격하게 금했다. 섹스는 자손 번식을 위해 신이 내린 성스러운 선물이라고 했다. 따라서 그 선물을 어떤 식으로든 잘못 사용한다면, 그것은 살인 다음으로 매우 심각한 죄를 짓는 것이었다. 주일날 열리는 사제회에서 지도교사들은 늘 우리에게 이런 유혹에 빠지지 말라고 주의를 주었다. 부부 간의 교합이 아닌 다른 방법으로 자신의 씨앗을 흘리는 인간은 신의 증오를 받게 될 것이며, 부부 사이의 행위라 하더라도 그것은 오로지 자손 번식을 목적으로 해야 한다고 했다. 그러므로 오럴섹스 같은 행위도 금지된다. 이런 설교를 들었다고 해서 성적 자극을 받았을 때 발기를 하지 않은 것은 아니지만, 그럴 때마다 자신의 행위에 대해 곰곰이 생각하도록 만든 것은 사실이다. 하지만 아무리 해도 발기되지 않게 해달라는 기도는 효력이 없었다.

그래서 대부분의 10대 소년들이 그렇듯, 또 아마 내가 아는 모든 젊은 모르몬 남자들이 그랬듯이, 나도 자위행위를 했다. 어떤 때는 내 마음속에 품고 있던 열정이나 상상 속에서, 또 어떤 때는 앞에서 말했던 소설책과 잡지책을 보고서, 또 어떤 때는 카탈로그에 소개된 여성용 속옷에 자극이 되기도 했다. 그러고 나면 또한 다른 모르몬교의 젊은 남자들과 마찬가지로 그 행위를 한 것에 죄책감을 느끼곤 했다. 그때마다 다시는 그런 짓을 하지 않겠다는 결심을 했다. 그 결심을 잠시나마 지킨 것은 단 한 번뿐이다. 한 2주일이나 갔을까?

주말이 되면, 나는 포틀랜드 시내에 10대들이 모이는 댄스클럽에 다녔다. 그중 하나가 예전에 게리 같은 깡패들이 드나들던 나이트클럽이 있던 자리에 생긴 '헤드리스 호스맨'이라는 곳이었다. 당시에는 10대들로 붐비는 곳이었다. 모두들 곧 닥쳐올 히피시대를 예고하는 듯한 최신 유행 복장을 하고 다녔다. 골이 넓은 골덴바지와 물방울무늬나 꽃무늬에 칼라와 소매 끝은 흰색으로 된 셔츠를 입고, 무릎까지 오는 부츠를 신었다. 어머니는 생활이 빠듯한 중에도, 늘 내게 최신 유행 스타일 옷을 사주셨다. 고마우신 나의 어머니.

클럽에 들어가면, 우리는 짧은 치마를 입고 커다란 귀걸이를 한 여자애들에게 춤을 청하고, 밴드의 음악에 맞추어 춤을 추었다. 그때는 그 지역에서 활동하던 킹스맨, 웨일러, 폴 리비리, 레이더스 같은 그룹이 나왔다. 어떤 때는 여자애들을 꼬드겨서 클럽 밖으로 나가, 몇 블록 떨어진 곳에 있는 커다란 주차장의 계단통에 가 있기도 했다. 거기서 몇 시간이고 키스를 하고, 손으로는 상대 여자의 가슴과 다리 사이를 더듬기도 했다. 한 여자애가 내게 이런 말을 했던 기억이 난다. "넌 나이에 비해 정말 손버릇이 고약하구나." 나도 그녀의 말에 동감한다.

그리고 다음 날 아침이 되면, 나는 다른 사람들과 함께 교회당에 앉아서 내가 과연 구원을 받을 수 있을까 하고 걱정을 했다.

이런 분위기는 그리 오래 지속되지 않았다. 1967년 여름, 팝 역사상 '사랑의 여름'이라고 알려진 그 여름에 모든 것이 달라졌다. 히피와 환각의 세계가 열린 것이다. 비틀즈는 로큰롤이라는 스타일을 버리고, 'Sgt. Pepper's Lonely Hearts Club Band'라는 아방가르드 영역으로 건너갔다. 젊은이들은 머리를 기르고, 환상적인 복장을 하고, 그들 부모 세대와 그들을 둘러싸고 있는 문화적 관습의 틀을 깨려고 노력했다. 우리는 머지않아 파멸할 것이었다. 우리는 우리 세대의 반란을 위해 어떤 힘겨운 대가라도 치를 각오가 되어 있었다. 살아 있다는 것이 멋진 시대였다. 우리를 둘러싼 모든 것들이—음악, 정치, 국가적 정서—이제 우리가 새로운 시대를 열어가고 있다는 것을, 그리고 젊은이들은 전혀 새로운 언어로 자신들의 존재를 새로이 규정할 자유가 있다는 것을 말해주었다. 모든 새로운 시도는 가치가 있었다. 적어도 그때 우리는 그렇게 믿었다.

그해 여름, 나는 오후만 되면 포틀랜드의 사이키델릭 숍과 레어힐 공원 사이를 방황했다. 그곳은 장발족과 자전거족들이 모여드는 곳이었다. 그러다 저녁이 되면 나는 친구들과 함께 사이키델릭 숍 모퉁이를 돌아서 크리스털 볼룸으로 갔다. 스윙이 유행하던 시절, 유명한 밴드로 인기가 있었던 댄스클럽이었다. 그해 여름, '그레이플 데드', '퀵 실버 메신저 서비스' 같은 이름을 가진 밴드가 나와서 음악을 연주했고, 그 음악에 맞춰 히피들은 둥근 원을 그리며 팔짝팔짝 뛰면서 춤을 추기도 했다. 그러면 홀 전체가 마치 술 취한 배처럼 흔들거리며 요동을 치는 것 같았다.

이런 곳에서 나는 파멜라라는 젊은 금발머리 여자를 만났다. 그 후 몇 주일 동안, 우리는 사이키델릭 숍 바닥에 주저앉아 이야기도 하고, 손도 잡고, 키스도 했다. 때로는 어른들이 잠든 후, 자정이 넘는 시간에 전화를 걸어 열렬히 사랑을 속삭이기도 했다. 주로 우리가 서로를 얼마나 사랑하고 있는지, 그리고 우리가 과연 섹스를 나누어야 할 것인지에 대한 이야기였다. 마침내 우리는 그렇게 하기로 결정했다.

8월 하순의 어느 날, 우리는 사이키델릭 숍에서 만났다. 피터, 폴 앤 메리가 새로운 앨범 'Album 1700'을 내놓았다. 우리는 함께 호주머니를 털어서 그 앨범을 사서, 버스를 타고 오트필드에 있는 우리 집으로 왔다. 어머니와 프랭크는 직장에 나가고 없었다. 파멜라와 나는 어머니가 예전에 쓰던 방 바닥에 자리를 만들고, 내 휴대용 스테레오에 새로 사온 음반을 올려놓았다. 파멜라가 바닥에 누워 다리를 벌렸고, 나는 그녀의 몸속으로 들어갔다. 내 기분이 최고조에 달할 무렵 'Leaving On A Jetplane'이라는 노래가 흘러나오고 있었다. 나는 파멜라 위에 엎드려서 그녀의 커다랗고 옅푸른 빛깔의 눈망울을 들여다보았다. 아직 그녀의 몸속에 있는 나의 몸을 느끼면서. 그녀는 한없는 쾌락에 도취된 표정이었다. 바로 그때, 아래층에서 현관문 소리가 났다. 어머니나 프랭크 둘 중 누군가가 그날따라 일찍 퇴근해서 온 모양이었다. 파멜라는 벌떡 일어나서 옷을 챙겼다. 그리고 어머니의 옷장 속으로 숨었다. 나는 옷을 입고 아래층으로 내려왔다. 가슴이 방망이질을 쳤다. 프랭크였다. 일찍 퇴근했다는 것이다. 하느님, 감사합니다.

나는 프랭크에게 2층 옷장 속에 벌거벗은 여자가 있다는 이야기를 하지 않았다. 하지만 했어도 괜찮았을 거라는 생각이 든다. 대신 나는 온갖 책략을 써서, 프랭크가 눈치채지 못하게 파멜라를 집 밖으로 내보내는 데 가까스로 성공했다. 그리고 그날 늦게 우리는 다시 레어힐 공원에서 만났다.

나는 죄책감이 들었다. 결국 난 살인 다음으로 무서운 죄를 저지른 것이다. 그 죄책감의 무게는 결코 가볍지 않았다. 하지만 그렇다고 다시는 그 죄를 저지르지 못할 정도는 아니었다. 어느 날 파멜라와 내가 무슨 짓을 하고 다니는지 눈치챈 그녀의 아버지가 우리 앞에 불쑥 나타났다. 우리는 손을 잡고 레어힐 공원으로 걸어가던 중이었다. 파멜라의 아버지는 딸의 팔을 붙잡고 끌고 가면서, 다시는 자기 딸을 만나지 말라고 말했다. 그 후론 내가 전화를 할 때마다 그녀의 아버지가 받아서, 전화를 끊어버렸다. 파멜라도 내게 전화하지 않았다. 우리는 다시는 만나지 못했다.

내가 알던 사람 대다수가 마리화나를 피우고 환각제를 복용하기 시작했다. 섹스 문제에 대해서 고민했던 것보다 더 오랫동안, 그리고 더 진지하게 나는 그 유혹에 대해 생각했다. 그러나 그것도 그리 오랜 고민은 아니었다. 나는 같은 모르몬 교도로 있던 두 청년과 함께, 처음으로 마리화나를 피우고 환상적인 쾌락을 경험했다. 우리는 밤을 새워 로큰롤과 여자, 그리고 신에 대해서 이야기를 했다.

한 달 후면 크리스마스였다. 나와 앞에서 말한 두 청년은 새 레코드를 갖고 싶다는 데 의견이 일치했다. 그러나 우리에게는 돈이 없었다. 우리는 어리석기 짝이 없는 계획을 나름대로 치밀하게 짰다. 포틀랜드 시내의 큰 백화점에서 음반을 훔치기로 했다. 그리고 일을 벌이자마자 당장 발각되어서 백화점 맨 위층에 있는 사무실로 끌려갔다. 백화점 경비원 여럿이 우리를 에워쌌다. 그들은 우리를 다시 포틀랜드 경찰서로 데리고 갔다. 게리와 게일렌이 여러 차례 끌려왔던 곳이다. 그곳 형사는 어쩐 일인지 백화점 측에게 고소를 하지 않는 게 좋겠다고 했다. "이 애들이 크리스마스를 감옥에서 보내지 않게 해줍시다." 그가 말했다. 백화점 책임자도 그의 말에 동의했다. 단 두 번 다시 백화점에 나타나지 않는다는 조건이었다. 우리는 그러겠노라고 약속했다. 밖으로 나오려는데, 그 형사가 나를 잠깐 보자고 했다. "너, 게리라는 형이 있지?" 하고 그가 물었다. "아들 하나가 감옥에 들어가 있는 것만으로도 네 어머니한테 충분하다는 생각이 들지 않나? 넌 네 형의 전철을 밟지 마라. 그런 식으로 가면, 네 인생만 망치는 거야."

그 형사의 말은 오랫동안 내 마음속에 맴돌았다. 문득문득 우리 가족들은 유전병처럼 범죄의 속성을 지니고 있는 게 아닐까 하는 두려운 생각에 사로잡혔다. 어느 날 아침 일어나보니, 갑자기 도둑질을 하고 싶은 충동이 일어나지 않을까? 게일렌과 게리, 두 형이 밟았던 길을 나도 어쩔 수 없이 똑같이 선택하지 않을까? 그래서 마침내 사람들을 해치거나, 그들의 목숨과 재산을 빼앗게 되지 않을까? 결국 나도 감옥에 들어가서, 바깥세상을 그리워하는 신세가 되지 않을까?

사실 내게는 범죄를 저지를 만한 소질도 별로 없고(생각해보니, 두 형들도 마찬가지였지만), 그런 일에 그다지 호기심을 느끼는 편도 아니었다. 우선 나로 말할 것 같으면, 내 형들이 살았던 삶이 그들에게 어떤 결과를 가져왔는지 아주 가까이에서 지켜보았다. 게다가 어머니의 간곡한 애원을 들으며 살아왔다. 지난 몇 년 동안, 어머니는 내가 우리 가족을 구원할 마지막 희망이라는 말을 수없이 되풀이했다. "아들 하나만이라도 옳게 자라줬으면 좋겠다. 그 아들만큼은 감옥으로 면회를 가지 않아도 되고, 그 아들만큼은 그 인생에 선고가 내려지는 걸, 법정에서 가슴 졸이며 지켜보지 않아도 되는, 그런 자식 말이다." 형사의 충고를 듣고 난 후로는, 어머니의 그 애원이 내 마음속에서 한층 더 크게 울렸다.

그 결과, 이제 내가 형들의 실패와 잘못을 상쇄할 만한 좋은 일을 해야 한다는 생각이 들었다. 내 가슴속에 담긴 어둠과 난폭함과 증오를 펼칠 수 있는 권한이 내게는 주어지지 않은 것 같았다. 그런 특권은 모두 형들이 다 써버렸고, 비참한 결과만 남겨놓았다. 내게 주어진 유일한 역할은 그들의 패배를 속죄함으로써, 역사적인 균형을 올바르게 잡아가는 일이었다.

그러나 여전히 나는 나쁜 짓을 하는 데 최선을 다했다.—적어도 어느 한계 내에서는 그랬다. 꾸준히 마리화나를 피우고, 주말에는 환각제를 복용했다. 학교도 빼먹기 일쑤였다.—어머니의 서명을 위조해서 거짓으로 사유서를 써 냈다. 그리고 오후가 되면 온갖 곳을 쏘다니며 여자애들을 만났다. 주로 마약을 하고 섹스를 즐기려는 목적에서였다. 난 스스로에게 말했다. 나는 죄와 저항과 친해져야만 한다고. 그런 것들을 경험함으로써 진리를 터득해야 한다고. 거기에는 타당한 진리가 있는 것 같았다. 그리고 그것이야말로 인생을 살면서 내가 품고 가야 할 진리인 듯이 보였다.

이런 나의 방황이 교회의 신도들 눈에 띄지 않을 리가 없었다. 어느 주일날, 우리 교구의 감독회 직을 맡고 있던 사람이 있었는데—그는 내가 무척 존경하던, 한때는 아버지처럼 생각하기도 했던 사람이다.—그가 차를 몰고 우리 집을 찾아왔다. 그리고 내게 잠깐 나가서 이야기를 하자고 했다. 그는 자신과 다른 교회의 지도자들이 요즘 변한 내 모습—긴 머리와 옷차림새—에 대해서 염려하고 있으며, 내가 주장하는 어떤 정치적인 견해에 신경을 쓰고 있다고 했다. 또한 이런 나의 변화가 다른 젊은 모르몬 교도에게 좋지 않은 영향을 끼치는 것도 우려했다. 그러므로 이런 식의 저항 의식을 버리겠다고 맹세를 하지 않는다면, 더 이상 교회에 나올 수 없다고 말했다.

바로 그날, 나는 내 인생에 선이 그어졌다는 걸 깨달았다. 그리고 내가 그 선의 어느 편에 서야 하는지도 알 수가 있었다. 내게 열정을 가르쳐준 새로운 것들—로큰롤, 정치, 예술, 문학, 그리고 섹스—그것들은 내게 새로운 신조와 새로운 용기를 불어넣어주었다. 지금 돌이켜 생각해보면, 그러한 선택은 내게, 그리고 내 세대의 다른 많은 사람들에게 공식적으로 그리고 대대적으로 허용된 범죄를 행하도록 허락해주었던 셈이다. 우리는 마약을 하고, 권위에 도전하고, 법을 조롱하고, 심지어는 폭력적이고 파괴적인 반란을 도모하기도 했다. 우리는 스스로 이렇게 말했다. 우리에게는 그럴 만한 이유가 있다고. 또한 그 당시의 과감한 음악을 통해서 우리는 스스로 진정한 저항에 참여하고 있는 거라고 믿었다. 적어도 난 그것이 형들의 저항보다 더 중요한 의미가 있다고 믿었다. 당시에 유행했던 가장 음울한 음악, 롤링스톤즈와 도어즈, 그리고 벨벳 언더그라운드의 음악 속에서, 나는 거기에 종속되지 않으면서, 그 음울한 어둠 속에 참여할 수가 있었다. 그건 바로 게리와 게일렌이 해낼 수 없었던 일이었다.

우리 가족이 대부분 그랬듯이, 나도 이제 몇몇 사형수들을 나의 영웅으로 삼고 있었다. 내가 선택한 영웅들은 보스톤의 니콜라 사코와 바르톨로메오 반제티, 그리고 솔트레이크의 조 힐이었다. 이 사람들은 모두 처형되었다. 적어도 법적으로는 살인죄라는 죄명이었다. 그러나 그들이 처형당한 것은, 그들이 국가의 권력과 권위에 도전했기 때문이기도 하다.

이탈리아계 이주민이었던 사코와 반제티는, 무정부주의자들이면서 미국 정부의 전복을 주장한 사람들이었다. 그들을 눈엣가시로 여기던 보스턴 경찰은, 1920년에 두 사람을 살인강도 혐의로 기소했다. 재판은 노골적으로 편파 진행되었고, 전 세계에서 수많은 작가와 시인들, 언론인들이 사코와 반제티의 유죄 판결에 항의했다. 그러나 아무런 소용이 없었다. 1927년 8월, 많은 의문점이 있음에도 불구하고, 메사추세츠 주는 두 사람을 처형했다. 수십 년이 지났지만, 그 의문은 오히려 점점 커져가고 있었다.

조 힐은 작곡가이자 시인이었다. 로스앤젤레스의 급진적이고 논쟁적인 '세계산업노동자'에서 노동자들을 조직하는 일을 하던 그는 1913년 —우리 어머니가 태어난 해이다.— 솔트레이크로 옮겨 왔다. 유타 사람들은 노동운동에 대해서 탐탁찮게 여기고, 그 주동자들을 가혹하게 다루던 참이었다. 조합원들은 때로는 격렬하게 반발했다. 1914년, 조 힐이 상점 주인과 그 아들을 살해한 혐의로 체포되었다. 상점 주인은 존 모리슨이라는 전직 경찰관이었는데, 그는 파업 진압자로서, 총격전을 통해 '세계산업노동자'의 조합원 몇 명을 죽였다고 알려진 사람이었다. 힐은 유죄를 선고받았고, 미국의 수많은 저명인사들—거기에는 우드로 윌슨 대통령도 포함됐다.—의 탄원에서 불구하고, 유타 주는 그 시인을 처형하기로 결정했다. 그리고 62년이 지난 후, 나의 형이 처형되기 전까지는 유타 주 역사상 가장 유명한 처형이었다. 게리처럼 힐도 총살형을 택했다. 그는 이렇게 말했다. "총살형을 택하겠소. 그건 내게 익숙하니까. 전에도 몇 번 총에 맞은 적이 있지. 이번에도 잘 이겨낼 거요." 죽음을 앞에 둔 순간, 힐은 사격대를 향해서 사격 명령을 내렸다.

이들의 이야기는 나에게 큰 변화를 가져왔다. 나는 다른 사람들을 지배하기 위하여 권력을 휘두르는 사람과 그런 사회 구조에 증오심을 갖게 되었다. 또한 인간에게 죽음의 형벌을 내리는 권력과 의지를 갖고 있는 주는 그 어느 곳이라도 사악한 곳일 수밖에 없다고 생각했다.

그러나 학대받는 자들에 대한 나의 급진적인 동정심은 거기서 그쳤다. 프란츠 파농과 업튼 싱클레어, 엘드리지 클리버의 저서를 읽고, 미란다 법칙에 대한 과제물을 학교에 제출하면서도, 벌써 5년째 옥살이를 하고 있는 나의 형, 게리에게는 면회 한 번 가지 않았다. 그건 결코 쉽게 용납할 수 있는 일이 아니다. 사실 그건 내 인생에서 내가 가장 후회하고 죄책감을 느끼는 잘못이다. 그 당시 오리건 주에서는 열여덟 살 미만의 미성년자에게 죄수의 면회를 허용하지 않았다는 것도 별로 변명이 되지 않는다. 게리와 나는 몇 년 동안 편지를 주고받기도 했다. 그러나 난 게리에게 나의 학교생활이나 친구들과 지낸 이야기를 써 보낼 때마다, 기분이 썩 내키지 않았다. 게리에게 이런 내용들은 '먼 바깥세상' 이야기로만 들릴 것이기 때문이었다. 나중에 어쩌다가 면회를 가면, 우리는 서로 공통적인 화제를 찾느라 애를 썼다. 하지만 나는 바깥세상에 있는 아이였고, 그는 감옥에서 늙어가고 있는 사람이었다. 그 거리감은 우리에게 상처가 되었다.

나는 형이 어떻게 사는지 전혀 알 수 없었다. 게다가 어쩌다 그에 대한 이야기를 들어도 그 이상의 호기심이 생기지 않았다. 1968년 가을, 오리건 주립교도소에 커다란 폭동이 일어난 적이 있었다. 게리도 가담자였다. 그가 교도소 마당에서 오랫동안 앙심을 품었던 사람 머리에 쇠망치를 던졌는데, 그가 쓰러지자 그 망치로 다시 그의 머리를 내리쳤다는 이야기를 들은 적이 있다. 그 사람은 그 후 평생을 식물인간으로 살았다. 또 게리가 어떤 흑인에게 달려들어서 칼로 찔렀다는 이야기도 들었다. 그가 자기 친구를 괴롭히고 협박했다는 이유 때문이라고 했다.

그렇게 본다면, 게리는 공포의 세계에서 살아갔던 거라고 인정하지 않을 수가 없다. 하지만 난 그런 세계를 결코 허용하지 않았다. 형이 감옥에 있는 동안, 내가 거기 가지 않은 것은 단지 그를 위해서만은 아니었다. 당연히 갔어야 했다. 그러나 난 가지 않았다. 난 내 탈출구를 만들어가느라, 그럴 여유가 없었다.

고등학교 졸업반이 되었을 때, 나는 창작반을 지도하던 그레이스 맥기니스라는 선생님과 친해졌다. 그레이스 선생님은 내 편에 서서 나를 감싸주었던 선생님이다. 1960년대 말, 밀워키 고등학교에 만연하던 고지식한 정치적 분위기 속에서 선생님의 그런 행동은 결코 안전하지 않았다. 밀워키는 보수적인 곳이었다. 1968년에 조지 월러스(앨라배마 주지사로 흑백 통합은 악이라는 주장을 펼친 인종분리주의자-역자주) 대통령 후보의 커다란 벽보가 곳곳마다 붙어 있었다. 젊은이들의 문화가 점점 더 급진적이고 대담하고, 더욱 이질적으로 흐르자, 지역의 어른들과 학교는 분노와 두려움으로 반응했다. 학교에서는 복장규율을 제정해 머리 길이를 규제하고 짧은 치마와 화려한 옷은 모두 금지했다. 나는 다른 몇몇 학생들과 함께 그런 규율에 항의했다. 그에 대한 처벌로 학교 당국은 우리들에게 스포츠나 연극, 혹은 악단과 같은 특별활동을 금지한다는 결정을 내렸다. 그때 나는 지역 방송에 방영되던 미국과 국제 문제에 대한 고등학생 토론회의 멤버로 활동하고 있었다. 밀워키의 교감은 내가 머리를 짧게 자르지 않으면, 그 토론회에 참석할 수 없다고 했다. 그런 혐오스런 모습으로 나간다면 우리 학교와 우리 고장의 명예가 실추된다는 것이다. 그레이스 선생님이 나를 위해 나섰다. 그녀는 전 교사들 앞에서 그들의 편협한 태도에 대해서 열정적으로 설파하고, 머리를 기른 남학생에게 계집애라고 부르고 그들을 적대시하는 선생들을 질책했다. 그레이스 선생님의 그런 노력 덕분에 나는 계속 토론회에 참석할 수 있었다.

나중에 나는 그레이스 선생님이 나에게 관심을 갖는 이유 중에 하나가, 우리가 가진 공통점 때문이라는 걸 알게 되었다. 그녀의 결혼 전 성姓이 바로 길모어였다. 더군다나 선생님의 아버지의 이름도 프랭크 길모어였다. 내가 아는 바로는, 우리는 전혀 친척은 아니었다. 그러나 아버지의 이름이 같다는 사실을 두고 종종 농담을 나누곤 했다.

그해 겨울 내가 고등학교를 졸업할 무렵, 어머니의 재정은 무척 불안한 상태에 이르렀다. 집을 담보로 얻은 대출금을 다달이 갚고 있긴 했지만, 재산세를 감당할 수가 없었다. 주 정부는 집을 압류하겠다고 여러 차례 통보했다. 지불해야 할 세금은 1,200달러 정도였는데, 그건 당시로서는 상당한 돈이었다. 프랭크는—그는 아직 우리와 함께 그 집에서 살고 있었다.—우리가 좀 더 작은 집으로 가야 한다는 주장을 다시 펼치기 시작했고, 어머니는 또다시 반대하고 나섰다. 우리는 피아노도 팔고, 값나가는 가구도 많이 처분했다. 그러나 그걸로 충분치 않았다. 나도 어떻게든 도움이 되려고 일자리를 구하겠다고 했지만, 어머니는 허락하지 않았다. 어머니는 내가 공부에 시간과 노력을 투자하는 것이 더 중요하다고 생각했다. 나를 대학에 보낼 여유가 없었기 때문에, 내가 장학금을 받아서 대학에 들어가는 것이 어머니의 꿈이었다. 그동안 고등학교를 제대로 졸업하고 대학에 들어간 아들이 하나도 없었던지라, 어머니는 그 소망을 나를 통해 이루고 싶어 했다.

어느 날 방과 후, 나는 그레이스 선생님을 찾아가서 어머니에 대한 고민을 털어놓았다. 선생님은 인정도 많고 현명한 분이라, 좋은 충고를 해줄 것 같았다. 선생님은 내 사정을 더 잘 파악하기 위해서, 언제 한번 우리 집을 방문해서 어머니와 직접 이야기를 나누고 싶다고 말했다. 어머니는 손님이 집에 온다는 사실에 잠시 망설였지만, 결국 내 설득으로 두 사람이 만나게 되었다. 그레이스 선생님과 어머니는 몇 시간 동안 이야기를 나누더니, 친구가 되었다. 선생님은 정기적으로 우리 집에 오기도 하고, 어머니가 일하는 레스토랑으로 찾아가기도 했다.

그레이스 선생님에게는 또 한 가지 특별한 데가 있었다. 심령술에 조예가 깊었는데, 아마 페이 할머니보다 정통했던 것 같다. 어느 날 선생님이 내게 이런 말을 했다. "너한테 겁을 주려는 건 아니지만 말이다. 너희 집에 가서 앉아 있으면, 뭔가 불길한 느낌이 들더구나. 아마 그 집은 귀신 붙은 집인 것 같아. 계속 그 집에서 살면, 어머니와 네 가족에게 결코 좋지 않을 거야." 나는 선생님에게 그렇게 관심을 가져주셔서 감사하다고 말했다. 하지만 나도 이미 다 알고 있다는 말도 덧붙였다. 오히려 난 그 이상을 알고 있었다. 우리가 어디에 살든지, 그건 중요하지 않았다. 어딜 가든 우리는 저주받은 사람들이니까.

얼마 지나지 않아서, 그레이스 선생님은 주말마다 게리를 만나러 가는 어머니를 차에 태우고 세일럼에 있는 오리건 주립교도소까지 함께 갔다. 그리고 곧 어머니와 게리가 면회하는 자리에까지 가서 함께 앉게 되었다. 선생님과 게리는 오랫동안 문학과 예술에 대해서 열띤 대화를 나누었고, 그녀는 그의 순결한 마음과 인상적인 말솜씨에 충격을 받았다. 선생님은 게리를 무척 좋아했다.

나도 같이 가자는 권유를 받았지만, 언제나 사양했다. 나는 그레이스 선생님에게 평생토록 내 머릿속에서 지워지지 않을 감옥과 법정의 모습을, 내 나이 열두 살에 이미 너무나 많이 보았다고 말했다.

어머니는 마침내 교회에 찾아가서 도움을 청해야겠다고 결심했다. 어머니는 만일 교회가 세금 문제를 도와준다면, 자신이 죽은 뒤에 집을 교회에 양도하겠노라고 했다. 그러나 교회는 그 제의를 받고 망설였다. 그녀에게는 늘 말썽만 일으키고 아무런 도움이 되지 못하던 아들이 둘, 그리고 군대 복무를 거부하다가 감옥에 갔다 온 아들이 하나 있다. 사회관습에 대한 그런 식의 도전은 교회 지도자들로서는 상상도 못할 일이었다. 거기다 나까지 있었다. 한때는 교회가 받아주고, 도와주고, 또 신도로 공식 인정까지 해주었지만, 그 대가로 내가 보여준 것은 반역이었다. 적어도 그들이 보기에는 사악한 가치관을 품고 본받지 못할 생활을 하는 반역자가 분명했다.

교회 주교는 어머니의 청을 수락하지 않기로 결정을 내렸다. "그 집을 붙들고 있는 건, 현명치 않은 일이었지요." 그는 나중에 래리 실러에게 그렇게 말했다. "집이 너무 컸어요. 방 한두 칸만 있으면 될 텐데 말입니다. 게다가 그 집을 유지할 능력도 없었잖아요. 그녀가 그 집을 고집한 이유는 행복했던 과거에 대한 기억 때문이었지요. 하지만 그건 어리석은 일입니다. 좀 더 작은 아파트로 옮기는 것이 현명했을 텐데. 그러나 그녀는 그걸 거부했어요. 그건 그녀의 감정 문제였다고 봐요. 남의 말을 듣기 싫어하는 사람이기도 했지만, 그녀는 그 집에 특별한 애착을 갖고 있었지요."

그 주교의 말은 옳았다. 그건 애착이었다. 나는 주교가 어머니와 그레이스 선생님과 함께 의논하는 자리에 한두 번 같이 있었는데, 어머니가 이야기 도중 얼굴을 붉히며 벌떡 일어나서 밖으로 나갔다. 나중에 어머니는 이렇게 말했다. "자기가 뭔데, 나한테 이 집이 필요 없다고 하느냔 말이야?"

어머니가 게리를 면회하러 가서 교회가 자신의 청을 거절했고, 이제는 집을 빼앗길 지경이 되었다는 말을 할 때, 그레이스 선생님도 함께 그 자리에 있었다. 나중에 선생님은 그때 단 한 번, 게리가 화를 내는 걸 보았다고 했다. 어머니의 교회가 그녀를 거절했다는 것과 이제 어머니의 멋진 집이 몰수될 거라는 말에 그는 분을 참지 못했다. 그레이스 선생님은 그날 처음으로, 게리의 얼굴에 살인의 그림자가 스치는 걸 보았다고 한다.

학교를 졸업하기 몇 주일 전, 나는 포틀랜드 주립대학에서 학비 장학금을 받기로 결정되었다. 졸업식을 한두 주일 앞두고서—1969년 늦은 봄이었다.—나는 포틀랜드 시내에 내가 살 아파트를 보러 다녔다. 지극히 당연한 일 같았다. 이제 포틀랜드 시내에 있는 학교에 다니게 되었으니, 학교와 가까운 곳에서 지내야 했다. 그러나 이유는 또 하나 있었다. 그리고 그것이 내가 집을 떠나는 진짜 이유였다. 난 떠나고 싶었다. 그건 내가 언제나 바라던 바였다.

오트필드의 집에서 내 짐을 마지막으로 가지고 나올 때, 어머니가 몹시 가슴 아파하는 걸 느낄 수 있었다. 그러나 어머니는 용기를 내이 미소를 지었고 내게 격려의 말도 해주었다. 이제 돌이켜 생각하면, 그 작별 장면은 내 가슴을 아프게 찢어놓는다. 하지만 그 당시에는 그런 아픔을 느끼지 못했다.

일주일 후였다. 나는 어머니를 만나러 우리 집으로 갔다. 현관에 올라서서 문을 열고 들어가니, 거실이 텅 비어 있었다. 거기 있던 가구들과 텔레비전, 그리고 사람들은 없고, 텅 빈 공간뿐이었다. 나는 집 안을 살펴보았다. 어머니도 프랭크 형도 보이지 않았다. 그들의 흔적이나 물건도 전혀 없었다. 텅 빈 옛집에 혼자 있다는 게 갑자기 무서워졌다. 2층 복도를 걸을 땐, 등골이 오싹했다. 어디선가 검은 손이 불쑥 튀어나와서, 나를 어둠 속으로 집어삼킬 것만 같았다. 나는 재빨리 그 집을 빠져나왔다.

그레이스 선생님에게 전화를 걸었다. 내가 집을 떠나고 며칠 후, 우리 집이 저당권자에게 넘어갔다고 선생님은 설명했다. 어머니는 내가 집 때문에 걱정하고 창피를 당하지 않도록 내가 고등학교를 졸업할 때까지 집을 붙잡느라 안간힘을 썼다는 것이다.

"저는 일이 이렇게까지 절박하게 된 줄은 모르고 있었어요." 내가 그레이스 선생님에게 말했다.

그러자 선생님은, "어머니는 네가 모르기를 바라셨어. 널 보호한 거지." 하고 대답했다.

어머니와 형은 겨우 계약금을 장만해, 지금은 오크 그로브 외곽의 교외에 있는 자그마한 이동주택에 살고 있었다. 아직 전화도 놓지 못한 상태였다.

나는 그들을 만나러 갔다. 초록색과 흰색 칠이 된 그 이동주택 안에는 작은 방이 두 개, 화장실 하나, 그리고 거실 겸 주방이 전부였다. 에어컨도 없어서 실내는 무덥고 끈끈했다. 어머니가 몹시 비참한 심정이라는 걸 알 수 있었다. 나중에 어머니가 내게, 또 많은 사람들에게 말했던 그대로였다. "그 집으로 이사해 들어가던 날, 난 그때 이미 죽은 목숨이었어."

이제 나는 가족과 공식적으로 헤어졌다. 프랭크 형은 어머니가 죽는 날까지 어머니와 함께 살았다. 하지만 난 집에 가지 않았다. 그리하여 우리 세 식구는 다시는 한 지붕 밑에서 잠을 잔 적이 없었다.

꽤 오랫동안 나는 뒤를 돌아보지 않았다. 한동안은 대학 공부에 전념하려고 노력했다. 그러나 연애에 실패한 후로는, 나는 학업의 발판을 잃었고 끝내는 그걸 회복하지 못했다. 나는 많은 여자들을 만나고 다녔다. 급진적인 정치 모임에도 참여했고, 단 한 번을 제외하고는 큰 말썽을 일으키지 않은 채 여전히 마약도 이것저것 입에 댔다. 그리고 마약이 내 또래의 세대를 어떻게 만들었는지 지긋지긋하게 지켜본 후에는, 마약 카운슬러가 되었다. 그리고 몇 년 동안 그 일을 했다.

그 무렵 딱 한 번 게리 형을 면회하러 갔다. 앞에서 말했던 실연의 상처에서 아직 벗어나지 못하던 때였다. 그녀와 나는 고등학교를 졸업하기 전부터 서로 사랑했던 사이였다. 우리는 결혼하기로 약속까지 했다. 그러던 어느 날 그녀는 마음에 꼭 드는 다른 남자를 만났다. 개종한 크리스천이었다. 몇 주일 후 그들은 결혼을 했고, 그녀는 임신했다. 나는 완전히 절망에 빠졌다. 나만의 가정을 이루겠다는 꿈이 멀어지는 걸 느꼈다. 나는 매일 밤 밤새워

술을 마시고, 낮에는 온종일 잠만 잤다. 대학도 그만두고, 장학금도 끊겼으며, 돈도 바닥이 났다. 난 엉망이 되었다. 한마디로 낭만적 절망의 고전적인 사례였으며, 난 어떻게 해서든 그 절망감을 쥐어짜고 있었다.

그러던 어느 일요일, 어머니와 그레이스 선생님이 같이 게리를 면회하러 가지 않겠느냐고 제안했다. 아마 내 기분을 전환시켜주려고 했던 것 같다. 처음에는 게리도 나도 서로 긴장하고 머뭇거렸다. 너무도 오랜만이었고, 이제 나도 장발머리의 청년이 되어버린 것이다. 그 방에는 짧은 머리를 한 남자들이 많이 있었는데, 더러는 나를 보는 시선이 곱지 않았다. 그러나 형과 잠시 이야기를 나누면서, 내가 아직도 그를 얼마나 사랑하는지, 그동안 그를 얼마나 그리워했는지 깨달았다. 난 형에게 이런저런 이야기를 모두 했다. 연애에 실패하고, 얼마나 절망에 빠졌는지에 대해서도 모두 이야기했다. 그는 나를 이해할 거라고 생각했다. 만일 누군가 나를 동정해줄 사람이 있다면, 그건 바로 게리 형일 거라고.

그러나 그는 나를 주시하면서 한동안 말없이 앉아 있기만 했다. 마침내 그가 입에 쓴웃음을 머금으며 말했다. "이 친구야, 그래 고생 좀 했구나. 하지만 말이야, 언제든 네 고통을 내 고통과 맞바꾸겠다는 생각이 들면 내게 말해. 내 말은, 적어도 너한테서 네 젊음을 빼앗아간 놈은 없잖아? 넌 여전히 자유로운 몸이라구."

그때 나는 이렇게 생각했다. '형은 날 이해하지 못하는군.' 그러나 이제는 알 것 같다. 그가 나보다도 훨씬 더 많은 걸 이해하고 있었다는 것을. 게리는 다시 한 번 내게 우리 인생의 진실에 대해서 이야기한 것이다. 내가 그때 그 말을 이해했더라면 결말이 달라졌을지도 모른다.

9

걸어 다니는 시체

1971년 초 어느 날이었다. 어머니가 놀란 목소리로 내게 전화를 했다. 그리고 내게 끔찍한 이야기를 해주었다.

어머니와 그레이스 선생님은 그 전날 게리를 면회하러 오리건 주립교도소에 갔다. 면회실에 들어오는 게리의 모습은 전혀 딴사람 같았다고 한다. 얼굴과 두 손이 마치 물에 빠진 시체처럼 통통 부어 있었고 걸음걸이도 프랑켄슈타인의 괴물처럼 둔했다. 그는 말도 제대로 하지 못했다. 한 마디 한 마디 질질 끌면서 말하고, 입에서는 침이 쉴 새 없이 흘러내렸다. 커피를 마실 때에는 손으로 잔을 잘 들지도 못하고, 커피를 자꾸만 흘렸

프랭크 2세, 베시, 마이클, 자넷, 게일렌. 워싱턴 주 밴쿠버, 1971년경

다. 뜨거운 커피를 무릎에 흘리고도 뜨겁다는 걸 느끼지도 못했다.

어머니는 두 팔로 그를 껴안으며 물었다. "애야, 도대체 어떻게 된 거냐?"

"프롤릭신 때문이에요." 게리가 아둔한 어조로 말했다. "이곳 정신과 의사랑 교도소장이 내게 독한 약을 먹였어요. 프롤릭신이라는 거예요. 마음에 들지 않는 죄수를 다스릴 때 쓰는 약이죠. 내가 이빨 때문에 자기들을 화나게 했다고 벌을 준 거예요."

게리는 더 설명하려 했지만, 한 마디 한 마디 내뱉기가 너무 힘든 듯했다. 그는 입을 벌린 채 그냥 앉아만 있었다. "미안해요, 엄마." 그가 마침

내 입을 열어 말했다. "더는 못 앉아 있겠어요. 감방으로 들어가서 누워야겠어요."

그는 뒤뚱거리며 면회실을 나갔다. 모두가 그를 쳐다보고 있었다. 다른 동료 죄수 몇 사람이 지나가는 그에게 한마디씩 던졌다. "기운 내. 잘 버티라구."

게리가 돌아간 후 어머니는 의자에 그대로 앉아서 걷잡을 수 없이 울음을 터뜨렸다. 그레이스 선생님은 그녀를 위로하느라 애썼다.

어머니와 선생님은 교도소장을 만나러 갔다. 하지만 부소장밖에 만날 수가 없었다. 어머니는 어째서 게리에게 그런 약을 먹였느냐고 따졌다. 그녀는 노발대발했다. 그러나 부소장은 꿈쩍도 하지 않았다. 그는 프롤릭신은 난폭한 죄수들을 다루는 데 가장 좋은 약이라면서, 게리의 태도가 그 약의 효과를 입증하는 거라고 설명했다.

어머니는 분노와 증오에 가득 차서, 그리고 어찌할 수 없는 무력함을 절감하면서 그곳을 나왔다.

"그 사람들이 네 형을 좀비로 만들었다." 어머니는 그날 나에게 전화를 걸어 이렇게 말하면서 울음을 터뜨렸다. "몸만 움직이지, 죽은 사람이나 다름없어. 이 일을 어떡하면 좋으냐?"

게리에게 프롤릭신 사건이 일어나기까지는 지난 몇 년 동안 누적된 사연이 있었다. 그건 두 가지 문제에서 출발했다. 우선 게리는 감옥에 갇힌 죄수로서 다루기가 아주 힘든 사람이라는 게 그 하나이고, 또 하나는 그에게 틀니가 몹시 필요했다는 사실이다. 이 두 가지 조건이 만나서 주체하기 어려운 지독한 갈등의 배경이 되었다.

1964년 봄, 게리가 오리건 주립교도소에 도착하자마자 게리의 치아를 검사한 교도소 치과의사는 이를 모두 빼고 윗니와 아랫니에 틀니를 만들어 넣어야 한다는 진단을 내렸다. 치과의사는 게리에게 틀니를 만들어주었다. 그러나 틀니는 잘 맞지 않아 잇몸에 닿아 자꾸만 걸리적거렸다. 말하거나 음식을 먹을 때도 틀니 때문에 고통이 심했다. 게리는 다시 만들어달라고 요구했는데, 새로 만든 틀니도 불편하기는 마찬가지였다. 게리는 그걸 박살내버렸다. 교도소 측은 게리가 일부러 까다롭게 군다고 생각해 게리의 요구를 들어주지 않기로 했다. 게리는 교도관들이 자기를 골탕먹이기 위해 제대로 된 틀니를 주지 않는 거라고 생각했다.

그 싸움은 몇 년 동안 지속되었다. 사실 게리는 1975년, 일리노이 주 마리온의 연방교도소로 이송된 다음에야, 제대로 맞는 틀니를 받을 수 있었다. 그러기까지 그는 끊임없이 많은 문제를 일으켰고, 그 틀니 문제는 게리와 오리건 교도소 당국 사이의 자존심 싸움이 되고 말았다. 그는 오리건 주립 교화위원회와 주지사, 그리고 그다음 주지사에게, 이런 자신의 처지를 호소하는 편지를 수없이 보냈다. 편지를 받은 관리들은 교도소 측에 편지를 보내 이 사건에 대한 해명과 해결을 요구했다. 게리는 간수들뿐 아니라 다른 죄수들과도 툭하면 싸우거나 말다툼을 벌였는데, 그래서 결국 맞기도 하고 삭막한 독방에 갇히기도 했다. 어떤 때는 몇 개월 동안 독방 신세를 감수해야 했다. 그는 침대 매트리스에 불을 지르거나 감방을 온통 물바다로 만들었고 그래서 정신감호병동으로 이송됐다. 또한 그는 치과의사에게는 덤벼들어 공격했고, 다른 한 사람에게는 죽여버리겠다고 협박을 했다. 그러고 나서 그는 어머니에게 오리건의 주요 일간지에 광고를 내달라고 했다. 국민들에게 그를 지지하는 편지쓰기 운동을 권장하는 광고였다. 그로 인해 교도소장은 한때 오리건 주 전체에서 쇄도하는 편지를 받아야만 했다. 그 편지의 내용들은 모두 한결 같았다. "게리 길모어에게 공평한 대우를 하라."

지금 나에게는 커다란 서류 박스가 하나 있는데, 거기에는 그 사건과 관련된 서류들이 수백 건 들어 있다. 여기에 있는 편지들과 교도소 보고서에 담긴 사연들을 토대로 하면 아마 소설 책 한 권은 족히 쓸 수 있을 것이다. 그 소설은 학대와 인권유린을 주제로 한 이야기가 될 것이다.

1970년과 1971년, 두 해 동안 그 갈등은 최고조로 달아올랐다. 1970년 크리스마스를 지내고 이틀 후, 게리는 교도소 내의 정신감호병동으로 옮겨졌다. 교도소 내 정신과 의사인 웨슬리 바이서트 박사는 이렇게 적고 있었다. "길모어는 매우 적대적이고, 호전적이며, 비협조적인 성향을 갖고 있다. 그는 실내 바닥에다 소변을 보고, 철창에 음식을 던지는가 하면, 보조원들에게 침을 뱉는 등 유별난 행동을 하는 대체로 '매우 혐오감을 주는' 유형으로 보인다." 게리는 의사에게 자신의 분노는 치과에서 시작된 것이라고 말했다. 바이서트 박사는 아마도 게리가 이 일을 자기 마음대로 조작하려는 모양이라고 생각했다. 게리는 화를 내며 의사의 얼굴에 몇 차례나 침을 뱉었다. 그는 이렇게 기록했다. "그가 보이고 있는 잘못된 행동들은 도무지 통제가 불가능하다는 우리의 입장을 그에게 알리는 조치를 취했다. 만일 이런 행동이 앞으로 24시간에서 48시간 동안 계속된다면, 그에게 프롤릭신이라는 근육주사를 시행하여 그의 언어적 육체적 공격성을 자제하는 데 도움이 되도록 한다."

몇 주일 동안 게리는 비교적 얌전하게 지냈다. 그러나 곧 그의 발작이 다시 시작됐다. 그는 자살을 하겠다고 으름장을 놓았지만, 바이서트는 게리가 정말로 자살을 할 정도로 절망적이지는 않다고 생각했다. 2월 첫째 주, 게리는 격리 감방에 있는 다른 몇몇 죄수들에게 자신의 항의시위에 동참하라고 권했다. 게리를 포함해 그들은 모두 자신의 손목을 그었다. 그중 두 사람은 중태에 빠졌다.

그로부터 약 한 달 후, 바이서트는 게리에게 프롤릭신 처방을 내렸다. 프롤릭신은 환청이나 환각, 악몽에 시달리는 중증 정신병 환자를 안정시키는 데 쓰이는 약물이다. 그런데 간혹 교도소나 감옥에서 말썽을 일으키거나 적대적인 행동을 보이는 죄수들을 잠잠하게 하는 데 쓰이기도 했다. 하지만 그 약은 또한 사람을 매우 불안하게 하거나 예민하게 만들 수 있기 때문에, 많은 의사들은 이 약을 그런 식으로 남용하는 데 우려를 표하기도 한다. 프롤릭신의 권장량은 보통 한 달에 2cc에서 4cc 정도이다. 게리의 주장에 따르면, 그는 3개월 동안 한 달 평균 16cc를 맞았다고 한다. 그게 사실이라면 엄청난 양이었다. 그러나 나는 게리의 주장을 확인하거나 반박할 만한 아무런 자료도 확보하지 못했다.

그 약을 경험한 사람들을 만난 적이 있는데 그들의 말에 따르면, 주사를 맞으면 어떤 때는 너무나 초조해져서 몸을 있는 대로 뻗는다든지 아니면 최대한 구부려서 긴장감을 해소시키려 하게 된다고 한다. 그 긴장감을 견디지 못해서 몸을 뒤로 너무 젖히다가 척추가 부러지는 사람들을 본 적도 있다고 말했다. 게리의 경우에는—적어도 그의 말에 따르면(그 기간에 같이 복역했던 다른 죄수들도 그 말에 확증을 주었지만)—간수들이 그를 몇 시간 동안이나 침대에 묶어놓았다고 한다. 그가 고통으로 몸부림치는 것을 구경하기 위해서였다. 그러나 게리의 반항은 수그러들지 않았다. 어쩌다 간수 하나가 그에게 가까이 다가가자, 그는 그 간수에게 침을 뱉어댔다. 간수는 그의 목을 졸랐다. 그리고 베개로 얼굴을 덮고 눌렀다. 게리는 나중에 이렇게 말했다. "그때 정말 죽는 줄 알았지." 다른 간수가 이러다 일이 벌어지겠다고 말렸다고 한다. 간수 한 명이 게리를 더 꽉 묶는 동안에 다른 간수들이 달려들어서 그의 얼굴을 마구 때렸다. 그리고 머리 위에 밝은 전등을 켜놓고 그 밑에서 밤새도록 게리를 빙글빙글 돌렸다. 프롤릭신을 맞은 상태에서 밝은 불빛은 도저히 견딜 수 없는 고통이었다고 한다. 물론 잠이 올 리 없었다.

그 당시 감옥에 있던 게리의 친구 중에 스티브 베킨스라는 사람이 있었는데, 그는 이런 말을 했다. "프롤릭신을 맞은 후로는 게리는 전혀 딴사람이 되었어요. 증오심에 가득 차 있었고, 뭐든 거칠 것이 없었지요. 교도소 당국을 화나게 하는 일이라면, 무슨 짓이든 하려고 들었구요. 자기가 다치더라도 말입니다. 그런 후로는 게리를 더 멀리하는 친구들도 많았지요. 그러니까 그는 살인도 마다하지 않을 사람으로 보였습니다."

이런 일들이 일어나고 있던 동안에, 나는 어머니에게 또 한 통의 전화를 받았다. "네 형 게일렌이 집에 왔다." 어머니는 말했다. "시카고가 이젠 지긋지긋하다는구나. 우리가 보고 싶어서 왔댄다. 예전에 저지른 부도수표에 대해서 죗값도 치르고, 새롭게 출발하고 싶대."

그 소식을 듣자 기뻤다. 마지막으로 보았을 때 내가 형에게 얼마나 섭섭한 감정을 갖고 있었는지 모르지만, 어쨌든 모두 다 잊은 지 오래였다. 어머니가 그를 용서한다면, 내가 용서 못할 이유가 없었다. 게다가 난 그의 재치와 영민함이 그리웠다.

"그런데 한 가지 말해둘 게 있단다." 어머니가 말을 이었다. "게일렌이 예전하고 많이 달라졌어."

"그게 무슨 말씀이세요?"

"응…… 우선 말이다, 몸이 너무 말랐더구나. 시카고에서 무슨 일이 있었나봐. 병이 났었대. 위가 안 좋다는구나. 수술도 받았고, 그래서 몸이 더 약해졌고. 게다가 실연을 했대. 사랑하는 여자와 헤어진 거야. 지금 너무 상심해 있어. 친구라도 좀 있으면 좋겠다. 이럴 때 자기 가족이 있어야 하는 건데 말이야."

시카고에 있는 동안에 게일렌에게 무슨 일이 일어났다. 그리고 이제 그는 이미 옛날의 게일렌이 아니었다. 그날 밤 게일렌이 내 방문을 두드렸을 때, 나는 그를 알아보지 못했다. 뼈만 남아 앙상한 몸이며, 퀭한 두 눈은 마치 걸어 다니는 시체 같았다. 말썽이 없어진 대신에 영민함도 보이지 않았다. 그의 말은 어눌했고, 그의 정신도 느슨해진 것 같았다. 예전에 술에 취한 그의 모습을 많이 봤고, 또 그 후에도 많이 보게 되었지만, 이건 술 취한 모습과는 달랐다. 이제 생각하니 그건 아마 진통제 때문이거나, 아니면 오랜 세월 동안 술과 약물을 남용한 부작용 때문이었던 것 같다. 그러나 그때 게일렌이 무슨 약을 복용하고 있었는지는 몰라도 효력은 별로 없어 보였다. 우리가 앉아서 이야기를 하는 동안 그가 매우 격렬한 통증에 시달리고 있다는 것과 건강에 대해서 그가 별 신경을 쓰지 않는다는 걸 알 수 있었다.

게일렌은 자기 몸도 성치 않음에도 게리의 이야기를 듣고는 곧장 그를 만나러 갔다. 게일렌과 게리는 서로 반갑게 화해의 만남을 가졌다. 두 사람이 만나는 장면은 어땠을까? 다 죽어가는 두 형제가 만나서 우애를 확인하며 이야기를 나눈 것이다. 그때 나도 같이 가지 않은 것이 지금은 후회스럽다.

어머니도 그랬지만, 게일렌 역시 프롤릭신이 게리를 그 지경으로 만들어놓은 걸 보고는 몸서리를 치면서 분노했다. 그는 당장 교도소장에게 달려가서 치료를 위한 조치를 요구했다. 교도소장의 보좌관이 현재 그 문제를 검토하고 있다고 말해주었다.

게일렌이 면회를 다녀오고 며칠 후, 교도소 정신과 의사는 게리에 관해서 다음과 같은 기록을 남겼다. "이 환자는 프롤릭신에 대해서 아주 심각한 반응을 보여왔고, 1971년 4월 5일 이곳(정신감호병동)으로 되돌아왔다. 프롤릭신을 중단하자, 그의 증상이 차차 호전되었다. 그는 1971년 5월 가석방 위원회의 결정을 기다리고 있는데, 그때쯤이면 그 증상이 완전히 해소될 것으로 보인다. 프롤릭신 투약은 오늘 날짜로 중단될 것이며, 그의 상태에 따라 적절한 투약 조치가 있을 것이다. 프롤릭신 주사를 맞는 것에 대해서는 별다른 적의나 저항을 보이지 않고 있다. 따라서 그가 프롤릭신의 약효 때문에 고통을 느끼지 않는다면, 계속해서 그 약의 투약을 권하는 바이다. 그는 유감스럽게도, 간혹 몇몇 환자에게서 볼 수 있는 약간 심각한 부작용 반응을 보인다. 그러나 프롤릭신의 약효는 부작용에 비해서 더 효력이 있는 것으로 판단된다."

게일렌이 시카고에 있는 동안에 무슨 일이 있었는지, 내가 알게 된 것은 불과 몇 년 전이다. 그건 내가 《사형집행인의 노래》를 읽으면서 비로소 알게 된 우리 집안의 감춰진 비밀들 중의 하나였다. 그러나 메일러도 그 이야기를 전부 쓰지는 않았다. 그 전모를 알고 있었던 사람은 우리 어머니뿐이기 때문이다. 어머니는 누구에게도 그 이야기를 전부 다 해주지 않았다. 지금 이 순간까지도 그렇게 노력을 했건만, 나는 그 전모를 다 밝히지 못했다.

하지만 내가 알고 있는 만큼은 이야기하겠다. 게일렌은 시카고에서 칼에 찔렸다. 끔찍하고, 잔인하게, 그것도 여러 번. 그에 대해서는 몇 군데서 들은 이야기가 있는데, 모두가 달랐다. 그중 하나는 이렇다. 어느 겨울밤 늦은 시각에, 술에 취해 있던 게일렌은 골목에서 강도를 당했다. 한 남자가 그를 잡고 있는 동안, 다른 남자는 그의 돈과 보석을 빼앗고 얼음송곳으로 그의 배를 여러 차례 찔렀다. 다른 이야기는 그보다는 좀 더 내가 알고 있던 게일렌다운 이야기였다. 게일렌은 어느 유부녀와 깊은 사랑에 빠졌다. 솔트레이크에서의 사건을 통해서 깨달은 바가 있을 법도 하건만, 그는 그렇지 못했다. 어느 날 그녀의 남편이 그들의 정사를 목격하고, 게일렌을 끌어내서 아랫배를 찌르고, 죽도록 방치했다. 게일렌은 피를 몇 리터씩 수혈 받으면서 두세 차례 수술을 받았다. 의사들은 그에게 앞으로 위나 장을 쓸 때는 항상 통증을 느끼게 될 거라고 말했다.

그러나 앞의 두 이야기는 소문으로 떠도는 다른 이야기에 비하면 아무것도 아니다. 귓속말로 떠도는 소문들을 프랭크와 내가 모아서 이야기를 맞추어본 소문 말이다. 게리가 송곳이나 칼에 찔렸다는 사실에 대해서, 시카고 경찰의 보고서와 일리노이 병원 기록을 모두 살펴보았지만 찾을 수가 없었다. 게일렌은 시카고에 있는 동안 가명을 사용한 모양인데, 그 이름이 무엇인지 아는 사람이 없었다.

하지만 클래카마스 주립병원에 있는 게일렌의 의료 기록을 얻을 수 있었다. 그때는 1971년 봄부터 가을까지 그가 오리건 시립병원을 드나들고 있다는 건 몰랐다. 매번 같은 이유, 즉 심한 위통 때문이었는데, 병원에서도 별로 손쓸 수 있는 방법이 없었다. 23년이 지난 후, 나는 그 병원 기록을 보면서, 그 상처의 깊이와 위중함, 상처의 수에 대한 의학적인 설명을 읽을 수 있었다. 그걸 보고 충격에서 헤어나기 어려웠다. 나는 그가 받았던 끔찍한 고통과 그의 죽음을 생각하며 울었다. 그 눈물은 예전에 그를 위해 흘리던 눈물과는 다른 것이었다.

앞에서도 말했지만, 어머니는 게일렌이 받은 상처가 얼마나 심각한 것인지, 또 어떻게 해서 얻은 상처인지, 모두 다 알고 있었다. 어머니가 나를 보호하기 위해 내게 알리지 않았던 어두운 진실이 몇 가지 있었는데, 이것도 그중의 하나였다. 게일렌이 죽은 지 거의 10년이 다 되어서야 나는 이런 사실을 알게 되었다. 게일렌은 시카고에서 살해당했다. 다른 사람이라면 그 자리에서 죽었을 것을, 그는 오랜 시간을 두고 조금씩 죽어갔다.

여름이 되자 게일렌의 여자친구인 자넷이 게일렌을 찾아왔다. 게일렌이 그녀를 그리워한 만큼이나 그녀도 게일렌이 보고 싶었다. 그리하여 그녀는 자기가 오랫동안 머물렀던 폭력적인 세계에서 떠나, 미국 서부의 이름 없는 작은 마을로 찾아온 것이다. 자넷과 게일렌은 어머니와 프랭크가 살고 있는 곳에서 조금 떨어진 곳에 모텔식 아파트를 얻었다. 자넷은 정이 많고 친절한 여자였다. 어머니도 그녀만큼은 집에 들어오는 것을 허락했다. 자넷은 게일렌을 무척이나 사랑하는 것 같았다.

그러나 그들의 사랑은 너무나 격렬했다. 두 사람은 술이 곤드레가 된 채 서로 소리를 지르고 물건을 내던지면서 싸우곤 했다. 그러다가 결국 둘 중 어느 하나가 쿵쾅거리며 모텔을 나와서 또 혼자 술을 마신다. 게일렌은 늘 술 한 병을 끝까지 다 마셨다. 몇 년 전만 하더라도 맥주나 와인을 즐겼는데, 이제는 위가 뒤집힐 정도로 독한 술만 마셨다. 나도 어쩌다 한 모금 삼키면 속이 울렁거릴 정도로 독한 술이었다. 그러나 게일렌은 혼자 앉아서 그걸 밤새도록 마셨다.

새벽 3시 무렵, 문을 두드리는 소리에 일어나보니 문 앞에 게일렌이 서 있었던 적도 몇 번 있었다. 서늘한 여름 밤공기 속에서 몸을 제대로 가누지도 못한 채 비틀거리며, 그가 어린애처럼 울며 서 있었다. 형을 들어오게 해서, 우리는 함께 앉아 이야기를 나누었다. 그는 그 독주를 계속 홀짝거리며 마시다가, 소파에 쓰러져 잠들곤 했다. 그러면 나는 그의 머리 밑에 베개를 받혀주고 담요를 덮어준다. 그가 그렇게 깜빡 잠든 동안, 나는 옆에 앉아서 그 모습을 바라보곤 했다. 그리고 다음 날 아침 눈을 떠보면, 그는 벌써 가고 없었다.

게일렌은 법정에 섰지만, 법정은 그를 방면했다. 판사와 검사는 아무래도 그가 감옥 생활을 견뎌낼 신체 조건이 못 된다는 걸 알아본 모양이었다. 그 또한 이젠 범죄 충동을 잃은 지 오래였다. 부도수표를 남발하는 것도, 물건을 훔치는 것도, 또 완전범죄에 대한 꿈도 모두 사라졌다. 그 대신 그가 바라는 한 가지는 자넷과 결혼해서 가정을 갖는 것이었다. 그는 내게 인생을 새로 시작하고 싶다고 말했다.

어느 날 새벽 1시쯤, 자넷이 그레이스 선생님에게 전화를 했다. 게일렌이 너무나 격심한 통증을 호소해서 즉시 병원에 가야겠다고 했다. 그는 운전을 할 수 없는 상태였고, 그렇다고 택시를 부를 돈도 없었다. 그래서 자넷이 그레이스에게 도움을 청한 것이다.

그레이스 선생님은 게일렌과 자넷을 데리고 밀워키의 한 병원으로 갔다. 그러나 응급실에서는 보험이나 사회보장카드가 없다는 이유로 게일렌을 받아주지 않았다. 그레이스는 그들을 데리고 오리건 시립병원으로 갔다. 하지만 병원 측은 게일렌에게 무슨 조치를 취해야 할지 속수무책이었다. 그 병원은 전에도 게리가 여러 번 갔던 곳이었다. 새벽 5시가 넘도록 의사라고는 한 명도 나타나지 않았다. 게일렌은 그레이스에게 집에 데려다달라고 했다. "제길, 무슨 소용이 있겠어요." 그가 말했다. 그날 밤, 통증을 견디다 못한 게일렌이 셔츠를 풀고 자기 배를 문지른 적이 있었다. 그때 옆에 있던 그레이스 선생님은 그의 복부에 커다란 구멍이 나 있는 것을 보았다. 아직도 아물지 않은 상처에서 피가 흐르고 있었다.

그다음 날, 그레이스는 게리에게 편지 한 통을 받았다. 새 틀니를 하느라 선생님에게 빌린 돈을 보내왔다. 함께 동봉된 편지에는 세상에 대한 증오심과 원한이 가득 차 있었다. 그레이스는 편지지 속에 담긴 맹렬한 폭력이 그대로 느껴지는 듯했다. 바로 그때, 그동안 겪었던 나쁜 일들이 누적되어 그녀에게 달라붙는 것 같았다. 그리고 자신이 저주받은 사람들의 삶 속에 점점 휘말려 들어가고 있음을 깨달았다. 물론 거기에는 그녀의 심령술도 작용했다. 그레이스는 우리 가족의 미래를 멀리 내다보았다. 그 길에는 다른 몇 사람의 희생이 뒤따른다는 것도 보였다. 그녀는 현명한 사람만이 내릴 수 있는 결단을 내렸다. 그리고 어머니에게 전화를 걸었다. "당신을 탓하려는 생각은 전혀 없어요. 당신을 사랑해요. 하지만 이제 난 당신 가족의 일에 더 관여할 수가 없답니다. 이제는 남은 시간과 에너지를 내 가족을 위해 써야겠어요." 어머니에게서 그 이야기를 들었을 때, 난 선생님을 이해했다. 사실 그레이스 선생님이 지금까지 그렇게 우리 곁에 있을 수 있었다는 사실이 오히려 놀라울 따름이었다.

1971년 10월 8일, 게일렌과 자넷은 결혼식을 올렸다. 포틀랜드에서 콜롬비아 강 건너에 있는 워싱턴 주의 밴쿠버에서 간단한 절차만 밟은 간소한 결혼식이었다. 어머니와 프랭크 형, 그리고 내가 그 결혼식에 참석했다. 그리고 레스토랑으로 가서 저녁을 함께 먹었다. 어머니는 이런 자리가 매우 흡족한 듯했다. 아들을 결혼시킨 것이 처음이었으니 말이다.

게일렌은 내가 본 중에서 가장 행복해하는 모습이었다. 난 그때 그레이스 선생님이 밤새도록 병원을 찾아 돌아다닌 일도 그렇고, 그때 말고도 게일렌이 수시로 병원을 다닌다는 사실조차 모르고 있었다. 그가 집으로 돌아온 이후 처음으로 나는 게일렌이 바야흐로 새로운 인생을 맞이할 것이라는 생각이 들었다.

며칠 후였다. 자넷이 나를 찾아왔다. 그녀는 술에 취해 있었다. "그 망나니 녀석하고는 이젠 끝장이야." 그녀는 울면서 말했다. "어떻게 나한테 그렇게 호통을 칠 수가 있어? 돈을 마련하는 대로 난 시카고에 있는 친구들한테 갈 테야. 그때까지 한 이틀 여기 있어도 괜찮겠지?"

난 자넷이 무슨 이야기를 하는지 금방 알아차렸다. 그리고 문득 두려운 생각이 들었다. 바로 그때 전화벨이 울렸다. 게일렌이었다. "혹시, 자넷 못 봤니?" 그가 물었다. "응, 여기 있어. 두 사람이 함께 얘기 좀 나눠야 할 것 같은데."

게일렌이 곧 나타났다. 그와 자넷은 당장 서로를 끌어안고 울면서, 서로 잘하겠노라고 맹세를 했다. 우리 세 사람은 금방 웃음을 되찾고, 나는 조니 캐시의 음악을 틀었다. 떠나기 전 게일렌은 잠깐 문 앞에 멈춰 서서 나를 보며 말했다. "오늘 우리를 도와줘서 고맙다. 그리고 내 결혼식에 와준 것도 고마웠고. 나한테는 의미가 컸어."

이런 진지한 순간에 대해서 난 전혀 준비가 되어 있지 않았다. 그래서 한다는 말이 한심한 농담을 하고 말았다. "아, 뭘 그걸 가지고. 원한다면 형 장례식에도 가줄게."

그건 도대체가 다시 주워 담을 수 없는 말이었다. 두고두고 결코 잊을 수도 없고, 스스로를 용서할 수도 없는 말이었다. 그래도 그땐 우리 둘 다 웃음을 터뜨렸다. 형제들 사이에는 무엇이든 웃어넘길 수 있었다.

게일렌은 몸을 굽혀서 내 뺨에 키스를 했다. "잘 있어라." 그는 돌아서서 계단을 내려갔다.

아직 가을인데도 벌써 겨울이 느껴졌다. 대기가 차가워지고 있었다.

보름 정도 지났을 때였다. 어머니가 또 전화를 했다. "네가 알고 있어야 할 것 같아서…… 세일렌이 오늘 병원에 입원을 했단다. 간단한 수술을 받아야 할 것 같구나."

"어디가 안 좋은 거예요?"

"위 때문이야. 요즘 들어서 더 나빠진 모양이야. 의사가 입원해서 치료를 받으라고 했다는구나."

"위가 어떻길래요? 궤양인가요?"

"구멍이 났다나봐. 나도 그 이상은 모른다."

나는 어느 병원이냐고 물었다.

"오리건 시립병원이야. 하지만 며칠 있다가 가는 게 좋겠다. 면회가 되려면 좀 시간이 걸릴 것 같아."

어머니의 말이 맞는 것 같지는 않았다. 그러나 어머니는 굳이 그렇게 하라고 고집했다. 사실 인정하기는 싫지만 나도 꼭 당장 가고 싶었던 건 아니었다. 나는 병원에 면회하러 가기를 감옥으로 면회 가기보다 더 싫어했다. 둘 다 내게는 무섭고 우울한 곳이었다.

다음에 들은 것은 수술이 며칠 연기되었다는 소식이었다. 게일렌이 차차 나아지고 있어서 의사가 꼭 필요하지 않으면 수술을 하지 않겠다고 했다는 것이다. 상태는 그리 급박하지 않은 듯했고, 그래서 나는 그걸 문병 가지 않는 변명으로 삼았다.

게일렌이 입원한 지 일주일째 되던 날 밤, 어머니가 또다시 전화를 했다. "오늘 오후 늦게 게일렌이 수술을 받았단다. 아직 의식을 회복하지 못했지만, 의사 말로는 괜찮을 거라고 하는구나."

나는 어머니에게 계속 소식을 전해달라고 했다.

그다음 며칠 동안, 좋은 소식이 들려왔다. 게일렌이 하루하루 좋아지고 있다고 했다. 그러는 동안 나는 이 핑계 저 핑계 대면서 문병을 가지 않았다. 곧 퇴원할 텐데, 뭐. 스스로에게 그렇게 변명했다. 그럼 그때나 가봐야지.

프랭크는 나보다 훨씬 책임감 있게 행동했다. 그는 게일렌이 입원해 있는 동안 여러 차례 문병을 다녀왔다. 20년이 지난 후, 그는 내게 그때 일을 이야기해주었다. 게일렌의 상태를 알았더라면, 나도 매일 문병을 갔을 거라고. 나도 그렇게 생각하고 싶다. 하지만 그런 생각은 아무 소용이 없다. 사실 난 단 한 번도 게일렌을 보러 병원에 간 적이 없었다. 그건 게리를 면회하러 가지 않은 것과 같은 심정이었다. 사람들을 죽음으로 이끌기 위해 지어진, 그런 곳에 있는 사람들을 만나러 가는 것이 견딜 수 없이 싫었다.

프랭크가 들려준 게일렌을 면회했던 이야기는 이렇다.

"한번은 게일렌한테 가보니, 게일렌 몸에 튜브가 여러 개 연결이 되어 있었어. 음식도 튜브로 먹고, 약도 튜브를 통해서 넣고, 또 배설물도 튜브로 빼내고 있었지. 그런데 그 다음번에 갔을 땐, 몸에 연결했던 튜브가 말끔히 제거되어 있는 거야. 게일렌이 거추장스럽다고 빼달라고 했대. 그게 죽음을 부른 원인이 되었는지는 잘 모르겠어. 분명한 건 게일렌이 굉장히 민감했다는 거야. 그 애는 사람들이 자기를 제대로 돌봐주지 않는다고 생각하고, 주변에 있는 모든 사람들에게 고함을 질러댔지. 내가 거기 있었을 때, 간호사가 식사를 가지고 왔는데, 그걸 털썩 던져놓고 가는 거야. 물론 게일렌이 병원 사람들을 얼마나 괴롭혔으면 그랬을까 짐작이 되긴

해. 어쨌든 내가 그 간호사한테 가서 따졌지. 글쎄, 그것도 잘한 짓인지, 잘못한 짓인지 지금도 잘 모르겠지만 말이야.

어쨌든, 난 게일렌이 죽으리라고는 한 번도 생각한 적이 없어. 마지막으로 봤을 때, 그는 앉아서 이야기까지 했거든. 그때 젤로(미국의 젤리 브랜드-역자주)를 먹으면서, 몸이 한결 좋아졌다고 말했어. 나도 이렇게 말했지. '그래, 이제 뭐든지 주는 대로 잘 먹고 있어라. 난 내일 또 올게.' 그날 오후 내내, 우리는 스턴트맨 에벨 크니벨의 대담한 용기에 대해서 이야기를 했었는데, 게일렌이 이렇게 대답하더군. '그래, 내일 또 와서 에벨 이야기 좀 더 하자구.' 그는 기분이 아주 좋아 보였지. 그런데 손에 자꾸만 경련이 일어난다는 거야. 그게 좀 걱정이 되긴 했어. 손에 경련이 일어나는 건 심각한 문제일 수도 있거든. 하지만 병원에서 잘 알아서 조치하겠지 하는 생각이 들었어. 그래서 게일렌과 악수를 하고 병원을 나왔어."

새벽 2시였다. 우리 숙소에 있는 한 사람이 내 방문을 두드렸다. 나는 침대에 앉아서 라디오를 들으며 책을 보고 있었다. "어떤 여자한테 전화가 왔는데, 널 바꿔달래." 그가 말했다. "아주 중요한 일이라면서."

나에게는 시도 때도 없이 전화를 하는 친구들이나 여자친구들이 더러 있었다. 워낙 올빼미 같은 생활에 익숙했으니까.

나는 수화기를 들었다.

"마이클, 나, 자넷이야. 게일렌이 죽었어."

"뭐라고요? 정말이에요?"

"지금 막 숨을 거뒀어. 수술대 위에서. 갑자기 응급수술을 받았거든."

난 정신이 아찔했다. 이런 소식은 잠깐 동안의 유예도 허락하지 않는다. 그 말을 듣는 순간 우리는 현실을 받아들이고, 그래도 다음 순간 숨을 쉴 수 있는 길을 찾아야만 한다. 그렇지 않으면 두려움과 고통의 깊은 나락으로 떨어져, 다시는 헤어나지 못한다.

"자넷, 거기 그대로 있어요. 택시를 불러서 당신을 데리러 갈게요." 내가 말했다.

그러자 자넷은 그만두라고 했다. "아니, 여기 있고 싶지 않아. 게일렌의 친구, 존이 이리로 오겠다고 했어. 그 친구가 날 너한테 데려다줄 거야. 어머니께 알리러 가야 하잖아."

나는 수화기를 내려놓고, 내 방으로 갔다. 컨트리 포크 가수인 미키 뉴베리의 노래가 라디오에서 흘러나오고 있었다. 'American Trilogy'라는 제목이었다.

뉴베리는 브랜디에 젖은 듯한 구슬픈 목소리로, 이렇게 노래했다. "쉿, 아가야, 울지 마라. 아빠는 죽게 된단다/그러면 너의 모든 고난은, 이제 곧 끝이 나려니."

그 후, 몇 년이 지난 다음, 엘비스 프레슬리가 같은 곡조로 자신의 대표곡을 만들었다. 엘비스는 미국의 모든 가수나 시인들 중에서 게일렌이 가장 사랑했던 가수였다. 그리고 5년 후—게리가 처형된 지 불과 몇 달 만에—엘비스가 죽었는데, 난 그 후 그 노래를 들을 때마다, 나의 두 형들을 떠올렸다. 그들을 생각할 때마다, 그리고 그들이 저질렀던 그 끔찍한 일들을 생각할 때마다 가슴이 갈기갈기 찢어지는 듯 아팠다.

나는 코트를 입고 현관 앞으로 나가서 자넷을 기다렸다. 그 밤중에 거기 앉아서 나는 몸을 떨었다. 죽음이 아주 가까이 와 있었다. 갑자기 급습해서 한 치의 오차도 없이 큰 낫을 휘둘러서, 나의 형을 가로채 갔다. 그건 나였을 수도 있었다. 누굴 선택하느냐는 죽음이 결정할 문제니까. 불과 몇 분 전 게일렌이 넘어갔을 저편, 그 비존재의 영역은 어떤 곳일지 궁금했다. 나는 주위를 둘러보았다. 거리에는 정적만이 흐르고 있었다. 하늘을 올려다보았다. 어두운 하늘에는 드문드문 희미한 별빛만이 보였다. 그 어둠 속에서 무엇인가 움직이는 것 같았다. 난 그것이 죽음이라고 생각했다. 죽음이 허공을 맴돌면서 나를 주시하는 듯 느껴졌다. 만일 내가, 게일렌을 자넷과 우리 가족에게 되돌려주고 대신 날 데려가라고 부탁하면, 죽음은 그렇게 할 것 같았다. 그러나 난 그 부탁을 하지 못했다. 이윽고 죽음은 맴돌다 가버렸다.

죽은 게 내가 아니라서 다행이다, 그렇게 생각했다. 그러자 한 줄기 차가운 바람이 불어와 내 몸을 감쌌다. 마치 추하고 이기적인 내 마음을 질책하는 것 같았다.

존은 나와 자넷을 태우고, 어머니가 살고 있는 오크 그로브의 이동주택으로 갔다. 새벽 4시였다.

내가 문을 두드렸다. 잠시 후, 불이 켜지더니 어머니가 서둘러 문을 여는 소리가 들렸다. "누구세요?" 어머니가 물었다.

"마이클이에요, 어머니. 자넷도 같이 왔어요."

어머니는 문을 활짝 열었다. 그리고 두 눈을 크게 떴다. "게일렌 때문이구나, 그렇지?" 어머니가 물었다. "그 애가 죽었구나, 그렇지?" 어머니와 자넷은 서로를 부둥켜안고 울었다. 이제 우리 곁을 떠나가 영영 죽음의 세계로 넘어가버린 그 모든 것들을 서러워하면서.

어머니가 프랭크를 깨워서, 게일렌의 죽음을 알렸다. "말도 안 돼! 거짓말이야!" 옆방에서 프랭크가 울부짖는 소리가 들려왔다.

아침 해가 떠오르고 있건만, 우리는 그 이동주택의 작은 거실에 둘러앉아 있었다. 어머니가 프랭크와 나에게 할 일을 지시했다. 오리건 주립교도소에 가서, 게리에게 소식을 전하는 일이었다. 이번에는 아버지가 돌아가셨을 때처럼 해서는 안 된다고 했다. 인정머리 없는 간수들을 통해서 그 소식을 듣게 해서는 안 된다고.

그날 아침 면회실로 게리가 들어섰을 때, 그는 서른 살 먹은 남자치고는 유난히 늙고, 유난히 지쳐 보였다. 그는 놀란 표정을 하고 있었다. 우리가 그렇게 이른 시간에 면회를 온 것에 뭔가 불길한 일이 있다는 걸 눈치챈 것이었다.

"나쁜 소식이 있다, 게리." 프랭크가 말을 꺼냈다.

"엄마는 아니지, 그렇지?" 게리의 얼굴은 벌써 고통으로 일그러졌다.

"아니야, 엄마는 아니야. 하지만 우리 게일렌이 죽었다." 하고 말했다. 게리는 고꾸라지듯 쓰러지며 울음을 터뜨렸다. 그의 눈물을 본 것은 그때가 두 번째였다.

게일렌의 장례식은 며칠 후에 치러졌다. 아버지의 장례식을 치렀던 바로 그 장례식장이었다. 어머니는 게리가 동생의 장례식에 참석하게 하기 위해 두 명의 간수에게 두 배의 임금을 지불했다. 간수들은 우리와 함께 가족석에 앉았다. 우리 가족 바로 뒤에 앉아 있는 그들의 양복 안주머니에는 권총이 들어 있었다.

나는 단상에 올라가서 몇 마디 말을 했다. 그런데 아무리 노력해도, 그 때 무슨 말을 했는지 기억이 나지 않는다. 먼저 떠나간 형제를 언제까지나 사랑할 것이며, 결코 잊지 못할 거라는 그런 이야기였을 것이다.

내가 자리에 돌아와서 앉을 때, 게리가 나를 보고 있었다. 그는 내게 몸을 기울이더니 뺨에 키스를 했다. 그리고 어머니를 팔로 감싸고서 장례식이 끝날 때까지 그렇게 꼭 안고 있었다. 어머니는 내내 그의 어깨에 머리를 기대어, 소리 없이 흐느꼈다.

어젯밤, 나는 꿈을 꾸었다. 나는 가끔씩 형들이 처형당하는 꿈을 꾸곤 하는데, 어제도 그런 꿈이었다.

이번에는 사형선고를 받은 사람이 게일렌이었다. 사형을 받을 리 없는 아주 사소한 죄목이었다. 나는 가족들과 함께 그의 집행유예를 기다리고 있다. 그러나 사형집행 시간이 다가오고 있는데, 아무 소식도 없다. 마침내, 내가 그 일을 집행할 사람으로 지목된다. 가장 큰 애정을 가지고, 가장 편안하게 그 일을 해낼 사람이어야 하는 것이다.

우리는 마당으로 나간다. 해가 뜨고 있다. 나는 라이플을 손에 든다. 누군가 게일렌의 가슴에 표적을 달아준다. 그는 짙은 갈색 눈을 크게 뜨고서 나를 바라보고 있다. 내게 제발 빨리 끝내라고 애원하는 듯하다. 재빨리, 그리고 단번에.

난 못 할 것 같아, 하고 속으로 말한다. 그러나 내가 해야 할 일이라는 걸 알고 있다. 게일렌에게 이보다 더 나은 방법은 없다. 난 형의 가슴을 향해 조심스럽게 총을 겨냥하고 선다. 그 순간 이렇게 겨냥을 한 채 그냥 눈을 감고서 방아쇠를 당길까 하는 생각이 스친다. 그러나 그러다간 실패할 위험이 있다. 그렇게 되면 형만 고통스럽게 될 터이다. 그래, 그래서 사격대라는 게 있는 모양이야, 하고 나는 속으로 생각한다. 누군가 당황해서 표적을 놓치면 안 되니까. 한 사람을 죽음으로 보내는 일, 그건 정말 중대한 일이라는 걸 알겠다.

그러므로 난 게일렌의 심장을 겨냥한다. 신중하게, 그리고 흔들림 없이. 난 속으로 이렇게 말한다. 이 일을 다 끝마치면, 그러니까 내가 방아쇠를 당기는 순간, 나는 이 끔찍한 악몽에서 깰 수 있을 거야. 그래서 나는 방아쇠를 당긴다. 총알이 게일렌의 가슴을 뚫고 들어가는 것이 보인다. 그러나 꿈에서 깨어나기 전에, 나는 그의 가슴이 파열되고 그가 풀썩 먼지를 일으키며 땅에 쓰러지는 걸 본다. 흘러나온 피가 흙먼지를 적시고 있다. 그 순간, 어머니가 늘 프랭크 형에게 되풀이하던 말이 떠오른다. 유타에서 게리가 처형당했을 때의 이야기이다. "그 놈들이 네 동생 심장을 쏴서, 그 땅에 피를 쏟아냈구나."

PART 5

피의 역사

게리 길모어. 유타 주 프로보, 1949년경

피는 우리의 유일하고도 영원한 역사이다.

그것은 개정을 허용하지 않는 역사이다.

해리 크루즈, 《아버지, 아들, 그리고 피》

스스로를 무고하다고 간주하지 않는 죄악은,

이 세상에 존재하지 않는다.

괴테

꿈을 꾸었다. 사랑이 죄가 되는 꿈이었다.

O. V. 라이트, 《여덟 남자와 네 여자》

1

전환점

게일렌이 죽은 후, 게리는 달라졌다. 그는 마지막으로 화해할 기회도 갖지 못한 채 가족을 둘 잃었다. 그리고 이젠 절실하게 자유를 원했다. 게리와 나는 편지를 자주 주고받기 시작했다. 그는 편지를 통해, 나에 대해 관심을 보였다. 내가 뭘 하면서 지내는지, 친구들은 어떤 사람들인지, 그런 것들을 알고 싶어 했다. 그는 내게 형 노릇을 하려고 노력했다.

교도소의 감독관들도 게리의 변화를 알아차렸다. 게일렌이 죽고 몇 달이 지난 어느 날, 교도소장은 게리에게 간수의 감독하에 집에 다녀와도 좋다고 허락했다. 무장한 간수 하나가 세일럼의 감옥에서부터 오크 그로

오리건 주립형무소의 게리 길모어. 오리건 주 세일럼, 1972년경

브에 있는 어머니의 이동주택까지 그를 데려다주었다. 게리와 어머니, 프랭크 형과 나, 네 사람은 오후 내내 함께 둘러앉아서 다과를 먹으며 옛이야기를 나누고, 미래도 설계하면서 시간을 보냈다. 내가 기타를 가져왔고, 게리와 내가 기타를 치면서 함께 조니 캐시의 노래를 불렀다. 누가 더 음치인지 가리기 어려울 정도였지만, 그게 무슨 상관이랴. 그러고 나서 게리와 나는 음악 이야기를 나눴다. 우리는 공통적으로 좋아하는 음악이 많았다. 우리 둘 다 듀크 엘링턴, 행크 윌리엄스, 찰리 파커, 마일스 데이비스, 리틀 리처드, 척 베리를 좋아했다. 우리에게 이런 공통점이 있다는 게 반

가웠다. 우리가 이야기를 나누는 동안, 무장한 간수는 가까운 곳에 있는 안락의자에 앉아 잡지를 읽고 있었다. 게리에게 조용히 시선을 둔 채.

우리는 나중에 교도소로부터, 그날 게리의 태도에 교도소장 이하 많은 사람들이 감명을 받았다는 말을 들었다. 그들은 게리가 이젠 조용히 안정을 찾아서, 보다 의미 있고 생산적인 삶을 살기 위해 자유를 갈구하는 거라고 생각을 했다. 최근 그는 교도소 내 화랑에서 작업을 시작했는데, 교도소장과 몇몇 간수들이 그의 작품을 매우 마음에 들어해서, 몇 점 사기까지 했다. 교도소장은 또한 게리에게 미술전에 참가해보라고 권유하기도 했다. 그리하여 1972년 가을, 그가 1등상을 수상한 이후로 교도소 측은 게리가 유진에 있는 한 대학에서 그림을 공부하는 것을 허락했다. 그건 정말 소중한 기회였다. 게리가 수강기간 동안에 성실히 잘 했더라면—수업에 출석하고, 좋은 학점을 받고, 학교와 주중에 묵는 임시숙소에서 규율을 잘 지켰더라면, 그리고 지도교수의 허락 없이 유진 지역을 떠나지 않았더라면—그는 그 좋은 기회를 잡아서, 학교를 마칠 무렵엔 조기석방이라는 특별대우를 받고, 어쩌면 포틀랜드 지역의 미술상이나 광고회사에 취직도 했을지 모른다. 다시 말해서 게리가 그 기회를 제대로 활용했다면, 그는 감옥에서 나와 마음에 드는 일을 하면서 새로운 인생을 시작할 수 있었다. 우리 모두 그 기회가 그의 인생의 전환점이 될 거라고 생각했다.

한편 게리에게는 나름대로의 계획이 있었다.

오리건 주립교도소 안에서 게리가 사귄 친구 중에 한 젊은이가 있었다.

나는 그를 배리 블랙이라고 부르겠다. 교도소의 다른 친구들은 배리가 게리의 숨겨진 애인이었다고 말했지만, 게리는 자신이 감옥생활을 하면서 동성애를 한 적이 없고, 동성 애인이 있었던 적도 없다고 한사코 부인했다. 하지만 어느 정도로 깊은 사이였는지는 몰라도, 게리가 배리 블랙을 좋아했다는 건 거의 틀림이 없다. 배리는 게리가 도움이 필요할 때면 가장 먼저 찾았던 친구였다.—프랭크와 내가 게리에게 게일렌의 죽음을 알렸을 때, 게리를 위로해준 사람도 배리였다.—그리고 게리는 그 우정을 감옥 밖에서도 나눌 수 있다고 생각했던 게 분명하다. 배리가 치과수술을 받기 위해 포틀랜드의 웨스트 힐스에 있는 오리건 치과대학에 다녀올 일이 생겼는데, 그걸 알게 된 게리는 배리에게 자기가 미술학교에 가는 날짜와 맞추자고 했다. 그러면 자기가 치과대학으로 그를 만나러 가겠다는 것이었다. 게리는 두 사람만을 위한 계획을 짰다.

늦가을 어느 이른 아침, 교도소 간수가 모는 자동차를 타고 게리는 유진에 있는 임시숙소로 왔다. 며칠 묵게 될 곳이었다. 간수는 게리를 풀어주었다. 간수는 게리에게 옷 한 벌과 일주일 동안 학교에서 쓸 용돈을 주었다. 그는 게리에게 이틀 동안 학교에 등록도 하고, 캠퍼스를 익히면서 필요한 책과 화구들을 사라고 했다. 그러면서 초저녁까지는 반드시 숙소로 돌아오라고 했다. 저녁시간 이후에는 허용된 야간 강좌를 듣는 경우에만 숙소를 나설 수 있었다.

"자, 이젠 자네 스스로 생활하는 거야, 게리." 간수가 말했다. "허튼 짓은 하지 말게. 우리는 자네를 믿겠어."

게리는 간수에게 걱정 말라면서 손을 흔들었다.

게리는 걸어서 캠퍼스로 갔다. 강당에서 등록을 받고 있었다. 그는 서류를 꺼내서 작성하기 시작했다. 그가 나중에 한 말인데, 그는 주위에 늘어선 많은 사람들 때문에 겁이 났다고 했다. 학생들은 모두 젊고, 자신만만하고, 멋지고, 옷도 잘 차려입고 있었다. 그는 초조함과 불안함을 느꼈다. 그는 잠시 걷다가 술집을 발견하고 들어갔다. 거기서 술을 몇 잔 마셨다. 그는 학교에 등록하는 건 다음 날 해도 될 테니, 그날은 좀 편히 쉬어야겠다고 생각했다. 그는 고속도로로 가는 길을 찾아 나가서, 지나가는 차를 얻어 타고, 수백 마일 떨어진 오크 그로브의 어머니 집으로 갔다. 이런 행동이 규칙을 어기는 짓이라는 것을 잘 알고 있었다. 하지만 그는 초저녁까지는 숙소로 돌아갈 수 있다고 자신했다.

게리는 어머니와 만나서 어머니가 일하러 가기 전까지, 한두 시간 함께 있었다. 어머니는 그를 보고 무척이나 반가워했다. 그날 정오 무렵, 포틀랜드 주립대학 근처, 내가 묵고 있던 집에 그가 나타났다. 나는 그때 마음을 다잡고 학교생활에 열중해 있던 터라, 막 수업에 들어가려는 참이었다. 그러나 약간 불안한 웃음을 띠면서 눈앞에 나타난 게리를 보자, 수업에 들어갈 수가 없었다. 방으로 들어가서, 우리는 잠시 이야기를 나눴다. 나는 대학에 강의를 신청했느냐고 물어보았다. 그는 학교에 갔는데, 젊은 애들 틈에 둘러싸여 있으니 정신을 차릴 수가 없더라는 이야기를 했다. 그리고 그는 그저 어머니와 나, 그리고 친구 한두 명만 만나보고 갈 거라고, 그래도 괜찮을 거라고 했다. "저녁까지는 돌아갈 거야." 그가 말했다. "등록은 내일 해도 아무 문제 없어."

그런데 다음 날 오후, 게리가 다시 나타났다. 어제와 같은 옷을 입고 있었다. 그의 눈은 빨갛게 충혈되어 있었다. 유진으로 돌아가지 못한 게 분명했다. 그렇다면 공부할 기회를 잃을 뿐만 아니라, 형기가 연장될 수도 있었다.

"게리 형, 도대체 여기서 뭐 하고 있는 거야?"

그는 대답을 피하며 말했다. "어디 가서 점심이나 먹자. 괜찮은 데 있니?" 나는 구정물을 뒤집어쓴 기분이었다. 그는 중요한 기회를 함부로 차버리고 있었다. 게다가 태도 또한 뻔뻔스러웠다. 그러나 이럴 때 그를 어떻게 대해야 할지 알 수가 없었다. 나는 재킷을 가지러 갔다. 돌아와보니, 그는 전화를 하고 있었다. 그리고 내게 주소를 물었다.

"왜?"

"택시를 부르려고." 나는 우리가 가려는 레스토랑은 걸어서 갈 만한 거리에 있다고 설명했다. 그러나 그는 남의 눈에 띄고 싶지 않다고 말했다. 그 말이 귀에 거슬렸다. 우리가 간 곳은 가슴을 드러낸 웨이트리스들이 있는 술집이었다. 게리는 그런 곳이 마음 편하다고 했다. 그는 무대 위에서 춤추는 여자를 황홀한 눈으로 바라보았다.

"어떻게 된 일인지 이야기 좀 해봐." 나는 그의 황홀경을 깨뜨리려고 애쓰며 물었다. "학교에 가지 않았지?"

그는 한참 동안을 우리 둘 사이에 놓인 탁자만 물끄러미 바라볼 뿐, 대답이 없었다. 이윽고 그가 입을 열었다. 느릿느릿 촌스러운 어조로 그는 이렇게 말했다. "난 학교하고는 맞지 않아. 내가 모르는 건, 학교에서도 가르쳐줄 수가 없어. 게다가 그보다 더 중요한 일이 있어." 그는 내 쪽으로 몸을 기울이더니, 나를 뚫어지게 바라보면서 말했다. "거기 같이 있는 친구 하나가 다음 주에 여기에 있는 치과대학으로 호송될 거야. 간수 두 명이 따라붙을 텐데, 그 친구를 꼭 만나고 싶어. 권총 한 자루가 필요해. 나 좀 도와줄래?"

겁이 났다. 나는 내가 전혀 원하지 않는 곳으로 끌려가고 있었다. 그곳은 총이 있는 세계였다. 그 세계에 대해서 난 아무것도 아는 바가 없었다. 총을 구하는 방법도, 총을 사용하는 방법도, 아무것도 몰랐다. 또 알고 싶지도 않았다. 하지만 솔직하게 말을 하는 대신에, 잘못하다간 총에 맞거나, 아니면 사람을 다치게 해서 감옥에서 더 오랫동안 썩게 될지도 모른다고 충고 비슷한 이야기를 했다.

"이봐." 그가 말을 막았다. "네가 공범 따위는 하고 싶지 않으면, 그만둬. 널 끌어들이려는 건 아니니까."

"그런 게 아니라구. 그런 일에 관련되는 거라면 뭐든 하고 싶지 않아서 그래. 어찌 되건, 그건 형 인생만 망치는 거야."

게리는 눈살을 찌푸리며 대답했다. "그래, 이건 품위에 관한 문제로군." 나는 먼 데를 바라보며 고개를 저었다. 그는 한참 동안 성냥갑만 만지작거리며, 아무 표정 없이 나를 빤히 쳐다보았다. "나 같으면, 내 형제를 위해서라면 부탁을 들어줬을 거야." 그는 이렇게 말하고, 그만 일어나자는 태도를 취했다. 이번에도 그는 택시를 타자고 했다. 그러나 나와 함께 내리지는 않았다. 내가 택시에서 내릴 때, 그는 미소를 지으며 내 머리칼을 장난스럽게 흐트러뜨렸다. 내가 뭐라고 입을 열려는 순간, 그가 나를 막았다. "그래, 됐어." 그러나 그의 두 눈에는 깊은 상처가 보였다. 택시에서 내리자, 난 부끄러웠다. 내가 늘 사랑과 인정을 받고 싶었던 사람을 저버린 것 같은, 그런 심정이었다. 또 한편으로는 두려웠다. 게리가 총을 구해서 친구를 탈옥시키려는 게 뻔했다. 그 과정에서 총격전이 벌어진다 해도, 그는 밀고 나갈 것이다. 그가 살아남으리라는 보장은 없다. 그러나 게리가 죽지 않는다 해도, 나는 그의 손에 총을 쥐어주는 역할을 하고 싶지 않았다. 그 결과 무슨 일이 일어난다면, 난 그 죄책감에서 벗어나지 못할 것이다.

이 일은 게리가 나를 매우 난처하게 만들었던 첫 번째 사건이다. 난 그의 계획이 무엇인지 알고 있었다. 그는 치과대학에서 그 친구를 탈옥시킬 날짜와 시간을 내게 말했다. 일이 벌어지는 날, 누구든 죽는 사람이 생길 것이다. 난 게리를 경찰에 신고할까도 생각해보았다. 그리고 만일 그날 죽는 사람이 게리라면, 내 기분이 어떨지 생각해보았다. 결국 난 그를 신고하지 못할 것이다. 그가 죽는 것도 원치 않았다. 내가 원하는 것이 무엇인지 깨닫는 순간, 나는 그가 저지를지도 모를 어떤 살인행위에 나 자신이 벌써 도의적으로 연루되어 있다는 느낌이 들었다. 그는 거리에 내놓지 못할 위험한 존재였다.

난 내가 이런 것들을 알고 있다는 사실이 혐오스러웠다. 이런 선택을 하면서 살아가야 하는 현실이 혐오스러웠고, 그가 죽일지 모르는 사람들보다 그를 더 사랑한다는 사실이 혐오스러웠다.

한 달이 조금 못 되는 게리의 도주기간 동안, 게리를 볼 기회가 두 번 더 있었다. 여자친구가 내 집에 놀러 온 날 밤이었는데 그가 불쑥 찾아와서 두 시간 정도 머물다 갔다. 조니 캐시 음악이 듣고 싶다고 했다. 그날은 차림새도 말쑥했고, 아주 건전해 보였다. 내 여자친구에게 농담도 했다. "내 동생한테 잘합니까? 내 막냇동생인데, 아무래도 내가 잘 감시해야겠군요."

둘이 있을 때, 나는 그의 계획을 포기시키려고 해봤다. "그 계획은 바뀌었다고 볼 수 있지." 그가 말했다. "넌 그 일에 대해서 신경 쓰지 마라. 조금 알수록 좋아."

한번은 수업을 마치고 나오는데, 게리가 밖에서 나를 기다리고 있었다. 그는 차를 한 대 빌려놓고, 친구들 만나는 자리에 날 데려가고 싶다고 했다. 차를 몰고 가면서 게리는 계속 맥주를 마셨다. 하지만 다정하게 이런 저런 이야기를 했다. 그의 친구들은 포틀랜드 동부에 있는 고급주택에 살고 있었다. 나중에 알았지만 그들은 포틀랜드에서 가장 큰 포르노 회사와 안마시술소를 운영하는 사람들이었다. 그들은 옷도 잘 차려입고, 태도도 점잖았다. 그리고 집도 아주 좋았다. 그들은 식탁에 둘러앉아서 요란한 내용의 커다란 흑백사진을 펼쳐놓고 있었다. 그들은 사진 배열을 어떻게 해야 좋을지 의논하고 있었다. 게리와 나는 방 한쪽에 있었다. 그는 내게 자기가 아끼는 스케치며 그림 들을 보여주었다. 발레를 하는 무용수부터 상처 입은 권투선수, 처참한 죽음의 장면에 이르기까지, 온갖 사물에 대한 예리한 시선을 담아낸 그림이 꽤 많았다. 하지만 대부분은 어린이를 그린 그림이었다. 아이들은 감히 침해할 수 없는 순수함이 담긴 둥근 얼굴에 당황한 표정을 짓고 있었다.

그는 자기 집은 아니지만 그 화려한 집 안팎을 구경시켜주겠다면서 나를 데리고 일어났다. 실내 수영장을 보여주면서, 게리는 느닷없이 품에서 권총을 꺼내서 내 손에 쥐어주었다. "너, 이런 거 사용할 수 있겠니?" 그가 물었다. 고개를 약간 삐딱하게 젖히면서 말하는 품이 꼭 게리 쿠퍼 같았다.

그가 날 테스트하고 있다고 생각했다. 그리고 그런 식으로 테스트 받는 게 싫었다. 난생처음 총을 손에 쥐어보니, 너무 어색하고 스스로 나약하게 느껴졌다. 나는 총구를 수영장 쪽으로 향하도록 하고, 손가락이 방아쇠에 가까이 가지 않도록 들고 서 있었다. "꼭 총을 써야 할 상황이라면 쓰겠지. 하지만 형이 말하는 상황이 선택의 문제가 아니라 생존이 걸린 상황이길 바랄 뿐이야." 그는 총을 되받아서 양복 주머니에 넣었다. 그리고 내게 말했다. "자, 가자. 집까지 데려다줄게."

내 아파트까지 오는 동안 우리는 아무 말도 하지 않았다. 형은 화가 난 것 같았지만 그 이유가 뭔지 확실히 알 수 없었다. 앞에 가는 차가 너무 늦게 간다고 생각했는지, 게리는 경적을 울려대기 시작했다. 그 차는 속도를 더 늦추었다. "이 개자식." 게리는 차를 갑자기 왼쪽으로 꺾어 중앙선을 넘어 왼쪽 차도로 달렸다. 정면으로 차들이 마주 오고 있었다. 앞에 오던 차가 경적을 올리며 급브레이크를 밟았다. 아슬아슬한 순간, 게리는 앞에서 오는 차를 가까스로 피해서 인도 쪽에 차를 세웠다.

우리는 서로 마주 보았다. 둘 다 놀라서 두 눈을 크게 뜨고, 입은 딱 벌어졌다. "형 때문에 우리 둘 다 죽을 뻔했잖아!" 내가 소리쳤다. 그는 운전대에 이마를 대고서, 깊은 숨을 쉬고 있었다. "때로는 말이야." 하고 그가 말했다. "그런 가능성을 맞이하는 자세로 살아야 할 때도 있어."

그로부터 며칠 뒤, 뉴스를 보던 나는 게리가 무장강도죄로 체포되었다는 걸 알았다. 그는 포틀랜드 남동부에 있는 한 주유소에서 권총을 꺼내 종업원의 머리에 들이대고 말했다. 위스키를 잔뜩 마시고 마약을 한 상태였다. "돈 있는 대로 다 가지고 와. 그렇지 않으면 네 머리통을 날려버릴 테다." 주유소에서 얼마 떨어지지 않은 곳에서 그는 검거되었고, 순순히 잡혀 들어갔다.

난 그제야 한시름 놓았다. 아무도 죽지 않고 끝났구나. 안도감과 동시에 분노가 치밀었고, 이내 슬퍼졌다. 게리는 자신의 인생을 내던져버린 것이다. 나는 멀트노마 교도소로 그를 보러 가려고 했으나, 이번에는 면회가 허락되지 않았다. 이틀 뒤, 어머니에게 전화가 왔다. 게리가 감방에서 피에 흠뻑 젖은 침대 위에 누운 채로 발견되었다고 했다. 그는 오른쪽 손목을 긋고, 자기 배를 수없이 찔러댔다고 한다. 게리는 자기 친구를 탈옥시키려고 했던 바로 그 병원의 응급실에 누워 있었다.

맙소사, 제길, 끝도 없이 이어지는구나, 하는 생각이 스쳐갔다.

게리의 강도죄에 대한 재판은, 1973년 2월 12일 멀트노마에서 열렸다. 나는 어머니와 함께 그곳으로 갔다.

게리는 수갑을 찬 채 재판정에 들어섰다. 그는 법정에서 할 말이 있다고 했고, 판사는 피고의 발언을 허락했다.

"제가 이런 말을 하는 걸 양해해주셨으면 합니다." 게리가 말했다. "저는 남 앞에서 말을 잘 못하거든요."

"괜찮아요, 길모어 씨." 판사가 말했다.

게리는 계속했다. "여러분은 이미 보고서를 보고, 제게 어떤 형벌을 내릴지 결정했을 겁니다. 하지만 부디 관용을 베풀어달라고 특별히 호소하고 싶습니다. 전 이미 오랜 시간을 감옥에서 보낸 사람입니다. 그리고 그건 제게 더 이상 도움이 되지 않는다고 생각합니다. 더 자세히 말씀드리면, 저는 지난 9년 6개월 동안 줄곧 감옥에 갇혀 있었습니다. 그리고 제 나이 열네 살 이후로 자유로웠던 시간은 불과 2년 6개월뿐이었습니다. 제 형량은 그동안 계속 늘어만 갔습니다. 소년원에 있을 때, 단 한 번 집행유예를 받은 것 말고는 가석방을 받은 적도 없었습니다. 저는 법의 구속에서 한시도 벗어날 틈이 없었습니다. 그래서 이제 정의란 가혹하다는 것을 알게 되었고, 지금까지 한 번도 짧은 휴가조차 요청한 적이 없습니다. 전 교도소에서 복역해야 할 형기가 아직 남아 있습니다.

존경하는 재판장님, 한 인간을 오랫동안 감옥에 가둘 수도 있지만, 그만하면 충분한 경우도 있습니다. 제가 하고 싶은 말은, 갇혀 있는 사람을 풀어주거나, 잠시라도 휴가를 주기에 적당한 때가 있다는 겁니다. 물론 그때가 언제인지 누가 결정하는가가 문제이지요. 그건 본인만이 느낄 수 있습니다. 저는 몇 번인가 만일 지금 휴가를 다녀온다면, 다시는 문제를 일으키지 않을 거라고 느꼈던 때가 있었습니다. 지난 9월, 저는 유진에 있는 래인 커뮤니티 대학에 다니면서 미술 공부를 할 수 있는 기회를 얻었습니다. 저도 무척 바라던 바였습니다. 하지만 9년 동안을 우리에 갇혀 지내다가 하루아침에 갑자기 자유를 만나자, 저는 정신을 차릴 수가 없었습니다. 세상은 많이 바뀌었고, 모든 게 달라졌는데 저는 아무런 준비가 되어 있지 않았습니다. 대학에 가서 등록을 기다리고 있는 동안, 저는 술을 마셨습니다. 취할 정도는 아니었고, 두 잔 정도 마셨습니다. 지금 생각하면 어리석기 짝이 없었지만, 전 술 냄새를 풍기면서 숙소로 돌아가는 것이 두려웠습니다. 당장 감방으로 돌려보낼 것만 같았으니까요. 또 솔직히 말하면, 술을 더 마시고 싶은 생각도 있었던 것 같습니다. 술이 정말 맛있었으니까요.

어쨌든 저는 갈등하다가 포틀랜드로 갔습니다. 교도소로 되돌아가게 될 것이 두려웠던 겁니다. 앞에서 말한 것처럼, 래인 대학에서 정말 열심히 할 생각이었습니다. 저는 그림을 공부하고 싶었고, 그래서 거길 갔던 겁니다. 그곳을 나올 때는 다시 돌아갈 생각이었습니다. 하지만 그러지 않았죠. 저는 오랫동안 갇혀 있었고, 자유는 달콤했으니까요. 바깥세상은 정말 아름다웠습니다. 하지만 곧 돈이 떨어졌지요. 이틀 동안 일자리를 구해보려고 했지만 찾을 수가 없었습니다. 저는 일을 해본 경험이 없었거든요. 자유로운 몸이라면 돈이 없어도 며칠쯤이야 어떻게 견디겠지만, 도망 다니는 신세로는 어려운 일이었지요. 저는 돈이 좀 필요했습니다. 멀리 떠나고 싶었고, 이름을 바꾸고 취직도 하고 싶었습니다. 전 그저 살고 싶을 뿐입니다. 그래서 돈이 필요해서 강도짓을 저지른 것입니다. 그런 짓을 할 때, 전 누굴 해치겠다는 생각은 없었습니다. 그건 진실입니다.

저는 오랜 세월을 감옥에서 썩었습니다. 제 인생에서 많은 시간을, 적어도 반 이상을 허비했습니다. 어쩌면 인생의 황금기라고 할 수 있는 시간들이었지요. 저는 아주 잠깐 자유를 맛보았습니다. 사실 그 전까지만 해도, 지금은 이렇게 갈구하는 자유를 거의 잊고 지내다시피 했습니다. 제가 그동안 어리석고 한심한 짓을 많이 저지르기는 했지만, 전 그렇게 아둔한 사람은 아닙니다. 저는 자유를 갖기 원하고, 그것을 가질 수 있는 유일한 방법은 법을 어기지 않는 것이라는 걸 절실히 깨닫고 있습니다. 그 어느 때보다도 지금 더 잘 느끼고 있습니다. 만일 제게 집행유예를 선고해주신다 하더라도, 저를 당장 풀어주시는 게 아닙니다. 제겐 아직 형기가 남아 있습니다. 반대로 제게 추가 형량을 선고할 수도 있을 겁니다. 그러나 말씀드린 것처럼, 저는 열네 살 이후로는 2년밖에 자유로운 시간을 갖지 못했기 때문에 지금 많은 문제를 안고 있습니다. 제게 형량을 추가로 선고하신다면, 저는 더 큰 문제를 안게 될 것입니다. 이상입니다."

판사는 잠시 조용히 앉아 있었다. 그리고 게리에게 이렇게 대답했다. 게리가 자신이 지나온 인생과 사례에 대해서 조리 있게 잘 이야기했노라면서, 그는 깊이 감명을 받았다고 했다. 그러나 게리가 저지른 무장강도죄는 무거운 죄이고, 그것도 처음이 아니었다. 총끝으로 다른 사람의 권리를 침해한 그 죄의 무게를 생각하건대 판사는 추가 형량을 선고하는 것 외에 다른 선택의 여지가 없다고 했다. 결국 탈옥죄와 강도죄에 대해서 게리에게는 9년의 형량이 추가로 선고되었다. 그러나 판사는 만일 게리가 그 이전에라도 성실한 태도를 보여준다면, 더 일찍 가석방을 허용할 수도 있다고 약속했다.

"존경하는 재판장님." 하고 게리가 말했다. "저의 가석방 출정이 이번 달에 있습니다. 가석방위원회에서 제게 가석방을 허용할까요?"

판사는 씁쓸한 미소를 지었다. 그의 말 속에 약간의 장난기가 있다는 걸 알아챘던 것이다. "그럴 것 같지는 않군요, 길모어 씨. 가석방위원회에 참석해본 적이 있다면, 그렇게 빨리 가석방을 기대하지는 않을 겁니다. 과거의 경험에 비추어서 말입니다. 자, 됐습니다. 이것으로 재판을 마칩니다."

재판이 끝나자, 게리는 잠깐 가족과 이야기할 시간을 달라고 했다. 어머니는 고통스럽게 몸을 떨면서 울고 있었다. 게리가 다가가서 어머니의 뺨에 키스를 했다. "걱정하지 마세요." 그가 어머니에게 말했다. "내가 이미 날 망가뜨려놨기 때문에, 누구도 더 이상 날 망가뜨릴 수 없을 거예요."

그는 내게 돌아섰다. 우리는 수갑을 사이에 두고 손을 잡았다. 게리는 내 머리를 헝클어뜨리면서 말했다. "네가 옳았어. 이제 내 부탁 하나 들어줄래? 너 살 좀 쪄라, 알겠니? 이 말라깽이야."

그다음으로 내가 게리를 본 것은, 그가 처형되기 엿새 전이었다.

이런 일들이 진행되는 동안에, 우리 모두가 모르고 있었던 일이 있었다. 그것은 바로 게리가 그의 절친한 친구 배리 블랙에게 배신을 당했다는 사실이다. 배리는 간수들이 자기를 데리고 갈 치과대학으로 게리가 권총을 가지고 올 계획이라는 걸 알고 있었다. 그러나 그는 그러다가 행여 자신이 죽게 되지나 않을까, 아니면 탈출하다 잡혀서 형량만 더 길어지는 건 아닐까 걱정이 되었다. 배리는 교도소장을 찾아가서 일종의 거래를 했다. 그는 게리가 무슨 짓을 계획하고 있는지 소장에게 이야기하고, 지금 아마 포틀랜드에서 누구누구와 함께 있을 거라는 이야기까지 했다. 그 대가로 소장은 배리의 신변을 보장하고, 가석방위원회에서 자료를 검토할 때, 이런 내용을 충분히 고려하겠다고 약속했다.

게리는 감옥으로 돌아와, 자기가 배신의 상처로 무척 분노하고 있다는 소문을 퍼뜨렸다. 배리는 게리가 접근하지 못하도록 교도소 뜰에 따로 마련된 별관에서 보호받고 있었다. 게리는 밖에 나가면 이렇게 소리치곤 했다. "배리 블랙은 배신자다!" 그렇게 한참 동안 소리를 지르면, 간수들이 게리를 끌어다 감방에 넣었다. 배리는 신변보호를 위해 독방으로 갔다. 게리도 독방으로 가기 위해, 툭하면 아무한테나 싸움을 걸었다. 교도소장은 이런 낌새를 알아채고, 배리 블랙을 다른 감옥으로 이송해버렸다. 게리가 그 친구를 만나는 날에는 당장 그를 죽여버릴 것이라는 건 누가 봐도 의심의 여지가 없었다.

세월이 몇 년 흘렀다. 그동안 내가 게리에게 편지를 쓴 건 두 번뿐이었다. 게리도 답장을 보냈지만, 거기에는 냉소와 조소가 담겨 있었다. 그날 가슴을 드러낸 여급들이 있는 술집에서 내가 보였던 반감 때문에 그가 아직 나를 용서하지 않은 거라고 난 생각했다. 하지만 난 나름대로 화가 났다. 우선 게리의 부탁은 부당한 것이었다. 그리고 그는 인생을 새롭게 출발할 수 있는 가장 좋은 기회를 바보처럼 망쳐버렸다. 그러나 내가 가지고 있었던 감정은 단순한 분노가 아니었다. 난 형이 두려웠다. 그가 마치 움직이는 시한폭탄처럼 느껴졌다.

난 예전처럼 면회 가지 않는 노선을 선택했고, 우리는 둘 다 오랜 침묵을 사이에 두고 각자의 세계에서 표류하고 있었다. 상대방의 관점을 진지하게 고민하고 받아들이기에는, 우리 둘 다 자존심이 너무 강했다. 머지않아 게리는 방문객 명단에서 내 이름을 빼버렸다. 난 섭섭하지 않았다. 부끄럽지도 않았다. 오히려 난 해방감을 느꼈다.

그러는 동안에도 프랭크는 계속 게리를 면회하러 다녔다. 얼마 전 프랭크가 내게 편지를 보냈는데, 당시 그가 게리를 면회했던 내용이 담겨 있었다.

내가 면회를 가기 시작한 건, 게리에게 편지를 한 통 받고 나서였어. 게리는 가족들이 자기를 잊어버렸다는 생각에 고통과 증오심으로 가득 차 있었지. 11층 건물에서 금방이라도 뛰어내릴 사람처럼 그렇게 편지에 쓰고 있었어.

처음 면회 갔을 때, 너무나 변한 게리를 보고 정말 깜짝 놀랐단다. 내 기억에는 게리가 그렇게까지 거칠게 굴었던 적은 없었던 것 같아. 처음에는 간수들에 대해 이야기를 나누었지. 게리는 간수들은 모두 쓰레기라는 거야. 항상 자기와 자기 친구들을 못살게 군다고 하면서 말이지.

내가 이렇게 물었지. "근데, 게리, 간수들이 너한테 점잖게 대해주니?"

"이봐, 형, 그 사람들은 우리를 인간 취급도 안 해. 간수들이라면 모두 다 구역질이 난다구. 그건 형도 알잖아?"

"아냐, 게리. 뭐, 더러 밥맛없는 간수들도 있지만, 그건 죄수들도 마찬가지잖아."

"무슨 소리야. 형이 틀렸다구. 간수들은 죄다 구역질 나는 인간들이야. 왜 이래, 형도 감옥에 있어봤잖아. 형도 프로잖아."

"아니야, 난 프로는커녕 아마추어도 못 되는걸."

나는 화제를 좀 돌려보려고 했어. "게리, 네가 여기 이렇게 있는 건 정말 싫다. 네가 나올 수 있는 방법이 있으면, 뭐든 힘닿는 데까지 해볼게. 그런데 너, 이런 데 있는 거 이번이 마지막이라고 생각하고 있는 거지? 여기 또 들어올 생각은 아니겠지?"

"이런, 제길. 프랭크 형, 뭔 거지 같은 소릴 하는 거야? 형이든 다른 누구든,

내가 여기서 어떻게 지내는지 절대로 이해할 수 없어. 이래저래 당하고만 살고 있는데, 형 같은 사람들이 와서 나한테 이것저것 물어보고 그 알량한 생각을 충고랍시고 하는 꼴을 보면 정말 역겹다구. 아무 짝에도 쓸모도 없고 소용도 없는 걸 충고라고 내뱉는 거야. 여기서 7, 8년 썩어봐. 도대체 그게 어떤 건지나 알아, 제기랄. 자, 말씀해보시지. 어? 말해봐, 말해보라니까!"

"알았다, 게리. 미안하다. 그럼 우리 둘 다 아는 이야기를 하자. 우리 집에 대해서 뭐 기억나는 거 없어? 그런 이야기나 하자."

"엿 같은 소리 하지 마, 프랭크 형. 기억나는 거야 있지. 아주 좋은 음식과 그 지긋지긋한 아버지 말이야. 어찌 보면 아버지를 훌륭한 사람이라고 할 수도 있겠지. 하지만 나한테 아버지는 형이나 마찬가지로 형편없는 인간이었어. 그래도 형보다는 좀 나았지만 말이야. 그 생지옥을 말로 다할 순 없지.

이봐, 형, 그래, 까놓고 말할게. 형은 형편없는 인간이야. 솔직해보라구. 그게 바로 프랭크라는 작자야. 그렇다고 해서, 형이 다른 가족들보다 못하다는 얘기는 아니야. 적어도 형은 내가 아직 살아 있다는 걸 잊지 않았잖아. 다른 가족들은—그런 작자들을 가족이라고 불러도 된다면 말이지.—나한테 생기는 일들을 기억하지도 못하잖아. 이렇게 완전히 형편없는 인간들 틈에 끼어 있는 형제치고는, 형은 그래도 평균 수준은 넘지. 그렇다고 해서 내가 형을 정말 좋아하는 건 아니야. 그런데, 어때, 내가 한 말이 마음에 걸리지?"

"그래, 맞아. 게리, 네 말이 맞다."

게리는 몸을 돌리더니, 면회실 저쪽에 앉아 있던 한 죄수를 가리키며, 이렇게 말했어. "저기 있는 저 녀석, 우디 앨런같이 생기지 않았어? 저놈, 정말 개자식이야. 우리보고 죄다 짐승 같다는 거야. 간수들은 다 자기 친구들이라나? 저 자식은 여기서 나가기 전에, 언제 한번 혼구멍 좀 날 거야."

그러더니 게리는 어떤 간수에게 손가락질을 하면서, 있는 대로 큰 소리를 지르며 이렇게 말했어. "저 녀석 보이지? 저 자식은 자기 여동생을 따먹었대. 그 말은 나도 믿지."

그 간수가 우리 쪽으로 와서 이러더군. "그따위 소리, 한 번만 더 해봐, 길모어. 그때는 면회금지야."

게리는 웃기만 했어. "저 녀석은 날 통 좋아하지 않아."

내가 면회를 갈 때마다, 게리는 한 번이라도 아버지에 대한 증오심과 아버지한테 맞은 매에 대해서 이야기를 꺼내지 않은 적이 없었어. 이런 말을 하면서 말이야. "그 노인네가 무엇 때문에 나를 그렇게 때렸는지는 잘 기억이 나지 않아. 그 매가 내게 준 교훈이라고는, 아버지를 증오하는 것뿐이야."

그렇게 게리를 두고 떠나올 때면, 몹시 괴로웠지. 그건 그 애가 짐작하는 것보다 훨씬 고통스러운 일이었어. 아마 그 심정은 아무도 이해하지 못할 거야. 게리가 내게 뭐라고 하든, 또 무슨 욕설을 내뱉든, 난 정말 개의치 않았어. 차라리 감정을 내게 그렇게 분출시키는 게, 감옥 안에서 말썽을 일으키는 것보다는 훨씬 낫다고 생각했으니까.

1973년 말, 틀니 전쟁에 다시금 불이 붙었다. 게리는 새 틀니를 해달라고 또다시 요구하기 시작했고, 그 문제로 간수들과 계속 충돌했다. 그는 또한 재소자들에게도 점점 이것저것 요구하기 시작했다. 자신이 벌이는 저항운동이나 요구사항에 모두들 동참하라든가, 자기가 소동을 일으킬 때 옆에서 거들어야 한다고 우겼다. 만일 가만히 있으면 배신행위로 간주했다. 게리는 얕잡아 볼 수 있는 상대가 아니었다. 치과의사와 부딪치는 일도 잦았고, 사이가 나쁜 재소자에게 망치를 들고 덤벼드는 일도 많아졌다. 간수들 사이엔 이런 묵계가 있었다고 한다. 만일 게리가 어떤 간수에게든 꼬투리만 잡히면, 그땐 그를 쏴버리자는 묵계였다. 한 간수는 이런 말을 했다. "게리가 나한테 한번 덤벼들기만을 벼르고 기다렸어요. 그러면 그냥 보내버리겠다구요. 하지만 그는 고분고분하게 때를 기다리지요. 그러다 허점이 보이면, 그때 치는 겁니다."

게리는 간수들이 자신을 두고 벼르고 있다는 것을 알고 있었다. 그래서 모두 달려들어 간수 한두 명을 같이 해치우자며 다른 죄수들을 부추겼다. 그러나 다른 재소자들은 그건 도가 지나친 짓이라고 생각했다. 간수를 죽이고 무사할 리 없었기 때문이다. 그건 자살행위나 다름없었다.

1974년 가을, 게리는 베키라는 여자와 사랑에 빠졌다. 게리와 같은 감옥에 있는 친구에게 면회 오던 여자가 소개를 해줘서 알게 된 사이였다. 처음에는 베키가 게리에게 편지를 썼고, 그러다가 면회를 오기 시작했다. 그녀는 게리에게 새로운 인생을 설계해보라고 권했다. 이를테면 캐나다 같은 곳에서 말이다. 게리가 생활태도를 바꾸고 폭력을 자제한다고 약속하면, 그녀는 최선을 다해서 그가 석방되도록 애쓰겠노라고 말했다. 게리는 그렇게 하겠다고 약속했다. 그리고 베키에게 청혼했다. 베키도 그의 청혼을 받아들였다.

그러나 그보다 먼저 베키는 수술을 받아야 했다. 오랫동안 고질적으로 앓았던 궤양이 있었는데, 그 수술 도중 그녀는 그만 숨지고 말았다.

그녀가 죽었다는 소식을 들은 날 밤, 게리는 교도소 내 정신과 의사를 찾아가서 약을 좀 달라고 했다. 의사는 게리의 상태가 약을 먹어야 할 정도로 심각하지 않다고 판단하고, 그를 돌려보냈다.

그 뒤로 한 달 동안, 게리는 점점 더 난폭해지고 포악해졌다. 어느 날, 그는 면도칼을 하나 구해서 자기 감방을 봉쇄해버렸다. 그는 자살하겠다면서, 누구든 자기를 방해하면 면도칼로 그어버리겠다고 엄포를 놓았다. 최루가스를 한통 터뜨리고 간수 예닐곱 명이 한꺼번에 달려들고 나서야 겨우 게리를 붙잡고 면도칼을 빼앗았다.

바이서트 박사가 게리에게 또다시 프롤릭신 처방을 내린 것은 그때였다. 그는 보고서에 이렇게 적었다. "최근 들어서 길모어가 편집증적 증세를 보이고 있는데, 자신이 뭘 원하는지조차 알지 못하는 듯한 인상을 준다. 그는 스스로 적대감과 공격적 충동을 전혀 통제하지 못하고 있으며, 따라서 내부적으로 통제가 불가능하기 때문에 외부 통제가 필요하다. 그는 자신이나 타인의 안전에 지극히 위험한 존재로 보이며, 이것은 통제되고 한정된 공간에서, 실제로 육체적인 위험을 불러올 소지가 있다. 그러므로 본인의 소견으로는, 그가 스스로 필요한 통제를 행할 능력을 갖출 때까지 그의 적대감과 공격성을 진정시킬 진정제의 근육주사를 권하는 바이다. 편집증적인 정신이상 증세에는 투약조치가 가장 편리하고 안전한 치료방법으로, 환자를 진정시켜 상태를 호전시킨다. 길모어가 원치 않는다 하더라도, 환자 자신이나 전체 수용시설의 안전을 위해서 이러한 처방을 내리는 것이 전적으로 정당하다고 사료된다."

바이서트가 어떤 처방을 내렸는지 알게 된 게리는 소장인 호이트 커프 앞으로 편지를 썼다. 제발 다른 처벌을 내려달라는 애원조의 편지였다. 그는 프롤릭신이 이 세상의 그 무엇보다 무섭다면서, 더 이상은 그 약물 치료를 받을 수 없을 것 같다고 말했다. 남은 여생을 이빨 없이 살라면 그렇게 살겠지만, 제발 프롤릭신만은 맞지 않게 해달라고 애원했다.

커프 소장은 게리에게 조건을 내세웠다. 일리노이 주의 마리온에 있는 연방교도소로 이송되는 것에 동의하는 조건이었다. 커프는 게리가 자신을 포함하여 오리건 주립교도소에 있는 모든 사람들에게 위험한 존재라고 생각했다. 예전에 게리와 친하게 지내던 많은 죄수들이 이제는 그의 행동에 염증을 느끼거나 두려움을 느껴서, 자기들끼리 게리를 없애버리려고 모의를 한다는 소문이 나돌기도 했다.

게리는 커프 소장의 제의를 받아들였다. 그러다가 마지막 날이 되자, 그는 말을 번복했다. 게리는 커프에게 이송은 불법이라고 말했다. 더욱이 그는 친구들과 가족이 가까이 있는 오리건에 있고 싶다고 했다. 커프는 게리에게, 좋든 싫든 이제 마리온으로 가는 걸로 결정났다고 말했다.

1975년 1월 21일 밤, 게리는 감방에 앉아서 간수들이 오기를 기다렸다. 그들은 자정 무렵에 게리를 데리고 가서, 일리노이 행 비행기를 태우도록 예정되어 있었다.

"이봐, 난 가고 싶지 않아." 게리는 감방 안에 있는 로저라는 친구에게 말했다. "적어도 그냥 순순히 따라가고 싶진 않아. 간수들이 날 데리러 오면, 네가 날 좀 도와줘. 소동을 좀 피우란 말이야. 철창을 마구 두드리면 돼. 이게 부당하다는 걸 다른 사람들에게도 알리고 싶어."

로저는 게리의 부탁을 들어주겠다고 했다. 다른 죄수들이 게리를 어떻게 생각하든, 그는 여전히 게리를 동료라고 생각하고 있었다. 동료끼리는 가능하면 서로 도와야 하니까.

간수들이 게리를 데리러 왔을 때, 로저는 잠들어 있었다. 게리는 간수들에게, 친구를 깨워서 작별 인사를 해도 되냐고 물었다. 그들은 그러라고 했다.

게리는 로저를 불렀다. 그 친구는 잠에서 깨어 일어나, 게리가 간수들과 함께 서 있는 걸 보았다. 그러자 그는 소란을 피우기 시작했다. 그런데 게리가 그에게 그만두라면서 이렇게 말했다. "이제 됐어. 나 조용히 갈게. 난 그저 네가 여전히 내 친구인지를 확인하고 싶었어."

로저는 게리에게 손을 내밀었다. "그래, 몸조심하고." 로저가 말했다.

게리는 그의 손을 잡고 말했다. "응, 나중에 저 밖에서 만나자. 지금은, 난 모르몬인 두 놈을 해치우러 갈 참이야."

로저는 게리가 마지막으로 던진 말을 곰곰이 되씹었다. 무슨 뜻으로 한 말일까?

그로부터 1년하고 반이 지난 후, 로저는 말했다. 게리의 말뜻이 무엇인지, 이젠 알게 되었다고. 그 무렵 게리 길모어는 미국에서 가장 유명한 살인자가 되어 있었다.

2

악명을 떨치다

연방교도소로 이송된 후 며칠 동안, 게리는 커프 소장에게 오리건으로 귀환시켜달라는 청원을 보내기 시작했다. "이제 더 이상 문제를 일으키지 않겠습니다." 게리는 편지를 썼다. "이제 손을 털고, 엉망이 돼버린 제 인생도 새로 일으키고 싶습니다. 회신 기다리겠습니다."

커프는 현재로서는 게리의 이송 계획이 없다는 답장을 보내왔다. 게리가 오리건으로 귀환될지 여부는, 마리온에서 보내오는 보고서에 달려 있다는 것도 알려주었다.

게리는 자신이 궁지에 몰렸다는 걸 깨달았다. 마리온은 재소자의 불평

연방형무소의 게리 길모어. 일리노이 주 마리온, 1975년경

불만을 일일이 상대해주지 않는 곳으로 유명한 곳이었다. 간수들도 거칠고, 격리방식도 엄격하다고 했다.

마리온에서 게리의 수감태도가 모범적이었다고 감히 장담할 수는 없다. 연방감옥의 규칙상 게리에 대한 기록을 보여주지 않았기 때문이다. 하지만 오리건의 자료를 보면, 그가 극적일 만큼 달라졌다는 것을 알 수 있다. 거기에는 연방교도소의 정신과 의사와 관리들에게서 받은 편지가 있었는데, 그 내용을 보면, 게리가 협조적이고 다른 사람들과도 잘 지내고 있다고 기록되어 있었다. 어떤 의사의 편지에는 이런 글이 있었다. "그는 정신

병적으로나 유전적으로나 아무 문제도 없으며, 특별한 조치나 검사를 필요로 하지 않는다. 정신의학(신경정신학)적인 면에 있어서, 그는 미국 일리노이의 마리온 교도소가 베풀 수 있는 최대의 혜택을 받고 있다." 마리온의 판단으로 보면, 게리는 오리건으로 돌아가야 했다. 그것 말고도 이유는 또 있었다. 무엇보다도 감옥 이송은 불법이었다. 게리가 여러 가지 방법을 동원해 사건을 확대하려 든다면, 오리건은 하는 수 없이 게리를 귀환시킬 가능성도 있었다.

그러나 커프는 요지부동이었다. 오리건 교화담당관에게 보낸 메모에 그는 이렇게 쓰고 있다. "게리 길모어를 오리건 주립교도소로 귀환시키는 문제에 대해 본인의 입장은 확고하다. 전에도 이와 비슷한 일이 있었는데, 그는 여전히 말썽만 일으키는 본연의 자세로 되돌아갔다. 현 상황을 고려해볼 때, 그자를 적어도 6개월 이내에 귀환시킬 의사가 없다."

그리하여 원하든 원치 않든 게리는 그곳에 있어야 하는 신세였다. 집에서는 1,000마일 떨어진 곳이었다.

1975년 11월 초, 어느 날이었다. 어머니와 프랭크는 그 이동주택의 거실에 앉아서, 게리를 데리고 올 궁리를 하며 이런저런 이야기를 나누고 있었다. 그때 갑자기 어머니의 말이 도중에 끊겼다. 순간 어머니의 얼굴이 창백해지더니, 무슨 말인가 하려는 듯하다가, 그만 피를 토하기 시작했다. 피가 뿜어져 나와 벽에 쏟아졌다. 어머니는 의자에서 바닥으로 고꾸라졌다. 프랭크가 어머니에게 달려와서 어머니를 부축했다. "엄마, 엄마! 왜 그러세요?" 어머니는 대답을 할 수가 없었다. 피는 계속 쏟아져 나왔다.

프랭크는 관리 사무실로 달려가서 집주인에게 사태를 알리고, 구급차를 불러달라고 했다. 그가 돌아왔을 때, 어머니는 의자에 올라앉으려고 애를 쓰고 있었다. "구급차는 부르지 마라." 어머니가 말했다. "이제 괜찮을 거다. 먹은 게 잘못돼서 그런 거야. 병원은 싫어. 난 병원이 무서워." 그러고는 실신해서 다시 쓰러졌다.

몇 시간 후, 어머니가 깨어나 보니, 병원이었다. 어머니는 주위를 둘러보았다. 낯익은 병실과 낯익은 침대였다. 그곳은 바로 게일렌이 그의 생명이 사그라져가는 동안에 누워 있었던, 오리건 시립병원의 같은 병실이었다. 어머니는 비명을 지르며 간호사를 불렀다.

지난 몇 해 동안, 어머니는 관절염 증세가 심해져서 고생했다. 그동안 어머니는 통증을 잊기 위해 아스피린을 복용해왔지만 별 도움이 되지 않았다. 어머니를 볼 때마다, 어머니의 두 손이 점점 못쓰게 되고 있다는 걸 알 수 있었다. 손가락은 마치 새의 발가락처럼 자꾸만 안으로 굽고, 발을 디딜 때마다 무척 고통스러워했다. 당연히 그 통증 때문에 일하는 것도 힘들어했고, 그래서 우리는 이제 어머니가 일을 그만둘 때가 됐다고 생각하던 참이었다.

프랭크와 나는 계속해서 어머니에게 병원에 가시라고 했지만, 소용이 없었다. 어머니는 의사를 좋아하지도 않거니와 믿지도 않았다. 무엇보다도 어머니는 당신이 싫다는 일은 그 누가 아무리 뭐라 해도 듣지 않는 사람이었다. 그런 점에서 우리 형제들은 모두 어머니의 아들이 확실했다.

어머니는 그저 아스피린만 계속 복용했다. 그것만이 통증에 대한 유일한 처방이었다. 그런데 우리가 모르고 있었던 건, 어머니가 그 약을 대량으로 복용하고 있었다는 사실이다. 어떤 때는 하루에 한 병을 다 먹을 정도였다. 그 약이 위를 상하게 한 것이다. 그날 어머니가 프랭크 앞에서 쓰러졌을 때는, 그동안 조금씩 커졌던 위벽의 구멍이 마침내 완전히 뚫린 순간이었다. 그 순간 만일 프랭크가 그 자리에 없었더라면, 어머니는 아마도 그 더러운 부엌에서 피투성이가 된 채 숨졌을 것이다.

병원에 와서도 어머니의 의식은 오락가락했다. 의사들은 어머니를 살리기 위해서는 수술이 불가피하다고 보았다. 그들은 보호자의 동의가 필요하다고 했다. 수술을 하자면 수혈이 필요한데, 프랭크는 여호와의 증인의 교리에 어긋난다는 이유로 수혈을 망설였다. 나는 의사를 불러서 내가 책임을 지겠노라고 말했다. 어떤 수술이든 필요하다면 해달라고, 어머니의 목숨을 살리는 일이라면 무슨 조치든 취해달라고 했다.

입원한 지 이틀째 되던 날 어머니는 수술을 받았다. 어머니의 위는 너무나 심하게 망가져 있었다. 절반 이상을 잘라내고, 나머지를 꿰매어 조그만 위를 만들었다. 어머니는 음식을 먹을 때마다 불편을 겪어야 했다. 정해진 식단에 맞추어 먹지 않으면, 또다시 위에 구멍이 생길 수 있기 때문이다.

내가 어머니를 보러 처음 병원에 도착했을 때, 어머니는 아직 혼수상태였다. 몸에는 튜브가 여러 개 연결되어 있었다. 어머니는 죽은 듯이 보였다. 나는 어머니가 수술 중에라도 혹시 돌아가실까봐, 어머니의 죽음을 맞이할 각오를 단단히 하고 있었다. 나중에 어머니가 퇴원해서 집으로 돌아왔을 때, 한동안은 어쩐지 어머니에게 말을 거는 것조차 어려웠다. 나는 마음속으로 어머니의 죽음을 각오했고, 그 깊은 슬픔을 이미 다 겪은 것이다. 그런데 이렇게 어머니가 살아 있다는 게 실감이 나시 않았다. 어머니가 눈앞에 살아 있다는 사실이 정말 기뻤다. 그러나 한편으로는 언젠가 다시 한 번 어머니의 죽음을 겪어야 할 날이 온다는 사실이 두려웠다. 그건 한 번만으로도 충분한 경험이었다.

어머니의 건강이 악화되었다는 소식은 게리를 더욱 절박하게 했다. 그는 오리건 교화 담당행정가들에게 오리건으로 귀환시켜달라는 청원서를 보내기 시작했다. 그는 "어머니가 위독합니다, 집으로 빨리 돌아가지 않으면 살아생전 어머니의 모습을 볼 수 없을 겁니다."라고 썼다. 그는 이제 인생을 바르게 살고 싶다면서 가석방을 받아 어머니를 보살펴드리고 싶다고 했다.

이런 상황은 오리건 교도소 측을 난처한 입장에 빠뜨렸다. 게리를 마리온에 이송시킨 법적인 명분도 미약한 데다가, 이번에는 윤리적인 문제까지 겹친 셈이었다. 교도소 당국자들이나 행정가들이 게리를 어떻게 생각하고 있든, 어머니에 대한 게리의 깊은 효심에는 이론의 여지가 없었다. 그래도 커프 소장은 여전히 게리를 귀환시키는 데 반대했다. 주 교화국 앞으로 보낸 편지에서, 그는 이렇게 적고 있다. "지금 게리 길모어를 오리건 주립교도소로 귀환시킨다면, 본인의 견해로는 예기치 못할 위험의 가능성이 있을 것으로 판단된다. 그러한 위험은 피하는 것이 좋다고 본인은 생각한다. 자료에 따르면 가석방위원회가 이번 달 게리를 면담할 것으로 알고 있다. 가석방위원회의 심사가 열릴 때, 우리가 차후의 조치를 위한 몇 가지 사항을 건의할 수 있으리라고 본다." 교화국은 커프 소장에게 답장을 통해 이번만큼은 선택의 여지가 없을 거라고 했다. 게리는 마리온에서 잘 복역하고 있고 그의 어머니는 건강이 위독한 상태였다. 만일 오리건으로 귀환시키지 않는다면, 그를 가석방시킬 수도 있다고 알렸다.

그 무렵 게리는 유타의 프로보에 있는 사촌 누나, 브렌다와 편지를 주고받기 시작했다. 브렌다는 어머니가 가장 좋아하는 동생, 아이다 이모의 딸이면서 우리 모두가 좋아하는 버논 이모부의 딸이기도 했다. 어렸을 때 브렌다와 게리는 서로 마음이 잘 맞는 사촌지간이었다. 점점 자라면서 우리들과도 그랬지만, 브렌다 누나와 게리도 서로 뜸하기는 했다. 그런데 오랜만에 서로 편지를 주고받으면서, 브렌다는 게리에게서 새로운 면을 발견했다. 그는 과거의 실수에 대해 반성하면서 오랜 감옥생활이 자신에게서 앗아간 평범한 생활을 그리워하고 있었다. 그는 매우 지적인 데가 있었고, 마음만 먹으면 인정 많은 사람으로 비춰지기도 했다. 브렌다는 이제 게리가 사회의 울타리 안에서 지낼 수 있는 준비가 되었다고 생각했다. 그리고 이럴 때 그를 이끌어주고 새로운 출발을 할 수 있도록 돕는 것이 가족의 의무라고 믿었다. 브렌다, 게리, 오리건 교화국, 그리고 마리온 행정당국자들 사이에 여러 복잡한 편지들이 수없이 오갔다. 그리고 마침내 가석방 결정이 내려졌다. 게리는 유타에 있는 가족들, 사촌 누나 브렌다와 그녀의 남편 조니, 그리고 아이다 이모와 버논 이모부, 이들의 후견하에 가석방이 결정되었다. 그는 거기서 취직을 하고, 나쁜 습관과 범죄를 가까이하지 않기로 했으며, 정기적으로 가석방 담당관을 만나고 유타주 내에서만 움직일 수 있었다. 이 규정을 몇 개월 동안 잘 준수한다면 오리건으로 가서 어머니를 만날 수도 있었다. 그리고 그곳에 가서 사는 것도 허락받을 수 있었다. 그동안 어머니는 언제든지 건강이 허락하는 한, 유타로 와서 아들을 볼 수도 있었다.

1976년 4월 9일, 게리는 일리노이 마리온 교도소에서 출감했다. 거기서 미주리 주의 세인트루이스까지 버스를 타고 와서, 유타의 솔트레이크행 비행기를 탔다. 브렌다와 매부 조니가 공항으로 마중을 나왔고, 프로보에 마련된 새 보금자리로 그를 데리고 갔다.

어머니도 나도 그 소식을 듣고는 깜짝 놀랐다. 나는 게리의 석방을 위해서 그런 물밑 교섭이 진행되고 있었다는 사실조차 모르고 있었다. 어머니로부터 형이 가석방되어서 거의 30년 동안이나 교류가 없었던 친척들의 후견하에 유타의 가장 경건하고 엄격한 모르몬 사회로 들어갔다는 이야기를 들었을 때, "그건 별로 느낌이 좋지 않은데."라고 내가 말했던 기억이 난다. 그 말을 내뱉은 순간, 난 내가 인정머리 없는 인간이라는 기분이 들었다. 그렇다면 나는 게리가 평생을 감옥에서 썩기를 바란 것인가? 그에게 다시 자유의 기회를 주어서는 안 된다는 말이었던가?

우리의 인생을 송두리째 바꾸어놓는 순간이 있다. 과거의 기억도, 미래의 희망까지도. 그 순간이 오면 모든 것이 달라진다. 그리고 그 기억과 함께 남은 인생을 살아가야 한다. 우리 가족에게, 또 다른 많은 사람에게, 그 순간은 1976년 7월 말에 찾아왔다.

우리가 그 소식을 듣게 된 경로는 다음과 같다.

오리건의 윌라미트 골짜기에서 무더운 바람이 불어오던 날이었다. 그런 날이면 어머니는 비좁은 집 안에 틀어박혀 있는 것이 답답하게 느껴졌다. 어머니는 몇 개월 전 건강 때문에 밀워키의 식당에서 접시 나르는 일을 그만두었다. 이제는 사회보장 수당과 프랭크가 일용직으로 벌어오는 수입으로 살아가고 있었다. 어머니는 외출을 거의 삼갔다. 수술 후유증과 관절염 때문에 꼼짝없이 집에만 있어야 했다. 그건 어쩌면 어머니가 지난 몇 년 동안 바라던 상황인지도 몰랐다.

그래도 마음은 편안했다. 게리가 감옥에서 나왔고, 프로보에서 사랑하는 사람도 생겼다고 했다. 예쁘고 젊은 여자라고 했다. 보름 전에 받은 편지에 게리를 이런 말을 썼다. "나처럼 이렇게 행복한 사람이 또 있을까요?" 그는 돈을 보내드릴 테니, 편리한 교통편을 마련해서 유타에 오시라고 했다. 너무너무 어머니가 보고 싶다고 했다. 그날 그 무더웠던 오후, 어머니는 현관 쪽으로 의자를 내놓고, 부채질을 하며 앉아 있었다. 게리의 편지를 생각하면서 정말로 빨리 가서 보고 싶다는 생각을 했다. 모처럼 유타에 간다는 것이 기쁘기도 했다.

그때 전화벨이 울렸다.

어머니는 발을 약간씩 절면서 천천히 전화를 받으러 안으로 들어갔다. 어머니가 전화를 받으려면 늘 시간이 걸렸기 때문에 누구든 우리 집에 전화하는 사람은 오랫동안 전화기를 들고 있어야만 했다.

브렌다의 전화였다. 그녀는 프랭크를 바꿔달라고 했다. 어머니는 그 말이 심상치 않게 느껴졌다. "지금 없는데, 일하러 나갔어. 무슨 일이라도 생겼니, 브렌다? 게리한테 무슨 일이 있구나? 또 무슨 짓을 저질렀니?"

"게리는 괜찮아요, 이모. 아무래도 프랭크가 오면 이야기해야겠어요."

"브렌다, 무슨 일인지 말해다오."

어머니는 브렌다의 깊은 한숨소리를 들었다. "베시 이모, 게리가 살인죄로 체포됐어요. 두 사람 머리에 총을 쐈어요. 자기 엄지손가락 하나도 쏴버리구요."

브렌다는 때로 그렇게 몰인정한 듯한 말투가 나오곤 했다. 하지만 이건 도무지 어머니가 감당하기 어려운 상황이었다. "난, 네 말 못 믿겠다." 어머니가 말했다. "내가 아는 게리는, 그럴 사람이 아니다."

"이모, 정말이에요. 게리가 모르몬 교인 두 명을 죽였다니까요."

브렌다는 버논 이모부에게 수화기를 넘겨줬다. 이모부가 어머니에게 브렌다의 말이 사실이라고 확인해주고, 좀 더 자세하게 상황을 설명했다. "베시, 마음 단단히 먹고 있어야 해요." 이모부가 말했다. "여기 유타는 지금 사형제도가 부활됐어요. 사람들은 분노하고 있구요. 게리는 사형당할 수도 있어요."

어머니는 전화를 끊고서, 유타의 감옥에 있는 게리와 통화를 시도했다. 경찰이 전화를 받았다. 어머니는 자신이 누구라는 걸 밝혔다. "우리 애를 죽이지 마세요." 어머니는 울면서 말했다. "제발 죽이지 마세요. 우리가 그 애를 나오게 하려고 얼마나 애를 썼는지 아세요?" 경찰관은 어머니를 위로하며 달랬다. 감옥에 있는 사람 중에 게리를 해칠 계획을 갖고 있는 사람은 아무도 없다고 했다. 그는 게리에게 가서 어머니 전화를 받으라고 했다. "나 여기 없다고 해." 게리가 말했다.

"우습지도 않군, 길모어. 전화를 받을 건가, 안 받을 건가?"

"안 받겠어. 난 할 말이 없어."

"그때, 난 일주일 내내 나무도 자르고 담벼락에 페인트칠도 하는 일을 하고 있었어." 프랭크가 나중에 내게 이렇게 말했다. "힘은 들었지만, 나는 그런 일이 좋았어. 집에 오는 길에 가게에 들러서, 어머니와 내 저녁을 만들 장을 봐 왔지. 이렇게 큰 쇼핑백을 들고 집에 들어서는데, 어머니가 말했어. '그것 좀 내려놓고 이리 오렴. 너한테 할 얘기가 있다.' 나는 쇼핑백을 내려놓고 돌아섰어. 그런데 어머니가 갑자기 울음을 터뜨리시는 거야. 처음에는 우리 형제 중에 누가 또 다쳤나보다 했지. 그래서 어머니께 물었어. '애들한테 무슨 일이 생긴 건 아니죠?' 그랬더니, 어머니가 대답했어. '그래, 네 동생들은 다 잘 있다. 그런데, 그런데, 프로보에서 게리가 사람을 죽였다는구나.'

그렇게 알게 된 거야. 어머니가 이야기를 하는데, 무슨 말인지 통 알아들을 수가 없었어. 어머니가 한번 울기 시작하면, 끝이 없는 거 알잖아. 나중에 좀 진정이 된 다음에야 무슨 내용인지 알아들었지. 게리가 사람을 둘 죽이고 체포되었다는 것, 한 사람은 주유소에서, 또 한 사람은 모텔에서. 둘 다 무장강도로, 그리고 아주 냉혹하게. 난 그 얘기를 듣고, 그저 우두커니 앉아만 있었어. 완전히 절망에 빠져서 꼼짝을 할 수가 없었어. 두 시간쯤 지나고 나서야, 자리에서 일어났지. 어머니께 저녁을 차려드리고 나서, 게리에게 편지를 썼어. 맨 첫 줄에 아주 굵직한 글씨로 큼지막하게 이렇게 썼어. '게리, 어떻게 된 거니?' 그 밑에 무슨 말인가 쓰고는 편지를 보냈어. 나중에 답장을 받았는데, 게리는 어떻게 된 일인지 대답은 않고 이렇게만 썼더라. '나, 감옥에 있어.' 그게 편지 내용의 전부였어."

그 소식을 들었을 때 어떤 느낌이 들더냐고 프랭크 형에게 물었다.

“몇 시간 동안은 인생이 멈춰버린 느낌이었지. 거기서 벗어나는 데는 시간이 좀 걸렸어. 정말 듣고 싶지 않은 소식이었지. 게다가 우리는 게리 때문에 이미 너무나 많은, 나쁜 소식을 들으면서 살았잖아. 그런데 또 한 가지가 있어. 그때 내가 행복하다고 느꼈던 건 하는 일도 마음에 들었고, 같이 일하는 동료들도 좋은 사람들이었기 때문이기도 했지만 그보다도 더 나를 행복하게 한 건, 정말 아주 모처럼만에 마음이 평안했기 때문이야. 가족 중에 아무도 감옥에 들어가 있는 사람이 없었으니까. 그건 아주 특별한 경우였지. 그 무렵에는 퇴근해서 집에 돌아오면, 엄마가 이런 이야기를 하곤 했어. ‘얘야, 게리가 취직을 했단다. 그리고 여자친구도 생겼는데, 둘이서 작은 아파트를 하나 구했다는구나.’ 그러면 이런 생각이 들었어. 녀석, 이제야 남들처럼 사람답게 살려는 모양이구나. 가족들이 아무도 감옥에 있지 않고 잘 살고 있다니까 정말 마음이 뿌듯했어. 그런데 말이야, 어느 날 집에 들어와서 그 소식을 듣는 순간 모든 게 수포로 돌아가버린 듯했어. 게다가 이번에는 살인죄야. 속으로 그런 생각을 했지. ‘이제는 게리가 바깥세상에 나와 햇빛을 볼 날은 더 이상 없을 거다. 지금뿐 아니라 앞으로도 영원히, 이 바깥세상에서 잘 살아가는 동생들을 보면서 내 마음의 평화를 느낄 수 있는 날은 영영 사라진 거야.’

게리가 밖에 나와 있다는 걸 생각하면 힘이 났어. 정말 기분이 좋았지. 그건 내가 늘 마음속으로 바라던 거였어. 그런데 이건 마치 금광을 하나 찾았는데 사실은 그게 무서운 함정이었다는 걸 알게 된 것 같은, 그런 기분이었지. 정말 참기 어려운 고통이었어.”

나는 그 사실을 맨 나중에 알았다. 어머니는 내게 그 소식을 알리지 않았다. 차마 말을 꺼내지 못했던 것이다.

프랭크와 마찬가지로, 그 무렵 나도 행복한 나날을 보내고 있었다. 마약상담소 일은 벌써 그만두었다. 늘 잘못된 선택을 하는 사람들을 만나고 때로는 죽음까지 가는 사람들을 보면서, 그 일이 사람을 우울하게 만드는 일이라는 걸 알게 되었기 때문이다. 2년 전부터 마침내 용기를 내서 그동안 내가 하고 싶었던 일을 시작했다. 글을 쓰는 일이었다. 음악에 대한 글을 쓰기도 하고, 신문에 기고도 하고, 그즈음에는 유명 출판사에 내 작품을 출간하기로 한 상황이었다. 바야흐로 난 희망에 차 있었다.

그리고 또 포틀랜드 시내의 레코드 가게에서 일을 돕기도 했다. 음악과 가까이 있는 게 좋았고, 단골손님들을 사귀는 것도 좋았다. 그러나 때로는 거친 상황이 벌어지기도 했다. 이따금씩 우리는 좀도둑을 잡기도 했는데, 그 과정에서 폭력이 오갈 수도 있었다. 2주일 전, 나는 한 가족으로 구성된 소매치기단을 적발했는데, 그들의 코트 주머니와 손가방 안에는 훔친 카세트테이프가 가득 들어 있었다. 내가 문에 서 있다가 그들을 저지하자, 그들은 내게 칼을 들이댔다. 다행스럽게도 다른 직원이 부른 경찰이 그 순간 들이닥쳐서 위기를 모면했다.

나중에 그 사건을 재판하면서 판사는 칼을 빼 들었던 여자에게 무엇 때문에 가방에 칼을 넣고 다녔느냐고 물었다.

"우리는 소풍 가던 길이었어요." 그녀는 그렇게 대답했다.

판사는 실소를 지으며 물었다. "잭나이프를 들고 가는 소풍도 있습니까?"

게리가 체포된 지 9일째 되는 금요일 밤이었다. 나는 그 무더운 하루,

여덟 시간 동안 내내 서 있다가 지친 몸으로 퇴근해서 집으로 들어왔다. 다음 날 오전 10시에 가게 문을 열어야 했기 때문에, 한산하자는 친구들의 권유도 뿌리치고 집으로 향했다.

텔레비전에서는 폭력과 권위 앞에서 무릎을 꿇는 영화, 샘 페킨파의 〈와일드 번치〉가 나오고 있었다. 나는 소파에 몸을 깊이 파묻고 영화를 보는 둥 마는 둥 하면서 날짜가 지난 〈오리거니언〉 신문을 펼쳐 들었다. '오리건 사람이 유타에서 살인을 저지르다'라는 제목이 붙은 2면에 걸친 기사가 있었는데, 건성으로 지나치려다가 문득 본능적으로 그 기사를 읽어내려갔다. "게리 마크 길모어, 나이 35세. 주유소와 모텔에서 강도 행각 중 젊은 직원 두 사람을 살해한 죄로 체포되었다." 나는 계속 읽어 내려갔다, 멍한 상태로. 게리가 연이틀 동안, 맥스 젠슨과 벤 부슈널을 죽이고 체포된 경위가 나와 있었다. 희생자 두 사람 다 모르몬 교도들이었고, 나와 동갑이었다. 둘 다 유족으로 아내와 어린 자식이 있었다.

현기증이 났다. 나는 신문을 내려놓고 주방으로 갔다. 싱크대 앞에서 구토를 했다. 그때 여자친구 안드레아가 들어오다가 깜짝 놀라며 물었다. "아니, 왜 그래?" 난 그녀에게 이야기를 해주었다.

그날 나는 소파에 앉아서 꼬박 밤을 지새우며, 신문에 적힌 사건 기사를 읽고 또 읽었다. 난 창피하고, 후회스럽고, 죄책감이 들고, 그리고 분노를 느꼈다. '그건 나였을 수도 있었어, 내가 바로 그런 분별없는 강도짓의 희생자가 될 수도 있었단 말이야.' 하는 생각이 들었다.

다음 날, 나는 포틀랜드의 내 집에서 6마일 거리에 있는 오크 그로브의 어머니에게 갔다. 어머니가 그 뉴스를 보았는지 알 수가 없어서 전화를 걸어서 물어보는 수밖에 없었는데, 어쩐지 남의 얘기를 묻는 것 같아서 너무 냉정하다는 생각이 들었다. 나는 어머니의 건강이 걱정됐다. 어머니 나이도 이제 예순셋이었고, 몇 달 전 수술을 받은 후로는 예전 같지 않았다. 물론 이젠 더 나아질 수도 없게 됐다. 나는 어머니가 그 소식을 들은 지 일주일도 더 됐다는 것, 그리고 차마 내게 알리지 못했다는 걸 알았다. 우리는 그날 밀실공포증 환자들처럼, 그 누추한 집 안에서 답답한 가슴을 안고 앉아 있었다. 어머니와 나는 서로 얼굴을 바라보며, 우리를 파멸의 구렁텅이 속으로 몰아넣은 기구한 운명을 느끼고 있었다. 그제서야 난 알 것 같았다. 어머니는 늘 나보다 훨씬 더 무서운 공포 속에서 살아온 사람이라는 사실을. 어머니는 눈물을 흘리며 말했다. "내가 그토록 사랑하는 내 자식이, 다른 어머니한테서 그런 자식을 빼앗았다는 걸 생각하면, 이 어미 심정이 어떤지 알겠니? 내가 거기 있었더라면, 그 애가 그렇게 사람들을 죽이지 않았을 텐데. 난 막을 수 있었을 거야. 그 애 마음을 달래줄 수 있었을 거야." 어머니는 두 손에 얼굴을 묻고 흐느껴 울었다. 손가락 사이로 눈물이 흘러내렸다.

가석방된 후 그 악몽 같은 7월 그날이 있기까지, 게리는 버논 이모부의 구둣가게에서 일하면서 니콜 배럿이라는 여자를 만나 사랑에 빠졌다. 그녀는 젊고 아름다웠으며, 아이가 둘 있었다. 그러나 게리는 과거의 좋지 않은 버릇을 완전히 버리지 못해서 몹시 힘들어했다. 석방된 지 얼마 안 되어, 그는 다시 술을 마셨고, 진통제로 쓰이는 피오리날이라는 약을 먹기 시작했다. 장기간 복용하면 심각한 정서장애와 성기능장애를 일으키는 약이었다. 게리에게 두 가지 부작용이 다 나타났다. 성격 또한 점점 난폭해졌다. 어떤 때는 섹스가 순조롭지 못한 걸 니콜에게 화풀이를 하거나, 니콜을 섹스를 밝히는 여자로 몰아세우기도 했다. 그런가 하면, 걸핏하면 주변에 있는 사람들에게 싸움을 걸고, 뒤에서 사람을 공격하거나 타이어 지렛대를 얼굴에 들이대며 겁을 주기도 했다. 그는 그 지렛대를 곤봉처럼 자유자재로 휘둘렀다. 얼마 못 가서 그는 일자리를 잃었고, 유타에 있는 친척들의 호의를 악용했다. 주위에 있는 사람들 중에서 그와 한두 번 부딪치지 않은 사람이 없을 정도였다. 그는 술을 더 많이 마셨고, 마약도 더 많이 했다. 가게에 들어가서는 뭐든 자기가 원하는 물건을 골라 들고서, 계산대의 직원에게 눈을 부릅뜨며—마치 그들이 필사적으로 막고 나서기나 했다는 듯이—인상을 쓰고는 그냥 나오기가 일쑤였다. 집으로 권총을 들고 오는 일도 다반사였다. 그는 뒤뜰에 앉아서 나무를 쏘기도 하고, 담벼락에 쏘기도 하고, 지는 해를 향해 쏘기도 했다. "해를 쏘겠어." 그는 니콜에게 그렇게 말하며 총을 쐈다. "자, 해가 떨어지는지 잘 보라구."

주먹으로 니콜을 때리는 일도 잦아졌다. 그러자 그녀는 어느 누구도 절대로 자신에게 손댈 수 없다고 선언하고, 짐을 싸서 아이들을 데리고 나가버렸다. 게리는 그녀를 돌아오게 하려고 애를 썼지만 그녀는 돌아오지 않았다. 이런 상태가 지속되자 니콜은 게리를 더 멀리했다. 어느 날 게리는 한 친구에게 어쩌면 자기가 니콜을 죽여버릴지도 모른다고 말했다.

7월 말 어느 무더운 날 밤, 게리는 니콜의 어머니가 사는 집으로 차를 몰았다. 거기서 그는 옛 애인의 막냇동생인 에이프릴에게, 자기가 타고 온 흰색 픽업 트럭을 타고 드라이브를 가자고 했다. 차에서 이야기도 하고 맥주도 좀 마시고 돌아다니면서 니콜을 찾아보자고 했다. 그들은 함께 차를 타고 몇 시간 동안 돌아다니며, 라디오도 듣고, 이런저런 겉도는 이야기를 했다. 그러다가 게리는 오렘이라는 작은 마을 근방에 있는 한 주유소의 모퉁이 길에 차를 세웠다. 그는 에이프릴에게 트럭에서 기다리라고 하고는 주유소로 걸어갔다. 거기에는 스물여섯 살 된 맥스 젠슨이라는 종업원이 혼자 일하고 있었다. 주변에는 다른 차도 없었다. 사방에는 적막한 어둠뿐이었다. 게리는 재킷에서 22구경 자동소총을 꺼내, 젠슨에게 주머니에 있는 돈을 다 내놓으라고 했다. 그는 젠슨의 동전교환기도 빼앗았다. 그런 다음, 그를 뒤편으로 데리고 가서 화장실 바닥에 엎드리게 했다. 그리고 두 손은 배 밑에 깔고, 얼굴은 바닥에 처박으라고 했다. 젠슨은 그대로 했다. 그러면서 게리에게 억지로 웃음을 보이려고 애를 썼다. 게리는 젠슨의 뒤통수를 향해 총을 겨누고서 말했다. "이건 내 몫이야." 그리고 방아쇠를 당겼다. 그는 다시 "이건 니콜 몫이고." 하면서 또 방아쇠를 당겼다.

게리는 돌아와서 트럭에 올라탔다. 에이프릴은 라디오 볼륨을 한껏 올리고 차 안에 앉아 있었다. 그러나 그녀는 무슨 일이 있었다는 걸 직감으로 알았다. 그녀는 도망치고 싶었다.

그들은 잠시 더 돌아다니다가, 자동차 전용 극장에 가서 〈뻐꾸기 둥지 위로 날아간 새〉를 보았다. 그러나 그 영화의 내용은 에이프릴을 불안하게 했다. LSD에 취해 집단 강간을 당한 후, 한동안 정신병원에서 지냈던 경험이 되살아났기 때문이다. 영화가 끝나기도 전에 그녀는 게리에게 그만 가자고 했다. 그들은 돌아오는 길에 사촌 누나 브렌다의 집에 들렀다. 그러나 분위기가 어색했다. 브렌다는 무슨 일이 생겼다는 걸 알아챌 수 있었다. 그들은 결국 '홀리데이 인'이라는 여관까지 갔다. 거기서 두 사람은 마약을 했고, 게리는 에이프릴의 옷을 벗기려 했다. 그녀는 충동적인 편이었지만 그와 섹스를 하는 건 싫다고 했다.

다음 날 밤, 게리는 프로보의 버논 이모부 집에서 불과 몇 걸음 떨어지지 않은 곳에 있는 한 모텔로 들어갔다. 그는 카운터 뒤에 있던 남자—벤 부슈널, 그 역시 젊은 모르몬 교도였다.—에게 바닥에 엎드리라고 했다. 게리는 그의 뒤통수를 향해 총을 쐈다. 그리고 금고를 들고 모텔을 빠져나왔다. 권총은 밖에 있는 덤불 사이에 쑤셔 넣었다. 그때 총이 발사되면서, 그의 엄지손가락 하나가 날아갔다.

게리는 이제 이곳을 떠날 때가 됐다고 생각했다. 그러나 우선 손가락 상처를 치료해야 했다. 그는 크레이그라는 친구 집으로 가서 브렌다 누나에게 전화를 했다. 그러나 그때는 이미 게리가 두 번째 범행현장을 떠나는 걸 본 목격자가 경찰에 신고를 했고, 경찰이 브렌다에게 연락을 취해놓은 상태였다. 브렌다와 게리가 통화하는 동안, 경찰이 한쪽에서 듣고 있었다. 브렌다는 경찰이 도로를 봉쇄할 때까지 시간을 끌려고 했다. 잠시 후 브렌다가 별 도움이 되지 않는다는 걸 알아챈 게리는 트럭을 타고 공항으로 달렸다. 몇 마일도 채 못 가서, 그러니까 그의 애인 니콜의 집 바로 앞에서 경찰차들과 특수기동대가 게리를 포위했다. 그는 부슈널을 살해한 혐의로 체포되었다. 그리고 하루가 지난 후, 게리는 맥스 젠슨을 죽였다고 자백했다.

두 달 후 게리의 재판이 열렸다. 그러나 처음부터 그 결과는 불 보듯 뻔했다. 게다가 게리가 니콜을 피고측 증인으로 세우자는 변호사의 제의를 거부하는 바람에 상황은 더 불리해졌다. (이 무렵 니콜과 게리는 화해했다. 게리가 체포된 후 니콜은 몹시 괴로워했고, 매일 감옥으로 찾아와 몇 시간 동안 면회를 했다.) 그리고 법정에서는 배심원들을 위협적으로 노려보고, 자신에 대해서는 부정적인 증언을 해서 일을 더 어렵게 만들었다. 배심원의 평결이나 판사의 선고는 당연한 결과였다. 게리는 유죄였고, 사형선고를 받았다. 그는 판사에게 교수형보다는 총살형을 받고 싶다고 말했다.

게리가 첫 재판을 받은 10월 7일 밤, 어머니가 내게 전화를 해서 그에게 사형이 선고되었다고 했다. 친구들이 내게 해줬던 위로의 말을 나는 그대로 어머니에게 되풀이했다. "엄마, 지난 10년 동안 미국에서 사형당한 사람은 한 명도 없었어요. 하필 게리에게 그 제도가 부활하지는 않을 거예요."

나는 전화를 끊고 밖으로 나가서 길가에 앉았다. 오랫동안 근처에 흐르는 강물을 바라보고 앉아 있는데, 여자친구 안드레아가 다가와서 두 팔로 감싸주며 말했다. "그래, 힘들지? 하지만 형이 죽지는 않을 거야. 이 나라에서 더 이상 사람을 죽이는 일은 없어."

"아니." 잠시 후, 난 이렇게 말했다. "당신은 이해하지 못해. 형은 죽게 돼 있어. 사형당할 거야. 형은 그렇게 태어난 인간이야."

사건이 일어나고 게리가 사형선고를 받은 지 몇 주일이 흘렀다. 나는 슬픔과 분노, 그리고 깊은 고통과 수치심에서 헤어나지 못하고 있었다. 내 형이 우리 가족들에게 앞으로 평생 동안 안고 살아야 할 엄청난 공포와 수치심을 안겨주었다는 사실이, 차마 믿기지 않았다. 그가 맥스 젠슨과 벤 부슈닐, 두 사람의 가족들에게 저지른 죄 역시 용서할 수가 없었다. 난 어떻게든 이 끔찍한 현실이 어서 끝나기만을 기도했다. 그건 게리가 자신의 나머지 인생을 유타의 감옥에서 공허하게 보내는 것으로 끝나야 했다.

그리고 난, 내 생활을 계속 이어가려고 노력했다. 나는 친한 친구들에게 게리 이야기를 했다. 그들에게 살인자의 동생과 친구로 지낼지, 절교할지 선택할 기회를 주는 게 당연하다고 생각했다. 하지만 일로 만나는 편집자들이나 저널리스트들에게는 이야기하지 않았다. 난 이 무서운 진실을 어느 구석엔가 파묻어버릴 수 있을지도 모른다고 생각했던 모양이다. 그것이 앞으로의 내 인생 속으로 침투해 아직 버리지 못한 내 꿈을 망가뜨리지 못하도록 말이다.

1976년 가을, 〈롤링 스톤〉에서 내 글을 싣기로 했다는 소식이 들려왔다. 나는 몹시 기뻤다. 그 잡지를 구독하기 시작했을 때부터, 언젠가 거기에 내 글이 실리는 것이 꿈이었다. 11월 초, 〈롤링 스톤〉 편집자를 만나 일을 의논하기 위해 샌프란시스코로 갔다. 모든 일은 순조롭게 풀렸고, 내 담당 편집자인 벤 퐁 토레스는 앞으로 내게 더 많은 일을 부탁하고 싶다는 말도 했다. 난 한시바삐 집으로 가서 내 여자친구에게 이 소식을 전하고 싶었다.

포틀랜드 공항에 도착해 비행기에서 막 내리려는 참인데, 스피커에서 나를 찾는 방송이 나왔다. "마이클 길모어 씨, 빨간색 전화를 받으십시오. 긴급한 전화가 와 있습니다."

난 수화기를 들었다. 안드레아였다. "미안하지만 마중 못 나갈 것 같아.

오후 내내 당신 어머니와 함께 있었어. 일이 생겼어. 어머니가 쓰러지셨거든. 이리로 빨리 와야겠어."

안드레아가 내 친구인 마이클(나와 이름은 같지만 철자는 다르다)에게 연락해서 공항으로 차를 보냈다. 어머니 집으로 가는 동안 운전하는 마이클의 태도로 보아, 무슨 일이 있는 게 분명했다. 그는 말없이 심상치 않은 표정만 짓고 있었다.

어머니 집에 도착하자, 어머니는 내게 〈오리거니언〉 1면에 난 기사를 내밀었다. '살인범, 죽음을 달라고 유타에 요청하다'라는 제목이 보였다. 내가 샌프란시스코에 가 있는 동안, 게리는 항소권도 재심청구권도 모두 다 포기하고, 자기를 처형해달라고 요구하고 있었다. 제4부 지방판사 J. 로버트 블록은 그의 청을 받아들여, 11월 15일 월요일로 집행일자를 잡아놓았다.

나는 처음에는 충격을 받았고, 뒤이어 분노가 치밀었다. 게리가 허세를 부리고 있다는 생각이 들었다. 그러나 한편으로는, 이 미국 땅 안에서 그의 요구를 기꺼이 들어줄 만한 곳은 유타뿐이라는 생각도 떠올랐다. 그곳에는 '피의 속죄'에 대한 열렬한 믿음이 있으니까. 나중에 알았지만, 바로 그날 게리의 변호사들은—게리의 반대에도 불구하고—집행연기 신청을 냈고, 유타의 대법원은 이를 받아들였다.

그날 밤, 집으로 돌아온 나는 와인을 마시면서 사태가 어떻게 돌아가고 있는 건지 생각을 정리해보려고 애를 썼다. 도대체 그 무엇 하나 전과 달라지지 않은 게 없었다. 과거와 미래는 나에게서 완전히 단절되고, 내 앞에 남아 있는 건 오로지 끔찍한 '현재'뿐이었다. 그 현재는 어느새, 이젠 우리들 누구도 벗어날 수 없는 악몽의 세계로 들어가는 통로가 되어 있었다.

다음 날, 이제는 게리와 직접 부딪쳐야 할 때라는 생각이 들었다. 나는 드레이퍼 감옥으로 전화를 걸었다. 놀랍게도 2분도 못 돼서 게리의 목소리가 들려왔다.

처음에는 서로 예의를 차리면서도, 뭔가 주저하는 듯한 말투가 몇 마디 오갔다. 그러나 곧 게리가 신경질적으로 물었다.

"무슨 말을 하려고 그래?"

"게리 형, 진심으로 이러는 거야?"

"네 생각에는 어때? 내가 진심인 것 같아?"

"모르겠어."

"그래, 넌 모를 거야. 넌 날 모르니까." 게리는 내가 풀 수 없는 수수께끼를 내 앞에 던졌다. 그만 아는 답이었다. 난 뭐라고 대답을 해야 할지 몰랐다. "이봐." 하고 게리가 말했다. 좀 누그러진 말투였다. "너한테 섭섭한 말 하고 싶진 않아. 하지만 말이다. 이건 어떤 식으로든 일어날 일이야. 그걸 막을 수는 없어. 그리고 난 특별히 네가 날 좋아해주길 바라지도 않아. 그게 내겐 더 편해. 그러고 보니 우리가 서로 대화를 나눈 건, 항상 누군가의 죽음을 앞에 둔 상황이었던 것 같군. 그게 이번엔 내 차례야."

게리가 이렇게 공격적으로 나오리라고는 전혀 생각하지 못했다. 난 무력감을 느꼈다. "엄마는 어떻게 하고?" 내가 물었다.

"그래, 일이 진행되기 전에 엄마를 보고 싶다." 게리가 대답했다. "모두 다 보고 싶어. 그러면 마음이 좀 편할 것 같아. 하지만 이 일만큼은 내 진심이야. 너나 다른 누군가가 이 일에 끼어들지 않았으면 해. 이건 전적으로 내 문제니까 말이다. 난 사람을 둘이나 죽였고, 사형을 선고받았어. 이젠 그 길을 가는 거야. 남은 내 인생을 법정이나 감옥에서 보내고 싶진 않아. 난 자유를 잃었어. 아주 오래전에 잃어버렸어. 난 그들이 20년 전에 시작한 일을 이제 마무리 짓는 거야."

난 뭐라고 대답을 하려다가, 그만 입을 다물었다. "왜 그러니?" 게리가 내게 물었다.

"사랑하는 가족한테서 이런 이야기를 듣고 있다는 게, 너무 힘이 들어서……."

"이봐, 난 그따위 소리 듣고 싶지 않아." 그가 내 말을 막았다. "난 더 이상 어떤 상처도 받고 싶지 않아. 그리고 너 말이야, 내가 그림을 그리고 시를 썼다고 해서, 날 감성적인 예술가라고 생각하지 마라. 난 사람을 죽였어. 그것도 잔인하게." 그때 간수가 와서 게리에게 시간이 다 됐다고 말했다.

다음 날, 게리는 대법원 법정에 나타나 뉴스를 장식했다. 수갑을 찬 그의 모습이 신문에 실렸다. 날카로운 눈빛에 긴장된 표정이었다. 난 그런 그의 모습이 가엾기도 하고, 두렵기도 했다. 또 자신과 가족을 이 지경으로 만든 그가 밉기도 했다. 뻔뻔스러울 만큼 대담한 그의 태도가 믿어지지 않았다. 그는 냉정해 보이려는 듯한 태도로, 주에서 공인하는 자살을 시도하고 있었다. 그건 살인 못지않게 미리 계획된 행동처럼 보였다.

나를 힘들게 한 일은 또 있었다. 우리 가족의 가장 고통스럽고 비밀스러운 역사가 뉴스거리로 공개되었다. 난 정신이 아찔할 지경이었다. 하룻밤 사이에, 내가 그렇게 도망치려고 했던 그 과거가 가는 곳마다 깔려 있었다. 게리는 이제 거의 매일 저녁, 전국적인 뉴스를 제공하고 있었다. 그는 미국의 모든 신문의 1면을 장식했고, 〈뉴스위크〉 표지에서도 그는 날카로운 시선으로 날 쏘아보고 있었다. 그 잡지에는 우리 가족사진도 몇 장 실려 있었다. 그중 하나는 오래전 크리스마스 아침에 찍은 사진이었다. 아버지와 게리, 게일렌, 그리고 내가 한결같이 어두운 표정을 하고서 일렬로 늘어서 있었다. 맙소사, 이날은 다름 아닌 게리가 내 방에 들어와서, 자신을 굴복시키라는 훈계를 늘어놓던 날 아닌가?

〈뉴스위크〉 기사가 나왔던 그 무렵, 전화 한 통을 받았다. "마이클 길모어 씨 되십니까?" 저쪽에서 물었다. "저는 〈로스앤젤레스 타임즈〉 기자입니다. 당신 형, 게리 길모어에 대해서 이야기를 좀 하고 싶은데요." 나는 그에게 동명이인이라고 말하고, 전화를 끊었다. 그리고 그날 오후, 전화번호를 바꾸었다. 이미 벌어진 사태에서 빠져나갈 길은 없다는 걸 나는 잘 알고 있었다. 그러나 내가 그 일에 말려들고 싶지는 않았다. 어떤 사건으로 인해 자신의 인생이 세상의 관심사가 되어버린다면, 당신은 그 혼란과 어지러움을 상상이나 할 수 있을까?

나는 모든 것이 이렇게 낱낱이 공개되고 있는 현실에 분노를 느꼈다. 그것은 마치 우리가 거부할 수도, 바꿀 수도 없는 무서운 운명 같았다. 게다가 현대의 미국 법정이, 절차나 구조, 법의 논리는 옆으로 제쳐두고, 그런 허세에 찬 도전을 받아주면서 자살과 다름없는 요청을 들어주고 있다는 사실이 도무지 이해되지 않았다. 죽음을 놓고 치열하게 벌어지는 특이하고 흥미진진한 그 사건에 모두들 매료되어 있는 것 같았다. 그걸 막을 수 있는 방법은 없었다.

나는 더 이상 기다릴 수 없다는 생각이 들었다. 형이 바라는 바는 아니지만, 나는 유타의 사법당국에 문의를 해보기로 했다. 사형집행을 막기 위해 가족이 할 수 있는 일이 무엇인지 알아내야 했다.

그다음 날이면 퇴임하는 유타의 주지사 캘빈 램턴은 주 사면위원회에 사건을 위임하고 집행연기를 명령했다. 게리는 그를 보고 "도덕적 겁쟁이"라고 비아냥거렸다. 그날 밤, 스탠포드 법대의 앤서니 암스테르담 교수가 전화를 했다. 그는 오래전부터 유명한 사형반대론자로서, 그 분야에 조예가 깊은 미국 대법원 소속의 법조인이었다. 그는 가족이 할 수 있는 조치에 대해 대략 설명을 해주었다. 피고의 가족이 신청할 경우, 대법원으로부터 집행을 연기시킬 수 있는 상담을 받을 수가 있는데, 기간 연장은 대법원이 사건을 재심하겠다는 의지를 보이고, 재심 결과가 나올 때까지 가능하다고 했다. 그렇다면 사실상 게리가 다시 재판을 받을 수 있다는 걸 의미했다.

나는 이 사실을 어머니에게 알렸고, 어머니는 암스테르담 교수에게 전화를 걸었다. 우리는 사면위원회의 결정을 보류시키는 것이 좋겠다는 데 동의했다.

11월 16일 화요일, 그러니까 처음에 결정된 게리의 사형집행일 다음 날, 아침이었다. 암스테르담 교수가 내게 전화를 했다. 게리와 니콜이 진정제를 먹고 자살을 기도했다고. 그 말을 듣고, 게리를 살리려고 아무리 애를 써봐야 모두 쓸데없는 짓이 될 수 있다는 걸 처음으로 실감했다. 사람을 죽일 수는 있어도 살릴 수는 없구나, 하고 생각했다. 게리는 자살 기도 경력이 화려한 사람이었다. 언젠가 그는 진짜로 죽으려고 한 적은 별로 없었다고 말하기도 했다. 그러나 그건 오래전 일이었고, 그때는 면도칼이나 깨진 전구 조각을 사용했다. 내가 알기로는 약으로 자살을 시도한 건 이번이 처음이었다.

게리가 병원에서 나와서 사면위원회의 결정을 기다리고 있는 사이에, 나는 게리에게 전화를 걸었다. 그는 니콜과 아무 연락도 하지 못하게 금지한 병원 측에 항의하기 위해 단식투쟁을 하고 있던 중이었다. 그는 기분이 몹시 안 좋았다. 나는 그에게 이 모든 일 때문에 가족이 얼마나 큰 대가를 치르고 있는지, 이 무슨 서커스 같은 짓이며, 그리고 이런 일들이 과연 그가 주장하는 품위 있는 행동인지, 이런 이야기를 해서 그를 설득해보려고 애썼다. 그러자 그가 내 말을 가로채며 물었다. "내가 너한테 무슨 폐라도 끼친 것 있니? 난 더 이상 널 내 동생으로 생각하지 않겠다."

나도 화가 치밀었다. 나는 그가 그런 식으로 으름장을 놓는 데 넌더리가 났다. "주변에 있는 사람들을 그렇게 몰아붙이는 형 태도에 이제는 신물이 나. 지금 형 때문에 많은 사람들의 삶이 흔들리고 있잖아. 그런데도 형은, 형이 죽는 걸 원치 않는 사람들을 탓하고 비난만 하고 있잖아." 그는 전화를 끊어버렸다.

11월 30일, 사면위원회는 사형집행을 허용한다는 결정을 내렸다. 이미 그런 결정을 예상하고 있었기에, 나는 암스테르담에게 어머니 대신 조치를 취할 수 있는 위임장을 전달하기 위해 샌프란시스코에 가 있었다.

사태는 급박하게 전개되었다. 12월 3일, 미국 대법원은 집행연기를 허락했다. 그러나 감옥과 전화 통화가 허용되지 않았다. 게리는 어머니 앞으로 공개편지를 보냈다. "간섭하지 마세요."라는 내용이었다. 게리와 그의 법적 대리인은 유타 주 밖에 있는 가족에게는 아무런 연락도 취하지 않았다. 단 한 번, 우리에게 연락이 왔던 적이 있기는 하다. 작가이면서 출판업자인 로렌스(래리) 실러가 게리의 이야기를 책과 영화로 엮어내려고 게리에게 판권을 받았는데, 그가 아이다 이모와 버논 이모부(이들이 게리의 전 변호사였던 데니스 보애즈의 뒤를 이어 게리의 대리인이 되었다)에게 어머니를 한번 찾아가보라고 부탁했다. 지금까지 무시되었던 어머니의 입장과 심정을 살피고 관계를 만회해보려는 의도였다.

그러나 어머니의 건강 상태와 초라한 이동주택에서 궁핍하게 살고 있는 모습을 보자, 이모와 이모부는 용건은 옆으로 밀어놓았다. 버논 이모부는 나가서 장을 봐 오고, 아이다 이모는 집을 청소했다. 그 즈음, 어머니와 이들 사이엔 묘한 감정이 흐르고 있었다. 어머니는 유타에 있는 친척들이 아들을 빼앗아 가더니, 이젠 그의 악명을 이용해서 이득을 챙기려 한다고 생각했다. 그래도 그들 사이엔 사랑이 있었다. 가족은 역시 가족이었다. 어머니가 게리의 행동과 그의 운명을 이야기하면서 울음을 터뜨리자, 이모와 이모부도 함께 눈물을 흘렸고, 이모부는 그 우람하고 튼튼한 두 팔로 어머니를 감싸주었다.

버논 이모부는 떠나기에 앞서, 코트 안주머니에서 1,000달러를 꺼내 탁자 위에 내려놓았다. 어머니가 출판동의서에 서명을 하면, 어머니에게 드리라고 게리가 보낸 돈이라고 했다. 그리고 게리는 어머니에게 사형 반대를 철회하든가, 아니면 적어도 더 이상 아무 조치도 취하지 말라는 말을 전해왔다. 어머니는 돈을 보면서 말했다. "그래, 그 돈 못 쓸 것도 없지." 그러고는 다시 쓰러져서 울음을 터뜨렸다. 결국 어머니는 동의서에 서명을 하지 않았다. 버논 이모부도 어쩔 수 없이 돈을 도로 넣었다. 모두가 비참한 심정이었다.

12월 3일 아침, 대법원은 형 집행연기를 철회하면서, 게리가 '자의에 의한 판단하에 자신의 권리를 포기'했다고 밝혔다. 우리에게 체념의 그림자가 덮쳐오기 시작했다.

마침내, 어머니와 게리가 가까스로 통화를 하게 되었다. "게리, 너 어렸을 때 시애틀에서 배를 타고 놀다가 물에 빠졌던 일 기억나니? 그때 물에 뛰어들어서 널 구했던 건, 엄마가 널 사랑했기 때문이다. 그때 이상으로, 엄마는 지금도 널 사랑하고 있어. 이제 다시 내가 뛰어들어서 널 구해야겠다고 생각했어. 그래서 그랬던 거야."

"어머니 때문에 화난 건 아니에요." 게리가 대답했다. "저도 그럴 거라는 짐작은 했어요. 내 어머니니까요. 어머니가 날 사랑한다는 걸 나도 알기 때문에, 어머니가 그걸 막으려고 애쓸 거라는 걸 알고 있었어요. 또 마이클을 위해서 그러신다는 것도 알았구요." 게리는 재심청구를 취하해달라고 했고, 어머니는 그의 말대로 했다.

하루 뒤, 불럭 판사가 사형집행일을 새로 발표했다. 1월 17일이었다. 게리는 독방에 갇히고, 면회는 일체 허락되지 않았다. 가족도 마찬가지였다.

크리스마스가 되었다. 나는 나 스스로에게 그리고 내게 질문하는 모든 사람들에게, 무슨 일이 일어나건 상관하지 않겠노라고 다짐했다. 크리스마스 휴가 내내, 나는 술을 마시거나 마약을 하면서 시간을 보냈다. 여자친구는 가족들을 만나러 고향으로 갔고, 그녀가 없는 매일 밤을 다른 여자와 보냈다. 수면제를 먹지 않으면 잠을 잘 수도 없었다. 잠이 오지 않을 땐, 집 안을 돌아다니며, 이것저것 내던지고, 추억이 담긴 기념품들을 깨부수곤 했다. 그러던 어느 날 게리 꿈을 꿨다. 그는 기둥에 묶인 채 총검에 연거푸 찔리고 있었다. 나는 멀리 담장 밖에서 보고 있어야만 했다. 다음 날 아침, 또 게리의 자살 소식이 들려왔다. 이번에는 치명적인 수준이었다.

갑자기 게리 형을 만나야 한다는 절박한 심정이 들었다. 마지막으로 어떻게든 그와 화해를 해야 한다는 생각이 간절했다. 그리고 그와 동시에, 내가 게리의 처형을 아직 받아들이지 못하고 있다는 사실을 깨달았다. 그간 무슨 일이 있었던 간에 분명한 건, 난 그가 죽기를 원치 않는다는 사실이다.

3

마지막 인사

1월 첫째 주 내내, 앤서니 암스테르담 교수가 게리의 변호인—로버트 무디와 로널드 스탠저—을 통해 감옥 측과 협상을 한 끝에, 나와 프랭크는 게리를 면회할 기회를 얻었다. 하지만 어머니는 건강이 나빠져서 여행을 할 수가 없었다. 유타의 솔트레이크 시에서 암스테르담 교수와 우리 가족을 대신해서 일을 처리해주던 리처드 지오크 변호사가 공항으로 마중 나오기로 되어 있었다. 우리는 이번이 우리에게 허용된 "단 한 번의 신체적 접촉이 금지된" 면회라는 걸 알고 있었다.

1월 11일 수요일 아침, 프랭크와 나는 솔트레이크 행 비행기에 올랐다.

게리와 프랭크 2세. 캘리포니아 주 새크라멘토, 1946년경

처음에는 서로 이런저런 이야기를 하려고 했으나, 잠시 후 형은 곰곰이 생각에 잠겼다. 이제 곧 우리 앞에 닥쳐올 현실에 그가 무척 괴로워하고 있다는 걸 알 수 있었다.

그의 침묵은, 그동안 내가 회피해오던 일들을 생각하게 만들었다. 나는 지금 한 사람을 만나러 유타로 가는 중이었다. 그는 나와 한 핏줄이면서, 이제껏 내가 진정으로 알지 못했던 사람이고, 지금은 나와 고통스러운 관계에 있는 사람이었다. 우리는 서로 너무나 다른 사람들이라는 걸 난 알고 있었다. 그건 지난 몇 년 동안 내가 수없이 되뇌었던 말이었다. 그건

어느 면에서는 분명한 사실이었다. 게리는 살인을 했고, 난 하지 않았다. 그러나 바로 이 순간, 우리는 둘 다 형편없는 인간들이라는 걸 부인할 수 없었다. 서로 자기 길만을 고집하면서, 그것이 상대방에게 치명적인 결과를 가져다준다는 걸 외면하고 있으니 말이다.

나는 게리의 처형을 막을 수 있는 길이라면 무엇이든 하겠다는 각오가 되어 있었다. 그것은 선한 윤리적 목적을 위해서라고 말할 수 있다. 나는 사형제도를 근본적으로 반대하는 입장이었고, 게리의 처형을 빌미로 그 제도가 부활될 것이 뻔했기 때문이다. 그러나 이런 고상한 이유 말고 다른 이유가 또 있었다. 게리가 이런 식으로 죽는 걸 내가 원치 않는 이유는, 그 죽음의 영향으로 나와 내 가족의 남은 인생이 파멸될까 두려웠기 때문이다. 난 미국 대륙에 사형제도를 부활시킨 사형수의 동생이라는 낙인이 찍힌 채 망가진 인생을 살고 싶지 않았다. 나는 스스로에게 말했다. 나는 나만의 꿈과 희망을 가지고 살 권리가 있다고. 그러나 내가 그 수치스럽고 더러운 이름과 혈연관계에 있는 한, 그 꿈은 내게서 멀어져갈 것이다. 이미 게리의 행동과 관련지어 나를 바라보는 세상 사람들의 눈을 경험했다. 그에게 쏟아지는 비난을 함께 나누고 싶지는 않았다. 내게는 아직 살아가야 할 인생이 고스란히 남아 있었다.

내 살길을 찾기 위해, 이 싸움에서 이기기 위해, 형에게 나의 온 힘을 기울여야 했다. 그의 처형을 막을 수 있는 법적인 조치를 취하고, 아마 몇 년 동안은 거기에 매달려야만 할 것이다. 그러나 내가 그렇게 한다면, 형에게서 그가 손아귀에 쥐고 있는 이 역사적으로 기묘한 순간을 빼앗는 것이나 다름없었다. 더 불행한 건, 그것이 또 다른 형태로 그에게 고통을 줄 수도 있다는 것이다. 감옥 안에서 서서히 죽음을 맞이하게 될 테니까. 아무리 몹쓸 짓을 저지른 인간이지만, 그가 최근 몇 개월 동안 심한 고통을 받았다는 것과 죽음의 순간을 기다리는 것이 결코 쉬운 일이 아니라는 사실은 의심의 여지가 없었다. 그러나 만일 게리에게 그런 고통을 주지 않으려면, 대신 남은 가족들이 고통을 겪어야 할 것이다. 게리가 처형됐다는 소식이 전해질 때, 난 어머니 곁에서 그 고통스런 표정을 보고 있어야 할 것이다. 그 무엇보다도 어머니가 그 순간을 겪는 걸 보고 싶지 않았다.

이번 면회를 통해서 형의 목숨을 구하는 것이 내가 바라는 바였지만(하지만 그렇게 한다고 해서 무슨 의미가 있을까? 이미 영혼을 잃어버린 자의 목숨을 어떻게 구할 수가 있단 말인가?) 그날 아침, 나는 내가 선한 사람이 아니라는 생각이 들었다. 사실 나는 앞으로도 결코 나 자신을 선하다고 여기지 않을 것이다. 비행기를 타고 상공을 날아가는 동안, 내가 선한 사람일 수도 있는 가능성은 그 하늘 어딘가에서 흩어져버렸다. 비행기가 착륙했다. 내가 발을 내딛은 땅에는, 누구를 살리고 누구를 죽일지를 결정하는 사람들이 살고 있었다. 그곳은 물질적이면서도 영적인 땅이었다. 거기에서부터 앞으로의 내 인생의 향방이 결정될 것이다. 게리의 인생이 거기서 결정났던 것처럼. 그건 우리에게 주어진 배역이었다.

그 땅에 발을 들여놓는 순간, 당신의 손은 피로 물들으리라. 그리고 그 핏자국은 영원히 씻기지도, 지워지지도 않을 것이니.

아니다, 난 선하지 않다. 결코 선해질 수 없는 사람이었다. 내 몸에 흐르고 있는 피의 역사가 그 가능성을 이미 앗아가버렸다.

솔트레이크에 도착하니, 리처드 지오크가 롤스로이스를 몰고 공항으로 우리를 마중 나왔다. 그는 그 '번지르르'한 차에 대해 변명부터 했다. 바빠서 동료 차를 빌린다는 게, 그렇게 됐다는 것이다. 드레이퍼로 가면서, 지오크는 유타의 사형제도의 합법성이 판명날 때까지, 집행연기를 얻어낼 가능성이 있다고 설명했다.

드레이퍼 교도소는 "산 정수리"로 알려진 솔트레이크 밸리에 있었다. 계곡 주변은 대기 오염이 심해서 교도소로 가는 마지막 모퉁이를 돌고 나서야 산이 눈에 보이기 시작했다. 교도소는 평평한 평지 한가운데에 자리잡고 있고, 주변에는 높고 뾰족한 봉우리들이 흰 눈에 덮여 있었다. 그곳이 계곡에서 가장 전망이 아름다운 곳 같았다.

우리가 탄 자동차는 중앙탑 앞에 멈춰야 했다. 경비 보초에게 출입허가증을 받고, 좁은 길을 따라 내려가니 철통같이 보안이 된 작은 건물이 나타났다. 그 건물 주위에는 또 다른 감시탑과 이중으로 된 철조망 담이 있었다. 우리는 그곳에서 아무런 방해를 받지 않고 90분 동안 면회를 하게 되어 있었다. 게리는 여전히 공식적으로는 최대한의 구속을 받는 몸이어서, 변호사 이외에는 면회가 금지된 상태였다. 이번 가족 면회는 "특별대우"였다. 우리는 탁 트인 삼각형 모양으로 된 방으로 안내되었다. 그곳에는 감시하는 간수도 없었고, 신체적 접촉도 허용된다고 했다.

문이 스르르 열리더니, 게리가 산책하는 사람처럼 느긋하게 걸어 들어왔다. 그는 흰색 죄수복 차림에 빨간색, 흰색, 파랑색으로 된 운동화를 신고, 빗을 빙빙 돌리면서 우리를 보고 활짝 웃었다. 너무나 오랫동안 신문과 텔레비전에 비친, 어둡고 차가운 표정만을 보아왔던 탓에, 그가 이렇게 매력적인 용모를 하고 있다는 걸 잠시 잊고 있었다. "형은 여전히 몸이 좋은데." 그가 프랭크에게 말하고서, 내게도 한마디 했다. "그리고 넌 여전히 말라깽이로구나."

게리는 의자를 돌려서 간수실 창문 쪽으로 향하도록 해놓고, 이렇게 말했다. "그래야 저 멍청이들이 날 감시할 수 있지."

처음 몇 분 동안에는 본격적인 주제를 꺼낼 수 있는 편안한 분위기를 만들기 위해 서로 가벼운 이야기를 주고받았다. 로버트 엑셀 화이트가 자기 목숨을 위해 싸우기로 결정했다는 말을 꺼내자, 게리는 얼굴을 찡그렸다. 로버트는 게리와 마찬가지로 자신을 처형해달라고 요구했던 죄인이었다. 게리는 어깨를 으쓱하더니, 이렇게 말했다. "그래, 그 사람이 결국 마음을 바꿔 먹어서, 일이 흐지부지됐다고 볼 수 있지. 그런데 말이야, 그건 나하고는 아무 상관없는 일이야. 자, 보라구. 나도 한동안은 나 때문에 이런 극형이 다시 부활한다는 게 마음에 걸리고 죄책감도 들었어. 내가 자살하려고 했던 건, 그런 이유도 있었지. 하지만 이제는 날 몰아붙이는 사람들한테 진력이 나. 난 그따위 강간범이나 흉악범들이 어떻게 되든 상관하지 않겠어. 그놈들을 끌어내서 내일 당장 총살시킬 수도 있잖아. 내 문제가 그놈들에겐 아무런 영향도 미치지 않아. 자기들이 저지른 죄에 따라 판결이 내려질 테니 말이야."

나는 제3자 소송개입의 가능성에 대한 이야기를 꺼냈다. 그러나 게리는 내 말을 딱 자르며 말했다. "이봐, 난 아무도 이 일에 끼어들지 않았으면 좋겠어. 어떤 명분을 내세워도 소용없고, 암스테르담 같은 변호사도 필요 없어." 그는 팔을 뻗어 내 턱을 잡고는, 내 눈을 뚫어지게 들여다보며 말했다. "그 작자도 물러나라고 해." 내가 무슨 말인가 하려는 순간 문이 열리더니, 버논 이모부와 아이다 이모가 면회실로 들어왔다. 우리는 우리끼리만의 면회로 알고 있었다. 내가 알기로는 단 한 번 허용된 면회였고, 이제 우리 형제끼리 마지막으로 이야기를 나눌 수 있는 시간은 15분밖에 남지 않았다. 그런 중요한 시간에 버논 이모부와 아이다 이모가 들어오다니. 무슨 종친회 날이기나 한 듯이 말이다. 버논 이모부와 아이다 이모는 그 어느 때보다 더 부자가 되었다. 앞으로 일주일 후, 게리가 큰 나무 의자에 앉아서 생판 알지도 못하는 다섯 사람이 쏘는 총에 가슴을 맞는다는 조건이 달려 있었다. 바로 그 사람들이, 우리 이모, 이모부였다. 나는 분노가 치밀었다. 밝은 미소가 퍼지고 있는 그들의 얼굴을 쥐어뜯고, 당장 고꾸라뜨리고 싶은 감정이 울컥 솟구쳤다.

남은 면회 시간은 분통이 터질 정도로 엉망이 됐다. 주로 게리와 버논 이모부가 이야기를 하느라 시간이 갔는데, 게리가 누구에게 돈을 얼마를 남겨줄 건지 따위의 이야기를 하면서, 간간이 소름이 끼치는 농담을 주고받았다. 버논은 가방을 하나 가지고 왔고, 거기엔 '내게 죽음을 달라 —길모어'라는 글과 함께 컴퓨터로 합성한 게리의 사진이 프린트된 녹색 티셔츠가 들어 있었다. 그건 분명 게리나 버논, 둘 중 한 사람이 주문한 것 같았다. 그들은 사형집행일에 게리가 그 티셔츠를 입고 있다가, 나중에 그걸 경매에 붙여서 최고 입찰자에게 팔 수 있을지에 대해 이야기를 나누었다. 난 기분이 씁쓸했다. 그렇게 90분이 지나고, 면회는 끝났다.

우리가 나오려는데, 게리가 내게 티셔츠를 내밀었다. "게리 형, 난 그거 필요 없을 것 같은데." 내가 말했다.

"그래—." 그는 말을 길게 빼며, 미소를 지었다. "지금은 좀 크겠지만, 네가 좀 더 자라면 잘 맞을 거야." 나는 티셔츠를 받았다.

"여기 있는 동안에 내가 너희들에게 뭐 해줄 일 없겠니?" 버논이 물었다. 나는 그에게 게리의 변호사인 론 스탠저와 무디, 그리고 래리 실러를 만나고 싶다고 말했다.

솔트레이크 시에 돌아온 뒤, 나는 이틀 더 머물면서 혼자 게리를 면회하러 가봐야겠다고 결정했다. 지오크의 사무실을 찾아가 그에게 나의 난처한 입장에 대해서 설명했다. 죄의 내용이 무엇이든, 또 죄인이 뭘 원하든 분명히 사형제도를 반대하지만, 그러면서도 다른 한편으로는, 게리를 설득을 하지 않는 한 어떤 조치도 취하지 않는 것이 중요하다는 생각이 들었다. 즉 아직 게리의 목숨을 구하기 위한 준비가 되지 않았다. 자칫 결정적이고 치명적인 자살기도를 부를 수도 있기 때문이다.

나는 지오크에게 이곳 저널리스트 중에서 이 사건을 담당하는 기자를 소개 좀 해달라고 부탁했다. 정보통에 밝은 기자라면 이 복잡한 상황 뒤에서 돌아가는 내용을 내게 알려줄 수 있을 것이다. 그가 거론하는 저널리스트—제랄도 리베라 같은—대부분은 내가 별로 이야기를 나누고 싶지 않은 사람들이었다. 그러자 그는 빌 모이어즈라는 이름을 댔다. 그는 린든 B. 존슨 대통령의 전 언론담당 보좌관으로, 내가 무척 존경하던 작가이자 언론인이었다.

"모이어즈를 만나게 해주세요."

두 시간 후, 나는 모이어즈가 묵고 있는 호텔에서 그와 함께 저녁식사를 하면서, 정말로 마시고 싶었던 술도 한두 잔 마셨다. 그는 이 사건을 둘러싼 윤리적인 문제에 대해 분명한 우려를 나타냈다. 그는 또한 미국에 사형제도가 부활하는 걸 원치 않는다고 했다. 그는 나에게 자신이 알고 있는 바를 들려주었다. 또 내 동의 없이는, 나와 나눈 이야기를 절대로 기사로 쓰지 않겠다는 약속을 했다. 그리고 내게 앞으로 법조인이나, 사업가, 혹은 언론인 중에 혹시 어떤 조언을 해주는 사람이 있어도, 매우 신중하게 받아들여야 한다고 충고했다. 그들을 믿기보다는 자기 자신의 양심과 타협하고, 게리와의 대화를 통해 타협해야 한다고 말했다. 그 후 오랜 세월이 흐른 지금까지도, 나는 빌 모이어즈의 친절한 관심과 충고야말로, 내가 그 일주일을 정신을 바짝 차리고 지낼 수 있는 결정적인 역할을 했다고 확신하고 있다.

밤 9시, 나는 버논 이모부에게 전화를 해서 무디, 스탠저와의 약속이 정해졌느냐고 물었다. 그는 두 변호사와는 약속을 못했고, 실러는 로스앤젤레스에서 비행기를 타고 오는 중이며, 새벽 1시에 솔트레이크 힐튼호텔에서 만나기로 했다고 말했다. 나는 술이 약간 오른 상태였고 잠이 쏟아졌으나, 게리의 관리자와 만날 기회를 놓치고 싶지 않았다.

힐튼호텔에 도착했을 때, 나는 실러를 금방 알아보았다. 12월 20자 〈뉴웨스트〉 지에 배리 파렐(그는 나중에 래리 실러의 연구원이자 동업자가 되었다)이 쓴 기사, "게리 길모어의 상품화"에 실린 그의 사진을 본 적이 있기 때문이었다. 그 역시 게리와 닮은 내 얼굴을 보고, 날 한눈에 알아봤다. 사실 난 전부터 실러를 만나보고 싶었다. 그는 죽음에 집착하는 흥행사라는 평판을 받고 있는 사람이었다. 악명 높은 레니 브루스의 전기를 쓴 알버트 골드만과의 인터뷰나, 마릴린 먼로, 잭 루비, 샤론 테이트의 살해자 수전 앳킨스에 대한 그의 기획 때문이다. 그를 만나고 싶었던 건, 그가 혹시 게리의 처형을 자신의 목적에 이용하려는 것이 아닌가 하는 의혹 때문이었다. 또한 이 시점에서 게리와 타협하기 위해서는, 게리의 이야기에 대한 권리를 가지고 있는 사람과 거래를 할 필요가 있다고 생각했다.

나는 실러와 두 시간 정도 이야기를 했다. 우리는 유타에서 진행되고 있는 일들에 대해서, 그리고 게리에 대한 각자의 관심에 대해서 날카로운 질문을 주고받았다. 나는 게리의 선택과 그것이 일으킬 파급 효과에 대한 내 생각을 솔직히 털어놓았고, 실러는 대체로 긍정적인 반응을 표했지만, 자신도 같은 생각을 하고 있다고 공언하는 데는 주저했다. 결국 불가피하다고 생각했던 질문을 그에게 던졌다.

"당신에게는 게리가 죽는 편이 가치가 있나요, 아니면 살아 있는 게 더 가치 있나요?"

실러는 잠시 머뭇거리다가, 이렇게 대답했다. "오래전이었지요. 내가 사진기자였을 때, 화재현장에 취재를 간 적이 있었어요. 소방대원들이 창문을 통해 한 사람을 구조하고 있었는데, 그때 난 자신에게 물었습니다. 이 순간 내가 사진을 찍어야 할 것인가, 아니면 카메라를 내려놓고 사람을 구하는 걸 도와야 할 것인가. 나는 사진을 찍는 쪽을 선택했습니다. 그때 난 이렇게 생각했습니다. 실재하는 현실을 포착하는 것이 사진기자로서의 나의 의무라고 말입니다. 당신이 던진 질문에 답을 한다면, 난 역사를 만들기 위해서가 아니라 기록하기 위해 여기에 온 것입니다."

그 만남의 시간 끝에서, 실러의 솔직한 태도는 나에게 깊은 인상을 주었다. 부슈널과 젠슨의 가족들에 대한 그의 관심에도 믿음이 갔다. 그리고 우리가 나눈 대화를 비밀로 지켜주겠다는 약속을 듣고 그가 믿을 수 있는 사람이라는 느낌이 들었다. 그는 렌터카로 호텔까지 나를 데려다주었다. 내가 그의 차에서 내리려는데, 그가 의미심장하게 물었다.

"당신 중간이름이 뭡니까?" 그는 내 이름을 수첩에 적고는, 전화번호를 하나 적어서 내게 넘겨주었다. "내게 연락하려면, 힐튼호텔이나 오렘에 있는 트래블롯지 호텔, 아니면 이 번호로 메시지를 남겨요. 하지만 길모어라는 성을 쓰지 말고, 당신 중간이름을 쓰세요. 거긴 스탠저의 사무실인데, 당신이 어디 있다는 걸 그가 눈치채면 안 되니까 말이오. 여기 있는 게리의 변호사들은 썩 좋은 편은 아니지요. 내가 선택한 건 아닙니다."

다음 날 오후, 나는 프랭크가 묵고 있는 호텔로 연락을 하려 했지만, 그는 이미 체크아웃을 하고 없었다. 나는 오리건의 어머니에게 전화를 걸어서, 혹시 프랭크가 집으로 갔느냐고 물었다. 어머니는 그가 아직 솔트레이크에 있는 걸로 알고 있다고 대답했다. 이번에는 나 혼자서 게리를 만나러 가야 했다.

드레이퍼에 도착해서 면회일지에 이름을 쓰려는데, 바로 위에 무디와 스탠저의 이름이 보였다. 칸막이로 된 전화박스 쪽을 보니, 그들이 게리와 통화하는 게 보였다. 나는 담당직원에게, 형과 단 둘이만 이야기하고 싶다고 말했다. 그는 그렇게 하도록 최선의 조치를 하겠다면서, 전날 갔던 삼각형 방으로 날 안내했다. 나는 전화박스와 멀리 떨어진 구석에 앉았다. 잠시 후 간수가 들어오더니 스탠저에게 경비사령관이 잠깐 보자고 한다고 전했다. 스탠저가 나가자, 무디가 게리에게 가족 면회는 어땠느냐고 묻는 게 들렸다. 게리의 대답은 내가 들을 수 없었다. 무디가 이어서 말했다. "잘 들어요, 게리. 실러가 어젯밤 늦게, 힐튼호텔에서 당신 동생을 만났대요. 마이클이 사형 집행을 막으려 하는 것 같다고 하던데."

난 내 귀를 의심했다. 나는 전화박스 가까이에 있는 벤치로 자리를 옮겨 앉았다. "지오크가 어제 당신 형제들을 롤스로이스에 태워서 여기로 데리고 왔다는 거, 알고 있었어요?" 다음 말은 알아들을 수 없었지만, 내가 묵고 있는 호텔 이름이 들먹여지는 게 들렸다.

간수가 다시 들어왔다. "무디 씨, 잠깐 같이 가시겠습니까?" 무디가 일어나면서, 나를 흘깃 보더니, 다시 돌아봤다. "저 사람 누구요?" 저만치 가면서, 그가 묻는 소리가 들렸다. 30분쯤 기다리자 게리가 나타났다. 그는 소매 없는 검은색 셔츠를 입고, 스코틀랜드 풍 모자를 손가락으로 빙글빙글 돌리면서 들어왔다. 그 뒤에는 스탠저와 무디가 서 있었다. 게리가 소개를 했다. "이런 곳에서 이렇게 만나 유감입니다." 스탠저가 말했다. "혹시라도 우리 도움이 필요하시면, 연락 주시지요." 난 고개를 끄덕였다.

"오, 다시 와줘서 반가워." 무디와 스탠저가 나가자, 게리가 말했다. 그는 벤치 뒤쪽에 앉았다.

"게리 형, 나 형하고 게임 같은 건 하고 싶지 않아. 나 아까 변호사가 형한테 하는 얘기 들었어. 그래, 맞아. 어젯밤에 내가 실러를 만났어. 사형 집행연기 방법을 알아보려고 해."

게리의 얼굴에서 웃음기가 걷히고, 대신 그동안 신문과 잡지의 사진에서 보았던 그 굳은 표정이 나타났다. "지오크가 어제 널 롤스로이스에 태워서 여기 데리고 온 게, 사실이니?" 어젯밤, 실러도 내게 똑같은 질문을 했다. 롤스로이스가 뭔가 강력한 외부의 개입을 의미한다는 짐작이 갔다. 하지만 그건 내게 중요한 문제가 아니었다. 난 게리에게 상황을 설명했다. 그는 벌컥 화를 냈다. "암스테르담과 지오크는 자기들 명분을 위해 널 이용해 먹으려는 개자식들이란 말이야. 왜 그 작자들이 내 인생에 끼어들려는지 알아? 사형에 반대하기 때문에? 그렇게 해서 자기네가 대단한 도덕군자라도 되겠다고? 난 사형을 선고받았어. 그게 무슨 장난이야? 난 그따위 소리는 듣고 싶지 않아."

나는 법의 윤리성이나 변호사 얘기는 꺼내지 말아야겠다고 결심했다. "지오크와 암스테르담에 대한 헛소리들을 믿고 싶으면 마음대로 해. 하지만 그런 건 형이나 나한테는 아무 상관없는 이야기야. 나는 독자적으로 사형 집행연기를 받아낼 만한 조치를 취할 수 있어. 그게 감형을 가져올 수도 있을 거야."

게리는 고개를 가로저었다. "그건, 불가능해." 그는 잘라 말했다. "내가 원했다 하더라도, 이런 일을 막을 수조차 없었을 거야." 그는 잠시 말을 멈췄다가, 다시 물었다. "너, 정말 할 수 있어?"

난 할 수 있다고 믿는다고 대답했다. 게리는 일어나서 방 안을 걷기 시작했다.

"그들은 날 절대로 풀어주지 않아. 그리고 난 감옥에서 너무나 오랜 세월을 썩었어. 내게 남은 건 아무것도 없다." 그는 나에게 얼굴을 들이대며 말했다. "난 사람을 둘이나 죽였어. 내 남은 인생을 감방에서 보내고 싶진 않아. 만일 어떤 자식이 날 풀어준다면 말이야, 난 가서 권총을 하나 구해서 이 일에 끼어드는 변호사 몇 놈을 쏴 죽이겠어. 그런 다음 너한테 묻겠지. '잘 봐, 네가 개입해서 만들어낸 결과가 어떤지를. 이제 흡족하냐?' 하고 말이야."

"시간 됐습니다." 간수실에서 소리가 들려왔다.

게리는 얼굴을 풀고, 내게 웃어 보이려고 애를 썼다. "내일 다시 와. 좀 더 이야기하자." 그가 말했다. 내가 문을 나서려는데, 게리가 날 불렀다. "10년 전에 네가 필요했는데, 그때 넌 어디 있었니?" 솔트레이크로 오는 길 내내, 그의 마지막 말이 머릿속을 자꾸만 맴돌았다. 난 머리가 깨질 듯 혼란스러웠다. 한 시간 전만 하더라도, 난 오로지 사형 집행연기를 위해 싸우는 것, 죽음이 아닌 삶을 선택하는 것만이 옳은 결정이라고 생각했다. 그러나 게리를 위해서는 그런 결정을 내릴 수 없었다. 난 사라져버리고 싶었다. 선택이니 양심이니 하는 것들이 존재하지 않는 무無의 공간 속으로. 게리의 눈빛에 담긴 그 표정을 잊을 수 있는 망각의 세계로.

그날 밤, 나는 모이어즈와 다시 만나서 저녁을 같이 했다. 나는 그에게 게리와 나누었던 이야기를 했다. 다 듣고 나서 그는 혹시 자기가 게리를 만날 수 있는지 물었다. 나는 실러가 게리와 독점 계약을 맺었기 때문에, 다른 저널리스트가 그와 대화를 나눌 수는 없을 거라고 말했다. 모이어즈는 나와 게리 그리고 실러에게, 그와 나눈 대화를 기사화하지 않겠다는 약속을 하겠다고 했다. 그는 녹음도 하지 않고 사진도 찍지 않겠다면서, 관련자의 동의를 얻지 않고서는 그와 나눈 대화의 내용을 밝히지 않겠다고 했다. 그는 그저 게리가 자신과 같은 텍사스 출신이라는 점 때문에, 뭔가 통하는 게 있을지 모른다는 생각이 든다고 했다. 또 게리의 상황에 대한 자신의 철학적인 견해를 한두 가지 제시함으로써, 어쩌면 그의 관심을 끌 수도 있고 잘하면 설득시킬 수도 있을 거라고 말했다. 나는 모이어즈를 신뢰했고, 그래서 방법을 찾아보겠노라고 했다.

나는 그날 밤, 춥고 눈에 덮인 솔트레이크의 거리를 오랫동안 걸어 다녔다. 모르몬 사원 옆을 지나는데, 프랭크가 걸어오는 게 보였다. 그는 날 보지 못했다. 두 손을 호주머니에 찌른 채 땅만 보고 걷고 있었다. 내가 형을 불렀다.

나는 게리를 만났다고 말하고 우리가 했던 이야기를 해주었다. 그리고 형도 면회를 할 수 있을 거라고 하면서, 내가 같이 가도 좋고 형 혼자 가도 좋다고 했다. 단 한 번만이라던 면회규정은 어차피 깨졌으니까.

"아니." 프랭크가 말했다. "난, 못 가겠어. 게리를 두 번 다시 못 보겠어." 그렇게 말하는 그의 두 눈에 눈물이 맺혔다. 형은 돌아서더니, 차가운 밤공기 속으로 사라져갔다.

그로부터 15년이 지난 후, 프랭크와 나는 솔트레이크를 다시 찾았다. 그곳 친척들을 만나 옛 관계를 회복해보려는 뜻도 있었고, 그 옛날에 일어났던 일의 의미를 되짚어보려는 뜻도 있었다. 어느 날 오후, 프랭크는 나를 리버티 파크로 데리고 갔다. 그곳은 우리가 모두 어렸을 적 유령이 나타나던 솔트레이크의 집에서 부모님과 함께 살고 있었을 때, 프랭크와 게리가 매일같이 와서 오후 내내 놀던 곳이었다. 두 형제는 거기서 함께 달음박질도 하고, 공차기도 하고, 고리타분한 모르몬인들을 골려주기도 하면서 놀았다. 프랭크는 그때가 게리와 함께 보낸 가장 행복한 시절이었던 것 같다고 했다. 그때는 게리가 물건을 훔쳐서 차고에 감추는 버릇이 아직 시작하기 전이었다. 그러니까 그가 영원히 나쁜 아이로 변하기 이전의 시절이었다.

그날 공원에 함께 앉아서 프랭크는 내게, 그 오래전 그때 자기가 왜 드레이퍼 감옥에 있는 게리를 다시 보러 가지 않았는지, 그 이유를 설명해 줬다. 처음 그를 면회하고 나와서, 그는 이 공원에 와서 우리가 앉아 있던 그 자리에 앉아 있었다고 한다. 한참 동안을 거기 앉아서 지나간 일들을, 그리고 앞으로 닥칠 일들을 곰곰이 생각했다.

"나는 게리가 한 짓이 너무 싫었어." 프랭크가 말했다. "그 애가 저지른 짓은 너무 끔찍하니까. 하지만 게리가 당한 일들도 끔찍하기는 마찬가지야.

넌 어떻게 생각하니? 만일 게리가 22년 동안 감옥에서 지내지 않았더라면, 그가 과연 한 인간의 머리 뒤통수에 총을 쐈을까? 그것도 그의 임신한 아내와 어린 자식이 지켜보는 앞에서 말이야. 또 다른 사람에겐 어땠을 거 같아? 게리는 주유소에서 그를 쐈지. 그 사람은 몇 시간 동안 숨이 끊어지지 않고 살아 있었대. 그러니까 그 사람은 몇 시간 동안을 죽지도 못하고, 고통 속에서 몸부림을 쳤다는 얘기야. 그렇게 고통스럽게 서서히 죽어간 거야. 그 짐승 같은 감옥사회에서 받은 교육이 게리를 그렇게 만든 거라고 난 확신해. 그 짐승 같은 사회가 그가 그런 비극을 저지르게 만든 거야.

게리는 감옥에서 많은 것을 보고 배웠어. 언젠가 그런 이야기를 내게 해줬어. 불구가 된 사람들도 봤고, 양손이 잘린 사람도 있었고, 살해된 사람도 봤대. 갖가지 폭력이 자행되는 것도 목격했고, 더 어렸을 때는 자기가 그 폭력의 희생자가 되기도 했지. 맞기도 하고, 강간도 당하고, 폭행당하고. 하지만 그는 그걸 견디는 법을 터득했어. 나이가 들고 어른이 되면서, 그는 더 비열하고 폭력적인 인간으로 변해갔지. 그렇게 되니까 무서운 게 없어졌어. 그건 마치 22년 동안 베트남 같은 전쟁터에 있었던 셈이야. 그 수없이 많은 악랄한 짓에 희생자가 되기도 했고, 가해자가 되기도 했어. 그는 이랬을 거야. '그래, 지금까지 난 당하면서 살아왔다. 이제는 내가 파괴자가 되겠어.'

이 나라 안에는 그와 비슷한 인생을 살았던 사람이 수백만은 될 거야. 그리고 그중 많은 사람들이 게리와 같은 선택을 했겠지. 그렇게 죽이고, 또 죽으면서 말이야. 감옥에서 보낸 그 잔인한 세월들이 그들을 그렇게 바꿔놓은 거야. 그들은 돌아올 수 없는 선을 넘었지. 하루살이 같은 삶을 살다가, 어느 날 죽음이 그 삶에서 탈출할 수 있는 출구로 보이기 시작하지. 그건 모든 것으로부터의 탈출구이기도 해. 그들 중에는, 다른 모든 것들은 두려워도 죽음만은 두려워하지 않는 자들이 있어. 그러면 그들은 대단히 위험한 존재가 되고 말아. 그들은 가둬버릴 수도 없어. 그것이 그들에게는 자유이기 때문이야. 또 그들은 죽일 수도 없어. 그들이 원하는 것이 죽음이니까. 그들은 정말로 다른 인간에게 위험한 존재야. 그런 사람들 수천 명이, 바로 게리 같은 사람들이 이 땅을 활보하고 있어. 문제를 안고 있는 아이, 그 문제는 정서적인 것일 수도 있고, 가정문제일 수도 있겠지. 그런 아이를 그 폭력이 난무하는 소년원이나 교도소에 넣는다고 해봐. 그러면 결국 그 아이는 내 동생 게리처럼 될 가능성이 많지.

게리는 돌아올 수 없는 선을 넘어버렸어. 그는 죽음이 자신을 해방시켜주길 원하고 있어. 이게 그를 다시 만나러 가지 않은 이유야. 그가 진심으로 그걸 원한다는 걸 알았으니까. 그리고 괴로웠지. 게리는 그저 죽음을 바란 정도가 아니야. 마치 휴가를 기다리는 사람처럼 축제 기분에 젖어 있는 것 같았어. 게리는 자신을 해방시키려고 한 거야. 그에겐 탈출이었어.

마지막으로 봤던 날, 게리는 내가 전에 면회하면서 보던 그 침울한 사람이 아니었어. 거기 앉아서, 손가락을 튕기며 웃기도 하고 장난스럽게 농담도 하더라. 크리스마스이브라도 된 듯이 말이야. 게리는 그들이 자기를 죽이게 함으로써, 그 제도를 이겨낼 완벽한 방법을 찾아낸 거야. 그런 다음 그는 사라지고 그리고 끝이지. 게리의 생각을 짚어가면서, 나는 게리가 승리를 확신한다는 걸 알았어. 그런 승리 방법을 선택하는 사람은 세상에 거의 없을 거야. 하지만 그건 게리에게 주어진 자유 중 하나이고 그에게 남은 유일한 자유이기도 했지. 그래서 물러선 거야. 너와 어머니가 게리를 살리고 싶어 한 걸 나도 알아. 그리고 나도 두 사람을 반대하지 않았어. 그렇지만 만일 내가 나서서 뭔가 해낸다면, 그래서 게리가 다시 그 지옥에 갇힌다면, 나 스스로를 용서하지 못할 것 같았어.

게리를 만나고 온 그날 밤, 나는 한숨도 못 잤어. 이제 다시는 게리를 보러 가지 않으리라는 걸 알았지. 그가 고통받는 모습을 더는 볼 수가 없었으니까. 그가 죽어가는 것도 볼 수 없었어. 그날 이 공원에 앉아서 이런 생각을 했지. '다시는 게리를 보러 가지 않겠어. 어린 시절 이곳에서 함께 놀던 그 모습으로 내 가슴속에 묻어둬야지. 이렇게 망가지기 전에, 내가 사랑했던 동생의 모습으로.' 그런 결정을 내리면서 단 하나 마음에 걸린 건, 내가 진심으로 게리를 사랑했다는 걸 그 애가 모른다는 사실이었어. 게리는 결국 내가 자기를 얼마나 사랑하는지, 그리고 내가 진심으로 자기를 생각하고 있었다는 걸 알지 못하고 갔을 거야. 그러나 더 이상 그를 위해서 할 수 있는 일은 없었어. 게리에겐 모든 것이 끝나버렸으니까. 아무 가망도 없었지. 그가 너에게 얘기하려던 건, 바로 그 점이었을 거라는 생각이 들어."

프랭크를 길에서 우연히 만난 다음 날 아침, 오렘에 있는 실러에게 전화를 했다. 나는 무디에게 들은 이야기를 하며, 둘만의 대화라고 믿었던 내용이 다른 사람에게 새어나갔다는 데 무척 실망했다고 말했다.

"난 무디나 스탠저에게 우리 이야기를 한 적이 없어요." 그가 대답했다.

"그럼, 누가 했을까요?"

"아, 당신 이모부인 버논에게는 몇 가지 이야기를 했습니다. 그건 당신이 이곳에서 주로 그 사람과 연락하고 지낼 거라고 짐작했고, 당신이 당연히 그에게 그런 내용을 알려줄 거라고 생각해서 그랬던 겁니다. 버논 씨가 무디나 스탠저에게 몇 가지 이야기를 한 것 같기는 합니다. 하지만 그밖에 당신이 들은 내용은, 그들이 넘겨짚은 것 같군요." 자기가 신뢰를 무너뜨렸다면 미안하다고 사과하면서, 내게 충고를 했다. "감옥으로 면회 가기 전에 미리 전화를 하지 마세요. 거기서는 정보가 아주 쉽게 새니까요. 철통같이 보안이 되어 있다는 그곳에 당신이 발을 들여놓는 순간, 나를 포함해서 많은 사람들이 그 사실을 알게 됩니다."

하지만 전화를 몇 통 걸어봐서 알아본 결과, 면회를 하려면 미리 허가를 받아야 한다는 걸 확인했다. 오후 늦게 면회를 신청해놓고 나는 책상에 앉았다. 그리고 게리에게 장문의 편지를 썼다. 막상 그의 얼굴을 보고 그가 화내는 모습을 보면, 내가 하려던 말을 잊어버리기 십상이었다. 나는 내가 어떤 선택을 하든 그것은 형을 사랑하기 때문이고, 형과 나 사이의 문제이지 법정이나 언론과는 상관없는 일이라고 편지에 썼다. 그리고 죽음보다 삶 속에서 더 큰 속죄의 가능성이 있다고 생각한다고 말하고, 지난 세월 동안 사실 난 형의 그 변덕스러운 폭력성 때문에 형이 두렵기도 하고 종잡을 수 없는 사람처럼 보였다는 고백을 했다. 시간만 충분히 허락된다면, 이제 형과 나 사이에 놓인 장벽을 거두고 싶다고도 했다.

그날은 하필 게리에게 공식적으로 허용된 첫 면회 날이었다. 그래서 오히려 면회 방식은 더 제한이 컸다. 공식 면회는 전화로만 해야 했다. 간수는 내 편지를 죽 훑어보고 나서, 게리에게 넘겨주었다. 그는 편지를 심각한 표정으로 재빨리 읽어내려갔다. 다 읽고 나더니, 그는 웃음을 지어 보였다. "잘 봤어." 그가 말했다. "너, 니체 알지? 그 사람이 이런 말 한 적이 있어. 인간에게는 기회가 오는데, 그걸 잘 포착해야 한다는 거야. 마이클, 내가 하려는 게 바로 그런 거야. 아, 참." 그는 갑자기 화제를 바꿨다. "내가 어제 너한테 '너 어디 있었냐'고 했던 말, 생각해봤는데 말이야, 그 말이 틀렸다는 걸 알았어. 네가 어렸을 때, 내가 집에 별로 없었잖아. 난 널 미워하지 않아. 최근에는 미워해보려고도 해봤지만 말이야. 넌 내 동생이잖아. 형제라는 게 뭔지 난 알고 있어. 너한테 화난 적은 있었어. 하지만 널 미워한 적은 없었다."

나는 지난 며칠 동안 벼르고 있었던 질문을 용기를 내서 물었다. "내가 만일 이 일을 막아낸다면, 형은 어떻게 할 거야?"

그는 얼굴을 돌리고, 담담한 어조로 말했다. "네가 그러지 않기를 바란다."

"그건 내 물음에 대한 답이 아니잖아."

"하지 마, 제발."

"게리 형, 어떻게 할 거야? 형은 법정에서 내린 선고를 그대로 받겠다고 말해왔잖아. 그런데 만일 감형된다면, 그때는 어떻게 할 거야?"

"자살할 거야. 자, 보라구. 누가 뭐라고 해도, 난 여기서 그렇게 철저하게 감시받지 않아. 지난 2주일 동안, 내가 마음만 먹었다면 얼마든지 자살할 수 있었어. 하지만 나도 뭔가 좋은 일을 하고 싶어. 내가 만일 자살한다면, 난 장기기증을—나보다 더 살 권리가 있는 사람들에게 말이야.—할 수도 없어. 내 의도는 모두 의심을 사게 될 테니까. 게다가 살인을 하고 잡힌 주제에 무슨 대접을 받겠다고 우는소리를 할 수도 없는 거지."

그러더니 게리는 감옥생활에 대해서 이야기를 시작했다. 그가 목격했던 잔혹한 일들과 그 스스로가 키워왔던 잔인함에 대해서. 감옥은 무서운 곳이라면서 그는 말했다. "네가 어쩌면 내 형량을 감형시킬 수 있을지도 모르지. 하지만 내가 자살하면, 그건 아무 소용없는 짓이야." 곧 닥쳐올 죽음을 이야기할 때보다 감옥생활을 이야기할 때, 그의 눈이 두려움에 떨고 있는 것이 분명히 느껴졌다. 글쎄, 어쩌면 감옥은 항상 현존하는 구체적인 현실이었고, 죽음은 하나의 추상적인 개념이었기 때문인지도 모른다. "나는 죽음이 낯설거나 두렵게 느껴지지 않아. 한번쯤 경험했던 것처럼 말이야."

우리는 몇 시간 동안 이야기를 했다. 아니, 주로 이야기를 한 쪽은 게리였다. 나는 이미 집으로 돌아가는 비행기를 놓친 지 오래였고, 주차장에서 사람이 기다리고 있다는 것도 잊고 있었다. 참으로 오랜만에 나눈 진실한 대화였고, 우리 둘 다 계속 대화를 이어가고만 싶었다. 게리는 나에게 다음 날도 오라고 했다. 그래서 난 그에게 빌 모이어즈 이야기를 하면서, 그가 인터뷰가 아니라 그냥 이야기를 나누고 싶어 하는데 만나보겠느냐고 물었다. 게리는 흔쾌히 동의하면서, 실러와 계약이 되어 있기 때문에 기록은 할 수 없다고 했다.

그날 밤 늦게, 실러는 직접 모이어즈에게 전화를 해서 게리와 어떤 식으로든 만나서 이야기하는 건 곤란하다고 했다. 다음 날인 금요일에 게리를 만났을 때, 그가 그 이야기를 꺼냈다. "네 친구가 날 만나는 거 말이야, 실러가 안 된다는군. 자기 '독점권'을 지키고 싶다는 거야. 그 자식은 가끔씩 마치 자기가 날 소유한 듯이 굴어. 내 목숨을 쥐고 있는 것처럼 말이야. 지난번에도 한번 그런 적이 있었어. 내가 니콜에게 보냈던 편지를 돌려달라고 했거든. 그따위 것들이 다 활자로 찍혀 나오는 게 싫어서. 그림이야 괜찮지만, 편지는 남들이 상관할 바가 아니잖아. 그런데도 실러는 그걸 다 읽었어. 그때는 당장 그 작자와 계약을 파기하고 싶었지. 지금도 그랬으면 좋겠는데, 이제 와서 다른 사람을 찾기는 너무 늦었단 말이야. 하지만 지금이라도 할 일은 있어. 처형장에 초대한 걸 취소해버리는 거지." 난 아무 대꾸도 하지 않았다. 게리와 실러의 싸움에 끼어들고 싶지 않았다.

나는 게리에게 이제 집으로 돌아가 주말에는 어머니와 같이 지내야 한다고 말했다.

"하루만 더 있을 수 없니?" 그가 물었다. "한 번 더 보고 싶구나. 그리고 조니 캐시가 내게 보낸 책이 있는데, 그걸 엄마한테 갖다드릴래?"

나는 다음 날—토요일—다시 오겠다고 했다. 그런데 날 보내기 전에,

그가 한 가지 더 얘기하고 싶은 게 있다고 했다. "내가 이런 말 많이 했잖아, 사람들이 날 어떻게 생각하든 난 상관하지 않는다고 말이야. 그런데 그건 완전히 틀린 말이었어. 나더러 신경과민이니 어쩌느니 하는 말 따위 듣고 싶지 않아. 그래서 이런 말은 아무한테도 하지 않았는데, 월요일에 말이야, 어떨지 모르겠어. 어쩌면 그래서 그 자리에 실러를 오라고 해야 하는지도 몰라. 그러면 내가 냉정해질 수 있겠지. 이런 말, 너는 믿기 어렵겠지만, 내가 이걸 가지고 세상을 떠들썩하게 만들고 싶었던 건 아니야. 책이나 영화로 만드는 건 생각하지 않았어. 기사로 내는 건 몰라도."

유리벽을 사이에 두고, 우리는 손을 마주 댔다. 그리고 작별 인사를 했다.

누군가와 그의 죽음을 놓고 논쟁을 할 때, 당신이 반드시 건너가야 할 저편이 있는데, 그곳에 닿는 것이 불가능한 그런 경우를 상상해보라. 게리의 선택에는 논리가 있고, 일관성이 있었다. 그건 인정해야만 했다. 그러나 그렇다고 해서, 그를 살리고 싶다는 내 마음은 변함이 없었다. 하지만 이제 더 이상 당신을 사랑하지 않는 사람에게, 그래도 여전히 당신을 사랑해달라고 매달리는 것처럼—당신이 가장 사랑하는 그 존재가 없이는 삶을 지속하는 걸 상상조차 할 수 없기 때문에—그 사람에게 떠나지 말고 다시 예전처럼 당신을 사랑해달라고 애원하고 논쟁하는 바로 그 순간, 사실 당신은 그 논쟁에서 이미 패배했다는 것을, 그리고 그와 함께할 미래의 꿈을 상실했다는 걸 알고 있다.

죽음을 간절히 원하는 사람과 논쟁을 하다보면, 이런 사실을 깨닫게 된다. 그 논쟁에서 진다는 건 더 논쟁할 기회를 잃는 것이고, 결국 그 사람을 마지막으로 보게 될 거라는 사실이다. 내가 바로 그런 입장에 놓였다는 것, 그리고 내가 그런 논쟁에 휘말렸다는 것이 믿어지지 않았다. 죽음이란 결코 논쟁의 대상이 될 수 없다. 사랑하는 사람이나 자기 자신의 목숨을 앗아가는 병, 혹은 자동차 사고나 아무런 경고도 없이 목숨을 빼앗는 살인자, 이런 것들과 논쟁을 벌일 수는 없으니까. 그러나 죽기를 '갈망'하는 사람이 있다면…… 내가 게리와 논쟁을 했을 때, 난 죽음을 상대로 논쟁을 한 것이다. 게리는 죽음이야말로 유일하게 성취 가능한 것으로 믿고 갈망하고 있었으니, 그 자신이 죽음이었다. 그래서 알게 된 건, 죽음을 이길 수는 없다는 것, 그리고 당신의 가슴에 가장 큰 상처를 남겨놓을 그 죽음은 막을 수도 저항할 수도 없으며, 이제 이 사람을 잃으면 앞으로 영원히 그 상실의 아픔을 안고 살아가야만 한다는 것이다. 우리는 그들을 암이나 다른 사람의 잔인한 행위로 잃는 것이 아니다. 우리가 그들을 잃는 건, 그들 영혼의 저 아득한 심연 속에서다. 그리고 그때 우리를 두렵게 하는 건, 그 심연 속으로 그렇게 자신을 던져버리는 것이 어쩌면 유일하게 의미 있는 행위일 수도 있다는 사실이다. 하지만 다시는 그들을 볼 수 없다는 것을 알고 있다. 가지 말라고 애원해봤지만, 할 수 있는 건 아무것도 없다는 것도. 상황을 바꾸기 위해 손을 쓰기에는 이미 늦어버렸다. 아마도 바로 그 순간, 우리는 그들이 가고자 하는 곳으로 함께 가고 싶을 것이다. 왜냐하면, 상실의 고통을 가슴에 묻고서 살아가야 하는 남은 생애가 너무 고통스럽고 영원히 지속될 것 같기 때문이다. 마음속 저 깊은 곳에 지울 수 없는 커다란 상처를 남기지 않고서는, 온전한 정신으로는 가슴에 품고 있을 수조차 없는 고통이므로.

그날 나는 지오크를 만나서 소송에 개입하지 않기로 결정했다고 알렸다. 그에게 이 말을 꺼내기가 결정을 내리는 것만큼이나 힘들었다. 집행연기를 받아내고 필요한 서류에 서명을 했다면, 난 옳은 결정과 도의적인 선택을 했다는 기분을 안고 집으로 돌아갈 수 있었을 것이다. 그러나 그 결정의 짐은 내가 지는 것이 아니었다. 그 짐은 게리 몫이었다. 만일 그가 자살을 선택했다면, 난 내 선택에만 책임이 있을 뿐 그의 선택은 내 책임이 아니라고 당당히 주장할 수 있을 것이다. 만일 게리의 생존을 내가 선택할 수 있었다면, 난 그렇게 했을 것이다.

그 한 주일 동안 나는 빌 모이어즈와 몇 차례 요긴한 대화를 나누었는데, 한번은 그가 이런 말을 했다. 우리는 지금 삶과 죽음이라는 선택의 문제에 직면해서, 삶이 아닌 쪽을 선택했다면 그 방향성은 인간성을 말살시키는 쪽으로 향해간다고 말이다. 그 말은 모든 상황을 명쾌하게 설명해주었다. 고민 끝에 마침내 내가 내린 결정은, 나는 게리의 삶을 선택해줄 수도 없고, 게리도 그걸 선택하지 않으리라는 것이었다. 그는 스스로 속죄라고 생각한 방식을 이룩해냈다. 그가 원한 것은 죽음이었으며, 그것은 그의 최종적인 구원의 시나리오이자, 법으로부터의 마지막 탈출구였다. 게리에게 있어서 최대의 모순은 법이었다. 그가 보기에 법은 지금까지 늘 그를 망가뜨리는 길로만 그를 몰아왔다. 그런데 이제 그가 구제의 가능성을 완전히 포기해버린 지금에 와서야, 그를 구하겠다고 나서고 있었다. 그 법과 싸워 이기기 위해서는, 그는 모든 것을 버려야 했다. 그가 확고하게 지키려는 그 기품의 의미를 제외한 모든 것을.

난 그것을 놓고 논쟁할 수도, 그걸 바꿀 수도 없었다. 그리고 결국 그것을 그에게서 빼앗아버릴 수도 없었다.

결과적으로 난 이 이야기 속에서 내가 결코 원치 않았고, 결코 예상치 못했던 역할을 떠맡았던 셈이다. 난 선택하는 자가 되고 말았다. 중대한 결말을 초래할 결정을 내린 것이었다. 어쩌면 그 결과는 여기서 그치지 않을 수도 있다. 우리가 이 순간 역사와 정의에 도전하지 않기로 결정했기 때문에, 다른 사람들이 죽을 수도 있고, 혹은 이 마지막 며칠 사이에 내린 결정의 결과로 다른 많은 사람들의 삶이 방해를 받거나, 중단되거나 혹은 완전히 뒤집히기도 할 것이다. 혹은 이 나라 사람들의 영혼이 더 잔혹하고 더 무자비하게 변할 수도 있다. 그 영향력은 이루 말할 수 없이 엄청나리라는 생각이 들었다. 그것은 영원히 우리의 삶 속에서 물결쳐서, 우리 아이들의 삶 속으로 흘러 들어갈 수도 있다.

한 사람의 살인, 그것은 세상을 전혀 다르게 만들어버릴 수도 있다.

1월 15일 토요일이었다. 나는 마지막으로 게리를 면회하러 갔다. 그 즈음에는 카메라를 둘러멘 사람들이 드레이퍼의 전 시내에 진을 치고서, 게리의 마지막 순간을 기다리고 있었다.

지난 며칠 동안 만났을 때는, 게리가 항상 친근한 말이나 농담, 심지어는 물구나무서기를 하며 말문을 열었다. 하지만 이날 게리는 초초해 보였다. 그는 그걸 부인했지만 말이다. "자, 보라구. 저기서 나는 시끄러운 소리가 여기서도 가끔씩 들리기는 하지만 말이야, 난 지금 아주 냉정한 상태야." 그는 손 하나를 번쩍 들어 올렸다. 하지만 그의 주먹과 팔 근육은 활처럼 팽팽하게 긴장되어 있었다.

게리는 자기 앞으로 온 편지와 사진들을 보여주었다. 대부분이 어린이와 10대 소녀들에게서 온 것이었다. 자기는 늘 아이들에게서 온 편지에 먼저 답장을 한다면서, 여덟 살 소년이 보낸 편지를 하나 읽어줬다. "난 사람들이 아저씨를 어디다 가두어놓고, 아저씨가 거기서 영원히 살도록 벌을 줬으면 좋겠어요. 아저씨는 죽을 권리가 없어요. 아저씨를 미워하는 마음으로, 아무개."

"이 편지 받고 나서, 한참 동안 혼란스러웠다." 그가 말했다.

난 그 아이에게 답장을 했느냐고 물었다. "응, 보냈어. 이렇게 썼지. '넌 마음속에 미움을 담기에는 너무 어려. 내가 어릴 적에 미움을 갖고 있었는데, 그게 날 어떻게 만들었는지 보렴.'"

그는 간수에게 조니 캐시가 보낸 책을 갖다달라고 했다. 그 책은 조니 캐시의 자서전인 《검은 옷을 입은 사나이》였는데, 게리는 그걸 어머니에게 주고 싶어 했다.

"난 정말로 너한테도 뭔가 주고 싶어. 돈을 좀 주면 어떨까? 누구나 돈은 필요하니까." 난 괜찮다고 했다. 대신에 그걸 부슈널과 젠슨의 가족들에게 주는 게 어떻겠느냐고 물었다. "내가 그 사람들에게 한 짓은, 돈으로는 보상할 수 없어." 그는 머리를 가로저으며 말했다.

게리는 초조한 듯 앞에 놓여 있는 편지와 사진들을 죽 훑어보았다. 그러다 뭔가 발견한 듯 멈추더니, 얼굴에 미소가 번졌다. 니콜의 사진이었다. "예쁘지?" 나는 그렇다고 대답했다. "난 이 사진을 매일 보고 있어. 내가 찍은 사진이야. 그 사진을 보고 그린 그림도 있어. 이거 네가 가질래?"

나는 좋다고 말했다.

마침내 난 그에게 마지막으로 묻고 싶었던 질문을 던졌다. "게리 형, 형이 체포되던 날 기억나? 형이 공항으로 갔잖아."

그는 고개를 끄덕였다.

"공항에서 어디로 가려고 했던 거야?"

"음, 포틀랜드."

"하지만 경찰이 형을 찾으러 제일 먼저 그곳으로 갈게 뻔한데, 왜 거길 가려고 했어?"

게리는 잠시 눈앞에 있는 선반 꼭대기를 응시하다가 말했다. "그날 밤 이야기는 정말 더 이상 하고 싶지 않아. 그런 이야기는 중요하지 않아."

"이야기해줘, 형. 알고 싶어. 포틀랜드로 가서 뭘 하려고 그랬어?"

"마이클, 그만하자."

"해줘. 난 알아야 해. 뭘 하려고 그랬어? 혹시 날 만나려고 했던 거야?"

그가 다시 고개를 끄덕였다.

"그다음엔?"

그는 한숨을 쉬며, 날 똑바로 바라보았다. 순간 그의 눈에 오래전의 분노가 반짝 스쳤다. "그러면, 넌, 만일 내가 널 찾아갔다면, 넌 어떻게 했겠니?" 그가 물었다. "내가 널 찾아가서, 내가 어려운 상황에 처해서 네 도움이 필요하다, 또 숨을 곳이 필요하다고 했다면, 네가 날 받아줬을까? 날 숨겨줬을까?"

나는 대답을 할 수가 없었다. 화살이 내게 되돌아온 것이다. 갑자기 내가 해야 할 대답이 두려워졌다. 게리는 한참 동안을 그렇게 앉아서, 나를 뚫어질 듯 바라보고 있었다. 그리고 담담하게 말을 이었다. "널 죽이러 가던 중이었어. 갔다면 아마 그 일이 벌어졌겠지. 너한테는 선택의 여지가 없었을 거야. 나도 그랬을 테고." 그는 눈빛을 누그러뜨리더니, 내게 부드럽게 웃어 보였다. 그 미소 속에는 슬프고 비참한 우리의 이야기가 들어 있었다. "왜 그런지 이해하겠니?" 그가 물었다.

나도 고개를 끄덕여 대답했다. 물론 난 그 이유를 알고 있었다. 난 가족을 저버렸다. 적어도 난 그렇게 생각하고 있었다. 그러나 게리는 그렇지 않았다.

그 순간, 공포가 날 엄습했다. 게리의 이야기가 진실이라는 걸 난 알고 있었다. 죽음은 내 일이 될 수도 있었다. 나의 현재가 없을 수도 있었다. 그 가능성을 생각하면, 그건 거의 일어났을 뻔한 일이라는 생각이 들었다. 나는 두려움과 동시에 안도감을 느꼈다. 젠슨과 부슈널의 죽음, 그리고 곧 다가올 게리의 죽음, 그들의 죽음으로 난 무사히 살아남았다. 그걸 깨닫는 순간, 그 안도감은 죄책감으로 산산조각이 났다. 그리고 후회했다. 나는 이 순간을 바꾸어버렸을 수도 있었던 일들, 우리 가족과 가족 간의 사랑으로 인해 일어날 수도 있었던, 다른 모든 일들을 생각했다. 그래서 지금 이 끔찍한 순간에, 이 끔찍한 곳에서, 우리가 이렇게 앉아 있지 않게 할 수도 있었던 순간들을.

그러나 이상하게도 그 순간 난 그 어느 때보다도 게리와 가까워진 느낌이 들었다. 바로 그 순간만큼은, 그가 왜 죽음을 원하는지 완전히 알 것만 같았다.

그때 사무엘 스미스 교도소장이 게리의 방으로 들어왔다. 그들은 월요일 아침에 게리 얼굴에 덮개를 씌울 것인가 하는 문제를 상의했다. 나는 전화기를 내려놓았다. 시간이 몇 분 지났다. 내가 다시 전화기를 드는 순간, 스미스는 게리에게 처형 직전에는 실러가 게리를 면회할 수 없을 거라고 말했다.

나는 유리벽을 손으로 두드렸다. 그리고 소장에게, 이제 곧 내가 가야 하는데 게리와 마지막으로 악수를 할 수 있느냐고 물었다. 처음에 그는 안 된다고 했다. 그러나 게리가 오늘이 마지막 면회라고 설명하자, 허락해주었다. 단 내가 몸수색을 받는다는 조건을 달았다. 나는 동의했다. 두 명의 간수가 내 몸을 수색한 후, 다른 두 사람이 게리를 데리고 나왔다. 그들은 내게 옷소매를 팔꿈치까지 올리게 하고, 악수 이상의 접촉은 할 수 없다고 주의를 줬다. 게리가 내 손을 꽉 쥐고 말했다. "그래, 바로 이거야." 그는 몸을 기울여, 내 뺨에 키스를 했다. "저 어둠의 세계에서 다시 만나자."

나는 그의 눈을 피했다. 순간 눈물이 나오는 걸 참을 수 없었고, 그에게 눈물을 보이고 싶지 않았다. "괜찮니?" 그가 물었다. 나는 입술을 깨물며 고개를 끄덕였다. 간수 한 사람이 내게 책과 니콜의 사진을 건네주고, 날 데리고 문 쪽으로 갔다. 게리는 내가 나가는 걸 서서 보고 있었다. "엄마한테 사랑한다고 전해줘." 그가 소리쳤다. "그리고 너, 살 좀 쪄라, 이 말라깽이야."

그 간수는 이중철책 담이 있는 곳까지 날 데려다주었다. 내가 나올 때, 그는 내 등을 토닥거리며 말했다. "기운 내, 이 친구야."

게리는 그의 운명에 맡겨놓고, 난 집으로 돌아왔다. 나는 내가 미웠다. 고의는 아니었다 하더라도, 내가 사형제도에 찬성하는 입장이 된 기분이었다. 그건 내가 경멸하던 야만적인 사회풍조였다. 그와 동시에 게리가 죽는 것이 더 낫다고 생각했던 것 같다. 그를 살려둔다 하더라도 그는 자살을 하거나, 아니면 또 다른 사람을 죽였을 것이라는 데에는 의심의 여지가 없었다. 그런 결과를 만들어낼 수도 있는 결정을 하면서 살고 싶지는 않았다. 이런 선택을 해야 하는 현실이 혐오스러웠다. 행동을 하든 하지 않든, 결과적으로 확실한 죽음을 부를 수밖에 없는 내 운명이 싫었다.

게리가 처형되기 전날 밤, 나는 어머니와 프랭크가 살고 있는 집으로 갔다. 그날 일찍 감옥으로 전화를 해서, 우리 가족 모두가 전화로 게리에게 마지막 인사를 나눌 수 있도록 조치를 취해놓았다. 그는 어머니에게 이렇게 마지막 인사를 했다. "울지 마세요, 엄마. 사랑해요. 그리고 잘 사세요." 어머니는 그에게 마지막으로 말했다. "게리, 내일까지는 널 위해서라도 꿋꿋하게 버틸 거야. 하지만 이제 내 눈에는 눈물이 마르지 않을 거다. 내가 죽는 날까지 하루하루를 눈물로 지새울 것 같구나."

어머니가 내게 수화기를 넘겨주었다. 게리는 그날 저녁에 자기가 숭배하는 영웅, 조니 캐시와 이야기를 나눴다고 말했다. 난 그에게 캐시와 무슨 말을 했느냐고 물었다. "전화를 들고, 내가 물었지. '진짜 조니 캐시 맞아요?' 그러니까 그가 대답했어. '네, 그렇습니다.' 그래서 나도 그랬지. '네, 이쪽은 진짜 게리 길모어입니다.'"

게리는 이제 그만 끊어야 한다고 말했다. "게리 형, 보고 싶을 거야." 내가 말했다. "우리 모두 형을 자랑스럽게 생각하고 있어."

"날 자랑스러워할 필요는 없어." 그가 대답했다. "자랑할 게 뭐가 있다고. 난 그저 총에 맞아 죽는 것뿐이야. 못할 짓을 저지른 대가로 말이지."

그것이 우리가 나눈 마지막 인사였다.

1월 17일 월요일 아침, 유타 주립교도소 뒤쪽에 있는 건물에서 게리는 사격대 앞에 섰다. 그 순간 나는 어머니와 형, 그리고 여자친구와 함께 있었다. 그보다 조금 전 "집행연기"라는 헤드라인을 달고 있는 조간신문을 보고 나서, 우리는 뉴스를 보기 위해 텔레비전을 켰다. 〈굿모닝 아메리카〉가 방송 중이었는데, 기자회견을 하고 있었다. "게리가 죽었다는 발표가 있었습니다."

그 마지막 감정의 굴곡은 대비할 길이 없다.

어떤 순간에는, 우리가 사랑하는 사람이 언제, 어디서, 어떻게 죽을 것이라는 걸 뻔히 알고 있으면서도, 그걸 막기 위해 할 수 있는 일이 아무것도 없을 뿐만 아니라 이제 우리는 그런 죽음이 되풀이될 세상에서 살아가야 한다는, 지옥 같은 현실을 견디기 위해 가까스로 버티고 있다. 이제 내 가족 중 누군가의—그 역시 아주 오래전에 이미 정신적으로 살해된—살인으로 인해 가슴에 씻을 수 없는 상처를 받은 사람들 사이를 매일 스치고 다녀야 할 것이다. 이런 세상에서 그냥 살아가든지, 아니면 세상을 증오하든지, 그것도 아니면 세상과 타협하면서 살아가야 할 것이다. 이곳이 우리가 살아갈 수 있는 유일한 세상이기 때문이다. '존재'하는 건 그 세상뿐이므로.

다음 순간, 사형집행이 연기될 가능성을 점치는 신문의 헤드라인을 읽는다. 그리고 어쩌면 이 어처구니없고 소름 끼치는 필연적 사태에 법이 개입해 그 방향을 살짝 바꾸어놓을지도 모른다는 기대를 한다. 그렇게 서둘러 사형제도를 부활시키는 걸 허용하지 않을지도 몰라. 그래, 이런 극심한 공포 분위기를 조성하고, 이렇게 소동을 일으키는 것만으로도 충분할 거야. 이건 게리 자신과, 죽음에 대한 꺾일 줄 모르는 그의 의지를 유예시킬 뿐만 아니라, 우리 가족이 짊어질 고통의 몫을 유예시키는 일이야. 어쩌면 우리 가족의 한 사람을 죽여버린 세상에서, 불안하게 살지 않아도 될지도 몰라.

그런 다음, 그 불가능한 희망을 스스로에게 품는 순간, 텔레비전을 켠다. 화면에 래리 실러의 얼굴이 보인다. —그는 총살 장면의 목격자로 승인받은 단 한 사람의 저널리스트이다.— 그가 이야기를 한다. 교도소장이 게리의 머리에 검은 덮개를 씌우고, 가슴에 작고 둥근 천으로 된 표적을 달아주는 모습, 그런 후 다섯 명의 사격수가 그 표적을 향해 총알을 연발하는 모습, 파열한 게리의 심장에서 피가 쏟아져, 가슴에서 다리로 흘러내려, 그의 흰 바지를 진홍빛으로 물들이고, 다시 바닥으로 뚝 뚝 떨어지는 모습을, 그가 생생히 전해준다. 그는 또 말한다. 게리가 그 충격의 순간에 서서히 팔을 올렸고, 생명을 떠나보내면서 작별 인사를 하는 듯 손을 흔들었는데, 마치 고단한 인생을 향해 마지막으로 조용히 안녕을 고하려는 듯했다고.

일순간, 희망은 산산이 흩어지고, 그다음에는, 그토록 두려워하던 일이 이미 벌어졌다는 걸 알게 된다. 그리고 이제부터는 그 두려움의 장면을 낱낱이 가슴에 안고 살아야 한다는 것도. 이제는 늘 가슴 한복판에 자리 잡고 있는 슬픔을 안고 살아가는 법을 찾아야 한다. 이런 세상에서, 증오하지 않고 살아가는 법을 찾도록 노력해야 한다. 그건 불가능한 일이지만, 그럼에도 불구하고 노력해야 한다.

그 마지막 순간, 이 모든 생각들이 내 머리를 스쳐갔다. 그리고 어머니를 쳐다보았다. 얼굴이 일그러지면서, 어머니가 울부짖었다. "오, 하느님. 게리, 너 어디에 있니? 어디로 가버렸니?"

내 형의 사형집행이 있은 후, 유타에는 거센 항의가 일어났다. 유타의 극형 방식이 불필요하게 피를 흘림으로써 '옛 서부' 방식을 따른다면서, 많은 사람들이 이를 반대하고 나섰다. 그중에는 사형옹호론자도 몇몇 있었다. 그들은 이렇게 주장했다. 죄인을 사형시키는 방법으로 죽음의 주사를 놓는 비교적 '인간적'인 방식을 채택하는 주가 차차 늘어가는 추세에 있는데, 유독 그 섬뜩한 옛 유타식 관습을 지켜야 할 이유가 무엇이냐는 것이다. 이에 유타의 입법부는 법적으로나 도덕적으로나 기막힌 착상을 내놓음으로써, 지역의 전통도 살리면서 개혁론자들의 압력도 수용했다. 1980년 현재, 유타에서 옛 서부의 방식이었던 교수형은 폐지될 것이며(사실 그 방법을 선택하는 사형수도 없었다) 이제부터 죽음의 주사 방식을 시행하기로 했다. 그러나 들리는 바에 의하면, 교회의 엄청난 압력에 따라 만일 피를 흘림으로써 구원을 받고자 하는 자가 있을 경우를 대비해서 총살형도 계속 존속시키기로 했다고 한다. 그러나 그 후 총살형을 택한 사람은 아무도 없었고, 앞으로도 그 방법을 택할 사람은 없을 것 같다. 그렇다면 게리 길모어는 미국에서 사격대 앞에 서서 죽은 최후의 사형수이자, 그와 동시에 '피의 속죄'라는 모르몬 식의 엄격한 대가를 치른 마지막 사람일 가능성이 높다.(그러나 이 책이 출간된 후, 1996년 유타 주에서 총살형이 다시 집행되었다.-역자주)

그로부터 몇 년이 지난 후, 나는 게리 형이 마지막으로 남긴 말이 무엇인지를 알게 되었다. 그 말을 듣는 순간, 난 정신이 아찔했다. 그리고 지금도 그것은 내 뇌리에서 떠나지 않는다. 게리 길모어의 마지막 말, 그의 생명이 총에 맞아 흩어지기 전, 그는 이렇게 말했다. "그래도 아버지란 존재는 늘 남아 있겠지."

PART 6

눈물의 골짜기

베시 브라운. 유타 주 솔트레이크 시티, 1934년경(사진제공: 래리 실러)

날 데려가줘요

내가 머무를 곳으로

상처받은 이들이 있는 곳

입맞춤과 노래가 있는 곳

내 남은 생애를 살아갈 그곳

아무 근심도 없이

모두들 날 감싸주지요

눈물의 골짜기에서는

부드럽게 내게 속삭였지요

달콤하고 낮은 목소리로

하지만 내 마음은 정해졌어요

사랑은 떠나야 한다고

내 남은 생애를 살아갈 그곳

아무 근심도 없이

모두들 날 감싸주지요

눈물의 골짜기에서는

팻츠 도미노&데이브 바솔로뮤, '눈물의 골짜기'

1

가족의 종말

게리가 처형되고 얼마 지나지 않아 나는 그 일에 대해 글을 써서 〈롤링 스톤〉에 보냈다. 그 경험은 나와 우리 가족에게 너무나 큰 충격이었기 때문에, 그렇게 글로 써보는 것이 조금이나마 도움이 되지 않을까 생각했다. 하룻밤 사이에 우리 가족의 삶은 상상조차 할 수 없었던 방식으로 산산조각이 나버렸다. 그 긴 악몽의 시간 동안, 우리의 과거와 우리의 죄악과 우리의 치부는 공개된 죽음을 향해 가차없이 진행되는 역사극의 일부가 되었다. 그걸 견뎌내는 방법은 마음을 닦기 위해 노력하는 길밖에 없었다. 또한 나는 게리의 죽음에 대한 글을 쓰는 일이, 내 눈앞에 벌어지는 현실

베시 길모어. 오리건 주 밀워키, 1973년경

앞에서 정신을 온전히 지키는 데 도움이 됐다고 생각한다. 하지만 치러야 할 대가가 있었다. 당연한 일이지만, 나를 세상에 드러내야 했다. 사람들은 이제 내가 게리의 동생이라는 걸 알게 되었다. 그리고 많은 사람들이 나에게 그 사건에 대한 자기 생각을 말하기도 하고, 이것저것 묻기도 했다.

그러던 어느 날, 나는 우리 집안과 그 수치스러운 이름 때문에 겪어야 하는 일상을 더 이상 견딜 수 없다고 판단하고, 고향 포틀랜드를 떠났다. 로스앤젤레스에는 〈롤링 스톤〉에서 마련해준 일자리가 있었다. 그동안에도 프랭크는 오리건의 오크 그로브에서 어머니와 함께 그 황폐한 오두막을 지키고 있었다.

처음 로스앤젤레스의 생활은 쉽지 않았다. 나는 매일 밤 위스키 한 병을 마셨고, 수면제에 의지해서 잠을 청했다. 술이 악몽을 막아주었다. 적어도 잠에서 깨어났을 때, 기억이 나지 않도록 도와줬다. 또 다른 식으로 일탈을 찾기도 했다. 난 그때도 안드레아와 동거하고 있었지만, 기회가 되면 다른 여자를 만나기도 했다. 게다가 한동안 글은 엉망진창이었다. 뭘 써야 할지, 어떻게 써야 할지, 도무지 생각이 잡히지 않았다. 심지어는 내가 쓰려는 것이 과연 쓸 가치가 있는 것인지 확신이 서지 않았다. 글을 써서 무엇인가를 표현하는 행위 자체가 더 이상 의미 있는 일로 느껴지지 않았다. 그래도 〈롤링 스톤〉의 편집자들은 친절하게도 내 자리를 지켜주었고, 인내심을 가지고 기다려줬다. 그들은 내가 그 엄청난 충격에서 헤어나는 데 시간이 좀 걸릴 거라고 이해해주었던 것 같다.

글을 쓰는 대신 내가 빠져들었던 건, 하드보일드 스타일의 추리소설이었다. 특히 내가 좋아했던 건, 얽히고설킨 가족사를 풀어가면서 사건을 해결하는 로스 맥도널드의 작품이었다. 펑크 록의 음울한 분위기에 푹 빠져서 밤을 지새운 적도 많았다. 무자비한 세상의 현실을 보라고 노래하는 그 음악 세계가 내 마음을 끌었다. 당시 가장 인기 있던 펑크 록 중에는, 더 애드버츠라는 영국 밴드가 불렀던, '게리 길모어의 눈'이라는 노래가 있었다. 노래는 이렇게 묻고 있었다. 죽은 게리 길모어의 눈으로 세상을 본다면, 그건 어떤 모습일까요? 세상을 죽이려 했던 자, 그리고 자신을 죽이려 했던 자의 눈으로 세상을 보시겠어요?

주변에는 언제나 부딪쳐야 할 게리의 악명이 깔려 있었다. 로스앤젤레스에서의 첫 몇 개월 동안—그리고 그 이후 몇 년 동안에도—사람들은 종종 내 형에 대해 질문을 던졌다. 어떤 사람들은 게리가 어떤 사람이었느냐고 물었다. 그들은 게리의 배짱과 냉정함을 존경한다고 했다. 또 어떤 여자들은 내가 단지 게리와 가까운 사람이었다는 이유만으로, 나와 잠자리를 갖고 싶어 했다. 난 이런 사람들을 피했다. 게리의 동생으로 살아가는 건 괜찮았다. 그러나 그의 팬과 지지자들 틈에서 살아가고 싶지는 않았다.

내가 만난 여자 중에는, 내가 누구의 동생이라는 걸 알고 나서 날 만나지도 않고 전화를 받지도 않은 사람도 있었다. 낯선 사람들에게 편지를 받기도 했다. 그들은 내가 살인자의 가족이기 때문에, 지금 내가 하고 있는 일, 즉 젊은 독자들을 위한 글을 쓰는 일을 할 권리가 없다고 했다. 또 어떤 편지에는, 나도 내 형 옆에 나란히 서서 총살을 당했어야 마땅하다고 적혀 있었다.

하루도 아무 일 없이 지나가는 날이 없던 시기였다. 1979년은 노먼 메일러의 《사형집행인의 노래》가 출판되던 해였다. 그때 나는 안드레아와 헤어지고, 다른 여자와 만나고 있었다. 나는 그녀를 무척 좋아했다. 그녀가 노먼 메일러의 책을 읽은 뒤, 그녀는 자신이 누구와 잠자리를 함께하고 있었는지, 자신의 인생에 어떤 사람이 뛰어든 건지 곰곰이 생각하게 됐다는 걸 나는 알 수 있었다. 책이 출판된 지 두 달쯤 지난 어느 날 밤이었다. 우리는 〈토요일 밤의 라이브〉를 보고 있었다. '에릭 아이들'이라는 사람이 초대 손님으로 나왔고, 여느 때처럼 흉내내기 쇼를 했다. 그런데 그가 커다란 수건을 하나 꺼내서 두 눈을 가리더니, 아주 익살스럽게 자기가 흉내내는 사람의 이름을 댔다. "게리 길모어!" 나는 그때 그 여자친구와 다른 두 친구와 같이 앉아서 쇼를 보고 있었다. 쇼가 끝난 후, 나는 위스키를 한 잔 가득 따라 마셨다. 그날 밤 늦게까지, 여자친구와 난 심각하게 이야기를 나눴다. 그녀는 나와 헤어지겠다고 선언했고, 일주일 후에는 내 곁을 떠나고 없었다. 그녀는 훗날 자기가 내 곁을 떠난 것은 나 때문이지, 게리와는 아무 상관없는 일이라고 했다. 그녀의 말이 맞다고 생각한다. 사실 우리는 한동안 사이가 좋지 않았고, 서로에게 실수도 많이 저질렀다. 하지만 그 당시에는 일이 잘못되는 모든 이유가 내가 '누구'이기 때문인 것처럼 보였다. 나는 죄인의 가족이라는 표지를 이마에 달고 다니는 사람 같았다.

그 시간은 오랫동안 괴롭게 이어졌다. 며칠에 한 번꼴로, 나는 어김없이 누군가로부터 이런 질문을 받아야 했다. "당신, 게리 길모어의 동생이 맞죠? 형이 죽었을 때 기분이 어땠어요?"

그런 질문에 뭐라고 대답해야 할지 정말 알 수가 없었다. 그때의 내 심정은 이랬다. '나도 그 기분이 어떤 건지 이제는 알 수가 없다. 그 사건에 대한 내 감정, 예컨대 그 과정과 세부적인 내용들, 그런 것들은 이제 나의 감정이라고 주장할 수가 없다. 한때는 내 삶에서 아주 개인적이고 괴로웠던 주제가 이제 사람들의 관심과 언론의 초점이 되었다. 내 형의 삶이—그러니까 어느 면에서는 내 삶의 일부도—이젠 내가 어쩌지 못할 정도로 커져버렸다. 조금만 더 있으면, 그건 더 이상 내 삶이라고 할 수도 없을 것이다. 그에 대해 너무 깊은 감정을 가져서는 안 될 것 같다. 느낌은 고통이나 수치심, 혹은 괴로운 추억들이나 끝내지 못한 사랑과 증오 같은 것들을 지워

버리지 않을 테니까.'

그런 질문을 받을 때마다, 난 견딜 수 없었다. 몇 년 동안은 정중하게, 혹은 무신경하게 받아들이려고 애를 썼다. 나는 사람들에게서 갖가지 이야기들을 들었다. 그들은 그들이 가진 지성과 교양의 수준에 따라, 내게 몇 마디 말이나 농담을 던졌고, 나는 그때마다 가슴이 뜨끔해지는 걸 느꼈다. 사람들은 내가 그 살인자 놈의 동생이라는 사실을 잊어주지도, 용서해주지도 않았다. 그 형벌의 여파 속에서 살아간다는 게 어떤 것인지 조금은 알게 되었다. 살아남은 가족은 그 형벌의 짐과 유산을 짊어지고 살아가야만 한다. 사람들은 게리 길모어에게 더 이상 욕설을 퍼붓거나 해를 입힐 수 없다. 하지만 그 동생이라면, 그가 형을 그리 좋아하지 않는다 하더라도, 그들은 그를 표적으로 삼을 수 있다. 살인자를 낳은 집안에서 자란 사람은 마치 똑같은 명분과 똑같은 죄악으로 형성된 인간이라는 듯, 그러므로 거기서 발생한 폭력에도 어느 정도 책임이 있다는 듯, 마치 내가 그 두렵고 수치스러운 유산의 표지를 달고 있다는 듯 여겼다. 내 핏줄 속에 마치 죄악의 피가 흐르고 있다는 듯이.

그리고 나는 게리가 어떤 사람들에게는 매우 다른 의미를 갖고 있다는 걸 알았다. 그들에게는 게리의 의미가 나의 경우보다 더 클지도 모른다. 그는 힘이나, 영웅적 행위를 상징할 수도 있고, 혹은 혐오감이나, 세상을 떠들썩하게 만든 인물의 표본, 혹은 동정의 대상, 혹은 대의명분의 대명사일 수도 있었다. 그에게 어떤 의미를 부여하든, 사람들은 그 의미를 내게서도 찾으려 했다. 그러나 나는 그들이 원하는 사람이 아니라는 걸, 나 스스로 잘 알고 있었다. 난 유명한 사람도, 죄인도 아니었다. 그런데도 나는 대역배우처럼, 혹은 대리 표적물처럼, 그들의 질책이나 열광을 대신 받아야 했다. 때로는 질책과 열광이 동시에 쏟아졌다. 겉으로는 살인자를 경멸하는 체하면서 마음속으로는 존경과 부러움을 품은 사람들이 있었기 때문이다.

그 무렵이었다. 내가 세상을 죽이고 싶다고 느꼈던 것은. 바로 그 순간, 난 마침내 어느 모로 보나 나의 형 게리와 비슷해졌다. 단 한 가지, 그는 방아쇠를 당길 정도로 파멸한 상태였고, 난 그렇지 않았다는 것만을 제외하고는.

다시 한번, 난 우리 가족의 현실을 외면하고 있었다. 어머니를 보러 오리건의 오크 그로브에 가는 건, 1년에 두 번 정도에 불과했다. 그것도 늘 유쾌한 방문이 되지 못했다. 어머니는 쉴새없이 과거 이야기를 했다. 유타에서 지냈던 어린 시절, 게리의 처형 등이 그 내용이었다. 어머니의 건강은 눈에 띄게 나빠졌다. 게리가 죽은 후로는, 집 밖에 나가는 것조차 꺼렸다. 프랭크 형과 내가 아무리 설득해도, 병원에 가지 않겠다고 고집을 부렸다. 어머니는 은둔자로 살고 있었다. 그 어둡고, 답답하고, 구질구질한 집에 틀어박힌 채. 참으로 비참한 생활이었다. 그 집에 들어서면 사방을 포위당한 느낌이 들었다. 숨을 쉬기조차 힘들었다. 주위에는 고통스러운 추억들이 에워싸고 있었고, 더 감당해야 할 고통이 그 주위를 서성거렸다.

어머니에게 도움의 손길을 뻗으려는 사람들도 있었다. 몇몇 모르몬 교인들은 찾아와서, 동정을 표하기도 하고 도움을 주려고도 했으나, 어머니는 모두 거절했다. 방문도 창문도 모두 닫아놓고, 그 오두막 같은 집 안에 틀어박혀 앉아서 찾아오는 사람들을 향해 고함을 질렀다. "그 애를 살리기 위해 당신들이 한 일이 뭐야? 이제 와서 동정한다느니, 내 심정을 이해한다느니 하는 말 따위는 하지도 마. 당신들이 내 심정을 어떻게 알아?"

사람들이 찾아와서 문을 두드려도, 어머니는 대답도 없이 꼼짝도 않고 그대로 앉아만 있었다. 그건 오래전 오트필드에 살고 있을 때에도, 어머니가 가지고 있던 습성이었다. 어머니는 이렇게 말하고는 했다. "나쁜 일이 들어오지 못하도록 문을 열어주지 않으면, 그 나쁜 일은 우릴 못 건드린단다." 이제 어머니는 살아남은 두 아들 말고는, 어느 누구에게도 문을 열어주려 하지 않았다.

어머니에게도 그럴 만한 이유는 있었다. 사람들은 그녀가 어디에 살고 있는지를 어렵지 않게 알아냈다. 그래서 늦은 어느 밤, 어머니가 캄캄한 주방에 앉아 있을 때면, 자동차가 와서 집 앞에 멎고, 사람들 소리가 이따금 들렸다. 그들은 소곤대고 웃다가, 저주와 협박의 말을 내뱉었다. 어떤 사람들은 큰 소리로 욕설을 퍼붓고, 집에다 병이나 깡통을 던지기도 했다. 어머니는 꼼짝도 하지 않고 어둠 속에 앉아 있었다. 집 밖의 저 세상은 용서를 모르는 세상이라는 걸 절실히 느끼면서.

"베시는 인간이 도무지 감당해낼 수 없는 고통을 저 혼자 가슴에 안고 있었어." 후에 어머니의 친구가 그런 말을 했다. "그렇게 집 안에만 틀어박혀 있었던 것도 그 때문이었지."

어머니가 살아 있던 마지막 몇 년 동안, 내가 곁에 없었던 것이 어머니에게는 큰 고통이었다는 걸 알고 있다. 그 이야기를 내게 해준 사람은 그레이스 선생님이었다. 그 무렵 선생님은 어머니와 다시 전화로 연락을 주고

받기 시작했다. 또한 래리 실러와 노먼 메일러가 내게 빌려줬던 인터뷰 테이프를 통해서도 사실을 확인했다. 어머니는 이렇게 말하고 있었다. "마이클이 보고 싶어요. 그 애가 이쪽으로 다시 이사를 왔으면 좋겠어요. 요즘은 전화도 별로 없고, 어쩌다 전화를 해도 너무 깍듯이 대해서 거리감이 느껴진답니다. 그 애는 마치 나를 만지기가 두려운 물건을 대하듯 해요."

어머니 말은 옳았다. 난 도망쳤다. 난 그녀를 도울 수가 없었다. 그리고 그녀가 죽어가는 걸 지켜볼 자신도 없었다. 난 가능한 한 내 가족으로부터 멀리 떠나고 싶었다.

만일 지금 내게 어머니가 있다면, 난 매일 어머니를 찾아가거나 혹은 전화라도 할 것이다. 묻고 싶은 것도 많고, 할 말도 많다. 어머니가 겪었던 그 고통과, 나를 그 고통에서 구하기 위해 애쓴 그 사랑을 생각하면서, 내가 어머니를 얼마나 사랑하고 있는지 이야기할 텐데.

그러나 이제 어머니는 가고 없다. 낡은 사진들과 테이프에 담긴 그녀의 목소리뿐. 다시는 어머니와 이야기를 할 수도, 볼 수도 없다.

1980년 12월, 비틀즈의 리더였던 존 레논이 총에 맞아 쓰러졌다. 뉴욕에 있는 그의 아파트로 들어가던 중이었다. 그 소식을 듣고, 나는 내 친구 짐 헨케의 집으로 갔다. 그는 〈롤링 스톤〉의 내 담당편집자였다. 우리는 함께 뉴스를 보고, 밤늦게까지 함께 이야기를 나눴다. 그 사건은 받아들이기 어려운 현실이었다. 그런 죽음은, 그처럼 훌륭한 음악 유산을 만들어내는 데 큰 공헌을 했고, 또한 우리의 삶에 엄청난 풍요를 가져다준 그에게, 너무나도 가혹한 대가였다. 마치 우리 과거의 한 부분이 파멸해 피투성이가 된 듯했다. 그런 식의 죽음에 익숙해졌을 만도 했건만, 난 그렇지 못했다. 레논의 죽음을 보면서, 나는 게리가 저질렀던 그 끔찍한 살인과, 그가 택했던 그 격렬하고 이해할 수 없는 죽음의 방식을 떠올렸다. 살인은 어느 한 인간—그건 누구라도 될 수 있다.—의 인생을 끝내버린다. 그것이 언제, 어디서 닥쳐올지는 알 수가 없다. 그것으로 끝나는 것은 목숨뿐만이 아니다. 그 삶이 간직하고 이룩해온 모든 추억과 업적을 사라지게 한다. 살인의 결과가 불러오는 파멸에 나는 이미 염증이 나 있었지만, 그렇다고 해서 달라지는 건 없었다. 개개의 살인행위에 처벌을 내릴 수는 있어도, 살인행위 그 자체는 물론 해결할 수가 없다. 인간 심성의 문제를 해결하지 않는 한, 그리고 그 인간의 심성을 어둡고 황폐하게 만든 인간의 역사를 해결하지 않고서는 영원히 해결될 수 없는 것이다.

레논이 저격당한 다음 날, 어머니가 로스앤젤레스에 있는 나에게 전화를 걸었다. "네가 어떻게 지내는지 궁금하구나." 어머니는 말을 이었다. "네가 그 사람을 무척이나 좋아했지. 그래, 마음이 몹시 아프겠구나."

어머니는 남다른 데가 있는 사람이었다. 어머니와 되도록 멀리 떨어져 있고 싶었던 때였지만, 나는 그걸 알고 있었다. 어머니는 상실이라는 게 어떤 것인지, 그것이 뭘 의미하는지를 알고 있는 사람이었다. 그로 인해 망가질 대로 망가져버렸지만, 그래도 이런 마음을 간직하고 있었다. 아들이 무척 좋아하던 사람이 죽었을 때, 그 아들에게 전화를 해서 그녀가 여전히 아들을 사랑하고 그의 상처를 헤아릴 수 있다는 걸 전해주려는 마음이었다. 그날 어머니와 통화를 하면서, 다른 사람에게는 보여주지 못했을 모습을 내보일 수 있었다. 난 울고 말았다. 존 레논의 죽음을 위해, 그리고 내 과거의 소중한 한 부분이 유린당한 것을 애도하면서.

통화가 끝날 무렵, 어머니가 한 가지 제안을 했다. 아니, 차라리 애원에 가까웠다. "크리스마스 때, 집에 오지 않겠니? 널 본 지가 꽤 오래된 것 같구나. 어떤 때는 이젠 우리가 한 가족이 아닌 것 같다는 생각이 들어. 게리가 죽고 나서는, 우리 세 사람이 한 방에 모이기가 힘든 것 같다. 하지만 내가 우리 아들하고 같이 크리스마스를 보낼 날도 앞으로 많지 않을 거야. 이번에 좀 올래?"

난 집으로 갔다. 크리스마스를 어머니와 형과 함께 보냈다. 여러 가지 점에서 가길 잘했지만, 또 여러 가지 면에서 실망스럽기도 했다. 어머니의 건강은 전보다 훨씬 나빠졌다. 어머니는 오래된 가운을 걸치고, 주방 탁자 앞에 앉아 있었다. 어머니는 하루 종일 거기에 그렇게 앉아 있었다. 마치 무엇에 놀란 동물처럼, 안전한 곳을 발견하고 거기서 한 발짝도 나가지 않으려는 것으로 보였다.

프랭크 형이 산책 나간 동안에, 어머니는 내게 결코 잊을 수 없는 무서운 이야기를 해주었다. 그녀의 아버지가 그녀의 얼굴을 강제로 돌리게 해서, 사형수가 교수형을 당하는 장면(사실은 일어나지 않았던)을 보게 했다는 이야기였다. "네가 멀리 가버린 건 현명한 일이었다." 어머니는 내게 말했다. "네가 말할 수 없이 보고 싶지만, 네가 잘한 거야. 우리 집안에는 우리를 한 사람씩 집어삼키는 저주가 걸려 있단다. 그리고 이제 곧 나도 데려갈 거다. 하지만 넌 아주 멀리 있으니까, 그게 너까지 찾아내지는 못할 테지. 난 우리 가족 중에서 너 하나만이라도, 끝끝내 무사하길 바란다. 그 무엇도 너만은 건드리지 않았으면 좋겠어."

그렇게 말하고서 어머니는 웃었다. "아이구, 나 좀 봐라. 늙은 노파마냥 쓸데없는 소리를 지껄이고 있구나. 내가 한심한 소리를 하고 있지?"

잠시 후, 어머니는 바닥으로 눈을 내리고, 뚫어질 듯 거기 있는 검은 얼룩에 시선을 고정시켰다. 그 검은 자국에서 무슨 비밀이라도 찾아내려는 사람 같았다. "오, 하느님, 게리가 보고 싶구나." 어머니가 말문을 다시 열었다. "도대체 무엇 때문에, 그 애가 죽으려고 했을까? 왜 그 두 사람을 죽이고, 저도 죽으려 했을까? 아무리 생각해도 난 알 수 없을 것 같구나." 어머니는 두 손으로 얼굴을 덮었다. 이미 어두워진 집 안에는 어머니의 흐느낌 소리만 가득했다.

어머니의 모습을 본 건, 그것이 마지막이었다.

세월이 흐른 후, 프랭크 형은 어머니의 마지막 순간에 대해서 내게 이야기를 해주었다. 그러면서 게리가 죽은 후, 어머니와 함께 지내는 삶이 어떤 것이었는지도 이야기했다.

"어머니는 깊은 상처를 입었어. 그건 분명해." 프랭크가 말했다. "육체적인 고통에 정신적인 상처까지 더해지면서, 어머니는 점점 이성을 잃어갔어. 하루 종일 우두커니 앉아서, 이런 말을 되뇌이고 계셨어. '이 세상에 고통 말고 뭐가 더 있겠니?' 그 말을 참으로 많이 하셨지. 그러면서 점점, 사형제도가 부활된 건 오로지 게리를 죽이기 위해서라고, 그리고 게리를 죽임으로써 어머니도 함께 죽이려 한 거라고 믿기 시작했지. 어떤 때는 그 흔들의자에서 거의 일어나다시피 하면서 막 소리를 질렀어. '그들이 죽인 건 게리 하나뿐이었어. 앞으로도 그 애 하나뿐일 거야. 이젠 아무도 죽이지 않을 테지. 그 나쁜 모르몬 놈들은, 내가 미워서 그랬던 거야. 그놈들이 바로 네 동생의 심장을 쏴 죽인 놈들이다.' 어머니는 점점 흥분해서 악의에 찬 말들을 걷잡을 수 없이 쏟아내고, 나는 견디다 못해 일어나서 밖으로 나가버렸지.

그 무렵 어머니를 더 힘들게 했던 건, 음식이었어. 어머니는 음식을 특히 조심해야 하는 상태였는데, 전혀 그러질 않았지. 초콜릿을 거의 주식으로 삼았으니까. 위가 그 지경이었는데도 말이야. 그러니 건강 상태가 어땠을지 짐작이 되지? 어머니가 입에 대던 음식이 몇 가지 안 되었는데, 그중에 아주 좋아하시던 빵이 있었어. 한번은 내가 가게에 갔다가 그 빵이 없어서 그냥 돌아왔는데, 어머니가 막 히스테리 증세를 보이는 거야. 내가 일부러 그걸 사오지 않았다면서 말이지. 우리 둘이 하도 언성을 높이고 싸워서, 아마 동네 사람들이 다 들었을 거야.

이렇게까지 말하고 싶진 않지만, 어머니는 정말 못 말리는 사람이었어. 도무지 상식적인 행동을 하지 않았고, 남의 말도 전혀 듣지를 않았으니까. 그러니 때로는 나도 화가 머리끝까지 뻗쳐서 정신없이 소리를 지르기도 했지. 사람이 좌절하면 그렇게 되잖아. '어머니는 이제 식사를 제대로 하셔야 해요. 그렇지 않으면, 간호사를 불러오겠어요.' 그러면 어머니는 그야말로 완전히 히스테리를 부리면서 이렇게 소리치는 거야. '너희들, 너희들이, 날 이제 요양원으로 보내려는구나.' 나는 또 이렇게 대꾸하지. '오, 제발, 어머니, 진정 좀 하세요. 마이클이나 저나 어머니를 요양원으로 보낼 생각은 눈꼽만큼도 하지 않아요. 어머니는 절대 그런 곳에 가지 않을 거예요.'

어머니는 늘 이런 생각을 마음속에 가지고 있었어. 그러니 난 오로지 어머니만을 돌보면서 살아야 했지. 그래서 결혼해서 나만의 가정을 갖는다는 생각은 꿈에도 못 했지. 하지만 나도 항상 그곳에서만 붙어 지낼 수는 없잖아. 가끔씩 집을 떠나기도 했지. 일주일 정도 나와 지냈던 적은 있지만, 그 이상은 어려웠어. 어머니는 그걸 배신이라고 생각했거든. 나이 마흔이 다 될 때까지, 거의 항상 어머니 곁에서 지냈어. 대부분의 아들들이 할 수 있는 일은 아니었지. 그러나 나도 한결같이 해내기는 어려운 일이었으니까, 잠시 며칠만이라도 쉬려고 떠난 거지. 그런데도 어머니는 그걸 배신이라고 생각했어. 유다의 배신처럼 말이야. 며칠 뒤에 돌아오면, 어머니가 뭐랬는지 알아? '넌 꼭 네 아버지 같구나.'

그게 내 생활이었어. 어머니를 위해서 뭐라도 할라 치면, 어머니는 내가 자기를 요양원에 보내려고 그런다고 몰아세우는 거야. 그런 생각은 전혀 하지 않았는데도 말이지. 아무튼 어머니한테는 통하지 않았어. 그건 어머니한테 필요한 약이나 음식을 먹이는 것처럼 불가능한 일이었어. 나로서는 도무지 감당할 수 없는 일이었지. 하지만 내가 할 수 있는 일이 또 뭐가 있겠어? 의사를 만나서 상담을 해보자는 말도 몇 번 해봤지만, 어머니 반응은 한결같았지. 엄청나게 화를 내면서 이것저것 닥치는 대로 내던졌어. 그러다가는 울고. 어머니는 무슨 일이 있어도 집 밖에 나가는 게 싫었던 거야. 그리고 이렇게 말하고 싶진 않지만, 어머니는 몸이 나아지는 걸 바라지도 않았던 것 같아. 내 마음 한구석에는 늘 이런 생각이 자리 잡고 있었어. 엄마가 언젠가는 다 떨치고 일어날 날이 올 거라고 말이야. 그건 큰 착각이었어. 항상 어머니가 이 고비만 넘기면 나아지겠지 생각했는데, 시간이 흐를수록 어머니 문제는 게리의 문제와 별 다를 바가 없다는 걸 깨달았지. 우리는 늘 이렇게 생각했잖아. '그래, 이번에 게리가 출소하면 좀 달라지겠지. 게리는 변할 거야.' 내가 엄마에 대해 가지고 있던 생각도, 바로 그런 식이었던 거야. 언젠가는 우리 모두 기운을 내서 일어설 테고, 그러면 요술처럼 어머니는 다시 예전의 엄마로 돌아오겠지. 어머니가 돌아가신 후에야, 그런 일은 일어나지 않는다는 걸 알게 됐어. 내 가슴을 정말 아프게 한 건, 바로 그런 현실이었어.

나도 너처럼, 그랬어야 했어. 멀리 가버렸어야 했던 거야. 그랬다면 어머니는 어쩌면 스스로 모든 것을 터득했을지도 모르지. 다른 사람에게 의지해서는 안 된다는 것을 알게 됐을 테지. 어머니는 자신의 세계에서 자신의 생활을 하면서, 친구도 사귀고, 텔레비전을 켜는 법도 알게 됐을지도 몰라. 어머니가 지닌 두려움들을 극복하는 법도 터득했을 테고. 여러 가지 면에서 어머니를 그렇게 쓰러뜨린 것은 바로 그 두려움이었어. 그 어처구니없는 수많은 두려움들이 어머니의 몸까지 완전히 지배하고 있었지. 어머니는 모든 것에서 두려움을 느꼈어. 더러운 것도 깨끗한 것도. 물도 먼지도, 그리고 약과 병, 모두 다.

마지막에 가선, 어머니는 아무런 도움도 받지 않으려고 했어. 나는 그런 상황이 너무나 힘겨웠지. 어머니는 내게 이런 말을 하고는 했어. '왜 내가 아파야 하니? 왜 하필 내게 이런 일이 생기는 거냐구?' 그럼 난 이렇게 대답하고 싶었어. '어머니가 건강해지지 않으려고 하니까 아픈 거지요. 어머니가 죽고 싶어 하니까 아픈 거라구요.' 하지만 나는 그 마지막 희망을 놓아버릴 수가 없었어. 이따금 어머니에게 화가 치밀기는 했어도, 차마 그 말만을 할 수가 없었지."

어느 날, 프랭크는 상황이 절박하다는 걸 알았다. 지난 며칠 동안 베시 상태가 매우 나빠졌다. 그녀는 침대에 내내 누워 있었고, 기껏해야 주방에 가서 겨우 앉을 수 있을 정도였다. 몸에 기운이 없다고 하소연을 하면서도, 프랭크가 차려주는 음식은 입에 대려고 하지도 않았다. 이틀 후, 프랭크가 말했다. "엄마, 구급차를 불렀어요." 그 말에 베시는 노발대발했다.

"난 오랫동안 참고 있었어." 프랭크가 계속했다. "어쩌면 너무 오래 참은 건지도 모르지. 어머니가 겪는 그 고통을 내 눈으로 보고 있어야 한다는 건, 정말 큰 고통이었어. 그래서 마침내 어머니가 음식을 거부한 지 2, 3일 되던 날, 난 결심했어. '그래, 그 방법밖에 없어.'"

프랭크는 구급차를 불러서, 베시를 밀워키의 병원으로 옮겼다. 그녀는 아들이 자기를 죽이려 한다고 소리를 질렀다. 병원에 오자 의사들은 그녀에게 아들이 잘한 거라고, 이제 곧 괜찮아질 거라고 했다. 그러나 그녀는 그 말을 믿지 않았다. 간호사가 식사를 가져올 때마다, 그녀는 그걸 벽에다 던져버렸다.

프랭크는 하루에 두세 차례 병원으로 어머니를 보러 갔다. 어머니의 얼굴에 혈색이 돌기 시작했고, 기운이 돌아오는 것이 느껴졌다. 이틀 후 의사들은 그녀가 곧 나을 거라고 했다.

"그 말을 들으니 마음이 가벼워졌어." 프랭크가 말했다. "그날, 병원에서 집까지 걸어서 왔지. 집에 와서 저녁 준비를 하고 있는데, 갑자기 사람들이 와서 문을 막 두드리는 거야. '자네 어머니한테 무슨 기계를 달아야 한대.'라고 소리치면서 말이야. 그 사람들이 날 병원까지 태워다줘서 병원으로 갔더니 의사들이 어머니에게 산소 호흡기를 달아놓았더군. 바로 조금 전에 봤을 때만 해도, 어머니는 이야기도 잘 하고 아주 좋아 보였는데 말이야. 나는 가서 의사에게 따졌어. 그가 말하더군. '어머니가 병균에 감염되어서, 그 균을 죽이느라 호흡기에 항생제를 넣은 겁니다.' 너무 오랫동안 위생 상태가 나빴기 때문에 균에 감염된 거야. 그러나 어머니의 몸은 그 항생제를 끝내 거부하고 말았지.

어머니가 돌아가신 건 1981년 6월 30일 오후였어. 그날은 날씨가 따뜻했고, 일식이 있었던 날이지. 어머니는 평소에도 일식을 아주 두려워했어. 언제 죽더라도 일식이 있을 때 죽을 거라고 입버릇처럼 말을 했는데 결국 그 말대로 됐지."

어머니가 병원에 입원해 있는 동안, 난 그 사실을 모르고 있었다. 로스앤젤레스의 내 전화번호를 어머니가 어디다 적어놓았는지 프랭크는 찾을 수가 없었다. 내게 가까스로 연락이 닿은 것은 어머니가 돌아가시고 이틀 후였다. 그동안 나는 가족의 죽음을 몇 차례 겪었다. 그러나 그 소식을 듣는 순간, 그토록 처절하게 울었던 적은 없었던 것 같다.

나는 집으로 가서 형을 도와 어머니의 장례를 치렀다. 형의 나이는 마흔 살이었다. 어머니를 떠나보낸 그는 망연자실해 보였다.

어머니의 장례식이 있던 날 밤, 프랭크와 나는 친구 집에서 하루를 묵었다. 다음 날 나는 로스앤젤레스로 돌아가야 했다. 나는 프랭크에게 어서 캘리포니아로 와서, 우선 나와 함께 지내자고 했다. 우리는 친구 집 앞에서 악수를 하고 헤어졌다. 나는 형이 돌아서서 우리가 오랫동안 살았던 그 길, 우리가 예전에 셀 수 없이 오르내리던 그 길을 따라 걸어 내려가는 뒷모습을 바라보았다.

로스앤젤레스에 도착하자마자, 나는 프랭크에게 편지를 보냈다. 며칠 뒤 그 편지는 반송되어 돌아왔다. 거기에는 이런 도장이 찍혀 있었다: 수취인 부재, 새 주소를 알 수 없음. 그 후로도 오랫동안 나는 그를 찾으려고 수소문했지만, 도저히 찾을 수가 없었다. 그날 유령이 출몰하곤 하던 그 오트필드의 거리에서 작별 인사를 하던 날 아침, 그는 망령들을 모두 데리고 허공 속으로 사라져버린 것만 같았다.

2

새 가족과 옛 망령들

또 꿈을 꾸었다.

나는 포틀랜드에서 원룸 아파트에 살고 있다. 어느 날 아버지가 문 앞에 나타났다. 그는 최근에 어머니가 있는 곳을 알아냈다고 말한다. 오랫동안 우리는 어머니 행방을 찾지 못하고 있던 터였다. 시애틀 어딘가에 분명히 살고 있다면서, 아버지는 같이 가보자고 한다.

우리는 아버지 차에 올랐다. 옛날 그 폰티악 스테이션왜건이다. 그리고 시애틀로 향한다. 아버지는 시애틀 가는 길을 잘 알고 있다. 수백 번도 더 다닌 길이다. 그런데 어쩐 일인지 자꾸만 길을 잘못 든다. 아버지는 점점 혼란에 빠지며

마이클 길모어. 오리건 주 오리건 시티, 1957년경

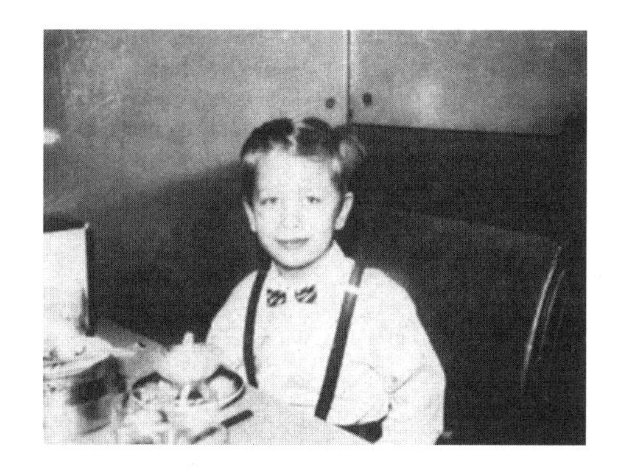

화를 낸다. 게다가 길은 다 똑같아 보인다. 경사진 큰길이 거대한 늪지대 주변을 둥글게 돌고 있다. 자꾸만 틀린 길만 나오고 아는 길을 찾을 수 없다. 아버지는 큰길에서 벗어나서 늪지대로 들어선다. 바퀴는 부드러운 진흙탕 속으로 빠지고 진흙이 옆으로 튄다. 그때 경찰관 한 사람이 우리를 보더니 오라고 손짓한다. 아버지는 그에게 누군가가 자기가 갈 길을 감춰버려서 예전에는 훤히 알던 길을 찾을 수가 없다고 설명한다. 경찰은 아버지가 마음에 든 모양이다. 아버지를 체포하거나 딱지를 떼지도 않고, 뭐라고 훈계도 하지 않는다. 그는 우리에게 시애틀로 가는 길을 안내해준다.

우리가 도착하니 초저녁이다. 아버지는 나를 위해 준비했다면서 작은 아파트로 날 데리고 간다. 그건 내가 어렸을 때 아버지와 살던, 그 불탄 구덩이가 있던 황량한 집 같다. 다른 점이 있다면, 이곳에는 한 여자가 살고 있는데 그녀는 나와 동침하기로 되어 있는 듯하다. 아버지는 밤늦게 다시 오겠다면서 나간다. 여자가 술을 준비하고, 우리는 사랑을 하기 시작한다. 그때 다른 두 여자가 들어오는 바람에 중단된다. 그녀의 친구라는 두 사람은 슬리핑백을 들고 있다. 그녀와 함께 며칠 묵으려고 왔다는 것이다. 우리는 잠시 이야기를 나누고, 두 사람은 바닥에 슬리핑백을 깐다. 그리고 모두 잠이 든다.

한밤중에 깬 나는 잠이 오지 않는다. 물을 마시려고 자리에서 일어나는데, 침대 아래쪽 슬리핑백에서 자던 금발여자가 일어나 앉아서 날 보고 있다. 그녀도 잠이 오지 않는다면서 나를 부른다. 우리는 키스를 한다. 내가 그녀를 더듬어 내려가자 그녀가 말한다. "아, 끈적거리는 건 싫죠?" 그리고 두 다리 사이로 내 얼굴을 밀면서, 꽉 조이기 시작한다. 마침내 난 그녀의 욕망과 내 욕망을 맛본다.

일을 끝내고, 나는 내 "여자친구"가 있는 침대로 돌아온다. 그리고 그녀에게 팔을 얹고 잠이 든다.

다음 날, 아버지가 나타나서 어머니를 만나러 갈 시간이 됐다고 한다. 그다음엔, 밤이다. 아버지와 나는 레스토랑에 앉아서, 두 여자와 함께 술을 마시고 있다. 나는 집에 있던 여자와 함께 앉고, 아버지는 내가 전날 밤에 함께한 그 금발 여자와 함께 앉았다. 모두가 만족해서 즐거운 시간을 보내고 있고, 거기엔 아무런 제약 없이 마음껏 즐길 수 있는 쾌락에 대한 기대감도 깔려 있다.

아버지가 자리에서 일어선다. 약간 취해서 행복한 모습이다. 그리고 어머니를 찾으러 가겠다고 말한다. 잠시 후 돌아온 아버지는 나도 같이 가야 한다고 말한다. 갑자기 엄숙해지면서, 뭔가 우울한 의식—장례식이나 사형집행 같은—을 치르러 가는 듯한 분위기다. 어머니를 찾기 위해 우리는 레스토랑의 내부에 난 길을 따라 가는데, 그 길은 마치 미로 같다. 술 취한 사람들이 있는 방을 여러 개 지난다. 마침내 모퉁이를 돌아가니 그곳에 어머니가 있다. 어머니는 좋은 옷을 입고 테이블에 앉아 있다. 옆 테이블에는 젊은 여자가 있는데, 귀엽고 섹시하게 생겼다. 그녀가 아버지를 손짓해 부른다. 그는 그리로 가서 그녀 옆에 앉는다. 아버지는 그녀를 팔로 안으면서 내게 말한다. "여기 있다. 이게 네 엄마야."

우리 둘 다 그 말이 틀렸다는 걸 안다. 그런데 아버지는 어머니를 찾고 보니 분명 당황한 기색이고 그 젊은 여자와의 기회를 망쳐버리고 싶지 않다. 나는 어머니에게 돌아선다. 어머니는 내게 다소곳이, 겁이 난 듯 미소를 짓는다. 곧 부서져버릴 것만 같은 미소이다. 어머니는 늙고 쇠약해 보인다. 내가 껴안으면 곧 무너져내릴 것 같다. 그러나 어머니는 내가 어머니를 찾은 것을 기뻐한다. 그녀의 눈 속에는 헤아릴 수 없는 깊은 슬픔과 공포가 서려 있다. 내가 무슨 말을 할까봐, 혹은 내가 어머니를 거부할까봐, 겁을 내는 것 같다. 어머니가 무너져버릴 거라는 걸 알면서도, 난 어머니를 껴안는다. 그리고 꿈을 깬다.

어머니가 돌아가시고 프랭크 형이 잠적하자, 이제 나에게 가족이 없다는 기분이 들었다. 블루스 가수들은, 이 세상에서 엄마 없는 아이가 된다는 게 얼마나 두려운 일인지, 어머니가 주는 사랑과 위안뿐 아니라 자신의 뿌리를 상실한다는 것이 얼마나 비참한 일인지 노래한다. 그 노래는 엄마를 잃는 것은 이 세상에서 의지할 기둥을 잃는 것이라고 말한다. 이제 당신을 만들어주고 지켜주던 그 모든 것이 사라진 것이라고. 당신은 정처 없이 떠돌고, 당신이 쉴 곳을 찾는다 하더라도 당신의 뿌리를 잇는 가장 중요한 고리를 당신은 영원히 상실한 것이라고. 당신은 신성한 그 무엇을 잃게 된 거라고, 그들은 노래한다.

나는 늘 그런 노래들을 좋아했다. 하지만 그 노래들이 내 감정을 나타내준다는 생각은 들지 않는다. 그렇다. 나는 어머니의 죽음을 애도한다. 어머니가 살아서 겪었던 고통을 생각하면 마음이 찢어질 듯 아프다. 어머니의 죽음을 알게 되었을 때, 다른 가족의 죽음 앞에서는 느끼지 못했던 상실감과 단절—그 무엇으로도 달랠 수 없는, 가슴을 찌르는 절대적인 고통—을 느꼈던 것도 사실이다. 그 후 몇 년 동안, 나는 어머니와 이야기를 나누던 시절을 그리워하면서, 어머니가 수십 년간 견뎌왔던 그 고통의 세월을 보상할 만한 좋은 일이 언젠가는 생길 거라는 희망을 안겨드리지 못한 걸 못내 아쉬워했다. 게다가 프랭크의 소식을 알 길도 없었다. 나는 이 거친 세상에서, 그 수줍은 성격과 절망감 때문에 그가 행여 어떻게 되지나 않을까 걱정스러웠다.

하지만 사실 가족을 잃었을 때 세상에 버려졌다는 느낌은 들지 않았다. 뭐랄까, 그것은 일종의 안도감이었다. 나는 더 이상 내 가족의 영혼을 사로잡았던 그 파멸의 손아귀에 묶여 있지 않았다. 이제 내 인생에 어떤 일이 있더라도, 그건 어디까지나 나의 몫이었다. 더 이상 난 그저 멍하니 앉아서 우리 가족에 닥칠 다음 고난을 두려워하며 기다리지 않아도 되는 것이었다.

어머니가 돌아가신 지 몇 개월 후, 나는 한 여자를 만났다. 그녀의 눈빛이 사랑을 갈구하고 있다고 나는 생각했다. 그녀의 이름은 에린.

나처럼 에린도 죽음과 고난의 가족사를 가지고 있었다. 우리는 서로가 상대방의 상처를 치유하는 데 도움이 될 수 있을 거라고 믿었다. 우리는 사랑했고, 1982년 8월 애리조나 주의 투손에서 결혼식을 올렸다.

그 무렵 래리 실러는 《사형집행인의 노래》를 각색해, 한 시간짜리 텔레비전 프로그램으로 만들고 있었다. 실러와 나는 오랫동안 그리 좋은 관계는 아니었다. 1977년 게리가 처형된 직후, 난 유타를 떠나면서 실러에게 연락도 하지 않았고, 그쪽에서도 내게 연락하지 않았다. 난 그가 게리 일에 뛰어들면서 게리의 죽음을 대중매체의 상품으로 전락시키고, 우리 가족의 사생활을 침해하는 데 결정적인 역할을 했다고 생각하고 있었다.

그 후 내가 로스앤젤레스로 이사한 뒤, 실러가 내게 전화를 걸어서 노먼 메일러에게 게리의 삶과 죽음을 다룬 책을 쓰도록 설득했다는 말을 하면서, 그와 관련해서 인터뷰를 해달라고 했다. 나는 메일러를 좋아했지만, 실러를 그리 신임하지 않았기 때문에, 그 일에 참여하는 걸 거부했다. 또한 나는 내 가족의 비극을 다시금 입에 올려서 되살리고 싶은 마음도 없었다.

1979년 《사형집행인의 노래》가 출간되었을 때, 나는 실러—그 책에 나오는 인터뷰는 대부분 그가 한 것이었다.—가 내가 생각했던 것 이상으로 자료를 주도면밀하게 제공했다는 것을 알 수 있었다. 메일러는 게리의 이야기를 가지고 신화적인 이야기를 창조하려 하지 않았다. 대신에 그는 표면에 드러난 이야기를 섬세하게 전개시킴으로써 거기서 드러나는 진실에 관심을 두는 듯했다. 그리하여 인물들과 사건들을 상호 교차시켜 그 사건을 운명적으로 이끌고 갔다. 그러나 실러에 대한 느낌은 달랐다. 역사의 기록자로서의 실러의 입장은, 그 기록의 관리자인 스스로를 도의적 책임으로부터 도망치기 위한 책략과 같은 역할을 수행했다는 인상을 지우기 어려웠다.

언젠가 메일러가 내게 왜 《사형집행인의 노래》에 관여하는 걸 거부했느냐고 물은 적이 있었다. 그때 나는 래리 실러 때문이라고 대답했다. 메일러는 잠시 생각에 잠기더니 이렇게 말했다. "무슨 뜻인지는 알겠어요. 나도 래리와 지난 몇 년 동안 마음이 잘 맞지 않았어요. 하지만 그 일을 하는 과정에서 래리가 깊이 깨달은 바가 있었을 거라는 말은 하고 싶군요."

그런데 실러가 그 이야기를 영화로 만들었다는 것이다. 나는 내가 우리 가족의 고통스러운 과거의 조각들을 재창조하는 데, 또다시 증인이 되어야 한다는 걸 느꼈다. 화면은 글보다 더 큰 위력을 가지고 있었다. 화면에 나오는 실제 얼굴과 목소리 때문에, 사람들은 그것이 실제 이야기라고 믿기 쉽다. 그러나 게리의 인생에서 일어났던 사건들의 진실은 텔레비전 드라마로 쉽게 전달될 수 있는 것이 아니었다. 그렇기 때문에 그런 이야기를 내가 하고 싶었다. 그래, 이번엔 숨어 있지 않겠다, 그렇게 결심했다. 〈롤링 스톤〉의 편집자들도 동의하면서, 게리의 인생을 다룬 영화 취재를 내게 할당해주었다.

그 소식은 곧 실러에게 들어갔다. 그는 내가 그 영화를 취재하려 한다는 걸 알고, 내게 전화해서 영화를 보러 오라고 초대하면서 도움의 뜻을 표했다. 메일러의 작업에 동참해달라고 했을 때 내가 수차례 거절했던 것을 생각하면, 그의 제의는 놀라울 정도로 고마운 것(물론 약삭빠른 면도 없지 않겠지만)이었다.

며칠 후 나는 그가 만든 영화를 봤다. 그 영화는 여러 가지 면에서 주제에 충실히 접근하고 있었다. 영화에는 군더더기나 감상이 배제된 채, 유타의 프로보에서 지내던 게리의 생활을 빠른 템포의 나레이션을 통해 보여주었고, 그의 분노가 폭발해, 결국 두 건의 무분별한 살인으로 분출되는 과정을 그리고 있었다. 그리고 그 후에 이어진 무無의 추구와 그것이 절정에 이르렀던 처형을 다루었다. 하지만 아쉬운 점도 많았다. 거기에는 게리가 없었다. 따라서 한 영혼을 재창조하거나 구제하는 역할은 하지 못했다. 게리 역을 맡은 배우, 토미 리 존스에게서는 게리의 분위기를 느낄 수 없었고, 그의 치열함이나 지적인 세계도 전달되지 못했다. 그러나 아마 가장 큰 문제는, 게리가 자신의 죽음을 추구함으로써 그 이면에 드러낸 선동적 성격을 잘 살려내지 못했다는 점이었다. 그에 대한 이해가 없이는 그 이야기에 담긴 다른 세부적 사건들이 의미를 갖지 못한다고 느꼈다.

영화를 보고 나서 일주일 정도 지난 어느 여름날 저녁, 나는 실러의 집 뒤뜰에서 그와 마주 앉았다. 나는 영화에 대한 내 견해를 이야기했다. "그래요." 그가 말을 받았다. "당신 말이 맞아요. 여기에 나오는 게리는, 내가 만났던 게리도 아니고, 당신이 형으로서 알고 있는 게리도 아닙니다. 하지만, 나는 또 이렇게 봅니다. 이 게리는 진짜 게리와 똑같은 결론으로 우리를 이끌어간다는 거지요."

실러는 한동안 물끄러미 나를 바라보더니, 이렇게 말했다. "이젠 내가 한 가지 묻고 싶군요. 왜 지금까지는 이 일에 전혀 관여하지 않았습니까? 노먼 메일러의 책을 쓰기 위해 인터뷰를 요청했을 때, 왜 거절했죠?"

나는 무엇보다도 게리와 관련된 일들에 대해서 내 목소리를 지키고 싶었다고 그 이유를 설명했다. 누군가와 인터뷰를 함으로써, 나중에 내 말에 대한 권한을 박탈당했다는 느낌을 받는 게 싫었다.

실러는 고개를 끄덕였다. "자신의 목소리를 지키고 싶었다는 거군요. 그때 이런 식으로 설명해주었다면 나도 이해했을 겁니다. 짐작하시겠지만, 난 당신이 이 이야기의 흐름에 있어서 다른 어느 누구도 해줄 수 없는 중요한 문제제기를 해줄 것으로 기대했습니다만."

나는 계속해서 내 견해를 밝혔다. 유타에 있는 동안, 뉴스와 기사거리로서 게리가 지니고 있었던 가장 중요한 가치는 바로 그의 죽음이라는 사건—사실 연출에 가까운—처형이었다는 걸 나는 분명히 느꼈다. 또한 실러에게도 게리가 더 가치 있으려면…….

그때 실러가 내 말을 받아서 이어줬다. "살아 있는 것보다는 죽는 게 낫다는 말이지요? 하지만 사실은 그렇지 않았어요."

"정말 그렇게 생각합니까?"

"그렇습니다. 게리 길모어는, 죽으면 가치가 없어지는 사람이었어요. 만일 그가 처형되지 않고 감옥에 그대로 갇혀 있었다면, 그의 이야기는 사회적으로 훨씬 더 큰 의미를 가질 수 있었을 겁니다."

"어떤 점에서 그렇지요?"

"그렇게 됐다면, 사실 우리는 사람들이 어떤 사건에 대해 어떤 식으로 의미를 부여하는지, 그리고 또한 그 의미를 어떻게 쉽게 저버리고 살아가는지를 볼 수 있었겠지요. 사실 내가 영화에서 기대하는 목적은 바로 그런 겁니다."

"당신은, 당신이 게리의 사형을 굳히는 데 한몫을 했던 것은 아닌지,

자문해본 적 없습니까?"

"우리가 게리의 죽음을 결정하는 실질적인 역할을 했다고 보지는 않습니다." 실러가 말했다. "다만 그의 죽음이 남긴 의미의 무게를 결정하는 역할은 했다고 생각합니다. 만일 나를 포함해서 모든 언론매체들이 게리가 처형되기 2주일 전에 그곳에서 철수하기로 결정했다고 칩시다. 그러면 우리가 보도했을 때처럼, 게리의 죽음이 그렇게 비중 있게 다뤄지지는 않았을 겁니다.

당신은 어떻게 생각할지 모르겠지만, 난 게리가 처형되는 걸 원치 않았습니다. 나는 분명히 한 생명의 가치를 가슴 깊이 새기고 있던 사람입니다. 그러나 또한 나는 게리가 자신의 운명을 선택할 권리, 그 누구도 빼앗을 수 없는 그 권리를 갖고 있다는 걸 알고 있었습니다. 난 그가 그렇게 죽음을 선택하는 것이, 반드시 다른 사람에게 해가 된다고 믿지는 않았습니다."

무더운 여름밤이 깊어갔다. 주위엔 더위를 밀어내며 불어오기 시작한 밤바람에, 부스럭거리는 나뭇잎들 소리뿐이었다. 문득 한때는 몹시 싫어했던 사람과 테이블을 사이에 두고 마주 앉아 있는 나 자신이 느껴졌다. 그리고 놀랍게도 이제는 그 증오의 감정이 사그라져버린 걸 발견했다.

래리 실러와 이야기를 끝낼 무렵, 나는 그에게 게리의 애인이었던 니콜 배럿 베이커와 연락이 되느냐고 물었다. 사실 난 니콜과 만난 적도, 이야기를 나눈 적도 없었다. 게리가 처형되기 일주일 전, 내가 게리를 면회할 무렵에는 그녀는 게리와 동반자살을 기도한 후유증으로 아직 병원에 있는 상태였다. 그녀에게 연락을 취하려고 방법을 알아보기는 했다. 게리의 부탁도 있었고, 또 그때의 고통과 혼란스러운 감정이 누군가에게 손을 뻗고 싶도록 만들기도 했다. 하지만 병원의 엄격한 통제 때문에 접근할 수가 없었다. 그녀에게 메시지를 전할 수 있는 방법은 단 하나였다. 나는 솔트레이크 라디오 방송국에 전화를 걸어서, 그녀 앞으로 보내는 게리의 신청곡을 띄워달라고 했다. 게리가 가장 좋아하던 리듬 앤 블루스 풍의 노래, 팻츠 도미노의 '눈물의 골짜기'였다.

그 후 몇 년 동안, 뒤늦게나마 연락을 취해볼까 하는 생각이 문득문득 떠올랐다. 게리의 죽음을 둘러싼 사건들 중에는 내가 아직 풀지 못한 채 남아 있는 것들이 있었고, 그런 이유로도 그녀를 만나고 싶었다. 그러나 그녀를 찾으려면 래리 실러를 통하는 수밖에 없었고, 나름대로 고민한 끝에 그 방법을 포기하고 말았다. 그리고 그 만남에 대한 준비가 되어 있지 않았던 것도 사실이다. 니콜을 만난다는 건 게리의 부재를 상기시키는 현실과 직면해야 한다는 걸 의미했고, 그때는 그걸 감당할 자신이 없었다.

그제야 나는 실러가 알려준 주소로 니콜에게 편지를 썼다. 내가 어떻게 지내고 있다는 이야기를 하고, 그녀와 만나서 이야기를 나누고 싶다고 했다. 그리고 몇 주 후, 나는 그녀가 살고 있는 오리건의 작은 마을을 향해 비행기에 올랐다. 공항에서 본 니콜은, 로잔나 아퀘드가 분했던 그 영화 속의 니콜만큼이나 무척 아름다웠고, 그보다 좀 수줍어 보였고, 더 차분한 분위기였다. 지난 2년의 세월이 그녀에게 친절한 보상을 베풀어준 듯 보였다. 그녀는 지금은 결혼해서 사내 아기를 낳았고, 크리스천으로 개종해서 행복하게 살고 있었다. 우리는 서로 금방 알아봤다. 그리고 저녁식사를 위해 레스토랑으로 갔다.

우리는 몇 시간 동안 이야기를 나눴다. 그러나 화제가 게리에게로 넘어가기까지는 시간이 좀 필요했다. 그녀는 자신의 결혼생활과 기독교인으로서의 종교생활에 대해 이야기했고, 나는 내 결혼생활에 대해서, 그리고 내가 로큰롤을 아주 좋아하는 이유 등에 대해 이야기를 했다. 며칠 동안 몇 번에 걸쳐서 만나 이야기를 나눈 끝에, 마침내 우리는 게리 이야기를 꺼낼 수 있었다. 우스운 것은, 우리의 머릿속에는 우리 자신의 기억과 책이나 영화로 만들어진 내용들이 뒤섞여 있어서, 그걸 골라내는 데 시간이 꽤 걸렸다는 사실이다. 현실에 대한 구구한 해석들이 넘쳐나는 가운데서, 우리의 진정한 자아를 지킨다는 건 참으로 어려운 일이라는 걸 깨닫게 한 경험이었다.

니콜을 만난 마지막 날 밤, 우리는 오리건의 해변가에 있는 숲으로 드라이브를 하면서, 게리가 처형되던 무렵의 기억을 더듬었다. 나는 게리와의 마지막 면회에 대해 그녀에게 이야기했다. 우리 둘은 그동안 서먹서먹했고 갈등도 있었지만, 결국 서로의 우애를 확인한 끝에 작별을 할 수 있었다는 이야기였다.

"그런데 말이에요." 니콜이 말을 꺼냈다. "난 게리에게 작별 인사를 하지 못했어요." 그녀는 잠시 말을 멈추고서, 우리가 달려가고 있던 고속도로 저쪽의 어둠을 응시했다. "어느 날 밤이었어요." 그녀가 말을 이었다. "게리가 죽은 후, 래리가 말리부라는 곳에 구해준 집에서 지내고 있을 때였는데, 게리 꿈을 꿨어요. 그가 아주 큰 오토바이를 타고 집에 왔어요. 그가 말은 하지 않았지만, 난 그가 내가 함께 가길 바란다는 걸 알았어요. 그래서 오토바이 뒤에 올라타고, 그를 꽉 붙잡았지요. 한참을 달렸어요.

마침내 우리는 바다 쪽으로 좁다랗게 난 길을 따라 갔는데, 그 길 끝에는 감옥이 있었어요. 하지만 보초가 있고 대문이 있는 그런 감옥은 아니었어요. 임시숙소 같은 분위기였지요.

안에 있는 건물 벽은 흰 대리석이었어요. 게리가 오토바이에서 내리더니, '잘 있어.' 하고 인사를 했어요. 나는 '나도 당신과 같이 가면 안 돼요?' 하고 물었지요. 그러자 그가 말했어요. '안 돼. 당신은 이해할 수 없어. 날 다시는 볼 수 없을 거야.' 난 울었어요. 그렇게 울어본 적이 없었던 것 같아요. 그런데 주위를 보니까, 또 한 여자가 옆에서 울고 있는 거예요. 당신 어머니였지요. 나는 가서 어머니를 부둥켜안았어요. 우리는 서로 붙들고 울었지요."

우리는 한동안 아무 말 없이 앉아 있었다. 잠시 후, 내가 니콜에게 물었다. "요즘도 형 생각 많이 나세요?"

그녀는 날 잠시 쳐다보다가, 미소를 지으며 다시 창밖으로 시선을 옮겼다. "저녁에 해가 지는 모습을 보면, 가끔씩 게리가 생각이 나요." 나는 잠시 그녀의 말을 되새겨보았다. 그녀의 말뜻을 알 것 같았다. 그녀의 대답은 '언제나'였다.

창밖으로는 별빛이 반짝이는 하늘을 배경으로, 바닷가 작은 마을의 능선이 검은 실루엣으로 스쳐 지나고 있었다. 니콜과의 만남은 매우 뜻깊고 즐거운 경험이었다. 그리고 이제 현실로 돌아가면 우리의 마음과 기억 속의 진실은 또다시 끝없는 수난을 맞게 될 것이라는 생각도 떠올랐다. 그리고 그녀와의 만남은 마치 가족을 만난 느낌이었다. 그건 참으로 오랜만에 느껴본 감정이었다.

잠시 후, 니콜은 내 숙소 앞에서 차를 세웠다. "전, 작별 인사 같은 건 좋아하지 않아요." 그녀가 희미하게 웃으며 말했다.

"저도 그런 건 소질이 없어요." 내가 대답했다.

나는 그녀에게 작별 키스를 했다. 그리고 차를 돌려서 그녀가 손을 흔들며 가는 모습을 오래 지켜보았다. 그녀는 그녀의 현실로 돌아갔고, 난 나의 현실로 돌아왔다. 우리가 할 수 있는 건 그것뿐이었다.

이제 이야기는 여기서 끝나야 할 듯하다. 그렇게 종지부를 찍어야 할 것 같다. 어쩌면 여기서 속죄의 실마리가 보일 것 같기도 하다. 1982년 가을, 내가 〈롤링 스톤〉에 실게 될 《사형집행인의 노래》 서평 끝부분에서 니콜을 만났던 일을 정리하면서, 난 그런 느낌으로 마무리를 했다. 그때 난 이렇게 생각했다. 여기 우리가 알아야 할 것이 있다. 우리 모두가 알고 있어야 했던 것, 그것은 그래도 우리의 인생은 계속된다는 진실이다. 우리는 고통을 삼키고, 과거를 돌아보고, 우리가 한 일들을 용서해야 한다. 그건 우리가 살아가면서 기억해야 하는 진실이다.

그런데 문제는 정말로 우리의 인생이 '계속'되며, 인생에 있어서 죽음 말고는 종지부란 있을 수 없다는 것이다. 이야기가 완전히 끝났다고 말할 수 있는 건, 죽음뿐이다. 막을 내린 인생을 평가하고, 그 플롯과 극을 분석하고, 또 그 이야기를 말할 수 있는 건 오로지 죽음의 시간뿐이다. 게리와 죽음의 세계로 가버린 사람들, ─ 우리 가족들과 게리에게 살해된 사람들 ─ 그들만이 이 이야기의 종말을 선언할 수 있다. 그들은 자신의 역할을 다 끝마친 사람들이고, 과거의 유산에 대해 대가를 치렀거나, 혹은 대가를 모면한 사람들이기 때문이다. 여기 남아 있는 우리들은 그 이야기의 마지막 장을 넘기고 나서도 계속 살아가야 할 사람들이었다. 죽은 자들의 유산을 계속 이어가야 하는 삶을.

내 인생은 그리 순탄한 편이 아니었으나, 그래도 한 부분만은 그런대로 순조로운 편이었다. 음악평론가로서의 내 직업은 나름대로 성공적이었다. 1980년 무렵, 나는 몇 해 전 〈롤링 스톤〉에서 나왔지만 그 잡지에 계속 글을 싣고 있었다. 한동안은 〈주간 L. A.〉에서 음악 편집장을 맡기도 했고, 그 후 5년 동안은 지금은 없어져서 몹시 아쉬운 로스앤젤레스의 〈헤럴드 이그재미너〉에서 팝뮤직 비평가로 활동하기도 했다. 또한 그 무렵 나는 그동안 해보고 싶었던, 작가로서 글을 쓰는 일도 시작했다. 그때 처음으로 내가 비판적인 색깔을 지닌 목소리를 갖고 있다는 걸 발견했고 나름대로 자신도 있었다. 그리고 그동안 내게 음악적으로 깊은 영향을 주었던 음악가들을 만나 인터뷰할 기회도 가질 수 있었다. 그중에는 밥 딜런, 마일스 데이비스, 믹 재거, 키스 리처즈, 조니 로튼, 브루스 스프링스틴, 그리고 내가 가장 좋아하는 음악 영웅, 루 리드도 있었다.

음악평론가로서의 내 직업에 긍지를 느끼고, 나에게 작가의 길을 열어준 많은 편집자들에게 고마운 마음은 갖고 있지만, 이런 이야기를 자랑삼아 늘어놓으려는 건 물론 아니다. 내 일에 대한 이야기를 꺼낸 이유는, 내가 로큰롤이나 기타 대중음악과 문화에 깊고 지속적인 열정을 품고 있었음에도 불구하고, 그 일들이 아직 내 인생에서 가장 중요한 부분이 되지 못했기 때문이다. 그래서 늘 나의 재량이 내 삶 속에서 충분히 발휘되지 못하고 있다는 기분에 젖어 있었다. 하루 일을 끝내고 돌아오면, 집에 와서 또 다른 현실에 부대껴야 했다. 내 결혼생활은 시작부터 다소 문제를 안고 있었다. 우리 두 사람이 만나 한 가정을 이루면서, 양쪽 집안의 악마들을 모두 끌고 들어왔다는 생각이 든다. 그리고 솔직히 고백하자면, 나는 이해심이나 자상함이 부족한 남편이었기에, 아내를 고통 속으로 몰고간 공포와 상처를 감싸주지 못했다. 아내를 사랑했다기보다는 구해주려 했다는 걸 깨달은 그 순간, 우리의 운명은 이미 결정되어 있었다. 어쩌면 나의 결혼은 게리 형을 구하려고 노력하지 않았던 과거에 대한 일종의 속죄 행위였던 것 같다. 우리의 결혼생활은 균형을 이루지 못했고, 결국 심한 언쟁 끝에 에린은 내게 이런 말을 했다. "내가 당신을 필요로 하는 만큼, 당신은 내가 필요하지 않은 사람이에요." 나는 그녀의 말이 옳다고 생각했다. 그리고 내가 얼마나 부당했는지를 깨달았다. 2년이 조금 넘는 결혼생활 끝에, 우리는 1985년에 이혼했다. 그 후 다소 불화는 있었어도, 우리는 그런대로 좋은 친구로 지냈다. 그리고 한두 번 재결합을 시도해보기도 했지만, 그러기에는 서로 상처가 너무 컸던 것 같다. 그녀는 여전히 내 마음속에 사랑하는 사람으로 남아 있고, 늘 가장 큰 축복을 빌어주고 싶은 사람이다.

그 후로 수없이 많은 열애를 경험했다. 나이가 들어가면서, 누군가를 만나서 가정을 이루고 싶다는 절실한 생각도 들었다. 그러나 지금은 가족이니 가정이니 하는 걸 갖고 싶다는 생각이 사라진 지 아주 오래되었다. 가정을 갖기를 원하면서도, 동시에 난 가정을 가질 수 없을 거라는, 혹은 갖게 되더라도 그들을 파멸시키고 말 거라는 예감이 내 마음에 깊은 상처를 주었기 때문이다. 그리하여, 어쩌면 당연한 일이겠으나, 나는 심한 우울증에 시달렸다. 일을 하고 있을 때나, 음악을 듣거나, 혹은 책을 읽다가도, 나는 갑자기 두려움에 사로잡혔다. 그러면 침대로 가서 몇 시간 동안 몸을 웅크리고 기다린다. 그 어둠이 지나가기를. 그래서 제대로 숨을 쉴 수 있게 되기를. 그럴 때면 어느새 나는 어렸을 적, 그 알 수 없는 열병에 걸렸던 때와 똑같은 자세를 취하고 있었다. 두 손을 꽉 쥐고서 손바닥에 힘을 집중시킨다. 마치 그렇게 두 손을 꽉 쥐고 힘을 주면, 손바닥 한가운데에서 구원의 답이라도 나올 것처럼.

우울증이 점점 더 악화될 수도 있고, 경우에 따라선 치명적 결과를 불러올 수도 있다는 것을 나도 알고 있었다. 그래서 나는 의사를 찾아가서 치료를 받았다. 그러자 얼마 안 있어 두려움과 그 밖의 다른 증상들도 나아졌고, 삶의 즐거움과 목표도 조금씩 회복되기 시작했다. 우울증에 빠져 있었던 기간은 불과 몇 개월 되지 않았지만, 그때는 마치 영원히 이어질 것처럼 느껴졌다. 우울증은 그 기분을 남에게 전달할 수도, 또 다른 사람이 그걸 이해할 수도 없는 그런 경험이다. 그러나 일단 우울증을 경험한 사람은, 결코 그 세계를 잊지 못한다. 그걸 겪어본 사람은 세상을 좀 더 동정적인 눈으로 바라보게 되고, 자기 삶의 구석구석을 보다 더 면밀히 들여다보게 된다. 어둠이 침잠해 들어오는 순간, 그 어둠이 어디서 시작되는지를 포착하기 위해.

그 무렵, 나는 한 록그룹에 대한 책을 쓰기로 계약을 했다. 그건 하지 말았어야 했다. 당시 그 주제에 대해서 별 뚜렷한 느낌이 없었기 때문이다. 그러나 내 생활에 변화도 좀 주고 싶었고, 무엇보다 글 쓰는 일이나 음악에 대해 어느 정도 자신이 있었기 때문에 곧 몰두할 수 있을 거라는 생각도 들었다. 하지만 거의 1년이 다 지나도록 나는 손도 대지 않았다. 그리고 결국 그 일을 하지 않을 거라는 걸 나는 알고 있었다. 대신에 다른 록그룹에 대한 책을 쓰겠다는 생각이 문득 떠올랐다. 다름 아닌 '그레이트풀 데드'로, 그건 정말 멋진 생각이었다. 그들은 찬란한 경력을 자랑하는 뛰어난 그룹이었다. 그들의 이야기를 쓰면서, 미국의 현대문화에서 중요한 의미를 갖는 시기를 다룰 수 있을 것 같았다. 어쩌면 바로 이 순간, 이 작업을 위해서 그동안 내가 살아온 것 같은 기분이 들었다. 그러나 난 치명적인 실수를 저지르고 말았다. 사랑에 빠졌던 것이다.

지금 하려는 이야기는 별로 자랑할 만한 것이 아니다. 날 사랑하고 믿었던 한두 사람에게 배신감을 안겨줄 수도 있는 이야기이다. 그리고 그 이야기의 끝에는 당혹스러운 파멸이 기다리고 있었다. 그레이트풀 데드에 대한 집필 구상을 위해 포틀랜드로 휴가를 가 있던 중, 나는 한 여자—이름을 록산느라고 부르기로 하자.—를 만났다. 사실 그녀를 알게 된 건 몇 년 전이었지만, 그때는 서로 무관심했다. 그녀는 내 옛 여자친구의 동생이었는데, 그 당시 막 이혼한 상태였고, 4살 된 아들이 있었다. 그녀는 변화를 원하고 있었고, 물론 나도 그랬다. 우리 두 사람의 관계는 여느 경우와 다를 바 없이 진행되었다. 처음엔 비밀스럽게, 그러다가 우리의 열정적인 만남과 결합은 차차 남의 이목을 집중시켰다. 이 사랑은 피할 수 없는 운명이라고 느껴질 만큼 강렬한 열정이었다. 그러나 거기서 그치지 않았다. 나는 록산느에게 내 가정을 꾸리겠다는 소망을 얼핏 비쳤고, 그녀는 자식을 더 많이 낳고 싶다는 자신의 소망을 내게 밝혔다. 그녀와 나는 언젠가는 우리의 꿈을 합칠 수 있을까 함께 이야기했다. 우리는 그럴 수 있을 것 같았다.

나는 포틀랜드로 잠시 거처를 옮겼다. 책을 쓰려는 목적도 있었지만, 연애 문제도 있었다. 나는 이제야말로 내가 행복을 명중시켰다는 확신을 갖고서 그곳으로 갔다. 이젠 나도 가정을 가질 수 있을 것 같았다. 나는 한때 죽음과 상실로 얼룩졌던 그 땅에서 내 삶을 다시 이룩함으로써, 나 자신의 과거뿐만 아니라, 어쩌면 우리 가족 모두의 역사를 구제하고 있는 거라고, 스스로 다짐하기도 했다.

그런데 일은 순조롭지 않았다. 포틀랜드에 도착한 지 이틀도 지나지 않아, 나는 우리 사이가 뭔가 크게 잘못되어가고 있음을 느꼈다. 나중에 알았지만, 록산느는 그때 어떤 사람을 알게 되었고, 그에게 더 마음을 빼앗긴 것이다. 우리는 싸우고 헤어졌다. 그리고 그녀는 다른 남자와 결혼해서 아이를 낳았다. 일은 그렇게 됐다. 거기에서 비난받을 사람은 나였고, 용서받을 사람도 나였다. 그러나 이번만큼은 자신을 용서한다는 것이 그리 쉽지 않았다.

비참한 시간이었다. 나는 포틀랜드의 아파트에 혼자 앉아서 주체할 수 없이 눈물을 흘렸다. 밤에는 잠들기 위해서 술을 마셔야 했고, 일에도 집중할 수가 없었다. 결국 난 책 쓰는 작업을 포기했다.

그때 나는 거의 자포자기의 벼랑 끝에 서 있었다. 나에게는 그런 상태를 떨쳐내고 일어날 수 있는 아무런 희망도, 그렇다고 해서 철저히 부서져버릴 능력도 없다는 걸 알았을 때, 나는 더욱 더 절망감에 빠져들었다. 내 인생에는 구원도 탈출구도 없다는 절망감, 그리고 내가 원하든 원치 않든, 앞으로도 구원 없는 삶을 살아갈 수밖에 없다는 절망감이었다.

유령을 본 것은 바로 그 무렵이었다.

새벽 3시였다. 나는 술에 취한 채 잠이 들었으나, 깊은 잠이 오지 않았다. 나는 시내에 있는 고층아파트에서 살고 있었는데, 밤이면 거리의 네온 빛이 반사되어, 밤새도록 벽에 불빛이 움직였다. 내가 눈을 떴을 때, 뭔가 움직이는 것이 보였다. 불빛이군, 하고 다시 눈을 감았다. 그런데 바닥에서 삐걱거리는 소리가 났다. 다시 눈을 떴는데, 방 저편에 한 여자가 서 있었다. 그녀의 몸은 희미하게 빛이 났다. 주변에 호박색의 광채가 보였다. 그녀는 키가 크고, 금발에, 흰옷을 입고 있었다. 내 침대 아래쪽을 왔다 갔다 하면서 그녀는 달래는 듯 유혹하는 듯 뭐라고 말하고 있었다. 그러더니 내 침대로 올라와서, 내 가슴 위로 걸터앉았다. 그리고 내 두 손목을 잡더니, 상체를 비틀고, 두 손과 팔을 꺾어서 벽에 대고 눌렀다. 그녀는 몸을 굽혀 내 귀에 키스를 하고, 이렇게 말했다. "난 너를 알아. 네가 마지막이지. 그들에게선 다 빼앗았어. 이제 널 데리러 온 거야."

나는 잠에서 깼다. 내 손목이 아플 정도로 벽에 눌려 있었다. 네온 빛이 희미하게 비치는 어두운 방 안을 둘러보았다. 아무도 없었다. 나는 침대에서 일어나 집 안을 둘러보았다. 역시 혼자였다.

내가 본 건 정말 유령이었을까? 물론 아니다. 의사들이 야경증이라고 말하는, 일종의 악몽이었을 것이다. 그것은 특정한 수면의식 상태에서 경험하는 꿈으로, 육체적인 현실감과 공포를 동반한다. 그런 꿈을 흔히 경험하는 문화권도 있다. 그리고 그런 꿈을 꾸는 도중에 공포로 인해 심장마비로 죽는 사람들도 있다고 한다.

아니다. 그건 진짜 유령이 아니었다. 난 알고 있었다. 그러나 그 후 며칠 동안, 나는 그 생생한 느낌의 기억을 떨쳐버릴 수가 없었다. 그것은 이 파멸의 삶이 나만의 고통이 아니라, 저 머나먼 과거와 단단히 이어져 있다는 것을 내게 일깨워주기 위해서, 저쪽 다른 세상에서 보낸, 혹은 내 무의식에서 나온 메신저 같았다. 그날 밤 이후, 내가 결코 내 가족으로부터 도망칠 수 없고, 오히려 어쩌면 처음부터 그들의 파멸을 내 가슴속 깊이 묻고 있었다는 걸 깨닫기 시작했다. 그걸 깨닫는 순간, 나는 그들이 묻혀 있는 땅을 뒤로 하고 내 친구들과 내 생활이 있는 로스앤젤레스로 돌아왔다.

로스앤젤레스로 돌아오고 몇 개월이 지났다. 내 친구인 가수 빅토리아 윌리엄스가 내게 전화를 했다. 실제 있었던 사건을 재구성해서 방송하는, 뉴스와 오락의 두 가지 성격을 띠는 〈오늘의 사건〉이라는 전국연합프로그램이 있는데, 그날 밤에는 게리 형과 관련된 방송이 나온다고 예고를 했다는 것이다. 쇼의 프로듀서는 니콜 베이커를 추적해갔다. 그리고 그녀에게 게리에 대해서, 그리고 그의 살인과 처형에 대해서 카메라 인터뷰를 요청했다. 그녀가 그 정도 길이의 텔레비전 인터뷰에 응한 것은 그때가 처음이었다.

10년도 더 지난 일인데, 아직도 게리와 니콜의 관계, 그의 죽음이 뜨거운 뉴스거리가 될 수 있다는 것이 좀 놀라웠다. 하지만 자극적인 뉴스거리를 찾으려는 시청자에게는 그날의 프로그램은 좀 따분했을 것 같다. 나는 별 자극 없는 내용을 예감하면서 텔레비전을 켰고, 내가 본 바로는 실제로 그랬다. 그 방송은 (적어도 내게는) 완전히 짜증이 나는 내용이었다. 그러나 전혀 예상치 않았던 곳에서 몇 가지 감동을 받았다. 마지막 몇 개월 동안 게리가 법정을 드나드는 모습을 찍었던 뉴스 장면이 소개되었는데, 거기서 나는 게리가 수갑을 차고 흰 수의를 입은 모습과, 틈만 나면 몰려드는 취재진들의 카메라를 훑어보며 긴장을 늦추지 않고 상대를 평가하는 듯한 그의 시선을 볼 수가 있었다. 그 화면들은 그 어지럽던 1976년에도 봤던 기억이 나는데, 그때는 게리가 다른 사람들이 말하는 것처럼 냉혹하고 오만하고 독하게만 보였다. 그런데 세월이 흘러, 그 세월을 겪고 나서 다시금 그 모습을 보니, 예전에는 분명히 보지 못했던 점이 두 가지 눈에 띄었다. 게리가 평범한 모습으로 두려움에 떨고 있다는 것, 그리고 그가 역시 나의 형으로 보인다는 사실이었다. 다시 말해서 내가 사랑했고 동시에 미워했던 사람, 내 인생을 돌이킬 수 없이 바꾸어놓은 사람, 그는 그런 사람으로 보였다. 그리고 무엇보다도 그는, 그의 죽음 이후 내가 그토록 그리워하던 사람이었다. 아무리 고통스러운 대화로 치닫는다 하더라도, 함께 앉아서 이야기를 나누고 싶은 바로 그 사람이었다.

하지만 그 프로그램의 제작 의도는 야비하고 비열해 보였다. 게리의 살인에 대한 비난의 화살을 니콜에게 겨누려는 듯했다. 니콜이 게리가 마지막으로 자신을 구타하던 순간을 설명했다. 그녀는 그때 자기가 떠나야 한다는 걸 알았다고 말했다. "전에도 다른 남자들에게 맞은 적은 있어요. 그러면 난 '난 떠날 거야.'라고 스스로 말했지요. 내가 무슨 잘못을 했는지 모르지만, 맞아야 할 정도는 아니었어요. 게리는 내가 그런 생각을 하고 있다는 걸 알고 있었어요. 그의 얼굴을 보는 순간, 내가 떠난다면 그가 누군가 죽일 거라는 생각이 들었어요. 내가 그를 떠난다면, 그 때문에 누군가가 죽을 거라는 걸 난 알았어요."

"그런데도 당신은 떠났습니까?" 기자가 물었다.

니콜은 잠시 카메라에서 눈길을 돌렸다. 회한의 아픔이 담긴 그녀의 눈

언저리가 눈에 익었다. 그리고 그 쓸쓸한 미소도. "내 인생에서 가장 후회스러운 순간이었죠." 그녀가 마침내 입을 열고 대답했다.

기자의 의도는 너무나 뻔했다. 니콜에게도 책임이 있다는 것이다. 그녀가 게리를 떠났고, 그래서 게리는 그 상실감을 견디지 못해 떠나버린 여자를 죽이는 대신에 맥스 젠슨과 벤 부슈널을 살해했다는 것이다. 이런 질문과 결론 뒤에는 한층 더 교활한 의도가 숨어 있었다. 즉 무슨 짓을 하든 니콜은 게리 곁에 남아 있어야 했으며, 그의 곁에서 폭력을 계속 받아줌으로써 그의 폭력성이 밖으로 분출되어 순결한 세상을 더럽히지 않게 했어야 한다는 것이다. 다시 말해서, 니콜은 죄인이다. 왜냐하면 그녀는 그 남자의 폭력을 자신의 삶에 받아들이는 걸 거부했기 때문이다. 기자는 그렇게 말을 하고 있었다.

혹시라도 그런 의도가 분명히 전달되지 않을까 걱정이 됐는지, 프로그램이 끝날 무렵 기자는 한 가지를 더 물고 늘어졌다. "어떻게 그렇게 무자비한 인간을 사랑했다는 말을 할 수가 있지요?"

"어느 하루도, 그의 이름이 내 머리에서 떠난 적이 없어요. 그는 내 인생에 뛰어들었고, 날 사랑했고, 그리고 모든 행복을 앗아가버렸습니다." 니콜이 말했다.

"만일, 당신의 인생에서 게리 길모어를 지워버릴 수 있다면, 그렇게 하겠습니까?"

다시 그녀는 쓸쓸한 미소를 지으며, 멀리 시선을 던졌다. 그리고 고개를 저었다.

"그럼, 이런 얘깁니까?" 기자가 물었다. "만일 당신이 게리를 지워버린다면, 그 두 사람은 죽지 않았을 것이고, 그 아이들의 아버지가 살아 있게 된다 하더라도, 당신은…… ."

그러자 니콜이 그의 질문을 막았다. "네, 그래요." 그녀는 고개를 끄덕이며 말했다. "그렇다면, 그렇게 하겠어요."

그러고 나서, 카메라는 모리 포비치 기자에게로 옮겨졌다. 그는 혐오스럽다는 듯 오만한 표정으로 말했다. "그녀를 위해서 눈물을 흘리기는 어렵겠군요."

그때처럼 텔레비전을 부숴버리고 싶었던 적은 없었던 것 같다.

나는 앉아서, 포비치의 얼굴을 바라보며 생각했다. 니콜이 너 따위에게 눈물을 흘려달라고 한 적은 없어. 우리 모두 마찬가지야. 게리도, 니콜도, 나도. 그래, 눈물을 흘린다면, 그건 맥스 젠슨과 벤 부슈널의 가족을 위해서 흘려야겠지. 눈물뿐 아니라 위로와 후원과 기도를 보내줘야 할 사람들이지. 하지만 그들뿐만은 아니야. 당신이 그러는 동안에 차라리 이런 살인이 어떻게, 왜 일어났는지, 또 그걸 막기 위해서는 어떻게 해야 하는지, 도무지 관심이 없는 사람들을 위해서 눈물을 흘리는 게 더 나을 거야. 그리고 바로 당신, 그 독선적인 입을 놀리고 있는 당신 자신을 위해서 울어주는 게 나을 거야. 당신 역시, 바로 나처럼, 일상생활 속에서 살인이 저질러지는 조건을 만들어내는 데 한몫을 한 사람일 테니까. 그리고, 포비치 씨, 당신이 니콜에게 동정을 느낄 수 없다면—당신은 시청자를 끌어들이기 위해서 그녀를 이용한 것에 대해서 전혀 가책을 느끼지도 않잖아.—어린 나이에 이미 가슴속 깊은 곳에 살인의 가능성을 묻어두고 있는 사람들에게 동정을, 아니 적어도 이해심을 갖도록 노력해야 할 거야. 살인이란, 때로는 좌절한 자의 복수심에 불과할 수도 있으니까.

그 순간 내 머릿속에 떠올랐던 생각들이 모두 호의적인 것이라거나, 이치에 닿는 것이라고 생각하지는 않는다. 내 마음은 분노로 가득 차 있었고, 그처럼 냉혹한 판결을 내리는 이 세상에 염증을 느꼈다.

나는 텔레비전을 끄고 거실의 불도 껐다. 그리고 몇 시간 동안 어둠 속에 앉아서 생각에 잠겼다. 불과 몇 개월 전, 난 내 삶에서 가장 힘든 고난의 시기를 한고비 넘겼다.—포틀랜드에 잠시 머물었던 시기—그리고 지금, 잠시 물러서서 바라보니 일이 어긋나버린 건 결국은 나의 과거가 만들어낸 결과라는 걸 알게 되었다. 내가 태어나기도 전에, 오래전부터 이미 시작된 유린의 역사의 한 조각이었다. 사실 그것은 혈연과도 같이 게리와 나 사이를 이어주는 단단한 끈이었다. 다시 말해서 우리는 조종할 수도 없고 어쩌면 이해할 수도 없는 소멸의 유산을 이어받은 상속자들이었다. 분명한 건 우리 두 사람은 그 유산을 다루는 방식이 다르다는 점이다. 게리는 결국 그 파멸을 밖으로 향하도록—사실 그것은 그에게 가능했던 방향이었다.—함으로써, 죄 없는 사람들과 니콜, 우리 가족과 나를, 또 이 세상과 세상의 정의감을, 그리고 결국은 자기 자신을 허물어버리고 말았다. 나는 그 파멸을 나 자신으로 돌렸다. 내게는 그것이 밖으로 향하도록 허락되지도 않았고, 나 자신도 허락하지 않으려 했다. 그러나 밖으로 향하든, 속으로 삭이든, 그 방향이 어느 쪽이든 그 파괴력은 대단했다. 그리고 처음으로 그 파멸이 아직 끝나지 않았다는 걸 알게 되었다. 우리 가족의 파멸은 게리와 함께 끝난 것이 아니었다. 그로 인해 시작된 것이 아니었기 때문이다.

그날 밤 내내 앉아서 생각했다. 그리고 내가 자라난 이 집안이 더 이상 존속하지 않으리라는 걸 문득 깨달았다. 우리 형제는 넷이었지만, 그중 한 명도 자기 가정을 꾸린 사람이 없었다. 우리는 우리가 물려받은 그 어떠한 유산이나 가계도 자식을 통해 번식시키지도 않았고, 그리하여 우리 자신의 욕구를—그것이 친절한 것이든, 잔인한 것이든, 혹은 일그러진 것이든, 양심적인 것이든 간에—자식에게 투사하거나 그들에게서 찾으려 하지도 않았다. 우리에게는 우리가 맞아서 망가진 것처럼, 때려서 망가뜨릴 자식도 없었다. 지난 몇 년 동안 나는 만나는 사람마다 가정을 갖고 싶다는 말을 했는데, 그렇게 해서 내가 자란 가정에서 겪었던 그 황폐함을 조금이나마 만회하기를 바라는 마음도 있었다. 그러나 난 그런 가정을 갖지 못했다. 그 꿈을 실현시킬 수 있을 만한 올바른 선택을 하지 않았다. 그런데 이제 내가 과연 그것을 진정으로 원했던가 하는 의문이 들었다. 우리 가족에게 일어났던 끔찍한 일들은 우리 대에서 끝이 나야 하는데, 자식을 가진다는 건 그 파멸을 영속시키는 위험을 감수하는 것처럼 여겨졌다. 그 파멸을 완전히 없애버리기 위해 할 수 있는 건, 스스로 목숨을 버리는 것이다. 어쩌면 게리와 게일렌이 그 일을 해냈는지도 모른다. 그들은 혈통을 이어가기 전에 자신을 끝장내버림으로써, 혈통을 단절시켰다.

여기까지 생각을 이끌고 오기란 쉬운 일이 아니었다. 나는 나에게 이 세상에 영속시켜서는 안 될 부분이 있다는 것, 내가 죽은 후까지 남겨두어서는 안 될 그 무엇이 내 안에 있다는 걸 인정해야 했다. 나 자신과 나의 미래에 대한 그런 생각은 내 인생을 바꾸어놓았다. 난 더 이상 예전의 내가 아니었다. 그리고 앞으로도 예전의 나로 돌아갈 수는 없을 것 같다.

3

비밀과 유골

다시 한번 포틀랜드에 가보기로 했다. 이번엔 형을 찾기 위해서였다.

프랭크 형은 내게 남은 유일한 가족이었다. 그런데 나는 그를 포기하고 지냈다. 그가 행복하게 잘 살고 있는지, 집 없는 떠돌이 생활을 하고 있는 건 아닌지, 정신은 온전한지, 몸은 성한지, 난 아무것도 아는 바가 없었다. 지금까지 살아오면서 내가 사랑하거나 좋아하는 사람들을 너무나 많이 잃었다. 때로는 죽음이 그들을 데리고 가버렸고, 때로는 그들이 먼저 나에 대한 사랑을 포기했고, 또 때로는 내가 나를 사랑하거나 날 가장 필요로 하는 사람들이 마음을 거두고 나를 떠나게 만들기도 했다. 어떤 때

로버트 잉그램, 베시 길모어, 프랭크 2세, 게리, 게일렌(왼쪽부터 시계 방향). 오리건 주 포틀랜드, 1950년경

는 그런 일들을 너무 쉽게 저질렀다. 거의 아무 생각 없이. 그것은 나조차도 알 수 없는 나의 부끄러운 비밀 중의 하나였다. 이젠 그 비밀을 밝혀내고 싶었다.

하지만 프랭크가 몹시도 보고 싶었던 건 사실이었다. 지난 몇 년 동안 나는 틈나는 대로 그를 찾으려고 애썼다. 어디에서 일하고 있는 걸 봤다는 말도 듣고, 또 포틀랜드 어디 어디에서 길을 가는 걸 봤다는 말도 들었지만, 그가 있는 곳을 찾아낼 수가 없었다. 그의 소식을 마지막으로 들었던 건 2년 전이었다. 한 친구가 어떤 보관업소에서 그가 일하는 걸 봤다

고 했다. 나는 그곳으로 전화를 걸었지만, 프랭크는 이미 그곳을 그만두고 떠난 후였다.

형을 만나서, 내가 무엇을 찾고 확인하려는 것인지 나도 알 수 없었지만, 정말로 그가 보고 싶었다. 나는 그와 만나서 이야기도 나누고, 만져보기도 하고, 잘 지내고 있는지 알고 싶었고, 그에게 다정하게 해주고 싶었다. 혹시 그래서 그가 나를 영원히 뿌리치는 결과를 가져온다 하더라도.

포틀랜드로 간 뒤 계절이 한 번 바뀐 후에야, 마침내 나는 프랭크를 찾아냈다. 그동안 그가 있을 만한 곳은 모조리 수소문했지만, 내 평생에 그렇게 많은 추리소설을 읽었음에도 불구하고 내가 사람을 찾는 데는 소질이 없다는 결론을 내리고 있었다. 사망증명서도 뒤져보고, 부랑자 수용소에도 가보고, 길을 지날 때는 형처럼 생긴 사람들의 얼굴은 모두 훑으며 지나다녔다. 그러던 중 크리스마스가 가까워질 무렵의 어느 날, 나는 저널리스트이자 사건기자였던 짐 레든이라는 친구와 식사를 했다. 그는 내게 형을 찾으면 연락을 주겠다고 했다. 다음 날 아침 잠에서 깨어보니, 전화에 레든이 남긴 메시지가 있었다. 그는 프랭크가 살고 있는 곳을 알아냈다고 했다. 프랭크는 포틀랜드 북부, 내가 살고 있는 곳에서 불과 열 블록 떨어진 곳에 살고 있었다.

나는 옷을 갈아입고 프랭크가 살고 있는 주소지까지 걸어갔다. 기껏해야 열 블록밖에 안 되는 거리였지만, 그 길을 가는 동안 한 세상에서 다른 세상으로 건너가는 기분이 들었다. 내가 있던 포틀랜드 북서부는 옛 마을이었지만 새로 말끔하게 단장한 빅토리아풍의 건물들이 들어서 있었다.

상점들과 카페, 술집 등이 들어서 있는 비교적 부촌이었고, 지난 10여 년 동안 미국 도시에서 성장한 자의식이 강하고 부유한 보헤미안들이 거주하는 곳이었다. 그러나 23번가를 따라 북쪽으로 가노라면, 빅토리아 건물들이 새로 단장도 않고 그대로 남아 있는 동네가 시작되고, 포틀랜드 북서부의 공업지대의 끝자락에 닿는다. 그곳은 1940년 이후로 별로 손길이 닿지 않은 채 외면당한 마을이었는데, 노인들과 몰락한 사람들이 모여들어 상점 모퉁이를 어슬렁거리기 시작하면서, 상점마다 유리창에 철창을 달고 카운터 뒤에는 개나 총을 두고 있었다. 이곳에는 선술집이 몇 군데 있었는데, 대부분이 거친 노동자들의 집합소였다.

프랭크는 이 지역 한가운데에 살고 있었다. 아래층은 시끌벅적한 선술집이었고, 위에는 낡은 하숙집이 있었다. 난 예전에도 이런 곳을 본 적이 있었다. 어렸을 적, 아버지와 함께 외판직원을 찾으러 다녔던 곳이 바로 이런 곳이었다. 그런 곳에는 밝은 햇빛과 맑은 공기가 거의 들어오지 않는 것 같았다. 대신 일거리를 기다리면서 텔레비전을 보거나, 술을 마시거나, 혹은 수심에 잠겨 있는 노인들에게서 풍기는 냄새가 코를 찔렀다. 그곳의 분위기가 불현듯 그 옛날을 떠오르게 하면서, 갑자기 우울한 기분이 들었다. 잠깐 그대로 도망쳐버리고 싶다는 생각도 들었다.

층계를 올라가 프랭크의 집이라고 생각되는 집 문을 두드렸다. 아무 대답이 없었다. 다시 두드리자, 아파트 관리인이 나타났다. 그는 그 집에 살고 있는 사람은 일하러 나갔고, 저녁시간이 넘어야 돌아온다고 내게 일러줬다.

저녁이 오기를 기다리던 그 시간이, 내 생애에서 아마도 가장 길고 지루했던 시간이었을 것이다. 나는 그 시간 내내 프랭크가 살고 있는 그 집을 생각하면서, 그의 생활이 어떠한지 상상해보려 했다. 아무리 어려운 문제가 있었다고 할지라도, 그래도 난 편안하게 사회생활을 하면서 살아왔다. 여러 가지 면에서 난 그런대로 순탄한 생활을 해왔다고 할 수 있다. 적어도 우리 가족 그 누구보다도 말이다.

두 형제가 이토록 다르게 살고 있다는 것이 너무나 놀라웠다. 또 너무 불공평했다. 프랭크는 끝까지 집에 남아서 어머니를 보살폈다. 사실 그는 우리 형제들 중에서 올바른 일을 하려고 끝까지 애썼던 사람이다. 반대로 나는 멀리 도망쳐서 내 몸 하나만을 돌봤다. 어머니와 어머니의 문제를 내가 떠맡을 생각은 조금도 하지 않았었다. 그렇게 희생하면서 살아왔는데, 그 결과는 내 눈으로 확인한 것처럼 부랑자들 틈에서 지내야 하는 황폐한 삶이었다. 내가 비록 내 인생에서 갖고자 했던 것들을 다 갖지는 못했지만, 적어도 난 여기저기 여행도 다녔고, 하고 싶은 일도 많이 했으며, 은행에 저축도 했다. 적어도 하숙집을 전전하는 신세는 되지 않았다.

여기서 자책이나 변명이 무슨 소용이 있을까. 지금 생각해도 나는 내가 다른 길을 선택하지 않으리라 본다. 내가 우리 가족의 운명에서 벗어나기 위해 도망쳐야 했던 건 피할 수 없는 일이었다. 하지만 그래도 프랭크가 살고 있는 곳을 보고 나니 지난 10년 동안 그의 생활이 어땠을지 짐작이 되면서, 우리 두 사람 사이의 인생의 괴리가 느껴져서 마음이 아팠다. 그가 걸어왔을 삶의 행로는 더욱더 가슴을 아프게 했다.

시간이 가기를 기다리면서 나는 이런저런 생각을 하며 드라이브를 했다. 너무나 오랜만에 만나서 과연 무슨 이야기를 나눠야 할 것인지 알 수가 없었다.

그날 밤 9시, 나는 프랭크가 살고 있는 곳으로 다시 돌아왔다. 층계를 거의 다 올라갔을 무렵, 파카 재킷의 지퍼를 올리고서 바깥 추위를 막기 위해 모자를 귀까지 당겨 쓰면서 내려오던 한 사나이와 거의 부딪힐 뻔했다. 나는 재빨리 그의 얼굴을 훑어봤다.—최근 몇 달 동안 몸에 밴 습관이었다.—그리고 지난 몇 년 동안 늘 마음속에서 그려보던 모습이 얼핏 눈에 들어왔다. 불행한 과거가 만들어낸 깊이 각이 진 얼굴이었다. 난 그에게서 나의 형 프랭크의 얼굴을 보았다.

"프랭크 형." 내가 그를 불렀다. 그는 나를 쳐다봤지만, 날 알아보지 못한 표정이었다.

"프랭크 형, 나야, 마이클." 그는 우두커니 서서 날 바라보았다. 내 말을 믿지 못하겠다는 듯 의아스러운 표정을 짓고 있었다. 만일 그가 날 계단 밑으로 밀쳐버렸다 해도, 난 아무런 저항도 하지 않았을 것이다. 아니, 달게 받아들였을 것이다.

그는 날 밀치는 대신, 내게로 다가와서 날 껴안았다. 그 순간, 우리 주변의 더러운 환경 따윈 아무 문제가 되지 않았다. 바로 그 순간, 난 우리 집으로 돌아와 그 품에 안긴 기분이었다.

30분 후, 우리는 따스한 내 아파트에 앉아 있었다. 프랭크는 자기가 사는 곳을 보여주고 싶어 하지 않았다.

집에 들어서자 프랭크는 주변을 둘러보았다. 책이며 CD, 전자기기, 컴

퓨터 등이 흩어져 있는 것을 보더니, 그가 웃음을 지으며 한마디 했다. "야, 넌 꼭 엄마를 닮았구나. 뭐든지 버리는 게 없는 모양이다."

우리는 소파에 앉아서, 따뜻한 차를 마시며 이야기를 나눴다. 프랭크는 내가 결혼했다는 소식을 들었다면서, 아내가 어떤 사람인지 궁금하다고 했다. 나는 그에게 결혼은 오래전에 끝이 났다고 말하고, 그건 사람들이 저지르는 정직하지만 슬픈 실수 중 하나일 것이라고 덧붙였다. "저런, 그랬군." 프랭크가 커피를 저으며 말했다. "그래, 정말 안됐구나. 아이는?" 나는 없다고 대답했고, 그는 잠시 침묵에 빠졌다.

나는 그에게 그동안 어떻게 지냈느냐고 물었다. 그는 어깨를 한 번 으쓱하더니, 목소리를 가다듬고 말했다. "응, 거의 대부분 떠돌이 생활을 했지. 여기서 몇 달, 저기서 몇 달, 그런 식이었어. 어머니가 돌아가시고 나서 몇 년 동안은 술을 많이 마셨어. 어머니가 그렇게 돌아가신 게 너무나 마음이 아팠지. 내 책임이라는 생각도 들고, 그게 늘 마음에 걸렸어. 어머니는 병원에 가는 걸 몹시 싫어하고 또 무서워했지. 그런데 내가 어머니를 병원으로 보냈고, 그러고 나서 어머니가 돌아가셨잖아. 내가 그러지 않았더라면, 어머니는 죽지 않았을지도 몰라. 그 후 집을 처분하고, 그곳을 무작정 떠났어. 그렇게 몇 년을 살았지. 떠돌아다니면서 일하고 술 마시면서 말이야. 길바닥에서 지낸 날도 많았어. 싸움도 몇 번 하고. 팔이 두 번이나 부러졌지. 깡패들에게 짓밟히고, 가진 걸 다 털린 적도 있어."

그는 잠시 말을 멈추고, 나를 보며 부드러운 미소를 지었다. 그가 방금 열거한 끔찍한 상황들과는 너무나 대조적인 미소였다. "그 당시에는 나도 미친 짓 좀 했지. 그러다가 생각이 좀 바뀌었어. 난 젊은 나이에 죽은 게일렌과 그런 무서운 짓을 저질렀던 게리를 생각해봤어. 잘 모르는 사람들이 나한테 이런 말들을 서슴없이 묻기도 하더군. '당신 동생이 그 끔찍한 짓을 저지른 사람입니까? 어떻게 그런 사람과 같은 집에서 살 수 있었나요?' 내가 직장을 다닐 때, 사람들이 내가 게리의 형이라는 걸 알게 된 경우가 몇 번 있었어. 그러면 사람들은 내게 싸움을 걸고 싶어 했지. 나를 한 방 치는 게, 마치 자기가 게리보다 더 힘이 세다는 게 증명이 되거나, 게리에게 죗값을 더 치르게 한다는 듯이 말이야. 몇 달 전에는 솔트레이크에서 어떤 직장에 다니고 있었는데, 내가 게리와 관련이 있다는 걸 알고는 날 해고하더군."

프랭크의 이야기를 듣고 있노라니까, 과거의 시간이 우리와 함께 그곳에 앉아 있는 듯한 느낌이 들었다. 그도 그렇게 느껴졌는지, 일어나서 주위를 서성이며 돌아다니기 시작했다. 그는 아파트 안을 돌아보면서 이것저것 구경을 했다. 그러다가 식탁으로 가서, 거기에 펼쳐놓은 사진들을 들여다보았다. 그 사진들은 우리 가족 앨범에서 빼낸 것들이었다. 어쩌다 보니 내가 사진들을 보관하고 있었다. 우리 가족이 남긴 것 중에서 내가 가지고 있는 유일한 물건이었다. 최근에 나는 그 사진들을 찬찬히 살펴보면서 시간을 보낸 적이 많았다. 그 속에서 우리들 삶의 수수께끼를 풀 수 있는 단서를 찾을 수 있지 않을까 해서였다.

"이 사진들이 어떻게 됐는지 궁금했어." 프랭크는 사진을 하나 집어 들고서, 들여다보며 말했다. "나한테는 남은 사진이 별로 없어. 워낙 많이 돌아다니다보니까, 도난당한 것도 많고, 잃어버린 것도 많아서. 지금 나한테 남은 건 아마 네가 아기였을 때 찍은 사진 한 장뿐일걸. 그 아기 놀이방에서 고무로 된 두꺼비인형을 들고 있는 사진 말이야. 너도 기억나니?"

프랭크는 그 사진을 내려놓고, 다른 걸 집었다. "여기 앉아서 사진 좀 봐도 되겠지?"

나는 보고 싶으면 얼마든지 보라고 하면서, 원한다면 사진을 복사해주겠다고 했다. "괜찮아." 그가 테이블 의자를 빼내면서 말했다. "이런 거 가지고 돌아다니고 싶지는 않아. 그냥 한번 보는 게 재미있을 것 같아서 말이야."

우리는 테이블에 앉아서 옛 사진들을 함께 봤다. 프랭크에게는 그 사진들이 나와는 다른 사연들을 담고 있는 듯했다. 나는 아웃사이더의 시선으로 그것들을 보았다. 그 사진들은 내가 알지 못하는 어떤 세계를 보여주고 있었고, 나는 그 세계의 끝자락에서 태어났던 것이다.

프랭크는 유일한 칼라 사진 한 장을 집었다. 추수감사절의 칠면조를 찍은 사진이었다. 사진에는 명절 분위기를 풍기는 사람들의 웃는 모습은 없고, 요리된 칠면조만 찍혀 있었다.

"이 칠면조 생각난다." 프랭크가 말했다. "이게 식탁에 놓여 있는 동안 어찌나 먹음직스러워 보였는지. 우리는 이제나저제나 하며 그 요리를 먹을 시간만 기다렸지. 그게 몇 시간은 되는 것 같았어. 그런데 엄마하고 아빠가 앉자마자 싸우기 시작하는 거야. 엄마가 칠면조를 집어 들더니 내동댕이쳤어. 그게 바닥에 철썩하고 떨어지는 소리가 지금도 기억이 나. 칠면조 속에 든 양념이 사방으로 흩어졌지. 그날 내내 그 칠면조는 그 자리에 그대로 있었어. 아무도 그걸 집어서 올려놓으려 하지 않았고, 엄마 아빠는 서로 상대방에게 욕을 퍼붓느라고 정신이 없었으니까. 결국 우리는 맛도 보지 못했어." 프랭크는 사진을 내려놓고, 한숨을 내쉬었다. "정말 먹음직스러워 보였는데 말이야."

사진을 몇 장 넘기다가 프랭크가 멈추고 본 건, 내가 가진 사진들 중에서 아버지와 게리가 함께 찍은 유일한 사진이었다. 사진 속의 게리는 해군 모자를 쓰고 있다. 그는 두 팔로 아버지의 목을 꼭 껴안고서, 아버지 얼굴에 자기 뺨을 대고 있다. 그 얼굴에는 애정을 갈구하는 부서진 마음이 보인다. 이 사진을 보고 있노라면 가슴이 아프다. 그건 자신의 미래를 암시하는 게리의 표정 때문만은 아니다. 아버지 표정 때문이다. 아버지는 게리의 뺨에서 몸을 쭉 뒤로 빼고서, 거의 노골적으로 혐오감을 감추지 못하는 표정을 짓고 있다.

프랭크는 그 사진을 잠시 들여다보다가, 나를 쳐다보았다. 그리고 조심스럽게 물었다. "혹시, 게리한테 아들이 있다는 거 알고 있었니?"

나는 래리 실러가 게리와 인터뷰한 마지막 테이프를 통해서 아들이 있었다는 걸 최근에 알게 됐고, 어머니의 테이프에서는 게리가 생각했던 것처럼 그 아기가 죽지 않았다는 이야기를 들었다고 말했다.

"그래, 맞아." 프랭크가 말했다. "그 아기는 죽지 않았어. 엄마와 아빠가 게리한테 그렇게 이야기했던 거지. 사실 말이야, 2년 전에 내가 게리의 아들을 만났던 것 같아. 즐거운 만남은 아니었어.

늦은 여름 오후였어. 나는 번사이드 길을 걷고 있었어. 거긴 부랑자들이 많이 몰려드는 공원에서 그리 멀지 않은 곳이지. 길 저쪽엔 작은 선술집이 하나 있었고. 퇴근하는 길에 난 거기 가서 맥주나 한잔하려던 참이었어. 문 앞에 도착하니까, 어떤 녀석 하나가 내게 달려오더니 말을 걸었어. 나더러 프랭크 길모어냐고 묻더군. 내가 그렇다고 하니까, 녀석이 하는 말이, '당신 동생 게리가 우리 아버지였어요.' 그러는 거야. 난 그를 보면서 말했어. '무슨 소리를 하는 건지 모르겠네.' 그리고 그냥 지나치려 했지.

그런데 그가 날 잡더니, 이렇게 말했어. '모르긴 뭘 몰라요. 당신 동생이 우리 아버지였다니까요. 당신 가족이 날 요 모양으로 만들어놨으니, 당신도 한번 당해봐.' 그러더니 내게 주먹을 휘둘렀어. 난 얼른 몸을 피하고 녀석을 붙잡았지. 그리고 벽에다 밀어붙였어. 방망이 하나가 그의 손에서 떨어지더군. 그걸 맞았다면 그 자리에 쓰러졌을 거야. 난 그걸 발로 차서 길 저쪽으로 날려버리고, 녀석에게 말했어. '이 자식, 사내답게 싸우지도 못하냐?' 그리고 녀석을 놔주고 뒷걸음질을 쳤지. 녀석이 더는 공격할 것 같지 않아서, 난 술집으로 들어가서 바텐더에게 방금 있었던 일을 이야기했어. 그는 녀석이 지난 며칠 동안 어슬렁거리는 걸 봤다면서, 누군가를 찾는 것 같았다고 말하더군. 나는 앉아서 맥주를 마셨어. 잠시 후 쳐다보니까, 아까 그 녀석이 창밖에 서서 날 보고 있는 거야. 아무래도 나가서 녀석과 이야기를 좀 해봐야겠다는 생각이 들었어. 밖으로 나갔더니, 그는 벌써 가고 없었어. 그리고 다시는 못 봤어."

나는 프랭크에게 물었다. "정말 게리의 아들이었던 것 같아? 게리하고 닮은 데라도 있었어?"

프랭크는 잠시 조용히 날 쳐다보았다. 그리고 이렇게 대답했다. "게리를 쏙 빼다 박은 것 같았어."

오, 맙소사, 나는 속으로 생각했다. 만일 이게 사실이라면, 프랭크가 만났던 그 젊은이가 정말로 게리의 아들이라면, 그건 내가 상상했던 것보다 훨씬 더 나쁜 상황을 의미할 수도 있었다. 어쩌면 그 폭력의 혈통, 혹은 악의 유산은 끝나지 않을지도 모른다. 그것은 역사 속으로, 세상 속으로 흘러들어와서 우리의 아이들, 우리의 피로 생기는 그 모든 것 속으로 흘러 들어올지도 모를 일이다.

이런 생각을 하고 있는데 프랭크가 몸을 앞으로 기울이며 내게 말했다.
"그동안 너에게 연락 못 한 거 미안하다. 네가 어디 있는지 몰랐거나, 연락할 방법이 없어서 그랬던 건 아니었어. 네가 일하는 잡지사에 편지를 하거나 전화를 할 수도 있었으니까.

글쎄, 그건…… 나도 잘 모르겠어. 네가 잘 지내고 있다고 생각했어. 어떤 때는 저쪽 편에서, 어디서 험한 일을 하거나 다리 밑에서 잠을 자거나 할 때, 난 이런 생각을 했어. '어딘가에서, 잘 살아가고 있는 동생이 있다. 그 애는 글도 쓰고, 유명한 사람들과 만나 이야기도 나누고, 사람들에게 존경도 받고 있어. 지금은 결혼해서 아이도 있겠구나. 그럼 난 큰아빠가 된 거구나.' 그리고 그 아기가 여자일까, 남자일까, 네가 어렸을 때처럼 금발에 푸른 눈을 한 아기일까, 궁금했지. 그런 생각을 하고 있으면 때로는 힘이 됐어. 아까도 말했지만, 엄마가 돌아가신 후로는 난 완전히 절망에 빠져 있었지. 그런데 네 생각을 하면 마음이 뿌듯했어. 그리고 말하자면 널 결코 방해하지 않겠다고 결심한 거지. 널 찾아가서, 날 인정하도록 하고 널 당황하게 만들지 않겠다고 말이야. 난 네가 우리의 과거로부터 무사히 빠져나갔다고 생각했기 때문에 나로 인해 그 과거를 되새기게 하지 않으려고 했던 거야. 내 생각은 이랬어. '우리 중에 한 사람, 단 한 사람은 이제 무사하다. 그가 해낸 거야. 난 그를 그렇게 놔두고, 그가 자신의 행복을 찾아가도록 놔둬야 할 의무가 있는 거야. 그를 그렇게 놔주는 건 기쁜 일이야. 그가 우리 가족의 굴레에 묶여 있어야 할 이유는 없지.'"

나는 아무 말도 하지 않았다. 아니, 아무 말도 할 수가 없었다. 그저 앉아서 형을 바라만 보았다. 그리고 생각했다. 내가 저버렸던 가족은 진정이 한 사람뿐이었는지도 모른다. 하지만 하나만으로도 충분한 가족이다. 나는 그의 가슴에 패인 상처가 얼마나 깊은지, 그의 고독이 얼마나 큰지 정말로 알지 못했다. 하지만 아직 너무 늦은 건 아닌지도 모른다. 어쩌면 이제, 정말로 어쩌면, 나도 형제간의 우애에 대해 뭔가 소중한 것을 배울 준비가 된 건지도 모르겠다.

그 후 1년 동안 프랭크와 나는 일주일에 몇 번씩 내 아파트에서 만나서, 우리의 과거에 대해서 이야기를 나누었다. 프랭크는 내게 많은 이야기를 해주었고, 앞에서 내가 기술한 것들이 바로 그 이야기이다. 그를 통해서 나는 우리 가족에 대해 더 충실하게 그리고 더 균형 있게 이해할 수 있었다. 나중에 알았지만, 그는 비상한 기억력을 가지고 있어서 세세한 부분까지 생생하게 묘사하는 탁월한 재주가 있었다. 그는 번번이 우리 가족의 이야기 중에서 내가 전혀 생각지 못한 부분까지 잘 짚어주었고, 내가 묻는 질문이나 복잡미묘한 수수께끼에 대한 답을 모를 때는, 그저 모른다고 답을 해주었다. 이런 작업을 하는 과정에서 나는 이전에는 알지 못했던 형의 모습을 알게 되었고, 우리는 서로 힘들었던 경험들을 솔직하게 털어놓을 수 있는 기회를 가지게 됐는데, 아마 어느 형제도 그렇게 서로에게 솔직할 수는 없을 것 같다.

또한 이번 기회를 통해서, 그동안 프랭크가 우리 집안에서 장남으로서, 그리고 맏형으로서 얼마나 많은 고충을 겪었는지를 그 어느 때보다도 절실히 이해할 수 있었다. 어느 날 프랭크가 문 앞에 나타났는데, 그의 모습이 지칠 대로 지쳐 보였다. 한동안 그는 아무 말도 하지 않았다. 이윽고 그가 입을 열더니 오랫동안 시달려온 공포 증세에 대해 이야기를 시작했다. 그 공포증의 증세는 복합적이었다. 부끄러움과 자의식 공포증도 갖고 있었는데, 그런 종류의 공포는 일단 빠져들기 시작하면 걷잡을 수 없이 악화된다. 또 죄의식이나 비난에 대한 공포도 있었다. 특히 이 공포증은 얼마 전 식료품 가게에서 있었던 사건 때문에 촉발되었다. 계산대에 있던 여자가 프랭크에게 무슨 말인가 했는데, 그 말을 듣고 프랭크는 그녀가 자신을 좀도둑으로 의심했다는 생각이 들었다. 그러고 보니 전에도 여러 번 그 가게에 왔을 때, 그 여자가 자기를 유심히 쳐다보는 걸 느꼈던 것 같았다. "난 내가 물건을 훔치지도 않았는데, 도둑으로 몰릴까봐 두려워." 그가 말했다. "사람들이 날 도둑이나 살인자로 생각할까봐 항상 두려워. 어떤 때는 이 빌어먹을 세상에서 난 정말로 혼자구나 하는 생각이 들지. 나 혼자서 세상을 상대하고 있다고 말이야."

그 공포감은 결코 가벼이 여길 수 있는 것이 아니다. 프랭크는 그 공포감이 자신이 살인자의 형이라는 사실에서 기인한다고 생각하는 것 같다. 그러나 내 생각은 다르다. 그보다 훨씬 전으로 거슬러 올라간다. 어렸을 때부터 프랭크는—우리 형제들이 다 그랬지만—우리 부모님의 불행한 결혼생활이 자기 탓이라고 믿고 있었다. 그건 어린아이로서는 감당하기 어려운 죄책감이다. 그리고 자라면서 아버지는 게리가 잘못을 저지를 때마다 항상 프랭크에게도 함께 벌을 주었다. 오랜 세월에 걸쳐서 지속적으로, 또 잔인하게 그런 대우를 받으며 자란 사람에게는, 죄의식에 대한 두려움이 가슴속 깊이 자리 잡는다.

그날 형이 우는 모습을 보면서 세상의 판결이 그의 가슴속 깊이 파고들었다는 걸 깨달았다. 프랭크는 우리 가족이 과거에 저지른 죄에 대한 죗값을 여전히 치르고 있었다. 게리와 어머니, 그리고 아버지를 위해서 그는 하루하루의 삶을 지불하고, 두렵고 고독한 자기만의 세계로 내몰렸던 것이다.

1991년 여름, 프랭크와 나는 유타에 가보기로 했다. 어머니가 자라고, 부모님이 처음 만났던 곳에 가보고 싶었고, 게리가 그 모든 파멸을 불러온 곳도 보고 싶었다. 그리고 그곳에 있는 친척들과 화해를 해야겠다는 생각도 있었다. 그 옛날 게리를 둘러싼 사건이 한창 진행되던 시절에, 나는 그들을 가혹하게, 그리고 어쩌면 불공평하게 비난했다. 나는 그들이 그 사건에 상당 부분 책임이 있다고 생각하고 있었다. 그때는 너무 힘든 시기였고, 그래서 그런 상황에서 저지르기 쉬운 오판을 한 것이다. 이제는 이모부와 이모, 그리고 사촌들이 그 최악의 상황에서 그들이 최선이라고 생각하는 바를 해냈다는 걸 이해하고 있었다. 어쨌거나 게리를 그들의 세계로 불러들여서, 그 세계를 뒤집어엎고, 사람들을 죽이고, 그러고 나서 스스로 영광의 불꽃이라고 부르며 사라지게 한 것은, 그들이 아니었다. 오히려 게리가 그 짧은 몇 개월 동안 많은 사람들을 파멸시켰다. 이곳에 있는 친척들도 가족이라는 생각이 그 무렵 문득 떠올랐다.

프랭크와 나는 따로 갔다. 그는 가는 길에 몇 군데 들러서 친구들을 만나겠다고 했고, 나는 곧장 길을 달렸다. 7월 어느 날 자정이 넘은 시간에, 나는 유타의 오그던에 닿았고, 모텔을 하나 잡았다. 방에 들어가서 짐을 푸는 동안 뉴스를 보려고 텔레비전을 켰다. 그때 마침 기자가 이런 말을 하고 있었다. "처형은 순조롭게 끝났습니다. 아무런 고통의 몸부림 없이 조용히 끝났습니다." 난 넋을 잃은 채 침대에 걸터앉았다. 윌리엄 앤드루스, 하이파이 킬러라고(스테레오 가게 주인을 살해했기 때문에) 알려졌던 두 사람 중의 하나였다. 게리가 사형수 감방에 있을 당시 그도 거기에 있었다. 그가 죽음의 주사로 처형된 것이었다. 나는 그의 처형에 대해서 아무것도 모르고 있었다. 만일 알았다면 유타에 오지 않았을 것이다. 그런 점에서 나는 어머니와 매우 닮았다. 처형이 있을 땐 도망쳐 숨어버린다는 점, 그런 걸 알고는 견디지 못한다는 점이다.

아, 정말 유타에 돌아왔구나, 하고 나는 생각했다. 그리고 화장실로 가서 구토를 했다.

내 기억이 맞다면, 다음 날 밤에도 난 구토를 해야 했다. 나는 오렘 쪽으로 차를 몰았다. 그곳은 어머니가 태어난 고향, 프로보 바로 이웃에 있었다. 게리의 첫 번째 범행 현장인 싱클레어 주유소를 갔다. 예전 건물은 오래전에 없어지고, 그 자리에는 셀프서비스 기계와 자동계산대, 그리고 커다란 가스탱크 두 개와 화장실 건물이 있었다. 그걸 보니 안심이 됐다. 나의 형이 맥스 젠슨을 바닥에 엎드리게 하고 그 뒤통수에 총알을 두 발 쐈던, 그 비좁은 화장실에 가지 않아도 됐기 때문이다. 그래도 그곳엔 아직 어떤 불길한 기운이 감도는 듯했다. 비극적인 역사로 인해 땅이 피로 물들고 사람의 목숨을 앗아간 현장이었다. 나는 차 안에 앉아서 그곳을 바라보며, 오래전 어머니가 했던 생각을 되새겼다. '게리, 네가 어떻게 그럴 수 있니? 어떻게 네가 그 사람에게 그런 짓을 할 수 있었니?' 난 형을 파멸로 몰아간 것이 무엇인지, 무엇이 그를 살인자로 만들었는지 잘 알고 있다. 그러나 거기에서 그다음 장면으로는 도무지 이어지지 않았다. 선한 얼굴을 한 낯선 사람을 차가운 바닥에 엎드리게 하고, 그를 쏘는 장면이.

나는 그렇게 앉아서 생각하고 또 생각했다. 더 이상 생각을 할 수 없을 때까지. 그리고 그 옛날에 느꼈던 모든 수치심과 그 모든 충격을 다시금 느껴야 했다. 나는 프로보로 차를 몰고 가서, 독한 술을 파는 술집을 하나 찾아냈다. 프로보에서는 좀처럼 찾기 어려운 곳이었다. 그리고 모텔로 돌아와서, 다시 구토를 했다.

이틀이 지난 후, 나는 프랭크와 만나 프로보 근방에 살고 있는 버논 이모부를 만나러 갔다. 사촌 누이들, 브렌다와 토니도 있었다. 아이다 이모는 몇 년 전에 돌아가셨고, 버논은 상냥하고 자상한 모르몬 여성과 재혼을 했다. 브렌다 역시 남편을 잃었다. 존은 얼마 전에 암으로 죽어서 프로보 공동묘지에 있는 아이다 이모 옆에 묻혔다. 외조부모와 조지 삼촌과 알타 이모의 묘도 가까이 있었다.

마치 잃어버렸던 사람들을 찾은 것 같았다. 사실 나는 그들과 가까이 지낼 기회가 없었다. 어렸을 적 외할아버지가 돌아가셨을 때 어머니를 따라 와본 후로는 그들과 만날 기회가 없었다. 하지만 프랭크는 좀 달랐다.

그는 이들을 잘 알았다. 그들과 함께 자랐기 때문이다. 프랭크가 브렌다나 토니와 함께 이야기를 하는 걸 보면서, 나는 그들이 친남매 같다는 느낌을 받았다. 그들은 서로에게 애정을 갖고 있었고, 그런 모습을 보니 내 마음이 흐뭇했다.

오는 길에 프랭크를 데려다주려고 솔트레이크 시로 가던 중, 우리는 프로보에서 그만 길을 잃고 말았다. 길을 찾느라 빙글빙글 돌다가 고속도로로 나가는 길을 겨우 발견했다. 나는 차를 잠깐 세우고 지도를 들여다보았다. 잠시 후 프랭크가 말했다. "여기구나." 고개를 들어보니, 우리가 차를 세운 곳이 바로 시티센터 모텔 앞이었다. 맥스 젠슨을 살해한 다음 날 밤, 게리가 벤 부슈널을 바닥에 엎드리게 하고 쏴버린, 바로 그 장소였다. 프랭크와 나는 잠시 말을 잃었다. 그 침묵의 시간이 무척 길게 느껴졌다. 마침내 내가 한숨을 내쉬며 말문을 열었다. "들어가서 안을 좀 둘러볼까?"

"아니." 그가 대답했다. "난 보고 싶지 않아."

다행이었다. "나도 그래." 나는 그렇게 대답하고, 차를 몰아 밤길을 달렸다.

그날 저녁 버논 이모부 집에 있을 때, 이모부가 나를 잠시 다른 곳으로 데리고 가더니 이런 말을 했다. "내가 게리 옷을 보관하고 있단다. 너한테 보여주고 싶은 게 있는데, 좀 보겠니?"

나는 프랭크가 있는 곳에서는 곤란할 것 같고, 다음에 꼭 보고 싶다고 대답했다.

그리고 며칠 지난 어느 날 밤, 나는 이모부 집으로 찾아갔다. 그가 식탁

위에 커다란 플라스틱 가방을 올려놓더니, 거기서 소매 없는 검은색 셔츠와 흰 바지, 빨강색, 흰색, 파란색 줄무늬가 있는 운동화를 꺼내서, 내 앞에 죽 늘어놓았다. 피가 묻고 갈기갈기 찢어진 옷을 상상했는데, 깨끗했다. 모두 세탁을 해놓았던 것이다. 나는 식탁에 앉아서, 두 손으로 그 옷들을 쓰다듬었다. 감촉이 부드러웠다. 어쩐 일인지 그 옷들을 만지면서 슬픈 감정은 들지 않았다. 오히려 마음이 편안해졌다.

이모부가 셔츠를 들어서 구멍을 가리켰다. 총알이 옷을 뚫고, 그다음엔 게리의 심장을 파열시키며 지나간 구멍이었다. 작은 구멍이 네 개, 손가락이 들어갈 정도의 크기로 나 있었다.

"이걸 봐." 네 개의 작은 구멍과 약간 떨어진 곳에 있는 또 하나의 구멍을 가리키며, 버논 이모부가 말했다. "그것도 총알 구멍이야."

유타의 관례에 따르면—아마 법도 그럴 것이다.—사격수는 다섯 명을 세우지만, 네 개의 총에만 총알을 장전한다. 다섯 명 중 한 명이 들고 있는 총은 비어 있다. 어느 사격수라도 양심에 걸리는 사람은, 자신이 쏜 총에는 총알이 없었을지도 모른다고 스스로 위안을 할 수 있도록 만들어진 장치이다.

그러니 게리의 셔츠에는 구멍이 네 개 있어야 했다. 그러나 다섯 개였다. 유타 주는 그날 아침, 나의 형을 죽이는 일에 한 치의 오차가 일어날 가능성도 허용하지 않았던 게 분명했다.

유타에 있는 동안, 사촌 누나 브렌다의 집에 여러 번 놀러 갔다. 그녀가 곧 결혼할 남자, 건장하고 멋지고 마음씨 좋은 잭이라는 사람도 알게 되었고, 금세 좋아하게 되었다. 우리 형들은 모두 브렌다를 좋아했는데, 나는 곧 그 이유를 알 수 있었다. 그녀는 재치 있고 소박하며 솔직담백한 성격에 아주 영리하고 사랑스러운 여자였다. 브렌다는 또한 양심에 거리끼는 일은 좀처럼 하지 않는 사람이었는데, 바로 그런 면을 게리가 잘못 판단하고 그와 같은 최악의 과오를 저지른 것이다. 브렌다는 게리를 아꼈고, 그를 늘 걱정했다. 그러나 그가 사람을 죽이기 시작하자, 그녀는 그를 감싸거나 보호해주려 하지 않았다. 만일 그렇게 한다면 게리가 사람들을 더 죽일 거라고 판단했기 때문이다. 나는 그녀가 옳았다고 생각한다. 경찰에게 게리가 있을 만한 곳을 가르쳐준 그녀의 행동이 옳았다는 걸 난 알고 있다.

유타를 떠나기 전날, 브렌다는 뚜껑이 봉해진 녹색 단지 하나를 내게 주었다. 반투명한 녹색 표면을 통해서, 그 안의 내용물이 희미하게 보였다. 화장한 재에서 추려낸 뼛조각이라는 걸 알 수 있었다.

"내가 오랫동안 가지고 있었어." 브렌다가 말했다. "이제는 네가 갖고 있는 게 맞는 것 같구나."

이 세상에 유일하게 남아 있는 게리 마크 길모어의 흔적, 지금은 내가 가지고 있다. 그것은 내 사무실에 놓여 있고 최근 몇 개월에 걸쳐서 이 글을 쓰고 있는 동안 더 친근해졌다.

그러나 유타에서 가지고 돌아온 것은 뼛조각 말고도 더 있었다. 너무나 충격적이어서 나로서는 감당하기도 어려운 비밀을 하나 가지고 왔다.

처음 그 비밀에 대해서 들은 것은, 래리 실러와 노먼 메일러가 내게 빌려준 인터뷰 테이프을 통해서였다. 실러가 아이다 이모를 인터뷰한 내용이었는데, 거기서 아이다는 아주 오래전 이야기를 하고 있었다. 아버지가 감옥에 있는 동안, 어머니는 프랭키(프랭크의 어릴 적 이름)와 게리를 데리고 친정집 뒤채에서 지냈다. 어느 날 어머니가 아이다에게 사진을 보여주고 있었는데, 거기에 로버트 잉그램의 사진이 있었다. "이렇게 잘생긴 미남 본 적 없지?" 베시가 아이다에게 물었다. "이 사람이 정말 보고 싶어. 있잖니, 이 사람이 프랭크의 친아빠란다."

베시는 아이다에게, 결혼한 지 얼마 안 돼서 로버트와 잠시 관계를 가졌다는 이야기를 해주었다. 남편 프랭크가 자신의 어머니와 자기가 버렸던 아들 로버트가 있는 새크라멘토에, 베시만 홀로 남겨두고 떠돌아다니던 시절이었다. 베시는 로버트를 좋아했고, 로버트도 그녀를 좋아했다. 그들의 관계는 그들을 버리고 떠나가버린 프랭크에 대한 일종의 복수이기도 했다. 베시는 임신이 되리라고는 생각도 하지 못했다. 그러나 막상 임신이 되고 보니, 남편에게 그 아이를 자기 아이라고 믿게 하는 건 어렵지 않겠다는 생각이 들었다. 하지만 아버지는 뭔가 심상치 않은 낌새를 채고 있었다. 그러나 얄궂게도 아버지가 로버트의 아들일지도 모른다고 생각했던 건 게리였다. 나중에 그가 게리를 그토록 미워했던 것도, 그리고 게리를 그토록 모질게 때렸던 것도, 아마 그 때문이었을 것이다. 그 비밀은 또한 베시가 어린 프랭키에게 걸핏하면 매를 들었던 이유도 설명해준다. 프랭키를 볼 때마다, 베시는 그 일을 떠올렸을 테고, 그래서 죄책감과 수치심을 느꼈을 테고, 그리고 그걸 프랭키의 탓으로 돌렸을 가능성이 있다. 어쨌든 우리 형제들 중에서 어머니에게 줄기차게 매를 맞았던 사람은 프랭크가 유일했다. 하지만 어머니와 아버지 사이에서 그 비밀의 대가를 치른 사람은 바로 게리였다.

유타에 오기 얼마 전에 이런 사연을 알게 되었지만, 가능하다면 유타에 있는 친척들에게 그 내용을 확인하고 싶었다. 아직 프랭크에게는 말하지 않고 있었다. 어떻게 해야 할지 판단이 서지 않았기 때문이다. 그때 프랭크와 나는 그것이 진실이든 그저 소문에 불과하든, 아는 이야기는 서로에게 솔직하게 털어놓기로 약속을 했다. 그는 참으로 털어놓기 어려운 이야기들도 나에게 모두 들려주었다. 유타를 다녀온 후—버논 이모부와 브렌다 누나는 그 소문의 진실을 충분히 확인해주었고, 내용도 더 보충해줬다.—나는 프랭크에게 내가 아는 대로 말할 수밖에 없다고 판단했다.

우리가 나누던 이야기가 거의 마무리되어갈 무렵, 나는 프랭크에게 할 이야기가 있다고 말했다.

그가 자리에 앉으며 물었다. "충격적인 거야?"

나는 그렇다고 대답하고, 그에게 그 이야기를 했다. 그는 잠시 동안 말없이 앉아 있었다. 이윽고 그가 낮은 목소리로 말문을 열었다. "나는 아버지가 엄마한테 그런 암시가 담긴 말을 하는 걸 한두 번 정도 들었던 것 같아. 그때 아버지는 엄마를 보고 고함을 지르면서, 로버트와 그런 일이 있는 줄은 벌써부터 알고 있었다고 했지. 난 그런 말을 들으면서도, 아버지가 그저 어머니 화를 돋우려고, 되는대로 말을 내뱉는 거라고 생각했어.

듣고 보니, 몇 가지 의문이 풀리는 게 있네. 우선 내가 왜 이렇게 정서적으로 망가지게 됐는지 설명이 돼. 엄마가 나한테 늘 가혹하게 대했던 이유도. 그러니까 아버지가 돌아가신 후, 게리와 게일렌이 항상 말썽을 일으켰잖아. 엄마 속을 항상 썩였구 말이야. 그런데도 엄마는 그 애들을 항상 끔찍이 사랑했어. 죽자사자 애쓰면서 엄마를 도운 사람은 나였지만, 내게 돌아오는 건 미움, 미움, 미움뿐이었지."

프랭크는 여기서 말을 멈추고, 날 바라보았다. 그의 얼굴은 고통스럽게 일그러져 있었다. "그러니까 아버지는 내 아버지가 아니었던 셈이군. 이복형이 내 아버지이고, 아버지는 내 할아버지가 되는 거지. 그렇다면 말이야, 너와 내가 아버지가 다른데, 그래도 네가 내 동생이 되는 거니?"

"난 언제나 형의 동생이야." 내가 말했다. "형은 언제까지나 내 형이고. 아무것도 변한 건 없어. 이런 이야기를 하게 돼서 형한테 미안해. 이 이야기를 과연 해야 하는 건지, 오랫동안 고민했어. 정말 꺼내기 어려운 이야기잖아."

프랭크는 눈을 내리깔았다. 나오는 눈물을 막으려는 듯, 그는 눈을 깜빡였다. 그리고 이렇게 말했다. "우리 집안에 대한 거라면, 죄다 꺼내기 어려운 이야기들뿐이지."

4

고향에서 온 편지

그 마지막 만남 이후, 난 프랭크를 만나지 못했다. 나는 하던 일을 마치기 위해서 로스앤젤레스로 돌아와야 했고, 그는 포틀랜드에 있고 싶다고 했다. 프랭크에게 전화가 없기 때문에 전화 통화도 한 적이 거의 없다. 대신에 우리는 편지를 주고받는다. 그는 말보다 글솜씨가 훨씬 좋았다.

얼마 전에 그에게서 편지가 왔는데, 거기에는 우리 가족 이야기 중 빠진 내용이 적혀 있었다. 나는 이 편지를 읽고 또 읽었다.

여기 그 내용의 일부를 적는다.

베시 길모어와 마이클. 유타 주 솔트레이크 시티, 1951년경

네가 태어나기 전, 우리가 크리스털 스프링스 가에 살고 있을 때야. 게리와 난 그리 멀지 않은 곳에 있는 학교에 다니고 있었어. 그 학교만 생각하면, 난 항상 괴로운 기억이 떠올라. 플래블이라는 길이 있었는데, 그 길을 건너던 학교 친구 하나가 교통사고로 죽는 걸 목격했거든.

그 친구의 이름은 폴이었고, 자기 아버지와 함께 가고 있었어. 그런데 다음 순간 보니까, 폴이 길을 건너다가 달려오던 큰 검은색 차에 치인 거야. 그 애 아버지가 허둥대던 모습이 생각난다. 그때 갑자기 내가 게리를 학교에서 데리고 나오지 않았다는 게 떠올랐어. 집에 올 때는 늘 게리와 같이 왔는데, 그날은 왜 그

랬는지 혼자 오고 있었던 거야.

폴이 자동차에 치이는 걸 보고서, 나는 몹시 충격을 받고 당황했어. 그래서 그게 게리라고 착각을 했어. 학교로 다시 달려가면서, 내 동생이 차에 치였다고 비명을 질러댔어. 지나가던 어떤 아주머니가 딱하다는 듯이 날 쳐다봤던 것도 생각이 나. 난 게리를 찾고 나서도 여전히 진정이 되지를 않았어. 게리에게 사고 이야기를 하고, 우리는 함께 집으로 왔어. 집에 와서 엄마한테 그 이야기를 했지. 그러자 엄마는 그저 역겹다는 표정으로 날 보더니, 이렇게 말했어. "저녁 먹을 거니까 가서 씻고 와. 그리고 다시는 동생 데려오는 거 잊어버리지 마라." 난 그때 이런 걸 깨달았다. 아무리 큰 걱정거리가 있어도, 부모님에게는 말하는 게 아니구나…….

그 무렵 게리와 나는 신문을 돌렸어. 꽤 오랫동안 했던 일이야. 그런데 게리가 그 일에 싫증이 난 거야. 그래서 어느 날 신문을 돌리지 않고, 그걸 모두 갖다 버렸어. 그걸로 신문배달은 끝나고, 게리는 해고됐지. 그때 아버지가 몹시 화를 내면서, 게리를 심하게 두드려 팼어. 그것도 한참 동안. 우리 모두 완벽한 아이들은 아니었어. 하지만 가엾은 게리는, 좀 더 문제가 있는 것처럼 보였지…….

마이클 너는 우리가 크리스털 스프링스 가에 살고 있을 때, 우리에게 왔어. 우리가 유타로 이사하기 전이었지. 나는 게리와 함께 라디오를 듣고 있었는데, 그때 전화벨이 울렸어. 아버지가 전화를 받았어. 잠시 후 아버지가 우리 방으로 들어와서 이렇게 말했던 기억이 나. "애들아, 뭐라고 해야 좋을지 모르겠구나. 너희들에게 꼬마 남동생이 생겼다." 게리와 나는 동생이 생긴다는 사실 정도는 알 만큼 커서 별로 놀라지는 않았어. 하지만 우리 둘 다 무척 기뻐했지.

그리고 며칠 뒤, 우리는 포틀랜드 북서부의 23번가 쪽에 있는 어느 병원에 가서, 엄마와 아기 동생 마이클을 데리고 집으로 왔어. 내가 생각했던 것보다 아기가 훨씬 작고, 피부가 불그스레하다고 생각했던 기억이 나. 하지만 나는 아기가 정말 귀여웠어. 아버지는 마침내 진정으로 마음을 쏟을 사람을 찾아냈고, 진심으로 마이클을 좋아했어. 나도 정말 마이클이 좋았어. 언젠가 마이클이 아파서, 아버지가 의사를 불렀던 일이 생각나. 의사가 와서 괜찮다고 했을 때, 우리 모두 얼마나 기뻐했는지. 마이클은 온 가족의 아기였으니까. 그런데 의사가 마이클에게 주사를 놓겠다고 했지. 나는 너무나 가슴이 아파서 아기가 주사를 맞는 동안 밖에 나가 있었어.

또 한 가지 기억나는 건, 네가 놀던 아기침대야. 그 침대에는 사방에 난간이 있어서, 아기가 밖으로 나오지 못하게 되어 있었어. 아기를 침대에서 꺼내주는 사람은 항상 나였어. 날 보기만 하면 마이클은 신이 나서, 내게 손을 내밀며 꺼내달라고 했지. 내가 아기를 들어 올리면, 아기는 두 다리를 1초에 수십 미터를 달릴 기세로 발버둥 치기 시작해. 그리고 바닥에 두 발이 닿는 순간, 쌩 하고 없어지지. 순식간에 온 집 안을 누비며 돌아다니는 거야. 마치 가족들 모두에게 자기가 자유의 몸이 되었다는 걸 알리려는 듯이.

EPILOGUE

11. 나의 생애는 끝났고 나의 계획은 물거품이 되었으며 실낱 같은 희망마저 끊기었네.

12. 밤은 낮으로 바뀌고 빛이 어둠을 밀어낸다지만,

13. 저승에 집터를 마련하고 어둠 속에 자리를 까는 일밖에 나 무엇을 더 바라겠는가.

14. 구덩이를 향하여 '아버지'라 부르고 구덩이를 향하여 '어머니', '누이'라 부를 몸인데,

15. 희망이 어디 있으며 기쁨이 어디 있겠는가?

16. 어차피 나와 함께 저승으로 내려갈 수 없는 희망이요, 나와 함께 땅속에 들어갈 수 없는 기쁨이 아닌가.

욥기, 17장

재판

마지막 꿈.

나는 게리의 재판을 보고 있다. 유타의 법원에 있는 작지만 장중한 분위기의 법정이다. 법정에는 용서를 모를 것만 같은 위엄 있는 표정의 얼굴들로 가득하다. 그들은 재판관들이다. 그들이 게리에게 묻는다.—그들은 꿈속에서도 실제처럼 사형을 구형하고 있다.—왜 죄를 저질렀느냐고, 왜 그렇게 폭력을 휘둘렀느냐고. 게리는 질문을 받고 생각에 잠긴 표정을 짓거나 변명을 하려 하지 않는다. 나는 그를 변호하는 쪽에 있다.—변호사 보좌관이거나, 아니면 증인이다.—나는 게리의 변호사에게 쪽지를 보낸다. "이 질문에 대해서는 내가 진실을 말할 수 있어요. 날 증인석에 세워줘요."

나는 나가서 판결에 영향을 줄 것이라고 생각하는 말을 한다. 나는 재판관들에게 게리가 어린 시절 얼마나 매를 많이 맞았는지, 어머니가 맞는 모습을 얼마나 많이 보면서 자랐는지, 그리고 얼마나 많이 버림받고 학대를 받았는지 이야기한다.

하지만 어느 누구도 내가 결정적인 단서를 제시한다고 생각하지 않는 듯하다. 게리 자신도 어깨를 한 번 으쓱해 보일 뿐이다. 재판관들은 내 증언이 사건과 무관하다고 결론짓는다. "어린 시절의 일을 가지고 죄를 방면할 순 없지요." 한 판사가 이렇게 말한다.

그런데 이 꿈의 논리가 이상한 방향으로 흘러간다. 혹은 재판관들의 논리가 그런 건지도 모른다. 재판관들은 게리에게 세 살짜리, 검은 머리칼의 딸이 하나 있다는 것을 알게 된다. 그들은 그 어린 소녀가 게리의 씨앗이므로, 그의 죄악에 너무나 물들어 있어서 살아남기 어렵다는 판단을 내린다. 만일 게리가 죽고자 한다면, 이 아이도 그와 함께 죽어야 한다고, 재판관들이 결정한다. 게리는 그 결정을 받아들인다.

나는 이 결정에 거세게 저항한다. 나는 몹시 격분해서 항의하지만, 법정 밖으로 끌려 나간다. 나는 만나는 사람마다 붙들고 이 재판이 부당하고 잔인하다는 걸 설득하려고 한다. 그러나 아무도 마음을 쓰지 않는 것 같다. 게리는 자신의 뜻을 관철시키기 위한 대가로 아이의 죽음을 받아들일 태세이다.

이제 난 형이 어떻게 되든 개의치 않는다. 나는 아이를 살리고 싶다. 나는 열심히 싸운다. 마침내 누가 내게 다가온다. 감옥 바깥쪽 어둠 속에 서서, 그가 내게 말한다. "아이는 죽었어."

아이가 죽었다는 걸 안 순간, 내 가슴은 부서질 듯 아프고, 나는 끝없는 슬픔에 빠진다. 이런 일이 일어났다는 걸 믿을 수가 없다. 이 고통스러운 상실을 겪고서도 삶이 지속된다는 것을 상상할 수가 없다. 이 견딜 수 없는 슬픔을 가슴에 안고서는 더 이상 살아갈 수가 없다.

그때 잠에서 깬다. 가슴이 찢어질 듯 아프다. 난 정말로 울고 있다. 나는 어둠 속에 앉아서 흐느낀다. 실제로 죽은 아이는 없는데, 울음을 그칠 수가 없다. 너무 심한 상실감에 빠져서 더는 살아갈 수 없을 것만 같다.

나는 일어나서 시계를 본다. 새벽 4시 30분이다. 주방으로 가서 위스키를 한 잔 따른다. 다시 침대로 돌아와 어둠 속에 앉는다. 그렇게 오래 앉아 있다. 위스키를 다 마신 후, 이불 속으로 들어간다. 그리고 내가 몹시 싫어하는 아침 햇살이 눈에 들어오지 않도록 베개로 내 얼굴을 덮는다. 몸을 웅크린 채 이렇게 중얼거린다. "괜찮지 않아, 절대로. 괜찮아질 수 없어." 나는 나 자신을 향해 이 말을 수없이 반복한다. 마침내 그 말 속에서 위안을 찾고, 난 다시 잠 속으로 빠져든다.

감사의 말

많은 사람들이 이 이야기를 밝혀내고 정리하는 데 내게 도움을 주었다.

특히 나의 형, 프랭크 길모어 2세와 로렌스(래리) 실러, 노먼 메일러 씨에게 감사드린다.

프랭크 형과는 거의 10년 이상 소식이 끊긴 채 지내다가, 1991년 말 무렵에 형을 찾아 나섰을 때 난 그의 마음과 정신이 어떤 상태인지 알 수 없었고, 우리 집안의 과거에 대해 책을 쓰겠다는 내 계획에 대해서 어떻게 생각할지 전혀 짐작이 안 갔다. 그 과거는, 우리 둘 다 벗어나려고 한없이 발버둥 쳤던 끔찍한 기억이기 때문이다. 우리의 과거를 끄집어내어, 결코 즐거웠노라 말할 수 없는 내용들을 사람들 앞에 내보이는 일에 대해 심리적 불안을 느낀 것은 사실이나, 그럼에도 프랭크 형은 말로 꺼내기 힘든 그 고난의 역사에 대해 자신이 알고 있는 모든 이야기들을 기꺼이, 그리고 놀라울 정도로 솔직하게 전해주었다. 마지막 단계에 이르러, 프랭크 형과 나는 100여 시간에 걸쳐 인터뷰를 나누었다. 우리 두 형제가 나눈 은밀한 대화도 인터뷰에 포함된다면 말이다. 대화를 나누는 동안 내가 생각했던 이야기의 방향은 극적으로 전환되기도 했다. 형은 우리 가족의 역사 속에서 어느 누구를 힐난하지도 두둔하지도 않았고—자기 자신을 포함하여—공평하게, 그리고 담담히 자신의 기억 속에 남아 있는 사실들을 전달하고자 했다. 나는 너무나 생생하고 세심한 그의 기억력에 번번이 놀라움을 금치 못했으며, 그의 사려 깊고 진실한 말투는 나 자신을 끊임없이 겸허하게 만들었다.

이 책을 프랭크 형에게 바친다. 그래야 마땅하다. 그의 도움이 없었더라면 나는 전혀 다르고, 덜 정확하고, 덜 의미 있는 이야기를 썼을 것이다. 무엇보다 중요한 것은 그의 관심과 배려가 없었다면, 나는 결코 잃어버려서는 안 될 마지막 남은 가족의 핏줄을 되찾지 못했을지도 모른다는 점이다. 프랭크를 나의 형이라 부를 수 있다는 것이, 참으로 다행스럽고 또 자랑스럽다.

래리 실러와 노먼 메일러의 도움 역시 이루 헤아릴 수가 없다. 그들로부터 도움을 받을 수 있으리라고는 전혀 기대하지 못했었다. 1977년 실러가 메일러의《사형집행인의 노래》집필을 위한 인터뷰와 자료를 모으고 있을 때, 그는 내게 몇 차례 인터뷰를 요청한 적이 있었다. 나는 그 요청을 한결같이 거부했다. 게다가 항상 정중한 태도를 보인 것도 아니었다. 내가 그런 데에는 이 책에서 설명했던 몇 가지 이유가 작용하였다. 게리가 처형당하기 일주일 전, 내가 유타에 머물러 있는 동안에 래리와의 소통이 원만하지 못했던 탓도 있었다. 요컨대 애초에 내가 그의 말을 호의적으로 해석할 자세가 안 되어 있었던 것이다. 그리고 또 난 게리를 병리학적으로 파헤치려는 그러한 시각에 회의적이었다. (사실 난 그때만 해도 그 비극의 근원과 정면으로 마주할 준비가 되어 있지도 않았다.) 메일러의 작품이 완성되고 그 책을 읽은 뒤, 나는 큰 충격을 받았다. 작가의 판단이나 목소리를 배제한 채 그는 복잡미묘하고도 고통스러운 이야기를 충실히 전하고 있었다. 실러는 주도면밀한 탐색 작업을 해낸 것이다. 그 후 그 책을 원작으로 실러가 영화를 만들었을 때, 그는 그 영화를 내게 보여주었고, 또한 〈롤링 스톤〉에 기고할 영화평을 위해 기꺼이 인터뷰에 응해주었다. 그런 그의 도움을 생각하면 그가 예전에 요청했던 인터뷰를 거절했던 내 태도에 대해 미안하게 느껴진다. — 게리 형에 대해 내가 알고 있는 바들을 내어주는 데 인색하기 굴었기 때문이다. 그와 동시에 실러에 대해 전혀 예기치 못했던 경의를 품게 되었다. 그는 자신이 갖고 있던 자료를 아낌없이 제공하였고, 결국 메일러와 힘을 합쳐 불후의 명작을 만들어낸 것이다.

1991년 가을, 나는 실러와 만난 자리에서 우리 집안의 과거에 대해 책을 쓰고 있다고 밝히고는, 그 속에 감추어진 부분을 좀처럼 발견해내기가 쉽지 않다고 고백했다. 그러자 실러 본인이 먼저 놀라운 제안을 청해주었다. 그가 게리와 어머니와 했던 인터뷰 원본 테이프를 내게 빌려주겠다는 것이었다. 그들의 목소리를 실제로 들으면, 우리 가족의 이야기를 대하는 나의 느낌이 감정적으로 폭넓어질 것이며, 그럼으로써 몇 가지 수수께끼도 풀릴 수도 있지 않겠냐는 것이 그의 생각이었다.

그의 친절을 받아들인다는 건 나로서는 너무나 부끄러울 수밖에 없는 일이었다. 그와 메일러가 작업할 당시 나에게 도움을 요청했을 때 나는 문전박대를 했기에. 하지만 아무리 부끄럽다고 해도 이런 소중한 기회를 놓칠 수는 없었다.

오랜 시간이 흘러, 다시 한 번 어머니와 게리 형의 목소리를 듣는 것만으로도, 프랭크 형으로부터 놀라운 이야기를 들었을 때처럼, 내가 글로 되살리고자 했던 그 사람들에 대한 나의 생각과 감정은 변화하였다. 그뿐 아니라 나와 두 사람과의 관계에도 육성을 듣게 되면서 보다 깊이 맺어준 계기가 되었다. 물론 그 외에도 나는 테이프를 통해 많은 중요한 사실과 설명을 상세히 밝혀낼 수 있었고, 이 책 중간중간에 그들의 도움을 밝혀두고자 했다. (나는 가능한 한 메일러의 작품이 다루고 있는 내용은 이 책에서 생략하고자 했으나 더러는 불가피하게 중복된 부분도 있다. 만약 유타에서의 게리의 불행한 시간들을 좀 더 상세히 보고 싶은 독자는《사형집행인의 노래》를 읽기 바란다. 그 책에서는 나와는 다른 각도에서, 그러나 매우 뛰어난 솜씨로 그 사건을 다루고 있다.)

또한 실러와 메일러 두 사람, 그리고 메일러의 비서인 주디스 맥널리는 내가 글을 쓰다가 아무 때나 전화를 걸어서 우리 부모님의 과거를 둘러싼 수수께끼에 관해서 도움을 청할 때, 인내심을 갖고 답을 찾기 위해 함께 고민해주었다. 그들은 도울 일이 있으면 언제든 기꺼이 나서주었고, 때로는 나처럼 벽에 부딪치기도 했다. "당신이 궁금해하는 그 의문은 한때 나도 풀지 못했던 의문이기도 해요." 언젠가 메일러는 그렇게 말했다. 결국 끝끝내 풀리지 않고 수수께끼로 남은 의문도 여전히 많다. 나의 아버지와 어머니는 그들 인생의 궤적을 감추어놓는 데 완벽하게 성공한 셈이다. 프랭크 길모어와 베시 길모어, 두 사람이 간직했던 비밀은, 그것이 좋은 것인지 나쁜 것인지 나로서는 알 길이 없으나, 그들이 세상을 떠나고 이토록 긴 세월이 흘렀음에도 꼭꼭 숨겨져 있다. 앞으로도 그 비밀을 밝혀낼 행운이 내게 올 것 같지는 않다.

이미 이 세상에서 사라진 사람들의 과거를 추적하는, 지난하고 지루한 작업을 하는 데 있어서 수많은 사람들의 도움이 존재했다. 관공서의 자료들을 찾는 데 도움을 주었던 많은 사람들, 프랭크 형과의 인터뷰를 정리해주고 조언을 아끼지 않았던 카렌 에섹스, 그리고 이 책의 집필 여부를 놓고 고민할 때 용기를 준 사람들, 그리고 게리의 처형을 다룬 기사와 영화평을 실었던 〈롤링 스톤〉의 자료를 아낌없이 제공해준 잡지사 직원들에게 감사를 드린다. 특히 〈롤링 스톤〉은 내가 절망에 빠져 있을 때 글을 계속 쓸 수 있도록 격려를 아끼지 않았다. 그들의 인내와 후원에 감사드린다. 또한 청소년 폭력에 관한 자료와 조언을 주었던 리 영맨, 게리의 감옥 기록을 찾는 데 도움을 준 여러 사람들과, 후디니와 관련된 소문을 확인하는 작업에 도움을 주었던 데이비드 코퍼필드와 크레스킨에게도 감사를 드린다.

그리고 내게 개인적으로 소중한 도움을 주었던 사람들이 있다. 뉴욕에 있는 사촌 피터 랭크턴과 작고한 그의 아버지 클래런스 랭크턴은 할머니 페이에 관한 자료를 제공해주었다. 유타의 버논 이모부와 그의 딸들(나의 사촌 누이들)인 브렌다와 토니에게도 이 자리를 빌어 감사의 인사를 전한다. 그들은 아직도 상처로 남아 있는 그 과거를 뒤적이는 데 그들의 시간과 고생을 아끼지 않았다. 그들이야말로 내가 물려받은 유산이 내게 증오를 가르쳤을 땅이었는데, 오히려 사랑을 갖게 해준 이들이다. 특히 감사를 드리고 싶은 사람이 있다. 니콜 배럿이다. 그녀는 그 어려운 시기에도 내게 엄청난 도움과 이해심을 보여주었다. 그녀와의 우정은 다른 무엇으로도 바꿀 수 없는 소중한 것이 되었다. 고통스러운 추억을 이기고 도움을 준 그녀에게 감사드린다. 그녀에게서 나는 사랑과 그 밖의 많은 것을 빚진 셈이다.

마지막으로 편집자 여러분에게 감사드린다. 그들의 인내심과 아량과 신뢰가 없었더라면 이 책은 세상에 나오지 못했을 것이다.

나는 1991년 10월 포틀랜드에서 이 책을 위한 자료 조사 작업을 시작했고, 그 작업은 1993년 1월 로스앤젤레스까지 이어졌다. 이 책은 1993년 2월에 시작해서 10월에 완성되었다.

옮긴이 후기

《내 심장을 향해 쏴라》가 다시 출판되어 반갑다. 이 작품을 처음 번역한 것은 2001년이었다. 그 후 절판되면서 아쉬워하는 마니아 독자들의 글이 인터넷에 올라와 있는 것이 종종 눈에 띄어 안타까웠는데, 그동안 기다려 온 독자들에게 마음의 빚을 갚은 기분이다.

이 작품은 1977년 미국에서 센세이션을 일으키며 처형된 사형수 게리 길모어의 실화를 다룬 논픽션이다. 게리 길모어의 죽음은 스스로 선택한 길이었다. 그가 당시 언론의 집중적인 스포트라이트를 받으며 며칠 동안 뉴스의 헤드라인을 장식한 것도, 자신에게 죽음을 달라고 주장하는 그의 태도 때문이었다. 저자는 당시 상황을 이렇게 그리고 있다.

사형을 집행할 법적인 기구를 사실상 좌지우지하는 과정에서, 게리는 이렇게 말하고 있는 듯했다. "나를 처벌하기 위해 당신들이 할 수 있는 일은 아무것도 없다. 이것이야말로 바로 내가 원하는 바이고, 나의 의지이니까. 당신들은 나의 마지막 살인을 도와주는 셈이다." 온 나라가 게리를 증오했다. 그가 저지른 살인 때문이 아니라, 그가 도도하고 오만한 태도로 자신이 빠져나갈 길, 결국 자신을 승리자로 만들 방법을 이미 다 마련해놓고 있었기 때문이다.

두 명의 무고한 시민을 무참히 죽인 죄의 대가로 오히려 게리는 자신의 죽음을 '요구'했다. 그의 소망대로 총살형이 집행되던 날, 이른 아침부터 매스컴은 곧 특집 뉴스를 보낼 준비를 하고, 사형장 밖에서는 수많은 기자와 언론인들이 모여서 사형집행 결과가 발표되기를 기다리고 있었다. 이 사건에 관한 세인들의 관심 혹은 호기심은 짧았던 게리의 인생과 마찬가지로 아마도 집행 발표와 함께 종료했을 것이다. 그러나 이 작품은 그의 비극적 운명이 어디에서 무엇에 의해 시작되었는지를 집요하게 추적하며 그 출발점을 찾아 거슬러 올라가는 것으로 이야기를 시작한다.

이 책의 저자 마이클 길모어는 음악평론가이자 작가이며, 사형수 게리 길모어의 친동생이다. 가족으로서 겪어야 했던 이 끔찍하고 가슴 아픈 순간들, 다시는 돌이켜보고 싶지도 않을 그 순간들을 떠올려야 하는 아픔에도 불구하고, 한편으로는 형이 저지른 죄에 대한 죄책감과 부끄러움에도 불구하고, 마이클 길모어는 용기를 내어 그들만의 이야기, 길모어 가족의 어두운 역사를 세상에 드러낸다.

옮긴이가 대학에 다니던 시절, 문학개론 시간에 담당교수께서 학생들에게 던졌던 물음이 생각난다. '인생은 우연일까, 필연일까?' 몇몇 학생들이 우연이니 필연이니 자신들의 주장을 나름의 논리대로 설명했지만, 그때 어느 쪽으로 결론이 나지는 않았던 것 같다. 사실 쉽게 결론이 내려질 수 있는 주제는 아니다. 그런데 지금까지 살아오면서 그때의 질문이 문득 문득 떠오르는 것을 보면 그 물음은 내 인생의 화두로 자리 잡은 것 같다. 이 작품을 번역하는 내내 '게리의 운명은, 아니 인간의 운명은 우연일까 필연일까?'라는 물음이 머릿속을 떠나지 않았다.

마이클 길모어 역시 인간의 운명에 관한 물음의 답을 찾기 위해 게리의 운명, 그리고 길모어 가족의 운명을 추적한다. 그 과정에서 종적으로는 미국의 개척시대로 거슬러 올라가는 혈통의 뿌리를 찾아가고, 횡적으로는 미국 전역을 떠돌아 다녔던 자신의 가족사의 아주 작은 흔적마저도 집요하게 찾아낸다. 한 가정이 이 세상에 이토록 많은 흔적들을 남긴다는 사실과 그 방대한 자료를 찾아내고 모아서 정리하고 분석한 저자의 노력이 놀라울 뿐이다. 마이클 길모어가 이 작품을 통해 보여주고 싶은 것은 게리의 죄를 위한 변명이나 연민이 아니다. 그는 게리에 관하여, 그리고 가족에 관하여 많은 것을 알게 될수록 그들을 떠밀어온 알 수 없는 거대한 운명의 힘을 부인할 수가 없었다. 하지만 그는 그 운명의 힘을 강조하는 대신, 자신의 가족사에서 비극적 정점의 순간을 이루는 연결고리들을 뛰어난 필체로 냉정하리 만치 거리를 두고 서술한다. 그러므로 저자 자신으로서는 극복하기 어려웠을 감정적 격랑을 그대로 넘어서는 담담한 사실 묘사가 오히려 이 논픽션의 호소력이 된다. 게리의 처형 소식을 마치 생중계하듯 텔레비전 뉴스를 통해 전해 듣던 순간, 그 돌이킬 수 없는 시간을 건너간 가족이 느끼는 고통은 인간이 느낄 수 있는 비극의 정점이라고 할 수 있다. 게리는 스스로 죽음을 선택했지만, 그를 사랑하는 사람들은 제도와 운명의 힘 앞에서 아무것도 할 수 없다는 무력감과 영원히 돌이킬 수 없는 깊은 슬픔의 나락을 경험해야 했다. 그 순간을 작가는 이렇게 묘사하고 있다.

> 일순간, 희망은 산산이 흩어지고, 그다음에는, 그토록 두려워하던 일이 이미 벌어졌다는 걸 알게 된다. 그리고 이제부터는 그 두려움의 장면을 낱낱이 가슴에 안고 살아야 한다는 것도. 이제는 늘 가슴 한복판에 자리 잡고 있는 슬픔을 안고 살아가는 법을 찾아야 한다. 이런 세상에서, 증오하지 않고 살아가는 법을 찾도록 노력해야 한다. 그건 불가능한 일이지만, 그럼에도 불구하고 노력해야 한다. 그 마지막 순간, 이 모든 생각들이 내 머리를 스쳐갔다. 그리고 어머니를 쳐다보았다. 얼굴이 일그러지면서, 어머니가 울부짖었다. "오, 하느님. 게리, 너 어디에 있니? 어디로 가버렸니?"

그가 그려내고 있는 현실은 이미 그 어떤 픽션보다도 드라마틱하며 비통한 삶이어서, 독자는 한 가족이 감당해야 했던 운명적 삶을 지켜보면서 가슴이 메어지는 듯한 아픔과 운명에 대한 두려움을 함께 느끼지 않을 수가 없다. 게리 길모어의 죽음, 그것도 만인의 증오와 비난을 한 몸에 받으면서 죽어야 했던 그의 운명은 어디에서 시작된 것일까. 그 운명의 고리를 피할 길은 없었던 것일까. 이것이 이 작품의 출발점이다. 그것은 그들 가족의 역사, 그리고 그들이 정신적 유산으로 물려받은 종교의 역사 속으로 거슬러 올라가는 여정으로 시작된다. 마이클 길모어는 줄곧 비극으로 갈라진 갈림길을 찾으려 하지만, 그가 확인한 것은 그 무수한 갈림길들을 결국은 모두 한 방향으로 이어지게 하는 피할 수 없는 운명이었다.

운명—그것은 신화였다. 종교적 신화와 가족의 신화, 그리고 사회의 신화였다. 이 모두가 게리 길모어와 그 폭력의 표적이 되었던 희생자, 그리고 그들을 사랑하는 사람들을 비극적인 죽음 혹은 삶으로 이끌어온 파멸의 메시지였다. 그것은 한낱 제도가 다스리고 처벌할 수 있는 범주의 밖에서 인간을 조롱한다. 게리 길모어가 스스로에게 죽음의 형벌을 내리면서도 사형제도를 비웃었던 것은, 그 파멸의 신화 속에 얽힌 인간사회의 코드를 읽어내지 못하는 제도의 무능함과 모순 때문이었다. 지적이고 예술적 감성을 갖추었던 그는, 자신을 파멸로 이끌어온 운명의 코드를 나름대로 분석하고 있었다. 그러므로 그가 싸웠던 상대는 선과 악의 이분법으로 인간을 다스리려는 제도가 아니라, 자신을 둘러싼 거대한 운명이었다. 문제는 결국 그 운명에 자신을 맡겨버렸다는 데에 있다. 단 한 가지, 그가 자신의 운명에 저항할 수 있었던 방법은 스스로에게 죽음을 내리는 길이었다. 그렇게 함으로써 그는 자신을 다스리려는 사회제도와 필연적인 운명을 동시에 비웃으려 했던 것이다.

저자는 이 책을 통해서 결국 살인으로 이어진 게리의 폭력적 에너지를 주시하면서, 그것의 기원을 추적한다. 그리하여 그 추적의 과정을 따라가면서 독자가 만나는 것은, 저 미 대륙 개척시대를 배경으로 하는 종교적 피의 역사와 그 신화이며, 현대 미국의 자본주의가 발전하면서 치러야 했던 타락과 폭력의 시대, 가부장제도가 옹호해 온 부권의 독재와 횡포, 또한 아이에 대한 어른의 비겁한 폭력과 구타, 그리고 교화敎化가 아닌 교악敎惡의 원천이 되어버린 형벌제도이다. 이러한 역사적 유산을 안고 있는 시대를 살아야 했던 한 가족의 이야기는, 결국 하나의 가정이 아니라 현대 미국이 지나와야 했던 불행한 과거의 단면을 보여 준다. 이러한 유산이 길모어 가정에만, 그리고 미국에만 대물림되고 있는 것은 아닐 것이다. 오늘날의 한국을 살아가는 우리들에게도 이러한 폭력과 비극의 유산이 흔적처럼 연일 인터넷과 신문의 사회면을 물들이고 있다. 이 작품이 미국에서 전미 도서비평가협회상을 수상한 것도, 1994년 출간된 이래 지속적으로 독자들의 극찬과 감동을 이끌어내는 것도, 인간이 사회적 존재로서 무리를 형성하며 살아가면서, 피할 수 없이 드리워지는 어두운 그림자로서 인간의 비극성을 그려낸 작가의 수준 높은 시각과 작품의 완성도를 증명하는 것이다.

게리의 비극은 우선, 가까운 가족의 비극이었고, 그 가족의 일원으로서 작가가 겪어야 했던 고통스러운 가족사의 한 단면이었다. 마이클 길모어는 그 고통스러운 비극의 역사를 거슬러 올라가면서, 자신의 가족사에서 숨겨놓고 싶은 수치스러운 비밀들을 모두 폭로하는 모험을 감수하고 있다. 그것은 곧 게리를 묶고 있던 운명의 사슬을 풀어내기 위한 작업인 동시에, 그와 함께 같은 운명의 배를 타야했던 저자 자신의 운명의 코드를 해독하기 위한 작업이기도 했다. 이 작업을 위해서 그는 다른 형제들과는 달리 운 좋게도 탈출해 나올 수 있었던 그 침몰하는 운명의 배에 다시 접근하고 있다. 결국 운명을 정면으로 바라보고 그 코드를 해독하는 작업을 통해서만이, 그는 영원한 표류자의 두려운 항해를 벗어나는 길이라고 본 것이다. 그의 작업은 운명의 쇠사슬에서 고통받는 많은 동료들에게 완전한 해방은 아닐지라도, 작으나마 위안을 준다. 그것은 그의 형 게리에 대한 사랑 뿐 아니라, 인간이기 때문에 운명의 지배에서 벗어날 수 없는 모든 인간에 대한 사랑이며, 그의 용기는 사랑의 승리이다.

번역을 끝내면서, 버지니아 울프의 다음 구절이 떠올랐다.

> 우리 인간은 침몰하는 배에 족쇄로 묶인 불행한 운명의 족속이므로, 이 모든 것이 괴로운 농담일지라도, 우리가 맡은 역할을 다하도록 합시다. 동료 죄수들의 고통을 덜어준다든가, 지하감옥 같은 이 세상을 꽃과 쿠션으로 장식을 하면서, 되도록 품위를 지키면서 말이지요.

《댈러웨이 부인》 중에서

내 심장을 향해 쏴라

2016년 2월 19일 초판 1쇄 | 2021년 4월 22일 4쇄 발행

지은이 마이클 길모어 **옮긴이** 이빈
펴낸이 김상현, 최세현 **경영고문** 박시형

마케팅 양근모, 권금숙, 양봉호, 임지윤, 이주형, 유미정
디지털콘텐츠 김명래 **경영지원** 김현우, 문경국
해외기획 우정민, 배혜림 **국내기획** 박현조
펴낸곳 (주)쌤앤파커스 **출판신고** 2006년 9월 25일 제406-2006-000210호
주소 서울시 마포구 월드컵북로 396 누리꿈스퀘어 비즈니스타워 18층
전화 02-6712-9800 **팩스** 02-6712-9810 **이메일** info@smpk.kr

ISBN 978-89-6570-314-3 (03840)

• 이 책의 국립중앙도서관 출판시도서목록은 서지정보유통지원시스템 홈페이지(http://seoji.nl.go.kr)와 국가자료공동목록시스템(http://www.nl.go.kr/kolisnet)에서 이용하실 수 있습니다.
(CIP제어번호 : 2016002583)